1781

Von Alice Ekert-Rotholz erschienen:

Siam hinter der Bambuswand
Reisebericht, 1953

Reis aus Silberschalen
Roman, 1954

Wo Tränen verboten sind
Roman der Wandlungen, 1956

Strafende Sonne – lockender Mond
Roman, 1959

Mohn in den Bergen
Roman, 1961

Die Pilger und die Reisenden
Roman aus Sydney, 1964

Elfenbein aus Peking
Sechs Geschichten,1966

Der Juwelenbaum
Karibisches Panorama, 1968

Fünf Uhr Nachmittag
Roman, 1971

Füchse in Kamakura
Japanisches Panorama, 1975

Alice Ekert-Rotholz

Gastspiel am Rialto

Roman

Hoffmann und Campe

Alle Personen in diesem Roman sind frei erfunden. Sie sind nicht das Abbild irgendwelcher heute oder früher lebender Personen.

Für meinen Sohn
und
Stefan und Lotte,
zwei Wiener in Venedig

CIP-Kurztitelaufnahme der Deutschen Bibliothek

Ekert-Rotholz, Alice M.
Gastspiel am Rialto: Roman. – 1.–25. Tsd. –
Hamburg: Hoffmann und Campe, 1978.
ISBN 3-455-01857-2

Gesetzt aus der Korpus Aldus
Satzherstellung Wilhelm Arnholdt, Hamburg
Druck- und Bindearbeiten Welsermühl, Wels
Printed in Austria

Inhalt

III Flucht von der Lagune

Epilog: Fernöstliches Gastspiel

I

Gemischter Chor

1

Stimme aus London: Meine goldenen Regeln

When sorrow is asleep, awake it not.

Englisches Sprichwort

Hilary Stafford:

Falls es Leute gibt, die nie ihre Entschlüsse bereuen und schlafenden Kummer nicht aufwecken, gehöre ich nicht zu ihnen.

Ich habe in meinem Leben viele Entschlüsse bereut, aber keinen so tief wie meine Liebesheirat in Venedig. Inzwischen lebe ich längst wieder in London, und die ganze Sache ist zu Staub und Asche geworden. Aber in unruhigen Nächten wecke ich den schlafenden Kummer auf. Tagsüber verbanne ich ihn. Was sollten meine Patienten sonst denken? Mrs. Blunt will ihren Husten loswerden und nichts über mich hören. Vielleicht würde sie ganz gern erfahren, warum ihr Mann fast jeden Abend allein ausgeht und deswegen am Wirtschaftsgeld spart. Ich werde mich hüten, ihr Aufklärungen über den Patienten H. W. Blunt zu geben, denn ich wahre das Beichtgeheimnis. Tatsächlich weiß ich viel mehr über die Ehe der Blunts als über meine eigene. Man sieht andere schärfer als sich, weil man sie weniger liebt. Goldene Regel: Sei nett zu dir und laß die Vergangenheit ruhen. Das ist leichter gesagt als getan.

Vielleicht sollte ich auch zu meiner Mutter etwas netter sein, aber auch das ist leichter gesagt als getan. Sie ist sehr reizbar und ärgert sich jedesmal, wenn ich zu spät zum Essen komme. Aber ich kann meinen Patienten nicht das Wort abschneiden, wenn sie mir über die Undankbarkeit ihrer Kinder berichten und ihre psychosomatische Atemnot bekommen. Sie brauchen keine Pillen, sondern ein mitfühlendes Ohr. Da ich selbst nach Ansicht meiner Mutter eine undankbare Tochter bin, weiß ich, wovon die Eltern und erwachsenen Kinder in meiner Sprechstunde reden. Auch wenn ich keine Ärztin wäre, wüßte ich über dieses Problem Bescheid. Vielleicht bin ich nicht be-

sonders liebenswürdig zu meiner Mutter, aber ich muß den ganzen Tag mit den Patienten engelhaft geduldig sein. Und dann bin ich überhaupt keine sonnige Natur. James ist der einzige, der meine abendliche Müdigkeit versteht. Ich kann ihm viel sagen, aber natürlich nicht alles. Zum Beispiel haßt James jede Art von Liebeserklärung, selbst wenn man sie als Scherz oder Angriff tarnt. Wer kann sagen oder schreiben, was er denkt?
Goldene Regel: Sei vorsichtig mit James: Er ist wundervoll. Er hat mir sogar meine Ehe mit Antonio Cesano verziehen, solange sie dauerte, was nicht allzu lange der Fall war. Ich hätte James heiraten sollen, als er es mir vor zehn Jahren vorschlug. Damals konnte ich mich nicht entschließen. Vielleicht kannte ich ihn zu lange, und als Kind hatte ich ihn ›Onkel James‹ genannt. Dabei ist er nur zwölf Jahre älter als ich. Jetzt ist er Mitte vierzig und will mich nicht mehr heiraten. Er hat vollkommen recht. Wir waren verlobt, als ich mich Hals über Kopf in Venedig verheiratete. Das war recht rücksichtslos von mir. Ich teilte James meine Heirat auf telegrafischem Wege mit. Er telegrafierte seine besten Wünsche. James ist außerordentlich wohlerzogen... Er fragte nur an, ob ich mir diese Einheirat in den venezianischen Adel, von dem ich nichts wüßte, genau überlegt habe. Er, James, fürchte, daß ich sonst diesen befremdlichen Entschluß bereuen würde. Ob ich bedacht hätte, daß Ehen mit Ausländern zusätzliche Probleme in eine ohnehin schwierige Situation brächten? Trotzdem herzlichen Glückwunsch. Schluß des Telegramms.

In London hatte James mir nie verraten, daß er die Ehe als schwierige Situation betrachte. Warum hatte er mich heiraten wollen? James haßt Schwierigkeiten. Aber er schmollte und grollte nicht und schrieb mir wohlmeinende und beleidigend vergnügte Briefe. Der Frühling war gerade ausgebrochen, und James verbrachte seine Wochenenden bei Freunden auf dem Land, oder er fuhr auf der Themse herum und saß in den Gasthäusern am Fluß, wo wir zusammen gegessen hatten. Saß er dort allein oder mit einer anderen Person? Natürlich fragte ich ihn weder telegrafisch noch brieflich danach. Was James nicht sagen will, kann niemand aus ihm herausbekommen. Aber Fragen, die er indiskret findet, verstimmen ihn: Sei vorsichtig mit James! Einmal schrieb er, daß er sich nicht vorstellen könne, wie ich es in Venedig aushalte, da Autofahren und Medizin doch meine beiden Leidenschaften seien. Da James zu seinem Glück nicht viel Fantasie hat, konnte er sich nicht vorstellen, wie unmöglich meine Position in der Familie Cesano war und wie unglücklich ich mich fühlte. Aber er hatte nie angenommen, daß diese Blitzheirat gut ausgehen könnte. Und James irrt sich nie.

Als ich endlich gesetzlich getrennt und recht verstimmt nach London zurückkam, erwartete James mich am Flughafen. Er war zu taktvoll, um mich an seine Warnungen zu erinnern; er bemerkte nur, daß das Telegramm seinerzeit viel Geld gekostet habe, aber gegen die heutigen Postgebühren sei es noch preiswert gewesen. Lieber James! Er wirft sein Geld ungern zum Fenster hinaus, weil er zuviel von diesen Dingen versteht. Er ist gelernter Bankmann. Er arbeitet als finanzieller Berater mit großen Baufirmen zusammen, die Heizanlagen, Ventilations- und Klimaanlagen und ähnliche Installationen nach supermodernen Techniken für Fabriken und Geschäftshäuser entwerfen und einbauen. James sagt, er müsse in unserer Zeit der Wirtschaftskrisen, Gewerkschaftsschlachten und der galoppierenden Inflation den technischen Genies die Flügel beschneiden. Alle Ingenieure und Erfinder haßten ihn.

»Ist das nicht unangenehm für Dich, James?«

»Warum? Ich werde nicht konsultiert, um gutes Wetter zu schaffen, sondern um Firmen, die um ihre Existenz kämpfen, vor finanziellen Wagnissen zu bewahren.«

»Alte Unke!«

»Genau das«, sagte James befriedigt. »Dies Land braucht Unken.«

Da stand die alte Unke, überragte mich um Haupteslänge und verbreitete gegen jede Absicht Sonnenschein. Ich wußte, James würde wieder telegrafieren, wenn ich mich nochmals in Venedig verheiraten würde. Aber eine meiner goldenen Regeln verbietet mir, mich, komme wer wolle, zum zweiten Mal dort zu verheiraten. Antonio Cesano hat meinen Bedarf gedeckt. Ich hatte ihn nicht durch den Tod, sondern durch das Leben verloren, und das ist viel ärgerlicher. Plötzlich lachte ich schrill und unmotiviert. Lachen ist mein Abführmittel gegen Depressionen.

James blickte mich scharf an und fragte nach dem Grund meiner Heiterkeit. Er hatte sich in der Zwischenzeit nicht verändert. Sein feines blasses Gesicht war alterlos, und seine grauen Augen blickten scharf aber wohlwollend in meine Augen. In meiner Kindheit hatte James

genauso ausgesehen, und in zwanzig Jahren wird er keineswegs ramponiert wirken, während ich eine Ruine sein werde. Bis zu meiner Blitzheirat hatten James und ich uns maßvoll geliebt. Keine wilde Leidenschaft. So etwas ist ihm unerwünscht und wesensfremd –, aber doch Liebe! Mit Antonio war es zuerst ekstatisch gewesen, dann hatte es sich abgekühlt wie ein Herbstabend an der Adria. Ich war wohl zu jung, zu unerfahren und zu englisch für ihn gewesen. Tatsächlich paßte ich viel besser zu James. Ich lachte weiter.
Später fragte James, ob es mit meinem Venezianer und mir nicht geklappt hätte. Er drückte sich eleganter aus, aber das meinte er. Seine Liebe war weder heiß noch kalt; er verbreitete immer gleichmäßige Wärme. Man weiß erst, was das wert ist, wenn man es verloren hat. Natürlich wird es irgendwann wieder mit James und mir klappen, aber ich werde sehr vorsichtig mit ihm sein müssen. Etwas wird in unserer Beziehung fehlen. Antonios Schatten wird zwischen uns sein.
So und nicht anders ist es gekommen.
James bleibt jetzt selten über Nacht bei mir. Und neulich riet er mir, mich wieder zu verheiraten. Ich fragte, ob er mich loswerden wolle, aber er versicherte mir, er habe diesen Vorschlag nur in meinem Interesse gemacht. James blickte in den strömenden Regen hinaus. Die schönen Gärten in Hampstead waren graue Wasserwüsten. Wer will sich in mittleren Jahren noch verheiraten? Warum hatte er das gesagt?
Nach dem Abendessen ging James nach Haus. Bei ihm ist's schöner, eleganter und ordentlicher als bei mir. Er sammelt Antiquitäten, englisches und ostasiatisches Porzellan, japanische Rollbilder, Bronzen. James studierte Kunstgeschichte, bevor er sich fürs Bankfach entschied. Er will nach seinem Geschmack leben, und sein Geschmack ist kostspielig. Persönlich ist er die Einfachheit selbst. Lieber James! Warum ist er heut abend nach Hause gegangen? War ich unvorsichtig mit ihm gewesen?
Manchmal frage ich mich, ob die Freundschaft mit James sich lohnen wird oder nicht. Aber wie soll ich mir darüber klar werden? Soll ich mich in die Stille zurückziehen? Nein, ich beobachte die Leute so gern.
Eine Privatpraxis ist für solche Beobachteungen das richtige Feld. Ich sehe den ganzen Tag, wie die anderen es treiben, kann mich aber in

meinen Patienten nicht wiedererkennen. Da ist zum Beispiel Mrs. Edna Blunt! Und andere anständige, altmodische Frauen, die immer nur für Mann und Kinder gelebt haben. Aber nun sind Mrs. Blunts Söhne auf der Universität, ihre einzige Tochter hat sich nach Australien verheiratet, und Mr. Blunt? Was tut er? Anstatt seiner Frau die Zeit und die innere Leere zu vertreiben, was seine verdammte Pflicht und Schuldigkeit wäre, geht er fast jeden Abend allein aus. Dritte, vierte oder fünfte Jugend? Das geht mich nichts an. Mich geht an, daß seine Frau eine Gallenoperation haben muß. Ich könnte Mr. Blunt meine Meinung über ihn sagen. Das würde aber alles nur noch schlimmer machen. Ich will auch nicht hören, was meine Mutter über mich denkt. Ich kann mich wirklich nicht in Mrs. Blunt wiedererkennen. Wir leben zwar beide in London – aber auf anderen Planeten und Wellenlängen. Ich könnte Mrs. Blunt in ihrem öden Mayfair-Flat, das ganz in der Nähe von James Ormonds Wohnung liegt, hundert Jahre lang beobachten, sie würde mich höchstens an meine Mutter erinnern. Nicht an mich. Vielleicht wäre es anders, wenn ich Mann und Kinder hätte, die mich früher oder später verlassen würden oder pflichtschuldig in vorsichtigen Abständen besuchen.
Neue goldene Regel: Ich muß Mutter einmal die Woche anstatt zweimal im Monat besuchen. Sie wohnt in Highgate. Mit meinem Wagen ist das ein Katzensprung. Miss Lydia ist dagegen. Sie führt mir das Haus, tyrannisiert meine Patienten, ist frei von Sentimentalität und Schuldgefühlen. Allerdings rettete meine Mutter mir unter ungewöhnlichen Umständen das Leben, Miss Lydias Mutter dagegen hat ihr das Leben immer nur schwergemacht. Nach ihrem Tod kam Miss Lydia zu mir und brachte Maggie und Sniffles mit. Maggie räumt auf, und Sniffles hilft ihr. Er ist ein Dackel. Wer Maggie haben will, muß Sniffles gefallen. Sonst kommen die beiden nicht zum Aufräumen. Sniffles liebt mich uneingeschränkt. Er weiß nichts von Venedig. Er hat seinen Hocker in meinem Wartezimmer und wartet dort auf Maggie und Kekse. Wenn manche Patienten sich darüber wundern, dann sollen sie es eben tun. Das halbe Leben besteht daraus, die Augenbrauen hochzuziehen.

Heut war der alte Professor Walker wieder bei mir. Er ist viel gesünder als ich, ich meine, robuster, und sein Asthma ist rein nervös. Stanley Walker kommt, um Sniffles und mich zu sehen, und um über seinen Sohn und die Schwiegertochter zu reden. Sniffles sitzt im Wartezimmer neben dem alten Herrn, er betet ihn an. Das braucht der Professor, denn er bekommt es sonst nicht.

Ich sagte ihm, er solle seine Besuche bei seinem Sohn einschränken und manchmal statt dessen die Westminster-Sänger in der Abbey anhören. Sie singen gerade für Zypern. Aber Stanley Walker lehnt den Vorschlag ab. Er liebt Musik, aber seinen Ärger liebt er noch mehr. Er inhaliert wütend und teilt mir dann mit, er habe sein Testament geändert. Er ändert es alle paar Monate. Das erinnert mich an die alte Contessa Cesano, meine Ex-Schwiegermutter in Venedig. Sie hat ihr Testament nach Antonios plötzlichem Tod auch häufig geändert, schrieb mir mein Anwalt. Antonio starb vor zwei Jahren auf unerklärliche Weise. Weder die alte Contessa noch die gräßliche Lucia, Antonios Schwester, teilten mir die Einzelheiten mit. Auch Signor Moretto, mein Anwalt, schweigt sich darüber aus. Was war geschehen? James sagt, es ändere nichts an den Tatsachen, ob ich es wisse oder nicht. Er fragt, ob ich in einer Woche nur deshalb nach Venedig flöge, um Einzelheiten über Antonios Tod zu erfahren. Er nennt ihn weiter den Venezianer. Ich lache, und James runzelt die Stirn.

Dieses Mal fahre ich geschäftlich in die Lagunenstadt. Entgegen jeder Erwartung hat Antonio Cesano mir seinen verstaubten Palazzo plus Gondel an einem Seitenkanal zwischen San Marco und dem Rialto vermacht. Vielleicht hat Lucia aus diesem Grund jede briefliche Verbindung mit mir abgebrochen. Diese Geschwister waren sehr verschieden.

Lucia ist berechnend, Antonio war unberechenbar. Er hatte das Haus von einem Verwandten geerbt. Soviel ich weiß, hatte er sich nie um den Erwerb seiner Schätze bemüht. Falls ich kurze Zeit dazu gehört hatte – um mich hatte er sich ebenfalls nicht zu bemühen brauchen. Meine naive Begeisterung für seine Person muß seine sadistischen Instinkte geweckt oder ermutigt haben. So erkläre ich mir Jahre später sein Benehmen mir gegenüber. Hätte ich damals vorausgeahnt, was ich heute über den Umgang mit Raubtieren weiß: Antonio Cesano brauchte keine Hausschwalbe, sondern einen Drachen wie seine Schwester Lucia und eine Mutterfigur wie die alte Contessa, die schwer zu ergründen war. Sie wickelte ihn um den kleinen Finger. Sie befahl und forderte; Antonio fügte sich ihren Wünschen, er widersprach ihr nie, er versuchte immer, es ihr recht zu machen. Vergebliche Mühe! Niemand konnte es dieser hochmütigen und starrsinnigen Frau recht machen. Das italienische Familienleben erstaunte mich über alle Maßen. Entweder sind die Gefühle bei ihnen auf dem Siedepunkt, oder sie gefrieren zu Haß. Ich fand es sehr anstrengend, in diesem Drama mitzuspielen, auch wenn ich nur die unwichtigste Nebenrolle hatte. Daran hätte ich nichts auszusetzen gehabt, denn ich stehe ungern im Mittelpunkt des Interesses. Eine Nebenrolle wäre für Antonio Cesano, seine Mutter und Lucia unerträglich gewesen. Sie brauchten Zuschauer. Sie standen immer auf ihrer selbstgezimmerten Bühne. Ob man sie bewunderte oder beschimpfte, sie spielten pausenlos ihr Drama und sorgten dafür, daß der Vorhang nie fiel. Für Antonio war er trotzdem vor zwei Jahren gefallen.

Salvatore Moretto, mein venezianischer Anwalt, vermietete nach Antonios Tod meinen Palast jede Saison an Touristen. Für mich eine nette Nebeneinnahme. Nun will ein New Yorker das Haus kaufen, und seine Frau erwartet, daß ich die Kosten der Renovierung trage. Mein Anwalt, einer der ältesten Freunde der Familie Cesano, wird mit Mrs. Ross spielend fertig werden. Mir ist er fremd geblieben, aber ich schätze ihn wegen seiner Qualitäten. Er ist ehrenhaft, schlau und zäh und von staunenswerter Beredsamkeit. Die Amerikaner scheinen ihm nicht besonders zu gefallen, aber ich bin, außer der alten Contessa und Antonio, niemandem begegnet, der Mr. Moretto besonders gefällt. Dazu ist er zu erfahren und zu mißtrauisch. In seinem letzten Brief schrieb er zum Schluß seiner geschäftlichen und legalen Mitteilungen, daß Mrs. Ross sich beständig in die Verhandlungen einmische. Er schloß, wie immer, mit einer Metapher: »Ein trauriges Haus, in dem der Hahn schweigt und die Henne gackert.« Übrigens hatte er mich seinerzeit vor meiner Schwägerin Lucia gewarnt. Sehr vorsichtig, verhüllt, in Form einer seiner Metaphern. Ich beachtete die Warnung nicht, oder ich verstand sie nicht. Ich hatte nur Augen und Ohren für Antonio.
Antonio war schön, begabt, eitel und bezaubernd, wenn er bezaubern wollte. Er kleidete sich sorgfältig. In unserem Palazzo dagegen wurde nie etwas repariert. Da war die Wendeltreppe mit dem geschnitzten Geländer: alt, morsch, und das Geländer wackelte wie ein betrunkener Seemann. Wie so vieles in Venedig, war diese Treppe kostbar und

zum Untergang reif. Hoffentlich brechen Mr. und Mrs. Ross sich dort nicht den Hals vor Abschluß des Kontrakts. Lucia hoffte, ich würde mir auf dem Weg zum Erdgeschoß den Hals brechen, aber ich tat ihr den Gefallen nicht. Ich tat ihr so viel zu Gefallen wie sie mir, nämlich nichts.

Als alles zu Ende war, brachte der Anwalt mich zum Flugplatz. Antonio war in Geschäften in Mestre, und wir sprachen ohnehin kein Wort miteinander. Es regnete in Strömen, Venedig schwankte in Wolkenschleiern. Die schwarzen Gondeln auf den bewegten Kanälen: Fahrzeuge der Unterwelt. Der Palazzo Pisani, diese gotische Festung, war schweigsam und unzugänglich, und nur die »Salute«, meine Freude und mein Trost am Canale Grande, triumphierte in barocker Schönheit über den Regen und die schwarzen Wolken um mich und in mir. Salvatore Moretto schwieg, denn es gab nichts mehr zu sagen. Ich bat ihn, nicht auf mein Flugzeug zu warten, denn ich wußte, wie beschäftigt er war. Er überhörte meine Bitte, und er stand wie eine Schildwache neben mir. Warum hatte ich nicht versucht, freundschaftliche Beziehungen mit ihm aufzunehmen? Warum war ich so kalt und störrisch gewesen? Er hat Talent zur Freundschaft und hat es mir nun viele Jahre bewiesen. Beklagte er den Verfall meiner Ehe, die mit so viel Hoffnungen begonnen hatte? Oder hatte er, wie James, von Anbeginn ein Ende mit Bitterkeit und Schrecken vorausgesehen? Auf dem Flugplatz konnte ich nichts in seinem Holzschnittgesicht lesen. So sehe ich ihn immer noch vor mir, und so werde ich ihn wiedersehen: streng, hager, mit verkniffenen Lippen, dünnem Haar, riesigen Ohren, die alles hörten und dunklen, von dichten schwarzen Augenbrauen und schweren Lidern überwölbten Augen, die scharf und trotzdem melancholisch blickten. Seine Adlernase schien Katastrophen im voraus zu wittern.
Im letzten Augenblick stammelte ich meinen Dank, und er legte mir seine lange, knochige Hand auf die Schulter. »Sie nehmen nun Ihr eigenes Leben wieder auf, oder Sie werden ein neues anfangen, nicht wahr?« Ich nickte. Er verzog seine Lippen zu dem skeptischen Lächeln, das ich gut kannte. »Man ist nie so glücklich oder so unglücklich, wie man sich einbildet«, sagte er fest. »Also dann, meine besten, sehr ergebenen Wünsche, Contessa!« Ich drückte ihm die Hand. Er verbeugte sich tief und murmelte, schon halb dem Ausgang zuge-

wandt: »Denken Sie freundlich an Venedig zurück!« Er räusperte sich: »Sie werden von mir hören!«. Er hat sein Versprechen gehalten. Nur von ihm werde ich erfahren, wie, warum und wo Antonio Cesano gestorben ist.

Er war ein Verkäufer von Sex gewesen. Aber ich war zu jung, um zu erkennen, daß seine Intensität, seine Leidenschaft, die sinnliche Poesie seiner Werbung zum großen Teil nur der Routine des Südländers entsprangen. Antonio war in der Tiefe seines Wesens ein kalter und berechnender Mann. Aber manchmal, in magischen Augenblicken, wurde er zum Dichter. Natürlich half Venedig in den Mondnächten vor unserer Hochzeit. Vor dieser einzigartigen Kulisse verwandelt sich für Engländer alles zu einer Szenerie von Shakespeare. Unsere Touristen aus der Provinz werden zu Lyrikern in Venedig, bevor sie reuig zu Wollwaren und Plastikschüsseln zurückkehren. Ich glaube, es ist fast unmöglich, der Piazza San Marco, der Ca d'Oro, den Tintorettos, den Tizians und Giorgiones, den Kanälen und der Adria die kalte Schulter zu zeigen. Antonio Cesano war ein Teil des venezianischen Wunders. Er wurde eins mit den graugrünen Wassern, er stand, ein Apollo mit Nervenkrisen, auf der Rialtobrücke. Er schien ein später Nachkomme der Dogen zu sein: starr, raffiniert, mit einer kalten Flamme im Herzen.

Ich möchte nicht wissen, wie oft ich ihm auf die Nerven gefallen bin. Meine Unschuld war für ihn eine flüchtige Sensation gewesen. In Venedig sagt man, das Bett sei die beste Medizin, aber auch sie verlor allmählich ihre anregende und heilende Wirkung. Wir stritten uns im Bett weiter, ich heftig und schluchzend, Antonio ruhig und lächelnd. Er entsprach nicht der Vorstellung des gestikulierenden, leidenschaftlich erregten Italieners. Je erregter er war, desto eisiger sprach er mit mir. Es war unnatürlich; der Groll schien sich in ihn einzufressen wie ein Krebsgeschwür. Vielleicht ging er an seinen unterdrückten Emotionen zugrunde. Lucia läßt ihrer Wut freien Lauf, deshalb wird sie uns alle überleben. Sie ist so wie die meisten zähen, explosiven und rücksichtslosen Leute. Ich habe eine Patientin, die ihr sehr ähnlich ist; bis jetzt hat sie einen Mann, einen Sohn und drei Schwestern überlebt. Sie ist auf englische Weise rücksichtslos und explosiv. Sie sagt, wie leid es ihr täte, und daß sie ihre Cousine wirklich nicht aufregen wollte, und sie explodiert überraschend mit einem Seufzer. Lucia schrie so laut, daß man es von der Piazza San Marco fast bis zum Lido hören konnte, die alte Contessa dagegen führte im Flüsterton Gespräche mit verstorbenen Freunden oder Liebhabern. Sie machte wenig Unterschied zwischen Lebenden und Verstorbenen, wahrscheinlich waren die Toten lebendiger für sie. Ich fragte nicht danach, und sie sagte es mir nicht. Wenn ich sie bei diesen einseitigen, geflüsterten Unterhaltungen überraschte, starrte sie mich aus ihren großen, unheimlich leuchtenden Augen wortlos an, bis ich mit einer Entschuldigung das Zimmer verließ.

Antonio betrog mich ständig. Er hielt fest an seinen Stunden der Zerstreuung, abseits des häuslichen Milieus und war sprachlos vor Staunen, daß mir das mißfiel. Untreue ist das Naturrecht des Ehemannes im Süden. Bis auf mich wußten es alle Frauen in Venedig.
Wenn Antonio nach sieben Uhr abends nach Hause kam, legte er sich auf sein Ruhebett aus verschlissenem Brokat. Spät am Abend speiste er bei seiner Mutter und Lucia. Sie taten ihr Bestes, um Antonio den Geschmack an mir zu verderben. Den Rest besorgte ich selbst. Hätte ich damals eine goldene Regel für Heiraten im Ausland gehabt, dann hätte ich gewußt, daß man seinen Ehemann nicht widerstandslos seiner Familie überlassen darf. Ich leistete keinen Widerstand, das war ein Fehler.
Selbstverständlich erwartete meine Schwiegermutter auch mich zum Abendessen, aber nach einigen Kostproben blieb ich zu Hause. Die Cesanos unterhielten sich in so schnellem Italienisch, daß ich beim besten Willen nicht folgen konnte, was ihrer Absicht wohl entsprach. Stolze Familiennamen und unbekannte Vornamen schwirrten wie Feuerfliegen in dem dunklen, von Kerzen beleuchteten Speisesaal umher. Bei diesen endlosen Unterhaltungen belebte Antonio sich zusehends, während er zu Hause sein Gähnen kaum unterdrückte. Er liebte Klatsch. Lucia kannte alle Skandale, sogar die Klatschgeschichten der Touristen, da sie gelegentlich als Fremdenführerin in Museen und Kirchen arbeitete. Sie war sehr gebildet, hatte eine fanatische Liebe zu ihrer Vaterstadt und gehörte zu der Bewegung: »Rettet Venedig.« Auch mein Anwalt und meine Schwiegermutter waren Mitglieder dieser internationalen Organisation. Antonio trat dem Verein nicht bei. War es ihm gleichgültig, ob Venedig gerettet wurde? Ich fragte ihn nicht, und er sagte mir nichts darüber. Der wahre Grund war wohl, daß Antonio nur für sich selbst glühendes Interesse auf-

zubringen imstande war.
Alle sprachen fließend englisch, aber im Hause meiner Schwiegermutter schien diese Sprache nicht zu existieren. Sie unterhielten sich mit Leidenschaft über Essen und Trinken, und ich konnte nicht mithalten, da ich die italienische Küche nicht besonders schätzte. Soviel Öl bekommt mir nicht. Nach dem Essen legte die alte Contessa mit grimmigem Gesicht ihre Patiencen. Manchmal fragte ich mich, was die Karten ihr bedeuteten, da sie doch zu ihrem Vergnügen spielte. Auch ein Rätsel, das ich nicht lösen konnte. Antonio und Lucia spielten Schach oder hörten Schallplatten. Es war wirklich ärgerlich, daß ich nicht musikalisch bin. James hätte diese Abende wunderbar gefunden. Ich war zwar dabei, aber nicht wirklich anwesend, ich versank noch schneller als Venedig.

Ich weiß, daß es kein Vergnügen für meine Zuhörer war, mich italienisch reden zu hören, aber wozu sollte ich weiterlernen? Es hörte niemand zu. Auch die Besucher der Contessa ignorierten mich sehr höflich, aber unmißverständlich und sprachen genauso schnell wie Antonios Familie. Antonio pflegte seine Freunde und seine Damen nie nach Hause mitzubringen. Als er zum ersten Mal dennoch mit einer seiner Geliebten erschien, weil er dachte, ich wäre noch zur Erholung am Lido, kam es zu einer unangenehmen Szene für ihn. Goldene Regel: Komme niemals ohne Voranmeldung nach Hause. Danach übernahmen die Anwälte die Auflösung meiner Liebesheirat.
Meine italienische Familie klebte zusammen, ich saß dabei und sehnte mich nach London und James. In Gedanken nannte ich die venezianische Familie »Die drei Cesanos«. Wie eine Zirkustruppe. Vielleicht war das nicht sehr liebenswürdig von mir, aber so wirkten sie eben auf mich. Als Antonio mich zum ersten Mal zu seiner Mutter brachte, fand sie mich offenbar tatsächlich recht liebenswürdig. Aber das war nur meiner englischen Art zu verdanken, unangenehme Dinge in möglichst netter Form zu äußern. Auch ahnte die Contessa nicht, daß ihr einziger Sohn mich heiraten wollte. Für sie war ich eine junge englische Touristin, die nichts von den Kirchen und Museen verstand, die Lucia mir und den anderen Touristen zeigte. Einmal hatte Antonio sich an einem solchen Ausflug beteiligt, weil Lucia zu erkältet zum Reden war und er noch mehr von den Kunstwerken wußte als sie, auch wenn er Venedig offenbar nicht retten wollte. Bei

dieser Gelegenheit lernte ich ihn kennen. Als die Contessa endlich die Wahrheit erfuhr und erst einmal ihren Sohn sprachlos anstarrte, hätte Antonio am liebsten alles rückgängig gemacht. Man muß italienische Söhne kennen, um zu wissen, welche Rolle die Mutter in ihrem Leben spielt. Natürlich hatte die Contessa längst eine Braut aus einer ebenso alten, berühmten Familie für Antonio im Auge gehabt. Es war sehr hart für sie, daß ich dazwischenkam, aber sie bewahrte Haltung. Sie hat mich im Gegensatz zu Lucia nie beleidigt.

Im Prinzip bin ich keine schlechte Menschenkennerin: Mit der Zeit habe ich meine eigene Methode zur Beurteilung von Charakteren entwickelt. Erst einmal studiere ich die negativen Seiten einer Persönlichkeit, danach die besseren Züge. So erspare ich mir und meinen Patienten lästige Enttäuschungen und mache mir Freunde. Mit Antonio Cesano hatte ich es offenbar umgekehrt gemacht, denn ich lernte seine Schattenseiten erst in der Ehe kennen. Ihm war es genauso gegangen.

Aus welchem Grund behauptet man, die Zeit heile alle Wunden? Das ist vollkommener Unsinn, denn das Gegenteil ist der Fall. Mit der Zeit sieht man klarer und schärfer, und man weiß endlich, was man in der Vergangenheit verkehrt gemacht hat. Es ist außerordentlich ärgerlich oder schmerzlich oder beides, daß man die Vergangenheit nicht noch einmal intelligenter leben kann.

Heute nach zehn Jahren weiß ich genau, warum und wieso ich mir mein eigenes Grab in Venedig grub. Anstatt mich zu wehren und meine Persönlichkeit geltend zu machen, entschuldigte ich mich beständig bei den drei Cesanos, weil ich als Kind gelernt hatte, möglichst oft *I am sorry* zu sagen. Noch schlimmer! Ich versuchte ihnen die Motive für meine Handlungsweise zu erklären: warum ich dieses getan und jenes gelassen hatte, warum ich so oder so reagierte, warum ich gekränkt war.

Goldene Regel: Entschuldige dich nicht, ob du im Recht bist oder nicht, und um Himmelswillen erkläre nichts! Was immer du einem Mann oder einer Frau erklären möchtest, behalte es für dich. Sie hören doch nur mit halbem Ohr zu. Meine Ehe wäre anders verlaufen, wenn ich das damals gewußt hätte, aber ich fand es erst Jahre später heraus. Und was ich nicht selbst entdeckte, lernte ich von James, Miss Lydia, Maggie und Sniffles.

Außer James waren alle erstaunt, daß ich so wenig wußte. Aber ich hatte die ersten Jahre meines Lebens nicht in England und nicht wie andere Kinder verlebt. Die ungeschriebenen Gesetze in einem japanischen Gefangenenlager sind kaum mit dem Leben in England zu vergleichen. Aber ich will schlafenden Kummer nicht eine Woche vor meiner Abreise nach Venedig aufwecken. Es wäre zu viel. Alle meine Probleme erklären sich aus der Tatsache, daß ich die entscheidenden Jahre meiner Kindheit und meiner Jugend in einer Gesellschaft mit anderen Spielregeln zugebracht habe. Das gilt für meine Zeit in Venedig genau so wie für meine Kindheit im Fernen Osten. Ich bin zu einem Außenseiter der Gesellschaft geworden. Ich spiele nur zum Schein mit.

Vielleicht ist man sich nicht tiefgehend genug über die Wirkung der Gesellschaft auf unseren Charakter klar. Meine venezianische Erfahrung hat mich über grundlegende Unterschiede der Lebensweisen aufgeklärt.

Die drei Cesanos lebten für die Gesellschaft, der sie entstammten. Die Wirkung, die sie auf Leute ausübten und die Wirkung ihrer Freunde auf sie selbst waren ihnen wichtiger als ihre privaten Erlebnisse und Empfindungen. Sie lebten nach außen, sie handelten mit dem Gedanken an andere, sie hörten das Echo ihrer eigenen Worte. Innere Stimmen und Bilder waren nicht von der großen Bedeutung für sie wie die Außenwelt. Vielleicht hatte ihr Verhalten etwas mit ihrer Stadt der extravaganten Schönheit, der schwankenden Paläste, dem Moderduft der Kanäle, über denen sich schwungvolle Brücken wölben, zu tun. Ich glaube, daß das Auge sich in Venedig tatsächlich berauscht. Ich war und blieb nüchtern, aber alles, was ich aufnahm, machte einen tiefen Eindruck auf mich und stimmte mich nachdenklich. Außerdem ist es mir wie vielen meiner Landsleute gleichgültig, wie ich auf andere wirke. Auch wir wollen zwar einen möglichst angenehmen Eindruck hinterlassen, aber wenn es nicht gelingt, macht es uns auch keine Kopfschmerzen. No, Sir!

Antonio war beständig irritiert oder entsetzt, daß ich mir so wenig Mühe gab, den Freunden seiner Mutter zu gefallen. Ich wollte auch keinen besonderen Eindruck auf Salvatore Moretto und die »Fröhliche Witwe« machen – zwei tägliche Besucher meiner Schwiegermutter. Ich war zu deprimiert oder zu stolz, zu träge, zu gleichgültig dazu. War ich zu englisch, um mich fremden Leuten gegenüber in

Szene zu setzen und schöne Reden zu führen und anzuhören? Ich kann es nicht mehr sagen.
Mit Bestimmtheit weiß ich nur, daß Antonio stolz auf mich sein wollte. Seine Freunde sollten ihn um seinen Besitz beneiden, was keiner tat. Wenn überhaupt, mache ich erst auf den zwanzigsten oder dreißigsten Blick Eindruck. Niemand sagt »Ah!« oder »Wer ist denn diese Frau?«, wenn ich ein Zimmer voller Menschen betrete. Antonio Cesano verbrachte sein Leben in Sälen oder Gondeln voller Leute, er wollte, daß ich Aufsehen erregte. Hätte ich einen einzigen Bewunderer gehabt, auf den Antonio eifersüchtig hätte sein können, dann wäre er wahrscheinlich der glühende, wenn auch kühl beobachtende Liebhaber geblieben, den er mir zuerst vorgespielt oder vorgelebt hatte. Eine Frau, die niemanden aufregte, lähmte seinen Schwung. Wenn er gelegentlich, in Ermangelung einer besseren Partnerin, mit mir schlief, war es qualvoll. Ähnlich muß es sein, wenn zwei Skelette sich umarmen: Nichts als Knochen und kein schlagendes Herz.
Antonio war ein starker Raucher. Sein Raucherhusten ist mir lebhafter im Gedächtnis geblieben als seine Glanzseiten. Wenn er sich über mich ärgerte, hustete er wie ein Schwindsüchtiger, der er nicht war. Er hatte eine Menge nervöser Angewohnheiten. Auch ich entwickelte welche. Ich verschluckte mich an Fischgräten; ich fuhr zusammen, wenn Lucia mich etwas fragte, was sie gar nicht wissen wollte, sie brachte mich damit in Verlegenheit. Sie machte das virtuos. Ich vergoß Tomatensauce auf dem spitzenbesetzten Tischtuch meiner Schwiegermutter. Es waren Spitzen aus Buranos Klöppelschule. Die Contessa fuhr regelmäßig auf die Insel und handelte etwas vom Preis ab. Antonio schwieg finster, Lucia lächelte zufrieden, und die alte Contessa saß erstarrt da. Sie sagte nichts, zog aber die dichten dunklen Augenbrauen in die Höhe und klingelte nach der Dienerin. Sie war nicht gewohnt, von beflecktem Leinen zu essen. Ihre beiden Stammgäste, der Anwalt Moretto und die Marchesa Vivarini, die lachende Witwe, betrachteten den alten Wandteppich, und sie unterhielten sich im Flüsterton. Ich stammelte eine Entschuldigung, während ab- und aufgedeckt wurde. Es geschah so schnell und diskret, daß man es kaum merkte. Mir war der Appetit vergangen. Ich betrachtete das steinerne Profil meiner Schwiegermutter – die lange, steile Nase, die vorgeschobene Unterlippe, die Eigensinn und Herrschsucht verriet, die tiefen Falten und Höhlungen eines Ge-

sichts, das wohl immer einen nachhaltigen Eindruck gemacht hatte. Und dann die Augen! Tizian hätte sie malen müssen. Die Contessa hörte meine Entschuldigungen in nachdrücklichem und hochmütigem Schweigen an. »Es ist gut«, sagte sie endlich. Aber es war nicht gut. Später machte Antonio mir eine Szene. Er tat, als ob die Tomatenflecke Blutflecke gewesen wären. Übrigens roch meine Schwiegermutter Blut wie ein Haifisch, Blut und Tod. Einmal sagte sie zu Antonio: »Wenn Du nicht auf Dich aufpaßt, wirst Du früh sterben.« Ich verschluckte mich vor Schreck wieder an einer Fischgräte, und Antonio gab nur ein gedämpftes Hustensolo, da seine Mutter kranke Leute nicht um sich haben wollte.

Oft wollte ich James schreiben und ihn brieflich mit meiner neuen Familie bekannt machen. In Wirklichkeit wollte ich mir Rat und Trost bei ihm holen. Aber ich brachte schließlich nur ungeschickte Mitteilungen zustande über Sehenswürdigkeiten und Kirchen, die James besser in einem Buch über Venedig nachlesen konnte. Er hätte mir diese Familie einfach nicht geglaubt. Einer seiner nettesten Züge ist es, Tragödien abzulehnen. Das macht das Zusammensein mit James so erholsam. Manchmal malte ich mir aus, ob und wie er mit meiner Schwiegermutter fertig werden würde. Und mit Lucia. Und mit der lachenden Witwe, die sich als meine mütterliche Freundin bezeichnete. Meinetwegen. Die Marchesa war gar nicht so übel, und vielleicht hätte ich mich sogar versuchsweise an sie angeschlossen, wenn sie nicht die Vertraute meiner Schwiegermutter gewesen wäre. Elvira Vivarini fragte mich in regelmäßigen Abständen, ob ich nicht einmal meine Mutter und meine Freunde in England besuchen wolle. Ich wollte schon, fand aber nicht die Entschlußkraft. Wahrscheinlich ahnte ich schon, daß es ein Dauerbesuch ohne Rückflug werden würde.

Die Marchesa war eine Klatschbase, aber dabei amüsant. Sie war die einzige, die mich gelegentlich zum Lachen brachte, und deswegen bewahre ich ihr ein ehrendes Andenken. Was anfechtbar an ihr war, habe ich erst später daheim durch angestrengtes Nachdenken herausgefunden. Die harmlos lächelnde Marchesa liebte Szenen der Erniedrigung, die mein Anwalt schweigend ignorierte. Meine Ehe war ein Schauspiel nach ihrem Geschmack. Wenn sie als alte Freundin der Familie meinem Mann gut zuredete und ihn um Geduld mit der jun-

gen Engländerin bat, verschärfte sie nur seine üble Laune mir gegenüber. Das gefiel ihr. Trotzdem hatte sie mich gern, vertrieb mir viele einsame Stunden mit ihren Scherzen und Anekdoten. Außerdem zeigte sie mir einige Inseln in der Adria. Sie bestand aus Widersprüchen wie wir alle. Aber sie war warmherziger und nicht ganz so schadenfroh wie Antonio und Lucia. Trotz ihrer Körperfülle bewegte sie sich schnell auf kleinen, zierlichen Füßen in den herrlichsten und teuersten Schuhen, die ich je gesehen hatte. Sie war stolz auf ihre Füße, die gewiß gut zu ihrer Jugendfigur gepaßt hatten. Ihr volles lächelndes Gesicht mußte einmal sehr reizvoll gewesen sein. Sie trank viel und gern, dann wurde sie noch unterhaltender. Ob sie sich in den zehn Jahren meiner Abwesenheit sehr verändert hat? Vielleicht ist sie schon tot. Aber das hätte mein Anwalt mir wohl doch mitgeteilt. Sie gehörte wie er zum Haushalt der Cesanos. Ihr rundes Gesicht mit den runden, dunklen Augen, ihr immer noch schönes, volles Dekolleté, ihre wohlgeformten Arme und Hände erinnerten mich an das Gemälde von Tiepolo im Dogenpalast »Neptun bietet Venezia seine Gaben an«. Sie war Venedig – mit ihrem üppigen, kunstvoll frisierten, rotgoldenen Haar, natürlich gefärbt, aber gut gefärbt, und den dunklen, unersättlichen Augen. Sie war die einzige, die mir zum Abschied etwas schenkte – eine kostbare kleine Vase. Tat es ihr leid, daß sie nun auf das Schauspiel meiner Erniedrigungen verzichten mußte? Auch das weiß ich nicht. Sie schrieb mir nach Antonios Tod einen kurzen, traurigen Brief.
Sie lebte das Leben der Cesanos mit; ihr eigenes Leben kannte ich nicht.

Vor meiner ersten Venedig-Fahrt hatte ich in einem Londoner Krankenhaus gearbeitet und dort Erfahrungen gesammelt. Meine überstürzte Heirat hatte meine Pläne einer eigenen Praxis über den Haufen geworfen. Wie ich es ohne Arbeit und berufliche Weiterbildung mit den drei Cesanos aushielt, ist mir heute ein Rätsel. Goldene Regel: Laß die Halbtoten ruhen, und erst recht die Toten! Aber ich kann es nicht lassen. Vielleicht weil ich, die ich nun Sterben und Tod oft am Krankenbett erleben muß, nie richtig an Antonios Tod glauben konnte. Ich war nicht dabei gewesen. Zwar weiß ich, daß er tot ist. Die Marchesa hatte mir ein Photo der Toteninsel San Michele geschickt, wohin sie Antonio gebracht hatten. Er machte seine letzte Fahrt von den Fondamente Nuove über die Lagune zu den Inseln, die er geliebt hatte. Was sein Tod für seine Mutter bedeutete, kann ich mir kaum vorstellen. Je heftiger sie ihn kritisierte und herumkommandierte, desto heißer hatte sie ihn geliebt. Ein Blick in ihre Augen hatte mir jungem unerfahrenen Ding die Leidenschaft ihrer Mutterliebe enthüllt. Zu Lucia war sie immer nett und sogar nachgiebig gewesen; diese Tochter war ihr nicht wichtig genug für große Gefühle. Ich bewahrte das Bild der Toteninsel einige Jahre auf. Dann zerriß ich es in einem Versuch, das letzte Band zu Venedig zu lösen. Ein kindlicher Versuch, von dem James nichts ahnt. Ich wollte die strenge, klassische Fassade der alten Totenkirche vergessen. Einmal war ich mit Antonio in San Michele gewesen. Er unterhielt sich mit franziskanischen Mönchen, die in ihren Sandalen zwischen Kirche und Friedhof hin und her eilten, um Trauerzügen mit Särgen ruhig und umsichtig den Weg zu weisen. Nun war Antonio an der Ruhestätte der Cesanos angelangt – er, der Unruhige, Rastlose, Lebenshungrige. Elvira Vivarini hatte mir zu dem Bild der Insel geschrieben, daß sie Antonio regelmäßig besuche und sich dann auf Torcello mit Lagunenfisch und trockenem Weißwein stärke. Dort stellte ich sie mir lieber vor als auf dem Friedhof mit den dunklen Zypressen und den aufdringlich leuchtenden Büsten und Engeln aus Carrara-Marmor. Nur die Katzen, die verstohlen zwischen den blumenbeladenen Gräbern herumschlichen, hatten mir auf San Michele gefallen. Das Familiengrab der Cesanos war ein wahres Mausoleum – anspruchsvoll, rücksichtslos seinen Platz behauptend, den es bescheideneren Toten auf dem überfüllten Friedhof wegnahm. Die meisten Toten durften hier nur zehn oder zwölf Jahre ruhen, dann wurden ihre Knochen auf eine entfernte Insel gebracht. Nicht so bei den Cesanos! Warum dachte ich manchmal insgeheim, daß Antonio nur so tat, als ob er tot wäre? Vielleicht, weil er, auch wenn er mir böse Streiche gespielt hatte, immer voller Leben gewesen war. Selbst wenn er müde oder gelangweilt war, wirkte er lebendiger als andere. Einmal warf er einen Fisch aus Murano-Glas nach mir, aber er lachte, als ich mit einem Sprung zur Seite auswich. Der Fisch zersplitterte auf den Steinfliesen. Antonio lachte weiter. Dann ging er aus. Er hat mir nie gesagt, wo und mit wem er seine Abende nach dem Essen bei seiner Mutter verbrachte.

Aber seine Unruhe steckte mich an. Wenn die Marchesa keine Zeit hatte, lief ich allein herum oder fuhr mit einem Vaporetto auf die Inseln der Lagune oder zum Lido. Ich schwamm, genoß die Sonne. Die drei Cesanos ließ ich in Venedig zurück. Das wäre etwas für James gewesen! Er schwimmt wie ein Fisch, schweigt wie ein Trappist und verbreitet Ruhe und Wohlbehagen. Ist es zu fassen? James hat die halbe Welt bereist, war aber nie in Venedig. Meine Bitte, mich dort zu besuchen und fabelhafte Antiquitäten aufzustöbern, ignorierte er. Sei vorsichtig mit James! Ich wurde nie müde, Einkäufe in den engen Treppenstraßen vom Rialto zu machen. Ein Spitzentuch für meine Mutter, eine rote Ledertasche für Maggie, einen Ball für Sniffles, und eine Gemme für Miss Lydia, die sie zu kostspielig findet, aber heut noch am Sonntag an ihr graues Kleid steckt. Sie trägt nur Grau. Für James fand ich nichts Rechtes, weil ich fühlte, er wollte nichts haben. Erst als ich Venedig verließ, entdeckte die Marchesa einen Krug aus Murano-Glas, den Touristen nicht zu sehen bekamen. Sie hatte ihre Quellen. Nie wieder habe ich eine so gefällige Person getroffen. Wer mit ihr Einkäufe in der Merceria machte, stürzte sich nicht von der Rialto-Brücke. Sie brachte mich immer wieder zum Lachen. Sie kannte jeden Skandal, und ich erfuhr eine Menge über die Kreise, in die ich ohne Überlegung hineingeraten war. An unsere Einkäufe und die Espressos auf der Piazza San Marco denke ich gern zurück. Ich habe wenig Sinn für Mode und trage längst wieder Wollröcke, Pullis, Regenmäntel – die Londoner Uniform. Aber ich habe die Spitzen, Seiden, Lederwaren, Kunstwerke, Schuhe und die Korallen in den halbdunklen engen Läden nicht vergessen. Schönheit zu Wucherpreisen, aber zugleich Erinnerungen an eine Glanzzeit, die längst versunken war. So wie diese Stadt langsam ins Meer zurücksinkt. Rettet die Gemälde, die Statuen, die Brokate und Korallen! Ich will nichts von diesen Schätzen besitzen, aber sie sollen auf dieser Welt bleiben, auch wenn dies Venedig nur ein steinerner Traum und ein bezauberndes Vorurteil der Kunstwelt sein sollte. Selbst die Gemüsehändler sind hier Fantasten: sie nennen gewöhnliche gelbe Pflaumen ›Goldtropfen‹. Venedig hat immer viel Gold gehabt, nur keine goldenen Regeln.

Als meine Mutter mich in Venedig besuchen wollte, winkte ich ab. Die vielen Treppen seien nichts für ihr Herz, was stimmte. Die Cesanos unterhielten sich zu Hause nur italienisch. Auch das stimmte. Die Hitze würde sie unliebsam an Asien erinnern. Das war nicht wahr. Die Sonne am Lido ist eine Liebkosung. Ich schrieb noch viel mehr in dieser Tonart. Daraufhin schickte Mama mir ein ganzes Jahr lang keinen Brief. Nur vorgedruckte Weihnachts- und Geburtstagskarten, versehen mit ihrer spitzen feindseligen Unterschrift. Goldene Regel: Nenne bei Absagen zwei stichhaltige Gründe. Vier sind verdächtig, sechs sind unglaubwürdig. Ich glaube, meine Mutter hat eine bessere Tochter verdient.

James besitzt eine alte chinesische Lithographie: Umarmung zwischen Schlange und Schildkröte. Das Original stammt von Wu Taotzu, dem großen buddhistischen Maler der T'ang-Periode. Die Riesenschlange umschlingt die breite, unbewegliche Schildkröte mit den länglichen neugierigen Augen fest und tödlich. Wie klassische chinesische Liebespaare scheinen die beiden zusammen zu leben oder zu sterben.

Als ich die Lithographie zum ersten Mal sah, war ich zehn Jahre alt, James war zweiundzwanzig. Wir wohnten alle bei Mrs. Clarke in ihrem Ferienhotel in Suffolk, und James kam aus Oxford zu Besuch. Er nahm die Schlange und die Schildkröte überall mit, so wie Maggie kein Haus ohne Sniffles betritt.

»Das ist James«, sagte Lydia, die ihrer Mutter im Familienhotel half. Wenn es ihr zuviel wurde, ging sie ans Meer. Sie sagte, James studiere Kunstgeschichte in Oxford.

»Gefällt Dir das Bild, Kleine?« fragte James herablassend.

»Ich finde es scheußlich.«

»Es ist ein sehr nettes Bild.« Wie immer sprach James mit leiser Stimme, aber er war wütend. Er war noch jung genug, um sich über abweichende Meinungen zu ärgern.

Ich schrie: »Die Schildkröte ist eine Gefangene. Sie kommt nicht von der Schlange los. Das ist gar nicht nett.«

»Schrei nicht so«, sagte James. »Was für ein dummes kleines Ding bist Du doch! Weine nicht, Hilary.« James war ganz erschrocken. Er konnte mich nie weinen sehen. Auch heute nicht, wo ich mir den Luxus selten leiste.

Miss Lydia gab mir heiße Milch und Kuchen, den Maggie Dobbs eigentlich für Sniffles I. gebacken hatte. Sniffles I. starb kurz nach Jacks Tod. Jack war Maggies fröhlicher Ehemann gewesen. Er war nur fünfunddreißig geworden, erschien mir aber damals uralt und zum Sterben reif. Maggies jetziger Sniffles beschnuppert eifersüchtig die

Photos seiner Vorgänger in ihren entsetzlichen Muschelrahmen. Maggie ist Stammgast auf dem Hundefriedhof.
Ich aß Kuchen und heulte weiter. Meine Mutter, die nichts von chinesischer Kunst und James hielt, sagte prompt: »Da haben wir es. Sie regen das Kind mit Ihrem Chinesenkram auf, James. Hilary muß den Fernen Osten vergessen.«
»Halten Sie das für möglich, Mrs. Stafford?«
»Allerdings«, sagte meine Mutter unfreundlich. »Davon verstehen Sie nichts, junger Mann! Komm, Hilary! Wir machen jetzt einen netten Spaziergang.«

Jahre später erklärte James mir die Bedeutung des Bildes. Die Schildkröte ist ein Symbol für Dunkelheit, Passivität, Sanftheit, Wasser und Mondlicht. Sie ist *yin*, das weibliche Element. Und *yin* ist die Ergänzung von *yang*, der schöpferischen, hellen, männlichen Energie. Weil er ein Mann ist, schätzt James chinesische Auslegungen.
Ich denke anders über das weibliche Element in der Welt. Ich bin kein aktives Mitglied der »Womens' Liberation« der siebziger Jahre, daran ist meine Mutter schuld. Meine altmodische, konventionelle Mutter ging hocherhobenen Hauptes mit mir zweijährigem Kind und der heulenden malaiischen Kinderfrau aus einem kolonialen Tropenpalast in ein japanisches Gefangenenlager in Mittel-Java. Sie war weder sanft noch passiv wie chinesisches Mondlicht. Sie stammt aus Yorkshire.
Wie mir eine Leidensgenossin viel später erzählte, ertrug die Gefangene Stafford klaglos Hunger und Demütigungen und sorgte verbissen dafür, daß ich am Leben blieb. Sie war stoisch, energisch und erfinderisch wie Yang gewesen. Sie hatte ihre lange spitze Nase hoch in der Luft getragen, wenn man sie »bestrafte« und herumkommandierte oder über sie lachte, wenn ein besessener japanischer Feldwebel die Bambuspeitsche über ihr schwang oder der Kommandant sie anschrie. Die Holländerinnen nannten sie die englische Heldin. Aber wie viele Heldinnen war sie wohl nicht gerade angenehm gewesen. Ihre Freundin erzählte mir, wie sauber und ordentlich sie sich und mich unter diesen Verhältnissen gehalten hatte. Viele Frauen waren so verzweifelt, daß sie ihr Gesicht nicht mehr wuschen und sich nicht kämmten. Die Kriegsgefangene Stafford trug störrisch ihre rosa Haarschleife, bis das Band zerfiel.

Meine eigenen Erinnerungen an das Lager sind in traumatisches Dunkel gehüllt. Und was ich von meinen ersten zwei Jahren auf der Plantage weiß, stammt aus einem alten Photoalbum, das meine Mutter kurz vor dem Kriege nach Haus schickte. Diese Bilder sind das Dokument eines sonnigen Tages auf der großen Gummiplantage mit dem herrlichen Tropenhaus meiner Eltern. Und die Gärten! Mein Vater war Manager der Plantage, er hatte sie wohl über alles geliebt. Meine Mutter hatte ihn oft beschworen, nach England zurückzukehren, aber er wollte nichts davon hören. Sie hat ihm nie verziehen, daß er die Invasion der Japaner in Malaya abwartete. Wie so viele andere hatte er nicht an die Katastrophe geglaubt.
Er war bedeutend älter als meine Mutter, hatte sie bei einem Heimaturlaub kennengelernt, vom Fleck weg geheiratet und, wie mein Großvater in Yorkshire sagte, auf die Plantage verschleppt. Sie ist immer die Lehrerin geblieben, die sie damals war. Nach unserer Befreiung aus dem Lager hat sie ihre Erlebnisse für mich aufgeschrieben. Ohne Selbstmitleid, in chronologischer Ordnung und ohne jedes Verständnis für Ostasien. In Malaya fand sie alles »übertrieben« – die flammenden Blüten, die tiefen Verbeugungen der Diener, die farbenprächtigen Sarongs der Mädchen, die Sonne und die Chinesinnen im engen, seidenen *Cheong-sam*. Unter den alten Bildern befand sich das Foto einer blutjungen Chinesin in einem geblümten Cheongsam, der fast bis an die Hüften geschlitzt war. Sie sah schön, heiter und schlau aus. Ich fragte meine Mutter, wer dieses entzückende Mädchen sei. Eine Freundin? »Die Sekretärin deines Vaters. Sie stank nach Jasmin.« Meine Mutter zerriß das Bild und warf die Schnitzel ordnungsliebend in den Papierkorb. So ahnte ich mit siebzehn zum erstenmal etwas von den alten Ehekonflikten meiner Eltern. Warum kann man sich so etwas nie richtig vorstellen? Sie waren doch jung gewesen.

Ein verblichenes Familienbild ist eine Entdeckungsfahrt in meine frühe Kindheit. Die vier Personen auf dem Photo sind substanzlos wie javanische Schattenspieler. Aber da ist die Familie Stafford – urenglisch bis auf meine Kinderfrau. Mein großer, freundlicher, eleganter Vater. Meine strengblickende, starr aufgerichtete Mutter – ein jugendlicher, puritanischer Schatten. Und meine junge, sanftäugige Babu in ihrem besten Sarong, mit einer Blüte im schwarzen Haar und mit mir auf dem Arm. Nur sie und *Tuan* Stafford sehen vergnügt und wohlgenährt aus. Trotz ihrer Jugend wirkt meine Mutter in ihrem sportlichen Leinenkleid verblüht, verkniffen und vom Klima ausgelaugt. Ich bin ein weißgekleidetes, mit einem Leinenhütchen geschmücktes Häufchen Unglück mit Streichholzärmchen und Beinchen – überzart wie viele blonde Kinder in den Tropen. Hinter der sonnigen Veranda mit den Drahttüren dehnen sich große, halbdunkle Räume, die die Illusion von Kühle und Schatten vermitteln. Was das Bild nicht zeigt, ist der Dschungel hinter den riesigen Parks und Gärten der Kolonialgötter. Auch riecht man nicht die betäubenden Düfte, man spürt nicht die lähmende Hitze und die nächtlichen Fieberschauer. Man sieht nicht das Chinin in der Hausapotheke oder den Lieblingsdiener meines Vaters, der plötzlich Amok lief; nicht das erschreckende Wachstum der Pflanzen, die schamlose Überfülle und schnelle Fäulnis der Natur. Man hört nicht das Kreischen der wilden Affen und sieht nicht den Flug der Fiebervögel im Dschungel, der sich unsichtbar im Hintergrund des britischen Idylls ausdehnt. Das Photo zeigt nichts von alledem, was meine Mutter in unversöhnter Abneigung gegen das Land für mich aufgeschrieben hat. Auch die Sekretärin meines Vaters im seidenen Cheong-sam ist nicht zu sehen auf dem Bild.

Kurz vorm Einzug der Japaner, als alles noch friedlich schien, besuchte meine Mutter mit mir und meiner *Babu* eine englische Freundin, die einen holländischen Regierungsbeamten geheiratet hatte, im ehemaligen Batavia. Mein Vater war gegen diese Reise im schwankenden, von Gerüchten und Unruhe erfüllten Ostasien. »Wir fahren«, entschied meine Mutter. Die meisten Unterhaltungen mit ihr schließen mit einem Ultimatum. Sie wollte eine lange Zeit fortbleiben. Ihr Wunsch wurde ihr erfüllt. Zusammen mit den holländischen Frauen, Kindern und kleinen Handkoffern für das Nötigste, wurde meine Mutter, mit mir auf dem Arm, in überfüllten Zügen, streckenweise auf Ochsenkarren in ein japanisches Kriegsgefangenenlager in Mittel-Java gebracht. Dort blieben wir bis Kriegsende. Von 1942 bis 1945. Ich war fast schulpflichtig, als wir befreit wurden. Meine Mutter hatte die Lagerkinder zusammen mit den anderen Frauen, die gesund oder einfach nur am Leben geblieben waren, in Lesen, Schreiben und Englisch unterrichtet. Die Lektionen wurden ständig durch

Krankheit oder Tod der Kinder und Lehrer unterbrochen. Eine Eintragung meiner Mutter in ihrem Tagebuch lautet: Hilary hat Geschwüre am Kopf, im Gesicht und an den Beinen. Und dabei halte ich das Kind peinlich sauber. Wie ist das möglich? Eine holländische Ärztin muß ihr gesagt haben, wie das möglich war... Weitere Notiz: Ich trage das weinende Kind nachts auf den Armen umher, dann gibt es etwas Ruhe für die anderen. Und dann: Ich habe es durchgesetzt, daß Hilary etwas Milch und Früchte und Medizin durch das Internationale Rote Kreuz bekommt. Kein Wort, auf welche Weise die »Heldin« das durchsetzte! Nur die Schlußnotiz der Krankengeschichte: Hilary ist wieder gesund. Ich habe Lagerarrest, und Elizabeth sorgt für das Kind. Keine Klage. Keine Beschreibung der sogenannten Gefängnishütte, und wie man dort mit ihr verfuhr. Ihre Freundin Elizabeth aus Batavia hat es mir Jahre später erzählt. »Mein Gott«, stammelte ich, »wie konnte sie das aushalten?« Und Elizabeth sagte: »Yorkshire bleibt Yorkshire.« Eine kleine erheiternde Episode: Meine Babu wollte durchaus mit uns ins Gefangenenlager, sie kniete vor meiner Mutter, in Tränen aufgelöst. Sie wollte die neue Freiheit der Japaner nicht genießen. Sie wollte mit uns zusammenbleiben, sie wurde bei unserer Festnahme von laut lachenden, japanischen Wachen abgeführt. Zu diesem Vorfall bemerkt meine Mutter: »Die Babu war immer einfältig und konnte weder stopfen noch Ordnung in Hilarys Sachen halten. Aber ein anständiges, kleines Ding.« Ich vermute, die Babu zitterte mehr vorm Zorn meiner Mutter als vor den Japanern. Was wohl aus ihr geworden ist? Ich weiß nur, was aus meinem Vater wurde. Zusammen mit Mr. Harris, seinem jungen, frisch aus England gekommenen Assistenten, und dem malaiischen Oberaufseher der Pflanzung verteidigte Papa heroisch und sinnlos seine Musterplantage gegen die eindringenden Japaner. Wie man später in Singapore erfuhr, wurden alle drei sofort erschossen. Die Kulis hatten sich vernünftigerweise in den Dschungel zurückgezogen und kamen erst wieder mit strahlendem Lächeln und Verbeugungen zum Vorschein, als die Sieger sich in Malaya festgesetzt hatten. Diese Schauspiele der Flucht und der Begrüßung der »Befreier« wiederholen sich von Zeit zu Zeit im Fernen Osten. Ähnliches hat sich mit den in Saigon Verbliebenen beim Einzug der Kommunisten von Nordvietnam im Frühjahr 1975 abgespielt. Wer fliehen konnte, floh aus Vietnam; aber wer blieb, wie damals die Arbeiter meines Vaters, der machte lächelnd seinen Frieden. Niemand in Ostasien liebt selbst einen ehrenvollen Verlierer.

Habe ich die Eindrücke der Gefangenschaft überwunden? Ja und nein. Ich war zu jung für seelische Leiden. Aber eine Abneigung gegen dichte Wälder und hohe Gartenzäune ist mir geblieben. Noch heute gehe ich ungern durch einen dunklen Wald. Ich liebe den Strand, offenes Meer, die Salzluft der Freiheit. Der Horizont soll nicht von Zäunen begrenzt sein. Natürlich spreche ich nicht darüber. Goldene Regel: Wandere abends nicht durch den Wald! Höchstens mit Sniffles. Er ist so drollig, daß ich meine alte Phobie vergessen könnte. Maggie sagt immer, Sniffles hätte es als Mensch weit gebracht. Ich finde, er hat es als Hund weit gebracht. Weiter als James, der mich nicht zu Waldspaziergängen ermuntern kann, wenn wir Pfingsten verreisen. Er schleppte mich vor einigen Jahren in einen Wald in Österreich. Nachher schüttelte er den Kopf. In einer Lichtung hatte ich mich heftig übergeben. Dann ging's durch den dichten Wald ins Dorf zurück. James liebt Wälder. Und chinesische Kunst. Weil James und ich uns eine Woche vor meiner zweiten Venedig-Fahrt die Jade-Kollektion im Victoria & Albert-Museum ansahen, erinnerte ich mich plötzlich an die chinesische Sekretärin im Cheong-sam, vielmehr an ihr Photo, das meine Mutter vor Jahren zerrissen hatte. Ich bin davon überzeugt, daß die Sekretärin alles überlebt hat und als Siegerin die Plantage und den Dschungel verließ. Sie wird nicht in der zerstörten, mit englischen und malaiischen Leichen übersäten und von mörderischen Schlingpflanzen bedrohten Welt der toten Tuans geblieben sein. Sie wird sich rechtzeitig nach Singapore gerettet haben. Verlaßt euch auf die Chinesen! Sie haben das Talent, alles und alle zu überleben, weil ihre Feinde ihre Freunde und ihre Freunde von Zeit zu Zeit ihre Feinde werden. Das meinte meine Mutter, als sie die Chinesen als ›falsch wie die Sünde‹ bezeichnete. James meint, sie sind nicht falscher oder treuer als andere Leute; sie sind nur schlauer, schneller und wollen unter allen Umständen am Leben bleiben. James ist manchmal in Hongkong, und er hat auch in London chinesische Freunde. Aus Hongkong brachte er seine Passion für Jade mit. Was das Überleben-Wollen betrifft, so hat meine Mutter Ähnlichkeit mit Chinesen. Wie so vieles, behalte ich diese Meinung für mich. Mutter würde sehr böse werden. Sie macht mir Sorge. Ich meine als Patientin. Sie verfällt zusehends, vergißt wichtige Dinge, und manchmal fängt sie an zu klagen, was gar nicht zu ihr paßt. Auch nimmt sie sehr vieles übel, zum Beispiel, daß ich zu müde für häufige Besuche bin, oder daß Sniffles sie nicht mag. Wenn Maggie bei ihr aufräumt, sitzt Sniffles in der Küche und wartet, bis sie fortgehen können. Wen er nicht mag, dem geht er konsequent aus dem Weg. Maggie entschuldigt sich bei meiner Mutter für ihn, da sie meine goldene Regel, sich nicht für Unabänderliches zu entschuldigen, nicht kennt...

»Bitte, besuche meine Mutter, wenn ich in Venedig bin, James!«

»Ja, natürlich«, sagte er zerstreut. »Was soll ich mit ihr reden?«

James studierte ein Jadetier. Dann murmelte er, daß man Jade nicht biegen, sondern höchstens in Stücke hauen könne. War das eine Anspielung auf meine Mutter? Ich seufzte... Was mich bedrückt, ist nicht ihre schwindende Körperkraft und ihr Mangel an Konzentration, sondern die Verwandlung, die sie und ich durchmachen. Früher war sie eine Riesin an Mut, Kraft und Autorität. Sie war es viele Jahre, noch hier in England. Jetzt ist es so, als ob ich immer größer und energischer würde und sie immer kleiner und schwächer. Das Leben ist erschreckend. Als meine Mutter zum ersten Mal sagte: »Was meinst Du dazu, Hilary? Soll ich mit dem Hauswirt sprechen oder lieber nicht?«, starrte ich sie an, als ob ich sie nie vorher gesehen hätte. Sie verkündete kein Ultimatum. Zum Schluß suchte ich den Hauswirt auf. Sie, die einen japanischen Kommandanten zu guten Taten für die gefangenen Kinder gezwungen hatte, fürchtete sich nun vor ihrem Hauswirt. Es war eine Lappalie, aber sie dankte mir, als hätte ich ihr das Leben gerettet. Ich konnte nachts nicht schlafen. Ich trauerte um etwas, was ich für immer verloren hatte. Plötzlich sah ich mich als alte Frau. Ich hörte Patienten sagen: Wissen Sie, wir gehen immer noch zu Dr. Stafford. Sie war ja großartig, als die Kinder noch kleiner waren. Aber sie läßt nach. Finden Sie nicht? Sie ist einfach nicht mehr dieselbe. Goldene Regel: Rechne damit, daß jeder sich mit der Zeit erschreckend verändert. Äußerlich und innerlich. Was Du weißt, kann Dich nicht aus der Fassung bringen.

Ich weiß eine Menge über Venedig und die Einwohner der Lagunenstadt. Aber ich geriet trotzdem aus der Fassung. Ich sollte einem Mann begegnen, der, ohne es zu ahnen, den ganzen, schlafenden Kummer aufweckte.

»Soll ich wirklich fahren, James?«

»Du hast doch Deinen Flug gebucht, nicht wahr?« James tat, als ob man einen Flug nicht absagen oder umbuchen könnte. Gewiß, man verliert etwas Geld dabei, aber wenn man ohnedies wenig Geld hat, spielt das auch keine Rolle mehr.

In der Burlington Arcade, nicht weit von der Bond Street, machte ich meine letzten Einkäufe für die Reise. James begleitete mich ziemlich widerwillig, weil er unentschiedene Käuferinnen nicht ausstehen kann. Da ich nichts von Mode verstehe, weiß ich nicht, ob ein grüner oder brauner Schal besser zum neuen Kostüm paßt. Endlich schleppte James meine Pakete zum Wagen. Auch das macht ihm wenig Spaß, aber er tut es, weil er James ist. Ich blickte ihn von der Seite an. Sollte ich ihn fragen, ob er mich gelegentlich vermissen werde? Goldene Regel: Sei vorsichtig mit James! Ich fragte, ob er sich etwas um Sniffles kümmern könnte. »Er winselt schon jetzt, weil er Deine Koffer sieht – der dumme Knirps«, sagte James nachsichtig. Er hat den dummen Knirps recht gern...

James lud mich zum Tee ins Ritz ein. Für gewöhnlich trinke ich meinen Tee in engen Buden in Swiss Cottage, wo die Kellnerin darauf lauert, daß man Platz für die Nachfolger macht. Was geht es sie an, wenn ich mir den Mund an dem kochenden Tee verbrenne? Das ist anders im Ritz. Es ist überall anders, wo man mit James erscheint. Er möchte gern übersehen werden, aber es gelingt ihm nicht. Im Ritz hat man unendlich viel Zeit. Vor hundert Jahren soll in dieser Gegend das Wirtshaus »The White Horse Cellars« gestanden haben. Dort stärkte sich Mr. Pickwick mit Sam Weller und seinen Freunden für die Reise in der Postkutsche. Das gefällt James an dieser Gegend und am Ritz. Ich begeistere mich mehr für die Damentoiletten des Hotels, die so anheimelnd sind, daß man den Rest seines Weekends dort verbringen möchte. Sanfte Farben und Lichter, Waschbecken mit pausenlos heißem Wasser, und gelegentlich darf man ein Hündchen mitbringen, das die Aufsichtsdame betreut und verwöhnt. Sniffles wollte nicht wieder weg und machte auch noch die Bekanntschaft einer Herzogin.

Ich möchte diesen Luxus aber nicht bei mir zu Haus haben, denn in kurzer Zeit würde alles so aussehen, wie alles bei mir zu Hause aussieht.

»Höre, James! Ich werde ein volles Haus in Venedig vorfinden. Außer den New Yorkern wohnt ein Japaner in meinem Haus.«

»Wie kommt der dahin?«
»Elvira Vivarini schrieb, Lucia habe ihn bei einer ihrer Fremdenführungen kennengelernt. Er wollte nicht im Hotel leben, sondern in einem echten Palazzo.«
»Dann hat er ja, was er will.«
»Sein Zimmer ist im ersten Stock. Neben meinen Räumen.«
»Warum nicht? Irgendwo muß er doch schlafen.«
»Bitte, erzähle es meiner Mutter nicht. Sie wäre außer sich.«
»Meine liebe Hilary, selbst wenn ich nicht weiß, was ich mit Deiner Mutter reden soll, werde ich ihr nichts von dem Japaner oder Deinen New Yorkern erzählen. Ich kenne sie nicht und –«
»Du kannst ja nach Venedig zur Erholung mitkommen, James! Es ist überhaupt unglaublich, daß Du die Stadt nicht kennst.«
»Wollen wir gehen?«

Es dunkelte schon, als wir zu mir nach Hause fuhren. Die Läden strahlten Licht und Sicherheit aus, und die Menschen schlenderten an Geschäften, Kinos und Restaurants vorbei, als ob alles in Ordnung wäre. Dabei verging kein Tag, an dem nicht jemand in einer Seitenstraße, hinter dem Glanz des Westend, beraubt, vergewaltigt oder ermordet wurde. Ich dachte an das Lager in Mittel-Java und an den Japaner in meinem Palazzo. War er alt? Hatte er den Rausch der Sieger in Südostasien erlebt? Oder war er ein Kind im Krieg gewesen? So wie ich? Ich nahm mir vor, ihn zu bitten, sich ein anderes Quartier zu suchen, weil ich den Raum für Freunde brauche. James könnte doch kommen. Oder Miss Lydia, die auch noch nie in Venedig gewesen war. Oder der Mann im Mond. Der Japaner mußte ausziehen! Ich hatte nichts gegen ihn, aber –
»Vielleicht kannst Du ihn gegen einen Chinesen umtauschen«, sagte James, der alte Gedankenleser. »Meine Freunde gefallen Dir doch.«
»Vielleicht.« Ich schloß die Augen. Ich hatte das Gefühl, daß James sich von Minute zu Minute weiter von mir entfernte oder ich mich von ihm. Mir war unbehaglich zumute, als solle ich durch einen dunklen Wald gehen. Zum Glück gibt es keine Wälder in Venedig.
»Paß auf, wo Du hintrittst«, sagte James. »Fall in Venedig nicht in einen der verdammten Kanäle. So – da wären wir.«
Ausnahmsweise blieb James über Nacht bei mir. Wollte er mir durch-

aus die Trennung erschweren? Am nächsten Morgen briet er Eier und Speck, machte Tee und pfiff vor sich hin. Dann fuhr er in sein Büro.

Ich fragte mich, ob ich meinen Entschluß, nach Venedig zu fahren, bereits bereute. Wären die Toten nur so tot, wie sie vorgeben! Ich sah Antonios spöttisches Lächeln vor mir und dachte an seine bösen Spiele. Es hatte ihm Spaß gemacht, Leute zu erschrecken. Nicht so heftig, daß sie tot umfielen, aber so, daß ihnen vor der Nacht graute – vor dem Gewirr der engen Gassen, vor den dunklen Kanälen und dem drohenden Mond. In Venedig konnte man kein Taxi rufen, wenn jemand einem verstohlen folgte, um einen zu berauben, zu umarmen oder zu töten. Die Kanäle nahmen den Abfall der Nacht auf, die Leiche trieb mit den Wassern davon.

Als das Telefon klingelte, fuhr ich zusammen. Ein Patient bat, ich möchte sofort kommen, seine Frau hätte einen Herzanfall. Sie hatten soeben erfahren, daß ihr einziger Sohn ermordet in Soho aufgefunden worden war. Mr. Turner mußte die Leiche identifizieren. Der ruhige Mann rang nach Atem. Miss Lydia brachte meinen schwarzen Koffer. Maggie und Sniffles waren gerade erschienen. Er begrüßte mich begeistert und wollte mit ins Auto. Nein, nicht heute! Ich nahm ihn auf den Arm und streichelte sein glattes glänzendes Fell, aber er lief beleidigt zu seinem Hocker im Wartezimmer. Als ich Maggie sagte, was bei Turners passiert war, bemerkte sie, sie wisse nicht, was aus London werde, und daß das Unglück keinen Unterschied zwischen arm und stinkreich mache. Aber es sei natürlich grauenhaft. Maggie verzog ihr dünnes Cockneygesicht, als ob sie anstandshalber weinen müsse, woran sie nicht im Traum dachte. Sie genoß ein Unglück. Sie strich sich ihr struppiges Haar hinter die Ohren und kochte Tee: In London gibt es keine Tragödie ohne Tee: vorher, mittendrin und nachher.

Während meiner Kindheit und Jugend hatte Maggie immer Tee gekocht. Als Miss Lydias Mutter von London in den Badeort in Suffolk zog, waren Maggie und Jack Dobbs mitgezogen. Sie konnten sich nicht von Lydia trennen. Maggie war immer essigsauer, fleißig, mißtrauisch und heimlich liebevoll gewesen. Sie sehnte sich nach London zurück, blieb aber in Felixstone.

Die See machte nicht den geringsten Eindruck auf sie. Sie war ein

Londoner Cockney aus Bermondsey und hatte all deren großartige und rauhe Eigenschaften. Maggie und Jack hatten ihre eigene Meinung, und sie sagten sie laut, ob man sie hören wollte oder nicht. Beide vermißten ihre alten Londoner Freunde, das Klosett für zehn Personen und wahrscheinlich auch die Ratten. Auf jeden Fall vermißten sie den Spaß, ihr Pub, die viel härtere Arbeit und die Wäsche ohne elektrische Waschmaschine. Aber sie blieben. Und dann kamen meine Mutter und ich, und das war etwas für Maggie und Jack. Auch Jack stammte aus dem East End, er war ein Ex-Boxer und hatte das weichste Herz der Welt. Er reparierte alles im Haus, was die Frauen seiner Meinung nach absichtlich kaputtmachten, und er war Miss Lydias Mutter ergeben. Aber auch ihr sagte er seine Meinung, und hinterher war sie umgänglicher. Einmal zimmerte er mir ein Puppenhaus, wobei er laut sang, während Maggie schimpfend meinen Puppen Schürzen und Mäntel nähte. Nie wieder habe ich soviel selbstverständliche Nächstenliebe erlebt. Jack ertrank. Und später zogen wir alle nach London zurück.

Meine letzten Tage in London vergingen schnell. Und dann brachte James mich zum Flugplatz. Sniffles hatte sich unter meinen Schreibtisch verkrochen, als James und Maggie meine Koffer zum Wagen brachten. Er brach mir das Herz, aber da konnte man nichts machen.

»Komm endlich, Hilary.«

Was redet man in Heathrow, bevor das Flugzeug aufgerufen wird?

»Wenn Du Geld brauchst, schreib mir«, sagte James.

»Ich denke, ich hab kein Geld.«

»Aber deswegen brauchst Du es doch.« Er brachte mir einen starken Whisky. »Trink das, Hilary! Du bist ziemlich blaß.« Ich dachte: Onkel James! Jahrelang war er für mich eine junge Respektsperson gewesen, wenn es so etwas gibt. »Weine nicht, Kleines! Onkel James bringt es schon in Ordnung. Weißt Du, sie fressen Dich nicht in der Schule.« Später sorgte James dafür, daß ich Medizin studierte, statt meine Mutter lebenslänglich aus nächster Nähe zu ehren und zu unterhalten. Sie hat es ihm nie verziehen. James war irgendwie mit Mrs. Clarke und Lydia verwandt, aber ich wußte nicht wie. Es spielte keine Rolle. Und nun trank ich meinen letzten Whisky mit ihm und fühlte mich besser.

»Du bist so gut zu mir, James! Wie kann ich Dir danken?«
»Das kannst Du Dir in Venedig überlegen.«
James blickte mich einen Augenblick merkwürdig an. Dann wünschte er mir »eine nette Zeit« in Italien.
Es war soweit. »Leb wohl, Hilary! Verheirate Dich nicht wieder in Venedig!« Er drückte mir ein Päckchen in die Hand. Ich küßte ihn, und dann war alles vorbei. Mit jeder Sekunde entfernte ich mich von dem Besten, was mir je begegnet war. Warum hatte ich das Gefühl, ich würde James und alle anderen nie wiedersehen?
James winkte mir vom Restaurant zu. Im Flugzeug öffnete ich sein Päckchen. Aus den Papierhüllen tauchte ein Hund aus grauer Jade auf – sehr klein, sehr alt, sehr kostbar. James hatte einen chinesischen Spruch dazu geschrieben: »Jade ist die reine und solide Essenz von Himmel und Erde, Berg und Fluß. Mit Liebe von James und Sniffles.«

Ich kam müde und deprimiert in Venedig an. Lucia erwartete mich auf dem Flugplatz, was mich nicht fröhlicher stimmte. Sie war so verändert, daß ich sie kaum wiedererkannte. Ich fragte nach meiner Schwiegermutter, und Lucia sagte, sie habe sich erschreckend verändert. Meine Verstimmung wuchs. Warum nehmen wir es Leuten so übel, daß sie im Laufe der Jahre nicht dieselben bleiben? Und warum verändern sie sich meistens zu ihrem Nachteil? Warum nimmt das fortschreitende Alter ihnen fast alles, was anziehend an ihnen war? Wenn ich bedenke, wie nett und liebenswürdig ich war, als ich damals in Venedig ankam. Wie bezaubernd war Antonio vor unserer idiotischen Heirat gewesen! Er hatte mir in einem Kaffee auf der Piazza geholfen, weil ich mit dem italienischen Geld nicht zurechtkam. Eigentlich war er der einzige, der sich in den fünf Ehejahren nicht verändert hatte. Ich war es, die seinen Charakter falsch beurteilt hatte. Solche Fehler konnte ich heute nicht mehr machen, da ich meine rosige Brille in die Themse geworfen habe.
Lucia trug kompromißloses Witwenschwarz, was ich lächerlich fand. Antonio war doch nicht ihr Ehemann gewesen. Aber wenn sie als seine Witwe herumlaufen wollte, sollte es mir recht sein. Ohne Drama konnte sie nicht leben. Ich hatte aufrichtig gehofft, daß Zeit und Entfernung meine heftige Abneigung gegen sie gemildert hätten, aber ich fand sie genauso gräßlich, wie ich sie immer gefunden hatte. Eigentlich ist es sehr komisch, daß wir in unseren Abneigun-

gen viel beständiger als in unseren Zuneigungen sind. Wäre es umgekehrt, würde ich jetzt mit James Tee im Ritz trinken. Lucia fragte mit ihrer alten Unverschämtheit, die sich durch ihren Witwenschleier nicht vermindert hatte, warum ich nach Venedig gekommen sei. Als ob mein Anwalt ihr nicht alles erklärt hätte. Ich sagte, ich wisse es selber nicht, und ich freute mich, daß sie sich ärgerte. Das fing gut an. Zum Abendessen erwartete mich die alte Contessa, die, wie ich von Lucia hörte, jetzt eine ständige Krankenschwester hatte. Mit einem gewissen ärztlichen Interesse fragte ich, was ihr fehle, und Lucia sagte grimmig: »Antonio.« Sie fügte hinzu, er wäre wahrscheinlich noch am Leben, wenn ich ihn nicht verlassen hätte. Niemals hatte ich einen solchen Unsinn gehört. Wenn einer mich hatte loswerden wollen, dann war es Antonio Cesano gewesen, und wenn jemand es wußte, dann war es Lucia.
Mein Palazzo, den Lucia so gern geerbt hätte, lag düster, baufällig, aber verglichen mit Londoner Vorstadthäusern immer noch grandios, an einem Seitenkanal. Ich hatte mich immer noch nicht von der Überraschung, daß Antonio so großzügig gegen mich gewesen war, erholt. Vielleicht gehöre ich zu den Leuten, die durch Abwesenheit gewinnen.
An dem Palazzo mit Garten hatte sich nichts geändert. Da war noch meine verträumte kleine Laube am Kanal mit den Blumen in den Steintöpfen und den vielen Ranken. Ob der Japaner sich manchmal dort aufhielt? Wie kam ich auf diese Idee? War er ein Geschäftsmann, oder ein Soldat in Zivil oder einfach ein Blumenfreund?
Was immer er war, er lief mir als Erster über den Weg. Weder jung noch alt, lehnte er wie eine Statue an einer Säule der Halle, und er musterte mich ungeniert und mit einem gewissen Wissensdurst, als sei ich ein Insekt unter dem Mikroskop. Da wir in England gern wegblicken, um Unbekannte nicht in Verlegenheit zu bringen, irritierte mich sein Anstarren nicht wenig. Natürlich ließ ich mir nichts anmerken und nickte freundlich, als Lucia ihn mir vorstellte. Er war durchaus nicht klein, aber weil er trotzdem zu mir aufblicken mußte, lief ein Schatten über sein Gesicht. Im übrigen war er völlig anders als die uniformierten Drachentöter meiner ersten Lebensjahre. Er hatte anmutige und disziplinierte Bewegungen, verbeugte sich mit beinahe weiblicher Anmut und murmelte einen ziemlich langen Namen. Er schien Wert darauf zu legen, daß man den Namen nicht verstand,

und ich verstand ihn auch nicht. Mir war, als ob seine dunklen glänzenden Augen in meinem westlichen Gesicht nach irgendeinem Erkennungszeichen suchten, das er nicht entdecken konnte. Jedenfalls blickte er unvermittelt weg und studierte den staubigen Marmorboden der Halle. Die alte Maria schien immer noch so gründlich aufzuräumen wie damals.

Ich studierte den Japaner verstohlen von der Seite, während Lucia mit ihrer mechanischen Liebenswürdigkeit alles mögliche redete, um unser Schweigen zu überbrücken. Ich konnte ihr nie zuhören, weil sie immer das Erwartete sagt.

Die Gesichtszüge des Fremden waren wie aus Jade gemeißelt, und ich stellte zu meinem Erstaunen fest, daß es wirklich schöne japanische Männer gibt. Aber nichts war mir gleichgültiger. Nur die Augen und Lippen lebten in diesem Gesicht. Es waren tiefe, mandelförmige Augen, und in ihrer Tiefe brannte ein kaltes Feuer. Seine vollen Lippen waren leicht geöffnet, die Mundwinkel herabgezogen. Genau wie bei einem meiner Londoner Patienten. Wie John Grey schien dieser Fremde maßlos ehrgeizig, bitter und aggressiv zu sein, wenn er eine Niederlage erlitt: ein unbehaglicher Tourist.

Ich habe nie die Kunst der leichten Unterhaltung beherrscht. Ich brauche Zeit, um warm zu werden. Eigentlich kann ich nur mit James und meinen Patienten ungeniert reden. Ich hatte keine Ahnung, worüber ich mich mit dem Japaner unterhalten sollte. Er machte nicht die geringste Anstrengung, ein Gespräch in Gang zu bringen. Wir standen uns minutenlang stumm gegenüber. Wie konnte ich ahnen, daß Japaner ein Schweigen, das uns peinlich ist, mit Gleichmut, wenn nicht mit Genuß ertragen? Es müssen andere Spielregeln bei ihnen gelten. Entweder Asiaten sind der Natur, die gern schweigt, näher, oder sie verfolgen ungeniert ihre eigenen Gedanken und kümmern sich nicht um den verlegenen Gesprächspartner. Ich wußte es nicht, und ich wurde immer nervöser. Ich suchte nach einem Gesprächsstoff, nicht nach Tiefenpsychologie, wovon ich ohnehin nichts verstehe. Schließlich fragte ich den schweigenden Gast, wie ihm Venedig gefalle. Etwas Banaleres hätte ich nicht fragen können, aber mir fiel vor diesen Augen, die durchdringend und trotzdem abwesend blickten, nichts Besseres ein. Er überlegte bei meiner Frage lange und sorgfältig, woraus ich schloß, daß Venedig ihn nicht begeisterte.

Schließlich erwiderte er in sorgfältigem Englisch, er habe es noch nicht herausgefunden und bitte wegen seines Mangels an Scharfsinn um Verzeihung. Zu meinem Ärger errötete ich. Er mußte sich über mich lustig gemacht haben.
Lucia hatte sich zu der alten Maria begeben, und zum ersten Mal im Leben vermißte ich sie. Außerdem fürchtete ich, daß es sehr schwierig sein würde, den Gast aus Japan aus meinem Haus hinauszukomplimentieren. Wenn er sich einfach taub stellte? Ich traute es ihm zu. Auf dem Höhepunkt meiner Verlegenheit angelangt, sagte ich nun auch nichts mehr. Aber ich konnte ihn nicht stehenlassen und auf- und davongehen, das wäre zu unhöflich gewesen. Er war glatt und gleichmütig und schrecklich höflich mit seinen Verbeugungen und Entschuldigungen. Plötzlich verbeugte er sich wieder mit großer Anmut – er hatte eine wundervolle Körperbeherrschung – und drückte die Hoffnung aus, in weiteren Unterhaltungen mit mir sein elendes Englisch verbessern zu dürfen. Ich versicherte ihm, er spreche ausgezeichnetes Englisch, woraufhin seine Mundwinkel sich senkten. Hatte er mein Kompliment als Absage aufgefaßt? Hatte ich ihn unwissentlich gekränkt? Tatsächlich sprach er ein fehlerfreies, wenn auch seltsam zeremonielles Englisch, worin viel von unverdienter Ehre und seinen miserablen Ideen die Rede war. In dieser Stunde des Kennenlernens wurde mir bereits klar, daß mein Logiergast von morbider Empfindlichkeit war und aus jeder Stechmücke einen Elefanten machen würde. War das japanisch oder lag das an dem Herrn, dessen Namen ich nicht verstanden hatte? Mir scheint, daß sich in uns allen dieselben Leiden und Empfindlichkeiten verbergen.
Ich fragte ihn, wie lange er schon in Venedig sei, und er sagte: »Nicht allzu lange.« Ob er schon Bekanntschaften geschlossen habe? Er habe die Ehre, die Contessa Lucia Cesano und die Marchesa Vivarini zu kennen. Pause: Ich fragte verzweifelt: »Und was tun Sie hier in Venedig, Sir?«
»Nichts.« Er lächelte zum ersten Mal. »Das ist eine wunderbare Beschäftigung.«

2

Stimme aus Tokyo: Die Onnagata und ich

Morgens und abends esse ich die Kost der Reisenden. Ich treibe mit Wind und Wolken dahin und kenne das Ziel so wenig wie sie.

Basho, Tokugawa Periode (1644–1694)

SHINODA TARO:

Warum reden die Menschen des Westens so viel? Warum müssen sie immer etwas vorhaben? Anstatt sich in der Kunst der Konzentration zu üben, suchen sie Zerstreuung. Wenigstens kann die Contessa Lucia Cesano nicht einen Augenblick schweigen oder abwarten.

Als die englische Ärztin mich fragte, was ich in Venedig tue, sagte ich wahrheitsgemäß: »Nichts.« Dabei dachte ich an den Rat, den ein alter Mönch von Higachiyama mir vor meiner Abreise gab: »Schweig still. Tu nichts.« Wie könnte ich der Londoner Ärztin sagen, daß ich nach innen lausche, um das Gleichgewicht meiner Seele zurückzugewinnen? Dr. Stafford hätte ihren vernünftigen Kopf geschüttelt.

Und so treibe ich schweigend mit Wind und Wolken dahin. Scharfer Wind von der Adria und dunkle Wolken. Ich habe keine Ahnung, wann ich Venedig verlassen werde. Ich muß erst finden, was ich suche. Je weniger ich suche, desto eher werde ich es finden.

Venedig ist ein unwirklicher Wohnort, und die fremde Umgebung stimmt mich trübe. Wahrscheinlich leide ich unter einem Kulturschock. Mein verehrter Großvater in Tokyo warnte mich davor. Er war in seiner Jugend in Korea gewesen. Aber ich mußte vierzig Jahre werden, um allein in dieser fürchterlichen Stadt zu leben. Hier ist nichts verborgen. Die Stadt zeigt ihre Schönheiten ohne jede Zurückhaltung – ein Schaufenster des Westens. Trotzdem werde ich hier so lange bleiben, bis ich gefunden habe, was ich suche. Und ich kann es nur in Venedig finden.

Der Abschied von meiner Familie zerriß mir das Herz. Alle wollten wissen, wann ich wiederkäme. Aber ich konnte es ihnen nicht sagen, weil ich es selbst nicht weiß. Über meine Pläne durfte ich erst recht nichts verraten. Mein verehrter Großvater wollte nicht glauben, daß ich mich den Touristenschwärmen in Venedig anschließen würde. Obwohl es schwierig ist, übersehe ich meine Landsleute hier konsequent. Sie fotografieren die ganze Zeit. Mein Vater war sehr böse und fragte, was ein gefeierter Schauspieler wie ich in der feindlichen Fremde zu suchen habe. Meine Mutter wischte sich verstohlen mit ihrem Kimono-Ärmel die Tränen ab. Die Onkel und die Vettern schwiegen. Sie hatten kein Recht, ein Urteil über mich zu fällen. Werde ich meine geehrte Familie lebend wiedersehen? Mein Großvater ist sehr alt, sehr berühmt, sehr streng. Er war der Beschützer meiner Kindheit, ebenso wie die verehrte Mutter meiner Mutter im Reisdorf Kurokawa. Alles, was ich kann und was meinen Ruhm weit über Tokyo verbreitet hat, habe ich von diesen Beschützern meiner Jugend gelernt. Sie machten mich mit den großen Vorbildern des *Kabuki*-Theaters bekannt. Auch wenn wir sie nicht erreichen können, fällt ihr Glanz auf unsere armselige Leistung.

Habe ich etwa die Bürde der Dankbarkeit von mir geworfen? Wie die Söhne des modernen Westens? Keineswegs. Nur hat meine innere Unruhe die Kette, die mich an frühere Generationen bindet, gelokkert. Jetzt spielt man in Japan die »Stücke des Sommers« in hellen, leichten Gewändern. Die Bühne ist mit zarten Laternen und Blüten geschmückt. Auf diesem ästhetisch vollkommenen Schauplatz erschlägt der Held zehn Feinde in hellen Kimonos. Das Blut fließt über die weißen Gewänder wie roter Wein über ein Schneefeld. Das Publikum erschauert trotz der sommerlichen Hitze. Und da ist die *Onnagata* – die Verkörperung der Frau! Die Zeitungen in Tokyo, Osaka und Kyoto schreiben, ich sei die größte Onnagata seit langer Zeit. Ich spielte die *Komachi* mit der Blütenkrone in dem Drama »Liebe so tief wie der Schnee an der Grenze«. Selbst die Bankiers und Industrie-Barone weinten, und sie weinen nicht sehr leicht. Die Zeitungen schrieben, ich trüge die Gewänder der Prinzessinnen und Kurtisanen mit größerer Anmut als jede Schauspielerin. Sie behaupten, die Vollkommenheit meines Fächertanzes, der Trauer um den Geliebten darstellt, könne von keiner Tänzerin erreicht werden. Das ist nicht mein Verdienst, sondern das Verdienst der Onnagata. Sie ist die Essenz der Weiblichkeit, das reine Ideal, das keine Frau so vermitteln kann.

Ich bin die sechste Onnagata, die die große Kabuki-Familie Kayawara hervorgebracht hat. Die Zeitungen schreiben, ich sei schöner als die

Frauen mit ihren ausladenden Hüften, poetischer als Schauspielerinnen mit aufdringlichen Brüsten. Ich schwebe beim Tanz, und das Publikum rast. Die Zuschauer sind dem Wahnsinn nahe. Unbarmherziges Training von Kindheit an! Strikte Disziplin, unaufhörliches Studium großer Vorbilder, strengste Ablehnung der individuellen Auffassung einer Rolle, wie sie im Westen üblich ist. Die Tradition meiner Familie hat mich zu dem gemacht, was ich heute bin. Aber ich bin sterbensmüde. Wie sollte es anders sein? Ich bin bereits vierzig Jahre und nähere mich stündlich dem Ende. Zu lange habe ich Prinzessinnen, Prostituierte, Singmädchen, Nonnen und Geister gespielt. Ich fühle, ich muß von der Blumenbrücke abtreten. Ich muß mich erneuern. Ich habe diesen ketzerischen Wunsch meiner Familie noch nicht mitgeteilt. Ich trage das Geheimnis über die Brücken dieser Stadt. Wenn ich das Spiel der Gondeln und Motorboote verfolge, möchte ich die Onnagata, mein erstes Ich, im Canale Grande ertränken, auch wenn es mich die Gunst und den Schutz meiner Familie kosten wird. Welch ein Konflikt, welch ein Drama! *Wo* ist der Weg, der mich aus uralter Tradition in eine andere Welt führen könnte? Aber das ist Verrat, unsagbarer Verrat! Mein Vetter Matsuo würde mich ersetzen müssen. Aber zur Onnagata fehlt ihm alles, Matsuo kann nicht hinreißen, er könnte keinen Bankier erschüttern, er würde keinen reichen Gönner finden, denn er tanzt wie eine Holzfigur. Was soll ich tun? Auf jeden Fall werde ich die Biennale hier am Lido abwarten. Herr Fujima, mein einflußreicher Gönner, der vor einigen Monaten starb, hat mir einen Teil seines Vermögens und sein Sommerhaus am Hakone See hinterlassen. Herr Fujima war Präsident eines Stahl- und Eisen-Konzerns. Außerdem war er Junggeselle. Er versäumte keine Vorstellung in Tokyo oder Osaka, wenn ich die Onnagata im »Doppelselbstmord der Liebenden« spielte. Eine herrliche Todesszene! Herr Fujima war ein Mann von Eisen und Stahl, aber auch er weinte und zitterte. Seine Familie hat das Testament nicht angefochten, sie liebt die Kunst. Auch die Familie Fujimas beobachtet mit Entzücken meinen Fächertanz im »Spiegellöwen«. Meine Klage im lila Kimono mit weißen Chrysanthemen, bevor ich mich elegant in den Fluß stürze. Meine Rede als Geisha Koman! Mein Gebet im Tempel, meine Heldenpose in »Gekreuzten Schwertern«, der blitzschnelle Wechsel meiner Gewänder, die meinen veränderten Gefühlen entsprechen. Keiner wundert sich, daß gewisse Onnagatas höchste Stilisierung erreichen, weil ihre Magie auf der Bühne der ausgeklügelten Mischung aus Phantasie und Technik entspringt. Schließlich gibt es die Onnagata seit dem sechzehnten Jahrhundert. Zeit genug, sich an den großen Vorbildern zu schulen. Meine Familie besitzt eine Sammlung von Farbholzschnitten, die vollendete Form mit vollendeter Farbe verbinden. Natürlich fehlt der Ton. Aber wenn ich mich in die alten Bilder versenkte, hörte ich die Stimmen und Gesänge der großen Schauspieler. So wie man die Sterne am Himmel noch sieht, lange nachdem sie verschwunden sind. Wie die Onnagata, haben die Sterne poetische Kraft. Versenkung ist etwas, was den Menschen des Westens so schwerfällt, daß sie sich darin möglichst nicht versuchen, falls sie nicht zufällig Dichter oder Philosophen sind. In Venedig habe ich bis jetzt keinen meditativen Geist getroffen. Die Leute hier sind so nach außen gerichtet wie diese auffallende Stadt, die in alten Zeiten der geeignete Aufenthaltsort für Prinzen und zügellose Architekten war und jetzt langsam ins Meer zurücksinkt. Ein Moderduft entsteigt den Palästen am Canale Grande.

Ich hasse Barock: Die überladenen Fassaden verursachen mir Übelkeit. Äußere Pracht gehört auf die Kabuki-Bühne, wo man sie erwartet. Aber unsere Bühnenbilder sind bis ins letzte Detail durchkomponiert. In Venedig steht ein Renaissance-Bau neben Barockbauten und gotischen Fassaden. Es wird einem schwindlig davon. Ich werde mir von Frau Dr. Stafford ein Mittel dagegen verschreiben lassen. Sie wirkt vertrauenerweckend und respektgebietend, was ich von der Contessa Lucia Cesano nicht behaupten kann. Wie ich erfahre, war Hilary Stafford mit dem Bruder der Contessa verheiratet, sie hat den Palazzo geerbt. Er ist recht baufällig. Die Ärztin wirkt beruhigend auf mich. Aber das ist ihr Beruf und kein persönliches Verdienst. Sie ist eine ernste Person. Das gefällt mir. Das Leben ist nicht heiter, und sie scheint das begriffen zu haben. Aber wie ein Venezianer diesen britischen Eisschrank heiraten konnte, ist mir ein Rätsel. Hilary Stafford hat ausgezeichnete Umgangsformen, aber wenig Leidenschaft. Oder sie versteckt sie so geschickt wie eine Japanerin. Ich denke viel über sie nach, denn trotz ihrer äußeren Kühle hat sie Mitgefühl, was der Contessa Lucia vollkommen abgeht. Sie ist mir lästig. Wie werde ich sie wieder los? Das scheint bei den Frauen des Westens eine schwierige Angelegenheit zu sein. Andere Länder, andere Spiele und Spielregeln! Ich habe immer gewußt, wie ich eine lästige Geliebte taktvoll und elegant verabschiede. Hier weiß ich nichts. Ein trauriger und verblüffender Zustand. Und dabei drückt mein beruflicher Konflikt meine Stimmung bis zur Verzweiflung nieder. Aber wenn es nicht die Dunkelheit der Seele gäbe, wie sollte man ihre leuchtenden Augenblicke erkennen? Ich muß das Dunkel eben ertragen. Ich muß meine Gedanken in andere Richtungen lenken, damit ich nicht in Depressionen verfalle. Aber wie schwierig ist das. Wie flinke Dämonen kehren die Gedanken zum Nationaltheater zurück. Etwas Unfaßbares bereitet sich vor, und doch wird meine Familie es allmählich begreifen müssen.

Denn wenn sich nun der Vorhang heben wird oder das Publikum daheim das Fernsehen anstellt, wird man vergeblich nach Kayawara Koshiro VI., der sechsten Onnagata meiner Familie, suchen. Meinen gesetzlichen Namen kennt man nicht. Die Onnagata versteckt ihr Privatleben hinter einem Fächer. In einem gewissen Sinne begeht sie Doppelselbstmord wie »Die Liebenden von Sonezaki«. Sie tötet ihre Privatperson und ihre Männlichkeit, so lange das Stück dauert. Ich heiße Shinoda Taro. Wen könnte das interessieren, außer etwa die Zollbeamten und die Steuerbehörde? Wer in aller Welt kümmert sich darum, ob Herr Shinoda verheiratet ist oder nicht? Ob er einen eigenen oder einen adoptierten Sohn hat? Ob er schön oder häßlich, klug oder dumm, glücklich oder unglücklich, gut oder böse ist?

Ich bin nach Venedig gekommen und esse die Kost der Reisenden, um diesen Herrn Shinoda endlich kennenzulernen, bevor die sechste Onnagata der Familie Kayawara ihn mit ihrem Fächer erschlägt.

3
Stimme aus Venedig: Eine Freundin der Familie

Man rechnet mit Schafen, aber nicht mit dem Wolf.

Italienisches Sprichwort

ELVIRA VIVARINI:
Ich kenne die Cesanos so lange, daß ich mich ohne Übertreibung als älteste Freundin der Familie bezeichnen darf. Ihre Verrücktheiten und unberechenbaren Handlungen amüsieren und erstaunen mich nicht mehr. Livia Cesano, die Antonio vergötterte und ihrer Tochter Lucia kaum einen Blick und nie einen Gedanken schenkte, ist meine Jugendfreundin. Und was ihren verstorbenen Ehemann betrifft, so kannte ich Giovanni Cesano bedeutend besser als sie, auch wenn sie dieser Tage Ferngespräche zwischen Venedig und dem Jenseits mit ihm führt. Vielleicht sagt sie ihm alles, was sie ihm zu seinen Lebzeiten verschwieg. Das muß eine ganze Menge sein.
Bevor Livia ihn heiratete, war er bereits zwei Jahre eng mit mir verbunden. Sie nahm mir Giovanni weg, aber nur für kurze Zeit. Ich weiß nicht, warum er sie heiratete, da sie schon in ihrer Jugend eine schwierige, besitzgierige und herrschsüchtige Person war. Er war der geborene Junggeselle aus reichem Haus, ein glänzender Jurist, und er hatte kein Interesse an Kindern. Er hat nie gemerkt, daß die arme Lucia ihn vergötterte. Ich zeigte ihm nie, daß ich ihn leidenschaftlich liebte, machte ihm nie Szenen, wie seine Frau es tat, und erhielt mir auf diese Weise seine Achtung und seine Zuneigung bis zu seinem plötzlichen Tod. Herzschlag. Als Freundin der Familie trauerte ich mit Livia und Lucia. Antonio betrauerte seinen Vater nicht einmal ein Jahr lang. Er zeigte nach außen hin natürlich die erwartete düstere Miene; die Cesanos sind gute Schauspieler. Mich hat Antonio nie getäuscht, dazu kannte ich ihn zu gut. Ich beklagte seinen Charakter, konnte mich aber dem Zauber seiner Person nicht ganz entziehen.
Natürlich sind wir alle nicht so, wie wir uns der Außenwelt zeigen,

denn wenn wir unsere Schwächen und Laster zur Schau trügen, hätten wir in einer Woche unsere Freunde verloren. Aber bei Antonio Cesano gähnte ein Abgrund zwischen der glänzenden Erscheinung des Sohnes einer unserer alten, berühmten Familien und dem, was er wirklich war. Er war nicht das schwarze Schaf zwischen Lämmern, er war der Wolf, mit dem die Herde nicht rechnet.
In gewissem Sinn war Antonio ein Mörder. Er tötete Hoffnungen, erstickte Zuneigung, überfiel ein Herz aus dem Hinterhalt, wie er es mit der jungen Hilary Stafford machte, und zertrampelte die Liebe, bis sie ermordet am Boden lag. Sehr vorsichtig, sehr kalt und raffiniert. Eine einzige Person hat er vielleicht auf seine Weise geliebt, aber diese Person war nicht seine englische Frau. Als Freundin der Familie habe ich Hilary nie offenbart, aus welchem Grund Antonio Cesano sie so plötzlich und unerwartet in Venedig heiratete.
Ich nahm ihm nie übel, daß er beständig zwischen Gut und Böse schwankte, denn das tun wir alle. Aber allmählich drang kein Lichtschimmer mehr durch die Finsternis seiner Seele. Manchmal sehnte er sich nach Bußübungen und Reinheit. Kurz nach der Hochzeit mit Hilary Stafford trieb er eine Marienverehrung, die über die gesunde Liebe zur Muttergottes hinausging und seine junge Ehe zusätzlich belastete. Zur selben Zeit lernte er die Person kennen, die ihn in den Abgrund stürzte. Hilary war damals so unschuldig und ahnungslos wie ein ernster und magerer Veronese-Engel. Daß Antonio in den letzten Jahren seines Lebens sein Testament umstieß und ihr den Palazzo vermachte, hat sie wahrscheinlich ebenso erstaunt wie den Rest seiner Familie. Aber natürlich gehörte diese Handlung zu seinen sporadischen Bußübungen.
Hilary hat sich sehr zu ihrem Vorteil verändert. Heut ist sie eine selbstsichere und humorvolle Frau, die offenbar erfolgreich in London praktiziert. Ich werde sie dieser Tage wegen meines Rheumas konsultieren. Lucias Japaner ist bereits ihr Patient. Er scheint ein Hypochonder zu sein, der zweimal wöchentlich die Krankheiten wechselt. Mir ist es unbegreiflich, was Lucia an ihm findet – abgesehen davon, daß er ihr die Einsamkeit vertreibt. Sie konnte nie Herzen gewinnen, höchstens dann und wann Männer, die genauso enttäuscht waren wie sie selbst. Sie liebte nur ihren Vater, und nach dessen Tod nur Antonio.
Antonio liebte nicht einmal seine Vaterstadt. Er sagte einmal, Vene-

dig habe seit mehreren Jahrhunderten alles Neue abgewiesen, das sei der wahre Grund des Verfalls. Und die Venezianer hätten hintergründige Gedanken über die einfachsten Tatsachen, anstatt hintergründige Probleme auf einfache Art zu lösen. Als ich ihm erwiderte, er sei ein typischer Venezianer, weil er eine einfache Tatsache wie Liebe zwischen zwei Menschen als hintergründiges Problem betrachte, starrte er mich rasend vor Wut an. Er konnte Kritik nicht vertragen. Dazu hatten seine Mutter und Lucia ihn von Kind auf zu eifrig bewundert. Dann lächelte er kalt und ignorierte mich bei meinem nächsten Besuch im Palazzo Cesano. Es brach mir nicht das Herz, aber ich ärgerte mich über seine Unverschämtheit.

Antonio galt als ein leidenschaftlicher Liebhaber, weil er so aussah. Lucia besitzt das glühende Temperament ihres Vaters, aber das nützt ihr nichts, weil sie nicht so aussieht. Und sie hat weder Antonios bösen Zauber noch seinen Witz. Dabei sehen sie sich ähnlich. Aber Antonios kühne Nase wirkt bei Lucia zu groß und eckig, und seine Schlankheit ist bei ihr nur Magerkeit. Sie ist eine Schönheit mit umgekehrten Vorzeichen. Inzwischen ist sie am Wegrand liegengeblieben wie eine angebissene, verfaulende Frucht. In ihrem Zimmer hat sie einen Hausaltar für Antonio aufgebaut – mit Kerzen und Blumen.

Eigentlich war Hilary Stafford die einzige normale Person, die ich jemals in der Familie Cesano traf. Selbst als Antonios Ehefrau blieb sie trotz aller Enttäuschungen und Demütigungen eine vernünftige junge Frau, die sich allerdings in der Adresse geirrt hatte. Einmal warf sie mir mit jugendlicher Übertreibung vor, daß ich an »Schauspielen der Erniedrigung« Vergnügen fände. Das ist Unsinn. Natürlich waren die Mißverständnisse zwischen ihr und der Familie Cesano manchmal sehr komisch. Aber mein Mitgefühl mit Hilarys schiefer Position war immer stärker als die fragwürdigen Scherze ihrer Ehe, und sie sah dies bei ihrem Abschied von Venedig offenbar ein. Wir haben all die Jahre voneinander gehört und sind Freundinnen geblieben. Ich finde es sehr vernünftig, daß sie Antonios Palazzo nun verkaufen will. Der Amerikaner und seine Frau sind am Lido. Ich bin dem Paar noch nicht begegnet. Salvatore Moretto, der mit Mr. Ross verhandelt, sagte mir nur, er sei über diesen Amerikaner sehr erstaunt gewesen. Salvatore ist der zweite Freund der Familie Cesano, er hält zu ihnen, was immer sie auch anstellen. Was ohne ihn aus An-

tonio in seinem letzten Lebensjahr geworden wäre, möchte ich mir nicht ausmalen. Auch zu Hilary war Moretto immer unparteiisch hilfreich. Er wird ihr den Palazzo mit Profit an den Yankee verkaufen. Schade, daß Hilary keine Ahnung hat, wie man sich anzieht! Aber vielleicht ist das bei großen Füßen schwierig. Für mich gehört sie immer noch zur Familie. Sie hat sich ihr gerades, einfaches Wesen, das so schlecht zu den Cesanos paßt, erhalten. Aber die einfachsten Uhren gehen am besten.
Ich habe mich immer bemüht, Antonio und Lucia mehr im Alltagsleben anzusiedeln, aber Antonio starb einen unheimlichen Tod, und Lucia führt ein unheimliches Leben – unheimlich leer. Kein Wunder, sie ist eine Klette. Sie klammert sich so fest an Menschen, daß diese sie früher oder später abschütteln. Antonio und sie traten überall zusammen auf, aber jetzt hat es sich herausgestellt, daß man lediglich Antonios Anwesenheit wünschte. Das ist hart für Lucia. Übrigens wollte sie Antonio von aller Welt abschließen, aber er bezauberte immer neue Menschen, und sie stand hilflos in seinem Schatten. Das hat sie so verbittert, daß man sich heute vor ihr in acht nehmen muß. Sie ist eine gute Freundin, aber eine noch bessere Feindin. In ihr brennt eine bittere Leidenschaft, etwas Maßloses, das sie vor der Welt geschickt verbirgt. Alle Cesanos sind gute Schauspieler.
Gestern beruhigte ich Lucias Mutter über diesen Japaner. Im Grunde ist er Lucia völlig gleichgültig, auch wenn sie sich gewohnheitsgemäß an ihn klammert, was ihm, soweit ich sehen kann, außerordentlich mißfällt. Wenn sie Herrn Shinoda nicht Venedig erklärt, was er meiner Meinung nach nicht will, sitzt sie stumm mit ihrer Mutter im Gobelinzimmer im ersten Stock, und der große Kristallüster beleuchtet unbarmherzig Lucias scharfe Züge. Sie ist Ende dreißig.
Ich weiß nicht, was mir an Herrn Shinoda nicht gefällt. Er hat wundervolle Manieren und große Geduld mit Lucia. Aber ich fühle, er hätte nichts dagegen, wenn sie von der Bildfläche verschwände. Vielleicht irre ich mich. Er ist so verschwiegen, daß ich nicht ahne, was er über uns denkt. Es interessiert mich auch nicht. Wie alle Touristen in Venedig, wird er eine Weile bleiben und dann wieder gehen. Übrigens hält er sich von seinen Landsleuten betont fern. Dieses Jahr überschwemmen sie Venedig wie eine Springflut. Sie sind überall – in der Accademia, auf der Piazza San Marco, in Harry's Bar. Kichernd und schwatzend füllen sie die Dampfboote und Gondeln auf dem Ca-

nale Grande, und wenn ich in Ruhe meinen Fisch und meinen Wein auf Torcello genießen möchte, höre ich ihre rauhen Stimmen und ihr vogelähnliches Gelächter. Wahrscheinlich lachen sie über uns. Ich gebe zu, daß diese komischen Leute uns sehr komisch finden müssen.

Herr Shinoda lacht nie, drängt sich nicht in die Barkassen oder Gondeln, und die Gemälde in der Accademia interessieren ihn nicht. Ist es zu fassen? Die größte Malerei der Welt macht keinen Eindruck auf Herrn Shinoda. Nur die Mosaiken im Baptisterium von San Marco finden Gnade vor seinen Augen. Er besucht regelmäßig die tanzende Salome, die das Haupt des Täufers in einer Schale über ihrem Kopf hält. Die Tänzerin mit dem grausigen, abgeschnittenen Kopf in der Schale scheint ihn zu faszinieren. Neulich stand er wieder stundenlang vor diesem Mosaik, und Lucia erzählte mir, daß sie irgendwo allein Kaffee trank, danach nach Hause ging. Ob sie in Japan Mosaiken haben?

Herr Shinoda hat ungewöhnlich glänzende Augen, mir kommen sie fanatisch und gefährlich vor. Wenigstens hatte ich den Eindruck, als ich ihn neulich vor seiner Salome beobachtete. Er verschlang sie geradezu mit Blicken. Die anderen Kostbarkeiten von San Marco ignorierte er höflich, aber unmißverständlich. Ihm gefallen nur noch die venezianischen Wasserspeier mit ihren aufgerissenen Mäulern und Glotzaugen. Über Geschmack läßt sich nicht streiten, aber mir scheint, Herr Shinoda findet Geschmack am Schauerlichen und Monströsen. Das muß in seinem Charakter liegen, und ich habe Lucia nochmals vor ihm gewarnt. Die dumme Gans beschuldigte mich der Voreingenommenheit gegen Asiaten. Das ist lächerlich. Vor einigen Jahren traf ich einen chinesischen Maler bei Freunden am Lido, und es gab keinen fröhlicheren und freundlicheren Mann als Herrn Chung-tsung aus Hongkong. Ich kenne niemanden, der überall so mißverstanden wird wie ich. Auch die Familie Cesano leistet sich in dieser Hinsicht allerlei. Wo würden sie eine solche Freundin noch einmal finden?

Ob Japaner sich grundlegend von Chinesen unterscheiden? Woher sollte ich das wissen? Ich weiß nur, daß Herr Shinoda weder fröhlich noch freundlich ist. Er ist vielleicht nicht unaufrichtig, aber er sagt nur einen Bruchteil der Wahrheit. So fragte ich ihn gestern, was er in Tokyo tue. Nach einer seiner Kunstpausen erfuhr ich, er sei in einem

Familien-Unternehmen tätig. Sein Ton war so abweisend, daß selbst die neugierige Lucia nicht weiterfragen konnte, ohne die Grenzen des Anstands zu überschreiten. Vielleicht ahnt Herr Shinoda es nicht, aber auch Venezianer legen Wert auf gute Manieren. Ich vermute, die Shinodas in Tokyo verkaufen technisches Spielzeug, denn Taro Shinoda besitzt zwei stoß- und wasserfeste Uhren, ein Taschenradio, zwei Fotoapparate, eine elektrische Schreibmaschine, die er nicht benutzt, und einen kleinen, aber perfekten Fernseher. Ob ich mir bei ihm eine Uhr bestellen kann? Er würde sicher gern Geschäfte machen – wie alle Japaner. Vielleicht spreche ich ihn darauf an, wenn ich ihn besser kenne, falls das je der Fall sein sollte. Er ist so leicht beleidigt, daß ich nichts über Seiko-Uhren sagte. Wenn er gekränkt ist, erweitern sich seine Pupillen. Neulich fragte Hilary Stafford ihn, ob seine ersten Eindrücke von Europa dem entsprächen, was er sich vorgestellt hätte. Er erwiderte, er habe sich nichts vorgestellt, und er könne sich erst beim vierten oder sechsten Eindruck ein Urteil anmaßen: »Ich bitte um Verzeihung, Dr. Stafford! Wir Japaner sind sehr langsam.«
Unterhaltungen mit Herrn Shinoda sind so anstrengend und so merkwürdig negativ, daß ich Hilarys Geduld mit ihm bewundern muß. Allerdings ist sie Ärztin und darf nicht ungeduldig werden. Die beiden führen abends lange Unterhaltungen miteinander. Ist es zu fassen? Mit Lucia und mir ist er schweigsam. Dabei bin ich im kleinen Finger amüsanter als die liebe nüchterne Hilary, und Lucia hat wenigstens ihre bestürzenden Launen. Als sie einmal Herrn Shinoda etwas von oben herab behandelte, wurden seine Pupillen schwarze Vollmonde. Wenn sie so weitermacht, wird er sie eines Tages erwürgen. Das traue ich ihm ohne weiteres zu, aber ich hüte mich, etwas darüber zu sagen. Ich will nicht riskieren, daß er mich eines Tages erwürgt. Wenn er mich plötzlich mit seinen hypnotischen Augen anstarrt – meistens senkt er den Blick –, ist mir unbehaglich zumute. Hilary lachte, als ich es ihr sagte. Sie muß Nerven wie Stricke haben. Aber sie ist nicht wirklich schlagfertig. Mir ihrer entwaffnenden Offenheit sagte sie, die besten Antworten fielen ihr immer einen Posttag zu spät ein. Sofort versicherte Herr Shinoda, es gehe ihm genauso. Wir tranken Kaffee bei Florian. Ich verschluckte mich.
Ich freue mich, daß ihm manches in Venedig doch auf den ersten Blick gefällt. Die Gefängnisse im Dogenpalast entzücken ihn. Er notierte

gewissenhaft, daß dort zwei Bischöfe im siebzehnten Jahrhundert den Tod erwarteten. Sterben und Tod animieren Herrn Shinoda. Und Casanovas Flucht aus den Bleikammern gefiel ihm über alle Maßen. »Welch ein Drama!« murmelte er. Er will hier die Theater-Biennale abwarten. Theater scheint ihn zu interessieren. Er hat sich von Hilary Shakespeares Werke ausgeliehen, da er mühelos Englisch liest. Englisch brauchen die Japaner heute für ihre Geschäfte. Hilary brachte damals die alte Dünndruck-Ausgabe in den Palazzo mit. Das verstehe ich gut. Ich reise nie ohne meinen Petrarca.

In den letzten Tagen sahen wir wenig von Herrn Shinoda, da er wütend oder vielmehr besessen Shakespeare liest. Warum nicht Dante? Als Hilary ihn fragte, welches Drama ihm am besten gefalle, bemerkte er nach einer endlosen Pause, sein Respekt vor dem geehrten Theaterdichter verbiete ihm, sich eine Kritik anzumaßen. Aber Othello, der Mohr von Venedig, müsse auf der Bühne starke Wirkung ausüben, obwohl Liebeskummer kindisch sei.

»Aber Herr Shinoda! Wie können Sie so etwas behaupten?« rief ich empört.

»Ich behaupte es nicht«, sagte er steif. »Dies ist die Ansicht eines Helden in einem Nô-Drama. Es heißt »Das Traumkissen«. Danach verfiel Herr Shinoda in tiefes Schweigen. Offenbar wollte er uns nichts weiter über Nô verraten. Ich kann es aushalten. Ich sah vor zwei Jahren bei der Biennale am Lido ein Nô-Drama, das mich zu Tode langweilte. Und den Lärm der Kabuki-Stücke habe ich heut noch im Ohr. Lucia, die das Fragen nicht lassen kann, fragte Herrn Shinoda prompt, ob Kabuki ihm gefalle, und ob er oft in Tokyo ins Theater gehe.

»Ziemlich oft«, sagte er. Dann trank er hastig seinen Kaffee, verbeugte sich mit bemerkenswerter Geschmeidigkeit und ließ uns bei Florian sitzen. Darf man einen Japaner nicht nach japanischem Theater fragen? Wahrscheinlich versteht Herr Shinoda nichts davon, wollte es aber nicht zugeben. Nie würde er zugeben, daß er von irgendeiner Sache nichts versteht. Hilary wollte ihn anfangs bitten, sich ein anderes Logis zu suchen, aber sie scheint sich inzwischen mit ihm angefreundet zu haben, denn sie sagt nichts mehr darüber.

Der Amerikaner, der den Palazzo kaufen will, ist noch am Lido, will aber in einigen Tagen nach Venedig zurückkommen. Übrigens fragte Herr Shinoda die gute Hilary, ob sie ein Unternehmen mit »Kopfkissendienst« empfehlen könne. Meinte er ein Bordell?

Herr Shinoda scheint italienisches Barock zu verabscheuen. Natürlich erwarten wir von einem Andersgläubigen keine religiöse Ekstase beim Anblick der Santa Maria della Salute, aber Herrn Shinoda fehlt jeder Sinn für Kunst und Geschichte. Er scheint nur an den Uhrenverkauf zu denken. Seine passive Miene beim Anblick der Königin der Kirchen verstimmte mich, und ich sagte Lucia, sie könne ihm in Zukunft Venedig ohne mich zeigen. Als Herr Shinoda erfuhr, daß die »Salute« zum Dank für die Befreiung von der Pest von 1630 der Muttergottes geweiht worden war, wollte er wissen, wieviele Todesopfer jene Pest gefordert hatte. Da wir es ihm aus dem Stegreif nicht verraten konnten, sank er in seine arrogante Lethargie zurück. Er bezahlt Lucia enorme Summen für ihre privaten Führungen, denn er lehnt Gruppenführungen ab, was mich wundert. Die übrigen Japaner laufen hier wie Schafe hinter ihrem Führer her. Lucia ist geldgierig. Ich finde es unerhört, was sie diesem Japaner abnimmt, aber wenn es ihm recht ist, dann soll es mir recht sein. Jedes Reisebüro könnte ihm die angemessenen Preise nennen. Für einen Geschäftsmann ist er ziemlich unweltlich oder unwissend. Auf jeden Fall fehlt ihm unsere Kultur, denn auf der Insel Torcello ließ er den Dom links liegen und begeisterte sich für ein altes, leeres Landhaus in einem verwilderten Garten. Der Bursche ist hoffnungslos. Man kann einfach nichts über ihn erfahren. Nicht einmal sein Alter! Er bewegt sich wie ein Jüngling, aber sein Gesicht zeigt die Linien der Erfahrung. In der Ruhe ist es ein beinah klassisches, aber verdüstertes Gesicht. Ein Antlitz ohne die warme Ausstrahlung des Mitgefühls. So blickten Steine, wenn sie blicken könnten.

Neulich hatte Lucia, wahrscheinlich Herrn Shinoda zuliebe, endlich einmal ein weißes Kleid angezogen, was sie zehn Jahre jünger und hundert Jahre liebenswürdiger machte. Als er uns mitteilte, in Japan sei Weiß die Farbe der Trauer, fragte ich, ob das ein Scherz sei. Aber er versicherte mir, er scherze nie. Dazu sei das Leben zu tragisch. Gibt es einen Touristen, dem die Ca'd'Oro mißfällt? Es gibt ihn. Herr Shinoda warf dem »Goldenen Haus« mit dieser herrlichen gotischen Fassade einen gequälten Blick zu und schwieg wie immer. Später sagte er Lucia, Paläste in Japan seien erweiterte Holzhütten, und ihre Schönheit bestehe in ihrer strengen Einfachheit. »Nimm ihm nicht soviel Geld ab!« sagte ich scharf zu Lucia. Sie zuckte die Achseln: »Man muß leben.«

»Was wirst Du sagen, wenn er herausfindet, daß Du ihn ausplünderst, Lucia?«
»Er wird es nicht herausfinden. Geld ist ihm völlig gleichgültig.«
»Hast Du ihn gern, Lucia?«
»Er vertreibt mir die Zeit und ich vertreibe sie ihm.« Lucia betrachtete die Tauben auf der Piazza. »Mama hat ihn zum Essen eingeladen, aber er hat abgesagt.«
»Gab er einen Grund an?«
»Ich habe ihn vergessen.« Lucias Gesicht war vor Anspannung verzerrt, und in ihren großen, dunklen Augen brüteten Enttäuschung und noch etwas Unerklärliches. War es Furcht? Furcht vor diesem Japaner? Ich fragte, ob etwas zwischen ihnen vorgefallen sei, und sie verneinte es. Dann sagte sie, ich solle nicht ewig hinter ihr her spionieren. Sie nannte mich, die älteste Freundin der Familie, eine Spionin. Lucia fand stets Vergnügen daran, ihren Freunden unangenehme Dinge zu sagen, aber seit Antonios Tod ist ihre Lust, mich zu beleidigen, zur Leidenschaft geworden. Ich überhörte ihre Unverschämtheit, aber ich erinnerte mich plötzlich an Antonios Ausfälligkeiten. Lucia hatte immer versucht, ihn nachzuahmen, aber auch in dieser Beziehung war er ihr voraus gewesen. Wollte sie auf diese Weise Beachtung erregen? Ich kenne niemanden, der so sehr danach dürstet wie sie. Mich kann sie mit ihrer gespielten Gleichgültigkeit nicht täuschen. Auch in diesem Augenblick konnte sie mir nicht weismachen, daß alles zwischen ihr und Herrn Shinoda in Ordnung sei. Etwas war vorgefallen. Etwas fiel immer vor, wo Lucia auftauchte. Ich stellte mir alles mögliche vor, weil Herr Shinoda doch krankhaft empfindlich war. Aber wie sollte ich den katastrophalen Sachverhalt ahnen? Lucia war sehr nervös, und ihre schönen, schlanken Hände, die nichts Kostbares festhalten konnten, zitterten. Neuerdings fiel sie manchmal in Ohnmacht. Sie litt an Schwindelanfällen. Ihr Herz war nicht in Ordnung.
»Fühlst Du Dich schlecht, Lucia?« fragte ich besorgt. Daheim kümmerte sich ja niemand um sie. Schwester Francesca hatte alle Hände voll mit Lucias Mutter zu tun, und diese Mutter vergaß die Existenz ihrer einzigen Tochter, wie den Besuch eines entfernten Verwandten.
»Laß mich in Ruh«, schrie sie. »Was willst Du von mir?« Lucia ist eine unbekömmliche Mischung zwischen einer Tragödin und einem

Fischweib vom Rialto-Markt. Mit den Jahren wurde sie immer mehr Fischweib. Ich begann, Livia Cesano zu verstehen.
»Ich will nichts von Dir«, sagte ich kalt. »Höchstens, daß Du mein Haus verläßt.« Trotz allem hatte ich das noch nie zu ihr gesagt, und die Wirkung meiner Worte war erschreckend. Ein Strom von Beschimpfungen ergoß sich über mich, und ich wunderte mich trotz meiner Empörung, wo Lucia solche Ausdrücke gelernt hatte und wo sie sich herumtrieb. Plötzlich brach sie mitten im Satz ab, starrte mich an und sagte ganz ruhig: »Du hast die Ehe meiner Eltern zerstört. Du hast meiner Mutter ihren Mann weggenommen! Du bist die älteste Feindin unserer Familie. Wir hassen Dich!«
»Das ist genug, Lucia! Du weißt nicht mehr, was Du sprichst.« Lucia bekam einen ihrer dramatischen Weinkrämpfe. Damit wollte sie sich entschuldigen, wenn sie fühlte, daß sie zu weit gegangen war. Sie öffnete ihre große, kostbare Ledertasche – ein Geschenk der ältesten Feindin der Cesanos – und suchte nach ihrem Taschentuch. Aber ihre Hände zitterten so stark, daß die Tasche zu Boden fiel. Bevor Lucia sie aufheben konnte, oder bevor sie überhaupt etwas tun konnte, fiel ein Gegenstand auf den Marmorboden. Er rollte eine kleine Weile und blieb dann liegen. Ich starrte Herrn Shinodas kostbare Armbanduhr an. Ich rührte mich nicht. Lucia hatte die Augen geschlossen und ihre Tränen mit ihrem feinen Spitzentuch getrocknet. Sie rührte sich ebenfalls nicht.
Längst vergessene Episoden aus Lucias Jugend fielen mir wieder ein. Sie hatte eine Zeitlang »aus Versehen« kleine Dinge nach Haus gebracht, die sie in Läden und bei Bekannten entwendete. Ein Stück Seife, Zigaretten, einen Kamm, Briefmarken, die offen bei Freunden auf dem Schreibtisch lagen, Kerzen, ein seidenes Band und gelegentlich Bücher, die sie ihren Freunden nicht zurückgab. Nicht der Rede wert. Damals war sie sechzehn Jahre alt. Sie war bei Professor Ciardi am Lido in Behandlung gewesen. Dann war nichts mehr vorgefallen, jedenfalls nichts, wovon ich etwas gewußt hätte. Heute leitet Professor Ciardis Sohn Carlo das Erholungsheim, das wie jede andere größere Villa am Lido aussieht. Auch er ist, wie sein Vater, ein Freund der Cesanos. Nach Antonios Tod war Lucia einige Wochen Carlo Ciardis Gast gewesen. Gast oder Patient? Das Haus steht in der Nähe meiner Villa am Lido.
Ich hob Herrn Shinodas Uhr auf und fragte: »Was ist das?«

»Ich wollte die Uhr zur Reparatur bringen«, sagte Lucia und zitterte weiter. Sie lügt zum Vergnügen wie viele unsichere Leute, und natürlich glaubte ich ihr die Ausrede nicht. Ich sagte nur, das sei eine schöne Bescherung. Die Bescherung wurde noch schöner, als Lucia laut weinte und mich buchstäblich auf den Knien anflehte ihr zu helfen. Das Fischweib war entflohen, die Tragödin dominierte. Der Himmel möge mir verzeihen, aber das Schauspiel von Lucias Erniedrigung genoß ich trotz meines Entsetzens. Lucia beanspruchte, was sie nehmen konnte: Zuneigung, Kräfte, Mitgefühl, Zeit, und nun hatte sie Herrn Shinodas Uhr gestohlen.
»Und wenn er nun zur Polizei geht?« stöhnte Lucia.
»Vielleicht würde eine Gefängnishaft Dich kurieren«, sagte ich hart, während ich verzweifelt überlegte, wie ich ihr helfen und einen Skandal vermeiden konnte. Lucia mußte wahnsinnig geworden sein. Eine Cesano! Was würde der Japaner unternehmen? Herr Shinoda war zwar manchmal mit seinen Gedanken woanders, aber er war sehr ordentlich. Wahrscheinlich legte er alles, was ihm gehörte, auf einen gewohnten Platz. Hilary weiß nie, wo sie ihre Sachen läßt. Hilary! Sie mußte uns helfen.
»Ich kann Taro Shinoda nicht die Wahrheit sagen«, stöhnte Lucia.
»Natürlich nicht. Wann nahmst Du die Uhr?«
»Heute morgen. Ich holte ihn zu einer Besichtigung ab. Die Kunst des Orients. In der »Galleria Internazionale d'Arte Moderna«. Lucia sprach deutlich und laut, als ob sie eine Fremdenführung leite. Sie war mir unheimlich. War sie die Wölfin, mit der wir nicht rechneten?
»Der Eingang zum Museum wurde von Baldassare Longhena entworfen, aber erst nach seinem Tod beendet. Das »Museo Orientale« im Oberstock des Palastes zeigt chinesische und japanische ...«
»Hör auf, Lucia!« Ich rüttelte sie unsanft an den dünnen Armen, und sie sank in sich zusammen. Ich gab ihr starken Kaffee und legte sie dann auf mein Sofa: »Still, Lucia. Ich werde jetzt Hilary anrufen. Hoffentlich ist sie zu Hause.«
In diesem Augenblick ging das Telephon. Hilary! Sie sagte mir, was ich bereits wußte. Sie sagte mir außerdem, was ich befürchtete. Herr Shinoda wolle der Polizei den Diebstahl melden. Er verdächtige die alte Maria. Aber die alte Maria gäbe ihm eher noch etwas dazu, als daß sie etwas wegnehmen würde.

»Hast Du ihm das gesagt, Hilary?«
»Ja, natürlich. Ich laß nichts auf die gute alte Person kommen. Es ist mir äußerst peinlich, Elvira. Aber Herr Shinoda muß die Uhr verlegt oder verloren haben.« Hilary sprach ruhig wie immer, und das beruhigte mich auch. Lucia rührte sich nicht. Entweder sie schlief trotz des Kaffees oder sie tat so, da sie nun die Sorgen auf uns abgewälzt hatte.
»Höre, Hilary! Kannst Du sofort zu mir kommen? Oder ich zu Dir?«
»Ja, gern! Aber, Elvira, ich muß mich mit der dummen Sache beschäftigen. Vielleicht findet er die Uhr irgendwo, nicht wahr? Wenigstens versprach er mir abzuwarten. Man kann sich absolut auf ihn verlassen. Ehrenstandpunkt und so weiter. Elvira, hast Du Halsschmerzen? Warum sprichst Du so heiser? Ich bringe Dir Pastillen mit.«
Nach Hilarys Besuch war alles ganz einfach. Sie brachte Lucia nach Hause, sie wollte die Uhr in Herrn Shinodas Zimmer irgendwo zwischen seine Schlipse oder Kimonos legen. Er sollte dann denken, was er wollte. Jemand, der Venedigs Kunstschätze im Halbschlaf betrachtet, konnte nicht wissen, wo er ein Uhrenarmband liegengelassen hat. Wenigstens redete ich mir das ein, und Hilary schwieg dazu. Morgen früh würde sie Lucia zum Lido bringen und Professor Ciardi informieren. Hilary kennt den Psychiater durch die Cesanos, sie schätzt ihn sehr. Auch er hält viel von ihrem ärztlichen Instinkt und ihrer Erfahrung.
Als ich Lucia in ihr Zimmer brachte, sagte ich: »Du darfst diesen Japaner nicht wiedersehen! Er ist schlauer als Du denkst.«
»Ich habe genug von ihm. Er ist sehr langweilig.«
»Ein wahres Glück, daß ihr eine Ärztin in der Familie habt, Lucia.«
»Hilary Stafford gehört nicht mehr zu unserer Familie.«
»Da kann man sie nur beglückwünschen«, sagte ich trocken. Spät am Abend besuchte ich Lucias Mutter. Seit Antonios Tod ist sie hinfällig und noch gleichgültiger gegen ihre Tochter geworden. Lucias Ausflug an den Lido würde ihr nur angenehm sein. Später konnte Lucia in meine Villa übersiedeln, bis Herr Shinoda nach der Biennale nach Japan zurückfuhr. Eigentlich war nun alles aufs beste geregelt. Warum war mir so unbehaglich zumute?
Im ersten Stock des Palazzo Cesano kam mir Schwester Francesca

entgegen. Sie ist klein und gutmütig, aber scharfsinnig. Sie geht so lautlos, daß man sie nicht hört. Nur sie wird mit der alten Contessa fertig, denn Schwester Francesca ist ein wohlmeinender Drache. Ich dankte ihr, daß sie so gut für die alte Frau sorgte. Die Krankenschwester schwieg. Dann sagte sie zögernd: »Sie sind die älteste Freundin der Familie, nicht wahr, Marchesa?«

»Ja. Natürlich. Ist etwas nicht in Ordnung mit Contessa Cesano?«

»Die Contessa ist geistig auf der Höhe. Ihre Telephongespräche mit dem Jenseits sind ein kleiner Scherz.« Wieder zögerte sie. »Ich kann mich auf ihre Diskretion verlassen, nicht wahr, Marchesa? Sehen Sie, die Contessa Cesano hat mich wegen ihrer Tochter Lucia engagiert.«

Ich starrte die Schwester an. Sie stand in der matt beleuchteten Halle, die mit den Wandbildern, den geschnitzten Türen und dem trüben Licht des Kronleuchters wie ein Mausoleum wirkte.

»Es ist mir unmöglich, die Contessa Lucia so zu beaufsichtigen, wie es nötig wäre. Gestern fand ich ein kostbares Armband ihrer Mutter unter ihrer Wäsche. Ich legte es natürlich in die offene Schatulle zurück. Bitte, Marchesa, könnten Sie der alten Dame sagen, daß ich mich verändern möchte? Ich bringe es einfach nicht über die Lippen. Sie hängt an mir, und sie ist so einsam.«

Ich wußte, egozentrische Leute werden von Jahr zu Jahr einsamer, bat aber Schwester Francesca, bei der alten Contessa zu bleiben. Frau Dr. Stafford würde Lucia morgen früh zu einem langen Aufenthalt an den Lido bringen.

Von oben drang ein Schrei. Die Schwester stürzte hin, und ich folgte langsam. Ich bin zu korpulent für meine kleinen, zierlichen Füße, die das Entzücken von Giovanni Cesano gewesen waren. Übrigens habe ich seine Ehe nicht zerstört, das hat Livia Cesano ganz allein besorgt.

Lucia hatte versucht, sich die Pulsadern zu öffnen. Ein halber Versuch – wie nach Antonios Tod. Ihre Tragödien sind immer ziemlich unappetitlich. Die Schwester verband sie und gab ihr ein schweres Schlafmittel. Morgen früh würden wir sie verfrachten. Lucia nahm jedermanns Zeit in Anspruch, als ob Zeit nicht das kostbarste wäre, was man hat.

Ich aß mit Livia Cesano und dem Anwalt Moretto ein ausgezeichnetes Abendessen. Wir sprachen über alles mögliche, wie alte Freunde der

Familie es tun. Die alte Contessa war sehr aufgeräumt und erzählte eine Menge über ihre toten Freunde. Sie ist so amüsant, wie Antonio es war. Nur über Lucia sagte sie kein Wort. Hatte sie den Aufschrei ihrer verstörten Tochter nicht gehört? Ich weiß es nicht und fragte nicht. Wer zuviel fragt, bekommt leicht zuviel zu hören.

4
Zündstoff im Herzen

> Es gibt eine Resignation,
> die Zündstoff im Herzen ansammelt.
>
> *Bradley*

LUCIA CESANO:
Ich habe nie genug Liebe und nicht einmal genug Beachtung erfahren. Mein Vater war selten zu Hause, er hielt sich entweder in seiner Kanzlei oder bei Elvira Vivarini auf. Und meine Mutter hat immer nur Augen und Ohren für meinen Bruder gehabt. Zeitlebens hat sie ihn trotz ihrer Herrschsucht angebetet, bewundert und allmählich moralisch ruiniert. Sie war viel stärker als wir. Ich stand immer abseits. Ich mußte mich zu früh für meine jungen Jahre in der Kunst der Resignation üben und ohne Protest zusehen, wie Antonio von allen Seiten gepriesen und geliebt wurde. Gewiß, er hatte einen scharfen Verstand, der aber nicht schärfer als meiner war. Aber er schliff seine Reden so sorgfältig, bis sie wie Gold an gotischen Altären glänzten. Er selbst war eben so dekorativ wie seine Reden. Alles fiel ihm in den Schoß: Liebe, ein Direktionsposten in einem Industriekonzern in Mestre und der Palazzo eines Onkels, den er mir vermachte und den Hilary schließlich erbte. Es ist mein Haus, aber Antonio nahm es mir weg, wie er mir alles und alle weggenommen hat. Ich war immer wehrlos ihm gegenüber. Ich habe ihn immer gehaßt, aber nach außen hin zeigte ich nur schwesterliche Liebe, was mir wenigstens ein wenig Anerkennung eingetragen hat. Nur Elvira Vivarini traute mir nie – sie ist sehr schlau. Daher habe ich es nie gewagt, ihr einen ihrer überflüssigen Schmuckgegenstände zu entwenden. Gelegentlich nehme ich denen, die im Überfluß leben, etwas weg, da ich nichts habe. Oder ich räche mich auf diese heimliche Weise. Ich habe inzwischen eine ganz nette Kollektion von Schmucksachen, die Touristen in Museen oder auf dem Vaporetto »verlieren«. Bis auf den Japaner wollte niemand zur Polizei gehen. Alle denken, sie haben die Sachen wirklich

verloren, was bei dem Gedränge in jedem Winkel von Venedig durchaus der Fall sein könnte. Übrigens würde ich meinen Touristen nie in einer Kirche etwas wegnehmen. Ich habe Angst vor dem Erzengel Gabriel, der vom Campanile San Marco mit hocherhobenem Arm und warnendem Zeigefinger die Stadt überblickt. Er hat mich schon als Kind beobachtet. Er ist der einzige, der mir jemals seine Aufmerksamkeit schenkte.

Als Kind hatte ich merkwürdige Gedanken. Venedig hat viele Brükken, die die Fremden nicht kennen. Sie wollen die Seufzerbrücke und natürlich die Brücke am Rialto sehen. Aber da sind unzählige Brücken über engen Seitenkanälen. Manchmal stand ich mit unserer alten Maria, die damals unsere junge Maria war, auf einer solchen Brücke. Wir wußten nicht, daß Lord Byron von der Seufzerbrücke geträumt hatte, was ging uns der Engländer an? Lord Byron ist mir so gleichgültig wie Hilary. Und was wußte Maria davon, daß Shakespeare die Brücke am Rialto erwähnenswert fand? Maria kaufte Fische auf dem Rialto-Markt ein. Manchmal nahm sie mich zur »Brücke der Demut« mit. Da stand ich, zwölf Jahre alt, und hatte Zündstoff statt Demut im Herzen. Ich kam mir vor wie die kleine Privatbrücke auf der Giudecca, über die man hinwegläuft und die nur Fußtritte bekommt. Ich sagte das nur dem Erzengel Gabriel, und er schwieg steinern dazu. Ich sah seinen warnenden Zeigefinger. Er bewachte mich, aber er liebte mich nicht. Auch Maria liebte nur Antonio. Sie sorgte für mich und nahm mich überall mit, weil sie mein Kindermädchen war und weil sie fühlte, daß ich mich verlassener als verirrte Katzen in einer dunklen Allee fühlte.

Elvira und meine Ärzte denken, daß ich unter einem pathologischen Zwang stehe, wenn ich Dinge, die mir nicht gehören, an mich nehme. Ich lasse sie bei diesem Glauben. Auch Professor Ciardi weiß nicht, daß ich heimlich über ihn lächle. Der arme Mann gibt sich solche Mühe, mich von der Kleptomanie zu heilen.

Ich hätte Herrn Shinodas Uhr genauso gut dort liegen lassen können, wo sie lag. Aber ich hatte mich über ihn geärgert und war nicht auf den Gedanken gekommen, daß die Sache schiefgehen könnte. Herr Shinoda wies meine Anteilnahme in seiner gewundenen Art ab. Das war nicht nett von ihm. Er sah so gequält aus, als ob jemand ihn verfolgte, und ich fragte ihn scherzhaft, ob er sich von einer Frau verfolgt fühle. Er war sprachlos. Nach einer langen Pause sagte er, ein Mann könne nur vom Schicksal verfolgt werden, niemals von einer Frau. Das Schicksal habe vier Füße, acht Hände und sechzehn Augen. Wer könnte diesem Ungeheuer entfliehen? Ich fragte ihn, ob er Fieber habe, aber er verneinte es. In Japan wisse man über das Schicksal Bescheid, ohne deswegen Fieber zu bekommen. Dann verbeugte er sich und ging weg. Noch deutlicher konnte er mir nicht zeigen, daß mein Mitgefühl unerwünscht war. Ich wäre explodiert, wenn ich nicht seine Uhr genommen hätte.

Es machte mir Spaß, Elvira Vivarini um Hilfe anzuflehen. Dieses Mal ließ sie sich täuschen. Aber das Beste war, daß ich plötzlich im Mittelpunkt des Interesses stand. Sie mußten mit mir rechnen, wie sie mit Antonio rechnen mußten. Was würde ich weiterhin anstellen? Ich konnte auf tausend Weisen Schande über die Familie bringen, was früher Antonios Spezialität gewesen war. Ich war berauscht, ermahnte mich aber zur Vorsicht. Elvira mußte weiter an meine Verzweiflung glauben. Jetzt konnte ich es weit bringen. Wie wäre es mit einer Brandstiftung? Einem Diebstahl, der in den Zeitungen Schlagzeilen machen würde? Mit einem kleinen, bescheidenen Mord? Ich fühlte fieberhafte innere Spannung – ich lebte endlich und genoß es. Mein Gehirn arbeitete schnell und scharf. Kein Mann konnte mehr dieses bebende Entzücken in mir hervorrufen. Das hatte ich nur bei Alessandro gespürt – in meiner unwissenden Jugend. Eine Ahnung von Ekstase, die wenig mit Sex zu tun hat. Antonio hatte mir Alessandro weggenommen, wie er mir alles gestohlen hat.

Indessen zerbrach Elvira sich den Kopf, wie sie mich vor Herrn Shinoda, der Polizei und vor mir selbst schützen könnte. Und selbst die fischblütige Hilary kam angerannt und erbot sich sofort, mit Shinoda zu sprechen und irgendeine Ausrede zu finden. Sie wollte mich arme Irre persönlich zu Dr. Ciardi auf den Lido bringen. Ich muß sagen, daß Hilary erstaunlich nett war. Ich hätte nicht geglaubt, daß sie so sein konnte. Aber natürlich war Antonio nicht da, der ihr immer die Laune verdorben hatte. Sie nahm uns sehr ernst, weil sie die venezianische Lust an Scherzen und Intrigen nicht kennt. Es ist doch alles nur ein Spiel: Commedia dell' arte.

Einmal entwendete ich Antonios Zigarettenetui. Ich war aber noch zu jung und ungeschickt für solche Späße. Antonio bestrafte mich grausam, hielt jedoch den Mund. Vielleicht hatte er gerade einen Großmutsanfall, oder ich wußte zuviel über ihn. Ich glaube, ich wollte ihn damals lieben, und ich haßte ihn, weil er es mir nicht erlaubte. Ich war noch ein Kind, aber ich fühlte es tief. Antonio war schuld daran, daß ich sehr früh an Haß auf den ersten Blick glaubte. Vielleicht hätte ich trotzdem an Liebe auf den ersten Blick geglaubt, wenn ich schön und beliebt gewesen wäre. Ich hätte selbst unaufrichtige Schmeicheleien begrüßt. Ich war genauso hungrig danach wie Antonio, der an diese Schmeicheleien noch glaubte. Er konnte sich nicht vorstellen, daß man ihn nicht bezaubernd finden konnte.

Mama freut sich über meinen Trauerschleier und die Blumen und Kerzen um Antonios Bild. Sie kann sich nicht vorstellen, daß man nicht Tag und Nacht um ihn trauert. Sie erzählt ihrer Pflegerin soviel über diesen wunderbaren Sohn, daß Schwester Francesca seine Biographie schreiben könnte. Natürlich hat der Mensch, den Mama erfindet, nicht die geringste Ähnlichkeit mit unserem Antonio, aber das weiß die Schwester nicht. Sie kommt von Murano und kennt Venedigs Skandale nicht. Hat Mama alles vergessen? Andererseits neigte sie immer dazu, düstere Tatsachen weißzuwaschen. Antonios Bild hat sie immer auf Goldgrund gemalt.

Schwester Francesca ist mir nicht wohlgesinnt, obwohl sie ihre Abneigung zu verbergen sucht. Was habe ich ihr getan? Ich bin stets nett und höflich zu ihr. Nur zweimal warf ich einen Pantoffel nach ihr, weil sie mich beim Frühstück zum Essen zwingen wollte. Wäre ich unhöflicher, hätte ich ihr gesagt, daß ihr Anblick mir den Rest meines Appetits nimmt. Wenn sie mich mit ihren großen Glotzaugen anstarrt, vergesse ich, was ich sagen wollte.

Während der letzten zwei Jahre seines Lebens wurde Antonio immer merkwürdiger. Er, der beleidigend sorglos gewesen war, machte sich plötzlich über alles Sorgen. Es war wirklich komisch. Er grübelte über das ewige Leben und über seinen Raucherhusten nach. Erst gab er das Rauchen auf, dann seine anderen Gewohnheiten. Dann das Essen und zum Schluß das Leben. Er starb einen unheimlichen Tod. Seine Bußübungen wurden erschreckend. Die Kirche war bereit, ihm zu vergeben, aber Antonio war nicht bereit, Vergebung zu empfangen. Bevor der Anwalt Moretto ihn auf die kleine stille Franziskaner-Insel brachte, trug er schon daheim eine Mönchskutte und magerte zum Skelett ab. Mama brachte ihm Leckerbissen, die er später der alten Maria gab. Oder einem Bettler. Oder Elvira, diesem Vielfraß. Er hungerte sich zu Tode. Nur Salvatore Moretto durfte ihn auf San Francesco del

Deserto besuchen. Was besprachen sie unter den Zypressen und Fächerpalmen? Ich weiß nur, daß das Skelett Antonio sein Testament änderte und Hilary den Palazzo vermachte. Er hatte ihn mir versprochen. Es gibt kein einziges Versprechen, das Antonio im Leben wie im Tode gehalten hat.
Weder im Guten noch im Bösen konnte ich es ihm gleichtun. Ich ließ zwar gelegentlich einen kleinen Gegenstand mitgehen, aber Antonio stahl in seiner Blütezeit Menschen. Er stahl mir Alessandro. Nicht etwa, weil dieser gute Junge ihm ausnehmend gefiel, sondern weil er mir so gefiel. Ich liebte ihn, wie man es als siebzehnjähriges, von Nonnen erzogenes Mädchen versteht. Für Antonio war alles nur ein Spiel. Er war ein kalter Räuber. Aber gelegentlich war er so großzügig und freigebig, daß ich mich fragte, ob seine Gaben einer unerwarteten Güte oder seinem üblichen Geltungsbedürfnis entsprangen. Er überschüttete Alessandro, den Sohn einer Fischverkäuferin, mit Luxusgegenständen, an denen in Venedig kein Mangel herrscht. Er kaufte ihn sich. Da konnte ich nicht mit. Ich war auch nicht so witzig oder unterhaltend wie er. Wenn Antonio dem guten, einfachen Jungen von seinen Reisen oder Abenteuern in Venedig erzählte, vergaß Alessandro meine Anwesenheit. Ich hätte mir alles leichter erklären können, wenn Antonio homosexuell gewesen wäre. Aber nein, er lief jeder schönen Frau nach oder sie ihm. Er wollte nur alles an sich reißen, was andere hatten oder begehrten. Denn natürlich hatte ich keine Rechte auf Alessandro. Er war zu jung und schüchtern, um an Intimitäten zu denken. Ich zwang ihn, mich zu küssen. Ich war siebzehn.
Bevor ich ihn zu weiteren Taten überreden konnte, erschien Antonio auf der Bildfläche. Ich habe keine Ahnung, was aus Alessandro geworden ist. Wahrscheinlich fängt und verkauft er Fische und hat eine Frau und sechs Kinder. Seltsam und unerklärlich: Dieser junge Mann vom Rialto sah Antonio lächerlich ähnlich. Jedenfalls auf den ersten Blick. Aber seine Augen waren sanfter, sein Mund unentschiedener, und sein Lächeln war scheu und unsicher. Die Cesanos schüchterten ihn ein – das haben wir immer verstanden. Nur Taro Shinoda ist nicht einzuschüchtern; aber er tut so, wenn es ihm angebracht erscheint. Ich will lieber an Alessandro denken. Er ist nur noch ein Schatten nach diesen Jahrzehnten, aber ich verleihe diesem Schatten Leben, Farbe und ein Herz. Der größte Unterschied zwischen ihm und mei-

nem Bruder offenbarte sich im Gefühlsleben. Alessandro hatte Mitgefühl. Er konnte es allerdings nicht äußern, weil ihm die Kunst der schönen Rede fehlte. Aber ich spürte es. Ich spürte sogar, wie unglücklich er darüber war, daß Antonios Gesellschaft ihm mehr zusagte als meine. Alessandro war ehrgeizig. Sein großer Wunsch war, ein reicher Mann zu werden und dem Fischmarkt zu entfliehen. Der Palazzo Cesano, den er nur vom Hintereingang her kannte, wenn er Fische brachte, bezauberte ihn wahrscheinlich mehr als Antonio und ich. Er war wie jenes schwarze, glänzende und silbergefleckte Seepferd, das bei Vollmond an Land ging, weil es eine goldene Stute in einem Palast witterte. Aber das ist komisch an Seepferden: sowie sie Wasser sehen, vergessen sie alles andere und stürmen in die Wellen. Mein Vater trieb Alessandro zum Rialto zurück, als er ihn mit mir in einer Gondel überraschte. Alessandro hatte mir gerade die Legende vom Seepferd erzählt. Er fand plötzlich die richtigen Worte, und seine Augen glänzten im Mondlicht. Ich sah ihn nie wieder. Vielleicht traf Antonio sich noch ein paar Mal mit ihm, aber ich glaube es nicht. Er konnte ihn mir nicht mehr wegnehmen. Wahrscheinlich langweilte er sich längst mit ihm. So wie er sich mit Hilary langweilte. Was er damals suchte, war eine Sphinx, deren Rätsel er spielend lösen wollte, damit sie sich nach griechischem Vorbild in den Abgrund stürzen mußte. Er fand diese Person kurz nach seiner Heirat mit Hilary, aber sie stürzte ihn in den Abgrund. Darin bestand die Ironie der alten Sage.

Ich hätte Antonio gern ehrlich betrauert, aber sein Charakter machte es mir unmöglich. Ich begleite manchmal Elvira zum Friedhof auf der Toteninsel. Nachher entwickelt sie immer einen wilden Appetit und ißt doppelte Portionen von allem, was der Arzt ihr verboten hat. Tote haben immer diese Wirkung auf sie gehabt. Sie weint und futtert. Zu Lebzeiten meines Vaters nahm sie sich noch zusammen. Sie kann schlecht allein sein, sie hätte Kinder gebraucht. Aber der Marchese Vivarini war zu alt oder zu verlebt gewesen, um Kinder zu zeugen. Elvira streitet sich lieber mit jemandem und ärgert sich, als daß sie den Abend allein verbringt. Das war schon immer so. Als Kinder waren Antonio und ich viel bei ihr. Manchmal, wenn Papa sie nicht besuchte, hatte sie rotgeweinte Augen. Zum Abendessen war er eisern daheim und genoß seine Familie. Das ist das Nette an unseren Ehemännern; sie halten an ihren Prinzipien fest.

Nun bin ich am Lido. Professor Ciardi läßt mich in Ruhe. So leicht möchte ich auch mein Geld verdienen! Ich konnte nie Geld verdienen, weil ich nicht immerzu dasselbe tun kann. Ich kann mich nicht Stunden und Stunden auf eine Sache konzentrieren. Die Fremdenführungen sind das Richtige für mich. Immer andere Gesichter und andere Handtaschen! Manchmal legen die Ausländerinnen ihre offenen Taschen auf eine Bank, oder sie vergessen ihre Ringe und Armbänder in den Toiletten der Restaurants. Wenn ich mich bediene, weil die Gelegenheit günstig ist, bestrafe ich die Damen gleichzeitig für ihren Leichtsinn oder Schwachsinn. Verbirgt sich nicht in jeder unmoralischen Handlung eine waschechte Moral?
Ich sitze stundenlang am Strand, der nur durch die vielen Menschen entstellt wird. Zuweilen hätte ich nichts dagegen, wenn Elvira oder ein Seepferd mich von trüben Gedanken ablenken würden. Ob Herr Shinoda nach Tokyo zurückgeflogen ist? Hilary hat mir nicht verraten, was er zu der wiedergefundenen Uhr sagte. Sie benimmt sich tatsächlich recht anständig, aber sie ist kalt wie eine Eiscremetorte, nur nicht so süß. Neulich lagen Briefe aus London für sie in der Halle. Eine Männerschrift. Wer kann dieser reizlosen Person schreiben? Einmal trug sie ein gelbes Kleid mit einem roten Halstuch wie eine blutbefleckte Zitrone! Hilary ist so etwas ganz gleichgültig. Sie hat schönes Haar, aber kunstlos frisiert. Sie ist ein weibliches Wesen, aber keine Frau. Ich vermute, ein Patient hat brieflich bei ihr angefragt, was er gegen seinen Husten oder seine Frau tun soll. Sie hat bestimmt keinen Mann. Genau wie ich – nur aus entgegengesetzten Gründen! Ich mache mir zuviel aus Männern, Hilary zu wenig.
Heut bin ich ganz ruhig und beinah zufrieden. Das Meer schafft die Distanz zu Venedig. Ein klarer Tag, man kann die Stadt übers Wasser sehen. So alt, so gebrechlich, so müde von trüber Glorie! Ciardis Villa steht abseits von den Luxushotels, tief hinten in einem Park. Das weiße Haus ist mit Efeu und Wistaria umrankt. Kein Palast, sondern ein Heim für Leute mit Betriebsstörungen. Neulich besuchte Salvatore Moretto mich hier. Er kann mich nicht leiden, aber er denkt wenigstens gelegentlich an mich. Herr Shinoda ist noch in Venedig. Die Sache mit seiner Uhr ist in Ordnung.
Es dämmert, ich muß ins Heim zurück. Die See ist ruhig, und die Leute packen ihre Strandsachen ein. Ich bin weit hinausgeschwommen. Jetzt befinde ich mich in einem Zustand, wo ich Trugbilder

sehe. Die Müdigkeit meines Körpers belebt mich. Ein Trugbild! Shinoda-san! Ich will ihn nicht sehen. Er hat Hilary natürlich kein Wort geglaubt. Herr Shinoda geht gleichmütig an mir vorüber. Jetzt ein anderer Japaner! Seine Frau oder Freundin aus Japan geht drei Schritte hinter ihm her und trägt seine und ihre Badetasche. So weit haben es nicht einmal italienische Ehemänner gebracht. Was hatte mir an Herrn Shinoda so gefallen? Ich weiß es nicht mehr. Jetzt sehe ich ihn in einem zerbrochenen Spiegel. Die spitzen Splitter ritzen meine Haut wund.

Es dunkelt. Der Strand dehnt sich wie ein totes Ungeheuer. Die großen Luxuskästen werfen Lichtketten auf Straße und See. Aber dies ist kein Trugbild! Diesen Mann kenne ich. Er ähnelt Antonio, aber Antonio ist tot. Er kommt näher. Die Frau an seiner Seite ist ein großer, fremder Schatten. Sie geht mich nichts an. Er steht in einem erhellten Lichtkreis, der junge Mond strahlt ihn an. Er ist es! Ich bleibe vor ihm stehen und starre ihn an. Das sollte ich nicht tun – das tun Straßenhuren. Ich spüre Galle auf meiner Zunge. Ich ersticke einen Schrei. Ich fühle, wie mein Blut austrocknet, wie der Zündstoff im Herzen mich verbrennt. Ich würge an einem einzigen Wort: Alessandro!

Der Mann mit Antonios Profil betrachtet mich mit wenig schmeichelhaftem Erstaunen. Natürlich ist er um Jahre älter als der scheue Junge in der Gondel. Aber er ist es. Ich unterdrücke meinen Jubel. Wenn die Frau nicht neben ihm stünde, würde ich ihm um den Hals fallen. Ich würde ihn nach dem Seepferd fragen. Ich spreche ihn an und frage ihn danach. Ich kann nicht anders. »Wie bitte?« fragt er auf Englisch. Er räuspert sich. Steht irgendwie hilflos in seinem erleuchteten Kraftfeld. Dann murmelt er: »Ich heiße Ross. Aus New York. Dies ist meine Frau.«

Bin ich in die Vergangenheit geraten? Mr. Ross verbeugt sich und geht mit seiner Frau auf das große Strandhotel zu. Ich blicke ihm nach. Habe rasenden Durst, weil mein Blut austrocknet. »Lügner«, schreie ich hinter ihm her, aber ich bringe trotz des Geschreis keinen Laut heraus. Meine Stimmbänder müssen sich verknotet haben.

Aber er ist es. Alessandro, der mich küßte, der Fische brachte, den Papa davontrieb. Mein Gedächtnis täuscht mich nicht. Unter Tausenden würde ich ihn erkennen. Warum hat er mich angelogen? Er kommt nicht aus New York, sondern vom Rialto. Er hat stinkend viel Geld gemacht, wenn er in solch einem Luxusstall am Lido ... Die Frau

war keine Italienerin. Sie soll verschwinden. Sie hat nichts mit Alessandro zu tun.
Kann ich mich geirrt haben? Ausgeschlossen. Ich habe den Leberfleck am Kinn wiedererkannt. Dazu der Blick, die Stimme! Man kann seinen Namen wechseln, aber weder den Blick noch die Stimme, den Mund oder die Hände. Dieser große, elegante Mann hat Arbeiterhände. Er hat noch immer diesen unentschiedenen Zug um den Mund. Alessandro war doch ein Zauderer und Zögerer gewesen. Er ist es wohl immer noch. Man ändert sich nicht. Ich wollte immer nur haben, was ich nicht haben konnte, auch daran hat sich nichts geändert.

Ich höre einen Schrei. Er kommt vom Meer her. Ertrinkt jemand, oder habe ich meinen Schrei ins Meer hinausgeschickt, um das Seepferd zur Hilfe zu rufen? Die Vergangenheit überrollt mich wie eine Sturzwelle, ich kämpfe um Luft. Das amerikanische Paar entfernt sich, es wird kleiner und grauer. Alessandro und seine Frau gehen nebeneinander – ein unmerklicher Abstand oder Abgrund tut sich zwischen ihnen auf. So schreiten Paare, die sich zu wenig oder zu gründlich kennen. So gingen Antonio und Hilary im letzten Stadium ihrer Ehe über die Piazza zu »Harry's Bar«.
Ich fühle immer noch Alessandros Blick, der mich erstaunt und vielleicht sogar erschrocken musterte. Dasselbe unpersönlich-persönliche Mitgefühl wie damals war in diesen Augen. Mr. Ross! So blickten Sie mich als grüner Junge in unserer Gondel an! Nichts hat mich so getröstet wie Alessandros sanfter Blick. Eine leichte Trauer war darin gewesen, aber auch stille Heiterkeit. War Mr. Ross heiter? Konnte er Trost spenden? Verschob er Entscheidungen deshalb so lange, weil man mit jeder Entscheidung jemanden verletzt? Das hatte er damals gesagt, als er sich von mir trennte. Ich blickte ihn nur an, so wie ich ihn soeben angeblickt hatte. Nach Jahrzehnten ist mir klar geworden, daß Alessandro Rossi damals seinen Namen in mein leeres Herz gehämmert hat.
Ich habe nichts zu Abend gegessen, ich kann nicht schlafen. Die Raben der Erinnerung umkreisen mich. Ich stoße einen Schrei aus. Dr. Ciardi gibt mir etwas zur Beruhigung. Ich flüstere: »Er hat mich nicht wiedererkannt.« Ciardi fragt geduldig, wer mich nicht erkannt habe, eine vernünftige Frage; aber dumm, wie alle vernünftigen Fragen.

Ich schließe die Augen – kein Zündstoff mehr im Herzen. In der Dunkelheit sehe ich endlich der Wahrheit ins Gesicht. Ich bin so alt und häßlich geworden, daß Alessandro mich nicht erkannt hat.

5

Mißtraue der Erinnerung!

Man kann die Augen vor der Wirklichkeit schließen, aber nicht vor der Erinnerung.

Französischer Spruch

SALVATORE MORETTO:

Da ich von Natur skeptisch und außerdem Rechtsanwalt bin, mißtraue ich Erinnerungen noch gründlicher als meinen Klienten. Was mir die Familie Cesano beispielsweise im Lauf der Jahrzehnte über sich und andere erzählt hat, entspringt zum größten Teil ihrer fruchtbaren Fantasie. Mit der Wirklichkeit haben diese Berichte herzlich wenig zu tun. Ich denke da an Antonios Tod. Alle, die ihn kannten, und das war halb Venedig, haben abweichende Erinnerungen an ihn. Gewiß, er war schwer zu durchschauen, aber sein Tod war kein Mysterium. Trotzdem findet seine Mutter diesen Tod unerklärlich, und Lucia findet ihn unheimlich. Nur Antonios Arzt sagte mir die Wahrheit, die ich schon längere Zeit geahnt und gefürchtet hatte. Aber die Wahrheit ist vielen Leuten zu nüchtern, zu brutal oder auch zu schmerzlich. Antonio Cesano hungerte sich nicht durch fanatische Bußübungen zu Tode, wie Lucia behauptet. Auch Annina, seine letzte Freundin, ist nicht an seinem Tode schuld. Dies ist die Version der alten Contessa. In den letzten zwei Jahren magerte Antonio Cesano zum Skelett ab, weil er Magenkrebs hatte. Alle Cesanos verabscheuten Krankheit und Entstellung, und wahrscheinlich verbrachte Antonio den Rest seiner Lebenszeit auf der Franziskaner-Insel, weil die Mönche eine gesündere Ansicht über Krankheiten und Prüfungen haben. Auch in glücklicheren Tagen war er dort oft zu Gast gewesen. Nur ich durfte ihn regelmäßig bis zu seinem Tod auf der Insel und später im Hospital besuchen; er weigerte sich, seine Familie zu sehen, und er drehte das Gesicht zur Wand, wenn seine Mutter ihn besuchte. Sein Tod war weder unerklärlich noch unheimlich – er war einfach traurig. Ich bin ein ziemlich harter Mann; aber ich mußte die Tränen

zurückdrängen, wenn ich Antonio in seinen letzten Monaten besuchte. Ich änderte auf seinen Wunsch sein Testament. Sein Haus ging in den Besitz seiner englischen Frau über. Lucia raste vor Wut, so daß ich sie darum bitten mußte, den Respekt vor dem letzten Willen ihres Bruders zu wahren. Einen Augenblick offenbarte sie die Armut ihrer Seele, die sie für gewöhnlich geschickt verbirgt. Arme Lucia! Heut nährt sie sich von verfälschten Erinnerungen.
Antonio Cesano hatte sich seit seiner Jugend mit einer Aura von Glanz und Geheimnis umgeben, sein Geist und sein Aussehen machten ihm dies leicht. Er legte niemals die Karten auf den Tisch, was seine junge englische Frau, die ehrlich und aufrichtig ist, zur Verzweiflung trieb. Wie sollte sie ahnen, daß Antonios Instinkte und Handlungen kaum etwas mit dem Idealmann zu tun hatten, als der er sich vor der Welt zeigte? Hilary Stafford, die für mich immer die »Contessa Antonio« bleiben wird, kannte ihren Mann überhaupt nicht. Einmal war sie zu jung und naiv für ihn, und dann wußte sie nichts über gewisse Schwächen italienischer Männer. Wir wollen Eindruck auf Frauen machen, selbst wenn sie uns kaum interessieren. Wir sind ziemlich eitel, besonders auf unser Profil. Selbst die Bescheidenen unter uns erwarten von Ehefrauen oder Freundinnen ihre tägliche Portion Weihrauch. Hilary Stafford wußte das nicht, sie begann Antonio zu kritisieren. Das war in seinen Augen eine Todsünde, die er grausam bestrafte. Die Geschichte dieser kurzen Ehe? Er konnte nicht anders, und sie konnte nicht anders. Sie langweilte ihn keineswegs in dem Maße, wie sie und Antonios Familie annahmen. Sie ärgerte ihn, ihre ruhige Kritik zerstörte den Altar, den er sich selbst gebaut hatte. Hilary allein hat bittere, aber wahre Erinnerungen an den letzten Nachkommen der Cesanos. Lucias Trauer ist so fadenscheinig wie der kostbare Wandteppich in dem geisterhaft leeren Palazzo ihrer Eltern. Und die alte Contessa erfindet sich längst ihre eigenen Erinnerungen. Sie hat eine gewisse schöpferische Fantasie, die sie Antonio vererbt hat. Er war der Sohn ihres Herzens. Lucia hätte nichts dagegen gehabt, wenn ihre Mutter sie gehaßt hätte. Das wäre wie ein großer Auftritt im Rampenlicht einer Tragödie gewesen! Aber Lucia lebte immer unbeachtet, gelähmt von der Gleichgültigkeit ihrer Familie. Sie war die spätgeborene unerwünschte Tochter – ein Zufallsgast, der Hausrecht beanspruchte. Ich habe sie heranwachsen sehen – ein schönes, lebhaftes, glückshungriges Mädchen –,

in den Augen ihres vergötterten Vaters eine Schattenfigur, eine heranwachsende Konkurrentin für eine Mutter, die sich einen zweiten Sohn gewünscht hatte, ein entbehrliches, nein, überflüssiges Möbelstück im Palazzo ihrer Eltern. Übrigens haben Lucias Erinnerungen an jenen jungen Liebhaber in der Gondel wahrscheinlich ebensowenig mit den Tatsachen zu tun wie die Memoiren pensionierter Könige und Minister. Jener junge Mann hat sich indessen in Mr. Alexander Ross verwandelt. Es wäre im übrigen ungerecht, die Opfer ihrer Erinnerungen als Lügner zu bezeichnen. Sie lügen nicht; ihre Erinnerungen lügen.

Was mir an Erinnerungen mißfällt, ist ihre Zudringlichkeit. Sie überfallen uns zu unmöglichen Zeiten und lassen sich nicht abweisen. Jagen wir sie zum Tor hinaus, schleichen sie sich durch die Hintertür wieder hinein. Deswegen rate ich meinen Klienten: »Mißtrauen Sie der Erinnerung!«

Ich habe es Mr. Alexander Ross eindringlich geraten, was nicht bedeutet, daß er meinen Rat befolgen wird. Er gehört zu den Leuten, die sich ungern raten oder helfen lassen. Ob es daran liegt, daß seine Frau ihn mit Ratschlägen überschüttet? Übrigens ist Mrs. Ross keineswegs die einzige Ehefrau, die das in Gegenwart fremder Leute tut. Wann immer ich den Dialogen dieses New Yorker Ehepaares lausche, beglückwünsche ich mich, daß ich Junggeselle geblieben bin. Als jüngerer Mann wollte ich Lucia Cesano heiraten. Daß ich es schließlich nicht tat und ihr diese Absicht verschwieg, erfüllt mich noch heut mit Dankbarkeit für Monsignore Falcone, der mir anriet, meinen mir von Gott verliehenen Verstand anzuwenden. Lucia hat die Natur einer Klette, und ich bin für Bewegungsfreiheit. Aber ich bin immer für sie da, wenn sie mich braucht. In letzter Zeit braucht sie mich allerdings immer häufiger.

Das Ehepaar Ross besucht meine Kanzlei auch ziemlich oft. Nicht etwa, weil es großes Verlangen nach meiner Gesellschaft verspürt, sondern weil Ross sich nicht entscheiden kann, ob er Hilary Staffords Haus kaufen soll oder nicht. Für mich bleibt dieser erfolgreiche New Yorker ein unverfälschter Venezianer, der nur die Schutzfarbe seiner Umwelt angenommen hat. Ich betrachtete ihn sinnend. Ein Zug von Bitterkeit oder Ermüdung lag um seine vollen, genußfreudigen Lippen. Hatte er herausgefunden, daß Erfolg genauso bedrücken kann, wie Mißerfolg? Hatte die ganze Jagd sich gelohnt? Aus seinen knappen Andeutungen hatte ich bereits entnommen, daß ein Einwanderer in den USA die Dinge nicht an sich herankommen lassen kann, wie es bei uns Brauch ist, sondern dem Erfolg unablässig nachjagen muß. Mr. Ross hatte es drüben mit Fabriken für Fischkonserven so weit gebracht, daß er sich einen Palazzo in seiner Vaterstadt kaufen konnte. Unter dem drohenden Schweigen seiner Frau hatte er mir wiederholt gesagt, daß seine verwitwete Mutter selbstverständlich dort mit ihnen wohnen sollte. Aber wollte Signora Rossi den Fischmarkt am Rialto verlassen? Wollte sie Welten wechseln, lebenslängliche Freunde aufgeben und mit einer Schwiegertochter, die kein Wort italienisch sprach, einen Palazzo bewohnen? Ich hatte meine Zweifel, behielt sie aber für mich.

Da ich mich beruflich unablässig mit Menschen und ihren Problemen befassen muß, fiel mir die innere Ruhelosigkeit dieses Mannes auf. Meistens ist sie das Resultat zwanghafter Betätigung und bedeutet den Verlust der kostbaren, einem Italiener angeborenen Kunst der Entspannung. Die Legende von unserer Trägheit ist ebenso albern wie alle Verallgemeinerungen nationaler Eigenarten. Was wir wirklich verstehen, aus dem Instinkt heraus, ist der mühelose, sozusagen musikalische Wechsel von Aktivität und Ruhe. Wenn wir jedoch dem Vormarsch der Industrie mit ihren dämonischen Begleiterscheinungen kein Veto entgegensetzen, werden wir so ruhelos wie Alexander Ross werden.

Natürlich darf man seine Situation nicht außer acht lassen. Seine Mutter will ihn in Venedig haben und seine Frau in New York. Gestern brachte er Signora Rossi mit in meine Kanzlei. Trotz ihrer Jahre ist sie erschreckend vital, man könnte ihre Stimme von hier bis Triest hören. In ihrer Art, und mit ihrer Autorität als Mutter, ist Signora Rossi mindestens so dynamisch wie Violet Ross – eine besitzgierige Gegnerin ihrer Schwiegertochter. Violet Ross schwieg zum ersten Mal – das Klügste, was sie tun konnte –, als ihr Mann ihr die Aussprüche seiner Mutter ins Englische übersetzte, wobei er zu meiner Belustigung den Wein beträchtlich verwässerte. Er ist ein sanfter und friedlicher Mann, der zwischen zwei Frauen steht und sich bei aller Vorsicht den Mund verbrennt. Was soll er tun? Erst einmal wird er weiterhin zögern und zaudern, denn das entspricht seiner Natur. Sein Unglück ist, daß er niemandem Schmerz zufügen möchte und nicht begreift, daß es keine Entscheidung ohne Schmerzen gibt. Seine

Mutter befiehlt, und seine Frau stellt höflich, aber eisern entschlossen eine Menge Forderungen. Daß sie Violet heißt, ist spaßhaft. Nie habe ich ein anspruchsvolleres Veilchen gesehen. Sie will jedem gefallen, überall dabei sein und von ihrem Mann bedient und bewundert werden. Das fällt einem geborenen Venezianer nicht gerade leicht, da er aus alter schlechter Sitte gewohnt ist, daß seine Frau ihn bedient und bewundert. Auch daran ging Antonio Cesanos Ehe in die Brüche. Wie viele Amerikanerinnen besitzt Violet Ross Initiative und ungeheure Energie, die ich bewundern könnte, wenn sie positiven Gebrauch von dieser kostbaren Gabe machen würde. Aber sie verschwendet sie an oberflächliche und fruchtlose Bemühungen. Warum will sie der Welt ewige Jugend vortäuschen? Sie muß sich kosmetischen Operationen unterzogen haben, denn ich bemerkte feine Narben an ihren Schläfen, wenn ein Windzug ihr Haar bewegt. Ihr Gesichtsausdruck ist starr, ein seltsamer Gegensatz zu den beweglichen Zügen ihres Mannes und ihrer Schwiegermutter. Mrs. Ross lächelt so vorsichtig, als ob sie das Platzen der Nähte befürchte. Sie muß beträchtlich älter als ihr Mann sein, hat aber eine elegante Figur, die Signora Rossi mißfällig musterte. Mit so schmalen Hüften mußte es schwierig sein, einen Sohn zur Welt zu bringen.

Gestern redete Mrs. Ross unablässig auf ihren Mann ein. Er kam mir vor wie der heilige Sebastian, der auf den nächsten Pfeil wartet. Er ist Anfang vierzig. Als seine Frau später am Tag ein Ballett auf der Piazza San Marco besuchte, lud ich Mr. Ross zu einem Kaffee ein. Er wirkte erschöpft und in seine Erinnerungen verstrickt. Als wir bei Florian saßen, fiel mir wieder seine Ähnlichkeit mit Antonio Cesano auf. Die Frauen blickten ihn an, was ihn völlig kalt ließ. Übrigens ist er in Abwesenheit seiner Frau und Mutter mitteilsam und äußert, im Gegensatz zu Antonio, seine Ansichten unverblümt. Ob er das in New York gelernt hat? Fühle ich wegen Antonio wehmütige Zuneigung zu diesem entwurzelten Landsmann?

Mr. Ross gab mir einen kurzen Bericht über seine Odyssee in den USA. Er ist zweifellos ein großartiger, kühl rechnender Geschäftsmann, dessen Gefühlsleben in keinem richtigen Verhältnis zu seinem scharfen Verstand steht. Ich weiß nicht, ob Ross seiner Frau treu ist; ich weiß nur, sie ist nicht die richtige Frau für ihn. Mir kommt er wie ein Gefangener vor, aber er hat noch niemanden gefunden, der ihm bei der Flucht hilft.

Violet Ross tut mir leid, aber sie würde Mitleid empört zurückweisen. Daß ihr Stolz sie scharf und bitter macht, steht auf einem anderen Blatt. Doch sie würde nie Szenen machen und in Tränen ausbrechen, wie Lucia es zeitlebens getan hat. Tatsächlich verachtet Violet Ross diese billigen Mittel. Darin gleicht sie Hilary.
Alexander Ross, der übrigens ursprünglich Gondeln bauen wollte, erzählte mir etwas über seine Erfahrungen in den USA. Eine Einwanderergeschichte, wie sie wohl tausendmal vorkommt. Er war jung, unwissend und ehrgeizig gewesen und fand sich hilflos und verwirrt in einer fremden Welt. Sein Vater war Fischer, und seine Mutter verkaufte Fische auf dem Rialto-Markt. Er wollte ihnen später, viel später einen Palazzo kaufen. Das war sein venezianischer Traum. Es gab einen roten Faden vom Rialto bis zu den Fischkonserven, die ihn zum reichen Mann machten. Wie bei italienischen Einwanderern üblich, wohnte Ross zuerst bei einem Onkel. Hätte er der Erinnerung mißtraut, dann hätte er sich ein anderes Logis gesucht. Da er nie jemanden kränken will, wollte er auch diesen Onkel nicht kränken. Er ahnte nicht, wie gern dieser Herr ihn loswerden wollte! Sein Onkel, Enrico Rossi, den er als Kind geliebt und heiter, gastfreundlich und warmherzig in Erinnerung hatte, war in New York West ein grämlicher, geiziger, wenn auch sehr geachteter Amerikaner geworden, den das schlechte Englisch seines Neffen in Verlegenheit setzte. Enrico war übrigens der erste Rossi, der sich Ross nannte. Alessandro fand später Zuflucht in »Little Italy« und einen freundlichen irischen Arbeitgeber. Zuerst besuchte er seinen Onkel gewissenhaft und viel zu häufig. Allmählich ging es mit ihm vorwärts, aber sein Aufstieg war ein steiniger, mit Demütigungen und Verzweiflung gepflasterter Weg. Die geborenen Amerikaner schienen zwar von Venedig, aber nicht von Venezianern begeistert zu sein, wenigstens nicht von denen in ihrer Mitte.
Ich hörte schweigend seinen Bericht an und malte mir aus, wie der bildhübsche, naive Junge in seinem Sonntagsanzug Arbeit gesucht hatte. Einwanderer-Eleganz beim Tellerspülen oder Fischebraten! Das alles lag nun Jahrzehnte hinter dem Mann, der mit mir im Café Florian saß und sich einen Palazzo kaufen konnte. Aber die Wunden, die die Neue Welt ihm zugefügt hatte, schienen in seinem Innern weiter zu bluten. Ich schloß das aus seiner Bemerkung, daß er daheim ein fröhlicher Junge gewesen war. Das glaubte ich ihm aufs Wort.

Was ich ihm nicht abnahm, war die Behauptung, er hätte daheim immer genau gewußt, was er tun sollte. Vielleicht hatte er sich rascher entschieden als heute, aber die Jugend hat es einfacher in ihrer Wahl. Hatte dieser zaudernde, sensitive Mann so hart kämpfen und soviel entscheiden müssen, daß er jetzt müde war? Dachte er noch manchmal an seine Anfänge in New York und an seinen Onkel Enrico? Er sagte mir nicht, wo er seine Frau getroffen hatte und warum er in der Fremde kein Mädchen aus »Little Italy« heiratete, um wenigstens in seinen eigenen vier Wänden Italiener zu bleiben und die gleiche Sprache wie zu Hause zu sprechen. Vielleicht wußte er es selbst nicht mehr. Auf jeden Fall muß der dunkle Wunsch, ein echter Amerikaner zu werden, bei der Wahl einer Ehefrau mitgesprochen haben. Ob die Einwanderer aus Vietnam heute echte Amerikanerinnen heiraten werden? Glückt dieses persönliche und gesellschaftliche Experiment? Oder wird es mißlingen? Wir sind ein altes Volk mit einer langen Geschichte und einer Leidenschaft für das Schöne. Was auch unsere Fehler und Schattenseiten sein mögen – ein Venezianer erkennt überall echte Schönheit der Linie und Farbe, wo er sie sieht. Wie stand es in dieser Hinsicht mit Violet Ross? Tatsache ist, daß sie viel an Venedig auszusetzen hatte, besonders, was Badezimmer anbelangt. Würde sie sich bei uns einleben? Würde sie es überhaupt wollen? War sie es, die die mangelnde Entschlußkraft ihres Mannes ausnutzte, um ihn nach New York zurückzuholen? Mrs. Ross paßt genauso wenig nach Venedig wie dieser Japaner, dem Lucia die Uhr entwendete. Soweit ich von Hilary hörte – und sie täuscht sich selten –, akzeptierte Herr Shinoda aus Gründen der Höflichkeit und Rücksicht auf eine vornehme Familie ihre fadenscheinige Erklärung, ohne ein Wort davon zu glauben. Unglücklicherweise ist er unbeschreiblich ordnungsliebend und verlegt seine Besitztümer nicht. Mit Lucia wird es immer schlimmer. Sie hat aber schnell erkannt, daß Mr. Ross seinen erotischen Jugenderinnerungen mißtraut. Ich riet ihr ab, ihn und seine Frau in den Palazzo Cesano einzuladen. Die alte Contessa lebt mit ihren Toten, Schwester Francesca ist mir zu neugierig, und Mrs. Ross lebt eindimensional in der Gegenwart. Selbstverständlich hat Lucia meine Warnungen in den Wind geschlagen, ich werde einen unbehaglichen Abend bei den Cesanos verbringen. Nur Hilary lebt, wenn ich einmal von mir absehe, in Harmonie mit sich selbst. Hoffentlich bleibt das so. Viele Gäste finden die Luft in Venedig fieberhaft anregend oder aufregend, sie verlieren ihr Gleichgewicht auf unserm schwankenden Boden. Aber die Contessa Antonio hat diese Krise längst überwunden. Heute soll sie das Ehepaar Ross in meiner Kanzlei kennenlernen. Vielleicht kann sie Mr. Ross dazu bringen, sich so oder so zu entscheiden. Hilary kann ihre Patienten in London nicht ewig warten lassen. Auf Alexander Ross scheint niemand in New York zu warten. Er erzählte mir mit saurem Lächeln, daß er in seinen ersten Jahren in New York seine Landsleute überempfindlich gegen jede Kritik an den USA gefunden hatte. Häufiger als geborene Amerikaner sagten sie, wenn es ihm hier nicht gefalle, solle er dahin zurückgehen, woher er gekommen war. Wir Venezianer nörgeln und schimpfen aus Liebe zu der altersschwachen Königin der Meere. Wir werden lieber mit ihr untergehen, als ohne sie zu leben. Mr. Ross hat bereits eine großzügige Spende für die internationale Bewegung »Rettet Venedig« gemacht. Seine Mutter war stolz auf ihn. Mrs. Ross preßte die dünnen Lippen zusammen. Wieder stand er zwischen zwei geharnischten Gegnerinnen, zwischen zwei unversöhnlichen Welten, zwischen dem Canale Grande und der Madison Avenue.

Wie gequält sah er aus! Er wollte es allen recht machen. Aber wer könnte eine venezianische Kindheit vergessen? Auch Ross war nicht so blind geworden, daß er einen Warenhauspalast dem Palazzo Vendramin vorzog. Sicher gibt es gelegentlich denkwürdige Todesfälle in einem Warenhaus, aber in Venedigs Palazzo Vendramin ist Richard Wagner gestorben. Ich liebe die Musik nicht so fanatisch wie viele meiner Landsleute, aber Wagner liegt mir am Herzen, weil er Venedig liebte. Genau wie Lord Byron und Shelley; doch ihre Dichtungen ermüden mich. Hilary war erstaunt. Aber sie hat keine Zeile von Dante gelesen. Glücklicherweise wähle ich meine Freunde nach anderen Gesichtspunkten aus. Übrigens gab ich Herrn Shinoda, der immer noch Shakespeare verschlingt, die Gedichte unseres unvergleichlichen Petrarca in englischer Übersetzung. Obwohl er es beteuerte, habe ich nicht den Eindruck, daß er das Buch aufmerksam gelesen hat. Ich fürchte, Herr Shinoda ist nicht sehr aufrichtig. Schließlich bin ich mir darüber klar, daß sich über literarischen Geschmack nicht streiten läßt. Auch über Mrs. Ross läßt sich nicht streiten. Heute nachmittag ist sie in ihrer übelsten Laune, schon dreimal hat sie gefragt, wann Dr. Stafford endlich käme. Leider ist Hilary recht un-

pünktlich. Sie hat sich eine Reihe goldener Regeln zum Prinzip gemacht, warum nicht Pünktlichkeit?
Mrs. Ross will den alten Palazzo offenbar in ein New Yorker Wohnhaus mit drei Badezimmern verwandeln. Wer und was mag dieses ungleiche Ehepaar zusammengebracht haben? Wie immer sprachen wir englisch, da Mrs. Ross auch in Venedig keine Anstalten macht, italienisch zu lernen. Daraus schließe ich, daß sie hier nicht leben will. Falls sie sich weiter so ablehnend verhält, wird Ross womöglich hier bei seiner Mutter bleiben. Das wäre nicht gut. Es wäre sogar schlimm, denn ein solcher Bruch in einer Ehe ist nicht zu kitten. Weder mit Geld noch mit guten Worten. Was vermögen hier Worte? Sie sind Fragmente aus dem großen Wörterbuch der Phrasen, die Tatbestände verdunkeln, statt sie zu erhellen. Wann hätte eine Phrase je die Wahrheit berührt? Wie sieht die Wahrheit in dieser Ehe aus?
Erst einmal äußerte Ross sich mit keinem Wort zu dem Thema der drei Badezimmer, sagte aber schließlich, das brauche man heute nachmittag nicht zu entscheiden. Mrs. Ross fragte, wo Hilary Stafford bleibe: »Erinnerst Du Dich an Deinen Geschäftsfreund aus London, Alex? Er kam immer zu spät. Das Roastbeef war immer hart und trocken geworden.«
»Ich erinnere mich«, sagte Mr. Ross.
»Ich denke, die Engländer halten so viel von guten Manieren.« Mrs. Ross schwieg. Ich fragte sie, wie Venedig ihr bei näherer Bekanntschaft gefalle.
»Es gefällt ihr immer weniger,« sagte Mr. Ross. »Sie vermißt den New Yorker Benzingestank und den Erwerb von Gegenständen, die keinen glücklich machen. Die Frauen kaufen dort wie verrückt. Warum?«
»Bitte, rede nicht wieder Unsinn, Alexander!« Violet Ross sprach in einem Ton, den kein Ehemann in Italien sich bieten ließe.
»Es ist kein Unsinn«, sagte Alexander Ross mit ungewohntem Nachdruck. »Ruhe und eine glückliche Familie sind wichtiger als pathologische Hygiene und Einkaufswut.«
»Du lieber Himmel! Du bist schrecklich sentimental, Alex!«
»Ich liebe meine Mutter. Und meinen alten Onkel. Ist das sentimental?« Ross wandte sich an mich. »Sie wissen vielleicht nicht, daß es in den USA eine Dummheit, wenn nicht ein Verbrechen ist, seine Familie zu lieben. Man steckt dort die alten Verwandten am liebsten in ein

Heim, wo sie über die Dankbarkeit ihrer Nachkommen nachdenken können. Sei still, Violet! Dies ist Gottes eigene Wahrheit.« Er zündete sich mit zitternden Händen eine Zigarette an.
»Sie übertreiben, Mr. Ross«, sagte ich eilig. »Ich kenne sehr glückliche amerikanische Familien.«
»Gut für Sie«, sagte Mrs. Ross. »Und ich hörte, daß eine berühmte italienische Schauspielerin ihre Mutter in großer Armut leben läßt. Wissen Sie, wen ich meine, Mr. Moretto?«
Ross war in ein düsteres Schweigen verfallen. In diesem Augenblick hatte er eine unheimliche Ähnlichkeit mit Antonio Cesano. Brütete Ross Rachepläne aus? Eine sanfte Rache?
»Ich soll Ihnen Grüße ausrichten, Mr. Ross«, sagte ich in die unbehagliche Pause hinein. »Von der Contessa Lucia Cesano.«
»Cesano?« Ross zog die Stirn in Falten. Er sah plötzlich so düster aus, als wolle er die Erinnerungen mit beiden Händen abwehren. Nach einer Pause murmelte er: »Ja. Ich erinnere mich. Die Cesanos! Am Canale Grande. Es ist Jahrhunderte her. Wie geht es der Contessa?«
»Eine richtige Gräfin?« fragte Violet Ross.
»Die Contessa hatte einen Bruder«, sagte Ross langsam. Seine tiefliegenden Augen begannen zu glänzen. Er lächelte wie ein Schlafwandler. »Dieser Bruder war so etwas wie ein schwarzes Schaf, aber bezaubernd.«
»Antonio Cesano starb vor einigen Jahren!«
»Nicht möglich!« Ross war verblüfft. »Er war lebendiger als alle anderen. Aber es passieren beständig die schrecklichsten Dinge.«
»Unsinn«, sagte Mrs. Ross. »Es passieren genausoviel angenehme Dinge. Wenn nicht mehr. Hören Sie nicht auf meinen Mann, Signor Moretto! Er ist ein unheilbarer Pessimist. Dadurch hat er seine Freunde in New York verloren.«
»Sie waren unheilbare Optimisten«, sagte Mr. Ross.
»Und warum nicht, wenn man fragen darf? Ich rate Dir immer wieder, den Silberstreifen am Horizont zu suchen. Man muß in diesem Leben das Beste aus allem machen!«
»Muß man? Ein Unglück wird nicht deshalb erfreulicher, wenn man es als Glück bezeichnet.«
Ich blickte von Ross zu seiner Frau und wieder zurück. Wie viele Ehepaare waren sie in einen privaten Dialog geraten. Da soll man nicht stören. Wo blieb Hilary? Mrs. Ross sah aus, als ob sie sich selbst nicht

leiden konnte. Vielleicht übertrug sie ihr Mißfallen an der eigenen Person auf Ross? In jedem Fall fühlte ich ihre dunkle Unzufriedenheit, ich war auch unzufrieden mit ihr. Sie wirkte sonst so sicher und selbstbewußt, besonders wenn sie mit mir allein war. Die beiden vertrugen sich nicht gut. Ross hockte wieder auf dem Rand seines Sessels, als ob er jeden Augenblick die Flucht ergreifen wollte. Vor wem? Vor seiner Frau? Vor sich selbst? Aber ich fühlte weiter diese seltsame Sympathie für ihn. Sie hatte nichts mit moralischen Maßstäben zu tun. War Ross ein ebenso schwarzes Schaf wie sein Doppelgänger Antonio Cesano? Was wußte ich schließlich über ihn? Warum hatte er in New York seine Freunde verloren? Der sanfte Mr. Ross hatte seiner Frau einen wütenden Blick zugeworfen, als sie es erwähnte. Ich wollte ihm helfen. Ich würde ihm helfen, wenn es nötig sein sollte. Ich war dazu da, die Ratlosen zu beraten und den Hilflosen zu helfen. Wer hat zuerst behauptet, daß Millionäre weder Rat noch Hilfe brauchen, nur weil sie Geld verdienen können? Ich blickte von Ross zu seiner Frau. Sie würde selbst mit allem fertig werden. Sie hatte diese verbissene Energie und eine Schwäche für Silberstreifen. Ross blickte vor sich hin wie Hamlet in Venedig.

In diesem Augenblick der stummen Spannung betrat Hilary endlich mein Büro. Durch ihre Ruhe und Vernunft wirkt sie erfrischend auf mich, obwohl ich ihr wegen der Verspätung böse war. Noch eine Viertelstunde Wartezeit, und Mr. Ross oder seine Frau hätten mich gebeten, die Scheidung einzuleiten.

Hilary entschuldigte sich aufrichtig wegen der Verspätung, und Mr. Ross lächelte zum ersten Mal. Ein erfreutes Lächeln, das ihn um Jahre verjüngte. Mrs. Ross schwieg und tat, als ob sie die Entschuldigung nicht gehört habe. Heitere junge Frauen schienen ihr zu mißfallen.

Hilary erklärte uns gewissenhaft, warum sie so spät erschienen war. Sie war mit Herrn Shinoda auf die Insel San Giorgio gefahren, um ihm das »Teatro Verde« zu zeigen. In Venedig hatte das Festival des internationalen Tanzes begonnen. Herr Shinoda schien aus seiner Lethargie erwacht zu sein, er besuchte die verschiedenen Balletts im Opernhaus und auf der Piazza San Marco. Ich freute mich über sein Interesse, denn ich hatte ihn für einen Geschäftsmann mit Scheuklappen gehalten. Elvira Vivarini erzählte mir, die Shinodas hätten ein gutgehendes Uhrengeschäft in Tokio.

Im Augenblick wimmelte Venedig von Kunstfreunden mit berufli-

chen Interessen. Die *Danza* zog weite Kreise, da Tänzer aus New York, London, Paris, Stuttgart, Hamburg, München, Bali und anderen Ländern und Städten ihre Gruppen zu uns gebracht hatten. Auch Hilary hatte die englische Leidenschaft für Ballett, und sie und Shinoda waren unermüdlich. Übrigens sollte sie in den nächsten Tagen eine Patientin von Dr. Ciardi am Lido besuchen, da er zu seinem Psychologenkongreß nach Paris fliegen wollte. Eine Hamburgerin, die nicht direkt krank, aber noch weniger gesund sei, sagte Hilary.
»Praktizieren Sie in Venedig, Dr. Stafford?« fragte Mrs. Ross. »Oh nein. Aber Dr. Ciardi und ich sind alte Freunde. Ich soll die Hamburger Dame nur ein paar Mal besuchen.« Hilary lächelte. »Eine Ärztin ist wie eine Hausfrau, Mrs. Ross! Die Arbeit hört nie auf.«
»Heut hat man Maschinen«, erklärte Mrs. Ross.
»Nicht, wenn man mit Liebe kocht«, Mr. Ross starrte Hilary an.
»Liebe ist ein Irrtum. Du solltest es am besten wissen, Alexander!«
Ich lenkte die Unterhaltung wie ein störrisches Fahrzeug in andere Bahnen. Hilary entspannte sich. Sie kann Auseinandersetzungen vor Fremden nicht leiden. Wir sind in dieser Beziehung abgehärtet, denn unser Temperament ist dramatischer. Übrigens hatte ich dem Ehepaar nichts von Hilarys Beziehungen zur Familie Cesano gesagt. Sie konnte es selbst tun oder lassen. Mr. Ross schwieg wieder und betrachtete Hilarys blondes, ungefärbtes Haar. Eine unordentliche Flut, aber vital und leuchtend. Violet Ross war viel gepflegter, wundervoll gefärbt und frisiert, und sie war älter und bitter und hinter dem Schutzwall ihrer Energie müde. Sehr müde.
Ich spürte die Ungeduld, die mich immer überfiel, wenn Alexander Ross sich entscheiden sollte und es nicht tat. Er hatte die Augen halb geschlossen, während seine Frau mit harter Stimme weitere Mängel an dem Kaufobjekt aufzählte.
»Es ist ein sehr altes Haus, Mrs. Ross.« Hilary schien sich für Antonios Palazzo bei ihr zu entschuldigen, was ich überflüssig fand. Nimm Venedig, wie es ist, oder reise ab, raten wir den Fremden.
»Das Haus macht einen baufälligen Eindruck«, Mrs. Ross lächelte.
»Wir werden alle älter«, sagte Hilary.
»Sie nicht«, rief Mr. Ross und erwachte aus seinem Halbschlaf. »In New York kannte ich eine junge Frau, die mich an Sie erinnert! Oder vielmehr umgekehrt. In zwanzig Jahren war sie keinen Tag älter geworden.«

»Mein Mann leidet an Sinnestäuschungen, Dr. Stafford! Gibt es Pillen dagegen?«
»Jugend liegt im Auge des Beschauers«, sagte ich schnell, denn Violet Ross näherte sich dem Siedepunkt ihres Unwillens. Aber Hilary merkte es nicht, denn sie studierte Mr. Ross, der ihr ständig sein bemerkenswertes Profil zuwandte. Hilary war blaß geworden und trat ans Fenster. Gondeln und Boote glitten durch meinen kleinen Kanal zum Canale Grande. Venedig rüstete sich für den Abend, für das magische Licht, für Gesang und Tanz, für den Mondschimmer über Kirchen und Palästen. Ich trat zu Hilary, die ich so sehr ins Herz geschlossen hatte. Wußte ich nicht am besten, an wen Alexander Ross sie erinnerte?
»Mißtrauen Sie der Erinnerung, meine Liebe«, sagte ich ruhig.
Alexander Ross hatte wieder einmal seine chronische Unfähigkeit, Entscheidungen zu treffen, bewiesen, und er rüstete sich zum Abschied. Unter dem kalten Blick seiner Frau verabredete er sich mit Hilary zum Ballett Rambert, wo sie Herrn Shinoda treffen würden. Obgleich sie im selben Haus wohnten, hatten Ross und seine Frau noch kein Wort mit dem Touristen aus Japan gewechselt. Mrs. Ross wollte das Ballett Rambert aus London nicht sehen. Auch kein anderes Ballett. Sie stand noch in der Tür meines Büros und sah einsam und abweisend aus. In der Tat gefiel ihr Venedig immer weniger.
»Sie sollten den Abend nicht allein verbringen, Mrs. Ross! Warum gehen Sie nicht mit den anderen ins Theater?«
»Sie sind sehr freundlich, Mr. Moretto! Aber ich habe nicht die Absicht, den Abend mit Japanern zu verbringen. Mein Vater wurde in japanischer Gefangenschaft zu Tode gefoltert.«
Ich starrte sie ungläubig an. Das gab es noch drei Jahrzehnte nach dem Zweiten Weltkrieg?
»Aber, Mrs. Ross! Mr. Shinoda war ein Kind zu jener Zeit. Er ist ein friedlicher junger Mann mit einem Uhrenladen in Tokio. Glauben Sie mir, er kann niemandem etwas zuleide tun.«
»Ich habe nichts gegen Mr. Shinoda als Person. Wie könnte ich? Aber, verzeihen Sie, der Anblick eines Japaners macht mich krank. Frau Dr. Staffords Freundschaft mit Mr. Shinoda ist natürlich ihre eigene Angelegenheit. Sie hat eben nicht solche Erfahrungen gemacht.«
»Sie irren sich, Mrs. Ross. Hilary verbrachte ihre Kinderjahre in ei-

nem japanischen Gefangenenlager. Und beim Einzug der Japaner in Malaya kam ihr Vater auf seiner Plantage ums Leben.«

»Wie traurig!«

»Man darf nicht zu viel über die Vergangenheit nachdenken, Mrs. Ross. Wir haben alle im Krieg gelitten. Hören Sie, Sie brauchen Abwechslung!«

»Danke sehr.«

Von der Treppe drang Gelächter zu uns herauf. Ross und Hilary schienen sehr vergnügt zu sein.

»Verlassen Sie sich auf Alexander«, sagte Mrs. Ross. »Er wird im Handumdrehen eine unmögliche Situation schaffen. Darin ist er groß. Sie sollten diese Ärztin warnen, Mr. Moretto.« Mrs. Ross sprach so schnell, als ob sie es in der nächsten Sekunde bereuen würde, bittere Wahrheiten geäußert zu haben. Ihre Stirn war mit Schweißtropfen bedeckt, die sie ungeduldig abwischte.

»Wo bleibst Du, Violet?« rief Mr. Ross von der Treppe.

»Ich komme schon.« Violet Ross blickte mich mit einem gehetzten Ausdruck an, aber kein Muskel bewegte sich in ihrem starren, geschminkten Gesicht.

»Es hat schon angefangen, Mr. Moretto«, sagte sie ruhig. »Die Sprache des Körpers, wissen Sie! Auch darin ist er groß. Er meint nichts von dem, was er jungen Frauen erzählt. Ich sollte es wissen.«

Sie sah mich nicht an, sondern studierte meine uralte chinesische Bronze: Ein grünlich-brauner Wasserbüffel, ein solides, zeitloses Stück Ostasien.

»So müßte man sein, Mr. Moretto! Ein Dickhäuter.« Nach einer Pause sagte sie vor sich hin: »Nach allem, was ich für ihn getan habe!« Es klang beinahe erstaunt. Ich fürchtete, ihre harte Stimme könnte brechen, weil solche Stimmen keiner Modulation fähig sind. Ich betrachtete Mrs. Ross mit wachsendem Unbehagen. In der Jugend mußte sie schön gewesen sein. Noch immer drang Gelächter von der Treppe herauf. Wie konnte ich diese Fremde besänftigen?

»Hören Sie, Mrs. Ross! Ihr Mann macht doch nur Spaß. Er ist zu vernünftig für solche Torheiten. Aus diesem Alter ist er schließlich heraus. Haben Sie doch mehr Vertrauen zu Ihrem Mann!«

»Er war mein Mann. Er ist es nicht mehr.«

»Wie soll ich das verstehen?«

»Ganz wie Sie wollen, Mr. Moretto! Guten Abend.«

Wieder stand ich am Fenster und blickte meinen Klienten nach. Dann verschwanden sie um die Ecke und wurden von der Abenddämmerung verschluckt. Schon möglich, daß Ross Kopfsprünge ins Ungewisse liebte. Und Hilary? Würde Ross sie in den Sumpf der Erinnerung ziehen? Das Wasser des Kanals war schwarz geworden, es bewegte sich nicht. Aber einen Steinwurf entfernt lag das Meer, das die Lagune bedrängt. An diesem Sommerabend war auch die Adria glatt und ruhig, aber sie barg in ihrer Tiefe rastlose Bewegung und eine uralte Drohung. Wie sollte ich die letzte Bemerkung von Mrs. Ross auffassen? Was ging hier vor?

II

Schwankender Boden

1

Ein New Yorker in Venedig

Die Natur bricht nie ihre eigenen Gesetze.

Leonardo da Vinci

Glückliche Ehemänner denken selten über ihre Frauen nach. Nicht etwa, weil sie an Besseres zu denken haben, sondern weil die Ehefrau ihnen so selbstverständlich ist wie die Luft, die sie gedankenlos atmen. Sie reflektieren erst über die Luft oder ihre Frauen, wenn diese über Nacht Giftstoffe entwickeln. Was ist da zu machen? Ein Ehemann kann sich fragen, ob er schuld an dem Verfall seiner Ehe ist. Er hat nie die Schuld. Also wartet er auf eine Klärung der häuslichen Atmosphäre, und da kann er manchmal sehr lange warten. Zum Warten gehört Geduld, und Geduldübungen sind in unserer hektischen Zeit unbeliebt. Auch Alexander Ross aus New York teilt die allgemeine Abneigung gegen diese stille Tugend. Auch er ist immer im Recht und Violet immer im Unrecht. Eine merkwürdige Ansicht, aber Mr. Ross denkt eben so.

Phlegmatiker oder Philosophen ignorieren Störungen der Atmosphäre und tun, als ob alles in ihrer Ehe in Ordnung sei. Aber sie haben bedeutend bessere Nerven als Mr. Ross, der außerdem Unmögliches in Venedig anstrebt: Harmonie zwischen seiner Mutter und seiner Frau. Dazu müßte entweder seine Mutter anders sein, als sie ist, oder Violet müßte sich über Nacht in eine Taube unter den Tauben auf dem Markusplatz verwandeln. Warum sollte sie? Violet Ross hat auch immer recht.

Darüber dachte Alexander täglich auf dem Weg zu seiner grenzenlos verehrten Mutter nach. Er hatte sich allen Ernstes von dem Luftwechsel eine Aufheiterung seines Ehehimmels versprochen, aber natürlich war Violet in Venedig dieselbe wie in New York. Er war immer der Ansicht gewesen, die Ehefrau müsse nachgeben, und trotz gegenteiliger Erfahrungen dachte er weiter so. Er ließ sich nicht in seinen Ansichten beirren; nicht einmal von seiner Mutter, die in alles hineinredete. Wenn Signora Rossi etwas weniger und etwas leiser gesprochen hätte, wäre sie vollkommen gewesen. Aber Vollkommenheit erwartete Ross höchstens von gewissen Kirchen und Gemälden seiner Vaterstadt und nicht von seiner Familie. In diesem Punkt war er ein italienischer Realist geblieben.

Wie jeder Realist, korrigierte Mr. Ross die Wirklichkeit höchstens in seinen Träumen. Entweder waren sie idyllisch wie die Insel Giudecca zu Michelangelos Zeit, als er von Florenz in die grüne Einsamkeit floh, oder Alexanders Träume stürzten ihn in Verluste. Er verlor im Traum sein Geld durch einen Börsenkrach in New York, oder er verlor sein dichtes Haar oder seine Mutter oder seine Potenz. Eines Nachts könnte er auch Violet verlieren. Wollte er das? Bis jetzt hatte er sich noch nicht entschieden.

Heute morgen war Ross aus einem besonders unangenehmen Traum – ein mörderischer Streit mit seiner Mutter! – aufgefahren. Er fühlte sich zum Ersticken, und Violet riet zu einer kalten Dusche. Ratschläge trieben Mr. Ross zur Raserei. Später entschuldigte er sich, und Violet überhörte es. Sollte er sie mit einem Geschenk versöhnen? Schmollen lassen? Erwürgen? Bezaubern? Das würde zu mühsam sein. Sollte er sie bitten, nach New York zurückzufliegen, damit er mit seiner Mutter in dem Palazzo von Hilary Stafford in Frieden leben könnte? Zwar hatte nie jemand in Frieden mit Signora Rossi gelebt, wenigstens nicht auf die Dauer, aber Mr. Ross mußte es vergessen haben. Schließlich lebte er seit Jahrzehnten in den USA. Und die Idealisierung seiner Mutter war ein verzeihlicher Irrtum. Für ihn war sie Venedig, und Venedig war sie. Gegen Violets Rat wollte er sich in nächster Zeit von seinen Geschäften zurückziehen. Er hatte genug Geld mit den Fischkonserven verdient, und er hatte in den letzten Wochen im Traum die Hälfte seines Kapitals und seiner mannigfachen Anlagen verloren. Besser, er legte einen Teil seines Geldes in dem alten Palazzo an, bevor die Wirklichkeit seine Träume erfüllte. Aber wie sollte er Violet, die alles besser wußte, verabschieden? Nur keine Auseinandersetzungen!

Weder mit seiner Frau noch mit seiner Mutter. Signora Rossi war die Lady Macbeth vom Rialto-Markt. Mit gezücktem Fischmesser und blutbespritzten Händen. Violet zückte nie ein Messer; sie machte ihre eisernen Entschlüsse in aller Ruhe klar. Sie war viel schwieriger

als seine heftige Mutter, die später beim Wein alles vergaß und verzieh. Violet verzieh nichts.
Mr. Ross wußte, daß er früher oder später sein Familienproblem lösen mußte. Um seine Mutter und Violet mit sanfter Gewalt in einen Palazzo zu bringen, dazu gehörte eiserne Entschlossenheit, und das war nun einmal nicht seine Sache. Für Entscheidungen war bis jetzt seine Frau zuständig gewesen. Wie früher seine Mutter. Violet war viel älter als er, und Signora Rossi hatte ihm gestern gesagt, seine Frau könnte glatt seine Mutter sein. Aber wer braucht zwei Mütter?
Violet Ross, geborene Byron, mit dem Dichter weder verwandt noch verschwägert, wunderte sich nicht, daß eine Geliebte von Lord Byron sich aus einem Fenster seines venezianischen Palazzos gestürzt hatte. Wer konnte Gedichte, eine Fassade mit Löwenköpfen und einen stinkenden Kanal auf die Dauer aushalten? Violet würde sich keinesfalls aus dem Fenster stürzen; heut gab es Flugreisen nach New York. An Alexanders ständige Treulosigkeiten und Launen war sie gewöhnt. Neu für sie war Alessandro Rossi, der sklavisch ergebene Sohn einer Fischhändlerin vom Rialto. Warum flog sie nicht zurück und überließ ihren Mann und den unbequemen Palazzo der ekelhaften Signora Rossi? War es ihre Abneigung, sich von ihrem Besitz zu trennen? Oder liebte sie ihren unmöglichen Mann immer noch? Violet schob diesen Gedanken mit dem Frühstück beiseite. Mit einer einzigen Bewegung, so wie Signora Rossi alles und alle beiseite schob, wenn es sich um ihren Sohn handelte. Die Signora versuchte die Zeit zurückzuschrauben und wollte aus einem Mann, dem der rauhe Wind von New York um die Ohren wehte, den jungen unwissenden Sohn machen, der ihr schließlich entflohen war. Violet hatte das beim ersten Zusammensein erfaßt und völlig verrückt gefunden. Aber sie hatte nie einen Sohn gehabt. Vielleicht handelte Signora Rossi nach einem Naturgesetz? Wollten Mütter nicht zulassen, daß ihre Söhne den häuslichen Herd mit der Welt vertauschen? Violet wußte es nicht. Sie fühlte nur die fremde, feindselige Strömung, die Alexander immer weiter von ihr wegtrieb. Vielleicht hatte Signora Rossi recht: Welcher Mann braucht zwei Mütter?
Violet Byron war in New York geboren und stammte in der dritten Generation von englischen Einwanderern ab. Sie lebten unbekannt in Middlesex, wo sie vor ihrer Auswanderung einen Krämerladen be-

trieben. Heut steht dort ein Supermarkt – alles in Zellophan und trotz der Inflationspreise arm an Vitaminen, und es gibt kaum Kontakt mit der Kundschaft. Wie Violet, die bereits eine College-Erziehung hatte, verabscheuten ihre Vorfahren Romantik außerhalb des Kinos, Mondnächte zu zweit, Sex ohne Zuckerguß, schwankenden Boden und die profitlosen Abenteuer der Sehnsucht oder des Müßiggangs. Bei Mrs. Alexander Ross kamen noch Gondeln, Tizian, Hilary Stafford, Tintoretto und Alexanders verehrte Mutter hinzu. An den Gondeln mißfiel Violet, daß sie keine Autos waren, und sie konnte Hilary Stafford nicht leiden, weil die Ärztin ihren Mann aufheiterte und ihm von englischen Gärten im milden Londoner Herbst erzählte. Tomaten, Lavendel, Dahlien, Beeren, Morgennebel. »Alles wie die Natur es will, nicht zuviel Ordnung«, hatte Hilary lächelnd gesagt. Violet haßte Unordnung. Sie hatte nie einen Garten gehabt. Und das Gärtchen, das zu Hilarys Palazzo gehört, war düster und trotz einiger Marmorvasen und der berankten Laube am Kanal vollkommen verwahrlost. Aber Violet übte keine Kritik an Palast und Garten. Die Statuen, Vasen und Wandteppiche hätten einen Staubsauger oder -wedel gebraucht. Sollte sie Hilary darauf aufmerksam machen? Aber – Mrs. Alexander Ross war doch nicht Signora Rossi, die mit Begeisterung fremde Leute beleidigte.

Violet dachte über Hilary Stafford nach. Die Ärztin war immer freundlich und rücksichtsvoll, und doch mißfiel sie Violet täglich mehr. Warum starrte sie Alexander an, als ob er, wie seinerzeit Lazarus, aus dem Totenreich zurückgekehrt wäre? Alexander schien es nicht zu stören – er zeigte sein bemerkenswertes Profil. Er war ein Gemälde von Tizian! Violet mißbilligte Tizians Vorliebe für die Göttin Venus und die – gemalten – Freuden des Fleisches. Das reine Heidentum. Tintoretto dagegen, dem niemand einen Mangel an christlicher Tugend vorwerfen könnte, war ihr zu katholisch. Violet war schwer zufriedenzustellen. Was sie an ihrer Schwiegermutter auszusetzen hatte, spottete jeder Beschreibung. Sie fühlte sich abgestoßen von den Grobheiten und dem heiseren Gesang nach reichlichem Weingenuß. Tagsüber köpfte und säuberte Signora Rossi blutige Fische, und Violet konnte kein Blut sehen. Sie war bei deren Anblick grün im Gesicht geworden, und Mutter und Sohn hatten laut und taktlos gelacht.

Nie wieder hatte Violet den Fischmarkt am Rialto besucht, obwohl er sehenswert ist. Ein altes Stück Venedig: Die glitzernden Fische, die Goldoni-Stimmung, die geschwungene Brücke, die Hausfrauen mit ernsten Renaissance-Gesichtern, die sich über die Preise beklagen – Alexander liebte die Märkte. Als Junge hatte er an den Früchten und Gemüsen den Wechsel der Jahreszeiten mit einer Erregung beobachtet, die kein Schaufenster in der Fifth Avenue in ihm hervorrief. Oh, diese ersten Birnen und Nüsse des frühen Herbstes, der die Pfirsiche und grünen Melonen ablöste! *Bene, bene.* Oh, der Gram in den großen Städten mit ihren Supermärkten! Violet hatte ihn erstaunt betrachtet. War Alex verrückt geworden?

Violet machte sich nichts vor. Er hatte sie immer gebraucht. In Venedig brauchte er sie nicht mehr. Gewiß, er schlief schon lange nicht mehr mit ihr, aber er war mit allen Freuden und Leiden zu ihr gekommen. Sie fand es schwer, es mit sich selbst auszuhalten.

An diesem schönen Morgen, als die Sonne den geflügelten Löwen auf seiner Säule bestrahlte und die Lagune zum Besuch von San Giorgio Maggiore einlud, sah Violet die Szenerie verdunkelt. Lag es an ihrer Sonnenbrille? Alexander war mit Hilary Stafford nach San Giorgio gefahren. Violet hatte sich nicht an dem Ausflug beteiligt.

Sie fing an, Alexander zu hassen. Er war ohne Wein berauscht – ein unordentlicher Zustand! Er benahm sich wie ein Mystiker, der erst gar nicht versucht, den Uneingeweihten seine Eindrücke verständlich zu machen. Violet hatte vergessen, wie oft sie ihm in New York von oben herab gesagt hatte: »Das verstehst Du nicht! Das verstehen nur Leute, die hier aufgewachsen sind.« Und nun verstand sie nichts, und das war eine ungewohnte Situation. Höchste Zeit, daß sie nach New York zurückflogen! Zurück zu der Sicherheit, zu festem Boden und festen Beziehungen. Hier schwankte der Boden wie die schwarzen Gondeln, die schwimmenden Särgen glichen. In diesen Särgen wollte sie nicht begraben werden. Jeden Abend war sie allein, denn Alexander besuchte seine Mutter zum Essen. Worüber sprach er nachmittags mit dem Anwalt Moretto im Café Florian? Was log er Hilary Stafford auf San Giorgio vor? Sie, Violet, würde es nicht erfahren. Nie war sie so isoliert gewesen, denn sie hatte eine Menge Freunde und Bekannte in New York, wo Alexander allerdings Jahrzehnte lang ein Fremdling gewesen und geblieben war. Neulich hatte Violet ihn in Gesellschaft einer Venezianerin, die ihr irgendwie bekannt vorkam, getroffen, und er mußte sie notgedrungen seiner Frau vorstel-

len. Sie tranken einen Espresso bei Florian. Die Contessa Lucia Cesano sah über Violet hinweg, weil sie etwas verlegen war. Natürlich! Das war die Person, die sich am Lido so merkwürdig aufgeführt hatte! Worüber sprach Alexander mit ihr? Sie war Hilarys Schwägerin, und Alexander hatte sie wohl über die Ärztin und ihre Ehe mit Antonio Cesano ausgefragt. Er war ein hartnäckiger Frager und hatte sich damit in New York unbeliebt gemacht. Später hatte er sich der angelsächsischen Abneigung gegen persönliche Fragen angepaßt. Aber in Venedig fragte er wieder alles Mögliche und Unmögliche. Violet war entsetzt. Die Luft und Signora Rossis Einfluß trugen die Schuld daran. Höchste Zeit, daß Alexander nach New York zurückflog. So ging es nicht weiter. Violet sagte sich das jeden Tag. Aber es ging so weiter, weil das Leben eben weiter geht, ob es Violet gefiel oder nicht. Es mußte etwas geschehen, sagte sie sich immer wieder. Ich werde abreisen, sagte sie sich täglich. Aber sie blieb. Zum ersten Mal in ihrer Ehe hatte sie die Kontrolle über ihren Mann verloren. Würde er diesen Palazzo, der die Dollars nicht wert war, kaufen oder nicht? Selbst Alexander mußte doch endlich einsehen, daß Violet mit seiner Mutter weder in einem Palazzo in Venedig noch sonstwo auf der Welt zusammen leben würde. Selbst er, ein pathologischer Zögerer und Zauderer, würde sich endlich entscheiden und diesen Plan in den Kanal werfen müssen! Tatsächlich traf Ross nach einiger Zeit eine Entscheidung, aber es war keine Entscheidung, die man hätte voraussehen können.
Violet traf nur Leute, die sie nicht treffen wollte. Lag das an Venedig oder an ihr? Wem mußte sie in der Accademia begegnen? Mr. Shinoda aus Tokyo, der, unbemerkt und unnatürlich höflich, mit Alexander und ihr im selben Palazzo wohnte. Violet traute Mr. Shinoda nicht über den Weg. Natürlich konnte dieser Uhrenhändler nichts dafür, daß ihr Vater im Zweiten Weltkrieg in einem japanischen Kriegsgefangenenlager umgekommen war. Mr. Shinoda war zur Zeit von Pearl Harbor ein kleiner Junge gewesen. Er hatte wahrscheinlich eine Miniaturflagge mit der aufgehenden Sonne geschwenkt und Banzai geschrien. Mehr konnte er damals nicht angestellt haben. Trotzdem ärgerte Violet sich, daß er vor ihrem Lieblingsbild stand und gebannt Giorgiones Portrait einer verrunzelten alten Frau betrachtete. Violet stand oft vor diesem unbarmherzigen Bildnis des Alters; auch Alexander würde diesem Schicksal nicht entgehen.

Plötzlich hörte sie ihn wieder ein italienisches Lied summen. Ein altes venezianisches Lied:

Maridite finché la foglia è verde,
Perchè la zoventù presto se perde.

Damals war er jung, und sie war im besten Alter gewesen. Sie stand vor Giorgiones »Sturm«. Auch das war kein Bellini-Bild in zarten frommen Farbtönen. Der bedeckte Himmel kündigte den Sturm im Spätsommer an. Die Idylle mit dem Soldaten und der Frau mit dem Säugling an der Brust, die romantische Landschaft – Bäume, Büsche, Wiesen mit weißen Villen im Hintergrund, in die der Blitz jede Sekunde einschlagen konnte –, diese Idylle unter drohendem Himmel war trügerisch, zum Untergang verurteilt, und genauso unsinnig wie ein Schäferspiel unter italienischem Himmel oder im Central Park, wo Violet anfangs mit dem Einwanderer Alessandro Rossi heitere Gespräche unter dem nüchternen Himmel New Yorks geführt hatte.
Mr. Shinoda, den Katalog in der Hand, machte sich Notizen mit einem goldenen Drehbleistift und trat mit einer Verbeugung an Violet heran. Er schien in Venedig genauso einsam und unbeachtet zu sein wie sie, aber die Ähnlichkeit ihrer Situation verbesserte Violets Stimmung nicht. Dennoch, Mr. Shinoda war so leise und höflich, daß Violets Schwiegermutter viel von ihm hätte lernen können. Aber Emilia Rossi schien ebenso unbelehrbar wie ihr Sohn zu sein.
»Gefällt Ihnen dieser Maler, Madame?« fragte Mr. Shinoda.
»Ja.«
»Er ist sehr kühn.« Mr. Shinoda reckte seinen Hals wie ein Wasservogel, um die Wolken zu studieren, und er sprach zu sich selbst. »Er verstand, worauf es ankommt. Die große Natur und die kleinen Menschen. Was sind diese Frau und der kleine Soldat gegen die Bäume und den Himmel? In unserer Malerei sind die Menschen winzig. Im allgemeinen überschätzt der Westen die Bedeutung der Menschen.«
Es war die längste Rede, die Herr Shinoda seit langer Zeit gehalten hatte. Er wußte, daß Hilary Stafford beständig mit dem Gatten dieser unangenehmen Ausländerin unterwegs war. Hilary forderte Herrn Shinoda weiterhin zu gemeinsamen Unternehmungen auf, aber er war zu feinfühlig, um anzunehmen. Er wußte, wann er nicht erwünscht war.
»Ich kenne die japanische Malerei nicht«, sagte Mrs. Ross. Herr Shinoda ignorierte diese kränkende Bemerkung. Er wies darauf hin, daß

Giorgione, genau wie Tizian, an der Pest gestorben war. Er blätterte in seinem Notizbuch: »Im Jahre 1510 raffte die Pest den ehrenwerten Maler Giorgione hinweg. Ein sehr unangenehmer Tod, soviel ich weiß. Die Pest tritt als Beulenpest mit blutig-eitrigen Beulen und als Lungenpest mit Zerfall der Gewebe auf«, erklärte Herr Shinoda animiert. »Die Haut wird blauschwarz. Der schwarze Tod, Madame.«
»Ich rede nicht gern über den Tod. Guten Tag, Mr. Shinoda.« Shinoda Taro starrte ihr entgeistert nach. War nicht der Tod das freudigste Ereignis im Leben? Die Amerikaner schienen wie Kletten an der miserablen irdischen Existenz zu hängen. Gewiß, man richtete sich häuslich unter dem Familiendach ein; aber deswegen wußte man, daß man in einer vergänglichen Herberge lebte. Wenigstens wußte man es in Ostasien. Herr Shinoda wußte es. Alle wußten es. Selbst in den besten Zeiten kein Ausbund an Frohsinn, sehnte sich Shinoda in diesem Augenblick nach der Auslöschung. Er lebte in Venedig auf schwankendem Boden. Wann würden diese überladenen Paläste im Meer versinken? Es mußte ein grandioses Schauspiel sein. Trotz seines Vorurteils gegen Renaissance- und Barockbauten hatte er bereits viele stille Kostbarkeiten in der Lagunenstadt entdeckt. Speziell im Regen! Dann schritten Figuren mit großen Schirmen über die Brükken wie auf einem klassischen Holzschnitt. Hiroshige, der Maler der Brücken und Reisenden! Einen Augenblick schloß Herr Shinoda vor Heimweh die Augen und regulierte gewissenhaft seinen heftigen Atem. Atmen konnten die Menschen des Westens auch nicht. Aber Musik konnten sie machen. Herr Shinoda war ein geschulter Bewunderer Beethovens und Mozarts. Wenn er nicht im Kabuki-Theater auftrat, war er ins Konzert gegangen oder hatte den Plattenspieler angestellt. Musik und Tanz – das war auch in Venedig seine einzige Freude. Abgesehen von Shakespeare! Er las nun »Othello« zum dritten Mal, und jedesmal kamen ihm die Tränen. Das Schicksal des edlen, aber einfältigen Mohren zerriß ihm das Herz. Herr Shinoda teilte das japanische Verständnis für hochherzige Narren. Gewisse Samurai-Helden benahmen sich genau wie Othello-san. In diesem Augenblick, als er mit geschlossenen Augen vor Giorgiones Meisterwerk stand, fragte eine leise, japanische Frauenstimme:
»Fühlen Sie sich nicht wohl, mein Herr?«
Er öffnete ärgerlich die Augen, weil ihm eine Theater-Idee eingefallen war. Eine so merkwürdige Idee, daß er unbedingt seinen Atem

weiter regulieren mußte. Natürlich fühlte er sich wohl. Die junge Japanerin blickte ihn besorgt an. Er verbeugte sich mit großer Anmut und beruhigte die Touristin im kurzen weißen Sommerkleid über sein Befinden. Das Kleid war etwas zu kurz, denn die Beine des Mädchens waren etwas zu kräftig. Aber das Mädchen hatte langes, glänzendes schwarzes Haar und zarte, feine Hände.
»Komm endlich, Osome«, rief ein korpulenter, älterer Japaner in herrischem Ton. Ihr Vater? Das Mädchen verbeugte sich und murmelte: »Ich bitte um Verzeihung! Ich kenne Sie aus Tokyo.« Sie nickte dreimal mit dem Kopf. Ihre langen Haare flogen.
»Das muß ein Irrtum sein«, sagte Herr Shinoda – eine Onnagata, die jetzt im verborgenen tanzte und sich hinter ihrem Fächer verbarg. Herr Shinoda gab sich einen Ruck, drehte Giorgione den Rücken zu und verließ die Galerie. Das Mädchen hatte ihn an seine verehrte Mutter erinnert. So sanft. Und eine »Frühlingsstimme«. Aber Herr Shinoda hätte der Erinnerung mißtrauen sollen. Osome-san hatte bis auf die Stimme keine Ähnlichkeit mit Herrn Shinodas ehrenwerter Mutter.

Alexander Ross stand allein auf der Rialto-Brücke. Er wartete auf nichts und niemanden. Sein Mangel an Erwartung zeigte ihm deutlicher als sein Rheumatismus, daß seine Jugend vorbei war. Er überlegte in der Abenddämmerung, ob er seine Kopfsprünge ins Ungewisse nicht lieber aufgeben sollte, bevor sie ihn aufgaben. Er runzelte die Stirn. Seine Frau hatte ihm vorgeschlagen, seine Kopfsprünge aufzugeben. Sie fügte hinzu, sie sei die einzige, die ihm mit gutem Rat zur Seite stehe. Alex haßte guten Rat, und Violet hätte das endlich begreifen müssen. Bis jetzt hatte sie nur begriffen, daß er Hilary Stafford einen Kopfsprung ins Ungewisse vorschlug. Violet sah scharf und richtig: der Teufel sollte Hilary holen! Vielleicht sollte er alle Weiber holen? Auch Ross hatte angefangen, Frauen entbehrlich zu finden. Nur seine Mutter war eine Ausnahme. Aber Söhne sehen ihre Mütter nicht als Frauen. Ross sah seine alte Dame abwechselnd als Madonna oder Medusa, und vielleicht hatte er recht. Warum sollte Emilia Rossi aus einem Guß sein, wenn niemand auf der Welt aus einem Guß ist?
Als Knabe hatte er oft auf der Rialto-Brücke gestanden und Luftschlösser gebaut. Das größte Luftschloß war der Palazzo gewesen,

den er eines Tages seiner Mutter kaufen wollte. Jetzt war es soweit, aber Signora Rossi wollte bleiben, wo sie war: in dem engen, düsteren Häuschen beim Fischmarkt. Warum? Obwohl Signora Rossi selten ein Blatt vor den Mund nahm, verschwieg sie ihrem Sohn, daß sie lieber mit des Teufels Großmutter in einem Palazzo hausen würde als mit seiner amerikanischen Frau, die noch nicht einmal italienisch gelernt hatte. Wie war es möglich, daß jemand die schönste Sprache der Welt verachtete? Und Venedig, die schönste Stadt der Welt! Und sie, Emilia Rossi, die beste Mutter der Welt. Sie ahnte nicht, daß ihr Sohn ihr diese Gedanken längst von ihrem Gesicht abgelesen hatte. Er beneidete manchmal seine Mutter um ihre leidenschaftlichen Gefühle. Er war viel älter als diese alte Frau. Und viel müder.
Ross blickte auf seine Uhr. Seine Mutter erwartete ihn in zehn Minuten, und er durfte nicht zu spät kommen. Sonst würde ein Gewitter von Schimpfwörtern und Vorwürfen auf ihn niederprasseln. Er belächelte diese Zornausbrüche. Das venezianische Temperament! Das letzte Mal war er vor mehr als zehn Jahren so zornig gewesen und hatte seine Frau plötzlich, und ohne es zu merken, in italienischer Sprache beschimpft. Er träumte auch auf italienisch und fand das beim Erwachen sehr merkwürdig.
Aber in Venedig fand er es genauso merkwürdig, auf englisch zu träumen, ganz als ob die wahre Heimat ihn zurückriefe. Gestern hatte seine Mutter gesagt, sie würde ihn nie wieder fortlassen. Ross lächelte abwesend eine alte Frau an. Ein zahnloses, ausgehöhltes Gespenst in einem zerrissenen Schultertuch. Sie war unglaublich häßlich, unglaublich zäh, stank wie die Pest, würde ewig leben. Hier am Rialto! Sollte er der Alten Geld geben? Oder würde er sie beleidigen? Er stand zwischen zwei Welten und wußte nicht, was er tun sollte. Er gab ihr kein Geld, und daraufhin spuckte die mythische Hexe verächtlich in den Kanal und verschwand schimpfend in einer Gasse, die so eng war, daß man kaum den Himmel sehen konnte. Ross blickte ihr nach. Am liebsten wäre er der Alten nachgeschlichen und hätte sie mit Geld und Mitgefühl beschenkt. Plötzlich hatte er Schuldgefühle, daß er der venezianischen Armut so erfolgreich entflohen war. Warum hatte er so lange gezögert, seine Mutter zu besuchen? Natürlich hatte er sie versorgt und ihr regelmäßig geschrieben: Er würde sie besuchen, sowie seine Geschäfte es erlaubten. Vielleicht hatten seine Geschäfte es gelegentlich erlaubt. Violet jedoch hatte es verboten. Sie

sagte, er gerate so leicht aus dem Gleichgewicht, und er sei gerade im Begriff, seinen Weg in New York zu machen. Violet irrte sich nie. Trotzdem war alles verkehrt gewesen.

Noch fünf Minuten, und der Duft von Fisch, Käse und Früchten würde ihn grüßen und ihm wohltun. Er hatte die beste Mutter auf der Welt. Sie hatte gespart und geschuftet, damit seine Schwester Bianca und er genug zu essen hatten. Für ein feines Begräbnis seines Vaters war auch Geld dagewesen. Seine Mutter hatte oft gesagt, der Vater sei so undankbar gewesen wie Bianca und er. Auch wenn sie ihn oft einen Esel nannte, war sie stolz auf Alessandros Verstand und sein schönes Gesicht und hatte ihren Freunden auf dem Markt immer wieder gesagt, dieser Alessandro werde es weit bringen. Schon als Junge hatte er gefühlt, daß seine heftige, grobe Mutter ihn für etwas Besonderes hielt; und vielleicht hatte ihr stummer Glaube an seine Fähigkeiten ihn über die Welt vom Rialto in die große Welt der Geschäfte gestoßen. Er hatte es oft gedacht und dachte es wieder in dieser Abendstunde. Was für ein Sohn war er, daß er diese Mutter jahrzehntelang mit Briefen und Geld abgespeist hatte! Er konnte es sich nur so erklären, daß Alexander Ross eben nicht Alessandro Rossi war, und vielleicht war er heute, in seinen Vierzigern, weder der eine noch der andere. Plötzlich bekam er Angst vor Alexander Ross und atmete mühsam. Er beneidete jeden, der wußte, wer er war: seine Mutter, seine Frau, die englische Ärztin, Herrn Shinoda aus Tokyo. Selbst Lucia vergaß keinen Augenblick, daß sie die Contessa Cesano war. Halb zerstört, ein Wrack, wußte sie es trotzdem. Auswanderer, Einwanderer, überall fremd, auf schwankendem Boden. Ross schüttelte diesen Gedanken mit aller Macht ab. Alles Unheil kam vom Denken; vor allem, wenn man, wie er, zu unbequemen Gedanken neigte. Violet hatte recht, er geriet in Venedig aus dem Gleichgewicht. Und dabei hatte er sich viele Jahre als Stoiker bewährt! Aufgeregte Leute kamen selten ins ganz große Geschäft. Zum mindesten hatte er gelernt, eine Ruhe, die er nicht empfand, glaubwürdig vorzutäuschen. Er täuschte sie allen vor – in der neuen und in der alten Heimat und manchmal sich selbst.

Ross betrachtete die Treppenläden und offenen Buden zu beiden Seiten der Rialto-Brücke: seidene Tücher, Broschen, Ketten, Gläser aus Murano, Spitzen aus Burano – hauchzart oder kräftig geklöppelt. Er wollte wieder nach der Insel Burano fahren. Dort hatte er kurz vor seiner »Flucht« seiner Mutter von seinem mühsam verdienten Geld beim Fischfang einen kleinen Spitzenkragen gekauft. Sie wußte nicht, daß es ein Abschiedsgeschenk war und hatte sich mit Tränen in den Augen bedankt. So ein Sohn! So ein Glück! Es war das einzige Mal, daß Emilia Rossi vor ihrem Sohn geweint hatte. Die ungewohnte Freude hatte sie umgeworfen. Der Kragen hatte Hohlsaumstich und kleine Blumen, die auf einer Wiese von Tüll verstreut waren. Nie hatte Emilia Rossi etwas so Schönes besessen. Sie trug den Kragen, wenn sie sonntags in der Kirche für den verschollenen Sohn in Amerika betete.

Er fröstelte. Die letzte Sonnenwärme war im feuchten Nebel ertrunken. Auf dem Himmel lag noch ein Abglanz der Abendsonne – ein smaragdgrüner, mit mattem Purpur getönter Luftschleier, hoch über dem düsteren Wasser. Eine Gondel hatte eine Laterne oder ein Lämpchen entzündet; das silbrige Licht mischte sich mit dem Abendnebel und machte Ross melancholisch. Er dachte plötzlich an Lexington Avenue – an die hell erleuchteten Bars, an die lebhaft schwatzenden Paare, die Stammgäste an der Theke seines Lieblingslokals, wo er sich in der ersten Zeit mit Violet getroffen hatte. Die Bar war zu teuer für ihn gewesen, aber lieber machte er eine große Geste und aß dafür drei Tage hintereinander nur Makkaroni, obwohl er ein Fleischesser war. Aber die dünnen Kalbfleischscheiben, die seine Mutter an Feiertagen zubereitet hatte, fand er später in keinem Luxusrestaurant in New York wieder. In ihrer würzigen Sauce war das Aroma der Entbehrung gewesen. Er entbehrte die Glocken am Weihnachtsmorgen, machtvoll, mahnend und ohrenbetäubend. Und den derben, etwas sauren Wein, der Signora Rossis Temperament gehabt hatte. Alle waren vergnügt und geborgen unter dem Familiendach gewesen. Die kleine Bianca, die empfindliche, zarte Schwester, hatte laut gesungen. Ihre Stimme gehörte zu einer Operndiva, nicht zu diesem dürftigen Gassenkind. Als er, Ross, das Geld hatte, um seine Schwester für die Oper ausbilden zu lassen, war sie längst tot. Sie hatte leidenschaftlich gern Scampi und alle Früchte des Meeres gegessen. Diese Vorliebe und ihre Stimme waren das einzige, was Ross an seine Schwester erinnerte. Obwohl er ein treuloses Gedächtnis hatte – wenigstens behauptete seine Frau es öfter, als er es hören wollte –, wußte er von allen Leuten, was sie gern gegessen hatten. Völlig sinnlos – aber so war es eben. Wann immer er Scampis aß, dachte er an Bianca und die Karriere, um die das Leben oder der Tod sie betrogen hatte. Ihm schien, daß die wirklichen Tragödien nicht darin bestanden, daß Erfüllungen unmöglich waren, sondern daß sie zu spät kamen – zu spät, um zu retten oder auch nur zu beglücken. Er dachte plötzlich an Hilary Stafford. Sie war auch zu spät in sein Leben gekommen. Oder nicht? Er konnte es jetzt nicht entscheiden. Liebe war eine Verrücktheit, aber man merkte es nicht, weil fast alle Leute verrückt waren. Offenbar war Hilary Stafford eine Ausnahme, oder irrte er sich doch? Er spürte bei ihr immer einen Widerstand, einen ruhigen Protest gegen die Möglichkeit intimer Beziehungen; eine freundschaftliche Kühle, die einen Angriff unmöglich machte. Hatte sie einen Liebhaber in London? Rossi hätte sie längst gefragt, aber Ross wußte es besser. Woran war seine Schwester eigentlich gestorben? Seine Mutter hatte nur »Sie ist tot« geschrieben. Gesang tönte aus einer Gondel. Aber der Gondoliere sang nicht etwa eine venezianische Canzone, sondern einen amerikanischen Schlager, den niemand in New York mehr sang.

Ross war so müde, daß er am liebsten umgekehrt wäre oder sich unsichtbar gemacht hätte. Wie lange saß diese Müdigkeit in ihm? Wochen, Monate, Jahre? Zwei Jahrzehnte, wenn er es genau ausrechnete. Sein Eifer im fremden Land, seine unablässige Bemühung, so amerikanisch wie die anderen zu werden, mußten ihn erschöpft haben. Ross wollte nicht mehr Rossi sein, was nur vernünftig war, aber Rossi mußte es übelgenommen haben. Rossi rächte sich auf tausend Weisen, und er hatte eine mächtige Helferin auf seiner Seite, seine Mutter Emilia. War es möglich, daß Rossi den erfolgreichen Mr. Ross verachtete? Er wollte lieber raten, was seine Mutter ihm zu essen geben würde. Ihr ganzes Leben hätte sie sich für ihn aufgeopfert, wenn er ihr die Gelegenheit dazu gegeben hätte. Aber achtzehn Jahre hatte sie es getan, und das war auch eine ganz schöne Zeit. Leider gehörte Signora Rossi zu den mitteilsamen Märtyrerinnen. Jeder auf dem Markt hatte gewußt, was sie für ihre undankbaren Angehörigen tat. Auch heute, nach Jahren der Trennung und Entfremdung, begnügte sie sich nicht mit den üblichen Äußerungen der Erkenntlichkeit. Vielleicht fand Ross deswegen seine Mutter so anstrengend? Jedenfalls erwartete sie jeden Abend eine Orgie der Dankbarkeit.

Jetzt lagen die Märkte im Dunkeln. Überall kochten Mütter das Abendessen für ihre undankbaren Söhne. Ross lächelte bei diesem

Gedanken. Signora Rossi besorgte täglich oder stündlich, was sie zu einer Mahlzeit brauchte. Sie glaubte nicht an Vorräte in riesigen Eisschränken, wie Violet einen besaß. Wie sollten diese beiden Frauen in einem Haus wirtschaften? Aber er mußte sich endlich entscheiden, ob er Hilarys Haus kaufen wollte oder nicht. Sein Sozius in New York, ein langjähriger Freund aus Mestre, versorgte die laufenden Geschäfte, bis Ross wiederkäme oder sich zurückziehen würde. Aber die Geduld von Freunden hat Grenzen.

Sein Blick fiel auf ein altes Haus mit blinden Fenstern und faulig-grünlicher Grundmauer. Dort hatte Signor Enzo, ein Gondelbauer und Meister seiner Kunst, gelebt. Er wollte den jungen Rossi in die Lehre nehmen, aber der junge Rossi riß aus. Enzo mußte längst tot sein. Aber Ross sah die einzige Säule mit dem Marmorengel am Portal. Er starrte benommen auf die armselige Häuserzeile. Zwischen baufälligen Wohnstätten stand ein Portal mit edlem, gotischem Spitzbogen. Ein kunstvoller Erker bewahrte ein Geschäftshaus vor trüber und verwahrloster Mittelmäßigkeit. Überall entdeckte Ross verborgene Schönheit in diesem Labyrinth der Gassen und Sackgassen. Wo auf der Welt gab es noch einmal eine solche Schatzkammer von einer Stadt, auf dem schwankenden Boden von Sumpf und Schlamm erbaut, von Luft und Wassern umgeben? Er stieg langsam die Treppen hinab. Einige Fischer gingen an ihm vorbei. Auch sie wollten ihre Abendmahlzeit haben, bevor sie sich, wie damals sein Vater, zum nächtlichen Fischfang begaben. Versunkene Zeit! Aber die Kirche in der Mitte des Gemüsemarktes stand immer noch da. Dort hatte er als Knabe mit Eltern und Schwester gebetet. San Giacomo am Rialto!

Er zuckte die Achseln. Die Vergangenheit war nur ein ›Rio terra‹ – ein zugeschütteter Kanal. Davon gab es viele in Venedig, und niemand machte ein Geschrei darum.

»Du bist spät«, sagte Signora Rossi grollend. »Hattest Du besseres zu tun, he? Setz Dich, Alessandro! Iß Deine Scampi und hör zu, was Deine Mutter Dir zu sagen hat.«

Wie immer, hatte Signora Rossi eine Menge zu sagen, und, wie immer, versuchte Ross ihr zuzuhören. Jeden Abend freute er sich auf diese Stunde, und keinen Abend konnte er die Gesellschaft seiner Mutter ertragen. Ross war so nachgiebig, daß die Heftigkeit seiner Mutter ihn genauso schmerzte wie Violets höhnische Kälte. Seine

Mutter hatte einige seltene Tugenden. Sie teilte mit anderen, was sie hatte; sie opferte sich auf, sie betete und bereute auf ihre eigene Weise.
»Du bist zu mager, Sohn! Gibt Deine Frau Dir genug zu essen?«
»In meinen Jahren muß ich Diät halten.«
»Unsinn! Kann sie überhaupt kochen, wie Du es gewohnt bist?«
»Wir essen meistens im Restaurant.« Ross räusperte sich verlegen.
»Violet soll Ruhe halten, und das Kochen strengt sie an.«
»Das läßt Du Dir gefallen?«
»Mir ist es gleich, wo und was ich esse.«
»Du warst immer ein Schaf, Alessandro! Jetzt bist Du ein Schaf mit goldener Wolle. Und Du warst immer ein Lügner. Du ißt gern etwas Gutes. Es ist Dir nicht egal.«
»Nicht, wenn Du kochst, Mama! Der Fisch ist großartig.«
Signora Rossi lächelte versöhnt und merkte nicht, daß ihrem Sohn der Appetit vergangen war. Er betrachtete seine Mutter in tiefem Schweigen, während sie ihm Einzelheiten über Nachbarn erzählte, die er entweder nicht gekannt oder vergessen hatte. Sie thronte auf dem alten Küchenstuhl und hatte ihre Füße wie zwei Klötze nebeneinander auf den Steinboden gestellt. Breite, platte, gewichtige Füße in schweren schwarzen Schuhen. Ross hätte mit seiner Frau nach New York zurückfliegen und sich wieder an das andere Leben gewöhnen sollen. Denn die Ehe und das Leben in einer bestimmten Stadt waren Gewohnheiten, in die man zurückschlüpfen kann wie in einen alten Hausrock. Warum blieb er noch in Venedig? Er machte sich zum ersten Mal klar, daß er sich, lächerlich wie es war, nicht von Hilary Stafford trennen konnte. Sie tat ihm wohl. Sie war milde. Selbst ihre beträchtliche Energie war ruhig und unauffällig. Er kannte sie kaum, und sie schien sich wenig aus ihm zu machen. Nur manchmal betrachtete sie ihn, als ob er aus dem Grab zu den Lebenden zurückgekehrt sei und wandte sich unhörbar seufzend ab. Er wollte kein Abenteuer mehr, er wollte Hilary heiraten. Wie aber konnte er Violet schmerzlos verabschieden? Sollte Ross oder Rossi mit ihr reden? Oder der Anwalt Moretto, den er morgen abend im Palazzo Cesano treffen würde? Lucia, die inzwischen nach Hause zurückgekehrt war, hatte Hilary und ihre Gäste eingeladen.
»Woran denkst Du, Alessandro?«
»Morgen abend kann ich Dich nicht besuchen, Mama!«

»Was soll das heißen?«
»Wir sind eingeladen. Ich meine, meine Frau und ich.«
»Dazu ist sie nicht zu müde? Aber was geht mich Deine Ehe an?«
»Nichts«, sagte Mr. Ross. Seine Mutter wollte etwas sagen, aber sie schwieg. Das war nicht Alessandro, ihr geliebter Esel von einem Sohn! Das war ein Fremder, mit dem sie nicht fertig wurde. Sie, Emilia Rossi, die mit Marktleuten und Drachen fertig wurde, saß diesem Fremden stumm gegenüber und schnappte wie die Fische nach Luft. Dieser Fremde, der ihren Sohn aus dem eigenen Haus trieb und so kalt mit ihr sprach.
Dabei war Ross in diesem Augenblick ohne Zweifel Rossi – aber zwanzig Jahre jünger und nicht in der Heimat, sondern in einer Wohnhöhle in der Lower East Side. Er kannte Violet noch nicht; aber er war seinem Onkel entflohen und lebte nun als Fabrikarbeiter bei einer dicken sanften Frau aus Puerto Rico, die vier Söhne von vier verschiedenen Vätern und Alessandro Rossi betreute: schlampig, warmherzig und in sorgloser Fröhlichkeit. Nie hatte er Mrs. Castillo wütend gesehen, und sie ertrug Armut, Ratten, zerbrochenes Geschirr, Besuche der Wohlfahrt – hygienisch gesinnte Damen und Herren, die sich am liebsten die Nase zugehalten hätten – mit demütigem Anstand. Sie ertrug ihre ungebärdigen Söhne und bat Luis, den Ältesten, nicht das Wirtschaftsgeld von Fabrik und Wohlfahrt heimlich aus ihrer Tasche zu »borgen«. Luis war ein Dieb, und alle, auch seine Mutter, wußten es. Der junge Rossi, der Sauberkeit, Ehrlichkeit und Solidität gewohnt war, litt unter dem Zustand der vergnügten Anarchie; denn nicht selten verspielte oder vertrank auch Mrs. Castillo das Geld, das sie so nötig für Kleidung und Verpflegung der Söhne brauchte. Und warum blieb der junge Rossi? Weil diese Frau eine sanfte Mutter für ihn war und ihn in ihr weites, unordentliches Herz geschlossen hatte. Jung und einsam und unerfahren, hatte er damals gedacht: Mütter müssen sanft sein. Sonst sind sie nur Frauen.
Der junge Rossi arbeitete den ganzen Tag in der Fabrik und abends versuchte er, das Haus seiner Wirtin in Ordnung zu bringen. Er brachte eine Ofentür an dem uralten Gasherd an, er strich die schmutzigen feuchten Wände, er jagte Küchenschaben und Ratten unter dem Gelächter der ganzen Familie. Wozu? Sie kamen doch immer wieder – wie der Frühling oder die Wohlfahrt. Aber die Wärme und Herzensgüte seiner Ersatzmutter taten ihm wohl, und allmählich

dichtete er sich seine eigene Mutter in diese verwahrloste Madonna aus Puerto Rico um. Eines Tages wurde Luis, der älteste Sohn, verhaftet. Er war mit Rauschgifthändlern ins Geschäft gekommen oder geraten. Mrs. Castillo verdoppelte ihre Gebete und ihren Likörbedarf, und kein Fluch, kein Schimpfwort über Luis und seinen Hundevater kamen über ihre Lippen.
Ross hatte jahrelang nicht mehr an Mrs. Castillo gedacht. New York ist so groß, und der Weg von der Park Avenue in die Slums seiner Jugend war zu weit. Er war sehr einsam gewesen. Vor Huren schreckte er zur Belustigung der Familie Castillo zurück. Wie lange war das her, und warum dachte er plötzlich, während Signora Rossi ihm wegen irgend etwas laute, heftige Vorwürfe machte, an seine Ersatzmutter in der Lower East Side zurück? Seine Schwester Bianca war sanft gewesen.
»Was passierte mit Bianca?« fragte er.
»Sie starb.«
»War sie krank?«
»Sie erwartete ein Kind. Der Vater hatte sich aus dem Staub gemacht. Sie starb bei der Geburt. Ich hatte sie zu meiner Schwester nach Burano gebracht.« Es klang wie ein Nachruf, der zwanzig Jahre zu spät vom Stapel gelassen wird.
»Warum hast Du mir das nicht geschrieben, Mutter?«
»Vom Schreiben wäre sie auch nicht wieder lebendig geworden«, sagte Signora Rossi sehr laut. »Und Du warst in New York verschollen.«
»Das ist nicht wahr«, sagte Mr. Ross nicht allzu leise. Seine Mutter starrte ihn an, und er fühlte, daß er rot wurde. Er wußte selbst, wie unzulänglich alles war, was er vor dieser glühenden und finsteren Richterin vorbrachte. Er fragte, ob der Sohn seiner Schwester am Leben sei. Ja, natürlich. Er war ein Fischer in Burano. Siebzehn Jahre. Antonio Rossi. Seine Mutter machte den guten, starken Espresso. Dann brachte sie ihm ein Foto seines Neffen.
»Das ist er. Kräftig, gesund und lauter Flausen im Schädel. Aber das Leben wird ihn lehren.«
»Warum hast Du mir das alles verschwiegen, Mutter?«
»Was ging es Dich an?«
»Es geht mich an«, sagte Ross beinah grimmig.
»Vielleicht jetzt. Damals nicht.« Seine Mutter warf ihm einen

schlauen und durchdringenden Blick zu. Er hatte keine Söhne. Er lebte im Leeren. Sie sagte, daß Rosanna drei Söhne habe. Das war das Mädchen, das sie in seiner Jugend für ihn ausgesucht hatte. Rossi empfing die Nachricht mit unbewegtem Gesicht. Rosanna hatte einen Schuster am Rialto geheiratet. Glücklicher Schuster, dachte er. Wieder studierte er das Bild seines Neffen, der eine starke Familienähnlichkeit mit ihm hatte. Aber dieser junge Mann war aus härterem Stoff. Ross hatte es auf den ersten Blick gesehen.
»Ich sagte Deiner Schwester meine Meinung. Das war meine Pflicht. Sie fuhr nach Burano. Dann starb sie eben.«
»Du hast sie nicht bei Deiner Schwester besucht?«
»Noch einen Kaffee?«
Ross aß und trank wie im Traum. Seine Mutter sprach wieder mit ihrer alten Stimme über den Fischmarkt und was heute dort passiert war. Ross sah sie dort sitzen, breitbeinig, die Füße wie Klötze auf dem feuchten Boden aufgestemmt. Die Fische, die in der Morgendämmerung von der See gebracht wurden, lagen frisch und glitzernd auf reinen, grünen Blättern; sie wanden sich wie Schlangen. Ross sah es genau. Plötzlich glaubte er Mollusken im Mund zu haben. Ein Aal ringelte sich um seinen Hals; kleine rote Fische schwammen in seinen Augen, ein achtarmiger Oktopus umschlang ihn. Er sprang auf – er konnte keine Minute länger in einem Raum mit dem Oktopus verbringen. Endlich wußte er, daß seine Mutter ihm seine Flucht nie verziehen hatte. Ihr Schweigen über Bianca und den jungen Antonio war ihre Rache.
Ross trat ins Freie wie ein müder, alter Mann, dem das Schicksal übel mitgespielt hat. Die Nachtluft tat ihm gut, die Kreaturen der Adria waren in ihr feuchtes Element zurückgeschwommen.

Während er auf das Motorboot zum Canala Grande wartete, war er so sehr in Gedanken, daß er keinen Blick für den Mann hatte, der sich zweimal vor ihm verbeugte und dann tief gekränkt den Landungsplatz verließ. Herr Shinoda beschloß, zu Fuß zur nächsten Anlegestelle zu gehen oder noch im mondhellen Venedig herumzustreifen, wie es seine Gewohnheit war. Er hatte Mr. Ross immer freundlich, zum mindesten viel freundlicher als Mrs. Ross, gefunden. Aber er hatte sich getäuscht. Daheim hatte er gehört, man dürfe keinem Amerikaner über den Weg trauen. Herr Shinoda beschloß, die Lehren seines verehrten Großvaters fortan gründlicher zu beherzigen. Mr. Ross schien Japaner zu hassen, sonst hätte er Herrn Shinodas stumme Verbeugungen erwidert. Dieses auf einem Mißverständnis beruhende Erlebnis mit Alessandro Rossi bewog Herrn Shinoda, den Rest seiner Tage in Venedig in einem Hotel zu verbringen, das in der Nähe von Hilary Staffords Palazzo lag. In dieser Nacht wußte er noch nicht, daß sein künftiges Hotel einen Gast beherbergte, der in sein Leben wie in ein Zimmer eintreten würde. Was wußte Herr Shinoda über den nächsten Tag, den nächsten Monat, das nächste Jahr? Was wußte Alexander Ross? Was wußte irgend jemand über die Zukunft? In einer Weise war Herr Shinoda besser dran als seine Zufallsfreunde und Feinde aus der westlichen Welt. Alles kam, wie es kommen mußte und da niemand dem Geschick vorgreifen konnte, überließ Shinoda Taro die Zukunft sich selbst. Man konnte nur Unannehmlichkeiten aus dem Weg gehen und das würde er tun, indem er dem Ehepaar Ross keine Gelegenheit mehr geben würde, ihn zu beleidigen und daher ein Gefühl des Hasses in ihm zu erzeugen. Kein Buddhist durfte hassen oder auch nur den Keim der Abneigung in seiner Seele nähren. So schritt Herr Shinoda ruhig seines Weges. Das Ehepaar Ross hatte aufgehört, für ihn zu existieren. Es konnte ihn nicht mehr in seiner Bemühung um die Tugend stören. Herr Shinoda hatte nicht die Absicht wegen einer Amerikanerin, die japanische Kunst ignorierte, oder wegen ihres Mannes, der ihn ignorierte, in seiner nächsten Existenz als Wolf oder Wurm auf diese Welt zu kommen. Schließlich hatte er es in dieser Existenz zu einer berühmten Onnagata gebracht.

Ross wartete auf das Motorboot. Der verschleierte Mond tauchte die Wasserlandschaft, die nahen Häuser und entfernten Paläste in gebrochenes Licht. Die Stadt leuchtete in einem raffinierteren und fragwürdigen Glanz. Das Licht über Venedig wechselte ständig, und es tauchte die Häuserfronten in blitzartige Helle oder in tiefes Dunkel.

Im Schlaf wirkte Violet schwach und verletzlich. Ross sah seine Mutter vor sich. Ihre Erklärung für ein langes gesundes Leben war trokkenes Brot. Selbst im Schlaf sah Violet ärgerlich aus. Ross betrachtete sie ohne Mitleid. Er dachte nicht daran, ihr Bild wiederherzustellen. Dazu hätte er die Kluft, die ihn von der Schläferin trennte, überspringen müssen. Aber er war kein Springinsfeld mehr.

Warum erinnerte er sich nur der Streitereien mit Violet? Einmal war sie so ungeduldig mit ihm geworden und hatte soviel Wut in sich aufgespeichert, daß sie die Kontrolle verlor und ein Stück Apfelkuchen nach ihm warf. Sie hatte herausgefunden, daß er sie betrog. Er hatte die Kuchenreste vom Teppich aufgelesen und gegessen. Nahrungsmittel fortzuwerfen, war sündhaft. Damals hieß er noch nicht sehr lange Ross. Er war außer sich und schrie, sie solle einmal im Leben richtig hungern wie Leute in Italien, auf der »Lower East Side«, in Indien und sonstwo auf der Welt. Aber er brüllte nur die Tür an. Seine Frau hatte den Raum verlassen. Violet ließ sich nicht anschreien. Er wischte sich stöhnend Tränen und Krümel vom Gesicht. Er verließ die Wohnung und rannte ziellos umher. Er endete bei der Heilsarmee, wo er Tee bekam und »Onwards, Christian Soldiers« sang. Das beruhigte ihn, und er fuhr nach Hause und entschuldigte sich bei seiner Frau. Jahrelang nannte er die USA den Kontinent der Verschwender. Jahrelang wurde er abwechselnd rot und blaß, wenn jemand ein halbes Brot zum Abfall warf, weil es zu hart für Toast geworden war. Aber mit der Zeit verschluckte er seinen Zorn. In seinem Haus wurde auch heute nichts fortgeworfen, was noch eßbar war. Das heißt, er aß die Reste auf. Aber er entschuldigte sich nicht mehr bei seiner Frau.
Wenn sie mit ihm allein war, fühlte sich Violet immer müde, aber sie war aber nie zu müde, um Gäste bei sich zu haben oder Dinner-Parties mitzumachen. Nie zu müde für einen Nachtklub, für Bridge, für einen Morgenkaffee mit Freundinnen, bei dem sie sich über die Ehemänner unterhielten. Ihre Müdigkeit, die von einem Augenblick zum andern kam und ging, war neurotisch. Das hatte ihr Psychiater Ross mitgeteilt. Professor Hudson verdiente seine Dollars ziemlich leicht, dachte Ross. Aber er hatte längst gelernt, seine Ansichten für sich zu behalten. Er meinte, daß Violet erst dann ein Recht auf Kopfschmerzen hätte, wenn sie nicht wüßte, wo die Miete den nächsten Monat herkommen würde; aber sie brauchte keine Kopfschmerzen zu haben, wenn er den Plattenspieler anstellte. Musik war seine einzige Freude. Er kannte alle Opern und sang mit.
Violets Schlaftabletten lagen offen in der Schachtel. Er schloß sie ärgerlich. Als ob die Dinger kein Geld kosteten! Ihr Vater war Lehrer und kein Kapitalist gewesen. Das kam davon, wenn eine Frau nicht mehr im Büro saß, sondern sich Neurosen leisten konnte. Violets Ge-

sicht glänzte ölig. Wenn es sich um ihn, Ross, handelte, war es ihr egal, wie sie im Bett aussah. Er war der einzige Mann, bei dem sie sich keine Mühe mehr gab. Sonst wollte sie um jeden Preis jedem gefallen. Frigide Frauen! Feuerwerk, aber keine Glut! Wenn etwas Violets Liebe erregte, dann waren es Tatsachen. Deswegen siegte sie so oft und gründlich im praktischen Leben. Sie konnte Ursachen und Wirkungen genau berechnen. Anfangs hatte Ross das ehrlich bewundert. Jetzt konnte Violet ihm nichts recht machen. Wie viele Frauen war sie ohne ihr Verschulden zuerst überschätzt und später unterschätzt worden. Jetzt fragte Ross: Wer will Tatsachen? Er selbst hörte abends Musik und ließ alle Tatsachen bis zum nächsten Morgen ruhen.
Auf Violets Nachttisch stand ein Aschenbecher mit halb aufgerauchten Zigaretten. Die kosteten wohl auch kein Geld? Ross haßte kalten Rauch, er riß die Fenster auf. Die venezianische Nacht drang in den Raum, und Ross schloß die Fenster. Die Nacht gehörte den Liebenden. Nicht den Ehemännern, die vor Müdigkeit und Enttäuschung nicht mehr träumen konnten oder wollten.
Violets Gesicht war hart und leer wie Fensterglas. Wovon träumten Frauen, die niemand mehr begehrte oder wenigstens brauchte? Von grünen Wiesen, fruchtbaren Feldern, von einem milden sonnigen Lebensherbst an der Seite eines Gefährten, der ihnen wohlgesinnt geblieben war? Träumten sie von Kindern und Enkeln, die neues Leben ins Haus brachten? Hörten sie den Schrei der Nachtvögel oder der Barfliegen in der Columbus-Avenue? Träumten sie von Juwelen bei Tiffany oder von Küssen? Es gab so viele Arten von Küssen, wie es Arten von Liebe gab. Vielleicht sang doch irgendeine mitleidige Nachtigall in diesem Augenblick für Violet? Ross wußte es nicht. Nicht nur, daß er Violet nicht mehr liebte. Er ließ sich auch nicht von ihr lieben, und das war eine Sünde. Und wenn es keine Sünde war, dann war es ein Mangel an Seelenkraft, und Ross wußte auch das. Wann hatte der Niedergang bei ihm und ihr begonnen? Wann waren ihre Gefühle erkaltet wie halbgerauchte Zigaretten, die die Atmung erschwerten? Oh, der kalte Rauch! Ross riß wieder das Fenster auf. Er bezahlte für die Nachtluft oder nicht?
Violet trug ein Spitzenhäubchen, das ihr spärliches Haar und ihr verblühtes Gesicht im Schein der Ampel schonungslos enthüllte. Ross knipste das Licht aus. Es war das Barmherzigste, was er tun konnte. Morgen abend, im Palazzo Cesano, würde Violet großartig wirken.

Ihre Eleganz würde jede andere Frau in den Schatten stellen. Ross hatte ihre Eleganz viele Jahre bewundert. Tatsächlich war Violet Byron die erste Frau in seinem Leben gewesen, die sich immer richtig anzog. Hilary Stafford war wunderbar, aber sie verstand nichts von Mode.

Sie hat's nicht nötig, dachte Ross, und nicht einmal dieser Gedanke erschien ihm lächerlich. Sich mit einer eleganten Frau zu zeigen, ist für einen Italiener nicht unwichtig. Im Gegenteil, er hebt sein Selbstbewußtsein. In diesem Punkt waren Rossi und Antonio Cesano der gleichen Meinung. Hilarys Gleichgültigkeit gegen ihre Garderobe war das erste, was Antonio an ihr auszusetzen fand. Ross fand nichts an Hilary auszusetzen. Wenigstens noch nicht.

Ross betrachtete Violet im Mondlicht. Sie erfreute sich des gesunden Schlafes aller Byrons aus Middlesex und spürte weder seine Blicke noch ahnte sie seine Gedanken. Plötzlich fühlte Ross unwillkommenes Mitleid. Mit Violet, die sein Mitleid verabscheut hatte, mit seiner verstorbenen Schwester, der er es vorenthalten hatte; mit der verdrehten und gelehrten Lucia Cesano – mit allen Frauen, deren einzige Unterhaltung mit Männern aus Rätselraten bestand. Achselzuckend wandte er sich von seiner schlafenden Frau ab. Er wünschte ihr aufrichtig ein langes Leben – aber nicht mit ihm.

Er war sehr erschöpft. Plötzlich bedauerte er es tief, daß er seine Mutter heute abend mit ironischer Kälte behandelt hatte. Das verstand sie nicht, das machte sie unglücklich und unsicher. Ross grübelte vor sich hin. Brach die Natur ihre eigenen Gesetze, wenn ein Sohn sich wie ein Fremder verhielt? Ross seufzte. Er liebte seine Mutter. Er hatte sie immer geliebt. Er hatte ihre Tugenden bewundert – besonders aus der Entfernung. Aber jetzt konnte er seine Erfahrungen nicht mehr mit ihr teilen, und das schuf die Kluft zwischen ihnen. Die Erfahrungen des New Yorkers Alexander Ross blieben unbekanntes Gebiet für Emilia Rossi. Und an dieser Tatsache konnte man nichts ändern. Erfahrungen glichen den Fäden eines venezianischen Spitzenmusters. Nicht nur, daß sie das Muster schufen, sie hielten es zusammen. Löste sich ein Faden, dann zerriß das ganze Gewebe früher oder später. Ross konnte seine amerikanischen Erfahrungen nicht plötzlich zerreißen. Sie waren ein Teil seiner selbst geworden, ob seine Mutter es einsah oder nicht. Natürlich sah sie es nicht ein. Doch nahm er sich in dieser Nachtstunde vor, mehr Geduld mit ihr zu haben.

2

Commedia

Jeder hat sein eigenes Theater, wo er Direktor, Schauspieler, Autor, Kulissenschieber und Zuschauer in einer Person ist.

Augustus William Hare (1792–1834)

»Gäste langweilen mich neuerdings«, sagte die alte Contessa Cesano zu Schwester Francesca. »Ich habe den Geschmack an Besuchern verloren. Das gilt auch für meine Freunde.«
»Aber Sie haben wundervolle Freunde, Contessa!«
»Gewiß, aber sie ermüden mich. Meine Freunde haben bereits vor Jahrzehnten alles gesagt, was sie zu sagen hatten. Glauben Sie mir, im Alter verliert man die Geduld. Mein Rheumatismus hilft auch nicht.«
»Sie sind erstaunlich jung für Ihre Jahre, Contessa.«
»Schmeichelei ermüdet mich ebenfalls, Schwester! Und wenn ich ermüdet bin, beleidige ich jung und alt. Sehr bedauerlich, ich weiß! Heut sind Sie wie ein Wildkaninchen, Schwester. Klein, flink, grau. Dabei sind Sie gar kein Kaninchen, sondern ein wohlmeinender Drache. Lachen Sie nicht! Es ist so.«
»Sie sind so amüsant, Contessa!«
»Mein Sohn ist noch viel amüsanter. Nach allgemeiner Ansicht ist Antonio tot, aber ich teile nie allgemeine Ansichten.«
»Sie müssen sich jetzt hinlegen, Contessa«, sagte Schwester Francesca eilig. »Wir haben heut abend Gäste zum Essen.«
»Außerdem haben wir kein Geld. Wann kommen die Fremden?«
»Ziemlich spät. Aber, verzeihen Sie, Ihre Schwiegertochter ist doch keine Fremde! Das wollen wir nicht glauben, nicht wahr?«
»Ich glaube es. Das genügt. Die gute Hilary hatte nie viel zu sagen und sagt es auf die eintönigste Weise der Welt. In früheren Jahren gab es sehr amüsante Engländer in Venedig. Wo sind sie heut?«
»Die Dottoressa soll eine ausgezeichnete Ärztin sein.«
»Die Medizin macht keinen unterhaltsamer, Schwester, das sollten

Sie eigentlich wissen. Warum bringt Hilary ihren Japaner nicht mit? Das wäre eine Abwechslung.« Die Schwester erinnerte sich, daß Lucia Cesano dem Herrn aus Tokyo eine Uhr entwendet hatte, die man ihm mit lahmen Entschuldigungen wieder aushändigte. Die Marchesa Vivarini, die älteste Freundin der Familie und Hilary Stafford hatten einen Polizeiskandal verhindert. Wahrscheinlich wollte Shinoda kein zweites Mal das Verschwinden seiner Uhr riskieren.
»Warum kommt der Japaner nicht?«
»Er hat eine andere Verabredung für heute abend, Contessa! Er sagte Frau Dr. Stafford, er sei untröstlich. Denn er sei sich der unverdienten Ehre bewußt.«
»Blödsinn! Der Bursche kennt keine Seele in Venedig, sagte mir die Marchesa Vivarini. Er soll sogar seine Landsleute meiden. Immer ein großer Fehler, Schwester! Sie können noch so ekelhaft sein – ich meine die Landsleute –, in der Fremde sind sie ein wahrer Segen. Das fiel mir auf, als ich mit meinem Mann in ... wo waren wir nur? – irgendwo in Frankreich. Ohne die Biennale wäre der Herr mit dem komischen Namen schon lange wieder in seinem Uhrenladen. Was versteht er vom Theater?« Die Contessa hüstelte. »In diesem Haus gibt's keine zuverlässige Uhr.« Sie starrte die Schwester an. »Antonio haßt Uhren. Sie erinnern ihn an seinen Tod.«
»Sie müssen jetzt ruhen, Contessa.«
»Warum hat Lucia diese Amerikaner eingeladen? Ich sehe immer weniger Venezianer hier. Allerdings sind fast alle meine Freunde und Feinde tot. Lassen Sie meine Tochter heute abend keinen Augenblick aus den Augen.«
»Natürlich nicht, Contessa! Außerdem wird die Marchesa Vivarini aufpassen, daß die Contessa Lucia keinen Zwischenfall verursacht.«
»Die Marchesa ist eine alte Katze. Aber sie hört das Gras wachsen. Übrigens – je freundlicher ich meine Tochter behandle, desto feindseliger wird sie. Wie finden Sie das?«
»Sie ist etwas nervös«, sagte Schwester Francesca vorsichtig.
»Sie ist verrückt. Sie wird auf der Insel der Irren landen. Ich wittere es schon lange. Ich könnte ein Haifisch sein, Schwester! Ich rieche Blut und Tod.«
Die Contessa versank in Gedanken. Dann verzerrte sich ihr Gesicht, denn sie verspürte plötzlich einen heftigen Schmerz in ihrem linken

Bein. Sie kannte diesen Schmerz. Erst war er ein trügerischer Nadelstich, dann zerriß er sie, und schließlich gab er Ruhe. Schweigend schluckte sie die schmerzstillende Pille, die die Schwester ihr gab. Dann murmelte sie, es gäbe schlimmeres und man dürfe kein Mitleid mit sich haben. Die Flucht der Freuden sei schmerzhafter.

Schwester Francesca steckte ihren Kopf tiefer in ihr graues Schultertuch. Es zog in dem alten Palazzo mit den hohen Fenstern und den kalten Marmorböden. Der Canale Grande lag im Dämmerlicht. Eine schwarze Gondel glitt in die Dunkelheit, die Insassen wurden von den Wellen eines Motorbootes bespritzt. Der Gondoliere schien heftig zu schimpfen, denn die Schwester sah durch ihre scharfe Brille sein zorniges Gesicht im Laternenschein und die Bewegung seiner Lippen. Langsam erhellten sich die Paläste auf dem gegenüberliegenden Ufer. Viele dieser Bauten waren bereits Hotels, Museen oder Büros. Der Rest bestand aus verstaubten und grandiosen Schatzkammern – wie der Palazzo Cesano. Schwester Francesca seufzte unhörbar. Was würde nach dem Tod der alten Frau aus dem Palast werden? Aus Lucia, den Gobelins, den Statuen und der Gemäldegalerie? Schwebte über diesem Haus das Todesurteil? Wieder seufzte die Schwester. Sie sollte längst eine andere Pflegestelle antreten, konnte sich aber nicht von der alten Contessa trennen. Man brauchte sie hier. Mutter und Tochter waren Feindinnen der praktischen Vernunft, die Francesca ruhig und unerbittlich den Fantasien der Cesanos entgegensetzte. Sie behandelte Lucia, die sie nicht leiden konnte, mit freundlicher Nachsicht. Ihre Disziplin zwang sie dazu. Obwohl sie sich innerlich gegen jeden Zwang wehrte, fühlte sie in ihren guten Stunden den Zuwachs an Energie und Vitalität, der der Selbstbeherrschung entspringt. Aber ihre Gedanken und Gefühle galten der alten Frau mit dem zerfurchten, stolzen Gesicht. Aber Livia Cesano wurde mit sich selbst fertig und brauchte weder die Gedanken noch die Gefühle der Schwester. Sie unterhielt sich mit ihren Toten. Wenn die Schwester Francesca sich endlich zurückgezogen hatte, begannen geisterhafte Dialoge zwischen dieser und der anderen Welt. Das knochige, ausgehöhlte Gesicht der Contessa belebte sich, die Verbindung zu den Abgeschiedenen brachte Feuer in ihre Augen und Leben in ihre Seele. Sie war davon überzeugt, daß sie, wie ihre Toten, ohne Körper existieren und ihren eigenen Tod überleben würde. Ihr Geist würde nach Belieben in der Lagunenstadt herumwandern – jung und frei, von der

Schönheit der Farben und Formen ergriffen. Ihr alter und leidender Körper, der jahrelang ihr gehorsamer Diener gewesen war, hatte sich zu einem Tyrannen entwickelt – er befahl, strafte, folterte und beantwortete jede Auflehnung mit neuen Gebrechen und Leiden. Die Contessa, die leidenschaftlich gern über sich sprach und tägliche Bulletins über ihre Stimmung und Gesundheit herausgab, schwieg über ihre Ausflüge ins Reich der Abgeschiedenen. Sie wußte, wie mißtrauisch die Verstandesmenschen gegen Kontakte mit den Toten waren, und sie war zu stolz und vorsichtig, um sich belächeln zu lassen. Sie wußte, daß sie in solchen Nachtstunden in einen seltsamen Zustand geriet; er glich hohem Fieber, das aber ihren kritischen Verstand keineswegs verwirrte. Im Gegenteil! Ihr verstorbener Gatte zeigte ihr weiterhin seine stupide Leidenschaft für Elvira Vivarini. Und Antonio? Wenn das Fieber sich abkühlte und die Contessa allein ins Dunkel starrte, zerriß der Schmerz um ihren Sohn ihr altes Herz, und Tränen rannen über ihr Gesicht. Jahrelang hatte sie geglaubt, daß die Toten, von Sünde und Leidenschaften gereinigt und dem Fegefeuer geläutert entronnen, den Zustand der Engel erreichen. Aber ihr Mann und ihr Sohn waren, wie zu ihren Lebzeiten, weit von Erlösung entfernt. Und seitdem die Contessa Cesano durch ihren telepathischen Kontakt mit Mann und Sohn diese Erkenntnis gewonnen hatte, ging sie nicht mehr zur Beichte. Ihr alter Beichtvater besuchte sie regelmäßig und wartete weise und geduldig ab. Er durchschaute ihre Fragen nach dem Leben im Jenseits und beantwortete sie im Sinne des Glaubens. Aber sie hörte kaum zu. Wie konnte sie das, wenn alle ihre Glieder schmerzten? Monsignor Cini sah, wie sie litt. Sie konnte sich nur langsam bewegen, auf den Arm der Schwester gestützt. Es demütigte sie. Aber sie hatte Demütigungen immer schweigend ertragen.

»Es ist kein Spaß, alt zu werden«, murmelte sie.

»Sie müssen jetzt ruhen, Contessa! Sie sehen erschöpft aus.«

»Ich weiß, wie ich aussehe, Schwester! Und bitte, sehen Sie mich nicht so angstvoll an! Zügeln Sie Ihre Zuneigung zu mir! Ich wittere, daß Sie dieses Haus verlassen wollen, und ich kann Sie nicht tadeln. Warum bleiben Sie?«

»Noch eine Weile, Contessa! Ihr Arzt möchte, daß ich Ihre Tochter noch weiterhin betreue.«

»Jede andere Pflegerin ist uns weggelaufen, wissen Sie das?«

»Nein, Contessa.«
»Niemand kann es auf die Dauer mit Lucia aushalten. Man sollte unverheiratete Töchter ertränken oder ins Kloster schicken. Nur unsere alten Diener halten noch bei uns aus. Mit oder ohne Gehalt. Sie bleiben meinetwegen, weil ich sanft und umgänglich bin«, sagte die alte Contessa allen Ernstes. »Ich bin überzeugt, daß die Marchesa Vivarini Ihnen die ganzen Skandale mit den Krankenschwestern erzählt hat. Und sie nennt sich eine Freundin der Familie! Witzig ist sie – das muß man ihr lassen.«
»Die Marchesa ist eine treue und besorgte Freundin, Contessa.«
»Sie war jahrelang die Geliebte meines Mannes. Habe ich Ihnen das schon erzählt? Mir machte es kein Kopfzerbrechen. Ich gönnte ihn ihr, da sie ihn unbedingt haben wollte. Er war unausstehlich, Schwester! Brutal, treulos, launisch, und er neigte zu Gallenanfällen. Aber er gefiel Elvira Vivarini über alle Maßen. Ich sage immer, über Geschmack läßt sich nicht streiten. Habe ich recht?«
»Sie müssen jetzt ruhen, Contessa.«
»Ich werde noch lange genug im Grab ruhen. Warum heiratete ich Giovanni Cesano? Ich habe es wirklich vergessen. Aber vielleicht fällt's mir eines Tages wieder ein. Ich muß doch einen Grund gehabt haben. Was meinen Sie?«
»Ich weiß es wirklich nicht.«
»Aber Sie möchten es gern wissen, Sie sind neugierig, Schwester Francesca! Das gefällt mir. Es ist ein Zeichen von Anteilnahme.« Die alte Contessa betrachtete die Schwester, als ob sie sie noch nie gesehen hätte. »Mit Ihnen vertrage ich mich, weil Sie bei mir angestellt sind.«
»Ich würde auch ohne Gehalt bei Ihnen bleiben, Contessa.«
»Davon muß ich Ihnen abraten. Denn dann würden Sie nur eine meiner Freundinnen sein. Ich würde Sie schlecht behandeln.«
Schwester Francesca lachte nachsichtig und stützte die Contessa auf der Treppe mit dem geschnitzten Geländer. »Dieser Abend wird entsetzlich werden«, murmelte Livia Cesano. »Wie alles, was meine Tochter arrangiert.«
»Es wird sehr nett werden«, sagte die Schwester beschwörend.
»Alter Drache«, murmelte die Contessa beinahe liebevoll.
»Sie werden wunderbar aussehen, Contessa! Alle werden Sie bewundern.«

»Ich habe meinen Sohn eingeladen«, flüsterte Livia Cesano mit geschlossenen Augen. »Antonio war lange nicht im großen Saal.«
Schwester Francesca schloß die Brokatvorhänge und verließ den Schlafraum der Contessa in bedrückter Stimmung. Sie steckte ihren Vogelkopf tiefer in ihr graues Schultertuch. Es gefiel ihr nicht, daß die alte Contessa ihren toten Sohn eingeladen hatte. Spielte sie Komödie oder was steckte dahinter? Die Schwester war nicht davon überzeugt, daß der Abend sehr nett werden würde.

Der Palazzo Cesano gehörte zu den historischen Häusern am Canale Grande, die unbedingt gerettet werden mußten. Der alte Palast mit der gotischen Fassade verfiel allmählich, was Livia Cesano nicht störte, da sie sich in demselben Zustand befand. Das Haus lag nicht weit von der Kirche Santa Maria della Salute, deren Barockpracht Herrn Shinodas Mißfallen erregt hatte. Übrigens hatte er die ehrenvolle Einladung in den Palazzo Cesano abgelehnt, weil er tatsächlich eine dringende Verabredung hatte – und zwar mit sich selbst. Außerdem hatte Herr Shinoda noch weitere Pläne für diesen Abend, die er nur sich anvertraut hatte, weil er sonst niemandem traute. Er hatte sich den Palazzo Cesano vom Wasser her angesehen. Das genügte.
Man konnte das Haus auch von der Straße erreichen, aber die Gäste hatten zu allen Zeiten den Wasserweg vorgezogen. Aus welcher Richtung sie auch kamen, alte Kirchen und Paläste säumten das Ufer im Mondlicht, und niemand dachte an die Sturmfluten des Novembers, die an den Mauern emporgeschlagen waren und Kunstwerke und Erinnerungen zerstört hatten. Der Augenblick wird in Venedig bewußt genossen, weil er zu schön zum Verweilen ist. Das Hochwasser wartet. Der venezianische Löwe schloß die Augen, als das Wasser im November 1966 an der Klosterkirche von Santa Teresa hochsprang und die Fresken zerstörte. Im Palazzo Cesano wurde eine Marmorskulptur, die noch älter als die alte Contessa war, zerstört, und kostbare Möbel teilten dieses Schicksal. Lucia hatte einen Weinkrampf bekommen, aber ihre Mutter stand schweigend und hochaufgerichtet inmitten der Zerstörung, eine Statue mit glühendem Blick. Später sagte sie, Venedig sei ein unruhiges Grab, aber sie für ihre Person möchte nirgends anders begraben werden. Ihre Lebensfreude war vor Jahren gestorben; und sie wußte, daß nur Ruhm oder Reichtum im Alter den Genuß ersetzen können. Sie hatte immer noch ihren Ruf,

den Glanz eines alten Namens. Er hatte die langsame Auflösung der venezianischen Gesellschaft und den Verfall der Architektur überdauert.
Der Palazzo war im achtzehnten Jahrhundert erbaut worden. Die Familie Cesano hatte ihn im neunzehnten Jahrhundert gekauft, restauriert und bereichert. Aus dieser Epoche des wirtschaftlichen Glanzes stammte der größte Teil der Gemälde, der Statuen und kostbaren Möbel. Die Wandteppiche und die geschnitzten Treppen waren älter. Einen Teil der Schätze hatte Livia Cesano bereits verkauft, um wenigstens den Schein einer großzügigen Lebenshaltung zu wahren. Die Kunstwerke waren in die Galerien Europas und Amerikas gewandert, wo sie dem breiten Publikum zugänglich waren – eine Tatsache, die Livia Cesano kalt ließ. Sie ließ nur die wenigen Menschen an sich herankommen, die wußten, wer sie war. Der Anwalt Moretto und die Marchesa Vivarini, ihre täglichen Besucher, wußten es. Auch Hilary Stafford wußte es. Die alte Contessa hatte längst ihren Frieden mit dieser ehemaligen Schwiegertochter gemacht. Sie hatte Hilary jetzt sogar gern um sich. Sie war maßvoll und vernünftig und vor allem hilfsbereit, eine Eigenschaft, die die alte Contessa aufrichtig schätzte, da sie selbst außerordentlich ungefällig war und zu intensiv in der Vergangenheit lebte, um die Bedürfnisse ihrer Umgebung wahrzunehmen.
Allerdings war der Glanz der Vergangenheit so verblichen wie die Brokate und Seiden der Vorhänge und Sessel im Palazzo Cesano. Auch die prunkvollen Festgewänder früherer Generationen waren nur noch Erinnerung. Aber da war noch die geschwungene Marmortreppe, die zum großen Saal mit dem buntgemusterten Marmorboden führte. In diesem Saal im ersten Stock wollten die letzten Cesanos unter den riesigen Kronleuchtern heute abend ihre Gäste empfangen. Hier hingen die letzten kostbaren Wandgemälde der venezianischen Schule und das Wappen der Familie. Im »Kleinen Salon« nebenan, der eine vielköpfige Familie beherbergen könnte, sollte unter den Glasleuchtern aus Murano-Blüten gespeist werden. Natürlich ohne kleine Orchestermusik. Im zweiten Stockwerk des großen Hauses waren wie früher die Schlafräume der Familie und ihrer Hausgäste, und im dritten Stock hausten die wenigen altersgrauen Bedienten der Contessa, die ebenfalls wußten, wer sie war.
In ihrem Schlafzimmer hing in einem mit Schnitzwerk verzierten

Schrank ein sogenannter Maskenmantel mit Kapuze und der merkwürdigen weißen Gesichtsmaske, die ihr Mann und später Antonio bei privaten Kostümfesten getragen hatten. Manchmal hatte Antonio die weiße Maske auch nur getragen, um Leute zu erschrecken. Würde er heute abend in Maskenmantel und Maske erscheinen? Die alte Contessa berührte den Seidenmantel mit den Fingerspitzen. Einen Augenblick betrachtete sie ihre knochigen Hände, die einmal schön und geschmeidig gewesen waren. Jetzt war die Haut faltig und vergilbt wie modriges Pergament, und ihre beringten Finger waren hexenhaft gekrümmt. Angewidert wandte sie den Blick von ihren Händen ab. Sie hatte die landesübliche Abneigung gegen körperliche Häßlichkeit und Deformierung. Krüppel und Mißgeburten wurden hier möglichst vor den Augen der Touristen versteckt und der Barmherzigkeit der Priester und Nonnen überlassen. Früher hatten diese unseligen Geschöpfe der Belustigung der großen Herren und Damen gedient. Heute arbeiteten sie, soweit sie dazu fähig waren, in Fabriken oder Werkstätten. Sie bedienten Maschinen, statt den Adel zu amüsieren. Sie waren langsam ein Teil der neuen Industriegesellschaft Italiens geworden, die die alte Contessa wenigstens vom Hörensagen gekannt hätte, wenn sie sich in der Kunst des Zuhörens geübt hätte. Aber sie hörte nie genau zu.
Sie ließ den Wandschrank offen, damit Antonio den Maskenmantel finden würde. Er hatte ihn so lange nicht getragen. Hoffentlich kam er pünktlich zum Essen. Es gab alle seine Lieblingsgerichte.

Lucia hatte eine Angewohnheit ihrer Mutter übernommen, die ihre Freunde und Bekannten ärgerte oder verwirrte. Sie fragte alle möglichen Leute um Rat, den sie nie befolgte, und sie betrachtete sie so scharf, als ob sie sie nie im Leben gesehen hätte und darauf wartete, daß langjährige Besucher der Cesanos sich ihr vorstellen würden. Die Gäste taten ihr nicht den Gefallen, sie hielten Lucia für eine Närrin. Dabei war sie meistens nur tief in ihre Gedanken versunken, in ihre heftigen Fantasien, die sich im Licht der Wirklichkeit in nichts auflösten. Wie ihre machtvolle Mutter war Lucia Cesano eine Feindin der praktischen Vernunft, aber eine machtlose Feindin.
Ihr einziges Interesse an der Außenwelt war und blieb ihre Vaterstadt, die sie Jahr für Jahr den Fremden zeigte und sachkundig erklärte. Die Stadt war ebenso in ihrer Existenz bedroht wie Lucia selbst, die

unermüdlich in der italienischen Gesellschaft »Dante Alighieri« tätig war. Rettet Venedig! Dieser Ruf hatte Ausländer und Einheimische erreicht, und Gönner, Architekten, Ingenieure, Privatleute aller Art und Herkunft versuchten, die Königin der Meere in den siebziger Jahren vorm Versinken zu bewahren. In der Dante-Gesellschaft fühlte Lucia sich wohl, und die Beratungen und Diskussionen füllten ihre innere Leere. Dort traf sie oft den Anwalt Moretto, Elvira Vivarini und andere Freunde, für die Venedig nicht nur eine Stadt, sondern ein Begriff und ein Zustand der Existenz war!

Hier hatte Lucia vor einigen Wochen Alexander Ross in Begleitung Salvatore Morettos wieder getroffen. Sie hatte Ross angestarrt, um Rat gefragt und ihn in ihr Fantasieleben entführt: Nachts führte sie lange Gespräche mit ihm, umarmte ihn in träumerischer Glut, küßte seine Arbeiterhände und schüchterte ihn gleichzeitig ein, was alle Cesanos verstanden. Sie fragte ihn, warum er Antonios Profil gestohlen habe. Sie stahl ihm sein Herz... Und eine Geldsumme zur Rettung Venedigs. Sie trank von der Quelle seines Mitgefühls und erkundigte sich nach ihrem gemeinsamen Freund, dem legendären Seepferd, das, schwarzglänzend und silbergefleckt, an Land ging, um eine goldene Stute in einem Palast zu finden. Ross war ihr Seepferd. Aber sowie er die Adria roch, stürmte er grußlos in die Wellen zurück.

Alexander Ross wunderte sich jedesmal, warum die Contessa Lucia ihn anstarrte, als ob sie ihn nie zuvor gesehen hätte, und warum sie ihn, der fremd in Venedig geworden war, um seinen Rat über Angelegenheiten fragte, von denen er nichts oder zu wenig verstand. Er hatte weder Ruskin noch Henry James gelesen, er verstand nichts von Skulpturen der Renaissance, und Lucia Cesano hatte ihn schon als junges Mädchen auf San Giorgio Maggiore geärgert. Das war kurz vor seiner Flucht nach den USA gewesen. Sie hatten heimlich einen Ausflug dorthin unternommen. Lucia, höchstens sechzehn oder siebzehn Jahre alt, sprach wie ein Professor über Andrea Palladio, den Meister der klassischen Architektur, dem die Insel soviel Schönheit zu verdanken hat. Rossi hatte Fische verkauft und Netze geflickt. Er wußte nichts über Andrea Palladios Studien in Rom, die der klassischen Architektur, der Musik und der Mathematik gegolten hatten. Aber der junge Rossi hätte nie zugegeben, daß er etwas nicht wußte, nicht etwa, weil er nicht intelligent genug war, sondern weil er nicht die Erziehung der Contessa Lucia genossen hatte. Er hatte genickt,

zugestimmt, vorsichtig widersprochen und sich geärgert. Ross wußte sehr viel mehr als Rossi. Er hatte Abendkurse und Selbstunterricht in New York mitgemacht, fern der Heimat Bücher über venezianische Malerei gelesen und die großen Ausstellungen in New York besucht. Aber auch Ross gab niemals zu, daß er etwas nicht wußte. Weiß der Himmel, wie es möglich war, wann immer Ross die Contessa Lucia in der Dante-Gesellschaft oder bei Florian traf – ein verschütteter Restbestand von Rossis kindischem Ärger flammte auf, verschwand und flammte wieder auf, wenn sie sich endlos und weise über das Settecento verbreitete. Er hatte heimlich das Museum im Palazzo Rezzonico besucht. Er ließ sich nicht ertappen, nicht Alexander Ross! Er hätte Augen gemacht, wenn er gewußt hätte, welche Rolle er und das Seepferd für Lucia spielten. Er ahnte nicht einmal, daß dieses wandelnde Lexikon überhaupt an ihn dachte. Er ähnelte Antonio Cesano auf den ersten Blick, aber er hatte weder dessen Sicherheit noch seine Arroganz. Ross und Rossi hatten immer schwankenden Boden unter ihren Füßen gehabt. Wie sollte Ross ahnen, daß er einer fremden Person, die keine Ähnlichkeit mehr mit dem schönen, lebenshungrigen Mädchen in der Gondel hatte, viele Nächte mit Haut und Haaren ausgeliefert war? Lucia hatte etwas von einem Nachtgeschöpf, sie war eine Mischung von einem Vampir und einer verzweifelten, verblühten Klosterschülerin, die gewissenhaft ihre Schularbeiten macht. Alexander Ross hatte jedoch nur Augen für Hilary Stafford und vorsichtige Seitenblicke für seine Frau.
Lucia wartete in feierlichem Witwenschwarz auf Ross, Rossi und das Seepferd.

Die alte Contessa stand stolz und schmerzgeplagt unter dem Kronleuchter im großen Saal und erwaretete die Gäste. Hinter ihr standen Schwester Francesca und Lucia, die sich mit dem Anwalt Moretto und Elvira Vivarini unterhielt. Hilary und die Amerikaner kamen spät; trotz ihrer goldenen Regeln war die Ärztin hier ebenso unpünktlich wie in London. Die anderen Gäste, alles Freunde der alten Contessa und heimliche Feinde von Lucia, betrachteten die Gemälde der venezianischen Schule, die die Karnevalswelt des achtzehnten Jahrhunderts zeigten. Die gemalte Decke des großen Saals zeigte eine Reihe spärlich bekleideter mythologischer Damen, die die alte Contessa als »Kühe des Olymps« bezeichnete. Die rosigen Kühe scharten sich um einen Faun, der eine gewisse Ähnlichkeit mit dem verstorbenen Hausherrn hatte. Aber das Deckengemälde war bedeutend älter als die Cesanos. Die Gemälde und Statuen, das Manuskript aus dem Mittelalter, die kobaltblauen und kupfergrünen venezianischen Fayencen, das alte Marionettentheater hinter einem Brokatvorhang, die »Kühe des Olymp« und die alte Contessa selbst waren dem Alltag der siebziger Jahre magisch entrückt. Neben ihr standen ein Sessel und ein Tischchen mit Getränken und ihren Herztropfen, und Schwester Francesca befand sich ebenfalls in erreichbarer Nähe. Aber die alte Contessa setzte sich nicht trotz ihrer Bitten, sie ignorierte die Schwester und die Medizin. Hochaufgerichtet, im schwarzen Abendkleid mit den letzten Juwelen der Familie erwartete sie ihre Gäste, so wie sie sie immer erwartet hatte: mit versteckter Ungeduld und einem ironischen Lächeln. Um sie herum schimmerten Marmor, Brokate, edle Hölzer, abgenutzte, brüchige Symbole einer anachronistischen Periode des Glanzes. Regungslos betrachtete die Contessa ein Bronzerelief aus dem siebzehnten Jahrhundert und dachte: Man müßte aus Bronze sein, um das Warten auf Antonio ertragen zu können. In diesem Augenblick betraten die drei letzten Gäste den großen Saal. Durch einen Schleier der Müdigkeit erkannte die alte Contessa die vitale junge Frau mit dem rotblonden Haar und dem Abendkleid von der Stange: Hilary, ihre ehemalige Schwiegertochter, die immer zu spät kam und sich nicht anziehen konnte. Auch von Antonios Wesen hatte sie nie etwas verstanden. Aber die alte Contessa hatte ihr alle drei Sünden längst vergeben. Livia Cesano hatte Leute, die sie nichts angingen, recht gern. Die andere, sehr elegante Frau mußte die Dame aus New York sein, die unbegreiflicherweise im Augenblick Antonios Palazzo bewohnte. Und da erschien er selbst, langsam schritt er auf seine Mutter zu. Er erschien ihr sanfter und jünger, noch nicht von der Krankheit zerstört. Ein Wunder! Und sie hatte seit Jahrzehnten nicht mehr an Wunder geglaubt. Sie atmete tief, weil ihr Herz schmerzte. Trotzdem würde sie ewig leben. Mit ihrem Antonio, wie er heut abend war.

»Mein Sohn«, flüsterte sie Schwester Francesca zu. Sie nahm sogar das Glas mit den Tropfen, weil sie so glücklich war. »Mr. Ross aus New York«, erklärte Hilary. »Und dies ist Mrs. Ross.«

»Es ist mir eine große Ehre, Contessa«, Ross verbeugte sich tief. Antonio spielt wieder Komödie, dachte Livia Cesano. Warum nennt er sich Ross? Aber sie wußte, sie mußte seine Spiele mitspielen, sonst würde er nie wieder zu ihr kommen. Nicht einmal des Nachts, wenn sich die Grenze zwischen den Lebenden und Toten verwischt.

»Ich freue mich, Sie zu begrüßen, Mr. Ross.« Die alte Contessa lächelte ironisch und ein wenig verblüfft über diese Mrs. Ross, mit der Antonio gekommen war. Irgendwie ging diese Commedia zu weit, und Livia Cesano kehrte mit einem Ruck in die Wirklichkeit zurück. Vielleicht hieß dieser Herr wirklich Ross und ahmte ihren unnachahmlichen Sohn nach? Sie fragte Mrs. Ross in hartem fehlerfreiem Englisch, wie Venedig ihr gefalle. Nichts interessierte sie weniger, und während Violet höfliches Entzücken heuchelte, dachte die Contessa fieberhaft nach. Lucia hatte diese Leute eingeladen, um ihr einen Streich zu spielen. Falls das so war, würde sie dafür büßen. Die Contessa fragte Ross etwas auf italienisch, und er antwortete in einem Tonfall, den kein Ausländer zustandebringt. »Ich stamme aus Venedig, Contessa!«

»Das habe ich angenommen, Mr. Ross! Wie gefällt Ihnen New York?«

Antonio erwiderte schlau, das sei eine lange Geschichte. Dann ging man zum Essen in den grünen Salon.

Violet fühlte sich unsicher vor dieser alten, gebrechlichen aber machtvollen Venezianerin mit dem kühnen, gefurchten Gesicht und der stolzen Haltung. Die Contessa trug ihr Alter wie eine Auszeichnung. Violet beneidete sie darum, weil sie selbst hartnäckig und verzweifelt gegen jede Falte, jedes graue Haar, jede Attacke von Müdigkeit ankämpfte. Sie stammte aus einem Land, wo der Kult der Jugend schon die Menschen mittlerer Jahre ins Greisenalter verweist. Die alte Contessa wäre drüben längst in einem Altersheim, obwohl Violet sich das nicht vorstellen konnte. Sie konnte sich keinen Reim auf die Contessa machen. Zudem hatte sie in der Galerie, die vom großen Saal zum Grünen Salon führte, einen Schock gehabt. Zwischen den Vorfahren der Cesano, die von nachgedunkelten Gemälden auf sie herabblickten, hing ein Portrait ihres eigenen Mannes. Violet war zurückgeprallt, Hilary fragte, ob sie sich den Fuß verstaucht hätte. Kalte Umschläge, so bald es ginge! Natürlich zeigte das Gemälde weder Ross noch Rossi, sondern Antonio Cesano, der dieses Haus im Leben und im Tod beherrschte. Er trug einen Maskenmantel, die weiße Gesichtsmaske hing lose in seiner Hand mit dem Siegelring. Violet brauchte keine Umschläge; ihr war kalt genug beim Anblick des letzten Cesano geworden. Alexander hatte ihr von ihm erzählt, er hatte nicht übertrieben. Der tote Antonio Cesano war lebendiger als die Lebenden.

Im Grünen Salon war für zwanzig Personen gedeckt. Eine Blütenkrone aus Murano-Glas beleuchtete das Spitzentuch, das kostbare Porzellan und die alten, silbernen Kerzenhalter mit den goldgrünen brennenden Kerzen. Violet hatte viele luxuriös gedeckte Tafeln gesehen, aber dies war etwas anderes. Es war poetisch, und Violet hatte, wie ihre Vorfahren, zeitlebens der Poesie mißtraut. Sie war auf der Hut, obgleich sie nicht wußte, wovor sie sich im Augenblick hüten mußte, oder vor wem. Wenn sie Lucia Cesano angeblickt hätte, wäre ihr die wilde Abneigung in deren Augen vielleicht aufgefallen. Es hätte Violet höchstens verstört, denn sie versuchte immer, selbst den Leuten zu gefallen, die ihr aus irgendeinem Grund mißfielen. Und die Contessa Lucia mißfiel ihr aus verschiedenen Gründen. Oder war es die Atmosphäre von Abenteuer, von wildem Wagnis, von raffinierter und gewissenloser Verführung, die diese Gemälde in der Galerie umgab? Die alte Contessa und auch Lucia lebten in dieser Luft, die Violet Ross mit puritanischer Mißbilligung einatmete. Sämtliche Byrons aus Middlesex atmeten mit. Violet warf ihrem Mann einen Blick zu und wandte sich sofort ab. Er blickte Hilary Stafford tief in die Augen. Seine übliche Methode. Violet konnte nicht sagen, ob die Methode auf Dr. Stafford wirkte, denn sie sah freundlich und gleichmütig aus. Heuchlerin, dachte Violet, mich kann sie nicht täuschen. Daß Hilary weder sie noch sonst jemand täuschen wollte, kam ihr nicht in den Sinn. Tatsächlich war Hilary unbequem aufrichtig, was Violet eines Tages herausfinden sollte. Was Hilary herausfinden sollte, war die Tatsache, daß man immer denselben Mann liebt.

Die alte Contessa war an der Unterhaltung um sie herum nicht beteiligt. Ihr viel jüngerer Freund, der Anwalt Moretto, versuchte ein Gespräch mit ihr zu führen, aber er hätte genausogut einen Trappistenmönch interviewen können. Die Contessa hatte nur Augen für Antonios Doppelgänger. Moretto hatte geahnt, daß sie sich über Ross aufregen würde, er hatte Lucia deshalb gebeten, von dieser Einladung abzusehen. Aber man brauchte Lucia nur um etwas zu bitten, und sie tat das Gegenteil. Er unterhielt sich mit Mrs. Ross über New York. Sie war ganz isoliert in diesem Kreis, und ihr Mann benahm sich wie ein Fremder. Moretto wollte Ross bei der nächsten Gelegenheit ins Gewissen reden; aber gab es eine nächste Gelegenheit? Wieder betrachtete Moretto verstohlen das wunderbare Gesicht der alten Contessa. Sie schien fest entschlossen, ihre Gäste, mit Ausnahme von Mr. Ross, zu ignorieren. Aber sie war so alt, daß niemand ihr etwas übelnahm.

Wie die meisten Gesellschaftsräume dieses Hauses, war auch der Grüne Salon ein Museumsstück. Die Fresken an den Wänden zeigten die verblaßten, aber immer noch lebendigen Figuren der *Commedia dell Arte,* die die alte Contessa und ihren Sohn immer bezaubert hatte. Jeder, der diese historischen Fresken zum ersten Mal sah, erschrak, denn die Komödianten hatten durch die matten Farben etwas Geisterhaftes und Unheimliches. Sie starrten zugleich belustigt und traurig auf die Generationen nieder, die sich in diesem Raum versammelt hatten. In Venedig hatte man früh herausgefunden, wie tragisch Komödien sind. Vielmehr die Komödianten.

Die alte Contessa blickte abwechselnd Mr. Ross und die Figuren auf den Wänden an und sagte zu Moretto, sie habe ihren Mann wegen dieser Fresken geheiratet. Dann murmelte sie, der Capitano habe immer große Ähnlichkeit mit Giovanni Cesano gehabt.

Moretto murmelte: »Meine liebe Livia, Du übertreibst! Der Capitano ist der Sohn des Blitzes und des Erdbebens, der Bruder des Todes und Beelzebubs intimer Freund. Giovanni war ganz anders.«

»Er zeigte Dir Grünschnabel seine angenehme Seite. Das war das Bequemste.« Sie unterdrückte ein Gähnen.

»Ist dieser Abend nicht zuviel für Dich, Livia?«

»Er ist zu wenig für mich. Lucia sieht sehr häßlich aus.«

»Traurig, meine Liebe! Nicht häßlich.«

»Sie sollte sich ein Beispiel an Mrs. Ross nehmen. Sie fühlt sich auch nicht wohl bei mir, aber – unterbrich mich nicht, Salvatore! – sie wahrt den Schein wie eine Venezianerin. Sie gefällt mir. Ihr Nerzcape auch.«

Violet hatte kein Wort von dieser geflüsterten Unterhaltung verstanden. Hätte sie italienisch gelernt, hätte sie erfahren, daß sie der Contessa gefiel. Arme Violet! Alles ging ihr in Venedig schief. Sie öffnete ihre kostbare Handtasche und musterte sich verstohlen in ihrem kleinen, goldenen Handspiegel. Plötzlich fühlte sie Lucia Cesanos feindseligen Blick. Eine hysterische, hochmütige Gans war diese verblühte

Person! Violet hatte ihr nie im Leben etwas angetan. Lucia schien sie trotzdem zu hassen. Violet ahnte nicht, daß Lucia in Gedanken Besitz von Alex ergriffen hatte. Ehefrauen werden immer gehaßt. Aber das ist eine Komödie für sich.

Violet tat ihr Bestes, um sich ihren nüchternen Optimismus im Palazzo Cesano zu bewahren. Aber obgleich sie eine hartnäckige Entdeckerin von Silberstreifen am Horizont war, fand sie die Situation hoffnungslos. Alexanders leises, zärtliches Lachen drang aus weiter Entfernung zu ihr. Am liebsten hätte sie sich die Ohren zugehalten. Die hintergründige Lustigkeit der Masken an den Wänden irritierte sie über die Maßen, aber sie lächelte weiter. Höchste Zeit, daß sie Venedig verließen, bevor Alex den Palazzo für seine Mutter kaufte! Und da war Hilary Stafford. Bildete Violet sich nur ein, daß Alex sich nicht von der Engländerin trennen wollte und deswegen in Venedig herumlungerte? Sie betrachtete in Gedanken verloren die Fresken, sie fand Colombina ordinär. Ihre lüsterne Keckheit erinnerte Violet an die freche Verkäuferin bei Tiffany, die vor zwei Jahren etwas mit Alex angefangen hatte oder er mit ihr. Den goldenen Taschenspiegel hatte er ebenfalls bei Tiffany erworben: ein Romantiker, der es gern bequem hatte. Alles im Haus, keine unnötigen Wege! Hilary Stafford wußte so wenig von Alex wie die »Kühe des Olymp«. Violet lächelte ihr freundlich zu. Sie zog ihr Nerzcape enger um die nackten Schultern.

»Dieses Nerzcape erinnert mich an Anna Orelli«, sagte die alte Contessa zu Moretto.« Der Prinz hatte Anna ein ganz ähnliches Cape geschenkt. Sie wollte es natürlich überall spazierenführen und erzählte ihrem Mann, daß ihre Schwester ihr dieses kostspielige Ding geschenkt habe. Ich habe viele Lügen zu meiner Zeit gehört, aber ich muß sagen, Anna Orelli leistete sich die einfältigste Lüge der Saison. Vielleicht kam es daher, daß Anna wenig redete.«

»Wer viel redet, kann gut lügen«, sagte Moretto.

»Wer wenig redet, braucht deshalb noch kein Dummkopf zu sein. Ich langweile Dich, mein armer Freund! In meinem Alter gibt es nur noch zwei Zerstreuungen: gutes Essen und die Erinnerung an die Dummheiten seiner Freunde.«

»Die Erinnerung an persönliche Demütigungen ist auch langlebig. Wenigstens in Venedig.« Moretto blickte die Contessa nicht an.

»Bist Du mir böse, Salvatore?«

»Dir habe ich immer alles verziehen.«
»Ich stehe bereits unter Denkmalschutz.«
»Du bist jünger als wir alle zusammen«, sagte Moretto düster.
»Ich liebte Orelli viele Jahre«, sagte die Contessa ungeniert.
»Anna war so geistlos wie Lucia. Das Nerzcape machte sie nicht interessanter. Arme Person! Orelli war ironisch, melancholisch und sinnlich. Eine unvergleichliche Mischung. Treulos war er auch. Aber ich verließ ihn zur rechten Zeit. Ich witterte das Ende, so wie ich Blut und Tod wittere.«
Sie starrte Ross an. Er saß am anderen Ende der Tafel. »Das hat Antonio von mir. Die Witterung. Er wußte, seine Frau würde nach England zurückgehen, bevor sie es damals wußte. Signor Ross weiß nichts.« Sie lachte. Nie würde sie ihm verzeihen, daß sie ihn für einen berauschenden Augenblick für ihren Sohn gehalten hatte. Er war mit dem Nerzcape verheiratet. Das war alles. Er hatte Arbeiterhände und ein unsicheres Lächeln. Er liebte Geld; wenigstens nahm sie es an. Sie fand ihn bezaubernd, würde ihn aber nie wieder im Saal mit den Fresken bewirten. Er war ein Narr. Er nahm die drei Cesanos ernst, und dazu mußte man ein Narr sein. Sie hob ihr Glas und trank der ältesten Freundin der Familie zu. Die Marchesa Vivarini war glänzender Laune. »Elvira wird immer dicker«, murmelte die Contessa. »Bald wird sie die Nähte dieses Abendkleides sprengen. Was hat mein Mann nur an ihr gefunden? Was meinst Du, Salvatore?«
»Keine Ahnung. Solltest Du die Fresken nicht restaurieren lassen?«
»Ich denke nicht daran. Die Masken gehen mit mir unter.«
»Dann werden sie ewig leben.«
»Sie haben bereits fast alles überdauert.« Die Contessa schloß einen Augenblick die Augen, eine tiefe Falte zwischen ihren dichten Brauen gab ihr etwas Drohendes. »Ich habe die Maler und Handwerker, die Lucia brachte, hinausgeworfen. Niemand rührt mir den Capitano und den Harlekin an! Sie lieben so wenig wie ich die Veränderung. *Plus ça change, plus c'est la même chose*«, schloß die Contessa in beneidenswert gutem Französisch. »Signor Ross hat das noch nicht herausgefunden. Er scheint Hilary Stafford für eine besondere Frau zu halten.« Wieder lachte sie ihr dünnes, heiseres Lachen – das einzige Zeichen ihres hohen Alters.
Ross studierte die Fresken mit glühendem Interesse. Diese Masken

erinnerten ihn an seine Kindheit, wo er sie in einem Buch bei dem alten Gondelbauer am Rialto betrachtet hatte. Seine Mutter besaß nur die Bibel, ihr Meßbuch und das Heft für ihre Ausgaben. Seine hungrige Fantasie hatte sich an Pulcinella, Harlekin, am Capitano und an Pantalone berauscht. Er hatte Angst vor Pantalone gehabt, der stets als venezianischer Kaufmann in einer bräunlichen Maske mit langer Nase, roten Haaren, grauem Bart und einem langen Mantel in der Stegreifkomödie herumläuft und trotz seines Geizes den Frauen ins Garn geht. Der wilde Capitano mit seinen großen Degen und dem tödlichem Rapier machte wenig Eindruck auf ihn, aber er liebte Colombina und den Harlekin. Rossi war zwölf Jahre alt und ahnte nicht, daß Colombina die erste Frau war, die ihn durch ihre Fröhlichkeit verführt hatte. So wie sie Pulcinella, den liebeshungrigen Neapolitaner und Witzbold, in tausend Komödien verführt.
Er warf einen verstohlenen Blick zu Hilary hinüber. Welten trennten sie von den monotonen Intrigen, den derben Scherzen und sexuellen Verschwörungen der alten, venezianischen Stegreifkomödie. Trotzdem verführte sie ihn, wie damals Colombina, durch ihre vitale Heiterkeit und Lebensklugheit. Nur glich ihre durch Nachdenklichkeit gemäßigte Heiterkeit eher dem ruhigen Frohsinn der jungen Katharina von Siena. Ross liebte diese Heilige, auch wenn er selten an sie dachte. Es gab sie – das genügte.
Er trank sparsam Wein, denn er wollte diesen Abend bewußt auskosten. Vielleicht ahnte er, daß er zum ersten und letzten Mal einen Triumph im Palazzo Cesano erlebte. Der junge Rossi hatte hier Fische vom Rialto-Markt abgeliefert. Welche Commedia! Es war zum Lachen, aber Ross lachte nicht. Er betrachtete Harlekin. Wie sah der Spaßmacher wohl ohne seine schwarze Maske aus? Rossi hatte es damals nicht herausgefunden, und Ross hatte andere Sorgen.
»Ich bin Harlekin in New York«, sagte er so laut, daß Hilary erstaunt aufblickte. »Als Junge lieferte ich hier Fische am Hintereingang ab.«
Ross legte beide Hände platt auf den Tisch. »Ich gefiel der Contessa Lucia, weil sie keine Auswahl hatte. Ihr Vater schmiß mich raus. Ihre Mutter sieht mich heut abend zum ersten Mal.«
»So lange kennen Sie Lucia schon?«
»Kenne ich sie?«
»Niemand kennt niemanden, Alexander! Denken Sie lieber daran,

was Sie im Leben erreicht haben.«
»Was habe ich erreicht?«
»Warum sehen Sie alles so schwarz?«
»Ich sehe alles grau. Das ist eine unentschiedene Farbe.«
»Ich hielt Sie für fröhlich.«
»Ich lache mich jeden Abend in den Schlaf. Hahaha!«
»Was ist es, Alexander?«
»Sie sind es«, sagte er rauh. »Oh, Hilary! Nie habe ich eine Frau wie Sie getroffen. Sie glauben nicht, wie Sie mich beruhigen«, erklärte Ross erregt. »Sie sind so ausgeglichen. Und so... so freundlich.«
»Ich fürchte, Sie machen sich Illusionen über mich. Tatsächlich bin ich abwechselnd nett und unausstehlich. Wie alle anderen Leute«, sagte Hilary trocken. »Meine Mutter könnte Ihnen sagen, daß meine Schattenseiten meine Vorzüge bei weitem überwiegen.«
»Ich glaube, was ich sehe und fühle«, sagte Ross. »Ich weiß auch, daß Sie sich nichts aus mir machen. Und warum sollten Sie? Was könnte ich Ihnen bieten?«
»Darauf kommt es nicht an.«
»Natürlich kommt es darauf an. Wenigstens in New York. Dort haben die Frauen ein eingebautes Scheckbuch. Links, wo das Herz sitzen sollte.«
»Das klingt sehr übertrieben.«
»Sie hassen Übertreibungen, nicht wahr?«
»Ich hasse nichts und niemanden, Alexander! Haß ist ein schwerer Kräfteverbrauch. Seien Sie etwas netter zu sich, mein Freund!«
»Wenn Sie etwas netter zu mir wären, dann wäre alles in Ordnung.« Er blickte ihr tief in die Augen und ergriff ihre Hand unter dem Tischtuch.
Hände halten und Herzen brechen, dachte Hilary. Damit bin ich fertig. Er mußte ihre Gedanken gelesen haben, denn er ließ ihre Hand los. Dann sagte er leise. »Hilary! Verlassen Sie mich nicht. Ich habe lange genug existiert, ohne zu leben. Es ist wahr«, fügte er beinahe verwundert hinzu.
Unwillkürlich dachte Hilary an ihren verstorbenen Mann, dem Ross so ähnlich sah und so unähnlich war. Ross hatte sogar den Familienhusten der Cesanos. Seine Komödien hatten sie kalt gelassen, aber seine Leiden ergriffen sie. Er schien sie zu brauchen. James war wundervoll, aber er hatte sie nie gebraucht. James weckte keine Leiden-

schaften, er schläferte sie vorsätzlich ein. Ross hatte Feuer. Hilary spürte es. Nichts Gutes konnte dabei herauskommen. Und da war Violet Ross, die wohlerzogen und wahrscheinlich in schweigender Wut, ihren Blick von ihnen abwandte. Hilary wußte, was in ihr vorging; sie hatte es oft genug in ihrer eigenen Ehe erlebt. Sie hätte Violet gern gesagt, sie solle sich keine Sorgen machen, denn sie, Hilary Stafford, bewahre sich ihren kühlen Kopf. Würde sie ihn auf die Dauer bewahren? Aber da es zu Hilarys goldenen Regeln gehörte, sich keine müßigen Fragen zu stellen, fragte sie sich nichts.
Als der Kaffee im Blauen Zimmer serviert wurde, verschwand die alte Contessa ohne Abschied an Schwester Francescas Arm. Ein Vorhang trennte das Treppenhaus von den Empfangsräumen. Niemand durfte beobachten, wie schmerzhaft und demütigend für sie der Aufstieg zu den Schlafräumen war. Sie ging so langsam, daß sie die alten Gobelins an den Wänden mit Muße betrachten konnte. Geliebte, schattenhafte Landschaften! Ewiger Frühling, leuchtender Sommer, strahlender Herbst. In diesem gewebten Universum schien das Leben in jeder Frucht und jeder Figur über Winter und Tod zu triumphieren. »Ich habe den Winter immer gehaßt«, murmelte die Contessa. »Nicht wegen meines Rheumas, sondern weil das Jahr so trübselig stirbt.«
»Möchten Sie eine Wärmflasche fürs Bett, Contessa?«

Lucia hatte den ganzen Abend auf das Verschwinden ihrer Mutter und auf Alexander Ross gewartet. Ross hatte sie kaum beachtet. Das Seepferd war ins Meer zurückgelaufen, und sie war ganz allein mit diesen Menschen, die so fröhlich waren und sie nichts angingen. Ross hatte Hilarys stockende Konversation ihren Erklärungen über Dantes Grabmal in Ravenna vorgezogen. Sie hatte geplant, mit ihm dorthin zu fahren und ihm und dem Seepferd ausgewählte Passagen aus der ›Göttlichen Komödie‹ vorzulesen, die beide nicht zu kennen schienen. Aber da Ross nie zugab, daß er etwas nicht wußte, hatte Lucia ihn nicht gefragt. Das Grabmal war täglich von 9–12 und von 15–19 Uhr geöffnet. Aber, wie gesagt, Ross schien Dante oder sie oder Ausflüge nach Ravenna abzulehnen, denn er hatte zu ihrem Vorschlag weder ›Ja‹ noch ›Nein‹ gesagt. Und das in den Räumen der Dante-Gesellschaft! Heut abend hatte sie ihn zu seinem Glück zwingen wollen.

Lucia trank ihren Kaffee und freute sich ausnahmsweise, daß niemand sie beachtete. So konnte sie in Ruhe ihre kleine Komödie spielen. Sie war es gewohnt, ohne Partner zu spielen. Eurydike ohne Orpheus: War das nicht lustig? Langsam ging sie in den Speisesaal zurück, nicht etwa mit gesenktem Haupt, sondern hochaufgerichtet. Sie sah den Komödianten an den Wänden lächelnd ins Auge. So merkte sie nicht, daß jemand hinter ihr herging.
Auf der Bühne dauern Komödien einige Stunden, bis der Vorhang sich über Sünder und Schelme senkt und das Publikum klatschen kann. Im Palazzo Cesano dauerte die Commedia nur wenige Minuten, und niemand klatschte Lucia Beifall. Gerade als sie den kleinen goldenen Spiegel aus der Handtasche nahm, die Violet Ross achtlos im Grünen Salon liegengelassen hatte, fühlte Lucia eine Hand auf ihrem Mund und einen Druck auf einer bestimmten Stelle ihres Nakkens. Sie stand einen Augenblick sprachlos und unbeweglich da.
»Schsch...«, sagte eine angenehme Stimme. »Wir wollen jedes Aufsehen vermeiden. Sie müssen die Tasche verwechselt haben, Contessa.«
Ross nahm die Tasche seiner Frau an sich, Violet hatte ihr Verschwinden bemerkt und ihn auf die Suche geschickt.
»Ich habe dieselbe Tasche«, sagte Lucia heiser. »Sie glauben doch nicht etwa, daß ich...« Sie starrte ihn an. Ihr war so schwindlig, daß die Komödianten an den Wänden vor ihren Augen wild und ausgelassen um sie herumtanzten. Ross war verschwunden, die Tasche ebenfalls. Lucia stieß einen Schrei aus. Schwester Francesca stand auf der Schwelle des Grünen Salons. Und noch jemand: die wirkliche Diebin. Hilary Stafford, die ihr alles gestohlen hatte! Erst ihren Bruder Antonio; dann Ross. Und Rossi und das Seepferd.
Hilary und Schwester Francesca packten sie kunstgerecht an den zitternden Armen und beförderten sie hinter dem Vorhang nach oben.
»Es war ein Spaß«, flüsterte Lucia mit geschlossenen Augen. »Darf man sich im eigenen Haus keinen Spaß erlauben?« Sie öffnete die Augen und starrte ihrer Gewohnheit gemäß Hilary und die Schwester an, als ob sie sie nie gesehen hätte. »Mr. Ross hat die venezianischen Scherze vergessen. Er ist so ernsthaft und langweilig wie Dein Japaner, Hilary!«
»Trink das, Lucia, und dann wirst Du schlafen!«
»Regeln, Ordnung, Prinzipien. Man sollte die Händler und Wechsler

ins Meer treiben!« Lucia kicherte plötzlich. »Shinoda wollte wegen der lächerlichen Uhr zur Polizei gehen! Was für eine Welt!« Sie gähnte. Plötzlich dachte sie beinahe mit Zuneigung an ihren Bruder. Antonio hatte Spaß verstanden. Manchmal grausamen Spaß auf ihre und Hilarys Kosten. Aber als Kinder hatten sie viele Stegreifkomödien zusammen gespielt. Warum mußte man aufwachsen?

Herr Shinoda war ganz allein im Palazzo. Aber er überzeugte sich davon, daß Hilary Stafford und das Ehepaar Ross, daß ihn beständig beleidigte, das Haus tatsächlich verlassen hatten. An diesem Abend gab er sozusagen seine Abschiedsvorstellung in diesem schäbigen Palazzo und wollte ausnahmsweise keine Zuschauer haben. Er hatte eine Verabredung mit sich selbst.

Herr Shinoda genoß die vollkommene Stille nach bewährter japanischer Methode. In seinem Zimmer ließ er sich auf einem Brokatkissen nieder, schloß die Augen, atmete methodisch und entspannte sich vollkommen. Unangenehme Gedanken und Gefühle waren wie verbrannter Reis, man mußte sie in den Abfalleimer schütten und die Reisschüssel säubern. Herr Shinoda bekannte sich zum Zen-Buddhismus und war von Kind auf mit Großvater und Vater zu den Tempeln gepilgert. Aber da er nicht im Kloster, sondern für die Bühne so streng wie im Kloster erzogen worden war, gab er sich jetzt im Geiste mit dem Stock des Zen-Meisters einen Schlag auf den Kopf, um diesen von störenden Gedanken in der Fremde zu leeren. Hatte der Mönch Hui-ko sich nicht freiwillig seinen Arm abgeschnitten, um nicht nach weltlichen Gütern zu greifen? Diese Geschichte hatte Shinoda Taro oft von seinem Großvater gehört, er billigte auch heute diese Methode zur spirituellen Vertiefung. Der Maler-Mönch Sesshu hatte im Mittelalter diesen heroischen Verzicht auf einen Arm in einem berühmten Gemälde verewigt. In Herrn Shinodas Reisegepäck befand sich eine Reproduktion. Daheim aß er die Nahrung der Zen-Mönche mit ihren zahlreichen vegetarischen Gerichten. Eine Zen-Vorschrift empfiehlt »Speisen, die gerade zur Verfügung stehen«. In dieser Hinsicht aß Herr Shinoda in Venedig genau nach Vorschrift. Hier schmeckte ihm nichts, was gerade zur Verfügung stand, was er als moralischen Pluspunkt betrachtete. Auf diese Weise tötete er seine Begierden ab. Er hielt Venedig für einen idealen Tummelplatz für Asketen. Nur die Fische schmeckten ihm gut. Aus diesem Grund betrat er die berühmten Fischrestaurants nur zum Abgewöhnen. Auch als elender Zen-Laie hatte man es nicht leicht. Herr Shinoda wollte es nicht leicht haben und dem Laster der Nachsicht mit sich selbst verfallen. Dieser Gefahr war er in der Fremde beständig ausgesetzt, weil er selbst im Westen ein Fisch ohne Wasser war. Ganz zu schweigen von seinem zweiten Ich – der Onnagata! Darum hatte er sich heute abend mit ihr verabredet.

Wann immer Herr Shinoda sich in einem jener Fischparadiese eine kleine Ausschweifung geleistet hatte, wobei seine Zunge entzückt und sein Geist erzürnt war, las er hinterher ein Zen-Buch zu seiner Erbauung. Es hieß: Die Geheimnisse vegetarischer Nahrung.

Wildes Berggras, Blätter, Löwenzahn, rote Bohnen, Sauerampfer, Klee, Sternblumen, Schafthalme und die demütige Petersilie spielen in ihm eine Rolle. Herr Shinoda runzelte die Stirn. Wie lange hatte er nicht mehr *Umpen* gegessen: Dieses Gericht, das eine bestimmte Zen-Sekte »Wolkenfetzen« nennt, enthält außer Bambussprossen, grünen Erbsen und Lilienwurzeln sämtliche Abfälle der vegetarischen Klosterküche. Wenn Herr Shinoda die Abfälle auf dem Rialto-Markt betrachtete, mußte er gegen einen Ohnmachtsanfall ankämpfen. Was Violet Ross daheim als Abfall fortwarf, entzog sich glücklicherweise seiner Kenntnis.

Herr Shinoda erhob sich mit gewohnter Anmut, die er sich durch diverse »Wolkenfetzen« erhalten hatte, von dem Brokatkissen und verschloß die Tür, obwohl er wußte, daß niemand im Haus war. Ausländer beklagten sich gelegentlich über die mißtrauische Natur der Japaner, was Herr Shinoda für ausgemachten Unsinn hielt. Er war vorsichtig – das war alles. Er blickte auf seine Uhr, die die Contessa Lucia ihm so einfältig entwendet hatte, daß der Diebstahl sogleich entdeckt worden war. Er lächelte in sich hinein, während er das Kunstschloß eines unscheinbaren Koffers öffnete. Hoffentlich hatte der Vorfall der Contessa Lucia als Warnung gedient. Herr Shinoda war der Ansicht, daß unangenehme Zwischenfälle, und daraus bestand das Leben zum größten Teil, nur stattfanden, damit das Schicksal genügend Denkzettel verteilen konnte. Auch er selbst war in bescheidener Weise ein Austeiler von Denkzetteln – eine Eigentümlichkeit seiner Familie. Noch heute abend würde er dieses Haus für immer verlassen, um dem unhöflichen Ehepaar Ross einen Denkzettel zu erteilen. Hilary Stafford würde sehr bestürzt sein und sich hoffentlich das

Richtige denken. Sein Abschiedsbrief an Hilary befand sich bereits unten in der Halle. Herr Shinoda hatte ihn einem Bronzelöwen ins Maul gesteckt. Natürlich hatte er kein Wort darüber verloren, daß Mrs. Ross die japanische Kunst verachtet und Mr. Ross ihn grundsätzlich nicht grüßte, sondern hatte geschrieben, daß unvorhergesehene Ereignisse ihn zwängen, der Biennale, die in den nächsten Tagen beginnen würde, in einem Logis mit Landsleuten beizuwohnen. Zu seinem grenzenlosen Bedauern müsse er seine elende Person aus diesem gastlichen Haus entfernen, wo jeder so hilfreich und liebenswürdig gewesen sei. Seine besten Empfehlungen dem Ehepaar Ross, der Marchesa Vivarini und der geehrten Contessa Lucia, der er zur Aufbesserung ihrer Gesundheit vegetarische Kost empfehle. Was er, Shinoda Taro, seiner verehrten Gastgeberin zu verdanken habe, könne er in einem kurzen Brief nicht ausdrücken; aber sie werde in ihren Räumen eine wertlose kleine Keramikschale aus Japan finden und hoffentlich annehmen.

Herr Shinoda entnahm dem Koffer einige in Seidenhüllen verpackte Gegenstände – prunkvolle Bühnenkimonos, zwei kunstvolle Perükken, eine Schminkschatulle aus Schildpatt, eine Lackdose mit Reispuder und einen runden Elfenbeinspiegel, dessen Glas sein Gesicht unheimlich vergrößerte und verfremdete. Shinoda Taro war bereit, sich zu einer geheimen Abschiedsvorstellung in sein zweites Ich, die sechste Onnagata der Familie Kayawara zu verwandeln. Er war nach Venedig gepilgert, um nebenbei Shinoda Taro zu entdecken, und er ahnte nicht, daß dies ihm noch bevorstand. Im Augenblick war er Kayawara Koshiro VI., der Stern der Kabuki-Bühnen in Tokyo, Kyoto und Osaka. Shakespeare, oder genauer gesagt, Othello-san, mußten warten. Da Venedig versank, als er die Kimonos aus ihren Hüllen nahm, versank im Augenblick auch der Mohr von Venedig, mit dem Herr Shinoda öfters Zwiesprache hielt. Aber die sechste Onnagata wußte nichts davon. Sie lebte in einer magischen japanischen Sphäre, und sie gab an diesem Abend nur ein Gastspiel in Venedig.

Herr Shinoda hatte bereits die Perücke der »Roten Prinzessin« aufgesetzt und stand in dem prunkvollen »Kimono für hochgestellte Personen« vor dem venezianischen Spiegel in seinem Zimmer, als er spontan sein Programm änderte. Er holte den Schmetterlings-Kimono der Kurtisane aus den seidenen Hüllen. Diese Verkleidung entsprach seiner Stimmung, da die Kurtisane wie Shinoda Taro auf schwankendem Boden lebt. Nach einer Stunde des Umschminkens, Perückenwechsels und nach dem Anlegen der Unterkimonos und des herrlichen, mit Blüten und Vögeln bestickten Kimonos der Kurtisane, der kein Mann widerstehen kann, betrachtete die sechste Onnagata sich im Spiegel und konnte sich kaum selbst widerstehen. Herr Shinoda war ein gutaussehender Mann, aber diese Erscheinung war von herzbewegender Schönheit. Herr Shinoda starrte das Traumgeschöpf im Spiegel an und stieß einen hohen, zwischen Gelächter und Schluchzen schwankenden Laut aus. Die glänzend schwarze Perücke, die in einer Spitze die hohe, edle Stirn der Onnagata schmückte, war mit Perlenschnüren, Blüten und einem Jadekamm verziert. Das Gesicht war eine schneeweiße Maske mit glühenden Augen und kirschroten, wollüstigen Lippen. Aber dieser Schmetterling der Nacht war nicht zum Frohsinn geschaffen. In den tiefen, glänzenden Mandelaugen dieser Onnagata lag süße Schwermut, eine stumme Ahnung von der Vergänglichkeit romantischer Liebe und von der Vergeblichkeit weiblicher Sehnsucht. Herr Shinoda wußte wenig davon, aber die sechste Onnagata war wissender als jede Frau, da sie Frauen lebenslänglich beobachtet und interpretiert, nicht etwa imitiert hatte.

Sie seufzte und verließ das Zimmer mit gleitenden Schritten. Hinter ihren langen, künstlichen Wimpern spähte sie in die Halle, wo Hilarys Plattenspieler das Orchester ersetzen mußte. Den Fächer in der rechten Hand, raffte sie den langen Kimono und begann den Abstieg in die Halle mit dem Bronzelöwen, der den Brief eines Herrn Shinoda im Maul hielt, als einzigem Zuschauer.

Es war so weit. Die Onnagata war zum Liebestod bereit und spürte es in allen Gliedern. Sie fühlte bereits das Sterben der Hoffnung, während sie noch in verführerischer Schönheit die Nacht der Männer erleuchtete. Aber sie trat schon mit einem unsichtbaren Liebhaber die letzte Reise an. In königlicher Haltung, in klassischer Anmut, in rhythmischer Verzweiflung rüstete sie sich zum letzten Akt. Dieser Schlußakt, die letzte Reise führt auf der Kabuki-Bühne über Brücken, Reisfelder, Schluchten, Tempel, Gärten und Paläste, Straßen und Märkte ablösen, in den vorgeschriebenen Abgrund. Diese Onnagata brauchte jedoch keine Dekorationen für ihr Gastspiel in Venedig. Die prunkvollen Kabuki-Schauplätze waren lebendige Visionen vor ihrem inneren Blick. Schon in der Kindheit war sie durch diese Szenerie geschritten. Als Mitglied einer berühmten Kabuki-Familie hatte sie immer gewußt, daß sie im Frühling und im Bühnenwinter zu einer führenden Rolle bestimmt war. Mit eiserner Strenge und unermüdlichem Training wurde sie auf diese Aufgabe vorbereitet. Eine Traumfigur unter Traumfiguren mit verborgenen, leidenschaftlichen Zielen.

Wie die sechste Onnagate der Familie Kayawara die große Treppe herunterstieg, glich sie einem Holzschnitt der *Ukiyoe*-Schule, so vollkommen war ihr Äußeres und ihre Haltung. Herr Shinoda war Mitte vierzig, aber die sechste Onnagata war wunderbar jung, da das Herz der Jugend in ihr schlug. Wer war Herr Shinoda? Ein Japaner in Venedig, den man mit Recht übersah. Aber in der sechsten Onnagata brannte das Feuer, das die Liebesnacht nicht überleben kann. Dieses Wissen um die Vergänglichkeit der Leidenschaften gab der verurteilten Nachtigall ihren Augenblick der Ewigkeit. Oh, schlechte vergängliche Welt: Welch ein Glück Dir zu entfliehen!

Die Onnagata flüsterte einen alten Vers: »Die Morgenglorie zeigt mit Stolz die Schönheit ihres einzigen Tages.«

Sie kannte das Drama der Tokugawa-Periode, und dieser Vers schmückte ihren kostbaren Fächer, den sie im Abschiedstanz von der Welt entfalten würde. Die weißen, im Morgenlicht entfalteten Blüten zwischen den dunklen Blättern, die den Fächer in makelloser Schönheit zierten, mußten selbst den Bronzelöwen zu Tränen rühren.

Die Onnagata stand dem Bronzetier gegenüber, widmete aber weder Herrn Shinodas Brief noch dem Löwen einen Blick. Sie war bereit, vor ihrem Selbstmord mit dem Geliebten ihre Abschiedsarie in schrillem Falsett zu singen, wobei das ahnungslose Ehepaar Ross sich wahrscheinlich die Ohren zugehalten hätte. Aber selbst diese Ausländer hätten vor Staunen die Augen aufgerissen, wenn sie den Fächertanz des Todes, den sie sechste Onnagata nach der Arie tanzen würde, gesehen hätten. War es verwunderlich, daß Herr Chubei, Held des Kabuki-Dramas »Kurier der Hölle«, lieber mit dieser Onnagata den Tod im Fluß suchte, als langweilige Botschaften der Regierung hin- und her zu befördern? Gewiß, Herr Chubai hatte seine Pflichten gegen seine Familie durch die Schönheit dieser Kurtisane aus dem Freudenviertel vergessen – aber wer könnte ihn deshalb tadeln?

Vor dem Tanz drehte die sechste Onnagata einen Spiegel in der Halle zur Wand, um böse Geister, die vielleicht diese fremde Umgebung heimsuchten, zu verscheuchen. Dann sprach sie mit geschlossenen Augen:

Die grünen Vorhänge, das Purpurbett,
das Zimmer, das einst ihre Liebe sah,
wenn sie die Nacht gemeinsam auf den Kissen schliefen
und hörten, wie das Tor sich dröhnend schloß
Das alles ist vorbei.
Und nicht einmal im Traum kehrt es zurück.

Einen Augenblick stand Herr Shinoda, der den Part des Erzählers übernommen hatte, wie erstarrt da und unterdrückte ein Stöhnen. Wie traurig und wie wunderbar: Der Kummer der Liebenden zerriß ihm das Herz, und das war, wie es sein sollte. »Der Kurier der Hölle« war ein ehemaliges Nô-Drama, das am 22. April 1711 zum ersten Mal auf der Kabuki-Bühne in umgearbeiteter Version und mit prunkvollen Dekorationen aufgeführt wurde. Die edle Strenge des Nô war blühender Romantik gewichen. Umegawa, die unselig-selige Kurtisane, war und ist eine Glanzrolle der Onnagata. In dieser Rolle hatte der blutjunge Shinoda Taro, als sechste Onnagata seiner Familie, zum ersten Mal sein Publikum hingerissen.

Herr Shinoda öffnete die Augen und sah sich einen Augenblick verwirrt im Palazzo Antonio Cesanos um. Wie kam die Kurtisane Umegawa herher? Dann nahm sein Gesicht mit den glühenden, von verborgenen Tränen glänzenden Augen die vorgeschriebene Maske grenzenlosen Kummers an. Mit hoher, künstlicher Stimme sang er die klassische Klage der verlassenen Geliebten aus dem Freudenviertel.

Obwohl mein Geliebter mir schwor,
mich vorm Anbruch des Herbstes loszukaufen,
habe ich vergebens auf meine Freiheit und ihn gewartet.
Ich traute dieser wankelmütigen Welt.
Nun löse ich mich von dieser Erde,
obwohl wir uns vor Mitternacht am großen Tor
Treue bis in den Tod versprachen.

Herr Shinoda erklärte mit der monotonen Stimme des Erzählers: »Der Kummer macht sie bitter«. Wen hätte er nicht bitter gemacht? Herr Shinoda stellte sich diese Frage in stummem Mitgefühl, er verwandelte sich wieder in Umegawa, den Schmetterling der Nacht. Umegawa hat offenbar zu lange auf den Geliebten warten müssen, denn als er endlich erscheint – ein pflichtvergessener Sohn, ein wertloser Beamter – bleibt nur noch der Doppelselbstmord als Lösung unlösbarer Konflikte zwischen Pflichten und Liebesnächten übrig. Eine urjapanische Lösung, die sich selbst im Zeitalter der Industrie häufig anbietet, und die auch Herr Shinoda verstand und billigte. Da er sich in die richtige Stimmung für seinen Todestanz bringen mußte, sprach er auch noch mit tiefer, brechender Stimme die letzten Worte des unseligen Liebhabers:

Ich bin bereit, meine Strafe zu empfangen.
Ich kann dem Tode nicht entrinnen.
In Demut bitte ich Euch alle für die Ruhe meiner Seele zu beten.
Der Kummer meines geehrten Vaters wird ein Hindernis für meine Erlösung bilden.
Ihr strengen Rächer, tut mir eine letzte Gnade an:
Bedeckt mein Antlitz.

Herrn Shinodas Stimme brach, denn er dachte an seinen eigenen Vater und Großvater, denen er in nächster Zukunft Kummer bereiten würde. Dann spielte er eine langsame westliche Tanzplatte, bevor er als weinende Kurtisane am Fluß stand und sich zum letzten Tanz rüsten mußte. Langsam hob er die weißgepuderten Arme, so daß die weiten bestickten Ärmel wie Schmetterlingsflügel auseinanderfielen.

Der Tanz war eine kunstvoll verlängerte Agonie, er wurde zum legendären Vogelflug, je weiter die Onnagata sich von der Wirklichkeit entfernte und sich ihrem Tod im Fluß näherte. Manchmal bewegte sich ihr Gewand wie rauschendes Wasser, dann wieder wie zögernde Regentropfen auf einem Bambusdach. Ihre Gefühle blitzten auf wie Feuerfliegen in der Finsternis der Verzweiflung. Eine langsame Bewegung, fallende Schultern und ein Neigen des Kopfes bedeuteten jene völlige Resignation und Ergebung in ein hartes Schicksal, die Japanerinnen im Leben und in der Kunst beherrschen. Das sanfte Verlöschen des Lebensfunkens – welch wunderbares, mit unbeirrbarer Anmut ausgeführtes Gleiten in den Tod! Diese Onnagata ließ keine Bitterkeit in sich oder im Publikum aufkommen – das war die Essenz ihrer Kunst. Selbst ihr einziger Zuschauer an diesem Abschiedsabend, der venezianische Bronzelöwe, der recht gut in dieses mythische Szenarium paßte, mußte etwas von dem Wohlgefühl spüren, das die Vollkommenheit schafft. Das Gefühl unirdischer Ruhe hieß *wabi*, ein durch äußerste Konzentration und Geduld geschaffener Zustand, der Distanz zum Leben und seelisches Gleichmaß schuf. Eine von Zen-Buddhismus gepflegte Kunst ... Einen Augenblick stand die sechste Onnagata vollkommen still. Sie war zum Tod bereit. In dieser Stille verwandelte sie sich stumm von einer reichgeschmückten Prostituierten in das Ideal der Weiblichkeit, das die große Onnagata erschütternder verkörpert als jede Schauspielerin. Denn sie ist eine Idee. Sie ist *yugen* – das Ideal. Eine einzige, mit hoher Kunst gezüchtete Blume in einer vor vierhundert Jahren geschaffenen Schale.

Die Onnagata erhob sich aus der vorgeschriebenen Position des Zusammensinkens im Tode, entsprang »dem Fluß« mit akrobatischer Anmut und stellte den Plattenspieler ab. Die Abschiedsvorstellung war zu Ende. Herr Shinoda stand wieder dem Löwen gegenüber und sprach mit der Stimme des Erzählers: »Der Kurier und seine Geliebte lassen in Naniva das Andenken an ein Paar zurück, das seine Liebe mit dem Leben bezahlte.« Es klang so nüchtern, als ob Herr Shinoda einem Steuerbeamten eine Erklärung abgab. Doch klang durch den düsteren Text eine gewisse Befriedigung, da Herr Shinoda diesen Doppelselbstmord billigte. In seinem Zimmer verpackte er sein zweites Ich wieder in die Seidenhüllen, verstaute sie in dem Koffer mit dem Kunstschloß und verließ den Palast ohne Bedauern. Er hatte geschrieben, er werde sein Gepäck, so bald es ginge, abholen lassen. Übrigens hatte er fünf Fassungen seines Abschiedsbriefs an Hilary vernichtet, bis die sechste ihm zusagte. Unten in der Halle vergewisserte er sich, daß der Löwe den Brief nicht fallen gelassen oder ausgespuckt hatte. Dann verschwand er in der Nacht – ein Reisender mit leichtem Gepäck. Da er nichts dem Zufall überließ, hatte er eine Hotelpension abseits der Hauptstraßen gewählt, in der eine japanische Reisegesellschaft abgestiegen war. Abgesehen von Shakespeare, hatte er nun von den Menschen des Westens genug. Er nahm nur den abgegriffenen Dramenband, den Hilary Stafford ihm geschenkt hatte, seinen Schlafkimono und einige Toiletteartikel mit. Hilary war immer freundlich zu ihm gewesen, und sein Abschiedsgeschenk war dementsprechend kostbar. Er wußte nicht, warum er ein Gastspiel in ihrem Haus gegeben hatte, oder er wußte es nicht genau. Man sollte sich nicht zu viele Fragen stellen. Aber er fühlte neues Leben in sich und wußte endlich wieder, wer er war. Gewiß, Herr Shinoda war ein Nichts, aber seine Onnagata bedeutete ihm alles. Er hätte gern vor Shakespeare-san getanzt. Den »Othello« kannte er bereits auswendig.

Die Paläste lagen hinter ihm, und er fand nach einigem Herumirren im Rialto-Viertel die Hotelpension. Sie lag in der Nähe des Goldoni-Denkmals und war so unauffällig, daß er entzückt war. In seinem Handgepäck befand sich ein Staubtuch, denn nichts war ihm sauber genug in einem venezianischen Haus. Herr Shinoda jagte nach Staub, wie andere ihren Illusionen nachjagen. Indessen hatte er einige Lustspiele von Goldoni gelesen, in denen es nichts zu lachen gab. Auch mißfiel ihm die Tatsache, daß der berühmte Theaterdichter verarmt in Paris gestorben war. Warum hatte er sein Geld nicht zusammengehalten? Einmal hatte er ein Lustspiel in drei Tagen geschrieben, was Herrn Shinoda entsetzte. Was konnte man in drei Tagen oder drei Jahren fertigbringen? Herr Shinoda wandte dem Campo San Bartolomeo und Goldoni mit dem Dreispitz über der Lockenperücke den Rücken. Er atmete die Nacht in vollen Zügen ein. Als er die Tür zu seinem Logis öffnete, kam ihm eine Japanerin entgegen, die gerade das Haus verlassen wollte. Er starrte sie schweigend an. Es war das Mädchen, das er mit seinem Vater in der Gemäldegalerie getroffen hatte. Damals hatte sie ein kurzes Sommerkleid getragen, das ihre zu kräftigen Beine enthüllte. Jetzt trug sie ein langes Kleid, sie erinnerte ihn wieder an seine Mutter.

»Ich wohne hier«, sagte das Mädchen mit der Frühlingsstimme.

»Mit Ihrem Herrn Vater?«

Sie lachte, obwohl ein Vater kein Gegenstand des Gelächters ist. Wenigstens nicht in Japan.

»Er ist nicht mein Vater.«

»Ah, so!«

»Ich bin wegen der Biennale hier«, sagte Osome-san. »Ich berichte darüber meiner Zeitung in Tokyo.« Herr Shinoda sagte ein zweites Mal »Ah so«, aber es klang mißbilligend. Er hatte nichts für emanzipierte Damen übrig. Und dieses Mädchen hatte die Dreistigkeit, mit der Stimme seiner Mutter zu sprechen. So sanft! Wahrscheinlich war diese Person unverschämt, anmaßend und neugierig. Sie fragte ihn tatsächlich ohne Umschweife, ob er hier jemanden besuchen wolle. »Ich habe hier ein Zimmer gemietet.« »Wie schön! Da werden wir uns öfters sehen.« Herr Shinoda überhörte die Anmaßung, die eine Folge der modernen Erziehung war. Mit steinerner Miene schritt er auf die Besitzerin der Hotelpension zu. Sie hockte wie ein großer, dunkler Vogel in einem mit einem Glasfenster versehenen Holzkäfig. Schwarz gekleidet, ernst und respektvoll verlangte sie Vorschuß für zwei Wochen. Die Biennale: Alle Hotels und Pensionen waren überfüllt. Ein Wunder, daß Herr Shinoda ein Zimmer gefunden hatte! Daß die Signora Vorschuß verlangte, gefiel ihm. In diesem Haus schien keine Goldoni-Wirtschaft zu herrschen. Signora Rossi – irgendwie kam ihm der Name bekannt vor – schien so mißtrauisch und vorsichtig zu sein wie er. Wie alle Zimmer im Fernen Westen, war auch sein Wohn-Schlafraum mit Möbeln und Bildern überfüllt. Herr Shinoda drehte die grellen Öldrucke der Madonna und der Seufzerbrücke gegen die Wand, da ihr Anblick ihm Magenschmerzen verursachte. Dann trat er auf den winzigen Balkon und blickte auf eine alte Holzbrücke, die dem Kanal vom Mondlicht etwas Intimes und Anmutiges gab. In dieser Gegend mußte Waschtag gewesen sein, denn ringsum flatterten naße oder vergessene Wäschestücke im Abendnebel. Ein Kirchturm zeigte sich in der Ferne. Morgen würde er in seinem Führer nachlesen, um welche Kirche es sich handelte und es notieren. Informationen berauschten ihn wie Wein. Wissen gab Sicherheit. Er war sehr müde; die Onnagata hatte ihn bis zur Erschöpfung in den Todestanz getrieben. Er zog seine Schultern hoch wie der »Bucklige vom Rialto«, der im mittelalterlichen Venedig das Spießrutenlaufen verurteilter Verbrecher von einer Treppe gegenüber »San Giacomo di Rialto« aus beobachtet und genossen hatte. Herr Shinoda dachte oft über ihn nach. Er hatte ihn bereits am Fuß der Granitsäule besucht. Das Männchen war unscheinbar, mißgestaltet und spottlustig gewesen und hatte Einfluß auf die Volksmeinung gehabt. Herr Shinoda betrachtete Bucklige mit abergläubischer Scheu. Welche Sünden hatten sie in einer früheren Existenz begangen? Wie hatte das dreiste Mädchen geheißen? Osome. Eine Legendenfigur aus feudalen Zeiten. Ein unpassender Name für diese Journalistin. Wieder betrachtete er vom Balkon die bescheidene und verschwiegene Welt der Händler und Arbeiter. Die Marktgeräusche waren längst verstummt. Wohin war diese Osome gegangen? Der grobe, ältere

Mann mußte ein reicher Gönner sein. Traf sie ihn jetzt auf der Piazza? Sie könnte ihm, Shinoda, gewisse Informationen über die Biennale verschaffen, die ihm wie ein drohendes Schicksal bevorstand. So viele Ausländer! Übrigens kannte er die japanischen Truppen, die Nô und Kabuki aufführen würden. Ihre Onnagata war mit seiner Schöpfung nicht in einem Atem zu nennen; aber was verstand das Publikum des Westens? Ja, Osome-san war vielleicht eine nützliche Bekanntschaft, und Herr Shinoda prüfte alle Bekanntschaften auf ihre Nützlichkeit hin. Er würde vielleicht mit ihr schlafen, sie aber trotzdem im Notfall in ihre Schranken zurückweisen und ihr einen Denkzettel verabreichen. Warum kam ihm der Name der Hotelbesitzerin so bekannt vor? Rossi? Er wußte es nicht, denn er hatte kein Ohr für die Namen des Westens. Er gähnte, Osome-san trieb sich immer noch herum. Wäre sie seine Tochter gewesen – dem Alter nach konnte sie es sein –, hätte er sie so lange geohrfeigt, bis sie die Abende daheim verbracht und für sein Wohlbehagen gesorgt hätte. So gehörte es sich, ob die modernen Närrinnen es einsahen oder nicht.
Herr Shinoda legte sich aufs Bett und prüfte genau, wo er morgen früh Staub wischen mußte. Ein stummer Denkzettel für Signora Rossi und ihre schlampigen Dienerinnen. Plötzlich dachte er an die Contessa Lucia Cesano, die er unaussprechlich unangenehm und anmaßend fand. Eine Diebin mit Allüren! Er dachte sich einige Denkzettel aus, die er ihr aus der Entfernung verabreichen würde. Es war nur ein Gedankenspiel vorm Einschlafen. Mit seinem sechsten oder achten Sinn fühlte er, daß er die Contessa Lucia nie wiedersehen würde. Aber das würde nicht an ihm, sondern an dem Schicksal liegen, das diese alternde, gelehrte Person nach jenem Festabend erleben sollte.
Herr Shinoda starrte ins Dunkel. Von allen westlichen Frauen, die er in Venedig getroffen hatte, und einige Huren gehörten auch dazu, gefiel ihm nur eine einzige: Desdemona! Aber sie konnte ihm nicht zulächeln, da Othello-san sie in blinder Eifersucht ermordet hatte. Kabuki in Venedig! Herr Shinoda lächelte merkwürdig. Er mußte sich trotz seiner Trauer um Desdemona glücklich schätzen. Da sie tot war, konnte sie ihn nicht enttäuschen.

3

Eine Japanerin in Venedig

Tausend vergebliche Nächte.
Ich stehe am Tor.
Du gewährst mir keinen Einlaß.
Bis ich und meine Seidenärmel verblichen sind
vom Tau meiner Tränen.
Grausam! Oh, wie grausam!

Nishikigi, Nô-Drama

Herr Yanaga wartete mit finsterer Miene auf Osome-san. Er war nicht daran gewöhnt, auf irgend jemanden zu warten, er wollte in Venedig nicht damit beginnen. Das Restaurant in der Merceria war überfüllt; es war wegen seiner Fischgerichte berühmt und wegen seiner Preise berüchtigt. Herr Yanaga (von der elektronischen Industrie, Tokyo und Osaka), hochgradig kurzsichtig und hochgradig ungeduldig, musterte einen langen Tisch im Hintergrund des engen Lokals, wo eine Gruppe von Japanern sich nicht gerade im Flüsterton vergnügte. Daß diese junge Osome es wagte, ihn, Yanaga Kozo, warten zu lassen, überstieg sein Fassungsvermögen. Selbst die *japanische* Jugend, die doch die Höflichkeit mit der Muttermilch einsog, benahm sich nahezu wie die Jugend des Westens, die ihren Eltern buchstäblich sagte, was sie von ihnen hielt... So weit würde sich die japanische Jugend allerdings nicht versteigen. In seinem Land sagte niemand niemandem, was er von ihm hielt. Übrigens war Osome in Tokyo dankbar und bescheiden gewesen. Das kam davon, wenn man Reisen ins Ausland machte. Herr Yanaga preßte seine vollen Lippen zusammen. Diese Lippen schienen eigentlich zum Lachen bereit zu sein, hatten es sich aber im letzten Augenblick überlegt und zogen sich pessimistisch herab. Daher konnte man nie wissen, was Herrn Yanaga in gute Stimmung oder in Zorn versetzte, und das hatte ihm beruflich und privat genützt. Man ging mit Vorsicht an Yanaga-san heran. Man behandelte ihn wie einen Vulkan, der in einem Augenblick friedlich in der Sonne liegt, um im nächsten Moment die Welt durch einen Ausbruch in Panik zu versetzen. Herrn Yanagas hochverehrte Mutter war ihm mit gutem Beispiel vorangegangen. Man wußte nie, woran man mit ihr war. Herr Yanaga griff in seine Hosentasche und

streichelte das Kästchen mit dem Armband, das er heut früh für das Mädchen Osome in der Merceria gekauft hatte. Er würde es ihrer Nachfolgerin schenken. Für seine Mutter war es nicht kostbar genug. Er blinzelte zu Herrn Ono hinüber, der sich mit sechs Landsleuten an dem langen Tisch vergnügte. Herr Ono, ein Freund, wie es wenige gab, hatte ihm heut nachmittag eine erschütternde Mitteilung über Osome gemacht. Jedem anderen hätte Herr Yanaga ins Gesicht gelacht. Aber Herr Ono stand in enger Verbindung mit dem Verkehrsministerium und hatte zweimal mit dem Minister speisen dürfen. So einem hochgestellten Mann lachte man nicht ins Gesicht!
Also: Herr Ono, der gelegentlich Gesellschaftsreisen nach Europa arrangierte, hatte zufällig etwas von Osome-san, deren Vater ein geachteter Beamter in Tokyo war, erfahren. Herr Yanaga schloß einen Augenblick die kleinen, scharfen Augen. Nicht vor Schmerz, sondern vor Abscheu. Obwohl sein Zorn über die vielen Ausgaben, die diese junge Person ihm verursacht hatte, einem ausbrechenden Vulkan im Anfangsstadium glich, beherrschte er ihn so virtuos, daß selbst Herr Ono ihm nichts ansehen konnte. Natürlich erwartete Herr Ono genau das. Ein vor Wut rasender Japaner in Venedig wäre keine Empfehlung für sein Land. Nicht etwa, daß Herr Yanaga trotz der Weltwirtschaftskrise sparen mußte! Als Präsident der Gruppe, die das elektronische Paradies schaffen half, bezog er ein erfreuliches Gehalt, besaß Privatvermögen durch seine Begabung für große Erbschaften und finanzierte als intellektuelle Abwechslung die Zeitung, wo er diese wertlose Osome nichtsahnend als Korrespondentin untergebracht hatte. Daß sie eine ausgezeichnete, scharf beobachtende Journalistin war, ärgerte ihn jetzt, denn Herr Yanaga gehörte zu den Leuten, die sich gern ins eigene Fleisch schneiden. Ihr zuliebe hatte er diese Reise nach Venedig unternommen. Er wäre sonst, wie immer, in die Berge gefahren. Da gab es am Fuß des Hodaka-Gipfels einen kleinen See, der so still wie Teiche in Tempelgärten war. Manchmal hing Silbernebel über Bergen und Büschen. Einmal hatte Herr Yanaga sich so weit vergessen, daß er an diesem See lieber geträumt als an Elektronen gedacht hatte. Als er Osome kennenlernte, wollte er eigentlich mit ihr dorthin fahren. Aber sie wollte Europa sehen. Sie dachte an ihre Karriere statt an die Wunder der Natur. Ein Nachtklub in Tokyo bedeutete ihr mehr als Berge, Seen und moosbedeckte Steine. Herr Yanaga hatte vergessen, daß er als junger Mann ebenfalls die

Genüsse des Nachtlebens in Tokyo der Betrachtung der Natur vorgezogen hatte.

Dieses Venedig mißfiel ihm an allen Ecken und Enden. Er hätte es vielleicht zu herabgesetzten Preisen aufkaufen können, aber das wollte er nicht. Baufällige Paläste und sinkender Boden waren ein Verlustgeschäft. Osome war auch eins. Herr Yanaga, der übrigens eine ganze Menge von Shinto-Architektur verstand und zum Vergnügen nach Nara fuhr, hatte hier in Venedig seine wertvolle Zeit meistens in Mestre zugebracht, wo er moderne Geschäftshäuser sehen und Industrie riechen konnte. Er hatte keine Shinto-Schreine erwartet, und Mestre war in Ordnung. Einmal und nicht wieder hatte Osome ihn in die Accademia geschleppt. Er hatte sich gelangweilt; und wenn Herr Yanaga sich langweilte, wurde er gefährlich. Nur die Erinnerung an die gemalten Shinto-Götter und Göttinnen in Nara hatte ihn davor gerettet, auf Osome oder Giorgione loszugehen. Nie würde er verstehen, was die Leute an Venedig fanden! Was Osome nur an dieser schwimmenden Rumpelkammer gefiel? In der Accademia hatte er noch nicht gewußt, was er heut nachmittag über Osome erfahren hatte. Da war sie endlich! Drei Minuten zu spät. Diese Respektlosigkeit hätte sie in jedem Fall sein Wohlwollen gekostet, denn Herr Yanaga war sozusagen ein erbarmungsloser Gönner; *ninjo*, Mitgefühl, war für ihn Charakterschwäche. Und wer hätte sein Mitgefühl verdient? Seine Mutter machte ihn öfter auf seinen Mangel an Menschlichkeit aufmerksam. Er lauschte ihr ohne Widerrede und unterdrückte seine Wut, da das seine Sohnespflicht war. Er dachte angestrengt an einen rauschenden Fluß. Das Wasser sagte, was er nicht sagen durfte.

Osome trug ein langes geblümtes Kleid, sie hatte ihren Sommermantel salopp um die Schultern geworfen, so daß die leeren Ärmel wie Geisterarme im Abendwind schaukelten. Herr Yanaga haßte leere Ärmel. Ihre glänzenden schwarzen Haare umrahmten ihr schönes, regelmäßiges Gesicht, äußerlich konnte niemand ihr die Schande ansehen, aber gerade das versetzte ihren Gönner in kalte Wut. Es gab keine Gerechtigkeit in dieser Welt. Tatsächlich wirkte Osome wie jede andere emanzipierte und verwestlichte Japanerin viel zu selbstsicher und kritisch! Ihr ironisches Lächeln würde ihr allerdings in der nächsten Minute vergehen. Herrn Yanagas Empörung stieg, als er die Betrügerin mit Basiliskenblick musterte. Selbst seine dicken Tränen-

säcke blähten sich vor Zorn auf. Nein, Mitgefühl war weder in seinem Blick noch in seinem Herzen, und diese Person hatte auch keines verdient. Sie nahm an seinem Tisch Platz, ohne seine Aufforderung abzuwarten. Warum sollte sie? Er hatte sie immer mit unterdrückter Begierde erwartet. Sie konnte sich gar nicht schnell genug neben ihn setzen ... »Ich weiß alles«, sagte er steinern. Sie wurde aschfahl und zitterte wie ein aufgescheuchter Vogel, der in der nächsten Sekunde aus dem Nest fällt. Herr Yanaga war zufrieden. Man konnte nicht alles haben. Osome kämpfte um Fassung. Der Schrecken hatte ihr die Sprache verschlagen. Sie sagte sich, daß er nichts wissen könne. Es war ein Trick, um sie ihm gegenüber gefügiger und gehorsamer zu machen. War er nicht ein lächerlicher alter Mann? Er wollte sich vor den Landsleuten mit einem modernen Mädchen zeigen, das intelligent war und Geld verdienen konnte. Gleichzeitig sollte das Mädchen sich aber wie eine Geisha der ältesten Schule benehmen. Auch Osome dachte, daß ein Mann nicht alles haben konnte. Sie fand ihre Stimme wieder und fragte, was er überhaupt meinte, woraufhin Herr Yanaga in ein Kabuki-Gelächter zweiten Grades ausbrach, da Herr Ono zu ihm herüberblickte. Er blickte zufällig in diese Richtung. Er war zu taktvoll und zu japanisch, um Herrn Yanaga direkt anzusehen.
»Ich habe einen Augenzeugen!«
»Oh, nein!«
»Wer wagt es, meine Aussagen zu bezweifeln?« fragte Herr Yanaga. Auch er speiste gelegentlich mit Ministern.
»Der Augenzeuge ist ein stinkender Lügner«, sagte Osome mit ihrer Frühlingsstimme. »Wer ist es?«
Herr Yanaga riß vor Erstaunen seine Augen auf: zwei regenfeuchte Kieselsteine, genau so hart. Wer würde verraten, von wem er Informationen erhielt? Das Leben beruhte geschäftlich und privat auf vorsätzlicher und eiserner Diskretion. Der Schreck mußte dieser ertappten Lügnerin ihr bißchen Verstand geraubt haben. Er beantwortete diese unjapanische Frage mit einem heiseren Kichern, das ihn dem Ersticken nahebrachte. Seine geehrte Mutter prophezeite ihm öfters den Erstickungstod. Er ertrug ihre respektlosen und boshaften Reden mit der stoischen Resignation japanischer Söhne. Am Nebentisch scherzte ein junger Italiener mit einer grauhaarigen Dame, die er »mamma« nannte. Herr Yanaga hörte sie lachen. Da war ein zärtlicher Unterton in der Altstimme der Frau, den er nie im Leben gehört

hatte. Gab es solche Mütter? Er war mit seinen dreiundfünfzig Jahren Junggeselle, weil er annahm, daß Mädchen mit Frühlingsstimmen in der Ehe die Demut wie einen fadenscheinigen Kimono abwarfen und sich mit zunehmendem Alter in seine Mutter verwandeln würden.
»Es ist ein Irrtum«, flüsterte Osome. »Ha!« rief Herr Yanaga.
Osome bat ihn, seinen eigenen Augen zu trauen, aber Herr Yanaga traute nun einmal seinem Augenzeugen. Er warf Herrn Ono einen merkwürdigen Blick zu, und dieser zuckte unmerklich zusammen. Bis heute nachmittag hatte Herr Ono mit sich gekämpft, ob er seinen alten Freund über Osome-san aufklären sollte. Er mischte sich ungern in die Angelegenheiten seiner Freunde ein. Je prominenter sie im Geschäftsleben waren, desto widerstrebender mischte Herr Ono sich ein. Herrn Yanagas Blick hatte versteckte Wut gezeigt; auf jeden Fall hatte Herr Ono ihm seine Ferien in Venedig verdorben. Wut war eine geheimnisvolle Sache, sie richtete sich leicht gegen wohlmeinende Aufklärer. Den Präsidenten der T-Gruppe zum Feind zu haben, erschien Herrn Ono nicht erstrebenswert, aber es ging gegen Yanagas Ehre, sich mit einer solchen Person zu zeigen. Er, Herr Ono, war vielleicht der einzige Augenzeuge. Allerdings hatte Herr Yanaga ihm heut nachmittag für seinen Freundschaftsdienst gedankt. Hoffentlich überwog die Dankbarkeit seine verständliche Empörung über seine junge Reisebegleiterin. Herr Ono unterdrückte ein Stöhnen. Er hatte sich zeitlebens für die Rolle des Zuschauers entschieden, und warum hatte gerade er ein Augenzeuge werden müssen? Dieses Mädchen war an allem schuld. Osome hatte sich, allerdings unbeabsichtigt, in sein Blickfeld gedrängt, und sein Herz, das ohnehin nicht taktfest war, hatte zu hämmern begonnen. Und so hatte er sich endlich heut nachmittag entschlossen, Herrn Yanagas Ehre den Vorrang vor der Vorsicht des Zuschauers zu geben. Aber – was würde geschehen, wenn er eines Tages die ungeteilte Gunst des Präsidenten der T-Gruppe brauchen sollte? Würde Yanaga-san sich zur Unzeit an das Gespräch in Venedig erinnern? So kam es doch immer. So war das Leben! Die Spitzenmänner der großen Konzerne waren wie Sumo-Kämpfer, dachte Herr Ono bedrückt. Sie musterten sich lange Zeit, bevor sie im selben Augenblick zum Angriff übergingen. Denn natürlich würde er, Herr Ono, sich wehren müssen, falls Yanagas-san rachsüchtig werden sollte. Nur wußte Herr Ono im Gegensatz zu Sumo-Kämpfern nicht, wann Yanaga-san sich auf ihn stürzen würde.

Im Augenblick stürzte dieser sich mit unvermindertem Appetit aufs Essen. Da er annahm, die Unterhaltung habe Osome den Appetit verschlagen, bestellte er zu diesen sündhaften Preisen nichts für sie.
»Die Redaktion darf nichts erfahren, Yanagan-san! Tun Sie mir das nicht an!«
»Das tu ich *mir* nicht an.« Herr Yanaga hatte diese Person selbst dort untergebracht. Er würde sich der Lächerlichkeit preisgeben, wenn bekannt würde, wen er empfohlen hatte. Hatte er den Chefredakteur nicht geradezu gezwungen, dieses räudige Schaf als Auslandskorrespondentin zu beschäftigen? Und natürlich wußte Osome das so gut wie er. Sie senkte den Kopf, und Yanaga sah ihren schlanken Nacken, da das Kleid den Schnitt der Kimonos hatte. Dieser Nacken hatte ihn immer erregt, denn er war demütig und schlank wie ein Lilienstengel, den man mit der Hand knicken konnte. Und das würde er tun, wenn diese Betrügerin sich noch einmal vor sein Angesicht wagen würde.
»Sie werden mich nie wiedersehen, Yanaga-san.«
»Ein Auswurf der Gesellschaft tut gut daran, sich unsichtbar zu machen«, sagte Herr Yanaga in dem aufmunternden Ton, in dem man jemandem ›Gute Reise‹ wünscht. Er gebrauchte den traditionellen japanischen Ausdruck für jemanden auf der tiefsten Stufe der Gesellschaft, und Osome zuckte zusammen. Er hätte sie mit Freuden erwürgt, aber man mußte im Ausland nun einmal einen gesitteten Eindruck machen. Handgreiflichkeiten führte ein hochgestellter Mann, der mit Ministern speiste, sowieso nicht persönlich aus. Aber Osome würde in ihrem eigenen Interesse schweigen.
Sie erhob sich anmutig, machte vor ihrem Ex-Gönner eine tiefe Verbeugung zum Dank für erwiesene Wohltaten und schritt mit unbewegtem Gesicht die Wendeltreppe des Lokals hinunter.

Lebewohl! Sie betrat die enge Straße mit gebeugtem Rücken, aber mit dem unbeugsamen Willen, weiter ihren Weg zu machen, was immer Herr Yanaga und sein verdammter Augenzeuge, den die Dämonen der Hölle fressen sollten, für ihren Untergang planten. In diesem Augenblick schritt Herr Ono an ihr vorüber und grüßte sie nicht. Hatte er sie nicht erkannt? War er so betrunken, daß er Herrn Yanagas Trostmädchen nicht erkannte?
Herr Ono betrank sich nie, aber das konnte Osome nicht wissen. Er verschwand in Richtung der Piazza und lächelte verschwiegen. Er

wußte alles über diese Osome-Person, und sie wußte nicht einmal, daß er der Augenzeuge war. Er hatte sie also in der Hand, was belustigend war, ihn aber nicht besonders interessierte. Einerseits wollte er seine Position als Zuschauer nicht aufgeben, obwohl das Schicksal ihn an jenem Tag in Osaka zum Handeln verurteilt hatte, außerdem interessierte er sich nur für zwei Dinge: für das Verkehrswesen und die Art, in der die Leute ihr Geld ausgaben. Wenn er sich auf die Familie beschränkt hätte, wäre dieses glühende Interesse eher verständlich gewesen; aber Herr Ono machte keineswegs bei Familie und Freunden halt. Er wollte wissen, was wildfremde Leute für ihr Geld kauften und streifte darum in seinen Mußestunden durch Tokyos riesige Warenhäuser – ein Zuschauer, der kopfschüttelnd ansah, für welchen Unsinn die Leute ihr Geld verschwendeten. Er selbst hatte nie im Leben unnütze Ausgaben gemacht und hatte es seiner Frau verboten. Auch hatte er nie den Gönner junger hübscher Mädchen gespielt. Er war glücklich verheiratet und hatte hier in Venedig mitangesehen, was Yanaga-san für einen Schandfleck der japanischen Gesellschaft ausgegeben hatte. Diese Osome war ein Schulbeispiel dafür, daß der Inhalt eines Pakets selten der schönen Verpackung entsprach. Wenn Herr Yanaga endlich heiraten würde, würde er hoffentlich den rechten Gebrauch von dieser elenden Erfahrung machen und die Windstille zwischen zwei Stürmen zur Erholung seines Bankkontos und seiner Seele nutzen. Herr Ono dachte an eine etwas ältliche, aber sehr vernünftige und angenehm situierte Cousine in Osaka, die er seit Jahren mit Herrn Yanaga verkuppeln wollte. Nun, da das Hindernis Osome aus dem Weg geräumt war, konnte Herr Ono ebenfalls die Windstille zwischen zwei Stürmen nützen. Seine Cousine war schwer an den Mann zu bringen, sie war mit der Schiffsindustrie von Osaka nach mehreren Seiten hin verwandt und verschwägert. Yanaga konnte von Glück sagen, daß er, Ono-san, für alles im Verschwiegenen sorgte. Er dachte gar nicht daran, Osome zu vernichten. Sie existierte nicht mehr für ihn und Herrn Yanaga.
Osome war auf der Piazza San Marco gelandet und mischte sich zwischen die Touristen, die die Nachtluft und die Musik der beiden Orchester in den großen Café-Restaurants genossen. Plötzlich hatte sie das Gefühl, daß sie nicht mehr existierte, weil Herr Yanagas verdammter Augenzeuge die Wahrheit gesagt hatte. Allerdings nur eine Teilwahrheit. In Tokyo war diese Wahrheit unbekannt, aber in Osaka

wirkte sie sich entsetzlich aus und war jedem Augenzeugen zugänglich. Osomes Mutter stammte aus Osaka und – Osome bemühte sich, nicht daran zu denken. Sie mußte ihre eigenen Ziele verfolgen. Aber wenn es nun mehrere Augenzeugen gab und das Schicksal es sich vorgenommen hatte, sie am Anfang einer vielversprechenden Karriere zu vernichten? Plötzlich verfiel die kühle und berechnende junge Journalistin in einen Zustand vollkommener Verzweiflung. Es war der selbstmörderische Fatalismus, der der japanischen Seele genau so vertraut ist wie die Liebe zur Natur und der tiefe Sinn der Teezeremonie. Mitten auf der Piazza, um elf Uhr abends, erfuhr Osome die Leere der Verzweiflung, die jede Energie, jede Spannung, jeden Widerstand der Seele verschlingt. Nichts konnte diese Leere füllen – kein Mann, kein beruflicher Erfolg, keine Überlegung, keine Flucht in den Alltag oder in die Kunst. Man blickte allein in den Herbstmond – auch er wirkte abgestorben über dieser sinkenden Stadt. Es gab kein Entrinnen. Osome fühlte sich schwindlig, von Dämonen in den Abgrund der japanischen Gesellschaft geschleudert. Nie würde sie sich aus diesem Abgrund erheben können. Nur Japaner wußten, warum das so war.

Am nächsten Morgen schlich Osome in ein kleines Frühstückslokal am Rialto. Es lag zwischen Läden und Weinstuben rechts an der großen Treppe und war angenehm dunkel für jemanden, der sich vor den Augen der Welt verbergen mußte. Sie hatte lange und tief geschlafen, ohne zu träumen. Die Wirklichkeit war zu schrecklich. Kein Angsttraum konnte an sie heranreichen. Aber Osome war zwanzig Jahre alt, und ihr Körper war widerstandsfähig. Die entsetzliche Leere war vom Schlaf der Jugend aufgesogen worden. Osome hatte beschlossen, zu leben und an der Biennale teilzunehmen, wie es ihre Pflicht war. Überall in der Stadt waren Banner gespannt, die den Beginn des Ereignisses verkündeten. Die Stadt schien die doppelte Anzahl von Touristen wie sonst zu beherbergen. Sie standen vor ihren Hotels und hielten Programme in den Händen. Erwartung und Erregung erfüllten die Luft, denn in Venedig ist die Kunst wirklicher als die Wirklichkeit. Nur Osome war weder gespannt noch erregt. Sie würde ihre Pflicht tun und nach Tokyo berichten, was sie sah und hörte. Sie verstand wenig vom westlichen Drama, denn sie hatte Shakespeare noch nicht studiert und noch nicht versucht, über Goldoni zu lachen. Sie wußte, daß diese beiden die erfolgreichsten Dichter in ihren Ländern waren. Sie sollte ihre Leser über die Atmosphäre der Biennale und die japanischen Darbietungen orientieren. Diese Leser wollten genau soviel über Shakespeare oder Goldoni wissen wie Atsumi Osome.

In diesem Augenblick betrat Herr Shinoda das kleine dunkle Lokal, und zu seinem Erstaunen erkannte er in der zusammengesunkenenen Figur in der dunkelsten Ecke das Mädchen Osome. War die junge Person krank? War ihr der gestrige Abend nicht bekommen? Hatte der Grobian, den er mit ihr in der Accademia gesehen hatte, ihr den Laufpaß gegeben? Sie trug wieder ein kurzes Kleid, das ihre etwas stämmigen Beine enthüllte. Ihr Haar fiel ihr unordentlich in die schöne Stirn. Herr Shinoda bemerkte es mit Mißfallen. Unverständlich, daß jemand sich nicht sorgfältig frisierte. Osome hatte die Augen geschlossen. Sie mußte krank sein. Das hatte ihm noch gefehlt! Am liebsten wäre er in ein anderes Lokal gegangen. Aber er aß hier jeden Morgen und beabsichtigte keine Änderung seiner Gewohnheiten. Er betrachtete das Gesicht des Mädchens mit großer Aufmerksamkeit. Die Lippen bebten ganz leise – also war sie nicht tot! Der Kopf neigte sich in sanfter Ermüdung der Schulter zu –, eine sehr anmutige Pose, die Herr Shinoda auf der Bühne verwenden konnte. Er hätte die Pose gern weiter studiert, aber in diesem Augenblick öffnete Osome die Augen. Sie waren kleiner und trüber als sonst. Sie mußte lange geweint haben. Sie hatte ihren Kaffee nicht berührt. Er mußte kalt geworden sein. Sie starrte Herrn Shinoda einen Augenblick blicklos an. Dann kam Leben in ihren Blick und leichte Farbe in ihr schönes, starres Gesicht. Sie nickte ihm zu, aber senkte dann wieder die Augen. Herr Shinoda fand sie zum ersten Mal seines Interesses wert. Wie langsam sie die Lider senkte, wie müde sie sich das Haar aus der Stirn strich. Wie sie einen Augenblick die Hände zusammenpreßte und sie dann öffnete und sinken ließ, das war erstklassig für die Rolle der Hatsugiku. Es fehlte nur der Haarschmuck in einer der schönsten Perücken der Onnagata und der märchenhafte Kimono, den Hatsugiku im »Bilderbuch von Taiko« trug. Er war besorgt um Osome, weil sie ihm während der Biennale wertvolle Dienste leisten sollte. Hatte sie zuviel getrunken? Er bestellte starken schwarzen Kaffee und trockene Biskuits, da er kein Brot aß. Osome konnte immer noch nicht essen, aber der Kaffee hatte sie wachsamer gemacht, als es den Anschein hatte. Ihre Gedanken beschäftigten sich mit unheimlicher Intensität mit der Zukunft. Dieser berühmte Schauspieler, der in einer von der grauenhaften Wirklichkeit entfernten Welt lebte, konnte ihr helfen. Nur er konnte die Isolierung durchbrechen, in die Herr Yanaga sie zu treiben gedachte. Er war für seine Rachsucht bekannt. Nie würde er vergessen oder verzeihen, daß er von ihr getäuscht worden war. Das Schimpfwort, das er gebraucht hatte, bewies ihr deutlicher als alles andere, daß er die Wahrheit über sie erfahren hatte. Aber dieser Schauspieler verkehrte nicht in Geschäftskreisen; er würde nie etwas über sie erfahren. Und sie würde nie mehr nach Osaka fahren. Plötzlich fiel ihr ein, daß Herr Ono sie nicht gegrüßt hatte. Aber er hatte sie selten gesehen und war außerdem tief in Gedanken gewesen. Sie durfte nicht in jedem harmlosen Japaner in Venedig jenen Augenzeugen suchen. Während sie die dritte Tasse des guten starken Kaffees trank, entschloß sie sich, Herrn Shinoda so unauffällig und bescheiden zu umstricken, daß er mit ihr zusammen bleiben würde. Indem sie seine Sklavin spielte, würde sie ihn zu ihrem Sklaven machen. Sie würde sich ihm in jeder Weise unentbehrlich machen – hier in Vendig und später in Japan. Es würde ihr Ansehen bei der Zeitung heben. Später sollte er sie heiraten, und sie würde ihm niemals, wie die Närrinnen des Westens es in Hollywoodfilmen und vielleicht auch in Wirklichkeit taten, alles sagen. Das tat niemand in Japan. Das brachte nur Ärger, Enttäuschungen und Verlust an Seelenruhe. Warum sollte das Schicksal nicht zur Abwechslung auf ihrer Seite sein? Aber sie mußte bescheiden die Blicke senken, wenn sie diesen Mann aus der Welt der Illusionen einfangen wollte. Er fragte in diesem Augenblick, ob er ihr in irgendeiner Weise behilflich sein könne. Sie antwortete nicht sofort, um nicht zu eifrig zu erscheinen und senkte den Kopf – von seiner Großmut überwältigt. Dann sagte sie, daß ihre niedrige Person seine geehrte Aufmerksamkeit nicht verdiene. »Unsinn«, sagte Herr Shinoda in seinem Alltagston, da er nicht auf der Bühne stand. »Ich meine, Sie sollten etwas ruhen und nachher mit mir in einem Fischrestaurant speisen. Junge Mädchen wissen nie, was gut für sie ist.« Da Osome das zufällig sehr genau wußte, fragte sie, womit sie ihm dienen könne. Als er sie erstaunt ansah, sagte sie leise aber sehr deutlich: »Jeder würde sich glücklich schätzen, Kayawara Koshiro VI. dienen zu dürfen.«

»Sie haben mich also doch erkannt?«

»Ich weiß alles«, sagte Osome. Das hatte sie gestern abend von Herrn Yanaga gelernt. »Wer könnte Kayawara Koshiro VI. auch nur einen Augenblick für einen Touristen halten? Dürfte ich ihm den geringsten Dienst erweisen und die glücklichste Person in Venedig sein?« Herr Shinoda hatte so lange keinen Weihrauch geatmet, daß er angenehm überrascht war. Da er Osomes Dienste dringend brauchte, um an der Biennale in Ruhe und Würde teilnehmen zu können und gleichzeitig darüber wachen konnte, daß die Journalistin die Kabuki-Spieler der Konkurrenz nicht über den grünen Klee lobte, lächelte er bezaubernd und ein wenig väterlich. Sie war so jung, und schließlich hatte er zwei junge Söhne in Tokyo. Es war das Lächeln der »Neuen Balladensängerin«, einer seiner Glanzrollen. »Vielen Dank, Osome-san! Sie sind sehr freundlich. Leider weiß ich im Augenblick wirklich nicht, was Sie für mich tun könnten. Aber ich werde darüber nachdenken.«

4

Pagodenstrauch: Die vortrefflichen Gärten

Diesen Papieren habe ich anvertraut, was mein Herz gelernt hat.

Der Buddhist Yakatsagu

SHINODA TARO:

Osome ist eine rastlose junge Person, die nie bei einem Pagodenstrauch in einem Tempelgarten gesessen hat. Die Schönheit des späten Herbsts in diesen vortrefflichen Gärten hat sie ebenfalls nie erlebt. Schon vor tausend Jahren pflanzten buddhistische Mönche diese dauerhaften und anspruchslosen Sträucher. Im Herbst treiben sie reine weiße Blüten und beruhigen Auge und Geist. Das ist aber nichts für Osome. Tiefe Stille erschreckt sie. Sie redet ununterbrochen.

Wie ich voraussah, ist sie sehr nützlich für mich, und ich bin ihr zu Dank verpflichtet. Eine Pflicht, die ich nicht abschütteln kann. Bei einem Presseempfang hat Osome mich den italienischen Veranstaltern der Biennale vorgestellt. Begeisterung der japanischen Gäste, daß Kayawara Koshiro VI. in Person in Venedig erschienen ist! Ein amerikanischer Professor, der ein Buch über Kabuki und die großen Theaterfamilien geschrieben hat, bat mich um ein Autogramm und betrank sich vor Glück. Wir sind unserem Rang gemäß in seinem Buch vertreten, und die Farbfotos sind glanzvoll. Der Professor war äußerst liebenswürdig und respektvoll; Mr. Ross könnte sich ein Beispiel an ihm nehmen. Allerdings traf Ross nur Shinoda-san in Venedig, einen Touristen, den man mit Recht übersieht.

Kayawara Koshiro VI. bekommt selbstverständlich Ehrensitze für alle Veranstaltungen, die er während der Biennale besuchen möchte. Shinoda-san hätte sich, wenn überhaupt, mit drittklassigen Sitzen begnügen müssen. Ich werde mir Nô, Kabuki und Shakespeare ansehen. Und einige italienische Aufführungen, weil es die Höflichkeit gebietet.

Osome liebt mich abgöttisch. Armes Geschöpf! Dieses Mädchen besitzt zwar die Frühlingsstimme meiner verehrten Mutter, ist aber von Leidenschaften geplagt. Ich bin ihre heftigste Passion – sehr lästig! Und sie ist so unbescheiden, daß sie mir ihre Begierde offen zeigt. Ist das modern? Eine entsetzliche Generation. Neulich wagte sie es, mich zu unterbrechen, und erntete den Blick meines Onkels in der »Rache im Dorf Tengajaya«. Meine herabgezogenen Lippen waren schmale grausame Striche, und meine Pupillen rutschten in die Augenwinkel. Seitdem hat Osome mich nicht mehr unterbrochen. Wenn sie in Wut gerät, zischt sie wie kochendes Wasser im Teekessel. Ich habe ihr das Zischen in meiner Gegenwart untersagt. Ich hoffte, sie würde mich durch ihre Jugend aufheitern, aber sie ist keine heitere Gefährtin. Manchmal, wenn sie ihr Lächeln bewahren will, wird ihr schönes Gesicht starr und verzerrt sich vor Anstrengung. Nie würde sie das scheinbar mühelose Lächeln einer Onnagata meistern. Ich habe es jahrelang üben müssen, bis es dem ästhetischen Anspruch genügte. Wer diesen Anspruch nicht erfüllt, ist für die Bühne wertlos. Übrigens hat Osome eine irritierende Angewohnheit. Manchmal stockt sie mitten im Satz wie eine Uhr, die das Ticken aufgibt. Dann blickt sie sich verstohlen um, ob jemand hinter ihrem Rücken zuhört. Ein Zeichen hochgradiger Unsicherheit. Warum ist diese selbstsichere junge Person plötzlich unsicher? Warum duckt sie sich wie vor einem verborgenen Feind? Ist es der ehemalige Gönner, der sie in der Accademia so barsch und ungeduldig zum Fortgehen zwang? Hat er sie verlassen oder sie ihn? Was geht es mich an? Aber ich ahne, daß jener ältere, grobe Mann ihr aus irgendeinem Grund Angst einjagt. Ich muß herausfinden, was sie quält. Nicht, weil ich sie trösten möchte – ich bin kein Trostspender von Natur –, sondern weil dieses Wissen mir Macht über sie geben wird. Das brauche ich als Gegengewicht. Wie jeder Mann, der Frauenrollen spielt. Osome muß eine Provinz der Weiblichkeit werden, die ich regiere. Eine Wölfin, die heult, wenn ich heule. Leider ist sie sehr widerspenstig, sie muß erst Respekt und Gehorsam bei mir lernen. Im Augenblick zähme ich sie nur, indem ich plötzlich verschwinde. Sie erschrickt, wenn ich mich unvermutet in eine kalte Wolke zurückziehe. Diesen Rückzug in ferne Regionen erlebte ich zum ersten Mal im Heimatdorf meiner Mutter, in Kurokawa Nô: Mein Onkel spielte den Shinto-Gott, der sich nach seinem Tanz unvermutet unsichtbar macht. Sonst arbeitete mein Onkel in den Reisfeldern, wie alle anderen Nô-Spieler. Sein fünfjähriger Sohn durfte einen rituellen Tanz vorführen. Auch ich war noch so jung, daß das Verschwinden des Gottes mich erschreckte und ich mein Gesicht im weiten, schwarzen Ärmel meines Großvaters versteckte. Ich hatte bis jetzt nur einen kleinen Boten am Kaiserhof spielen und noch keinen Tanz auf der Kabuki-Bühne zelebrieren dürfen. Ich haßte meinen Vetter, der schon soviel erreicht hatte. Mein verehrter Großvater züchtigte mich, weil ich neidisch war. Aber später durfte ich mit meinem erfolgreichen Cousin neben ihm knien, als er eine Sutra für das Heil meines Charakters betete. Er war ein Reisbauer, hatte aber das Nô-Spiel für Festtage mit aufgebaut und aufgeführt und die alte Tradition im Dorf Kurokawa bewahrt.

Großvater war ein stiller, eifriger Buddhist. Noch heut sehe ich ihn, wie er damals den *juzu*, den buddhistischen Rosenkranz, zwischen seinen verarbeiteten, mageren Fingern hielt und mit Daumen und Zeigefinger die kleinen Kugeln weiterschob. Die 108 Kügelchen waren aus einfachem Holz und auf eine Schnur gezogen. Mein Großvater hatte jede Kugel selbst durchbohrt. Er erklärte mir, daß die Zahl der Kugeln den Leiden der irdischen Existenz entspräche, und daß ich, falls ich mich nicht bessere, sämtliche Leiden durchmachen werde. Ich schrie vor Angst, aber er betete ungerührt weiter. Endlich begriff ich, was er für mich tat – ich glaube, er war bei der vierzigsten Kugel – und bat meinen erfolgreichen Vetter um Verzeihung. Er gewährte sie mir, weil Großvater ihn dazu zwang.

Fünf Jahre vor seiner Wanderschaft in bessere Welten verschwand mein Großvater aus Kurokawa ins Kloster. Er wanderte nun nicht mehr mit seiner Truppe im tiefen Schnee zum Schrein von Kasuga. Ich sah ihn nie wieder. Seine Masken, sein Sonnenschirm und seine Kostüme blieben natürlich in der Familie. Er nahm nur seinen juzu mit. Nach seinem Tod fuhr ich nie mehr ins Dorf, obwohl die Reisernte und das Nô-Spiel weitergehen. Mein Cousin schickt mir regelmäßig Aufforderungen, zu ihnen zu kommen. Vielleicht sollte ich es tun, und zwar aus Dankbarkeit für zwei Dinge, die ich in der Shonai-Ebene lernte: die Kunst, im rechten Augenblick zu verschwinden und in einer Steinwüste einen Pagodenstrauch zu pflanzen. Um das Andenken meines Großvaters zu ehren, beschäftige ich mich weiter mit dem Nô-Drama, das alte, tiefe Erinnerungen auffrischt und mir neue Erkenntnisse vermittelt. Diese Studien mache ich in aller Stille –

fern von Kabuki-Bühne und meiner Familie in Tokyo. Nô und mein Pagodenstrauch gehören zusammen.
Vielleicht gehöre ich zu den Leuten, die mehr von Erinnerungen als aus Erfahrungen lernen.
Wo wird Osome im nächsten Herbst sein? Wo ist sie in diesem Augenblick? Hat sie von mir das plötzliche Verschwinden gelernt? Dann gehört sie zu den Frauen, die das Verkehrte von Männern lernen. Wenn eine Frau nicht da ist, wenn man sie braucht – wozu ist sie überhaupt da?
Nur noch wenige Tage, dann wird eine englische Spielgruppe im Theater »La Fenice« ein Stück von Shakespeare spielen. Ein Sommernachtstraum. Warum nicht Othello? Warum tritt Titania ins Rampenlicht, wenn Desdemona ihr Lied singen könnte? *Sing willow, willow, willow: Her salt tears fell from her and soften'd the stones. Sing willow, willow, willow!* Oh, Desdemona-san! Du bist die Onnagata des Westens! Mit Anmut und Sanftmut gekrönt, erwartest Du Liebe und Tod! Ich werde auf Shakespeares ferne Insel fahren müssen, um Dich zu finden. Ich schließe die Augen.
Neulich fragte ich Osome, was eine junge, schöne und tüchtige Journalistin mit emanzipierten Gewohnheiten an mir, der ihr Vater sein könnte, finde. Nach einer Pause murmelte sie, ihr Durst nach Vollkommenheit ziehe sie zu einem vollkommenen Mann. Ich glaubte ihr kein Wort. Gewiß, unser Streben nach Perfektion ist eine lasterhafte Nationaltugend, denn wir begehen nicht selten sonderbare Taten, um vollkommener zu werden. Als ob wir nicht wüßten, daß jede bewußte Anstrengung uns nur weiter vom Ziel entfernt: Auf jeden Fall ist diese junge Person eine Mischung aus Ehrgeiz, Berechnung, willkommener Sinnlichkeit und unwillkommener Hartnäckigkeit. Hat ihr brummiger Gönner das auch herausgefunden? Fand er die Mischung auf die Dauer ungenießbar? Möglich ist es. Alternde Männer wollen eine Hure, die gleichzeitig ihre Krankenschwester ist. Zur Pflegerin hat dieses Mädchen kein Talent. Um das zu wissen, brauche ich nicht krank zu werden. Ich kenne Osomes Ziele nicht, kann mir aber vorstellen, daß sie mich ausnutzen will. Sie hat keine Ahnung, wie schwer das ist. Merkwürdige junge Person! Ich fühle, daß sich hinter der Maske der modernen Japanerin, die mit sich allein fertig wird, ein mysteriöses, von einem alten Leiden betroffenes Geschöpf verbirgt. Gestern erblickte ich dies Geschöpf zum zweiten Mal.

Um die Cocktailstunde trank ich in Harry's Bar einen Sherry, der mich etwas an *saké* erinnert, auch wenn die von Amerikanern bevorzugte Bar diesen Wunschtraum nicht fördert. Dort traf ich einen alten Theaterfreund von Tokyo; einen gewissen Herrn Ono, der nach unserm »Doppelselbstmord bei Sonezaki« einen Nervenzusammenbruch hatte und ein Essen im Verkehrsministerium absagen mußte. Jetzt, zwei Jahre später, beichtete er mir, daß er meine Ohatsu nicht vergessen kann. Wer könnte sie vergessen? Herr Ono machte mir diese Beichte mit so vielen Verbeugungen, daß ich ihn bat, neben mir Platz zu nehmen. Seine Begeisterung tat mir so wohl, daß ich ihm verriet, daß ich die Prinzessin Chusho, im Schnee kniend, spielen werde. Einer meiner größten Triumphe vor sechs Jahren! Wie jeder Landsmann in Venedig, wußte Herr Ono nach dem Empfang der Biennale-Veranstalter, daß Kayawara Koshiro VI. ein selbstloser Förderer und Bewunderer fremder Talente, in Person in Venedig erschienen war, um die Kollegen von Kabuki und Nô zu beglückwünschen.
Wir plauderten angenehm über den Unterschied der Atmosphäre in einem bestimmten Teehaus in Kyoto und Harry's Bar, als ein vierschrötiger, borstenhaariger und mürrischer Gast Herrn Ono begrüßte. Als dieser ihm zuflüsterte, mit wem man hier seinen Sherry trinke, zwang der Ankömmling sich mit tiefer Verbeugung ein respektvolles Lächeln ab. Dann erst erkannte ich ihn. Es war Osomes ehemaliger Gönner aus der Accademia. Ein Herr Yanaga, der auch gelegentlich mit Ministern speist und mir in Harry's Bar Respekt und Beherrschung zeigte. Wie konnte ich das Gespräch auf Osome bringen, ohne meine Beziehungen zu enthüllen? Ich war in Gefahr, Herrn Yanagas Respekt zu verlieren; denn jetzt war mir klar, wer wem den Abschied gegeben hatte. Herr Yanaga begab sich unter Entschuldigungen zum Telefon, und Herr Ono informierte mich indessen über die wichtige öffentliche Position, die Osomes ehemaliger Gönner in Tokyo einnahm.
Herr Yanaga trank einen Whisky nach dem andern und schwieg sich aus. Was hatte Osome mit diesem schwierigen Patron geredet? Als ich weiter überlegte, wie ich das Gespräch auf sie bringen könne, ohne mir etwas zu vergeben, erschien sie in der Tür der Bar. Sie spioniert oft hinter mir her, wenn ich am späten Nachmittag entschwinde. In der Abendstunde ist die Lagunenstadt vollkommen. Sie erin-

nert mich an Hiroshiges Abendlandschaften. Es fehlen nur der Dorftempel, die Reisfelder und die Berge. Venedig ist gegen Abend reine Poesie. Die Touristen, die müde und mit Paketen beladen, an den Kanälen entlangwandern, sind so namenlos und einsam wie Hiroshiges Wanderer. Dazu seine Wasserlandschaft – blau, nachtschwarz und violett. Ich muß die Tränen zurückdrängen, die der Anblick des Vollkommenen mir in die Augen treibt.
Osome sah sich suchend in Harry's Bar um. Als sie mich in Herrn Yanagas Gesellschaft erblickte, erstarrte sie. Was wußte dieser Mann? Osomes Erstarren war ein ergreifendes Schauspiel. Aber natürlich verzog ich keine Miene. Herr Yanaga schien zu schlafen, und Herr Ono blickte sinnend in sein Glas. Die versteinerte Figur an der Tür war uns unbekannt. Besonders Herrn Yanaga! Nur ein Narr würde seine Finger durch die eigene Papierlaterne stecken, und Herr Yanaga war kein Narr. Osomes Gesicht war geisterhaft entfärbt. Auf mich wirkte sie in diesem Augenblick wie eine Hexe im *dokufu*-Spiel. Ich mag die »Rollen der bösen Frauen« nicht, spiele sie aber so naturgetreu, das heißt so kunstvoll, daß das Publikum zittert. Doch wie gern kehre ich nach Ausflügen ins Reich der Dämonen zu den sanften Opfern der Liebe zurück!
Einen Moment entblößte Osome die Zähne wie eine echte Hexe. Hochdramatisch! Trotz ihrer Jugend hat sie zwei Goldplomben, die sie mir neulich voller Stolz zeigte. »Das Geschenk eines Gönners,« hatte sie gemurmelt. Dieses Mädchen hat keinen Funken Poesie im Leib.
Der stumme Auftritt konnte nicht ewig dauern. Selbst Osome schien es einzusehen, denn sie wandte sich zum Gehen. Sie war wieder in sich zusammengesunken und verschwand in gekrümmter Haltung, als habe sie sich das Rückgrat gebrochen.
»Wer war das?« fragte ich unschuldig, Herr Ono sagte, er wisse es nicht.
»Diese junge Person führte Reisegruppen herum,« erklärte Herr Yanaga. »Redete ununterbrochen. Hörte nicht auf mit dem Geschwätz. Später haben wir sie aus den Augen verloren. Manchmal hat man Glück.«
»Ist sie krank?« fragte Herr Ono.
»Wer kann das wissen? Kranke Personen sollten keine Touristen anstecken,« murmelte Herr Yanaga.

»Wie wahr! Sie wissen, was Sie reden, Yanaga-san.«
»Natürlich weiß ich es,« sagte Herr Yanaga noch unfreundlicher. Er schien an einer unterdrückten Wut zu leiden, die sich zu meinem Erstaunen gegen den milden, gefälligen Herrn Ono richtete. Da er vor Zorn vor sich hinschnaubte, während Herr Ono versuchte, den Stimmungsumschwung seines Freundes zu ignorieren, machte ich meine Abschiedsverbeugungen. Das ist immer ein Problem in Harry's überfüllter Bar. Man sollte fruchtlose Unternehmungen so bald wie möglich abbrechen. Herr Yanaga brütete finster vor sich hin, und Herr Ono brütete freundlich. Mir war klargeworden, daß Herr Yanaga mir genausoviel über Osome enthüllen würde, wie ich ihm erzählt hätte. Was weiß er über sie? *Wer ist Osome?*

Allmählich habe ich mein Behelfsheim am Rialto von überflüssigen Möbeln und einer elektrisch beleuchteten Gondel befreit. Die Andenken-Industrie blüht in Venedig wie überall in der Welt, aber unsere bescheidenen Kleinigkeiten aus Papier, Bambus oder Ton sind feiner, weil das Material echt ist.
Mein Zimmer ist jetzt fast leer, dafür verlangt Signora Rossi einen Mietzuschlag! Jetzt kann ich wenigstens hinter verschlossener Tür meinen Pagodenstrauch in Ruhe betrachten, und kein Tintenfaß in Form eines Löwen und kein Glastier, das sich als Aschenbecher aufspielt, stören meine Konzentration. Bevor ich mich auf meine Tatami-Matte setze, fege ich erst einmal den Fußboden. Nach jeder Sitzung verschließe ich meine Matte, da ich Signora Rossi und ihrer Dienerin nicht beibringen kann, mein Zimmer ohne Schuhe zu betreten. Eher lernt ein Hummer fliegen, als daß Signora Rossi etwas täte, worum man sie höflich bittet. Sie antwortete so grob und selbstgerecht wie Herr Yanaga.
Außer meinen Brokatkissen und den Matten brachte ich meinen Lieblingsvorhang mit. Ich rolle nach Gebrauch diesen *noren* in meine Matte ein, um ihn vor Staub und unwissenden Blicken zu bewahren.
Der noren ist sehr alt. Ich erwarb den Vorhang vor Jahren in Kyoto, obwohl ich damals wenig Geld hatte, weil mein Großvater und Vater mich knapp hielten. Sie ermahnten mich, mein Leben im Frühling zu planen, dann würde ich stets eine gefüllte Reisschale haben. Heute sehe ich ihre Weisheit ein. Damals war ich recht ärgerlich. Aber den

noren kaufte ich trotzdem, und ich war glücklich, daß das Haupt unserer Familie diesen Kauf billigte. Alle fürchteten, ich würde mein Geld für Mädchen ausgeben. Diese Furcht hat sich im Lauf der Jahre als unbegründet herausgestellt.

Ein Tischler vom Rialto sägte unter unverständlichem Gelächter die Beine eines billigen Tisches so weit ab, daß er jetzt einem vernünftigem Lacktisch gleicht, an dem ich in Ruhe meinen grünen Tee trinke. Dabei betrachte ich den auf den Vorhang gemalten Pagodenstrauch. Dieser Vorhang verdeckt den Winkel, wo meine Koffer auf das Ende der Biennale warten.

Mein noren bewahrt mich davor, den Einflüssen der Fremde zu erliegen. Denn der Pagodenstrauch mit seinen palmengleichen Blättern und den stillen, weißen Blüten schafft in mir jene Ruhe, die reinigt und beglückt. Ich kann lange so sitzen, ohne nervös zu werden. Ich kenne wenig Menschen des Westens, die mit gutem Gewissen einfach dasitzen und nicht davonstürzen, um etwas zu tun. In Venedig habe ich bis jetzt keinen getroffen. In meiner Jugend schrieb ich auf Geheiß meines Großvaters dreißigmal einen Zen-Spruch auf: »Sitz still. Tu nichts.« Der Frühling kommt. Und das Gras wächst von selbst. Danach war ich weniger rastlos. Man verdummt durch die Eile, oder man wird unglücklich. Vielleicht bleibt diese fremde Welt, bis auf Desdemona und Othello-san, mir fremd. Ich liebe Desdemona und beklage den ehrenhaften und einfältigen Mohren. Er handelte beständig.

Ich sitze in meinem dunklen Kimono, und das Familienwappen leuchtet wie die Blüten des Pagodenstrauchs. Oh, Kyoto! Oh, Jugend! Das stille Glück eines Frühlingsabends in jener alten Stadt! An einem solchen Abend in Kyoto lernte ich meine Frau kennen. In einem Restaurant, das über vierhundert Jahre alt war. Vor der Tür zwischen den erleuchteten Papierfenstern hing ein noren von edler Einfachheit und meisterhafter Kalligraphie, und die Ampel neben der Holztür gab den schwarzen Buchstaben auf weißem Grund magische Ausstrahlungskraft. Drinnen saß meine zukünftige Frau mit ihren Eltern an einem niedrigen Lacktisch. Eine Ampel gab dem Trio etwas Mildes und Abgeschiedenes. Auch diese Ampel war ein kalligraphisches Sammlerstück, das Pergament erlesen und die Schrift bedeutungsvoll. Schon in meiner Jugend liebte ich kalligraphische Inschriften auf Ampeln, Plakaten und Gebrauchsgegenständen. Mein Großvater in Kurokawa hatte einen Sonnenschirm mit dem Schriftsymbol für Reis. Der Sonnenschirm meiner Mutter in Tokyo hat ein kalligraphisches Zeichen, das von einem kleinen Tempeldach gekrönt wird. Die Ampel im Gasthaus in Kyoto zeigte jene elegante Linienführung der Schriftzeichen, die so vielen Dingen in der alten Kaiserstadt ihr eigenes Gepräge gibt. Man kann sie neben den vulgärsten Werbemitteln im Gion-Viertel finden. Heute, nach dem großen Krieg und den Veränderungen, die er brachte, muß man das Exquisite in Kyoto suchen. Lange studierte ich die Bildsprache der Ampel, bevor ich mich dem Trio in der Ecke näherte. Ich drückte mich an die Wand, und dort stand ich wortlos und seltsam erregt. Das Mädchen unter der Ampel war frisch und anmutig, sie bediente ihre Eltern mit Leckerbissen – eine Tochter, die ihre Pflichten noch kannte. Das Mädchen schien glücklich zu sein. Aber die Jugend ist glücklich, selbst wenn sie unglücklich ist. Später denkt man schädliche Gedanken und vermeidet Speisen, die Gallenschmerzen verursachen.

An jenem Abend dachte ich glückliche Gedanken. Ich schrak noch nicht vor meinen eigenen Abgründen zurück, da ich sie nicht kannte. Unser wahres Wesen verbirgt sich listig im Innern, es muß vom Zen-Meister mit Stockschlägen aufgerüttelt und wie Kehricht aus der Seele gefegt werden. In Venedig, weiß ich es. Fast ist es schon zu spät. Ich habe bereits die Vierzig überschritten. Im Geiste gebe ich mir mit dem Stock des Meisters eins über den Schädel, da ich zu viel an mich und meine bedeutungslosen Gefühle denke. Ich hätte nicht gedacht, daß ein unsichtbarer Stock so zuschlagen kann. Mein Kopf dröhnt. Aber wenn ein gemalter Pagodenstrauch Ruhe spendet, warum sollte ein ausgedachter Stock nicht schmerzen?

Ich kann meine Frau nicht beschreiben, weil ich sie nur undeutlich über den Abgrund der Jahre hinweg sehe. Das junge, träumerische Geschöpf unter der Ampel in Kyoto vermischt sich mit jener Frau Shinoda in Tokyo. Die Mutter meiner Söhne ist eine unbarmherzige Realistin und eine unversöhnliche Feindin der Onnagata. Sie wußte wohl nicht, daß sie mich haßte, wenn sie meine Onnagata haßte. Ich betrug mich manchmal verabscheuungswürdig gegen meine Frau; aber meine Onnagata, mein besseres Ich, hatte ihr nie etwas getan. Trotzdem haßte Etsuko sie. Man muß nicht immer etwas tun, um verabscheut zu werden. Damals, beim Kennenlernen in Kyoto, war Etsuko liebenswürdig und der Liebe zugänglich. Ihr schönes Haar

glänzte matt im Schein der Ampel, als ob der Mond sich im Kamo-Fluß spiegelte. Ein Schimmer von Poesie lag über Etsuko.
Kyoto im Frühling.
Ja, damals war Etsuko still und bescheiden wie reflektiertes Mondlicht. Keine Spur von dem finsteren Schweigen, das sie in der Ehe entwickelte. Als ich sie zum ersten Mal sah, bewegte sie leise ihren Fächer. Ein echter Kyoto-Fächer, der nicht entfaltet wird, sondern einen langen, mit einer Goldkordel verzierten Griff hat. Dieser Fächer zeigte Schneeberge, und im Vordergrund war das Schilfrohr am Ufer so kunstvoll gemalt, daß es sich zu bewegen schien, wenn Etsuko den Fächer bewegte. Sie und der Fächer waren die Verkörperung makelloser Anmut. Nur ein junger bezauberter Narr wie Shinoda Taro konnte erwarten, daß das Schilfrohr immer so lautlos und anmutig im Frühlingswind wehen würde.
Es war sehr still in dem halbdunklen Eßraum. Die anderen Gäste waren wohlwollende Zuschauer, die ihren Abstand hielten. Etsukos Vater, ein Freund meines Vaters, begrüßte mich mit tiefen Verbeugungen. Natürlich begrüßte er nicht den jungen, unbedeutenden Shinoda Taro, sondern Kayawara Koshiro VI., der seine erste Glanzrolle aus Tokyo in Kyoto, im Minami-Theater, in der Nähe der Shijo-Brücke, unter rauschenden Beifallsstürmen vorgeführt hatte.
Drei Monate nach unserer Galavorstellung in Kyoto heiratete ich Etsuko. Sie brachte ihren Fächer mit dem Schilfrohr mit in die Ehe, und ich die Onnagata. Etsuko wollte mich in Männerrollen sehen. Ahnte sie, wie streng und sorgfältig ich ausgebildet worden war? Mein Großvater hatte den Stock so häufig wie ein Zen-Meister gebraucht! Ich hätte das Haupt der Familie sehen mögen, wenn ich einen Rollenwechsel vorgeschlagen hätte! Die Onnagata ist nicht von mir zu trennen, weder im Leben noch im Tod. Ob ich jemals, unter dem Einfluß von Shakespeare, den großen Rollenwechsel vornehmen werde?
Ein Schauer läuft mir bei dem Gedanken über den Rücken. Augenblicklich gelte ich als die größte Onnagata, und selbst mein Großvater stimmt der Kritik bei. Er ist mein strengster und ehrgeizigster Kritiker, und er fehlt trotz seines hohen Alters bei keiner Aufführung. Selbst nach Nagoya hat er uns begleitet.
Mein Urgroßvater lebte noch, als die Zeremonie der Namensverleihung vor meiner Familie und dem Theaterpublikum stattfand und

mein verehrter Großvater mich nach meinem großen Vorbild Kayawara Koshiro V. benannte. Seine kraftvolle Stimme zitterte.
Die Erinnerung an jenen Augenblick schneidet mir wie ein Schwert ins Herz. Aber langsam werde ich ruhig. Der grüne Tee, der gemalte Pagodenstrauch – alles besänftigt mich. Ich werde den Rest des Abends in den »Vortrefflichen Gärten« verbringen.
Osome ist noch nicht zurückgekommen. Vielleicht kommt sie nie mehr zurück? Hat ihr Gönner sie wieder in Gnaden aufgenommen?
Vorigen Herbst war ich nach längerer Zeit allein in Kyoto. Zufällig befand ich mich in der Nähe des Restaurants, wo ich meine Frau zuerst gesehen hatte. Mein Ausflugsziel war ein Tempel in der Sagano-Gegend gewesen. Die Berge lagen im Dunst des Herbstes, und die Gingko-Bäume im Tempelgarten verstreuten ihren Blätterregen. Aber die großen, alten Ahornbäume flammten, so wie ich vor Jahren entflammt gewesen war. Jetzt wehte ein kalter Wind, und mein Herz war ein Aschehaufen.
Lange suchte ich das Restaurant, dessen noren mich damals zum Eintreten ermutigt hatte. Wie jung und scheu war ich gewesen! Die Gaststätte existierte nicht mehr. Jetzt lockten grelle Plakate im Neonlicht das Publikum an.
Drinnen an der Bar servierten dreiste Mädchen, die sich beim Kichern die Hand vor den Mund hielten, amerikanische Bargetränke. Natürlich gab es auch Saké, den ausländische Touristen probierten. Die Schlager des Westens ertönten aus einer Musiktruhe. Ich fühlte mich müde und deprimiert. Ich war keine achtzehn Jahre mehr, der gestrige Ausflug zum Tempel hatte mich in eine andere Welt geführt. Allmählich wurden mir das Geschrei und Gelächter in der mit roten Plastiksesseln und Glastischen möblierten Bar unerträglich, und ich floh an den Fluß.
Ich starrte in das dunkle Wasser. Ich schüttelte die Erinnerungen ab, wie Vögel Regentropfen vom Gefieder schütteln. Aber Erinnerungen sind hartnäckiger. Ich dachte an meine Frau, und wie sanft und anmutig sie damals gewesen war. Ich dachte an Kiefern, die einsam am Küstenrand ihre Zweige in den Wind recken. In seinem hohen Alter war mein Urgroßvater so knorrig und schweigsam wie Kiefern gewesen. Auch so ausdauernd.
Plötzlich dachte ich an den Zen-Garten vom Ryoanji-Tempel. Wie

leer und asketisch war der Steingarten, den ich schon als Kind gesehen hatte! Der Kies bedeutete Wasser, und kleine Felsstücke stellten die Berge um Kyoto dar. Die »Trockene Landschaft«. Streng, kahl, und für einen achtjährigen Knaben, der an die Bühnenpracht von Kabuki gewöhnt war, erschreckend. Ich schrie damals vor Angst und wollte mit meinem Vater an den Fluß zurück, wo man an diesem Sonntag im Mai das Mifune-Fest feierte. Der Oi-Fluß mit blumengeschmückten Booten und schwimmenden Schreinen. Die Heian-Schreine mit ihren Drachen und Vogelköpfen hatten im Jahr davor mein kindliches Herz entzückt. Bestimmte Dinge in Kyoto haben mich immer bezaubert. Ein Vorfahr väterlicherseits war ein wandernder Geschichtenerzähler aus der Kyoto-Gegend gewesen. Aus diesen Legenden von Rittern, Prinzen und Mönchen ist unser Theater entstanden. Es begann mit den Nô-Spielen für den Kaiserhof. Dann folgte Kabuki für das ganze Volk. Wir haben eine lange und ereignisreiche Theaterchronik!

Ich schrie als Kind im Tempelgarten, weil ich es nicht besser verstand. Daheim bei den Verwandten verprügelte mein geehrter Vater mich so sehr, daß ich zwei Tage nicht sitzen konnte. Während der Züchtigung schloß ich die Augen, um das wutentbrannte Gesicht meines Vaters nicht zu sehen, und ich preßte die Lippen zusammen, damit mir kein Schmerzensschrei entfahren könnte. Diese Schande hätte ich nicht ertragen. Die Lippen meines Vaters bebten vor Zorn und Verachtung, weil ich es gewagt hatte, mich im Steingarten unangenehm bemerkbar zu machen. Sein Blick war ein tödlicher Blitz, und ich sah in meiner kindlichen Panik zwei Samuraischwerter statt des Bambusstocks. Mein Vater hatte einen Fuß erhoben, wahrscheinlich um Taro, den elenden, winzigen Wurm, zu zertreten. Und nichts war schrecklicher als sein breiter, kräftiger Fuß in der Ledersandale. Heute weiß ich, daß mein Vater, während er mich züchtigte, zu seinem Vergnügen seine Glanzrolle aus einem Stück zum besten gab, dessen Titel ich vergessen habe. Aber den Fuß in der Sandale habe ich nie vergessen.

Der Großvater sagte mir einmal: »Der Zorn Deines Vaters ist so rot wie der Sonnenuntergang über dem Berg Asama. Und sie verschwimmt auch so in der Dunkelheit. Das darfst Du nie vergessen.«

In friedlicher Stimmung schrieb mein Vater Gedichte. Er war ein Kabuki-Spieler von großer und mitreißender Kraft. Sein heftiges Temperament glich einem Schlachtroß am Zügel. Aber die Onnagata hätte er nicht tanzen können. Er spielte in der glühenden Sonne; ich rühre die Herzen im Mondlicht. Nicht, weil ich die Extreme von Liebe und Haß nicht erfahren hätte, sondern weil ich für das Mondlicht trainiert worden bin. Wenn man mich beleidigt, sinne auch ich auf Rache. Bis jetzt bin ich noch ein Eindringling in den »Vortrefflichen Gärten«. Werde ich je die dreifache Weisheit erwerben? Werde ich die Dinge der Welt, die Wege des Geistes und die Welt jenseits der Sinnestäuschungen erfassen? Werde ich im Greisenalter weiser sein?

Als ich voriges Jahr in Kyoto allein am Fluß stand, erlebte ich einen Augenblick lang meine Befreiung aus dem Gefängnis der Illusionen. Die Bar im grellen Neonlicht war ausgelöscht, meine Frau hatte nie existiert, die Zeit stand still. Der Nachtwind von den Bergen kühlte meinen schmerzenden Kopf. Aus der Ferne ertönte ein Tempelgong. Wortlose Mahnung. Vergänglichkeit. Der Mond zwischen den Wolken glich einem silbrigen Fischauge auf dem Grund einer schwarzen Lackschale. Was war hinter den Wolken, hinter dem Mond, hinter dem großen Fischauge?

Aus einer Hütte am gegenüberliegenden Ufer drang ein schwacher Lichtschein. Dort lebte ein Einsiedler, der sich vom Universitätsbetrieb und seiner Familie zurückgezogen hatte. Der Tempelgong verstummte. Ich dachte: Pagodenstrauch. Nacht. Leere.

5

Spieler und Spiele

All the world's a stage.

Shakespeare: As you like it.

In Venedig wird immer Theater gespielt. Die Grenzlinie zwischen Wirklichkeit und Illusion verwischt sich nicht nur auf der Bühne mehr oder weniger verhängnisvoll. So lange die Leute sich einbilden, die Hauptrolle in ihrem Theaterstück zu spielen, geht die Vorstellung weiter. Aber wenn sie eines Tages ahnen, daß sie schon lange eine Nebenrolle spielen und nicht einmal sich selbst das Gegenteil einreden können, dann fällt der Vorhang und der Schlußakt mündet in Schweigen.

Während der Biennale, die eine große Anzahl von Kunstfreunden und Zuschauern in die Lagunenstadt lockt, gingen einige Dramen hinter geschlossenem Vorhang über Venedigs Privatbühnen. So gab Lucia Cesano ihre einsame Abschiedsvorstellung in dem alten Palast am Canale Grande. Auf Herrn Shinodas Privatbühne erschien eine Desdemona aus Hamburg an der Elbe. Sie hieß Charlotte Christiane Petersen und hatte nichts für ihre Namensschwester und den Mohren übrig. Aber Herr Shinoda hielt sie für Desdemona, und darauf kam es an. Eine blonde Onnagata des Westens, keine Konkurrenz für Kayawara Koshito VI., sondern seine mystische Ergänzung und sein fleischgewordener Traum. Ein Privatdrama eigener Art. Herr Shinoda war ein hartnäckiger und anspruchsvoller Träumer, er gab sich nur mit dem Besten auf seiner Bühne zufrieden. Da Charlotte Petersen keine Ahnung davon hatte, welche Rolle ihr in den Träumen eines Japaners in Venedig zugefallen war, reagierte sie fürs erste auf traditionelle Hamburger Art; das heißt, sie mißtraute in kühler und höflicher Form der Macht fremder Fantasie. Außerdem war sie in ihrer Vaterstadt keinem hartnäckigen Träumer begegnet, sondern hartnäckigen Realisten, die, wenn überhaupt, von Import und Export träumten und sich jederzeit im Hafen von der Korrektheit ihrer Visionen überzeugen konnten. Aber für Import und Export hatte Charlotte Petersen auch nichts übrig. Das langweilte sie. Warum kam sie nach Venedig? Sie war zweimal mit ihrem verstorbenen Vater dort gewesen. Darum. Sie hatte ihren Vater in maßvoller Form angebetet; so maßvoll, daß Johannes Petersen es nie gemerkt und sich bis zu seinem Tod heimlich nach der Liebe seiner Tochter gesehnt hatte. So heimlich, daß Charlotte nichts davon gemerkt hatte. Hamburger Familienleben ist ein Phänomen eigener Art. Aber das finden nur Ausländer wie Berliner oder Amerikaner oder Mohren aus Venedig. Die einzige Ähnlichkeit zwischen Charlotte Petersen und Lucia Cesano bestand darin, daß beide gewissermaßen Nebenrollen spielten und hinter den Kulissen lebten. Das war Charlotte durchaus recht, aber Lucia Cesano fand es hassenswert. Übrigens waren diese venezianische und die Hamburger Familie in den siebziger Jahren am Aussterben. Die alten, ehrenvollen Namen waren Symbolzeichen des Untergangs. Auch gab es keine Erben. Antonio Cesano in Venedig und Albert Petersen in Hamburg hatten keine Söhne; wenigstens keine, von denen die Familien etwas wußten. Übrigens war Albert Petersen das genaue Gegenteil des glänzenden, unzuverlässigen Antonio Cesano. Herr Petersen hätte nie davon geträumt, die Blicke der Welt auf sich zu ziehen; er hätte es gehaßt. Und wenn er etwas versprach, dann tat er es nur, wenn er sein Versprechen halten konnte. Herr Petersen war Hamburger.

Lucia Cesano starb überraschend und, im Gegensatz zu ihren Gewohnheiten, in aller Stille. Während die Banner der Biennale im Herbstwind flatterten, nahm Lucia eine Überdosis Schlaftabletten, die sie allmählich Schwester Francescas Hausapotheke entwendet und zusammengespart hatte. Eines Abends war es dann so weit. Die Schwester machte einen Spaziergang am Canale Grande, und die alte Contessa unterhielt sich gerade mit Antonio Cesano, den alle Welt für tot hielt. In früheren Zeiten hatte sie stets ein Eröffnungsfest zu Beginn der Biennale gegeben; aber das war längst zur Fabel geworden und hatte nichts mit Lucias Tod zu tun. Lucia hatte oft den Wunsch geäußert, diese schöne Gewohnheit wieder aufzunehmen, aber wann hätte sich die alte Contessa nach den Wünschen ihrer Kinder gerichtet? Warum sollte sie eine lebenslängliche Gewohnheit, sich nur nach den eigenen Neigungen zu richten, plötzlich aufgeben? Für die Alten sind Gewohnheiten Rettungsanker in einem fremd gewordenen Alltag; und so machte die Contessa nicht plötzlich Lucia zum Mittelpunkt ihrer Gedanken, weil diese Tochter sich aus dem Staub gemacht hatte. Aber es war trotzdem ein Schock für sie, denn sie war daran gewöhnt, mit Lucia zusammen zu leben. Über wen sollte die Contessa sich jetzt ärgern? Wen könnte sie so unbarmherzig kritisieren? Mit wem sollte sie Schach spielen? Lucia hatte das Spiel immer verloren. In der Tat hatte sie eine Menge »negativer Pluspunkte« besessen. Wie die meisten Überlebenden fand die Contessa das erst nach Lucias Tod heraus.

»Warum hat sie es getan, Schwester Francesca?«

»Ich weiß es nicht.«

»Lucia hatte alles, was sie brauchte und hätte in absehbarer Zeit dieses Haus geerbt,« sagte die alte Contessa ärgerlich. War nicht der Palazzo Cesano ein dringender Grund zum Weiterleben?

»Vielleicht nahm sie die Pillen aus Zerstreutheit.«

»Wir sind keine zerstreute Familie.« Die Contessa gähnte laut und ungeniert. Sie betrachtete die alten kostbaren Gobelins, die nach ihrem Ableben wegen Lucias Fahnenflucht ins Museum wandern würden. Sie runzelte die Stirn, und ihre dichten schwarzen Augenbrauen zogen sich drohend zusammen.

Wann kam Moretto endlich aus Rom zurück? Der Anwalt war nie da, wenn sie ihn brauchte. Sie mußte ein neues Testament machen. Die Marchesa Vivarini, die beste Freundin der Familie, würde keinen einzigen Kunstgegenstand erben; sie hatte jahrelang den Hausherrn beschlagnahmt. Obwohl die alte Contessa immer behauptete, es wäre ihr sehr recht gewesen, war es ihr nie recht gewesen. Ein Ehemann gehört in erster Linie zu den Besitztümern einer Frau. Moretto war auch ein Wertgegenstand, der ihr immer vor Augen sein sollte. Nach Lucias Tod hatte er ihr einen Ausspruch des heiligen Augustinus aufgeschrieben: »Jeder Mensch trägt nur sein eigenes Herz auf der Reise durchs Leben mit sich herum. Und jedes andere Herz ist jedem anderen Herzen verschlossen.« Die alte Contessa las die Botschaft aus Rom in ärgerlicher Stimmung. Sie hätte von Moretto, der alles wußte, gern etwas über Lucias Selbstmord-Motiv erfahren. Da sie keinen Abschiedsbrief hinterlassen hatte, würde ihr Tod immer ein Rätsel bleiben. Verzweiflung? Oder doch Zerstreutheit? War diese Tochter nicht etwas verrückt gewesen? In diesem Fall durfte man ihr ihre Tat nicht als Todsünde ankreiden. Die alte Contessa verschloß Morettos Brief in ihrem Schreibtisch. Schwester Francesca, die nun im Palazzo überwintern würde, war so neugierig. Wenn Augustinus und der Anwalt Moretto keine Antwort wußten, dann brauchte sich niemand den Kopf zu zerbrechen. Die alte Contessa war beruhigt. Sie hatte ihre Ratgeber überschätzt. Sie würde alles nachts mit Antonio besprechen.

Übrigens besuchte Hilary Stafford die alte Contessa jetzt jeden Tag. Sie wurde von ihr entweder angefahren oder ignoriert. Trotzdem blickte die einsame alte Frau beinahe angstvoll auf die Uhr, wenn ihre ehemalige Schwiegertochter, die nun bald nach London zurückkehren wollte, nicht um fünf Uhr im Palazzo erschien. Hilary war so vernünftig und sprach nicht über Lucia. Sie unterhielt die Contessa mit Anekdoten über die Biennale-Besucher, oder sie sprach über sie selbst – ein Thema, das Livia Cesano immer begeistert hatte. Man hatte längst alles über Lucia gesagt, was zu sagen war. Bei diesen Besuchen betrachtete Hilary die alte Frau mit mildem Erstaunen. Wie die Steine von Venedig überlebte sie alle und alles.

Während der Biennale erkrankte Violet Ross, geborene Byron, an einem heftigen Fieber, und Hilary brachte sie ins Krankenhaus. Mr. Ross, ehemals Rossi, besuchte seine Frau zweimal täglich und nahm an einigen Biennale-Veranstaltungen mit Hilary teil. Er war besorgt um seine Frau. In die englische Ärztin war er weiterhin leidenschaftlich und starrsinnig verliebt. Oder war es Liebe? Wie immer war Ross sich noch nicht darüber klar, ob er angenehm verliebt oder qualvoll gebunden war. Und was würde seine Mutter dazu sagen, wenn er sich nach Violets Genesung von ihr scheiden ließe? Und was würde Hilary dazu sagen? Ross hatte nie eine so schweigsame junge Frau gekannt. Sie schwieg über alles, was über neutrale Unterhaltung hinausging. War sie in London an jemanden gebunden? Ross wußte es nicht. Rossi hätte längst gefragt oder ihr eine Szene gemacht. Ross wußte es besser.

Der Palazzo wirkte seltsam leer, nachdem Violet ins Krankenhaus gekommen war. Charlotte Petersen wohnte in Herrn Shinodas Zimmer. Herr Shinoda war entweder noch in Venedig oder zu seinem Uhrenladen in Tokyo zurückgekehrt. Nicht, daß Mr. Ross ihn jemals vermißte, aber manchmal dachte er an diesen höflichen und empfindlichen Herrn, der das Haus mit unauffälligem, aber intensivem Leben erfüllt hatte. Nicht etwa, daß Mr. Ross sich über die Atmosphäre, die Herr Shinoda verbreitet hatte, klargeworden war; aber Hilary sprach oft über den Japaner und schien die plötzliche Trennung zu bedauern. Sie wußte nicht, was den Japaner weggetrieben hatte oder wer ihn gekränkt hatte. Mr. Ross wußte es erst recht nicht, und Violet verschwendete keinen Gedanken auf Herrn Shinoda. Sie hatte genug Sorgen mit ihrem Mann und ihrem Fieber, das sie schwach und überkritisch gegen die fremde Umgebung machte. Jede Nacht träumte sie von New York und von ihrer Wohnung, obwohl sie nicht häuslich war und Alexander viele Abende allein gelassen hatte. Ihr Mann besuchte sie mit verbissener Regelmäßigkeit; aber diese Besuche waren für beide keine Freude oder Beruhigung. Violet schien durch das Fieber hellhörig geworden zu sein, und die spärlichen Gesprächsbrokken, die Alexander beisteuerte, erklärten ihr seine und ihre Situation. Sie nannte den Verfall ihrer Ehe immer »die Situation«, denn das Wort »Tragödie« stand nicht in ihrem Wörterbuch. Tragödien waren mit Schuldgefühlen verbunden, und Violet fand sich völlig schuldlos. Sie hatte immer ihr Bestes für ihren Mann getan – tüchtig, praktisch und geschäftig, wie sie in gesundem Zustand war. Alexander war immer ein alberner Träumer gewesen, der von Zeit zu Zeit eine kalte Dusche brauchte. Nach seinen Besuchen stieg Violets Fieber, und ihre Stimmung sank wie ein Stein in die Tiefe. Es war einfach unmoralisch, sich von Fantasievorstellungen überwältigen zu lassen. Und natürlich war Hilary Stafford eine falsche Katze. Violet mußte sich Mühe geben, bei Hilarys Besuchen im Krankenhaus den Schein zu wahren. Aber sie blieb höflich, so schwierig es auch war. Übrigens kamen Alex und Hilary immer getrennt ins Krankenhaus, auch darauf machte Violet sich ihren Reim. In diesen Wochen keimte in ihr der Entschluß, die Situation auf ihre eigene Weise zu meistern. Alex würde Augen machen. Manchmal war er direkt unterwürfig. Er mußte ein sehr schlechtes Gewissen haben, wenn er sich so verhielt. Es paßte nicht zu ihm. Und er wußte es genauso, wie Violet es wußte. Aber er hatte keine Ahnung von ihren Plänen, und das war gut so. Sie hätten ihm nicht gefallen.

Und Herr Shinoda? Natürlich war er sichtbar-unsichtbar in Venedig und betrieb seine beiden Lieblingsbeschäftigungen. Er war täglich im Theater, und er teilte im Geist und in der Tat einige Denkzettel aus.

Osome stand obenan auf seiner Liste. Sie heftete sich abwechselnd an seine Fersen, oder sie verschwand aus seinem Gesichtskreis. War sie auf halbem Weg zu Herr Yanaga zurückgekehrt? Herr Shinoda grübelte. Zwischen Quälern und Gequälten besteht eine geheimnisvolle Verbindung. Was wußte Herr Yanaga über dieses Mädchen? Fand Osome Gefallen an schlechter Behandlung? Das konnte sie bei ihm, Shinoda Taro, genau so gut oder besser haben.

Herr Yanaga hatte Osome von seiner Liste gestrichen, aber er dachte zu seinem Ärger an sie. Sie war immer in Bewegung. Eine quecksilbrige Person, die ihn aus seiner Schwerfälligkeit herausgerissen hatte. Warum mußte sie sein, was sie war? Vielmehr, warum mußte Herr Ono ihn darüber aufklären? Verdammter, eilfertiger Spielverderber! Herr Yanaga und der Spielverderber besuchten trotzdem gemeinsam einige Kabuki- und Nô-Darbietungen im Theater »La Fenice« und im Palazzo Grassi. Obwohl Herr Yanaga stolz auf die Kunst seines Landes war, saß er mit finsterer Miene da, er lachte nicht einmal bei den Possen der Kyogen-Spieler, die ihn sonst immer großartig belustigt hatten. Eine Zornfalte stand zwischen seinen dichten Augenbrauen, und seine Lippen waren herabgezogen, als ob er einem Begräbnis beiwohne. Seine einzige Äußerung war sein anspruchsvoller Husten, den der milde Herr Ono gehaßt hätte, wenn er des Hasses fähig gewesen wäre. So zuckte er nur unmerklich zusammen, wenn Herr Yanaga sein Hustensolo begann und blinzelte seinen Freund vorsichtig und bekümmert von der Seite an. Er war nicht über Herrn Yanagas Laune überrascht. Er hatte vorausgesehen, aber leider zu spät, daß Herrn Yanagas Dankbarkeit für seinen Aufklärungsdienst über diese Osome in Zorn gegen ihn, den Augenzeugen von Osaka, umschlagen würde. Das hatte man davon, wenn man seinen Freunden wichtige Dienste erwies! Auch Herr Ono folgte den Spitzenleistungen der Nô-und Kabuki-Truppen mit einer gewissen Zerstreutheit. Selbstquälerisch, wie er nun einmal war, fragte er sich immer wieder, ob er nicht lieber hätte schweigen sollen, was er sonst prinzipiell tat. Aber er konnte einen wichtigen Mann wie Yanaga nicht dieser Person überlassen. Er mußte die Folgen seines Freundschaftsdienstes auf sich nehmen. Er wußte ja, wie undankbar die Menschen waren. Herr Ono mußte sich immer wieder sagen, daß er auf alles gefaßt gewesen war. Herrn Yanagas Gewitterlaune ärgerte ihn trotzdem. Im übrigen war er eher verwundert als empört; denn heftige Reaktionen paßten nicht zu ihm. Sie paßten um so besser zu Herrn Yanaga, dessen Husten einen Kunstfreund – und Herr Ono war einer – zur Raserei bringen konnte. Aber Herr Ono raste nie. Im Gegenteil, er hatte weiter für Herrn Yanaga getan, was er in der Fremde für ihn tun konnte. Beispielsweise hatte er ihm, als Ersatz für diese Osome, zwei hübsche und achtbare junge Damen aus der japanischen Reisegruppe vorgestellt. Auch dafür hatte Herr Ono keinen Dank erwartet, aber Herr Yanaga hatte sich recht unfreundlich aufgeführt. Grob, verächtlich und unaufmerksam! Dabei war das eine junge Ding Kassiererin im Warenhauspalast Takashimaya – ein Vertrauensposten! Und die andere junge Dame arbeitete in einem renommierten Reisebüro in Tokyo.

Wenn Herr Ono nicht so gründlich (und glücklich) verheiratet gewesen wäre, hätten die jungen Damen ihm nicht übel zugesagt. Aber sie standen sozusagen unter seinem Reiseschutz. Er war eine Respektsperson für diese jungen Dinger und mußte es bleiben. Frau Ono konnte ruhig schlafen. Herr Ono seufzte so unauffällig, wie er alles tat. Es gab Schlimmeres, tröstete er sich, während er Mord, Totschlag, Tanz und Gesang auf der Kabuki-Bühne beobachtete. Zum Beispiel: Mord! Bestand eine Möglichkeit, daß sein Freund Yanaga... Als ob dieser Herrn Onos Gedanken erraten hätte, hustete er empört mit verdoppelter Lautstärke. Eine Amerikanerin machte: »Psst«. Ein Deutscher murmelte: »Unerhört! Man sollte Husten im Theater verbieten.« Dann hustete er selbst. Die geduldigen Japaner enthielten sich jeder Äußerung. Aber Herr Yanaga speiste mit Ministern und durfte husten, soviel er wollte. Man wußte, wer er war. Wer Osome-san war, wußten im Augenblick nur Herr Yanaga und der Augenzeuge.

Herr Yanaga folgte dem Drama plötzlich mit großer Aufmerksamkeit. Ein alter Mann streckte flehend die Arme nach der jungen, unerreichbaren Onnagata aus. Diese Prinzessin war schön, aber nicht so schön wie Osome. Ein seltsamer Ausdruck trat in Herrn Yanagas Augen, und er vergaß zu husten. Wie lächerlich und wie entsetzlich war es auf der Bühne und im Leben, wenn ein Mann, der den Höhepunkt seines Lebens überschritten hatte, eine junge Frau mit einer Intensität begehrte, die er in seiner sorglosen Jugend nie empfunden hatte. Alter! Ein Paar zerlöcherte Strohsandalen. Herr Yanaga schloß die

Augen in unerträglicher Schwermut. Herr Ono dachte, er schlafe. Er bezwang seine Abneigung gegen körperliche Berührungen und klopfte Herrn Yanaga vorsichtig auf die Schulter, um ihn aufzuwekken. Die Reaktion war so erschreckend, daß Herr Ono beinah von seinem Sitz fiel. Herr Yanaga hatte die zarte Hand seines Freundes brutal abgeschüttelt und ihn rasend vor Wut angestarrt. Sein Gesicht war verzerrt wie das eines Kabuki-Spielers in äußerster Erregung. Blanker Haß! Ein Bühnen-Samurai, der sich auf seinen Todfeind stürzte, kam nicht gegen Herrn Yanaga an. Herr Ono war sehr blaß geworden, er unterdrückte ein Zittern. Er hatte nichts von Yanagas Gefühlen, die dieser an ein wertloses Geschöpf verschwendete, geahnt. Wer, so fragte sich Herr Ono angesichts eines Bühnen-Schneesturms, kannte das menschliche Herz? Man wußte nur, daß in diesem Herzen ein Löwe, ein Schwein, ein Esel und eine Nachtigall zusammenhausen.

Auch Herr Yanaga, der sich beruhigt hatte, genoß den Schneesturm auf der Bühne wie alle anderen Zuschauer. Ein großartiger, japanischer Schneesturm, der Tod und Verderben versprach. Daheim feierte man im September den milden Mond. Seine Mutter stellte jetzt ein Tischchen mit Opfergaben – neue Kartoffeln, Klöße mit süßem Bohnenmus, Herbstgräser – in den Garten. Dabei murrte die alte Dame jeden Herbst, daß sie, statt einer Schwiegertochter, die Opfergaben vorbereiten mußte.

Eine Schwiegertochter konnte man ungestraft schikanieren, was selbst Frau Yanaga nur verstohlen bei ihrem Sohn wagte. In jedem Fall kam sie den poetischen Pflichten gegen den Herbstmond bemerkenswert unwirsch nach. Herr Yanaga hatte sich stets gefragt, wie sich die vorgeschriebene Mondstimmung in Gesellschaft seiner geehrten Mutter einstellen sollte. Auch jetzt, im Theater »La Fenice«, stellte er sich dieselbe düstere Frage. Stirnrunzelnd und hustend beobachtete er den Krieger-Priester, der mit seinem Gefolge dem Schneesturm entronnen war und nun bei einem behaglichen Herdfeuer in einer Hütte im Tal von einer reizenden jungen Bauerntochter ehrerbietig bedient wurde. Natürlich wußte Herr Yanaga, der dieses Spiel oft gesehen hatte, was seine Anziehungskraft für ihn erhöhte, daß dieses Bauernmädchen in Wahrheit die Göttin vom Berg Kazuraki war und sich in den nächsten Minuten in diese Dame verwandeln würde. In einem mit Efeu und Weinblättern dekorierten Gewand

würde die Göttin ihren berühmten Schlußtanz vorführen. Diese Onnagata war sehr anmutig, aber Herr Yanaga fand die wertlose Osome noch anmutiger und hustete wütend.
Beim Verlassen des Theaters ging Herr Yanaga zufällig hinter Osome, die sich lebhaft mit einem italienischen Kollegen unterhielt. Sie war viel liebenswürdiger zu dem jungen Mann, als sie es je zu ihm, Yanaga, gewesen war. Über ihrem langen Abendkleid trug sie einen dunklen Samtumhang, den Herr Yanaga ihr im feinsten Geschäft in Venedig für die Herbstabende gekauft hatte. Herr Ono, der sich leidenschaftlich für die Geldausgaben anderer Leute interessierte, wäre über den Preis entsetzt gewesen. Das Cape floß wie eine schimmernde Woge um Osome herum und enthüllte raffiniert ihren zarten, biegsamen Nacken. Herr Yanaga hätte den doppelten Preis für den Fetzen bezahlt, wenn er in diesem Augenblick diesen Nacken hätte küssen dürfen. Osome drehte sich um – offenbar hielt sie nach jemandem in der Menge Ausschau – und blickte unfreiwillig direkt in Herrn Yanagas Augen. Sofort drehte er ihr den Rücken zu. Das alles hatte eine Sekunde oder eine Ewigkeit gedauert.
Wo blieb Herr Ono? Wahrscheinlich würde er als letzter das Theater verlassen, da er nicht nur sehr bescheiden und bedächtig war, sondern außerdem niemals seine Ellenbogen gebrauchte, um sich einen Weg durch die Menge zu bahnen. Wenn er in Tokyo nicht seinen großen Wagen fahren würde, wäre er in der Untergrundbahn niemals zum Ziel gekommen. Denn das war der Ort, wo man mit Händen und Füßen ums Mitfahren kämpfen mußte. In seiner Jugend war Herr Yanaga immer als Sieger aus diesem unterirdischen Wettstreit, der ohne die japanische Höflichkeit stattfand, hervorgegangen. Osome und ihr Kollege waren längst von der Nacht verschluckt, als Herr Ono endlich am Ausgang des Theaters auftauchte. Osome! Herr Yanaga fühlte eine trockene Verzweiflung, die sich nicht einmal durch wütendes Husten Luft machen konnte. Herr Ono blickte ihn besorgt an. Yanaga-san war grau im Gesicht.
»Fühlen Sie sich nicht wohl, mein Freund? Wollen wir etwas trinken?«
»Da sind Sie ja endlich!«

Osome fand es immer schwieriger, die Maske der selbstsicheren, ehrgeizigen Journalistin zu tragen. Seit der Begegnung mit Herrn

Yanaga verrutschte die Maske und enthüllte das Antlitz eines gehetzten Mädchens auf schwankendem Boden. Daß ihr ehemaliger Gönner sie liebenswürdig anlächeln würde, hatte sie nicht erwartet, denn Herr Yanaga hatte zeitlebens die Legende vom permanenten Lächeln der Japaner Lügen gestraft. Aber daß er ihr brutal den breiten Rücken zuwenden würde, hatte sie nicht erwartet. Im Gegenteil! Sie hatte auf das übliche ›Arrangement‹ gewartet, das daheim nach Verstimmungen, Mißverständnissen und sogar nach ernsten Zerwürfnissen durch die Vermittlung von Freunden oder Verwandten irgendwie und irgendwann zustande kommt. Da in dieser Welt viel öfter gelogen als die Wahrheit gesagt wird, hatte Osome gehofft, ihrem Gönner durch taktvolle Intervention eines Dritten die scheußliche Wahrheit über sie als Lüge aufzutischen. Kurzum, sie hatte auf ein Wunder gehofft, denn sie hatte keine Freunde in Venedig. Da war nur Shinoda Taro, der keine Ahnung hatte und in diesem Zustand verharren mußte. Außerdem war er nicht Osomes Freund, sondern nur ihr Liebhaber. Nach langem Grübeln fiel ihr Herr Ono ein. Er war Yanagas Freund und wußte nichts über Osomes Besuche in Osaka. Ja, Herr Ono war der ideale Vermittler – milde, vorurteilsfrei und besonnen. Osome fragte sich, warum sie nicht sofort an Herrn Onos Nützlichkeit gedacht hatte. Aber sie hatte wohl unter Schock gestanden. Drei Tage waren nach der stummen Begegnung am Theaterausgang vergangen. Wie alles auf dieser Welt, würde die Theater- und Film-Biennale ihr Ende finden. Sie mußte etwas unternehmen. Je länger Osome vor einem leeren Blatt in ihrer Schreibmaschine über Herrn Ono nachdachte, desto idealer erschien er ihr in seiner Rolle als Vermittler. Im übrigen würde sie nie wieder nach Osaka fahren, journalistische Anerkennung erringen und sich demnächst wieder in Herrn Yanagas verdrießlichem und lukrativem Wohlwollen sonnen. Außer seinem seltenen Lächeln und dem Geschenk seiner Person hatte Herr Shinoda ihr nichts geschenkt.

Osome starrte auf das leere Blatt in der Schreibmaschine. Sie hatte bereits nach Tokyo über verschiedene Theaterereignisse berichtet sowie über die Gründung der Kunst-Biennale im April 1893 und die ständig fortschreitende Modernisierung des Unternehmens, das in den siebziger Jahren großen Wert auf die Beteiligung der Jugend und der Arbeiterschaft legte. Die neue kulturelle Struktur hatte eine gewisse politisch-revolutionär orientierte Richtung, aber die alten Kün-

ste und Meisterwerke der Welt wurden dabei nicht vernachlässigt. Osome erinnerte ihre Leser in Japan in diesem Zusammenhang an Kabuki, Nô, Shakespeare und Goldoni, über dessen Scherze zu lachen die Pflicht jedes Theaterbesuchers war. Osome schrieb begeistert über Goldoni, der ihr, wie Herrn Shinoda, nicht einmal ein Lächeln entlockt hatte. Man lachte offenbar in jedem Land über andere Personen und Dinge. Osome hatte verschiedene Zuschauer aus dem Westen beim Gähnen ertappt, als ein besonders komisches *Kyogen* gespielt wurde. Diese Komiker waren eine große Erholung zwischen den geisterhaften und dämonischen Nô-Spielen, sie waren mit Shakespeares »lustigen Personen« verwandt.
Osome hatte Herrn Shinodas Ansicht als ihren Geistesblitz an ihre Zeitung weitergegeben.
Nachdem sie drei Seiten mit dem Bericht über die Göttin vom Berg Kasuraki gefüllt hatte – nicht gerade eine Neuigkeit, aber deswegen japanischen Kunstfreunden willkommen –, schloß sie ermüdet die Augen. Wieder dachte sie an Herrn Yanaga. Auch wenn er ihr brüsk den Rücken zugewandt hatte, sein Blick verriet ihr, daß er sie nicht vergessen konnte. Gewiß, dieser Stacheldraht-Mann traute seinem Augenzeugen mehr als seinen Augen, aber er litt unter der Anhänglichkeit einsamer und alternder Liebhaber. Osome bevorzugte diese Sorte. Die jungen Männer waren treulos und hatten meistens wenig Geld. Falls es stürmische, treue und zugleich reiche junge Männer gab, hatte Osome nie einen getroffen. Sie bedeckte ihre Schreibmaschine sorgsam mit der Plastikhülle. Sie war sehr ordentlich. Sie wollte wissen, wo ihre Besitztümer waren und nicht nach ihnen auf die Jagd gehen, wie Herr Yanaga es zu tun pflegte. Jetzt würde er nichts finden, und das geschah ihm recht. Sie mußte sofort Herrn Ono besuchen und ihn veranlassen, eine Versöhnung zwischen Yanaga und ihr zu erwirken. Osome kämmte ihr schönes, glänzendes Haar und zog ein teures aber unauffälliges Kleid an. Bittstellerinnen konnten nicht bescheiden genug auftreten, und Herr Ono betrachtete wahrscheinlich auffallende Kleidung als Charakterfehler. Osome wußte nicht warum, aber der milde Herr Ono jagte ihr mehr Angst ein als der Brummbär Yanaga.
Noch fataler war Herrn Shinodas häufige Abwesenheit. Er verbrachte viel Zeit mit den japanischen Künstlern. Es war Osome nicht gelungen, diesen Star aus der formellen Theaterwelt einzufangen. Sie

brauchte ihn dringender als er sie, falls er sie überhaupt brauchte. Für ihre Dienste zu Beginn der Biennale hatte er ein Blumenarrangement geschickt. Eine vergängliche Kostbarkeit. Shinoda Taro war ein sinnlicher, aber seelisch abwesender Liebhaber. Nach dem Genuß wartete er höflich aber unmißverständlich auf ihr Verschwinden aus seinem Zimmer. Auch konnte und durfte sie nicht die Initiative ergreifen, sondern mußte warten, bis er sie rief. Sie ertrug die Situation, weil sie immer noch hoffte, daß sie in Tokyo mit Shinoda zusammen bleiben könnte. Er brauchte eine gute Sekretärin, da er ein altes Nô-Drama für die Kabuki-Bühne einrichten und umschreiben wollte. Osome kannte das Stück und fand es sterbenslangweilig, aber Herr Shinoda fragte sie nicht nach ihrer Meinung. Falls Herr Yanaga unversöhnlich blieb, war Kayawara Koshiro VI. ihre Rettung. Er stand über den Gerüchten, die der unbekannte Augenzeuge verbreitete. Wer hatte Yanaga gegen sie eingenommen? Es mußte hier in Venedig geschehen sein, denn vor der Reise war ihr Gönner ahnungslos gewesen. Ging der Augenzeuge ins Theater, sah er sich Filme am Lido an, lachte er heimlich über sie, Osome, wenn er sie irgendwo sah? Oder war es eine Frau aus der Reisegruppe? Wie sollte Osome es herausfinden? Gab es Verhaltensregeln über den Umgang mit Augenzeugen? Osome unterdrückte ein Stöhnen. Ein wahres Glück, daß Herr Ono nichts von dieser Sache wußte. Oder hatte Herr Yanaga ihm etwas gesagt? Osome hielt es für ausgeschlossen, denn ihr Gönner hätte Gesicht verloren, und war außerdem von Natur schweigsam. Osome haßte den oder die unbekannten Augenzeugen. Sie waren Schlangen, die man vernichten mußte. Aber sie konnte genau so gut versuchen, eine Wolke zu erschießen oder einen Traum wegzujagen. Sie war machtlos, kein Nô-Drama konnte dämonischer sein als das Spiel vom unsichtbaren Augenzeugen.

Herr Ono saß in der düsteren Halle seines Hotels und las eine in englischer Sprache herausgegebene Zeitschrift, die der Verständigung zwischen Japan und der westlichen Welt diente. Er studierte diese Zeitschrift weniger aus Gründen der internationalen Verständigung, sondern um in der Übersetzung einiger Gedichte kleine Schönheitsfehler zu entdecken. Diese Entdeckungen waren eines seiner zahlreichen Steckenpferde daheim und im Ausland; und je öfter er mißbilligend den Kopf schütteln konnte, desto genußreicher war die Lektüre. Tatsächlich war der milde Herr Ono ein unerbittlicher Kritiker und

Nörgler; die Übersetzungen, die von einem Japaner und einem Amerikaner zusammen gemacht worden waren, konnten sich sehen lassen; um so mehr, wenn man bedachte, wie schwierig die andeutende und doppelbödige japanische Poesie in eine westliche Sprache zu übertragen ist. Aber Herr Ono bedachte dies keine Sekunde, sondern schwenkte seinen Drehbleistift mit triumphierender Begeisterung, und verfaßte einen höflichen Drohbrief an den Chefredakteur – auch eine seiner Lieblingsbeschäftigungen. Er hatte viele solche verzuckerten Mahn- und Drohbriefe in seinem Leben geschrieben, nicht etwa anonym, sondern in dem Bewußtsein, daß sein Name und seine Position in der Öffentlichkeit seinen Beanstandungen Nachdruck verlieh. Ob das der Grund war, weswegen Herr Ono öfters einmal und nicht wieder bei Freunden und Bekannten eingeladen wurde? Nicht, daß es ihm etwas ausmachte; solange der Minister ihn von Zeit zu Zeit einlud, war alles in Ordnung. Seine Frau beklagte sich allerdings gelegentlich zögernd und entschuldigend, warum ihre Freunde sie häufig übergingen und nur dann einluden, wenn es nicht anders zu machen war. Herr Ono ignorierte die Klagen seiner Frau mit sonnigem Lächeln. Er war glücklich verheiratet und konnte es nur bleiben, wenn er Wortgefechte beim ersten Satz erstickte. Frau Ono konnte sich kaum mehr erinnern, wann sie das letzte Mal zu einem Festessen im »Palace Hotel« in Tokyo gebeten worden waren. An solchen Veranstaltungen nahmen Frauen und Töchter in kostbaren Kimonos teil. Wozu hatte Frau Ono ihre Festgewänder? Sie war natürlich ebenfalls glücklich verheiratet, aber nicht ganz so glücklich wie Herr Ono. Die Ehe wies eine Reihe kleiner Schönheitsfehler auf, die Ono Shigeo nie aufgefallen waren.
Als er im Geist, als Augenzeuge von Gewicht, einen Droh- und Mahnbrief an Osome verfaßte, den er ausnahmsweise anonym, nur zum Spaß abschicken wollte, erschien das Mädchen in der Hotelhalle. Osome sah zu seinem Mißfallen entzückend aus, dazu hatte so eine wie sie kein Recht. Herr Ono las ruhig weiter; er sah nur, wen er sehen wollte. Das war das einzige, was er mit seinem Freund Yanaga und anderen Persönlichkeiten des öffentlichen Lebens gemeinsam hatte. Falls diese junge, wertlose Person Beharrlichkeit zeigen sollte, dann war er noch zehnmal beharrlicher, und zwar so sanftmütig, daß er nicht beleidigend, sondern nur geistesabwesend wirkte und mit Dingen von enormer Wichtigkeit beschäftigt zu sein schien. Osome

war ihm so unerwünscht in seinem vornehmen Hotel, daß er die Nase tiefer in die Zeitschrift steckte. Er umgab sich nicht mit Stacheldraht wie Herr Yanaga; Herr Ono saß höflich und unauffällig in einem unzerreißbaren Spinnennetz. Eine gute Position für einen diskreten Augenzeugen.
Osome dachte, sie habe Glück, daß sie den freundlichen Herrn Ono in Lebensgröße in seinem Hotel vorfand. Vielmehr in Lebenskleinheit, denn Herr Ono war ein Sitzriese und überraschte Fremde durch seine kurzen Beine. Osome versuchte vergeblich einen Blick von ihm zu erhaschen. Was sollte sie tun? Sie hätte ihm gern seinen Lesestoff aus der Hand geschlagen, aber das mußte ein Wunschtraum bleiben. Sie hustete laut und dabei flehend; Herr Ono spielte nicht nur blind, sondern auch taub. Sie trat zögernd näher. Herr Ono las weiter. Sie hatte noch nie jemanden getroffen, der so beharrlich las. Natürlich konnte es so nicht weitergehen; wenigstens nicht für westliche Begriffe. Aber Osome wußte, daß es noch lange so weitergehen konnte. Sie mußte sich bemerkbar machen – aber wie? Sie erinnerte sich zur Unzeit, wie wütend Shinoda Taro wurde, wenn man ihn in seiner Lektüre oder bei seinen blödsinnigen Meditationen störte. Ganz zu schweigen von Kayawara Koshiro VI.! Sie wollte nicht an ihn denken; sowie er in ihre Gedanken eindrang, befiel sie eine ungesunde und tragische Spannung, der keine Entspannung folgte.
Osome hatte mehr Glück, als sie annahm. Als sie zum dritten Mal husten wollte, brachte ein Kellner in Livree den Tee für Herrn Ono und zwang ihn förmlich zum Aufblicken. Er blickte den Kellner, das Teebrett und Osome an, da sie unmöglich zu übersehen war.
»Ah«, sagte Herr Ono ohne Begeisterung und legte die Zeitschrift auf den zweiten Sessel an seinem Tisch. Ein dritter Sessel und eine Teetasse wurden von dem Kellner herbeigeschafft. Herr Ono verbeugte sich; es war die Andeutung einer Verbeugung für Störenfriede, aber Osome dachte, er habe Rheumatismus. Ein alter Herr über fünfzig hatte immer Beschwerden. Bis auf Herrn Yanaga, der beleidigend gesund war. Herr Ono setzte sich im Sessel zurück und war wieder eine Sitzgröße. Milde wie immer, aber irgendwie unansprechbar.
»Darf ich Sie einen Augenblick stören, Ono-san? Ich bitte tausendmal um Entschuldigung. Ich würde mich glücklich schätzen, wenn Sie mir Ihren geschätzten Rat in einer privaten Angelegenheit geben würden.«

Es klang wie auswendig gelernt, und das hatte Osome getan. Hatte sie geahnt, daß Herr Ono so meilenweit entfernt von ihr war, daß sie beinahe daran zweifelte, ob er ihre Antrittsrede gehört hatte? Es war ein einseitiges Spiel, und Osome war an Stichworte gewöhnt. Endlich fragte Herr Ono, was er für sie tun könne, wobei er anscheinend verstohlen auf seine Armbanduhr blickte.
»Es handelt sich um ein bedauerliches Mißverständnis, Ono-san.«
»Ah so?«
»Zwischen Yanaga-san und mir.« Osome sprach mit der entsetzten Ruhe einer Schauspielerin, die sich in einem Angsttraum allein auf der Bühne in einem leeren Theater befindet.
Zwei Touristen, ein Mann und seine Frau nahmen am Nebentisch Platz und schienen Herrn Onos Aufmerksamkeit auf sich zu lenken.
Der Amerikaner beklagte sich über Venedig, seine Frau dagegen liebte die Stadt, die Biennale und die Italiener.
»Ich fahre nach Haus, Betty! Ich habe genug von dem Kulturrummel.«
»Bist du verrückt, Horace? Das Nô-Spiel war ein Erlebnis.«
»Und wie! Ich bin immerfort eingeschlafen. Außerdem – ich hab genug Kirchen und baufällige Paläste gesehen. Offen gestanden, es langt mir für mein ganzes Leben. Ist hier kein Kellner?«
Herr Ono lächelte in sich hinein. Wenn er nicht vor seinen Landsleuten in Venedig sein Gesicht verloren hätte, wäre er auch gern nach Haus geflogen. Nô und Kabuki hatte er auch in Japan.
»Ein großes Mißverständnis«, flüsterte Osome. »Es ist schwer zu erklären, aber...« Sie stockte. Herr Ono schien nicht zuzuhören. Zum mindesten könnte er doch nicken, eine Frage stellen oder »Ah so!« sagen, dachte sie. Aber er saß still, tat nichts und inszenierte seine berühmte »Große Pause«. Während dieser Pause wurde jede Verbindung zerstört, der Eindringling blieb entweder tot auf der Strecke oder floh zum Ausgang des Büros, des Hotels oder des jeweiligen Hauses. Herr Ono hatte die Kunst des Pausierens zu hoher Vollendung gebracht. Er wartete nicht etwa auf irgendeine Reaktion eines unerwünschten Eindringlings, sondern summte im Geiste einen Walzer von Strauß. Er liebte die Musik des Westens. Ferner kalkulierte er, wieviel Osomes kostbare Handtasche Herrn Yanaga gekostet haben mußte, und wofür die Amerikaner am Nebentisch ihre Dol-

lars in Venedig ausgaben. Die Dame war gut, aber nicht luxuriös gekleidet, sie trug zu seinem Schrecken billigen venezianischen Touristenschmuck. Silber? Möglich, aber dünnes Silber. Doch das alles wollte wenig besagen, dachte Herr Ono. Kluge Leute ließen ihren kostbaren Schmuck daheim im Safe. Darauf hätte er bestanden, falls er Frau Ono mit nach Venedig genommen hätte, aber auf diesen Gedanken war er nicht gekommen. Der Herr aus den USA trug eine sehr teure, goldene Armbanduhr. Herr Ono berechnete flink, was eine solche Uhr hier kostete und was diese Qualität in Tokyo kosten würde. Kurzum, er war sehr beschäftigt.

Inzwischen hatte Osome ihren Tee getrunken und wußte nicht, wie es weitergehen sollte. Herr Ono rührte sich nicht und studierte seine feinen, knochigen Hände. Danach drückte er mit Daumen und Zeigefinger seine Nasenspitze zusammen – bei ihm ein Zeichen der Ungeduld, was Osome jedoch unmöglich wissen konnte. Auch wußte sie nicht, daß Herr Ono nicht fähig war, anderer Leute Standpunkte und Probleme der Beachtung wert zu finden, oder er hatte es nie versucht. Kein Zweifel, Osomes Probleme interessierten ihn nicht. Nachdem er seinen Freund Yanaga von ihrer unwürdigen Gesellschaft befreit hatte, existierte Osome nur noch so schattenhaft für ihn, daß er verwundert war, sie an seinem Tisch zu sehen. Verwundert und verstimmt. Dieses Mal blickte er unverhohlen auf seine Uhr und murmelte, es tue ihm leid, aber er habe in fünf Minuten eine Verabredung. Dann studierte er wieder die Armbanduhr des Amerikaners am Nebentisch und erwartete, daß diese dreiste Person nun endlich ginge. Sie hatten sich alles gesagt, was zu sagen war.

»Eine Sekunde Ihrer kostbaren Zeit, Ono-san! Bitte, bitte! Würden Sie die große Güte haben, eine Zusammenkunft mit Yanaga-san und mir zu arrangieren?«

»Ich verstehe nicht recht, warum sollte ich das tun?«

»Es ist ein entsetzliches Mißverständnis. Yanaga-san hat sich von mir abgewandt. Ich weiß nicht warum. Sehen Sie, jemand hat mich bei ihm verleumdet.«

»Wer?«

»Ich weiß es nicht. Ich weiß nur, daß es ein gemeiner Lügner ist.«

Herr Ono war es nicht gewohnt, als gemeiner Lügner bezeichnet zu werden, und Osome hatte sich durch diesen Ausdruck nicht beliebter bei ihm gemacht.

»Nur eine einzige Zusammenkunft, Ono-san! Ich muß ihm erklären, daß jemand ihn aus reiner Bosheit und Schlechtigkeit gegen meine unwichtige Person eingenommen hat. Ich habe mir nichts zuschulden kommen lassen, Ono-san! Ich werde Ihnen zeitlebens zu Dank verpflichtet sein.«

Herr Ono legte eine kurze Pause ein, und Osome blickte ihn erwartungsvoll wie ein Kind an. Er würde ihr helfen. Er war doch einflußreich und milde. Wahrscheinlich plagte sein Rheuma ihn.

»Es tut mir aufrichtig leid, aber ich kann Ihnen nicht helfen, Osome-san! Es ist nicht möglich.«

»Aber...«

»Yanaga-san ist gestern nach Japan zurückgeflogen.«

Wie für viele Schauspieler des klassischen Theaters, die eine schwankende Beziehung zum Zeitgeist und zur Außenwelt haben, war ein Nô-Drama so aktuell für Herrn Shinoda, als ob es vor einer Woche erdacht worden wäre. Da er zu den Leuten gehörte, deren Erinnerungen frischer und fruchtbarer als die Erlebnisse der Gegenwart sind, brachte eine Nô-Aufführung ihm seine Kindheit im Dorf Kurokawa ins Gedächtnis zurück. Obwohl er dort nur gelegentlich Ferien verlebt hatte und nach dem Eintritt seines Großvaters in ein fernes Kloster nie mehr das Dorf besuchte, brachte Nô den Geist von Kurokawa – Enthusiasmus, Frömmigkeit, Einfachheit und strenge Disziplin – auch in die fremdeste Umgebung. Genauso wie an einem Abend im Palazzo Grassi in Venedig, hätte das Nô-Spiel auch vor sechshundert Jahren oder im Dorf Kurokawa aufgeführt werden können. Selbst Shinodas intensive Beschäftigung mit Shakespeare, selbst dieser glühende und universale Geisterhauch aus dem elisabethanischen England, ja sogar Desdemona, traten vor Nô zurück. Nô war ein Urerlebnis, das sowohl über Kabuki als auch über den Schwan von Avon triumphierte. Durch Welten von seiner Familie in Tokyo getrennt, gab er sich diese Tatsache zum erstenmal zu. Eine erschreckende Tatsache, denn Kabuki war seine Welt. War Kabuki seine Welt? In jedem Fall war ihm bewußt geworden, daß Nô ein Bestandteil seiner Seele und Kabuki eine zu hoher Vollendung gebrachte Routine war. Es berührte seine innere Natur so wenig wie die Kunstwerke des Barock. Er fühlte Bestürzung – die Bestürzung des Verräters. Oder hatte der

schwankende Boden der Fremde die große Onnagata verwirrt? Was sagte Kayawara Koshiro VI. zu dieser Einsicht? Fühlte er die Wahrheit, wie Herr Shinoda sie im Palazzo Grassi fühlte? Konnte die Wahrheit von Nô gleichzeitig Kabuki Lügen strafen?
Herr Shinoda wandte seine Gedanken von dieser Selbstmordfrage ab und konzentrierte sich auf das Nô-Spiel im Palazzo Grassi. Er wollte herausfinden, ob die Spieler dem Spiel Ehre einbrachten. Die Truppe entstammte einer berühmten Nô-Schule in Kyoto, aber Herr Shinoda urteilte strenger als der strengste Lehrmeister und sozusagen päpstlicher als der Papst. Seine tiefe Verwurzelung im Nô verführte ihn nicht zur Sentimentalität. Im Gegenteil! Nur die besten Spieler waren gut genug für Nô. Aber natürlich war das Spiel wichtiger als die Spieler. Herr Shinoda betrachtete Nô als mythischen Felsen japanischer Kunst, der von Zeit zu Zeit aus dem Ozean der Erinnerung auftauchte – gewaltig, unweltlich, rätselhaft. Nichts für Ausländer, dem Buddha sei Dank!
Was das Theater betraf, waren Herr Shinoda und seine Onnagata Tyrannen und Opfer eines Trugbilds: Vollkommenheit! Da ihm keine Leistung gut genug erschien, betrachteten die Kollegen ihn als schwierig, wenn nicht unausstehlich. Aber wer ist umgänglich, wenn er der Vollkommenheit nachjagt? Herr Shinoda runzelte die Stirn. Er war auf der Suche nach neuen Welten nach Venedig gekommen, und diese Suche hatte sich gelohnt. Er hatte Desdemona gefunden. Er war todmüde aus Tokyo geflohen – er und die Onnagata fühlten sich wie ausgepreßte Zitronen. Aber das hatte er seiner Familie in Tokyo nicht mitgeteilt. Respekt und Vorsicht verboten briefliche Überraschungen. Der geehrte Großvater könnte tot umfallen, wenn Shinoda Taro ihm mitteilte, er wolle nicht weiter die größte Onnagata der siebziger Jahre sein. Was wollte er? Er mußte darüber nachdenken und es mit Desdemona besprechen. Der Platz neben ihm war leer. Osome hatte sich mit Kopfschmerzen entschuldigt. Wie konnte jemand Kopfschmerzen bekommen, wenn ein Nô-Drama auf dem Programm stand? Sie hatte nach ihrem Nachmittagsbummel schrecklich ausgesehen. Hatte sie Herrn Yanaga, ihren alten Gönner, besucht? Herr Shinoda traute es ihr zu. Aber er hatte nicht gefragt. Osome wich allen Fragen geschickt aus, indem sie irgendeine Lüge auftischte. Herr Shinoda tat zwar dasselbe, wenn er Fragen nicht beantworten wollte, nahm es Osome aber übel. Was bei ihr Unaufrichtigkeit war, war bei

ihm Diplomatie. Plötzlich dachte er an das Sommerhaus in Hakone, das ein Gönner ihm, zusammen mit einer großen Geldsumme, kürzlich hinterlassen hatte. Wäre es nicht ratsam gewesen, sich dorthin zurückzuziehen, zumal er bereits vierzig Jahre alt war? Sollte er Osome mitnehmen, da er an ihre Gesellschaft gewöhnt war? Nein, eine Person mit erlogenen Kopfschmerzen wäre kaum das Richtige.

Herr Shinoda studierte die Löwenmaske auf der Bühne. Wie alle Nô-Masken enthüllte sie die Wahrheit und verhüllte das nichtssagende Gesicht des Maskenträgers. Die Maske des Löwenspielers war schreckenerregend, ein Gegenstand von Angstträumen, was Herrn Shinoda über alle Maßen gefiel. Als Kind hatte er laut geschrien, wenn der Löwe erschien. Mit dem aufgerissenen Maul, den großen, mordlustigen Zähnen, den Zahnlücken, die wie Schluchten gähnten, den spitzen, dolchartigen Eckzähnen, die aus dem Zahnfleisch heraustraten! Die Augen waren weit aufgerissen, die Nasenlöcher wütend gebläht. Der Schauspieler hinter dieser dämonischen Maske war Herrn Shinoda aus Kyoto bekannt. Er war ein schüchterner, sanftmütiger Mann, der Angst vor seiner Frau und der Schwiegermutter in seinem Haus hatte. Ähnliches galt für den »Spieler erzürnter Gespenster«. Der Mann konnte keiner Mücke etwas zuleide tun. Aber was kam es auf die Herren an? Was kam es auf Herrn Shinoda an? Nur die Maske, nur die Verkleidung und Verwandlung von männlichen Mücken in Dämonen oder in die Onnagata waren von Bedeutung. Da gab es im Nô die »Maske für irrsinnige Frauen«, die den jungen Shinoda mit Grauen und Mitleid erfüllt hatte. Sie gehörte in ein berühmtes Drama: Eine Mutter wird auf der Suche nach ihrem verschwundenen Sohn wahnsinnig. Auch heute, da Shinoda Taro auf Schritt und Tritt echten Kummer und Nervenzusammenbrüche mitansehen mußte, schien ihm kein Frauenantlitz so echt zerrüttet zu sein wie *hyakuman*, die Maske irrer und unheilbarer weiblicher Verzweiflung. Er dachte an den Maskenschnitzer im Dorf Kurokawa. Er sah die dünne, verwitterte Hand, die mit feinem Pinsel Schatten und symbolische Linien auf den Masken anbrachte. Der alte Reisbauer hatte nicht geahnt, welch ein Künstler er war.

Herr Shinoda vergaß die Bühne im Palazzo Grassi keinen Augenblick über seinen Erinnerungen. In diesem Moment beugte er sich vor, als ob er auf die Bühne springen wollte. Der Hauptdarsteller, eine wahre

Nô-Berühmtheit, hielt beim Tanz seinen Fächer einen Millimeter zu hoch. War es zu fassen? Nicht etwa, daß es das Publikum störte! Der Herr an Shinodas linker Seite schien zu schlafen. Shinoda hätte den großen, schweren Barbaren mit rötlichem Haar und Sommersprossen am liebsten erwürgt. Aber da das Schwierigkeiten bereitet hätte, trat er ihm vorsichtig auf den Fuß. Vorsichtig aber fest. Er hatte seinen schlanken, eleganten Tänzerfuß längst in Sicherheit gebracht, als der Kunstfreund aus dem Westen wütend aus dem Schlummer auffuhr. Herr Shinoda nickte befriedigt. Der Herr sollte Nô genießen und im Hotel schlafen. Aber Herr Shinoda hätte sich nicht zu bemühen brauchen, denn in diesem Augenblick spielte das Orchester auf der Bühne mit solcher Lautstärke, daß ein Toter dabei aufgewacht wäre. Es war erstaunlich, daß ein Orchester, das aus drei Trommlern und einem Flötenspieler bestand, den Posaunen des Jüngsten Gerichts Konkurrenz machte.

Herr Shinoda schloß die Augen, um die Musik intensiver zu genießen. Nô-Musik hatte die Aufgabe, »Charakterbilder« zu erzeugen, und jeder Theaterfreund in Japan wußte es. Im Palazzo Grassi schienen nur wenige Leute das zu wissen, denn Herr Shinoda fühlte mit seinem sechsten Sinn für Wirkungen, daß das Publikum diese Musik ablehnte. Da hatte er es! Eine Dame vor ihm hielt sich die Ohren zu. Welche Unhöflichkeit! Welches Unverständnis! Für gewöhnlich war Herr Shinoda ein Verehrer westlicher Musik und genoß Mozart und Schumann in Konzerten und auf eigenen Schallplatten. Fortan würde er die Musik des Westens ignorieren, da es ihm unmöglich sein würde, sich bei Mozart die Ohren zuzuhalten. Dann war plötzlich alles zu Ende, und das Publikum strebte ins Freie. Mit seinem Talent zur Selbstquälerei forschte Herr Shinoda nach Anzeichen von Publikums-Ermüdung und krassem Unverständnis. Viele Zuschauer blickten jedoch nachdenklich oder animiert, was Herr Shinoda für Heuchelei und Wichtigtuerei hielt. Viele Kenner des japanischen klassischen Theaters waren zu dieser Biennale aus den USA und Europa erschienen, und es war nicht ihre Schuld, daß Herr Shinoda sie insgesamt für Unwissende hielt. Eine englische Stimme sagte: »Endlich! Ich dachte, die auf der Bühne würden nie mehr aufhören!« Das war es, was er hören wollte. Was die Italiener, Franzosen, Spanier und Deutschen von Nô hielten, entzog sich seiner Kenntnis, da er die Sprachen nicht verstand. Er war sehr müde.

Neben ihm ließ eine Dame ihre Brokattasche fallen, und er bückte sich im Gedränge und suchte, bis er das glitzernde Objekt in Sicherheit gebracht hatte. Als er die Tasche der Ausländerin, die verzweifelt umherblickte, zurückgab, starrte er direkt in Desdemonas Augen.
»Vielen Dank«, sagte die Fremde. »Sie sind sehr freundlich.« Sie sprach englisch mit einem deutschen Unterton, aber das konnte Herr Shinoda nicht bemerken. Wie sollte er Desdemona festhalten? Oh, ihre goldblonden Haare, ihr stilles blasses Gesicht, ihr kühles, schwaches Lächeln.
»Hat Ihnen das Stück gefallen, Madame?«
»Ich weiß nicht recht, etwas lang für einen Abend, nicht wahr?«
»Das ist das Schöne daran«, sagte Herr Shinoda.
Die Fremde blickte ihn einen Moment erstaunt an. Unter ihren hellen blauen Augen lagen Schatten der Ermüdung. Sie bedankte sich nochmals und verschwand in der Menge. Am liebsten wäre er der Erscheinung nachgestürzt, aber er stand unbeweglich und starrte in die venezianische Nacht. Er hatte Desdemona wochenlang gesucht und endlich gefunden. Hatte er sie gefunden, nur um sie wieder zu verlieren?
Er war in eine Gondel gesprungen, und der Nachtwind kühlte seine Stirn. Paläste tauchten auf und verschwanden. In welchem Palast hauste Desdemona mit ihrem eifersüchtigen Ehemann? Er rief sich zur Ordnung. Wie konnte er eine Person, die sich bei Nô gelangweilt hatte, für Desdemona halten? Litt er an Sinnestäuschungen wie jener Affe, der dachte, er tanze auf dem Gipfel der Welt und endlich herausfand, daß es die Handfläche des Buddha war? Herr Shinoda bemühte sich um seinen Rückzug in die Wirklichkeit. Er fühlte bereits brennende Eifersucht auf jeden Mann, der Desdemona betrachten oder gar umarmen durfte. Shinoda Taro war unversehens in ein Drama geraten, dessen Text ihm unbekannt war. Gab es in diesem Spiel überhaupt eine Rolle für ihn?
Herr Shinoda blickte verzweifelt zum Ufer hinunter. Er hatte Grund zur Verzweiflung. Mit Hilfe von Kayawara Koshiro VI. hatte er sich in ein Phantom verliebt.

Charlotte Christiane Petersen aus Hamburg hatte keine Ahnung, daß sie das Wunschbild und die *anima* eines Japaners in Venedig war. In entscheidenden Punkten wich sie merklich von Shakespeares Desdemona ab. Sie war weder sanft noch fügsam und dachte vorwiegend an sich selbst. Wenn sie wollte, konnte sie entzückend sein; aber meistens wollte sie nicht. Ihr Ehemann hatte sie nicht ermordet, sondern sich in ziviler Form von ihr getrennt. Er war Othellos Gegenteil: nicht eine Spur eifersüchtig, aber er hatte in der Ehe strikte Beachtung seiner Wünsche und Gewohnheiten erwartet. Da Charlotte blaß, lyrisch-blond und sehr zart war, hatte er ein Gretchen oder Käthchen aus Heilbronn, aber nicht eine von Vater und Bruder verwöhnte Person erwartet, die tadellose Manieren und gelegentlich Schönheit besaß und ein ausgesprochen frigides Gefallen an Männern fand. Hatte er den Unsinn von den leidenschaftlichen ›blassen Blondinen‹ geglaubt? Möglich war alles, und nach einigen Jahren ließ der Ehemann sich in aller Ruhe und Freundschaft scheiden. Er hätte Charlottes Bruder heiraten sollen. Mit Albert Petersen ließ es sich leben.

Das hatte auch Charlotte gefunden. Sie lebte nun seit Jahren mit ihm und einer Haushälterin in einem alten, leeren »Palazzo« an der Elbchaussee, den frühere Generationen der Petersens bewohnt hatten. Charlotte hatte Albert Petersen immer daran gehindert, ein Fräulein Stillhorn aus Klein-Flottbek zu heiraten und das alte Haus mit Kindern zu füllen. Sie konnte Kindergeschrei nicht ertragen. Sie war eine gute und bekannte Fotografin, das war ein lautloser Beruf.

Albert Petersen kannte Charlottes merkwürdige Angewohnheiten, ihre Zartheit, ihre Stimmungen und ihre Erlebnisse vom Tage ihrer Geburt. Er fand, im Gegensatz zu Freunden und Bekannten, alles an ihr in Ordnung. Charlotte konnte keine Kritik vertragen, sie ging ihren Kritikern höflich und lautlos aus dem Wege. Vielleicht war sie überempfindlich, vielleicht ein wenig eitel, vielleicht hätte sie selbstloser und dankbarer gegen ihren Bruder, der alles und mehr für sie tat, sein sollen; aber Albert Petersen fand es in Ordnung. Er fragte nie, ob Charlotte seine Liebe verdiente. Das wäre eine törichte Frage gewesen, da sie so offensichtlich Liebe brauchte.

Falls jemals von ihrem ehemaligen Mann die Rede war, nannte sie ihn den »Kritiker«. Es kam Albert so vor, als ob etwas wie Haß in ihrer leisen, höflichen Stimme sei. In solchem Fall beschwichtigte er sie. Schließlich hatte er ein Recht auf seine eigene Meinung. Dieses Recht gestand Senator Albert Petersen jedem zu. »Komm! Iß noch etwas Heringssalat. Du ißt wieder nichts.«

Charlottes Mangel an Appetit, ihre Gleichgültigkeit Männern gegenüber und ihre Unlust im allgemeinen waren Albert Petersens große Sorge. Neben seinen anderen Sorgen. Und nun war sie auch noch ohne ihn nach Venedig gefahren. Er konnte erst später fahren, aber dann wäre es zu kalt und stürmisch in Venedig gewesen. Sie schrieb selten, und das war nicht sehr nett von ihr. Aber sie war immer so müde, und Herr Petersen fand auch das in Ordnung. Vielleicht war das erstaunlich bei seinem scharfen und brillanten Verstand, aber so war es eben. Charlotte war nicht umsonst blaß und lustlos. Von Zeit zu Zeit nagte eine Ratte an ihrem seelischen Wohlbefinden. Von Zeit zu Zeit, wenn sie ihre Stimmungen hatte, war sie der Überzeugung, daß sie eines Tages eines gewaltsamen Todes sterben würde.

Da sie Hamburgerin war, hatte sie diese Überzeugung stets für sich behalten.

6

Desdemona aus Hamburg

Walle, Regen, walle nieder!
Wecke meine alten Lieder,
die wir in der Türe sangen
wenn die Tropfen draußen klangen.

Klaus Groth, Regenlied

CHARLOTTE C. PETERSEN:
Regen und Erinnerungen gehören bei mir zusammen. Wenn's regnet, fallen mir alle Dinge wieder ein, die ich vergessen habe oder vergessen wollte. Manchmal ist es so: Ich erinnere mich, und sofort fängt es an zu regnen. Draußen vor den Fenstern und in mir. Ich hatte immer nah am Wasser gebaut, Regen und Tränen sind beide naß.
Meine Erinnerungen sind teilweise so verschwommen wie das Elbufer bei Nieselregen, wenn man vom Süllberg aufs andere Ufer blickt. Ob's nieselt oder gießt oder ein Wolkenbruch auf den Alsterpavillon runterprasselt, mir gefällt's. Im Regen verlieren Menschen und Dinge ihre scharfen Konturen; die Schaufenster am Neuen Wall sind so beschlagen, daß man die Preise nicht erkennen kann, und die Regenschirme verbergen die Gesichter ihrer Besitzer. Man kann denken, es sind lauter nette Leute. Ich hab nichts gegen Leute im allgemeinen, aber aus einer gewissen Entfernung sind sie mir lieber. Ich hätte nie heiraten sollen. Mein Bruder Albert findet das auch. Aber er sagt nichts.
In Venedig regnet es jetzt auch nach Wunsch. Und da sind Kanäle, die mich an unsere alten dunklen Fleete erinnern. Ich war ein paar Mal mit Papa hier. Er kann nicht wieder mit mir nach Venedig fahren und mich verwöhnen und beruhigen, weil er tot ist. Kein Mensch hatte das bei ihm je angenommen. Er war so jung, viel jünger als Albert und ich je waren. Ich will nicht daran denken. Albert ist wunderbar. Er zeigt nicht, wie schrecklich intelligent er ist. Das hat er von Mutter. Er verwöhnt und beruhigt mich, wenn er nur einen Augenblick Zeit hat. Aber gegen Papa kann er nicht an. Ich glaube auch nicht, daß er es will. Er weiß, daß es bei mir regnet, sowie ich an Papa denke. Er

war bezaubernd, er nannte mich »Pünktchen«, weil ich als Kind so klein war. Mutter nannte mich prinzipiell »Charlotte«. Sie sagte: »Steh nicht schon wieder vorm Spiegel! Mach Dich nützlich!« Sie hatte vollkommen recht. Da mein Bruder der einzige Mensch ist, den ich so liebe, wie ich's verstehe, kann ich mir selbst nicht erklären, warum ich vor Jahren den Diplomkaufmann Tiedemann heiratete. Er war doch ein Wildfremder und nicht mal aus Hamburg. Was sollte ich in Bremen? Albert fand es auch, aber er sagte keinen Ton, als ich mit meinen Heiratsplänen bei ihm ankam. »Du mußt wissen, was Du willst«, sagte er ruhig und strich mir eine Locke aus der Stirn. Als ob er nicht genau wüßte, daß ich nie weiß, was ich will. Woher soll ich es wissen? Ich weiß nur, ich hab es nicht leicht. Ich bin nicht praktisch und tüchtig. Natürlich kenne ich 'ne Menge fixe Deerns zwischen Elbchaussee und Mönckebergstraße, habe aber nie den Drang verspürt, es ihnen an Fleiß, Nüchternheit und Bescheidenheit gleichzutun. Aber die haben es leichter als ich. Die setzen sorgsam einen Fuß vor den andern, stolpern nicht und fallen keine Treppen hinunter. Auch verlieren sie weder den Kopf noch ihre Handtaschen, und sie hätten Herrn Tiedemann nur geheiratet, wenn er der oder das Richtige für sie gewesen wäre. Sie wissen eben genau, was sie wollen, und noch genauer, was sie nicht wollen. Sie tun nicht, was sie nicht wollen. Mein Bruder war einige Male nahe daran, so ein Prachtexemplar zu heiraten, aber das hab ich ihm ausgeredet. Er hätte sich sehr gelangweilt, denn praktisch, nüchtern und tüchtig ist er selbst. Aber er ist viel mehr. Aus seiner Jugend hat er immer noch den Hang zum Fernen Osten. Er fliegt mit Vergnügen nach Japan und Hongkong. Aber nie nach Thailand, wo wir als Kinder nach dem Zweiten Weltkrieg mit den Eltern lebten. Jetzt sind sämtliche Petersens, die in Bangkok residierten, tot; ich wurde dort von Chinesen entführt und zufällig von Freunden meiner Eltern gerettet.

Wann immer ich daran denke, fängt's bei mir an zu regnen, und alles verschwimmt. Ich weiß nur noch, daß die Chinesen mein Haar schwarz färbten und ich plötzlich Hsi-Jen hieß. Aber ich war schon mit zwölf Jahren eigensinnig und sagte mir die ganze Zeit: »Ich heiße Charlotte Christiane Petersen.« Ich lebte mit den Eltern und Albert, den wir damals ›Pummel‹ nannten, in einem großen Tropenhaus in Bangkapi. Manchmal nenne ich Albert heute noch ›Pummel‹, so aus alter Gewohnheit und Zärtlichkeit; aber das dürfte sich sonst niemand bei ihm erlauben. Er ist nicht mehr so dick wie als Junge; er ist gut gepolstert, sehr groß und breit und solide wie der Wandschrank aus Eiche, der Onkel Hinrich Petersen gehörte und immer noch auf demselben Fleck in der Halle steht. In Hamburger Häusern bleibt das Mobiliar an derselben Stelle stehen, soweit man nicht ausgebombt wurde. Onkel Hinrichs scheußlicher Wandschrank beruhigt mich, wenn ich meine Stimmungen habe. Er hat alles überlebt, und das ist nett von ihm. Ich sollte mir ein Beispiel an Onkel Hinrichs Schrank nehmen. Oder an Pummel. Oder an Fräulein Pinkernelle, die uns den Haushalt führt. Aber ich hab diese dumme Ahnung, daß ich wenig Talent zum Überleben habe. Andererseits hab ich es bereits zu achtunddreißig Jahren gebracht. Mit Ach und ohne Krach. Krach gibt's nicht bei Petersens. Dagegen haben wir was. Aber wenn Albert in aller Ruhe sagt, dieses oder jenes passe ihm nicht, es ist bestürzender als Krach. Selbst Herr Tiedemann aus Bremen merkte es. Und bis der etwas merkte, konnte die Welt untergehen. Meine Ehe ging so lange zu Bruch, bis Albert sagte, das passe ihm nicht. Dabei war es meine und nicht seine Ehe. Aber Albert und ich gehören nun einmal zusammen, und bis auf Herrn Tiedemann hatten wir immer alles miteinander geteilt. Deswegen sah er wohl ein, daß ich sein Fräulein Stillhorn nicht mit uns und Onkel Hinrichs Wandschrank in einem Haus haben wollte, und bis heut hat er sie noch nicht geheiratet.

Wenn er es wirklich gewollt hätte, dann hätte er es ja getan. Er nimmt jede erdenkliche Rücksicht auf mich, aber was er sich vorgenommen hat, das tut er. Wir sprechen nie über Fräulein Stillhorn. Wozu sollte das gut sein? Vielleicht hat Albert mit ihr, was er »ein kleines Trallala« nennt. Das geht mich nichts an. Fräulein Pinkernelle kann sie auch nicht ausstehen. Außerdem ist sie viel zu jung für Albert. Siebenundzwanzig, und er über vierzig! Das ganze wäre ja lächerlich. Ich weiß, solche Ehen kommen vor; ich war ja damals auch zu jung für Herrn Tiedemann. Und natürlich ist Fräulein Stillhorn viel umgänglicher und hübscher als er. Fräulein Pinkernelle sagt auch, Albert habe alles, was er braucht. Ich hab nicht mal ein kleines Trallala. Aber das liegt wohl an mir. Eigentlich mag ich Männer nicht besonders. Bis auf Pummel sind sie brutal, arrogant und unbehaglich. Und sie wollen immerzu etwas von einem. Das machte mich derartig nervös, daß ich ins Fremdenzimmer zog. Wenigstens eine Weile. Das hab ich

Albert nie erzählt. Wozu? Ich selbst hab es beinah vergessen und erinnere mich nur daran, wenn es regnet.
Ich weiß genau, wann meine Stimmungen und meine Schreckträume anfingen. Wir waren längst wieder in Hamburg, und Chinesen kamen nie zu uns ins Haus. Ich träume oft, ich sei damals nur zum Schein gerettet worden, und jemand sei immer noch hinter mir her, auch wenn es kein Chinese ist. Manchmal sehe ich mich plötzlich auf dem Jungfernstieg um oder in Blankenese. Erklären kann ich es nicht, warum ich meine, jemand schleiche hinter mir her. Ist es etwa Herr Tiedemann? Aber warum sollte er das tun nach zehn Jahren und einer ordnungsgemäßen Scheidung von Tisch, Bett und seiner lieben Mutter? Und er ist kein Schleicher. Er tritt so fest auf, daß die Bilder vor Schreck von der Wand fallen. Also, wer sollte hinter mir herschleichen? Ich muß mich eben dauernd umdrehen, und das tu ich. Ich stehe ganz still auf dem Rathausmarkt und tue, als ob ich jemanden suche. Halte sogar die Hand vor die Augen. Ich meine, bei Sonne. Die scheint tatsächlich manchmal in Hamburg.
Falls einer es auf mich abgesehen hat, kann ich es nicht ändern. Das ist mir eine gewisse Beruhigung. Ich brauche mich nicht aufzuregen. Und schließlich kann ich mich doch nicht nach tausend Leuten in Hamburg oder Venedig umdrehen. Aber es wird dann passieren, wenn ich mich nicht umdrehen werde. Ich hab auch eine ganz nette Ablenkung: meine Fotografie. Das ist 'ne lautlose Beschäftigung. Nach dem Tod der Eltern – Papa wollte mich immer in Reichweite haben – richtete Albert mir ein Atelier in der Mönckebergstraße, ganz in der Nähe der Firma »Petersen, Grimm und Köhlbrand« ein. Mein Bruder hat nur ein kontrollierendes Interesse an dieser Exportfirma nach Japan und Hongkong. Er fühlt sich fürs Gemeinwohl verantwortlich und ist meistens im Rathaus. Aber wenn er kontrolliert, dann halten die Herren Grimm und Köhlbrand den Atem an. Und wenn er sagt, so etwas passe ihm nicht, denn wird es geändert. Er hat so eine ruhige und unauffällige Autorität, wie Mutter sie hatte. Da konnten der bezaubernde Papa und ich nie mit. Für Fräulein Stillhorn ist unser Albert jedenfalls viel zu schade. Sie ist wohl der gegenteiligen Ansicht, aber das ändert nichts an der Tatsache. Ich kam ihr wirklich entgegen, alles was recht ist, man hat ja schließlich seine Manieren. Aber Fräulein Stillhorn wollte Albert einreden, ich sei in einem Nervensanatorium besser aufgehoben als zu Haus, und das war ja

wohl allerhand. Nur weil ihr Vater ein Psychiater ist und sie auch den Kram studiert hat, mit Doktortitel und ungepuderter Nase, und Professor Stillhorns Assistentin ist, kann Marianne Stillhorn mich noch lange nicht von Pummel und zu Haus wegekeln. Da kann sie ewig und drei Tage warten. Daß ich lieber daheim fotografiere und nur Leute, die ich kenne und die uns gefallen – nicht wie in der Mönckebergstraße, wo lauter Unbekannte einem auf den Fersen sind –, ist kein Grund, mich in eine Nervenbude zu verschicken. Das paßte Pummel nun nicht in den Kram, und er sagte es der Person, ein bißchen verschleiert und so milde, wie er im Ärger spricht. Das weiß Marianne Stillhorn allerdings nicht, ich meine, wie milde er im Ärger redet. Aber er sagte es Fräulein Stillhorn in ihr ungepudertes Gesicht; nicht mal einen Lippenstift benutzt sie. Was hat sie verwöhnten Männern zu bieten? Na, das ist nicht meine Sorge. Abends weinte ich mich an Fräulein Pinkernelles Busen aus, wenn man ihre Vorderfront so bezeichnen will, und Pummel hatte wichtige, langweilige Gäste unten zum Essen. Sowie die weg waren, ging Pinkernellie zu Albert und sagte: »Sie weint.« Das kann er einfach nicht ertragen; darin war er schon als grüner Junge komisch. Er jagte rauf zu mir und saß auf meinem Bett, mit seinem Rotwein und seiner Ruhe und seiner Wärme, und Fräulein Pinkernelle brachte die Reste vom Abendessen rauf (die schmecken immer am besten, weil die Gäste endlich fort sind) und noch mehr Rotwein für uns drei, und es wurde ein sehr netter Abend. Danach veranstaltete Pummel sein Trallala mit Fräulein Stillhorn, wohl in Othmarschen, wo sie wohnt oder in der Innenstadt. Vielleicht essen sie erst im Ratskeller, wenn sie in der Stadt sind. Wenigstens kommt sie selten zu uns zu Besuch. Alte Schnüffeltante! Die wollte nur rauskriegen, wie ich mich als Chinesenkind in Bangkok gefühlt habe. Bis es der gelingt, mich mit Hilfe ihres berühmten Vaters als »Fall« zu behandeln und aus der Elbchaussee rauszugraulen, wird es noch oft und heftig regnen. Fräulein Pinkernelle, die eine unbegreifliche Zuneigung zu mir hat und Albert stumm und heimlich anbetet, sagte nur: »Das is ja wohl nich die Mööööchlichkeit!« Und wenn etwas nicht die Möglichkeit ist, dann ist Lisbeth Pinkernelle so außer sich, wie eine Seemannstochter aus Övelgönne es mit dem Anstand vereinen kann.

Ich hätte Mama sehen mögen, wenn Fräulein Dr. Stillhorn mit ihrem psychiatrischen Quatsch angefangen hätte! Mama war selbst ein

Fräulein Dr. Jansen vor ihrer Heirat gewesen (Mathematik), und Titel und kluge Reden imponierten ihr nicht. Gewiß, Mama hatte allerhand an mir auszusetzen. Und wer ist vollkommen, frag ich immer. Aber sie verstand keinen Spaß, wenn jemand mich angriff. Pummel war ihr Schmuckstück, und das sah ich auch ein. Aber sie zeigte es nicht und war immer gleichmäßig besorgt und liebevoll mit uns beiden. Jeder bewunderte sie. Vor allem Papa! Sie nannte ihn Hannes. Aber wenn ihr was nicht paßte, dann sagte sie Johannes, und Papa war ganz bestürzt. Er war viel jünger als sie. Und er sagte, sie sei weiser. Sie starb vor zwölf Jahren. Wir begruben sie neben Papa. Martha und Hannes. Wieder war eine Welt zu Ende gegangen. Zwei Jahre nach Mutters Tod heiratete ich Herrn Tiedemann. Das ist ihr erspart geblieben. Genau wie Fräulein Dr. Stillhorn. Ich war vorher zweimal verlobt und entlobt. Mama war damals wenig begeistert davon, aber sie benahm sich bewundernswert wie immer. So vernünftig! Sie sah ein, daß ich die Herren bei näherer Bekanntschaft nicht heiraten konnte. Es war nicht meine Schuld. Aber Papa hatte mir bedeutend besser gefallen. Ich glaube, er freute sich, daß ich zu Hause blieb. Das erstemal war ich achtzehn gewesen und hatte wie fünfzehn ausgesehen, was Herrn Lorenz gut gefiel. Herr Lorenz wollte ein dummes Gör, was ich nun einmal nicht war! Der zweite Anwärter war Rechtsanwalt Kallmorgen. Er fand in mir nicht das, was er suchte. Die Verlobung löste er höchstpersönlich auf. Es goß in Strömen. Die Einzelheiten verschwammen angenehm, und ich verkroch mich im Traum in Onkel Hinrichs Schrank. Da war es gemütlich und dämmrig, und man wußte, wo man sich befand. Herr Rechtsanwalt Kallmorgen hatte Betrieb und Licht und eine vergnügte Tafelrunde im Sinn. Und ich mag keinen Betrieb, das ist mir zu laut. Er blieb uns immer freundschaftlich gesinnt, besonders Albert. Er hat meine Scheidung von Herrn Tiedemann großartig durchgeführt. Fräulein Pinkernelle sagt, alte Freundschaft roste nicht, und das mußte in diesem Fall wohl stimmen. Heut hat unser Freund Kallmorgen eine sehr nette Frau, sechs lärmende, fleißige und fixe Kinder und täglich eine vergnügte Tafelrunde, wie er es verdient. Albert und ich halten große Stücke auf ihn, und er ist auch Bürgerschaftsmitglied. Ich hatte nur an ihm auszusetzen, daß ich ihn tatsächlich einmal heiraten wollte. Aber er sah sogar noch vor mir ein, daß er zu vergnügt und gesellig für mich war. Er schickt mir immer Blumen zum Geburtstag vor lauter Dankbar-

keit, daß er mich nicht heiraten mußte. Er ist ein bißchen opportunistisch, aber das wird man wohl leicht als Jurist, der dauernd mit Zweckmäßigkeiten und vorteilhaften Arrangements für die Klienten zu tun hat. Vielleicht hat er im Privatleben »ethische Grundsätze«, aber das geht mich Gottseidank nichts an. Pummel hängt nie die Fahne nach dem Wind, und ich besitze keine Fahne. Einmal sagte Herr Kallmorgen, in seiner Eigenschaft als mein Zukünftiger, ich sei putzsüchtig. Aber das nahm ich ihm nicht übel, denn der Hamburger Geschmack mißbilligt das Bestreben, weibliche Reize ins rechte Licht zu setzen und Geld und Gedanken an äußere Aufmachung zu verschwenden. Daß Frau Kallmorgen ihrer Garderobe keinen Gedanken schenkt, muß sie in seinen Augen begehrenswert gemacht haben. Ein blaues oder graues Kostüm und die Hüte! Na, die will ich lieber vergessen. Sie kocht aber herrlich, was zur Vergnügtheit der häuslichen Tafelrunde noch beiträgt. Friede ihrer Aalsuppe!
Fräulein Stillhorn hat ethische Grundsätze und wünscht, daß alle sich danach richten. Sie selbst tut, was sie für vorteilhaft hält. Wo ist der Unterschied zu Christian Kallmorgen? Als ich Pummel fragte, sagte er, ich solle mich um meine eigene Nase kümmern. Er sagte es netter und liebevoller, aber das meinte er. Wie kann ich mich um meine eigene Nase kümmern, wenn Fräulein Stillhorn mich für manisch-depressiv erklärt? Das tat sie, kurz vor meiner Reise nach Venedig. Am Telefon, und ich hörte das Telefongespräch oben in meinem Zimmer mit. Ich wollte selbst an meine Freundin Lene Voss telefonieren. Marianne Stillhorn kam ganz schön bei Pummel mit meiner manischen Depression an. Erstmal sagte er nichts und sie fragte, ob er noch da sei. Er überlegt gern lange und gründlich, wie es Hamburger Art ist, und er ließ sich nicht durch sie stören. Schließlich sagte er, man solle die Kirche im Dorf lassen, damit meinte er wohl mich in der Elbchaussee, und der psychiatrische Schnack überzeuge ihn nicht. Sie fragte spitz: »So?« Und er sagte, ich würde bald nach Venedig reisen und mich erholen. Sie fragte, was er von meinen »Zyklen« halte: Einen Tag mache ich sechzig Aufnahmen und dann wochenlang nichts. Ob das normal sei? Oder daß ich mich auf der Straße dauernd umblikke? Oder – mein Herz klopfte. Sie will mich ja nur in die Klinik ihres Vaters überführen und dann Pummel heiraten und Fräulein Pinkernelle schikanieren, wenn das möglich wäre. Aber das ist nicht möglich. Albert sagte gefährlich sanft, es sei meine Sache, wann ich ar-

beite oder mich umblicke und es tue ihm leid, aber dieses Gespräch passe ihm nicht. Daraufhin wurde sie zahm und fragte, ob es nun aus zwischen ihnen sei. Pummel lachte und fragte, ob sie tüdelig geworden sei und was das eine mit dem anderen zu tun habe! Ich hatte erwartet, er würde endlich Schluß mit dieser gräßlichen, jungen Person machen. Aber Männer, und leider ist Albert auch einer, wollen eben ihr kleines Trallala. Ich schmiß den Hörer hin. Ich wollte nicht hören, wo sie sich treffen. Ich weinte so sehr, daß ich nicht zum Abendessen erschien und Fräulein Pinkernelle ihm sagte: »Sie weint.« Er aß sein Abendbrot oben bei mir. Er kann es einfach nicht aushalten, wenn's bei mir regnet. Sonst ist er so gelassen und kein bißchen sentimental, aber ich soll manisch heiter sein. Wie Christian Kallmorgen. Oder Fräulein Stillhorn. Natürlich weine ich in sorgfältig berechneten Abständen. Sonst würde selbst Pummel dagegen abstumpfen. Ohne ihn und Pinkernellie wär ich verloren. Wo ich Papa nicht mehr habe. Er war ein richtiger Draufgänger, und die Frauen rannten ihm nach. Er konnte nichts dafür. So lange ich zurückdenken kann, war Papa begeistert von mir. Ich konnte nichts falsch machen. Pummel ist kritischer. In seinen Augen mach' ich manches falsch, aber es macht ihm nichts aus. Manchmal denke ich, ich bin ein kleiner Stein in seinem Schuh, der ihn am Gehen oder am Fortgehen hindert. Einmal sagte ich es ihm, und er war ganz entsetzt. Er tat nicht so; er war ehrlich bestürzt. Ich konnte ihn gar nicht ansehen. Vielleicht war es nicht nett von mir. Aber Fräulein Pinkernelle, mit der ich alles bespreche, sagte, da solle ich mir keine Kopfschmerzen drüber machen. Und heute abend gäbe es »Stubenkücken« und das sei doch etwas, was ich möge, nich? Sie behandelt mich wie ein Kind, das man mit Leckerbissen beruhigen muß. Aber es macht ihr soviel Spaß, daß ich ausnahmsweise Rücksicht nehme und alles aufesse.

Meine Appetitlosigkeit fiel mit meinen Flitterwochen mit Herrn Tiedemann zusammen. Ob er mir den Appetit verdarb? Oder war es die Sehnsucht nach Albert und unserer Pinkernellie? Sie hat ja Mama noch gepflegt und gehört zur Familie. Wie Onkel Hinrichs Wandschrank. Sie ist groß und kräftig und kleidet sich so eintönig wie eine Nachteule. Aber das spielt keine Rolle. Sie ist eine großartige Person. Niemals launenhaft oder grob wie andere Leute, wenn ihr was gegen den Strich geht. Sie mag es nicht, wenn ich meinen Trödelzyklus habe und Verabredungen nicht einhalte, weil ich zu entmutigt bin.

Nur Lene Voss kann kommen. Dann klönen die beiden über die Seefahrt. Der Vater von Lene ist Reeder, und Fräulein Pinkernelle spinnt ein großes Gewebe mit dem Seemannsgarn ihres Vaters. Ich kenne Lene Voss seit dem Tage, als wir aus Ostasien zurückkamen. Sie wohnt drei Villen entfernt von uns. Warum Albert sie nicht heiraten will, weiß ich nicht. Sie sieht sehr jung für unser Alter aus. Und heutzutage ist Mitte oder Ende dreißig überhaupt kein Alter. Lenchen wär Lisbeth Pinkernelle und mir recht gewesen. Und Alberts Bordeaux schmeckt ihr auch.
Manchmal blickt Lisbeth Pinkernelle mich so komisch an – besorgt und etwas säuerlich, und ihre knallblauen Augen verschleiern sich wie die Elbe im Abendnebel. Sie hat schon allerhand graues Haar in ihrem kräftigen Blond. Sie hat so'n grundehrliches, faltenloses, rosiges Gesicht. Sie kann einfach nicht lügen, nicht mal notlügen. »Was ist denn?« frage ich, wenn sie so blickt. Aber sie preßt die Lippen zusammen und sagt nichts; außer etwa, daß es Butterkuchen zum Kaffee gäbe, und den müsse ich essen. Meine Ehe ignorierte sie und nannte mich weiter »Fräulein Charlotte«. Es dauerte ja auch nur fünf Jahre.
Manchmal fuhr ich sonntags mit ihr zu den Freunden ihres verstorbenen Vaters in Blankenese. Pinkernelle im blauen Kostüm mit weißer Bluse und einem Filzhut, der an Scheußlichkeit nicht überboten werden kann, und eine goldene Ankerbrosche über dem ersten Knopf der Bluse. Kapitän Cordes und seine Frau waren wohl etwas erstaunt, als ich mit Pinkernelle bei ihnen ankam. Aber Frau Cordes ist fremde Vögel gewöhnt. Zwei ausgestopfte Papageien und ein kleiner Kolibri aus den Tropen sind ihr täglich vor Augen. Sie nannten unser Fräulein Pinkernelle »Mein Lieschen«, und sie klönte mit den alten Herrschaften und wurde beinah beredsam. Sie lachte sogar mit ihrer Nebelhornstimme, und ich wußte plötzlich, wie sie als junges Mädchen, das den jungen Cordes heiraten sollte, ausgesehen hatte. Genau so robust und grundehrlich und solide bis ins Flanellnachthemd. Wir sprachen über alles mögliche. Nur Hein Cordes, der auf See geblieben war, wurde nicht erwähnt. Das war vor meiner Blitzheirat mit Diplomkaufmann Tiedemann. Jetzt geh ich nicht mehr zu Herrn und Frau Cordes. Sie waren sehr nett zu mir, aber ich fühlte mich völlig überflüssig in dem kleinen Haus auf dem Hügel, mit dem besonnten Blumengärtchen und dem Blick auf die Elbe und den Erinnerungen.

Kapitän Cordes war mit den Frachtpassagierdampfern der Hapag in der Welt 'rumgesegelt. Die Fracht hatte ihm immer besser gefallen als die Passagiere. Aber er dürfte dieselbe gleichmütig freundliche Miene aufgesetzt haben wie bei meinen Besuchen. Ich war ein Passagier in der Kapitänskajüte. Vorzugsbehandlung. Und Grog mit Jamaica-Rum. Aber er wird trotzdem froh gewesen sein, als ich endlich abschwamm. Er hat scharfe Augen, mit denen er bis auf den Meeresgrund blickt. Trotz seines Alters braucht er keine Brille. Höchstens zum Zeitunglesen; aber wenn er die Brille nicht zur Hand hat, liest er auch so. Albert trug schon als Junge eine Brille, genau wie Mama. Die beiden waren kurzsichtig. Aber ich kann über drei Straßen hinweg sehen. Mit meinen Augen ist alles in Ordnung. Ein Glück, nicht wahr? Wo so viele verdächtige Typen rumlaufen. Leider nehme ich immer das Beste bei Leuten an, bis sie mich vom Gegenteil überzeugen. Das war auch der Fall, als Albert Herrn Tiedemann aus dem Überseeklub zu einer Flasche Bordeaux nach Hause brachte. Wie hätte ich jemals Herrn Tiedemann heiraten können, wenn ich nicht das Beste von ihm gehalten hätte? Warum brachte Pummel ihn mit nach Haus? Allerdings konnte er nicht ahnen, daß ich den Herrn aus Bremen heiraten würde. Ich tat es eigentlich seinetwegen, denn Albert wollte ja selbst heiraten. Damals vor zehn Jahren. Und da wollte ich nicht im Wege sein. Ich hätte ja auch ausziehen können, aber allein mag ich nicht leben. Und wer sollte kochen? Fräulein Pinkernelle gehört ja in die Elbchaussee, und sie hätte nie erlaubt, daß ich allein irgendwo im Hotel – Igitt! Kurz und gut, damals schien Herr Tiedemann ein guter Ausweg zu sein. Er bot ein recht nettes Haus, ein großes Einkommen, und was er sonst noch bot, wußte ich nicht. Niemand hätte sich bieten lassen, was Herr Tiedemann sonst noch bot. Man wohnt im Leichenschauhaus immer noch angenehmer als mit ihm. Selbst Albert, der für gewöhnlich auch auf den Meeresgrund blickt, konnte nicht ahnen, was Herr Tiedemann mir bot. Und er sah so aus, als ob er eine Bremer Ausgabe von Hamburger Zuverlässigkeit sei. In seiner eigenen Art war er zuverlässig. Man konnte sich drauf verlassen, daß er... ich will nicht mehr an den Schweinkram denken! Und nach außen hin so korrekt und gefällig! Seine Mutter hatte auch keine Ahnung davon, daß ihr Franz Otto der unangenehmste Mensch zwischen Bremen und Hongkong war. Ihr gegenüber gab er immer klein bei. Das muß ihn ungeheure Anstrengung gekostet haben. Er hatte wohl Angst, daß sie ihm hinter sein sadistisches Privatleben kommen könne. Sie kam vielleicht dahinter, als die Bombe platzte und ich zurück nach Hamburg fuhr. Fünf Jahre hatte ich es ausgehalten und im Bett die Zähne zusammengebissen, weil ich einen Sohn haben wollte. Aber damit wurde es auch nichts.

Obwohl er keinen Grund dazu hat, ist Albert immer stolz auf mich, wenn er mich fremden Besuchern vorstellt. Mein Bruder findet mich nicht hübsch, sondern schön, und mit meinem langen blonden Haar ist er ganz tüdelig. Selbst daß ich keine fixe Deern bin, und so zart und so anders als Fräulein Stillhorn, gefällt ihm.

»Das ist meine Schwester«, sagte er zu Herrn Tiedemann, und ich hörte den verborgenen Stolz in seiner leisen Stimme. Denn so groß und kräftig unser Albert ist, so leise spricht er.

Herr Tiedemann glotzte mich mit seinen Schellfischaugen an. Anscheinend sprachlos vor Entzücken. Ich war damals achtundzwanzig und sah wie achtzehn aus. Fräulein Pinkernelle hatte trotz der Kocherei mein Haar lange gebürstet, und es glänzte im Kerzenlicht. Wir aßen Seezunge, und Herrn Tiedemanns Appetit ließ nichts zu wünschen übrig. Er futterte mit einer Entschlossenheit, die ihm leider sonst abging. Aber er trank sparsam vom Bordeaux, den es zum Rehbraten gab. Er wollte uns nicht darauf stoßen, daß er ein Säufer ist. Das hätte ich nicht so schlimm gefunden, denn an der Waterkant ist man einem guten Tropfen nicht abgeneigt. Nur Franz Otto war kein stiller, sondern ein lärmender, brutaler Säufer, obgleich er sonst ein wohlerzogener Waschlappen war. Bei seiner Mutter trank er Sodawasser, bei uns ein Glas Rotwein, ein halbes Glas Weißwein zum Fisch und dann nichts mehr. Pummel war ganz erstaunt, daß ein Hanseat keinen richtigen Zug am Leib hatte.

Wenn mein Mann über den Durst getrunken hatte, warf er mit Gegenständen um sich und verprügelte jeden, der ihm ins Blickfeld geriet, vor allem mich. Und dabei kam er aus einem »feinen« Haus und einer altrenommierten Firma, und seine Mutter war so stocksteif, wie nur eine Bremerin aus allerbestem Hause ist. Franz Otto hatte Angst vor ihr. Ich auch. Nur Pummel wurde bei der Hochzeit großartig mit ihr fertig, und sie spuckte sozusagen das Lineal aus, das sie bei ihrer Geburt verschluckt hatte. Aber ich kenne keinen, mit dem unser Albert nicht in aller Ruhe fertig wird, das hat er auch von Mama. Und dazu die Musik. Er ist gräßlich musikalisch. Aber selbst, wenn er ganz anders gewesen wäre, als er nun einmal ist, meine Schwiegermutter hätte ihn hinreißend gefunden, weil er zufällig Senator ist. Vielleicht nicht zufällig. Wenigstens setzte sie ihre huldvollste Miene auf, die ich nie wieder in Bremen zu Gesicht bekam. Sie sagte mir manchmal, auf Schönheit komme es bei einer Ehefrau nun ganz und gar nicht an. Ich glaube, sie irrte sich; aber ich war zu müde, um sie eines Besseren zu belehren. Sie hatte ein feines, farbloses Gesicht, und sie hätte recht gut ausgesehen, wenn sie sich etwas zurechtgemacht hätte. Aber das kam nicht in Frage. In ihren Kreisen zeigte sich jede Dame so, wie Gott sie erschaffen hatte. Obwohl er sich nichts aus mir machte, war Franz Otto irrsinnig gekränkt, wenn mir ein anderer Mann besser gefiel als er und ich ihn anlächelte. Man wird ja wohl noch lächeln dürfen. Er war der reinste Othello, wenn er zu tief ins Glas gesehen hatte! Ein Othello mit Schellfischaugen, der alle wichtigen Schlachten verlor. Ich meine privat. Im Geschäft war er tadellos. Er soff prinzipiell nach Büroschluß. Ich wartete nicht ab, bis er mein Rosenthal-Porzellan bis auf den letzten Teller zerschlagen hatte. Es stammte von unseren Eltern. Ich weinte bei jedem Stück. Was bloß Mama dazu gesagt hätte. Ich schrieb Pummel nicht, was sich in unserem feinen Haus in Bremen abspielte. Ich schämte mich für meinen Mann. Und dann wollte ich Albert nicht unnütz bekümmern. Er hatte genug Sorgen. Aber er hatte denn doch ein Fräulein Brinckmann nicht geheiratet, wie ich angenommen hatte. Den fünfjährigen Ausflug nach Bremen hätte ich mir sparen können. Manchmal war ich dicht daran, meiner Schwiegermutter zu sagen, daß ihr lieber Sohn in betrunkenem Zustand kein reines Vergnügen sei. Aber irgendwie brachte ich es nicht fertig. Sie hatte wirklich keine Ahnung und war dabei eine kluge und welterfahrene Frau. Nicht mein Geschmack. Aber sie war in ihrer muffeligen Art so begeistert von ihrem Sohn, daß ich wie immer, den einfachsten Ausweg wählte und den Mund hielt.

Nichts gegen Bremen. Warum denn? Es war anders als Hamburg, aber irgendwie anheimelnd; und bis auf Familie Tiedemann gab es dort, wie überall, recht angenehme Leute. Ich denke da an Dr. Witte. Übrigens fragte ich mich oft, ob ich am Bankrott meiner Ehe schuld sei, aber meiner Meinung nach war mein Mann das Karnickel. Fünf Jahre waren 'ne ganz hübsche Zeit, um über den Kram nachzuden-

ken. Einmal sagte mein Mann, ich sei ein Kind geblieben. Er war nicht kinderlieb.
Nach Hamburg fuhr ich nie, weil ich wußte, ich wäre nicht wieder nach Bremen gekommen. Und ich genierte mich außerdem. Die hätten Augen zu Haus gemacht, wenn nach zwei glorreichen Entlobungen auch noch meine Ehe zu Bruch gegangen wäre, ich meine offiziell. Bis auf Albert und Lisbeth Pinkernelle hätten alle gesagt, mit mir könne es eben niemand auf die Dauer aushalten. Vor allem Fräulein Dr. Stillhorn hätte triumphiert. Sie habe es ja immer gewußt.
Ich mochte die Weser gern, wie alle Flüsse. Aber natürlich war sie nicht die Elbe. Vergleiche stimmen nie, und ich liebte die Weser, wie sie war: nützlich, ansehnlich und naß. Am besten gefielen mir in Bremen die Bremer Stadtmusikanten-Tiere auf der Wanderschaft! Ein Kupferstich der Musikanten hing im Wohnzimmer meiner Schwiegermutter, bei weitem das Schönste in ihrem Haus. Und dann gab's den Ratskeller, wo ich gelegentlich, wenn mein Mann geschäftlich verreist war, mit Dr. Witte vor Anker ging.
Wenn ich meine Stimmungen bekam, die in Bremen beinah jene manischen Depressionen waren, die Marianne Stillhorn mir anhängen wollte, fuhr ich nach Bremerhaven und war ganz zufrieden mit den Schiffen und dem Fischmarkt und dem Salzgeruch. Ich fotografierte dort. Später fand die Kollektion Anklang und wurde in einem Sammelband »Die Hansestädte in Wort und Bild« reproduziert. Pinkernellie war voller Mutterstolz und hielt jedem Besucher das Buch unter die Nase, ob er Hansestädte im Augenblick sehen wollte oder nicht. Das Buch lag immer, zusammen mit anderen Büchern, auf Alberts Nachttisch. Ich sah es durch Zufall; er hatte es ganz unten versteckt.
Er besuchte mich regelmäßig und brachte selbstgebackenen Kuchen (Sandtorte und Kringel) von Fräulein Pinkernelle mit. Einmal zu Ostern kam sie mit Albert mit, und ich war todmüde von der Anstrengung, ihr etwas vorzulächeln. Ich vermied ihren Blick, und das war bestimmt richtig. Na, sonst schickte sie eben Kuchen mit, den Albert trotz seiner Diät am Ende bis auf den letzten Krümel aufaß, weil ich nichts runterwürgen konnte, wenn er in Bremen war. Ich konnte auch nichts gegen meinen Mann sagen, denn er war bei Alberts Besuchen so liebenswürdig, daß selbst Pummel, der mich versteht, gedacht hätte, ich habe meine Stimmungen. Er wurde von Tie-

demanns königlich bewirtet, und dagegen war auch nichts einzuwenden. Ich saß in der Falle. Aber ich wollte Pummel nicht traurig machen. Er kann's doch nicht aushalten, wenn ich nicht auf dem Damm bin. Sonst ist er so ruhig und energisch; aber darin ist er komisch. Das war immer so. Er hat sich nie abgewöhnt, mich als ›Pünktchen‹ zu sehen – klein und zart und in Gefahr ausradiert zu werden.
Meine Schwiegermutter hatte scharfe Linien im Gesicht. Hatte ihr Mann sie auch aus dem Schlaf geweckt, wenn er was wollte und gefragt: »Schläfst Du noch?«
Sowie der Besuch sich verzogen hatte, stürzte mein Mann sich auf die Brandyflasche. Er hatte was gegen verdünnten Alkohol, und wenn er richtig dun war, fing er Streit mit mir an. Er nannte mich »frigide Pute«, nur gut »zum Abgewöhnen« und warf gelegentlich mit Gegenständen um sich, wenn ich ihn zurückstieß. Wo hatte er bloß die ordinären Ausdrücke her, die er mir an den Kopf warf, bevor er auf seine ehelichen Rechte pochte? Du lieber Himmel, ich ekelte mich vor ihm. Als er das erstemal einen Gegenstand nach mir warf, verletzte er mich am Arm; aber später entwickelte ich eine perfekte Ausweichtechnik wie der dumme August im Zirkus.
Weil er immer mehrere über den Durst trank, bevor er sich zum Angriff entschloß, waren seine sexuellen Leistungen nicht überwältigend, und ich fragte mich oft, ob er trinke, weil er nicht richtig konnte oder nicht richtig konnte, weil er soff. Trotz meiner achtundzwanzig Jahre war ich auf diesem Gebiet dösig. Ich hätte gern Pummel gefragt, der weiß alles, aber ich weiß nicht, ob das Thema ihm gepaßt hätte.
Natürlich hätte ich auch den jungen Doktor Witte fragen können, der mich auf Wunsch meines Mannes wegen meiner Frigidität behandelte. Wenn ich nicht ausweichen konnte, biß ich im Bett die Zähne zusammen, weil ich einen Sohn haben wollte, der eine Mischung von Papa und Albert sein sollte. Vielleicht gibt es diese Mischung nicht, und einen Sohn gab es auch nicht für mich.
Erhard Witte war ein entzückender Bursche und wahrscheinlich, trotz seiner Angst vor Klatsch, der einzige Grund, warum ich es fünf lange Jahre bei den Tiedemanns aushielt. Bei der fünften Konsultation, die in seinem Schlafzimmer stattfand, stellte Dr. Witte aus wissenschaftlichen Gründen fest, daß meine Frigidität heilbar sei. Übrigens fand er mich so schön, daß ich es in seiner Gegenwart wurde. Sonst sah ich nämlich blaß und nach nichts aus.

Nun ist Bremen ziemlich klein, und jeder kennt jeden, und Erhard Witte hatte eine Heidenangst, daß mein Mann unser kleines Trallala entdecken könnte. Natürlich wollte er seine Praxis und seinen Beruf nicht durch mich gefährden, und wer konnte ihm das verdenken? Ich verdachte es ihm. Ich wollte ihn nach legaler Scheidung tatsächlich heiraten, und seine Söhne hätten so wie er sein dürfen. Vielleicht ein bißchen mutiger. Aber solange ich diesen Frauenarzt hatte, fiel ich keine Treppe runter, verlor meine Handtasche nicht und vergaß sogar alle meine unangenehmen Erlebnisse. Heut finde ich, daß die Angelegenheit mit Dr. Witte nur eine Stichprobe der Leidenschaft gewesen war. Daß diese Angelegenheit eines Tages ein Ende nehmen würde, erwartete ich trotz meiner Dösigkeit; aber auf ein Ende mit solchen Schrecken war ich nicht gefaßt gewesen. Auch nicht darauf, daß ich meine Schwiegermutter von einer anderen Seite kennenlernen sollte. Kurz und gut, mein Mann fand die Sache heraus. Die Einzelheiten sind mir glücklicherweise entfallen, aber es war grausig. Vor allem, weil er überhaupt nicht eifersüchtig war, sondern nur tödlich in seinem hochnäsigem Dünkel gekränkt. Keiner sollte haben, was er gar nicht mehr wollte. Er war der sonderbarste Othello der Welt. Für gewöhnlich war er ein eisgekühlter Schellfisch, aber wenn's um seinen Ruf ging, konnte er gefährlich werden. Daß er selbst ein Trallala mit dem albernen Gör in seinem Privatbüro hatte – bei der Person schien er zu funktionieren –, das schien ihm entfallen zu sein. Dachte er, daß nur er und das Gör davon wußten?
Bevor er zu Tätlichkeiten überging, trank er sich so gründlich Mut an, daß er nicht racheschnaubend in mein Zimmer stürzte, wie man das von einem betrogenen Ehemann erwartet, sondern schwankte und torkelte. Aber dann stürzte er sich auf mich, und plötzlich lagen seine großen schweren Hände um meinen Hals, ich glaub' tatsächlich, er wollte mich erwürgen. Es ist gediegen, aber im Ernstfall kann ich mich auf mich verlassen. Das war schon damals in Bangkok so, als ich plötzlich ein Chinesenkind sein sollte. Damals wurde ich gerettet, aber diesmal mußte ich mich selbst bemühen. Also stieß ich Franz Otto mein Knie so hart in den Bauch – durch das Reiten hab ich unvermutete Muskeln –, daß er mich loslassen mußte, stöhnend auf den Teppich fiel und sich nicht mehr rührte. Am liebsten hätte ich ihm noch die Wasserflasche vom Nachttisch an den Kopf geworfen, aber das hätte ihn vielleicht zu munter gemacht. Ich packte einen Hand-

koffer, während er stöhnte. Ich verbrachte die Nacht im Hotel. Was er getan hätte, wenn ich mich nicht so gewehrt hätte, weiß ich nicht genau. Er mußte mir dankbar sein, fand ich, und vielleicht war er es in nüchterner Verfassung, denn die Scheidung wurde von allen Seiten mit Diskretion und wenig Wortgefechten geregelt. Ich hatte nur einen Zettel hinterlassen, daß ich bis zu meiner Abfahrt nach Hamburg nicht gestört zu werden wünsche, und das Hotel war dementsprechend von mir unterrichtet worden. Ich hatte nur meine Familienfotos, meinen Schmuck von Papa und Albert und eine Ansichtskarte der Bremer Stadtmusikanten mitgenommen. Ich hatte Franz Otto gebeten, mir mein Gepäck nach Hamburg nachzuschicken. Den Schmuck, den er mir geschenkt hatte, ließ ich in seinem gastlichen Haus zurück. Fällst du in den Graben, fressen dich die Raben. Er war nur aus dem Bett gefallen. Tragödien gehören sich nicht.
Am Morgen meiner Abreise stand plötzlich meine Schwiegermutter in meinem Hotelzimmer. Sie kümmerte sich nicht um Eintrittsverbote. Bis auf die rötlichblauen Flecke auf meinem Hals wurde ich so weiß wie das Bettlaken. Ich sah es im Spiegel. Auch Alma Tiedemann war ungewöhnlich blaß. Sie hatte nicht einmal rotgeweinte Augen. Ausnahmsweise nörgelte sie jedoch nicht an mir herum und bat mich nicht um meine Rückkehr zu Tisch und Bett. Vielmehr entschuldigte sie sich tonlos für das Benehmen ihres Sohnes und starrte meinen Hals an. Es fiel ihr gewiß nicht leicht, und ich fand sie in ihrer unsympathischen Art bewunderswert. Dann verließ sie mich. Ich sah sie nie wieder. Aber ich weiß noch, daß ich mich wunderte, wie eine gebrochene Mutter so aufrecht den Schauplatz ihrer Niederlage verlassen konnte. Ja, Hamburg, Lübeck, Bremen, die brauchen sich nicht zu schämen.
Als ich in der Elbchaussee ankam, war Albert gerade von seinem Morgenritt nach Hause gekommen und wartete auf sein Frühstück. Er sah abwechselnd mich und meinen kleinen Handkoffer an. »Ist das Dein Gepäck?« Ein Blick auf mein Gesicht hatte ihm gesagt, daß ich nicht nur über Wochenende nach Hause gekommen war. Ich sagte, der Rest würde mir nachgeschickt werden.
»Du mußt erstmal was essen, mein Lütten.«
»Ich kann nichts 'runterkriegen.«
»Ein frisches Rundstück«, sagte Albert beinahe flehend, »und guten starken Kaffee.«

In Hamburg ist fast alles mit Essen und Trinken in Ordnung zu bringen. Aber ich konnte diesem Grundsatz nicht folgen, weil sich plötzlich alles um mich drehte und mir schwarz vor Augen wurde.
Ich erwachte in meinem Balkonzimmer mit dem Blick auf die Elbe. Albert stand am Fußende meines Bettes – groß, breit und stumm wie Bismarck auf seinem Sockel im Hafen.
»Oh, Pummel!«
»Immer mit der Ruhe! Du bist zu Hause.«
»Ich gehe nicht nach Bremen zurück.«
»Ich fahre in den nächsten Tagen mit Christian Kallmorgen hin. Dein Frühstück kommt.«
»Schönen guten Morgen.«
Lisbeth Pinkernelle zwinkerte mich an, brachte Kaffee, Rundstücke mit Butter und eingemachtes Pflaumenmus, dazu ihren Rosinenpuffer. Albert war verschwunden.
»Ich mag nicht mehr, Pinkernellie.«
Sie setzte das Tablett auf den Serviertisch, kam an mein Bett und wischte mir sachte die Tränen vom Gesicht. Ich blickte in ihre treuen, besorgten Augen und flüsterte:
»Nun ist alles gut.«
»Mein' süße Deern.«
Sie sah mich nicht an, sondern blickte auf die Elbe, die an diesem schönen Herbstmorgen so ruhig wie die Binnenalster bei Sonne war. Dann sagte sie mit ihrer gewohnten Nebelhorn-Stimme: »Heut Abend gibt's Scholle und meinen Kartoffelsalat. Das paßt gut, nich? Oder mögen Sie das nicht mehr?«

Dieses Jahr konnte Albert mich nicht nach Venedig begleiten, weil er Besprechungen in Tokyo hat. Er wollte mich mitnehmen, sah aber ein, daß ich nicht gern unter Asiaten bin, wenn's nicht absolut nötig ist. Er sagte, Japaner seien ganz anders als Chinesen, aber ich fuhr trotzdem nach Venedig. Am Lido erholte ich mich so gut, weil Hilary Stafford meine Behandlung übernahm. Sie wühlte nicht, wie Dr. Ciardi, in meinem Unbewußten herum – tatsächlich erinnere ich mich viel zu gut, besonders wenn's regnet –, sondern sie behandelte meinen Husten und meine Appetitlosigkeit und brachte mich zum Lachen. Das war das Großartige an dieser Behandlung. Wenn Fräulein Stillhorn mich nicht mit ihrem psychiatrischen Schnack belästi-

gen würde und mit dem ganzen Gedröhn, würde ich mich eher mit ihr abfinden. Einmal sagte Pummel zu ihr: »Wenn ick Se wat seggen sall, dohn Se dat leber nich!« Er spricht Platt wie ein Alter, und Pinkernelle strahlte. Fräulein Stillhorn war nicht erfreut. Ihr Gesabbel hängt mir zum Hals raus.
Da ich nicht nach Tokyo fliegen wollte, hat Marianne Stillhorn sich als Ersatz angeboten. Sie tat es in meiner Gegenwart, mit ihrer falschen Bescheidenheit, und sie kicherte und zeigte ihre etwas vorstehenden Vorderzähne. Albert hat ihr freundliches Angebot angenommen – nach einer angemessenen Bedenkzeit –, so ist das Leben. Ich konnte es nicht fassen. Pinkernellie sagte: »Denn man los!« Jetzt sind sie in Tokyo.
Mit Papa wohnte ich immer im »Danieli« in Venedig. Es ist sehr nett und sehr teuer dort, aber mir waren zu viele Leute im Hotel. Ich sah allerdings ein, daß das »Danieli« nicht von Papa und mir allein existieren konnte, und so komisch, wie König Ludwig von Bayern, der im Theater ganz allein sein wollte, bin ich vorläufig noch nicht. Als ich Hilary Stafford erzählte, daß jemand in Hamburg mich manischdepressiv gefunden habe, schüttelte sie den Kopf. Sie hat schönes, rötlichblondes Haar, kann sich aber nicht frisieren. Ich sagte keinen Ton darüber. In Hamburg gehört es sich nicht, fremde Damen über ihre Frisuren auszufragen. Ich glaube, Hilary hat ein kleines oder großes Trallala mit diesem Mr. Ross aus New York, hüte aber meine Zunge. Ich kann ihn nicht ausstehen. Seine Frau ist im Krankenhaus. Fräulein Pinkernelle würde sagen: »Das kommt ihm gut zu paß, nich?« Wie gesagt, ich frage nicht und habe das Gefühl, das ist bei Engländern ebenso unangebracht wie bei uns Hamburgern. Wenn ich Hilarys baufälligen Palazzo in absehbarer Zeit verlassen werde, wird mir ganz mutlos zumute sein. Ich hab mich sehr an sie gewöhnt. Mr. Ross auch. Er will den Palazzo kaufen und kann sich nicht entschließen. 'Ne richtige Wetterfahne. Was findet Hilary bloß an ihm? Was findet Albert an Marianne Stillhorn? Alles ekelhafte Rätsel.
Hilary Stafford erweckt sofort Vertrauen, ohne daß sie sich deswegen besonders bemüht. Gegen sie als Schwägerin hätt ich nichts einzuwenden, aber da müßte sie Pummel erstmal kennenlernen und er sie, und ich müßte Fräulein Stillhorn vergiften. Das wär mir zu anstrengend.
Gegen meine Gewohnheit erzählte ich Hilary von meinem Gastspiel

in Bremen und wie es endete. Sie verstand, daß ich nicht dauernd kichern und herumtoben konnte wie das Gör in Herrn Tiedemanns Privatbüro. Und natürlich schilderte ich ihr unsern Albert, Lisbeth Pinkernelle, Kapitän Cordes mit Frau in Blankenese und Onkel Hinrichs Wandschrank. Hilary versprach, sie würde eines Tages nach Hamburg kommen und den Wandschrank besichtigen. Und ich müsse sie in London besuchen und James, Maggie und Sniffles kennenlernen. Wer ist James? Ihr Bruder oder ihr Onkel? Was sagt wohl dieser James zu Hilarys Trallala mit Mr. Ross? Das ist nicht gerade meine größte Sorge.

Hilary ist sehr großzügig, und ich bin ihr Gast. Ich könnte mich auf den Kopf stellen und dürfte immer noch nichts bezahlen. Ich glaube nicht, daß sie stinkreich ist. Das einzige, was ich von Zeit zu Zeit tun darf, sind Einladungen ins Restaurant, und es gibt ja wahre Luxushöhlen in Venedig. Ich freu mich so, zuzusehen, wie es Hilary schmeckt. Ich muß dabei wider Willen an Franz Otto Tiedemann denken. Er war ein Geizkragen. Wenn es sich um hohe Rechnungen handelte, hörte bei ihm die Gemütlichkeit auf. Ich wünsche, Hilary hätte sein Vermögen. Sie weiß nie, wo ihr Geld geblieben ist und lacht auch noch dazu.

Mr. Ross hatte für heut abend drei Karten für uns besorgt, weil wir zu Kabuki ins Theater »La Fenice« wollen. Aber seine Frau kommt heute abend aus dem Krankenhaus zurück, und er muß sie abholen. Er machte ein so finsteres Gesicht wie jeder Ehemann, der seine Frau abholen muß, wenn er sich auf ein Trallala eingerichtet hat. Selbst Herr Tiedemann gab seine Pläne mit dem Gör auf, um mich vom Theater abzuholen. Heut abend regnet es, daher singe ich meine alten Lieder.

Im Theater »La Fenice« sah ich mich vorsichtig um, um festzustellen, ob mir nicht ein zweifelhafter Typ auf den Fersen war. Tatsächlich tauchte einer auf und ging hinter mir her. Ich mußte mich täuschen, denn der Kunstfreund hinter meinem Rücken konnte nicht Franz Otto Tiedemann sein. Der war nie ein Freund der Kunst gewesen. Hilary betrachtete mich aus den Augenwinkeln. »Was hast Du, Charlie?« Ich sagte, ich hätte nichts, was die reine Wahrheit war. Sie studierte das Programmheft. Die Onnagata der Truppe war an Fieber erkrankt und Kayawara Koshiro VI., ein berühmter Kabuki-Spieler, der in Venedig das Drama des Westens studierte, hatte sich bereit erklärt, für den erkrankten, ebenfalls berühmten Kollegen einzuspringen. »Ich sah neulich sein Foto. Er nahm hier an einem Empfang für japanische Schauspieler teil«, flüsterte Hilary. »Er erinnert mich an irgend jemanden, aber ich weiß nicht, an wen.« Mir war es egal, wer für wen hier einspringen würde, da ich nie einen japanischen Schauspieler gesehen hatte.

Das Kabuki-Drama war lange nicht so langweilig wie Nô, aber genauso geräuschvoll. Oder noch geräuschvoller. Aber diese Bühnenbilder! Die herrlichen Kostüme und die Onnagata! Ich verstand natürlich kein Wort von dem, was die ›Prinzessin‹ vorbrachte oder sang. Bei ihrer unbeschreiblichen Anmut hatte sie eine merkwürdig tiefe und rauhe Stimme, wie eine Männerstimme. Aber diese Kunst! Diese unirdische Grazie und das herrliche Gesicht unter dem fantastisch aufgetürmten Haar! Es mußte eine Perücke sein. Solches Haar hat keine Frau auf der Welt. Wie die Onnagata tanzte und ihren Fächer bewegte! Ich war begeistert. Ich hätte sie für mein Leben gern fotografiert. »Eine wunderbare Schauspielerin«, flüsterte ich Hilary zu. Und Hilary flüsterte zurück, die Onnagata sei ein Mann, denn Kabuki sei klassisches Männertheater. Ich konnte es kaum glauben. Ich konnte den Blick nicht von der ›Prinzessin‹ wenden. Sie kniete zwischen Kirschblüten, und ihr stolzes ernstes Gesicht erschien mir schöner als die Bühnenschönheiten des Westens. Ich werde mir die Ohren mit Wachs verstopfen und Kabuki sehen. Hilary fragte, ob es zuviel für mich gewesen sei. Es war zu wenig gewesen.

Plötzlich packten mich meine alten Ängste. Sie schleichen sich heimlich heran. Gerade, wenn man denkt, alles sei in Ordnung. Gibt es überhaupt Menschen ohne Angst? Ich weiß es nicht. Die Leute reden immer von der Angst vor dem Unbekannten. Ich habe Angst vor dem Bekannten. Das ist schlimmer. Mir graute vor Franz Otto Tiedemann, der, wie ich glaubte, vorhin im Foyer hinter mir hergegangen war. Der Othello aus Bremen! Ich hielt mich an Hilarys Arm wie an einem Rettungsanker fest und flüsterte: »Da ist er.«

»Wer ist da?«

Bevor ich antworten konnte, stand Herr Tiedemann vor uns. Er war mit Freunden im Theater. Bremer, die ich vor hundert Jahren auf öden Abendgesellschaften getroffen hatte.

»Das ist eine Überraschung«, bemerkte F. O. Tiedemann und wo er recht hatte, da hatte er recht. Er stand allein neben mir, denn Hilary

begrüßte gerade Landsleute. Aber sie blickte besorgt zu uns herüber. Irgendwie blickte sie wie Fräulein Pinkernelle in kritischen Augenblicken. Erkannte Hilary den großen, massigen Mann nach meiner Schilderung? Franz Otto war höflich genug zu fragen, was ich in Venedig tue und ich sagte, ich ginge ins Theater. Er schüttelte den Kopf, und sein rotes Gesicht wurde noch röter.
»Immer noch so schnippisch, Charlotte? Und immer noch erstaunlich jung! Aber das gibt sich. Du mußt bald vierzig werden, nicht?«
»Wie geht es Deiner Mutter?«
»Danke.«
Das war auch eine seiner ärgerlichen Angewohnheiten. Statt zu sagen, es gehe seiner Mutter glänzend oder mittelmäßig oder miserabel, sagte er »Danke.«
Seit unserer Scheidung war er noch massiger, und sein Mund war noch brutaler geworden. Auch seine Glatze breitete sich aus. Das Haar zu beiden Seiten der Glatze war leicht ergraut. Wie immer in der Öffentlichkeit wirkte er nüchtern und distinguiert.
Venedig ist das Paradies der Fischgerichte, und Franz Otto mußte Langusten oder Tintenfisch gegessen haben, denn er litt wieder an Ekzemen. Ich erkannte die Anzeichen. Wie ein nach Luft schnappender Schellfisch öffnete und schloß er den Mund in unterdrücktem Unbehagen. Seine großen Hände lagen wie angeleimt an der Hosennaht. Er litt an Juckreiz und durfte sich nicht kratzen. In dieser Situation war er am menschlichsten. Ich beruhigte mich.
»Du bist tatsächlich ganz unverändert, Charlotte.« Das sollte kein Kompliment sein. Er schien verwundert zu sein, daß ich mich nicht zu meinem Vorteil verändert hatte. Gleich würde er mich aufwecken und fragen: »Schläfst Du noch?« Gleich würde er mich beschimpfen und mir erzählen, wie großartig das Gör es mit ihm verstünde. In der nächsten Sekunde würde er seine großen schweren Hände um meinen Hals legen. Gegen solche Angriffe kann man sich nicht sichern.
»Wie geht es Herrn Finsch?« fragte ich schnell und ziemlich idiotisch. Herr Finsch hatte mich frisiert. Er war mir wohlgesinnt gewesen und hatte mir gute Ratschläge gegeben. Er trug immer grüne Hemden unter seinem weißen Mantel und ähnelte ohne Mantel einem aufgeblähten, schlauen und freundlichen Frosch, der mit Erfolg den Beruf eines Damenfriseurs ausübte. Lieber Frosch!

Franz Otto fand meine Frage nach Herrn Finsch nicht der Beantwortung wert. Er glotzte mich mit seinen blassen gefährlichen Augen an und sagte langsam und höflich: »Ich hasse Dich.«
In diesem Augenblick kam Hilary zurück.
Ich sagte heiser: »Dies ist Herr Tiedemann. Aus Bremen.«

Wir saßen in einem Restaurant in der Nähe des »Fenice«, und ich konnte keinen Bissen herunterbringen. Man hofft immer, daß Leute sich zu ihrem Vorteil verändern oder wenigstens ihre lästigen Gewohnheiten ablegen, aber diese Hoffnung sollte man lieber aufgeben. Herr Tiedemann hatte mir, wie immer, den Rest meines Appetits geraubt. Warum haßte er mich? Hatte ich etwa versucht, ihn zu erwürgen? Oder haßt man Leute, gegen die man sich – milde ausgedrückt – schlecht benommen hat?
»Du mußt etwas essen, Charlotte! Du bist mir wieder zu blaß. Nimmst Du Deine Pillen regelmäßig?«
»Welche Pillen?«
»Gegen Deine Blutarmut«, sagte Hilary geduldig. »Das Wichtigste ist die Regelmäßigkeit.«
Hilary sagte kein Wort über Herrn Tiedemann, und auch ich schwieg mich über ihn aus. Das Restaurant war bis auf den letzten Platz besetzt, und die vielen Menschen verstärkten meine bösen Vorahnungen. Sie machten genau soviel Lärm wie ein japanisches Orchester.
»Da ist er!« sagte Hilary
»Wer.«
»Mr. Shinoda. Ich erzählte Dir doch, daß er einige Zeit bei mir wohnte. Ein Uhrenhändler aus Tokyo.«
»Ich hab's vergessen.«
»Aber er ist gar nicht Mr. Shinoda. Er ist Kayawara Koshiro VI. Eine verblüffende Ähnlichkeit.«
Indessen war der Schauspieler auf uns zugekommen und verbeugte sich mit bemerkenswerter Anmut. Er war ein schlanker, eleganter Mann in mittleren Jahren und ich erkannte ihn an den Augen der Onnagata – schwarze, melancholische Flammen. Auf der Bühne hatte er blutjung gewirkt. Wie machte er das? Aber das herrliche Antlitz der Onnagata hatte er in der Theatergarderobe gelassen. Er sah vornehm, aber ganz unauffällig aus. Ich hätte ihn irgendwo beachtet.

Hilary schien erfreut zu sein und nannte ihn »Mr. Shinoda.« Dann sagte sie ruhig: »Sie sind Kayawara Koshiro, nicht wahr?«
»Zuweilen.« Er lächelte bezaubernd. »Im Augenblick bin ich wieder Shinoda Taro.« Er widmete mir keinen Blick, und das war mir recht. Ich fühle mich am wohlsten, wenn niemand mich verfolgt.
»Dies ist meine Freundin, Mrs. Petersen.«
»Wir sind alte Bekannte.« Wieder lächelte der Schauspieler. Dann versank er in minutenlanges Schweigen. Schließlich sagte er, daß er im Palazzo Grassi die Ehre gehabt hätte, meine Tasche aufheben zu dürfen.
»Leider konnte ich an dem Abend das Nô-Drama nicht sehen«, sagte Hilary. »Ich erwartete Besuch.«
»Wenn ich mich recht entsinne, fanden Sie Nô zu lang oder zu langweilig?« Er sprach nicht zu mir, sondern zu meinem Haar. Ich hatte mir eine venezianische Frisur mit einer Perlenschnur gemacht. Wie konnte er uns als ›alte Bekannte‹ bezeichnen? Schließlich riß er seinen Blick von meinem Haar los und fragte, ob Kabuki und seine elende Onnagata mehr Gnade vor meinen Augen gefunden hätten. Machte er sich über mich lustig? Hilary gab eine passende Antwort, und er verbeugte sich stumm und hochmütig. Sein Gesicht war plötzlich eine Maske – weder die Onnagata, noch Herr Shinoda. Ein Bühnenstar.
Ich hätte ihn brennend gern als Onnagata fotografiert. Aber das war nicht möglich, weil ich ihn nicht wiedersehen wollte. Ich weiß gern, ob jemand so oder so ist. Dieser Japaner jedoch veränderte sich mit bestürzender Schnelligkeit. Wir waren weder alte noch neue Bekannte.
Das einzig Angenehme an Franz Otto Tiedemann war, daß er immer gleichbleibend unangenehm war.
Hilary fragte, warum ich plötzlich zitterte.

7

Ein Japaner in Venedig

In fremden Dörfern wohnen Einsamkeit und Kummer unter einem Dach.

Der Dichter Sogi (1421–1502) aus dem Dorf Minase

SHINODA TARO:
In Venedig weht ein weltlicher Wind, der die Leidenschaften entfacht. Wenn ich an diese Desdemona aus dem Norden denke, fühle ich Entzückung und Trauer. Meine Sinne sind verzaubert, und die Trauer sitzt tief. Ich beklage den Verlust meiner Ruhe. Von Tag zu Tag entferne ich mich weiter von den »Vortrefflichen Gärten«, und selbst der Pagodenstrauch auf meinem Vorhang verblaßt vor meinem getrübten Blick. Er weht jetzt im weltlichen Wind. Ich bin dumm, voller Begierde, unglücklich wie ein unwissender Jüngling. Als ob ich nicht wüßte, daß diese Welt nicht mehr als ein Tautropfen ist.
Ist meine Desdemona ein Engel auf der Brücke oder eine Schlange im Bett? Ich sehe nur den Engel. Glücklicherweise ahnt sie es nicht. Dieses blasse, schweigsame Geschöpf weiß wenig von der Welt, noch weniger von der Liebe und nichts von mir. Das ist gut. Charlotte würde weder Kayawara Koshiro VI. noch Shinoda Taro verstehen, denn sie hat kein Interesse an uns. Gewiß, sie fotografierte meine Onnagata. Aber sie blieb so unbeteiligt, als ob sie Tauben auf dem Markusplatz vor sich hätte. Wahrscheinlich wird Kayawara Koshiro VI. mindestens so häufig fotografiert wie die Tauben von Venedig. Aber sie haben nicht sein Feuer, seine Kunst der Bewegungen. Sie können keine traurigen Liebeslieder singen und mit dem Fächer einen Tanz in der Luft zelebrieren.
Sie ist wie eine Wolke, die verschwindet und wieder auftaucht. Sie wirft einen zitternden, substanzlosen Schatten. Sie ist keine Frau aus Fleisch und Blut. Sie gleicht einem Geist oder einem Traum, überzart. Selbst das Gold in ihren Haaren schimmert matt und ermüdet. Sie kann nicht gesund sein. Sie wird nie einen Sohn haben. Tröste

dich, Licht meiner Augen! Denke daran, daß die kranken Austern die Perlen enthalten!
Ich dürste nach einem Blick, einem Wort von ihr. Aber sie ist wie Regen, der flüchtig und gedankenlos meine Schulter streift. Sie erklärte, sie komme aus einer regenreichen Stadt. Ich fragte, wo Hamburg liege und wollte die geographische Lage in mein Notizbuch schreiben, aber sie riß ihre hellen, leeren Augen erstaunt wie ein Kind auf. Wie konnte jemand nicht wissen, wo Hamburg liegt? Ich frage: Ist diese Stadt das Zentrum der Welt? Ist sie, wie Kyoto, das Zentrum der Künste? Ist sie Peking – das Paradies der Ameisen in blauen Kitteln? Nach einer Pause bemerkte Desdemona, Hamburg liege natürlich an der Elbe. Wieso natürlich? Nichts interessiert mich weniger. Höflichkeit und angeborener Wissensdurst hatten mich zu der Frage veranlaßt. Da ich den Westen nie wieder bereisen werde, wollte ich eine zusätzliche Information sammeln. Nicht jeder ist so gleichgültig wie diese junge Frau aus einer nördlichen Regenmetropole. Sie ist so schön, daß sie die Blicke auf sich zieht. Besonders in Venedig, wo die Leute vorsätzlich Schönheit suchen. Charlotte paßt wunderbar hierher. Auch sie leidet an langsamem Verfall. Lange habe ich ohne erotische Wachträume gelebt und mich, so gut und schlecht ich es verstehe, in der Kunst der Meditation geübt. Aber seitdem ich in ihre Augen blickte, plagen mich jene fünf Übel der Uneingeweihten! Unwissenheit, Selbstsucht, Vernarrtheit in ein schönes Gesicht, Widerwille vor zügelloser Bindung und Besitzgier – das schlimmste aller Übel. Mein Zen-Meister versuchte, diese Übel aus mir herauszuprügeln – es ist ihm nicht geglückt. Ich habe meine Leidenschaften nur zum Schein begraben. Ein Unglück! Meine Ehre steht auf dem Spiel!
Oh, Desdemona! Zum ersten Mal bin ich unsicher und weiß nicht, mit welchen Waffen ich sie besiegen kann. Sie scheint frigide zu sein. Sie scheint Trostlosigkeit anzubieten. Vielleicht ist sie deswegen die Poesie des Unerfüllbaren um sie. Ist Poesie nicht wichtiger als Liebesspiele?
Ich habe von weiseren Männern gelernt, wie man dem Glück ausweichen kann. Man braucht sich nur zu sagen, Glück sei eine Illusion, eine dämonische Geliebte, die den Geist tötet und die Sinne aufpeitscht. Glück ist ein Gefängnis. Wer geht da freiwillig hinein? Kayawara Koshiro VI. und Herr Shinoda, zwei ausgemachte Narren! Sie weichen dem Glück nicht länger aus. Verachtungswürdig!

Ich zähle die Stunden, bis ich Desdemona wiedersehen werde. Vergeblich ringe ich um Fassung und Würde. Diese fremde Frau ist nichts für mich. Sie ist alles.
Um mir die Wartezeit zu verkürzen, lese ich zum hundertsten Mal das Tagebuch der Lady Sarashina. Wieder fällt mir auf, daß die Pechvögel der Liebe im elften Jahrhundert genauso fühlten wie wir. Alles endet in Einsamkeit, Herbstkälte und Tod. Die verlassene Edeldame zog sich nach Uzumasa zurück, um die Enttäuschung der Liebe in der Stille zu vergessen. Wer kann vergessen, was der Erinnerung nicht wert ist? Habe ich meine Frau vergessen können? Ich sprach laut die Klage, die jene Hofdame in Gedichtform äußerte – die höchste Höflichkeit einer Unglücklichen! Lady Sarashina wahrte in jedem Sinn die Form:

Selbst hier entgehe ich ihm nicht
dem Lärm dieser trostlosen Welt.
Selbst das Läuten der Tempelglocke
Ruft mir verlorene Liebe zurück.

Habe ich einmal Wunschlosigkeit und das Gleichgewicht der Seele angestrebt? Dieser Shinoda Taro ist tot. Man muß ihn beweinen. Ich schäme mich meiner Tränen nicht. An Regentagen fühlte selbst der weise Einsiedler Ryokan tiefe Trauer um sich selbst.
Bald werde ich sie sehen. In einer Stunde! Glücklicherweise besitze ich nicht die edle Einfalt des Mohren von Venedig. Ich würde niemandem glauben, der mir Lügen über meine Geliebte erzählt.
Charlotte hat eine hohe Stirn und ein schwaches Kinn. Das gibt mir zu denken. Es bedeutet, daß sie hysterisch und eitel ist. Wenn Stirn und Kinn Harmonie aufweisen, darf man auf eine sanfte, harmonische Natur schließen. Mein Vater wählte meine Mutter unter diesem Gesichtspunkt aus, und er traf eine ideale Wahl. Es gab keine ruhigere, sanftere, bescheidenere Ehefrau. Ich heiratete meine Frau, weil sie ihren Fächer mit Grazie bewegte und der Mond sie verschönte. Ich weiß aus bitterer Erfahrung, daß Glück die schädlichste aller Illusionen ist, und daß Charlotte nichts mit meinen Träumen zu tun hat. Sie wäre eine entsetzliche Ehefrau. Man würde sie im Fluß ertränken müssen – nicht aus Eifersucht, sondern aus Ärger. Genausowenig würde sie in ein Bordell passen. Für den »Platz der Weiden und Pferde«, wie unsere Vorfahren ein Warenhaus der Liebe nannten, wäre sie zu ungefällig. Sicherlich hat sie nie darüber nachgedacht, wie sie

einen Mann erregen und befriedigen könnte. Sie denkt über nichts nach. Ich bete sie an.

Noch eine Stunde allein mit meinem Pagodenstrauch! Dann werde ich sie sehen. Aber ich muß meine Gefühle verbergen. Ich bin kein Jüngling. Ein verliebter Mann in vorgeschrittenem Alter macht einen Narren aus sich, und das kann Kayawara Koshiro VI. sich nicht leisten. Ich bin in den Vierzigern und sollte entweder darüber nachdenken, in welcher Form ich mein Alter verbringen werde, oder mir Gedanken über die zukünftigen Ehefrauen meiner jungen Söhne machen. Über alles darf ein alternder Mann nachdenken, nur nicht über das eigene Glück oder das, was er dafür hält. Ich hatte nie Mangel an Gedanken. Sie schossen an die Oberfläche des Bewußtseins wie Pilze nach einem Herbstregen. Jetzt denke ich nur an diese Desdemona aus Hamburg. Wie armselig, wie schmerzlich! Welche stumpfsinnige und vergängliche Seligkeit hat mich überfallen! Anstatt dem Glück auszuweichen und einen Lichtschein der Erkenntnis zu suchen, laufe ich einem Luftbild nach.
Osome betrachtet mich unruhig und besorgt. Besorgt um ihre Zukunft, nicht um mich. Sie befriedigt weiter meine sinnlichen Bedürfnisse. Vielleicht zu eifrig und zu erfahren. Mein Vater besitzt ein altes ›Kopfkissenbuch‹, das sein Vater ihm zur Hochzeit gab. Alle wünschenswerten Positionen der körperlichen Liebe sind dort abgebildet und sorgsam registriert. Nicht etwa, daß mein Vater dieses Buch gebraucht hätte! Sein Vater hatte es von seinem Vater geerbt. Es ersparte der älteren Generation peinliche und deutliche Erklärungen des Unerklärlichen. Osome braucht ein solches Buch nicht. Arbeitete sie in dem »Platz der Weiden und Pferde«, bevor Herr Yanaga sie zur Journalistin beförderte? Ich könnte es mir denken. Andererseits ist ihr Vater ein geachteter Beamter in Tokyo. Aber die Mutter? Osome spricht nie über sie. Sie wartet nicht mehr auf Post von Herrn Yanaga, ihrem alten Gönner. Herr Ono ist noch nicht abgereist. Ich werde heimfahren, wenn Desdemona abreist. Es gibt nur noch einige Vorstellungen von Nô und Kabuki, und mein Kollege hat seine Rolle wieder übernommen. Ich könnte morgen nach Tokyo zurückfahren. Aber ich zapple wie ein Fisch am Angelhaken. Dabei ist alles nur Sinnestäuschung. Nichts existiert. Nur die Leere. Der Fischhaken exi-

stiert so wenig wie Shinoda Taro. Wann wird meine Onnagata zu existieren aufhören? Das wäre das Ende. Wäre es das Ende?

Die englische Ärztin begrüßte mich mit aufrichtiger Freundlichkeit. Mein Herz flog ihr entgegen. Die geringste Freundlichkeit rührt mich. Hilary Stafford kann sich weder richtig kleiden noch frisieren, aber sie ist eine tröstliche Erscheinung in der feindlichen Fremde. Sie blieb mir stets wohlgesinnt, auch wenn sie nie ein Wort darüber verloren hat. Was immer das Ehepaar Ross ihr über mich gesagt haben mag – es hat sie nie beeinflußt. Engländer bilden sich ihre eigene Meinung und bleiben dabei. Ich bewundere das mit einem gewissen Neid. Wir geben zuviel auf die Meinung unserer Feinde und Freunde.

Leider sind Hilary Staffords häusliche Arrangements weniger bewunderswert. Die alte Maria, eine Erzfeindin des Staubwedels, servierte ein beklagenswertes Mittagessen. Ich bin mit dem Einfachsten zufrieden, aber es muß mit Sorgfalt gekocht und angerichtet sein. Der Fisch tummelte sich trostlos auf einer leeren Platte und sehnte sich nach einem Lager von grünen Kräutern und Tomaten. Auf dem Rialto-Markt gibt es eine Symphonie von Gemüsen, Kräutern, Früchten. Ich wandere dort zu meinem Vergnügen herum. Maria ist eine blinde Köchin. Aber was tut es bei dieser gemeinsamen Mahlzeit? Charlotte ißt so gut wie nichts, und ich werde von ihrem Anblick satt. Mrs. Ross, frisch aus dem Krankenhaus entlassen, nagte wie eine diätbesessene Ratte an ihrem Salatblatt. Ross hatte nur Augen für Hilary Stafford. Was gibt's an ihr zu sehen?

Glücklicherweise hatte Charlotte Kopfschmerzen, und ihre langen goldenen Haare hingen ihr achtlos und bezaubernd über Schultern und Rücken. Wenn ich diese Haarflut bürsten dürfte! Bei diesem Gedanken überfiel mich ein Zittern, und ich wischte mir mit meinem Tuch den kalten Schweiß von der Stirn. Osome hat mir dieses Tuch nach einer wilden Nacht geschenkt. Es zeigt zwei Vögel, die Seite an Seite der Sonne entgegenfliegen. Eine recht deutliche Anspielung, die meine Freude an der feinen Seide beeinträchtigte. Tagsüber fliegen wir getrennt der Zukunft entgegen. Und die Nächte sind ohne Bedeutung, da wir beide nur unser Vergnügen suchen. Osome hat schönes, glänzendes Haar, aber es würde mir nicht einfallen, es bürsten zu wollen. Meine unterdrückte Leidenschaft für Charlotte ist ein

Pfahl in meinem Fleisch. Oder sie steckt wie eine Fischgräte in meiner Kehle, ich spreche heiser und mit Anstrengung. Dabei ist Kayawara Koshiro VI. berühmt für seine Beredsamkeit.
Entweder lasen Mr. und Mrs. Ross venezianische Zeitungen, oder Hilary Stafford hatte ihnen von meinem Auftreten in Venedig erzählt. Denn sie erwiesen mir eine Ehrerbietung, die sie Shinoda Taro vorenthalten hatten. Ich gebe zu: mit einem gewissen Recht. Wer ist er denn schon? Ein Tourist in Venedig, den man mit Recht übersieht.
Im Gegensatz zu unserer Sitte, bei einem Mahl nur angenehme Dinge zu denken oder zu sagen, zankten Mr. und Mrs. Ross sich die ganze Zeit. Sie sah alt, von Krankheit gezeichnet, aber elegant wie immer aus, er wirkte unverschämt jung und vital. Wie immer sprach Violet Ross laut und unbescheiden, und er stellte sich weitgehend taub. Kein Japaner hätte das besser machen können, das muß ich diesem unangenehmen Burschen lassen.
Gelang es meinen elenden Anstrengungen, an diesem Tag dem Glück auszuweichen? Ich riß meinen Blick von Desdemona los. Ich versuchte, ihrem Zauber zu entfliehen und meinen Geist zu reinigen. Ich dachte an die Vergänglichkeit der Gefühle, an die Flüchtigkeit der Lust; ich verdammte schweigend den Starrsinn und die Stupidität meiner Eifersucht und Begierde. Ross lächelte ihr zu, und mir schwindelte vor der Heftigkeit meines Hasses gegen diesen Zufallslächler. Ich war ein Kabuki-Spieler ohne Partner, ohne den Hintergrund unserer Bühnentradition. Aber ich fühlte, daß meine Augen sich wie bei einem rasenden Samurai leicht verdrehten, und ich senkte meinen Blick. Dr. Stafford hätte mir sonst bestimmt eine Pille gegen Migräne oder ein brausendes Pulver zur Förderung der Verdauung angeboten.
Da ich Desdemona nicht länger anblickte, erholte ich mich, obwohl ich weiter zitterte. Wer sein Glück nicht anblickt, kann sich retten. Nur wer die reinen Blüten des Pagodenstrauches betrachtet, wird Ruhe finden. Ich wußte Bescheid über alle Rettungsmöglichkeiten, und ich hätte mich glücklich preisen sollen. Ich wußte, die Welt ist nur ein Tautropfen und Liebe eine bezaubernde Illusion. Wie sagte ein weiser Mönch in den Bergen? »Wenn sinnlose Wünsche Deinen Geist nicht bedrängen, ist jede Jahreszeit eine glückliche Zeit.« Ich wußte das alles. Wichtiger: Ich glaubte daran. Und was tat ich nach

diesem Mittagessen? Ich lud Hilary Stafford und Desdemona zum Tee ein.

Ein zeremonieller Tee bedarf sorgfältiger Vorbereitungen. Aber die Teezeremonie darf nicht vorbereitet und ausgeklügelt wirken. Die »Teehütte« des Gastgebers muß nichts Überflüssiges enthalten. Die elektrisch beleuchtete Gondel und die entsetzlichen Möbel habe ich längst entfernt, das Zimmer ist jetzt leer und sauber, wie es sein soll. Ich wische selbst Staub, ob Signora Rossi es sieht oder nicht. Sie soll es ruhig sehen, denn mein Staubwischen ist ein Denkzettel.

Reine Matten. Sitzkissen. Von meinen Rollbildern suchte ich mein schönstes kalligraphisches Bild aus. Einen Ausspruch des Buddha:

Für mich sind Gold und Edelsteine Ziegel und Kiesel.
Die feinsten seidenen Roben betrachte ich als
zerfetzte Lumpen.

Ich hatte Osome beauftragt, den Tee herumzureichen. Natürlich bereitete ich ihn selbst. Hilary betrachtete den Ausspruch des Buddha und nickte zustimmend. Sie selbst trug weder Schmuck noch seidene Roben; das überließ sie dem Licht meiner Augen. Aber ich blickte Desdemona nicht an. Ich wich dem Glück geschmeidig aus, denn die Zubereitung des zeremoniellen Tees erforderte meine ganze Konzentration. Ein Seitenblick hatte mir verraten, daß Charlotte wieder eine klassische venezianische Frisur mit einer Kette im Haar trug. Ich war einen Augenblick vollkommen glücklich. Sie hatte mir die Ehre erwiesen, sich sorgfältig für diese Teestunde zu schmücken. Sie sagte nichts. Sie braucht nichts zu sagen. So kann ich mich minutenlang in der Illusion wiegen, sie denke tiefe Gedanken. Sobald sie spricht, verfliegt diese Annahme wie eine Rauchwolke.

Hilary Stafford erklärte mir einmal, sie lebe nach bestimmten goldenen Regeln. Pünktlichkeit scheint nicht zu diesen Regeln zu gehören, denn sie kommt überall zu spät. Charlotte, die ohne Regeln lebt, ist pünktlich. Ist das deutsch? Sie saß schweigend da, und ich fürchtete, daß sie sich langweilte, was oft der Fall ist. Sie hat keine Berechtigung, sich in meiner Gesellschaft zu langweilen, denn sie hat wenig Bemerkenswertes zu sagen. Sie kann sich geistig mit Hilary Stafford nicht vergleichen, aber sie will es wohl auch nicht, denn sie ist ohne Ehrgeiz. Das ist mir vollkommen unbegreiflich. Ist das deutsch? Ich kann es kaum glauben, denn ihre Landsleute in Japan machen nicht diesen Eindruck.

Ich wollte sie ins Gespräch ziehen und fragte, ob sie den geehrten Komponisten Bach liebe. Daheim habe ich eine Schallplatte mit einem Brandenburgischen Konzert, ich genieße diese Musik. Charlotte erklärte, sie höre niemals Bach. Klassische Musik bereite ihr Kopfschmerzen. Ich verbarg mein Erstaunen. Ich hatte angenommen, alle Deutschen seien fanatische Musikfreunde. In meinen Augen war das ein Ausgleich für die Kampflust, die die Deutschen – wie uns – alle paar Jahrzehnte zum Schaden der Menschheit überfällt. Ich erlebte den Zweiten Weltkrieg als Kind, und das genügte mir.
Osome reichte den von mir bereiteten Tee herum, schien sich aber dieser Ehre nicht bewußt zu sein. Sie verbarg ihre schlechte Laune hinter einem mechanischen Lächeln und warf Charlotte unbescheidene und feindselige Blicke zu. Sie schien eifersüchtig zu sein. Welch ungeheure Anmaßung. Gewiß, ich verbringe gelegentlich eine Nacht mit ihr, aber was bedeutet das? War Charlotte etwa ein preiswertes Trostmädchen mit Schreibmaschine? Natürlich verbarg ich meinen Unmut, werde aber Osome einen Denkzettel erteilen müssen. Ich werde sie knapp halten, das ist das einzige, was ihr zu denken geben wird. Glücklicherweise kann ich mich besser beherrschen als sie.
Meine Gäste taten mir die Ehre an, meinen dunklen Kimono mit dem eingestickten Familienwappen zu bewundern. Das gab mir die Sicherheit, die mir im Umgang mit westlichen Menschen fehlt. Wir Schauspieler leben ja auf einer abgeschiedenen Insel in unserem Inselbereich. Kabuki und Nô leben in meinem Kopf und in meinem Blut, und da ist wenig Raum für Außenseiter. Aus diesem Grunde weiche ich persönlichen Glückschancen aus, da sie die Konzentration beeinträchtigen. Wenn ich Frauenrollen überzeugender als Schauspielerinnen darstelle, habe ich das der unbarmherzigen Konzentration, die ich schon in der Kindheit üben mußte, zu verdanken. Als Knabe trug ich manchmal Mädchenkleider, weil ich lernen mußte, mich entsprechend zu bewegen. Von meinen Kusinen lernte ich kichern, schluchzen und belangloses Zeug mit wichtiger Miene vorzubringen, da ich diese kleinen Mädchen auf Befehl meines Vaters unablässig beobachten mußte. Eine Kindheit im üblichen Sinn habe ich nicht gehabt.
Noch heute beobachte ich Frauen unauffällig, aber scharf, um von ihnen zu lernen. Leider kann ich von Charlotte nichts lernen, da ich sie nicht beobachten darf. Nur hin und wieder wagte ich einen verstohle-

nen Blick, der sich vor Entzücken trübte, denn ich sah sie in ihrem seegrünen Kleid wie durch einen beschlagenen Spiegel.
Ich schreckte aus meinen Träumen auf, als Osome einige Teetropfen auf Charlottes Kleid goß. Osome stieß einen kleinen höflichen Schrei aus, aber mich konnte sie nicht täuschen. Ich wußte, daß sie heimlich triumphierte. Angeblich zerknirscht, trocknete sie mit vielen Verbeugungen und höflichen Phrasen die Teetropfen mit ihrem Tuch, das sie in ihrem Kimono-Ärmel verborgen hatte.
»Es macht nichts«, murmelte Charlotte. Die Operation schien sie so zu ermüden, daß sie ein Gähnen unterdrückte. Sie muß viel Geld haben, wenn es ihr gleichgültig ist, wenn man ein kostbares Seidenkleid ruiniert. Weder in Venedig noch daheim habe ich mittellose Ausländer getroffen. Und natürlich profitieren die Deutschen von ihren zahlreichen Wirtschaftswundern und ihrem Fleiß. Charlotte war so träge und gleichgültig, daß sie nicht wie eine Deutsche wirkte. Ein Fabelwesen aus einer Regenstadt. Nie hatte ich eine so schöne, kühle Frau getroffen.
Ich hatte Osome für schön gehalten, aber jetzt fielen mir ihre Mängel auf. Ich hatte beinahe vergessen, daß sie zu stämmige Beine, zu große Ohren und Goldplomben hat. Die Ohren verdeckt sie durch ihre Haare und die Beine durch den Kimono, aber die Goldzähne sind ihr ganzer Stolz. Armes, kleines Ding!
Als sie vor der Teestunde kleine Zuckerkuchen für meine Gäste einkaufte, durchsuchte ich ihren Schreibtisch. Sie verbirgt etwas vor mir, und das gefällt mir nicht. Aber ich fand nur einige Zeilen von ihrem Vater aus Tokyo und ein verschwommenes Bild von ihrem Bruder aus Osaka. Er hat ebenfalls große Ohren und viele Goldzähne, aber er hat ihr hübsches Gesicht, ihre glänzenden Haare und ist viel besser gewachsen. Er sah so ernst aus, als ob er gerade von einer Beerdigung käme oder zu einer gehe. Warum blickt der junge Mann so düster? Hängt es mit Osomes Geheimnis zusammen? Auf der Rückseite des Photos hatte er geschrieben: Wir dürfen nie vergessen. Was durften sie nicht vergessen? Ich fand kein Bild und keinen Brief von Osomes Mutter. Ist sie tot? Ist sie daran schuld, daß Osome sich wie eine verprügelte Hündin vor Herrn Yanaga verkroch? Ist diese junge Person, die nicht ohne Talent die ehrenhafte Journalistin spielt, vielleicht eine Verbrecherin? Das wäre mir sehr unangenehm, da sie eine ausgezeichnete Sekretärin ist. Aber wenn sie in Tokyo gelegentlich

bei mir arbeiten will, muß ich erfahren, was sie vor den Augen der Welt verbirgt und was sie nicht vergessen soll. Und dabei ist ihr Vater ein geachteter Beamter in Tokyo!
Während der Teestunde mit meinen geehrten Gästen stieg eine stille Wut gegen Osome in mir auf, weil sie unliebsame Gedanken in die harmonische Atmosphäre brachte. Als ob sie nicht wüßte, daß das ein schweres Vergehen ist! Ich ignorierte sie konsequent und sprach mit Hilary Stafford über kalligraphische Meisterwerke der Zen-Maler. Übrigens wußte sie sehr viel mehr darüber, als ich ihr zugetraut hätte:
»Diese Bildrolle ist ein Abschiedsgeschenk meines verehrten Großvaters«, erklärte ich stolz. Hilary fand es wunderbar, und ich fühlte, sie meinte es auch. Ihre Wertschätzung belebte mich wie einige Schalen Sake. Im Gegensatz zu Charlotte ist sie eine gute Zuhörerin. Dann fragte sie, ob ich in Europa bleiben wolle, zum mindesten für längere Zeit. Sie erwähnte japanische Künstler, die in vergangenen Zeiten Jahrzehnte in Paris lebten. Natürlich beantwortete ich die Frage nicht. Einmal beantworte ich niemals direkte Fragen, und dann weiß ich nicht, wie lange ich in Venedig bleiben werde. Das hängt von Desdemona ab. Ich muß herausfinden, was sie plant.
Hatte ich den Verstand verloren? Erstens muß ich vor der neuen Theater-Saison in Tokyo sein, und dann weiß ich nur zu genau, daß die Liebe eine Zwiebel ist, die man mit tränenden Augen schält ohne einen Kern zu finden. Die Schalen fallen zu Boden, vertrocknen und werden zu Staub – wie unsere Gefühle. So war meine Frau Staub geworden, und doch hatte ich sie einmal leidenschaftlich geliebt. Oh, die endlosen Möglichkeiten der Selbsttäuschung! Sollte ich alternder Mann noch einmal das Opfer jugendlicher Illusionen werden? Das Opfer einer Person, die bei Bach Kopfschmerzen bekommt? Die sich bei Nô langweilt? Das alles hielt ich mir vor, aber es nützte mir nichts. Sie war und blieb Desdemona. Das Licht meiner Augen.
Und dann war die Stunde in meiner Teehütte zu Ende. Hilary erhob sich, dankte mir und ließ sich von Osome den dunklen Flur mit einer Taschenlampe beleuchten. Meine Wirtin hat versäumt, eine neue Glühbirne einzuschrauben. Auch Charlotte erhob sich, und ich war einen Augenblick mit ihr allein im Zimmer. Von draußen hörte ich Osomes Kichern und Dr. Staffords ruhige Stimme. Ich wollte Charlotte bitten zu bleiben, aber wie konnte ich das tun? Es wäre gegen

jede Etikette gewesen, und ich hätte ihr Mißfallen nicht ertragen. Achtlos, wie sie ist, stolperte sie bei der erhöhten Türschwelle. Ich kam ihr zu Hilfe und hielt sie einen Augenblick in meinen Armen, da sie sonst hingefallen wäre. Ihr Haar streifte meine Stirn. Ich machte sofort Atemübungen, um nicht vor Schmerz aufzuschreien, als ich sie loslassen mußte. Ich glühte innerlich, fühlte aber gleichzeitig jene eisige Starre, die in Kabuki den Augenblick höchster Emotion begleitet. Buchstäblich versteinerte ich vor Schmerz. Das hatte ich oft genug als Onnagata gespielt, aber nie hatte ich es mit einer Frau erlebt. Meine Ekstase würde mir auf der Bühne zustatten kommen, aber jetzt vernichtete sie mich. Wie damals im Theater starrte ich in Desdemonas Augen.
»Vielen Dank, Mr. Kayawara. Ich muß mich beständig bei Ihnen bedanken.«
Ich verbarg meine Hände in den Ärmeln meines Kimonos. Sie zitterten, und das durfte sie nicht sehen. Am liebsten hätte ich vor Verzweiflung laut gelacht. Nie würde ich diese Haare bürsten dürfen! Nie würde ich diesen vollkommenen, schwerelosen Körper in meinen Armen halten! Meine Tränen der Dankbarkeit würden vor ihrem kühlen Blick versiegen. Wie lange konnte ich sie noch in meinem Zimmer halten? Ich blickte sie scharf und prüfend an, denn die Augen verraten, was die Lippen verschweigen. Täuschte ich mich? Oder blitzte ein eindeutiges Signal in dem hellen, kühlen Blau auf? Sie ist keine Taube, dachte ich benommen. Sie ist ein wilder, weißer Schwan. Mein Herz hämmerte. Sie war wie die Schwäne, die alljährlich von Sibirien nach Hokkaido ziehen. So war sie aus dem Norden zu mir gewandert.
Plötzlich lächelte sie wie die Frauen in den »Plätzen der Weiden und Pferde.« Ich erstarrte. Litt ich an Wahnvorstellungen? Desdemona lächelte einen Mann nicht so an. Aber wenn sie es nun doch tat? Vielleicht hatte Shakespeare sich geirrt und Desdemona war eine süße, hinterlistige Hure gewesen, die Herr Othello ermorden mußte. Aber vielleicht hatte Herr Shakespeare es auch gewußt, war aber so besessen von ihr, daß er nach Art der Dichter diese Füchsin in den Mantel der Unschuld gehüllt hatte. Was wußte ich? Und wer war Desdemonas Doppelgängerin? Charlottes Lächeln brachte mich zu stummer Raserei. Ich hätte diese leichtfertige Person am liebsten blutig geschlagen, aber es war schon zu spät. Ich war verloren. In diesem Au-

genblick ermordete ich die Onnagata, mein sanfteres Ich. Ich wußte plötzlich, daß ich Othello, der Samurai von Venedig, war und nur meiner Familie gehorcht und Frauenkleider angelegt hatte. Nie wieder würde Kayawara Koshiro VI. ein ergebenes Publikum als Prinzessin oder liebendes Singmädchen hinreißen! Und Shinoda Taro? Er hatte die »Vortrefflichen Gärten« freiwillig verlassen. Statt der Tempelglocken, die ihn zeitlebens zur Besinnlichkeit ermahnt hatten, hörte er den Schrei der wilden Schwäne.
»Schwan, Schwan!«
»Sagten Sie etwas, Mr. Kayawara?«
»Erlauben Sie, daß ich Sie von weitem anbete?«
Sie fragte: »Warum von weitem?«

8

Das Wasser unter der Brücke

Nichts ändert sich in dieser Welt;
weder die Leiden der Liebe
noch der Lauf des Wassers.

Japanisches Sprichwort

Osome stand auf dem Ponte degli Incurabili und fand, daß sie dorthin gehörte. Sie widmete den Meisterwerken des Barocks keinen Blick mehr, denn sie hatte die Santa Maria della Salute und Longhena, ihren Erbauer, in ihren Berichten über venezianische Kirchen beschrieben. Daß sie sich dabei auch auf die Besucher konzentrierte, war richtig und klug, denn die Leser daheim wußten wenig von den Baustilen des Westens. Menschen waren immer interessant, selbst wenn sie langweilig waren. Am langweiligsten fand sie Charlotte Petersen. Sie verstand Herrn Shinoda nicht. Sie begriff überhaupt nichts mehr in diesen letzten Wochen in der Lagunenstadt; der Boden schwankte unter ihren Füßen, seit Herr Yanaga sich aus dem Staub gemacht hatte. Wenn er nun noch im Zorn die Redaktion der Zeitung gegen sie einnehmen würde? Was dann? Den wahren Grund würde er zwar nicht nennen; aber ein Wink hier, eine Anspielung dort würden zu ihrer Entlassung führen. Ihre Briefe nach Tokyo hatte er nicht beantwortet.

Osome war sehr allein, und das bekam ihr nicht gut. Herr Shinoda war mit der Gelbhaarigen am Lido, um die letzten schönen Herbsttage zu genießen. Er hatte eine kurze Botschaft für Osome in der Hotelpension hinterlassen. Im Gegensatz zu der japanischen Neigung, Botschaften möglichst unklar und vieldeutig abzufassen – nur ein Narr legte sich schriftlich fest –, hatte Herr Shinoda sich klipp und klar dahin geäußert, daß er am Lido nicht durch Besucher gestört werden wolle. Basta! Trotzdem wunderte Osome sich nicht und vergoß keine Träne, sie hatte solch eine Botschaft erwartet. Seit jenem Teenachmittag war sie Luft für ihn geworden. Und wer unterhält sich mit der Luft? Nachdem sie der Hamburgerin zeremoniellen Tee über

ihr Kleid gegossen hatte, ignorierte Herr Shinoda sie höflich und gründlich. Wie alle seine Künste hatte er die Kunst lächelnder Mißachtung zur Vollendung entwickelt.
Osome hätte sich gern für sein Benehmen gerächt, denn sie vergaß und vergab keine Kränkung. Aber wie? Shinoda Taro und Kayawara Koshiro VI., der er für die Touristen in Venedig war und blieb, waren unerreichbar und daher unangreifbar für Osome geworden. War Shinoda etwa hinter ihr beschämendes Geheimnis gekommen? Ihre Briefschaften schienen etwas durcheinander geraten zu sein. Aber ihr Bruder in Osaka hatte nur geschrieben, sie dürften »nie vergessen«. Und das sagte einem Spion nichts. Es gab zu viel, was man in Japan nicht vergessen durfte: Verpflichtungen gegen Familie und Gönner, die rituellen, anmutig verpackten Geschenke zu Festtagen, Wohltaten, Beleidigungen, Hochzeiten, Beerdigungen, Danksagungen, versteckte Angriffe. Niemand, bis auf Herrn Yanagas verdammten Augenzeugen, konnte ahnen, was Osome nicht vergessen durfte. Übrigens konnte sie nichts davon vergessen, selbst wenn sie gewollt hätte. Wer kann schwarze Wolken mit einem Papierfächer verjagen?

Osome stand auf der »Brücke der Unheilbaren« und starrte ins Wasser. Plötzlich lief sie die Brücke auf und ab, als ob der Augenzeuge oder der Dämon der langsamen Rache hinter ihr her wären. Sie war in diesen Tagen rastlos wie eine Drachenfliege. Später würde sie ein Boot nehmen und Herrn Ono in ›Harry's Bar‹ überraschen. Sie war sehr unglücklich darüber, daß Herr Ono ihr Erscheinen als unangebrachte, gegen die Etikette verstoßende Überraschung betrachten würde, aber das konnte sie nicht ändern. Es war ihre letzte Chance. Sie hatte in Herrn Onos Hotel erfahren, daß er in den nächsten Tagen nach Japan zurückkehren würde. Nach Tokyo! Vielleicht war es doch möglich, daß Herr Yanaga sich so langweilte, daß der milde, freundliche Herr Ono ihn zu Osome zurückbringen konnte? Osome gehörte zu den Leuten, die nie aufgeben, selbst wenn nichts mehr zum Aufgeben da war. Andererseits hatte Herr Yanaga wie jeder jene Nachtgedanken, die nichts mit den Affären des Tages zu tun hatten. In der Nacht waren einem Mann alle Katzen recht. Nächtliches Amüsement war immer eine ernste Sache in Japan gewesen. Schon in der Heian-Periode hatte man hauptsächlich Blumen betrachtet, Gedichte geschrieben und nachts mit den Damen gescherzt. Natürlich schrieb

Herr Yanaga keine Gedichte. Die elektronische Industrie ersetzte ihm die Träume.

Niemand konnte ihm seinen Abendreis so wie Osome servieren: Sie hielt das Tablett mit vollendeter Anmut, hoch genug, daß ihr Atem die Schalen und Schüsseln nicht streifte. Herr Yanaga hatte sie immer gelobt. Tränen traten ihr in die Augen, wenn sie an sein Lob dachte. Auch jetzt, auf der Brücke, liefen ihr Tränen übers Gesicht, und sie wischte sie ärgerlich ab. Gegen ihren Willen dachte sie viel zu oft an Herrn Yanaga. Natürlich waren seine Geschenke und die Wohnungsmiete, die er für sie zahlte, nicht unwichtig gewesen, aber erst jetzt hatte sie erkannt, daß sein Lob und seine Zufriedenheit ihr noch wichtiger gewesen waren. Er war ein alternder, mürrischer Mann, aber manchmal hatte er sich bei ihr in einen jungen, vergnügten Liebhaber verwandelt. Endlich wußte sie, was sie verloren hatte. Sie haßte Shinoda Taro, aber sie konnte Herrn Yanaga nicht hassen. War das Liebe? Osome hoffte, daß es nur eine Magenverstimmung war. Die venezianische Kost bekam ihr nicht. Gute Fische waren zu teuer. Diese guten Fische aß Herr Shinoda jetzt mit »der Neuen« am Lido. Venedig bekam Osome auch nicht. Es gab hier zuviel zu sehen.

Sie starrte ins Wasser. Es floß ruhig unter der Brücke dahin. Immer vorwärts, niemals zurück! Sie betrachtete das historische Hospital für unheilbare Krankheiten, wo der heilige Franz Xavier gearbeitet und getröstet hatte. Osome beendete ihre Zeitungsserie mit den Brücken von Venedig. Auch davon gab es zu viele. Sie war jetzt immer todmüde. Aber in ihren Berichten war nichts von dieser Müdigkeit zu merken. Im Gegenteil! Wenn Osome unter Druck stand, wurde sie zur Enthusiastin; keine Kirche war ihr zuviel, keine Brücke zu wacklig! Und was die Heiligen der katholischen Kirche anbetraf, so schien Osome ihr Leben und Wirken in Venedig jahrelang studiert zu haben. Ihre Anpassungsfähigkeit und ihr scharfes Auge machten sie zu einer guten Journalistin. Daß sie nur das schildern konnte, was sie vor Augen sah, war ihrer Redaktion hochwillkommen. Man bezahlte ihr nicht einen teuren Aufenthalt in Venedig, damit sie sich etwas ausdachte. Inspirierte Journalisten waren dem Chefredakteur in Tokyo unerwünscht. Er fand, jedermann könne sich Personen und Situationen ausdenken. Das war das Leichteste der Welt, und dafür bezahlte er nicht. Osome hatte sich stets zu ihrem Mangel an Fantasie beglückwünscht.

Das Wasser unter der Brücke war dunkel und stumm, wie Osomes Geheimnis. Plötzlich dachte sie, daß sie gern ein fröhliches, unbeschwertes Mädchen wäre, das nichts zu verbergen hatte. Das müßte wunderbar sein. Bis zu ihrem fünfzehnten Lebensjahr war Osome solch ein Schmetterling gewesen. Sie erinnerte sich einer alten Legende. Menschen sprangen ins Wasser und kamen verwandelt ans Ufer zurück – jung, gesund an Leib und Seele, ohne Erinnerungen! Aber wenn sie jetzt in diesen Kanal in Venedig springen würde, käme sie als nasse Hündin heraus, denn in der Wirklichkeit änderte sich nichts, und das Wasser floß vorwärts und nicht zurück. Sie ging die ganze Zeit vorwärts und wieder zurück. Sie war verloren. Sie wußte es, aber vergaß es immer wieder, wenn es vorwärts mit ihr ging. Sie war zur Verzweiflung zu jung und zu ehrgeizig. Wenn sie heute Herrn Ono für sich gewinnen könnte, wäre sie erst einmal wieder gerettet. Sie wußte nicht, wie sie das anstellen konnte, aber vielleicht würde ihr bis sechs Uhr Nachmittag noch etwas einfallen? Womit sie in diesem Augenblick auf der Brücke nicht rechnete, war die Möglichkeit, daß auch Herrn Ono etwas einfallen könnte. Sie vergaß, daß zu jedem Kampf und jedem Spiel zwei gehören. Osome betrachtete diesen letzten Versuch als eine der zahlreichen, schwierigen »Aufgaben«, die das Leben ihr stellte und die sie irgendwie meistern mußte, auch wenn alles dagegen sprach. Sie hatte das Leben nie für ein Arrangement vergnüglicher Situationen gehalten. Die Situationen, die sie meistern mußte, waren schrecklich. Dunkle Mächte, die sich, wie das Wasser unter der Brücke, nach eigenen Gesetzen bewegten, bedrohten sie unablässig. Daß Herr Ono selbst zu diesen Mächten gehören konnte, kam ihr nicht in den Sinn. Was wußte sie von Herrn Ono?

Ruhelos schritt sie auf der »Brücke der Unheilbaren« auf und ab. Es war noch zu früh für die Fahrt zu »Harry's Bar«. Wieder dachte sie an Shinoda Taro. Sie wußte, warum er sie verlassen hatte, es hatte wenig mit der Ausländerin zu tun. Wenn alles in Ordnung gewesen wäre, hätte er weiter mit ihr, Osome, geschlafen. Herr Shinoda hatte mit ihr Schluß gemacht, weil sie an jenem Teenachmittag gegen eine Grundregel japanischer Etikette verstoßen hatte. Sie hatte die sorgfältig vorbereitete Harmonie gestört. Ein Mann aus der formellen Welt des »Klassischen Theaters« hätte ihr noch eher einen Diebstahl oder ein anderes Verbrechen verziehen. Sie hatte impulsiv statt konventionell gehandelt, als sie den zeremoniellen Tee vergoß, und Shinoda Taro, raffiniert wie er war, hatte ihre respektlosen und rachsüchtigen Gedanken gelesen und ihr den entsprechenden Denkzettel verabreicht. Wie der heilige Berg Fuji verbarg er sich jetzt hinter Wolken.

Unter der Brücke fuhr eine Gondel mit einem zufriedenen, italienischen Paar in mittleren Jahren zur Piazza. Osome hörte eine dunkle, zärtliche Männerstimme und das gurrende Lachen der Frau, die wie eine fette, blaugraue Taube neben ihrem Mann auf den Kissen hockte. Er hatte seinen Arm um die dicke Lachtaube gelegt. Osome sah es genau. Die Frau gab ihm Obst aus einem geflochtenen Korb. Nie hatte Osome jemanden so beneidet wie dieses ältliche, vergnügte Paar, das auf die japanische Etikette pfeifen konnte. Osome, die in der Zwangsjacke dieser Etikette steckte, seufzte.

Wieder blickte sie ins Wasser, und wie jeder, der zu lange in die spiegelnde Tiefe schaut, erblickte sie ihr eigenes Bild. Aber sie sah sich nicht auf dieser Brücke, aus den Tiefen tauchte die Stadt Osaka auf, die nichts mit den Kanälen von Venedig und so viel mit Osome zu tun hatte. Ein trübes, fürchterliches Spiegelbild! Nicht nur die höllische Szenerie kam aus dunkler Tiefe an die zitternde Oberfläche – Osome sah Menschen und Wohnstätten und die Asche von gestern, die grau und unheimlich auf dem Wasser umhertrieb. Sie sah Gespenster von Männern, Frauen und Kindern und sie sah – verfluchte Wohnstätten, die jener Augenzeuge, der Herrn Yanaga unterrichtet hatte, gesehen haben mußte. Osome zündete sich mit zitternden Händen eine Zigarette an. Sie haßte das Wasser unter der Brücke.

Herr Ono trank nichtsahnend seinen Sherry, der ihn angenehm an Sake erinnerte, als Osome »Harry's Bar« betrat. In zwei Tagen würde er Venedig verlassen. Die Touristengruppen aus Japan hatten bereits das Feld geräumt, und Herr Ono würde in absehbarer Zeit mit dem Verkehrsminister, und auch mit seinem Freund Yanaga, speisen können. Er hoffte, daß Herr Yanaga endlich wieder der alte sein würde und Osomes Verlust überwunden hatte. Auch Herr Ono fand romantische Treue zum Totlachen; und soweit er sich erinnern konnte, hatte Herr Yanaga nie daran gelitten. Aber warum hatte er die zwei Briefe, die Herr Ono ihm nach Tokyo geschrieben hatte, nicht beantwortet? Er mußte doch endlich eingesehen haben, daß Herr Ono nur seine Ehre im Auge gehabt hatte, als er ihn über Osomes Existenz in Osaka aufklärte. Seitdem war viel Wasser unter den Brücken Venedigs davongeflossen, und im Wasser gibt es keine Fußspuren.

»Welche Überraschung«, sagte Herr Ono, als Osome auf ihn zukam. Sein Ton machte es ihr trotzdem klar, daß er sich angenehmere Überraschungen vorstellen konnte. Oder bildete Osome sich das ein? Sie war so hellhörig wie jede Bittstellerin.

»Ich vermutete, Sie wären längst abgereist, Osome-san.« Wieder kam es ihr so vor, als ob Herr Ono trotz seines freundlichen Lächelns nichts so sehr begrüßt hätte wie ihre Abwesenheit von »Harry's Bar«. Auf einen zögernden Wink von ihm nahm sie an seinem Tisch Platz und bestellte sich eine Coca-Cola. Sie teilte nicht den nationalen Geschmack an diesem Getränk und hatte es nur wegen seiner Billigkeit bestellt. Sie liebte guten Sherry, der so angenehm an Sake erinnerte. Mit Herrn Yanaga hatte sie viele Liter Sake im Lauf der Zeiten getrunken.

Herr Ono verfiel in Schweigen. Er war zu verstimmt, um Osomes Herbstmantel auf seinen Preis hin abzuschätzen. Herr Ono erinnerte schwach an eine Nô-Maske, die einen lächelnden, alten Mann mit listigen Augen und Gedanken darstellt.

Auch »Harry's Bar« hatte sich zum Ende der Saison geleert, aber Herr Ono fand immer noch genug Besucher, die er auf ihre Ausgaben hin abschätzen konnte. Er selbst hatte nichts in Venedig gekauft, da er alles viel zu teuer fand; seiner Frau würde er das Geschenk geben, das er in Tokyo vor der Reise zu einem Spottpreis erstanden hatte. Auf der Ginza hätte die Handtasche das Fünffache gekostet. Herr Ono kaufte Geschenke grundsätzlich in Shimbashi, einen Katzensprung von der Ginza entfernt, wo es Souvenir-Läden zwischen Spielzeug und Eisenwaren gab. Was war verkehrt an einem Andenken aus Shimbashi?

Herr Ono betrachtete verstohlen ein Paar in Regenmänteln. Die Handtasche der blonden Frau hätte gut in Shimbashi gekauft sein können. Ein Gelegenheitskauf nach Herrn Onos sparsamem Herzen. Er hatte stets Herrn Yanagas zügellose Großmut dieser Osome-Person gegenüber bemängelt. Herr Ono gehörte nicht zu den Narren, die einflußreiche und cholerische Freunde von Angesicht zu Angesicht

kritisieren. Das einzige Mal, daß er eine Ausnahme von dieser Regel gemacht hatte, war sein Aufklärungsdienst über Osome; und was hatte er geerntet? Yanaga-san beantwortete seine Briefe nicht. Zum ersten Mal seit dreißig Jahren. Das fraß an Herrn Ono und, klein und dünn wie er war, hatte er nichts zuzusetzen.
Der Gelegenheitskauf der Ausländerin erinnerte ihn an die Tasche, die er seiner Frau verehren wollte. Eine sehr wünschenswerte Ehefrau! Frau Ono fragte nicht und klagte nicht. Das taten glückliche Gattinnen zu ihrem eigenen Schaden. Seine Frau spielte viele Stunden am Tag Karten und Glücksspiele mit ihren Freundinnen, und Herr Ono fragte nur aus Höflichkeit, wie sie ihre Tage verbringe.
»Was hast Du heut getan, Fusako?«
»Nichts Besonderes.«
»Das war anzunehmen, meine Liebe!« Er sagte es immer so milde und nett, daß Frau Ono nicht recht wußte, was ihr an dieser Antwort mißfiel.
Herr Ono mußte Osome vergessen haben, denn er war tief in Gedanken versunken. Er hatte heute einen Brief von seiner Cousine aus Osaka erhalten und verdaute den Inhalt langsam und bedächtig. Er war kein ungestümer Denker wie Herr Yanaga. Er fühlte Osomes geduldigen und angstvollen Blick. Allmählich würde er etwas zu ihr sagen müssen. Ihr Glas mit Coca-Cola stand unberührt vor ihr. Die Etikette verbot, daß sie, die Jüngere und Geringere, vor ihm Erfrischungen genoß. Sie hätte auch die Eßstäbe nicht vor ihm erhoben, falls sie in Tokyo gewesen wären und er verrückt genug wäre, sie zum Essen einzuladen. Bei solcher Gelegenheit hätte er sagen müssen: »Ich bin glücklich, daß Sie gekommen sind. Bitte bleiben Sie so lange wie möglich«, oder was man sonst einem geehrten Gast sagt.
Warum reichte diese Person keine Bittschrift ein, wenn sie etwas von ihm wollte? Natürlich wollte sie etwas, wahrscheinlich hing es mit dem unerreichbaren Herrn Yanaga zusammen. Wenn er nicht einmal ihm schrieb, würde er erst recht nicht an dieses wertlose Mädchen geschrieben haben. Herr Ono ermahnte sich schweigend zu doppelter Vorsicht. Das war nicht nötig, denn kein Frosch spuckt plötzlich Elfenbein. Das hatte sein geehrter Vater immer gesagt, wenn er zu unnützen Geldausgaben veranlaßt werden sollte.
Dieser Gedanke versetzte ihn in so gute Laune, daß er Osome liebenswürdig anlächelte. Er hatte einen seiner plötzlichen Stimmungs-

umschwünge, die seine Frau stillschweigend verabscheute. Man konnte noch so glücklich verheiratet sein, es gab immer etwas zum Verabscheuen, fand Frau Ono.

»Darf ich fragen, wann Sie Venedig verlassen, Osome-san?«

»In vierzehn Tagen. Ich muß noch einige Brücken und die Inseln mit den Irrenanstalten besuchen.«

»Ah, so.«

»Darf ich eine bescheidene Bitte äußern, Ono-san?«

»Bitte sehr, mein Kind!«

»Ich möchte mich verändern.«

»Wer möchte es nicht, Osome-san.«

»Könnte eine große Reise-Agentur mich vielleicht in ferne Länder schicken?«

»Aber Sie sind doch in einem fernen Land!«

»Es gibt so wenig über Venedig zu schreiben, weil das meiste ... «

»Sie meinen, das meiste ist längst geschrieben worden? Das ist das Schicksal von Städten, die jahrhundertelang gelobt wurden. Deswegen betrat ich Venedig mit Mißtrauen. Aber unseren Reisegruppen hat die Stadt unbegreiflich gut gefallen. Und davon lebt das Verkehrswesen, nicht wahr?« Herr Ono pflegte unerwünschte Gespräche mit Bittstellern durch kleine Vorträge lahmzulegen, und Osome überlegte, wie sie das Gespräch wieder in Gang bringen konnte. »Europa liegt mir nicht«, sagte sie scheu und starrsinnig, »es gibt doch noch andere Kontinente.«

»Besprechen Sie das nicht am besten mit Ihrer Zeitung?«

»Ich fürchte, da habe ich auf die Dauer nicht die richtige Protektion.«

»Sie scherzen, Osome-san! Herr Yanaga finanziert diese Zeitung und hat Sie, wenn ich nicht irre, dort untergebracht.«

Osome schwieg. Herr Ono, dem die Unterhaltung allmählich Spaß machte, musterte sie mit maliziöser Aufmerksamkeit. Dann kam er wie ein Blitz aus bewölktem Himmel mit der Idee, was Osome zu Australien meine.

»Das wäre wunderbar«, rief sie impulsiv. Sie wußte, der freundliche Herr Ono würde ihr helfen, es ging aufwärts mit ihr. Sie war so glücklich, daß sie das Wasser unter der »Brücke der Unheilbaren« vergaß. Sie sagte eifrig, Australien interessiere doch jeden japanischen Leser.

»Das will ich meinen, Osome-san! Die »Japan-Times« hat gerade zwei Mitarbeiter und Fotografen nach New South Wales und Queensland geschickt. Erfahrene und weltbekannte Journalisten. Sie können Ihnen als Vorbild dienen, mein Kind! Deswegen erwähnte ich jenen Kontinent.«

»Wenn ich wie andere schreibe, werde ich nicht weiterkommen.«

»Auch die Vorbilder lernten von Vorbildern«, sagte Herr Ono streng. »Ich muß befürchten, daß Sie in der Fremde unjapanische Ansichten erworben haben.«

Osome hätte ihm am liebsten Coca-Cola über seine lächelnde Maske geschüttet, erinnerte sich aber kurz vorm Attentat, daß so etwas noch unjapanischer als eine individuelle Ausdrucksweise wäre und versicherte eilig, Venedig hätte nicht den geringsten Einfluß auf sie ausgeübt. Herr Ono fragte nicht, wie man Leser für etwas interessieren könne, was keinen Eindruck gemacht hätte, denn ihr erschrecktes Gesicht und ihr Gestammel genügten ihm. Zum mindesten für den Augenblick, da er noch andere Pfeile abzuschießen hatte. So gut hatte er sich lange nicht mehr unterhalten.

»Soll ich Herrn Yanaga fragen, was er für Sie tun kann? Im Augenblick hat er allerdings wenig Zeit.« Herr Ono berührte mit seiner zarten Hand den Brief in seiner Brusttasche. »Gerade heute erhielt ich einen Brief aus Osaka.«

»Von Herrn Yanaga?«

»Von meiner Cousine. Sie ist sehr gut situiert. Besonders gut möchte ich sagen. Die Stadt ist ein industrielles Machtzentrum. Sozusagen eine Superstadt. Herr Yanaga hat dort wichtige Kontakte mit der elektronischen Industrie und besucht gerade meine Cousine. Sie kennen doch sicher Osaka, Osome-san?« »Nein!«

»Kaum zu glauben! Die Stadt ist von unserem Tokyo in fünfzig Minuten mit dem Flugzeug zu erreichen. Ich persönlich bevorzuge den Super-Expreß. Bequemer, und man hat Muße, über alles Mögliche nachzudenken. Ja.« Herr Ono räusperte sich und berichtete Osome eine erschreckende Menge von Einzelheiten über den Super-Expreß zur Super-Stadt. Seine Schilderungen enthielten immer zahlreiche Einzelheiten, vermittelten aber keinen Gesamteindruck. Während er sein zweites Glas Sherry trank und nochmals darüber staunte, daß es jemanden in dieser Welt gab, der Osaka nicht kannte, unterdrückte Osome ein Zittern.

»Herr Yanaga wird nächstens meine Cousine in Osaka heiraten«, sagte Herr Ono milde. »Es wird Zeit, wenn er Söhne haben will.«
Osome schwieg, weil man am besten schweigt, wenn alles zusammenbricht. Aber sie besaß immer noch den eisernen Willen der Schiffbrüchigen, das rettende Ufer zu erreichen. Nur Herr Ono stand an diesem Ufer. Nach Hause konnte sie nicht gehen, da ihr Vater vor zwei Jahren wieder geheiratet hatte. Eine sehr junge Frau aus ersten Kreisen, die keine Stieftochter im Haus haben wollte. Und bevor sie noch einmal nach Osaka zurückkehrte, gab es immer noch das Wasser unter irgendeiner Brücke. Im Augenblick machte sie unauffällige Atemübungen, die sie von einem gewissen Herrn Shinoda gelernt hatte. Sowie sie an ihn dachte, drehte sich alles in »Harry's Bar«: die Gläser und Flaschen, das Paar in den Regenmänteln, und Herr Ono verwandelte sich in einen kleinen Dämon mit flimmernden Augen, großen Ohren und einem freundlichen Lächeln. Ein Sitzriese mit vielen vergifteten Pfeilen im unsichtbaren Köcher. Der kleine Dämon bestellte ihr einen Brandy, weil sie aussah, als ob sie im nächsten Augenblick ohnmächtig werden würde. Das wäre unerwünscht in »Harry's Bar«. Außerordentlich unerwünscht. Er würde sich um Osome kümmern müssen. Solche Dinge hatte er zeitlebens seiner Frau überlassen.
»Trinken Sie den Brandy, mein Kind! Dann wird Ihnen besser.«
Osome gehorchte! Das Schwindelgefühl ließ nach. Aber in dieser gepflegten Bar roch es plötzlich nach Verfall, Schmutz, Hoffnungslosigkeit. Sie erinnerte sich an den scharfen Geruch von Tieren in Gefahr, an *ihr* Osaka. Sie senkte den Kopf tief auf die Brust, und Herr Ono sah von der Seite ihren jungen, biegsamen Nacken. Wie ein Lilienstengel wuchs er aus dem Ausschnitt ihres dunklen Kleides – zart, von rührender und verletzlicher Schönheit. Es kam nicht darauf an, daß dieses schöne Geschöpf eine Sumpfblume war. Herrn Onos nervöses Herz klopfte plötzlich ungehörig laut. Nach Jahrzehnten hausbackenen Eheglücks fühlte er den lächerlichen, aber machtvollen Wunsch, diesen Nacken zu berühren, zu küssen oder ihn wie einen Lilienstengel zu zerknicken. Zum ersten Mal verstand er seinen Freund Yanaga. Zu seinem Entsetzen fand er sich in einen Wunschtraum verstrickt, der keine Berechtigung für Männer in ihren Fünfzigern mehr hatte. Und Herr Ono war fast am Ende der Fünfziger angelangt, ein hohes und ehrenvolles Alter für einen wichtigen Mann, der

mit Ministern speiste. Seine Handflächen mit den verschlungenen Linien der Erfahrung waren feucht geworden. Vor Jahren hatte er sich für die Rolle des Zuschauers im Leben entschieden, was seiner unersättlichen Neugierde und seiner verborgenen Unzugänglichkeit entsprach. Er verabscheute Abenteuer. Er betrachtete eine Felsschlucht in den japanischen Alpen am liebsten von weitem. Wie leicht konnte man zwischen den schroffen Felswänden abstürzen! Trotzdem besaß Herr Ono eine heimliche Vorliebe für diese wilden, gewundenen Schluchten, die sich von den Bergen in die Täler schlängelten. Sie waren wie Gedanken in einem gewundenen Gehirn, seinem Gehirn! Er dachte flüchtig daran, daß sein Freund Yanaga am Ende immer getan hatte, was er, sein bester Freund, für ihn heimlich plante. Herr Yanaga war so einfach, daß er es nie durchschaut hatte. Auch dieses verlorene Mädchen würde tun, was er wollte. Als junger Mann hatte Herr Ono nicht nur gewundene Gedanken gehabt, sondern auch wilde, dunkle Anwandlungen, die er mit Energie bekämpft hatte. Aber in diesem Augenblick erinnerte er sich, daß er damals am liebsten eine Prostituierte, die ihn um den Verstand brachte, erwürgt hätte – eine unwürdige und sadistische Anwandlung, der er nie nachgegeben hatte. Sein praktischer Sinn und sein Ehrgefühl hatten ihn von solch einer Gewalttat zurückgehalten. Das war viele Jahre her, und seine »Anwandlungen« waren inzwischen in wilde Herrschsucht, unter dem Deckmantel von Milde und Bescheidenheit, übergegangen. Niemals gestattete er sich, vulkanische Ausbrüche wie Yanaga-san. Er erweckte im Gegenteil den Eindruck, man wisse immer, woran man mit ihm war. Ein Wohltäter, der sein Licht unter den Scheffel stellte.

»Ich habe wochenlang nichts von meiner Redaktion gehört«, murmelte Osome.

»Die italienische Post ist recht langsam.« Herr Ono hüstelte. Er fand die Postverhältnisse skandalös, aber man übte keine offenherzige Kritik im Ausland. Eigentlich auch nicht daheim. Er sagte nachdenklich und sehr langsam: »Es gibt immer und überall neidische Kollegen. Sie munkeln, sie flüstern, sie schreiben Briefe. Mahnbriefe. Aufklärungsbriefe, von denen niemand etwas ahnt. Drohbriefe! Ein junges Mädchen wie Sie ist diesen Elementen hilflos ausgeliefert, Sie haben recht, Osome-san! Es geht nichts über Protektion. Sonst gibt es ein böses Ende. Was meinen Sie?«

Osome starrte ihn an. Er hatte seine sonst halbgeschlossenen Augen weit geöffnet. In den erweiterten Pupillen blitzte etwas auf, erlosch und blinzelte wieder auf – ein beunruhigendes Signal. War es ihr Instinkt oder die Anspannung, die sie übersensitiv machten? In einem Augenblick der Hellsicht deutete sie die Signale richtig. Herr Ono war der Augenzeuge, den sie bisher vergeblich unter den Landsleuten in Venedig gesucht hatte. Er schloß einen Augenblick die Augen. Wollte er seinen von Ironie und Begehrlichkeit blitzenden Blick vor ihr verbergen? Falls er es wollte, war es zu spät. Osome wußte Bescheid. Daheim sprachen die alten Leute vom Blick der Schlange, der alles verschlingt, was er sieht. Osome dachte plötzlich wieder an Herrn Yanaga. Einfach, ehrlich und cholerisch wie er war, würde er nie mehr zu ihr zurückkehren. Sie dachte an seine barsche Art, seinen wütenden und geltungsbedürftigen Husten im Theater »Fenice«, an seine tyrannischen Forderungen, seine täppische Dankbarkeit nach dem Liebesakt, seine langweiligen Shintogötter, seinen altmodischen Gehorsam gegen seine Mutter. An seine rauhe ängstliche Fürsorge, wenn sie Fieber hatte oder todmüde war. Oh, seine extravaganten, großzügigen Geschenke, die vielen Schecks, die er ihr zu allen Feiertagen im japanischen Kalender gegeben hatte! Sie hatte diesen großen, rauhen Bären in ihrer Art eben doch geliebt. Warum würde sie sonst solche Trauer spüren? Diese Trauer war zu tief für Tränen. Sie war trocken wie die Zen-Gärten, genau so still und steinern. Osome blickte Herrn Ono nicht an und murmelte: »Sie wissen alles, nicht wahr?«
»Niemand weiß alles, Osome-san! Aber ich bin gelegentlich in Osaka.«
Osome nickte. Sie ahnte bereits den Alpdruck, der jedes Zusammensein mit diesem Augenzeugen beherrschen würde. Herr Ono besaß Geheimwaffen, Osome würde nie wissen, wann er sie anwenden würde. In einem einzigen Punkt täuschte sie sich. Herr Ono hatte Yanaga nicht durch seine Eröffnungen entfernt, um sie selbst zu besitzen. Damals hatte er nur die Ehre seines heftigen Freundes im Auge gehabt.
Was wußte Osome von Herrn Ono? Nicht mehr als das, was sie sah. Sein feines, listiges Pergamentgesicht, die beiden Zahnlücken, die Tränensäcke unter den Augen, die spiralförmigen Stirnfalten, die graugelbe Blässe. Seine leisen, höflichen Drohungen waren gefährli-

cher als Yanagas Donnern. Herr Ono würde einen ausgedehnten Kopfkissendienst erwarten, ohne dafür große Geschenke zu machen. Hatte er nicht recht? Seine Protektion war alles, was er zu zahlen brauchte. Osome sah es ein. Langsam würde sie weiter abwärts gleiten wie das Wasser unter der »Brücke der Unheilbaren«.
Der Kreis hatte sich geschlossen. Ein alternder Tiger, der wegen seiner kleinen Statur lebenslänglich den Hauskater spielte und Osome, eine junge, stattliche Maus, traten in »Harry's Bar« den rituellen Zweikampf an. Er wurde nach japanischem Brauch mit höflicher Beharrlichkeit und lächelnder Schläue geführt werden. Osome wußte von Herrn Yanaga, daß der Augenzeuge großes Interesse an der Malerei des Westens hatte und sogar daheim das Gemälde eines jungen, spanischen Künstlers besaß, dem seine Frau allerdings keinen Geschmack abgewinnen konnte. Sie hatte Herrn Yanaga gegenüber geklagt, daß das Bild ihre Blumenarrangements verdarb. Vielleicht fiel ihm eines Tages das Bild mit Goldrahmen auf den Kopf? Osome lächelte bei dem Gedanken. Unfälle gab es wie Sand am Meer, besonders wenn jemand etwas nachhalf. Sie mußte sich unbedingt einen Begriff von Herrn Onos Liebhabereien machen. Wanderungen in einsamen Gegenden waren nicht sein Fall. Dazu war sein Herz nicht taktfest genug, hatte Herr Yanaga grollend bemerkt. Er hatte immer mit Herrn Ono wandern wollen. Er selbst kannte überhaupt keine Ermüdung.
Herr Ono hatte Osomes Lächeln bemerkt, war aber viel zu klug, um nach dem Grund zu fragen. Er hatte die junge Person in der Hand, ob sie lächelte oder weinte. Er dachte flüchtig daran, daß Osome und ihre Reaktionen ihm noch vor wenigen Minuten völlig gleichgültig gewesen waren und daß das Schicksal ihn überlistet hatte, als es ihm den biegsamen Nacken des Mädchens zeigte. Das würde Osome büßen müssen! Wie schön war sie in ihrem grünen Kleid mit den glänzenden schwarzen Haaren, die ihr nach moderner Art zu beiden Seiten auf die Schultern fielen. Es sah leicht verwahrlost und berückend aus. Herr Ono war an die steife, korrekte Frisur seiner Frau gewöhnt, er unterdrückte bei diesem Gedanken ein respektloses Gähnen. Osomes volle Lippen zogen sich mit einer Andeutung von Mißmut herab. Launen? Das würde er ihr schleunigst abgewöhnen. Ein zarter Wink, sagen wir, Osakas Marionettenspiele oder Osaka-Kabuki mit Kayawara Koshiro VI. als Onnagata würden genügen.

Herr Ono trocknete seine Handflächen mit einem seidenen Tuch ab. »Wollen Sie heute abend mit mir essen, Osome-san?«

»Es ist mir eine große Ehre«, erwiderte sie mit ihrer Frühlingsstimme.

Herr Ono lächelte zufrieden. Jetzt mußte er nur noch dafür sorgen, daß Herr Yanaga seine Cousine in Osaka heiratete.

9

Streng vertraulich

YANAGA KOZO an HERRN ONO in Venedig

Fukoshima, Herbst 1976

Hochgeschätzter Freund,

Ihre Briefe aus Venedig habe ich dankend erhalten, und ich entschuldige mich sehr aufrichtig, daß ich sie erst heute beantworte. Meine Post wurde mir von Tokyo in die Berge nachgeschickt; leider viel zu spät, da meine geehrte Mutter darauf bestand, die Nachsendungen persönlich zu erledigen und die ganze Sache vergaß. Wahrscheinlich erscheinen ihr meine Angelegenheiten nicht wichtig genug. Außerdem ist sie im Alter vergeßlich geworden und will beständig beweisen, daß dies nicht der Fall ist. Da sie sonst sehr munter und scharfzüngig ist, gelingt ihr fast alles. Sie vergißt sogar die Jahre, die die Heuschrecken bereits gefressen haben.

Ich hoffe, daß mein unwürdiger Brief Sie bei bester Gesundheit erreicht, in diesem Fall müßten Sie allerdings viel gesünder sein als in Venedig. Sie machen sich zu wenig Bewegung, verehrter Freund! Ihr Herz wird immer schwächer, wenn Sie ständig Auto fahren. Seit dreißig Jahren bitte ich Sie vergeblich, mit mir in den Bergen zu wandern. Dabei erneuert sich ein Mann, und das Herz schweigt still. Ich werde aufpassen, daß Sie nicht abstürzen, Ono-san! Falls aber das Schicksal es anders planen sollte, gibt es einen besseren Tod als in unseren Bergen? Ich bitte Sie, dieser Möglichkeit Ihre geehrte Aufmerksamkeit zu schenken! Übrigens ist ein toter Mann immer besser dran als ein armer Mann. Zurück zu den Lebenden! Ihre geehrte Cousine in Osaka wird Ihnen indessen von meinem unwichtigen Besuch berichtet haben. Leider konnte ich mich ihr nicht oft widmen, da ich viele Konferenzen hatte. Wie jede Frau betrachtete Ihre geehrte Cousine die elektronische Industrie als eine feindselige Störung, aber schließlich war ich ja wegen der Konferenzen nach Osaka gekommen.

Sie wissen, ich bin ein friedfertiger und gelassener Mann, aber bei den Besprechungen in Osaka geriet ich in eine Wut, die ich mit aller Kraft unterdrücken mußte. Vielleicht war ich daher in Osaka nicht ganz so umgänglich wie sonst, und ich würde es beklagen, wenn Ihre geehrte Cousine mir ihre Gunst deswegen entziehen sollte. Wie Sie wissen, schätze ich ihre Freundschaft.
Während der Konferenzen, die neue Gesichtspunkte der elektronischen Entwicklung behandelten, kamen mir zu meinem Kummer gesetzwidrige Überlegungen in meinen alten stupiden Kopf, den Sie mir bald wieder zurechtsetzen müssen. Mir kam es so vor, als ob die Technik und die Notwendigkeit, unsere Konkurrenz in der ganzen Welt zu überflügeln, unser Leben langsam ruinierte. Ich sprach mich mit großer Vorsicht gegen das geplante Informationssystem aus, das auf elektronischem Wege die Bankbeamten an den Schaltern überflüssig machen soll. Gewiß, die Firma, die solche Modelle benutzt, kann beträchtliche Zeitersparnis erzielen, aber was wird aus den Kassierern, die weiterhin Frau und Kinder ernähren müssen und die sich bis jetzt viel seltener irren als Computer oder ähnliche Dämonen? Meine Anfrage erregte einen gedämpften Sturm bei der Konferenz. Später berichtete mir mein Sekretär, der ein ausgezeichneter und treuer Spion ist, ich müsse in Venedig sentimental geworden sein. Eine recht unpassende und unfreundliche Kritik von seiten langjähriger und mäßig intelligenter Kollegen. Glücklicherweise habe ich ein dickes Fell, und es wird den Herren schwerfallen, mich aus meinem Posten zu verdrängen.
Ihre geehrte Cousine kicherte, als ich ihr von dem Sturm auf der Konferenz berichtete und meinte, Heirat sei das beste Mittel gegen das Altern. Wer sprach von Altern, he? Nur meine Höflichkeit bewahrte mich vor einer Anspielung auf ihr eigenes Alter. Vierzigjährige Frauen sollten nicht mehr kichern, und lahme Enten sollen nicht tanzen wollen. Trotz allem hat Ihre werte Cousine nie ein wahreres Wort gesagt. Sie ist eine bewundernswerte und gastfreundliche Dame, aber ihre Neigung zum Widerspruch und zu Vorwürfen sind ihren Eheplänen nicht günstig. Es tut mir leid, geehrter Freund, aber ich hätte Ihre geehrte Cousine auch nicht geheiratet, wenn sie stumm geboren wäre und die Natur einer venezianischen Taube besäße. Sie ist zu alt. Nur um der Klarheit willen: Ich habe Ihrer hochgeschätzten Cousine niemals ein Eheversprechen gegeben, falls sie dieser Ansicht sein soll-

te. Man weiß ja nie, was in den Köpfen der Frauen vorgeht. Man weiß nur, daß es selten etwas mit den Tatsachen zu tun hat; und daran wird die neue Freiheit, die von den USA auf Japan übergegriffen hat, wenig ändern. Es ist beispielsweise eine Tatsache, daß uns junge Frauen besser als alte gefallen. Selbst Sie, der wenig für die weibliche Jugend übrig hat, werden das im Prinzip zugeben, nicht wahr? Aber nicht jeder Mann hat Ihre abgeklärte Besonnenheit, Ono-san! Sie wären nie auf diese Osome hereingefallen. Ihre Weisheit bewahrt Sie von vornherein vor würdelosen Bindungen.

Erst jetzt sehe ich ein, wie gut Sie es mit mir meinten, als Sie mich in Venedig über Osome aufklärten. Wenn der Dreck sich ansammelt, wird er eines Tages zum Berg. Indem Sie mich vorm Abgrund zurückrissen, haben Sie eine schwere Bürde der Dankbarkeit auf mich geladen, Ono-san! Wie gut, daß ich kräftige Schultern habe! Übrigens zahle ich der Osome-Person noch die Miete für ein ganzes Jahr und habe ihr Bankkonto wegen geleisteter Dienste aufgefüllt. Sie kann nun ein ganzes Jahr entscheiden, ob sie ihre unverdiente Intelligenz in den Dienst des Tages stellen oder im Nachtleben von Tokyo versinken will. Für mich ist ihre Entscheidung ohne Interesse.

Habe ich die kleine Person nicht eigenhändig aus einem Nachtlokal ans Tageslicht geholt? Ich bin für meine Selbstbeherrschung bekannt, aber wenn ich daran denke, könnte ich die »Halle der Barmherzigkeit« in Kyoto in tausend Stücke schlagen.

Glücklicherweise hat diese trübe Erfahrung mein Gefallen an jungen Mädchen nicht abgetötet. Im Gegenteil. Sie besänftigen mich wie eine Schale Tee, die ich hier im Kiso-Tal ohne die Kommentare meiner geehrten Mutter genossen habe. In diesem stillen Tal zwischen den Bergen, in einem der elf »Gasthof-Dörfer«, fand ich ein Mädchen von kräftigem Körperbau, sanfter Gemütsart und unbescholtener Herkunft. Kurz und gut: Ich habe vor drei Tagen geheiratet.

Meine junge Frau ist im Bergland aufgewachsen und so unverdorben und anspruchslos, wie man es sich in Tokyo nicht vorstellen kann. Sie ist die Tochter eines in den Alpen berühmten Gastwirts, an dessen Küche und Haushaltsführung selbst meine Mutter nichts beanstanden könnte. Aber sie würde wohl auch an diesem Gasthof Mängel entdecken, weil das ihre Lieblingsbeschäftigung ist. Ich fürchte, meine junge Frau wird es nicht leicht mit meiner geehrten Mutter haben, da keine Ehefrau, die sie nicht ausgesucht hat, Gnade vor ihren

Augen findet. Aber sie wird sich auf die Enkelsöhne freuen, wenn sie den soliden Bau ihrer Schwiegertochter und ihre blühende Jugend sehen wird. Oruko ist erst neunzehn Jahre. Sie besitzt kein Geld, und das wird meine Mutter entsetzen. Sie hat vergessen, daß sie selbst erst durch ihre Heirat mit meinem Vater in die Welt des Reichtums trat. Ich erwähnte schon, daß sie im Alter vergeßlich geworden ist. Natürlich handelt es sich um unsichtbaren Reichtum.
Mein Mädchen hat stets reine Bergluft geatmet; und da die schroffen Klippen und wilden Schluchten ihrer Heimat sie nicht erschrecken, wird sie es wohl mit Tokyo und meiner verehrten Mutter aufnehmen können. Außerdem hat sie an mir einen Beschützer, der nicht der Angenehmste ist, wenn man seinen Angehörigen nicht den vorgeschriebenen Respekt erweist. Erinnern Sie sich noch, was Herrn Ogata passierte, als er meine Mutter in meiner Gegenwart kritisierte? Auch Orukos Kritiker werden es nur ein einziges Mal versuchen. Herr Ogata wunderte sich jahrelang, wieso er keinen Direktorposten bekam. Natürlich war es unsichtbarer Einfluß. Haha! Ich habe gerade seine Villa in Karuizawa gekauft, da sie ihn zuviel kostete. Sie liegt abseits vom Touristenzentrum und den Filialen der Modeläden von Tokyo, und damit ist meine kleine Frau sehr zufrieden. Sie ist etwas menschenscheu, da sie nie aus ihrem Dorf herauskam. Sie starrte die Ausländer in Karuizawa verstohlen an, als ob diese vom Mond oder vom Mars kämen. Vielleicht wird Japan bald solche Gäste in den Alpen beherbergen? Die sonderbarsten Leute kommen sowieso schon in unser Land. Ja. Daher war ich nicht besonders erstaunt über die merkwürdigen Vögel, die in Venedig herumflogen. Was in aller Welt gefiel Ihnen an Venedig, Ono-san?
Im Kiso-Tal ist es so ruhig und ereignislos, als ob die Zeit dort stillgestanden hätte, seit Hiroshige diese uralte Reisegegend durch seine Holzschnitte ehrte. Ich werde seine Bilder von der Tokaido-Straße und vom Nakasendo, dem »Fahrweg zum Berg«, den meine Frau seit ihrer Kindheit kennt, in meinem Haus in Karuizawa aufhängen. Welch ein Leben herrschte damals auf diesen Landstraßen, als Höflinge, Priester, Edelleute, Samurai und natürlich appetitliche Kurtisanen in den Bergen umherreisten! Nach meinen Konferenzen erholte ich mich immer bei Hiroshige, denn ich liebe die Berge wie dieser verehrte Meister. Nun kann ich mich außerdem durch Orukos Jugend erholen. Ich bin ein glücklicher Mann, mein Freund!

Zufällig habe ich einen Kopf für Technologie; aber, wie ich Ihnen oft sagte, mein Herz gehört dem einfachen Leben in der Natur. Und den Kindern der Natur. Oruko verkörpert für mich die alten Tugenden: Fleiß, Bescheidenheit, Anspruchslosigkeit, die sie in ihrem Vaterhaus erlebte. Sie besitzt keine Buchweisheit und nicht den dreisten Witz der Nachtfalter von Tokyo, aber sie weiß, daß hundert Zweige erzittern, wenn ein Blatt sich bewegt. So hat sie mich alten Brummbären bewegt. Ich bitte um Ihre gütige Nachsicht, Ono-san! Da meine Zunge sich langsam bewegt, schrieb ich zum Ärger meiner Mutter immer lange, langweilige Briefe. Und Sie allein können ermessen, was Oruko nach dieser Osome für mich bedeutet. Ja.
Als ich den Gasthof ihres Vaters nach einer langen Wanderung mit anderen Pilgern zum heiligen Berg Ontake betrat, flocht Oruko gerade einen Kiso-Hut aus feinen Streifen von Zypressenholz – eine Spezialität dieser Gegend. Sie flicht jetzt einen Hut für meine geehrte Mutter und hofft, daß dieses einfache, aber kunstvolle Geschenk Gnade vor deren Augen finden wird. Ich werde meine Mutter zwingen, den Hut zu bewundern. Ich habe Mittel und Wege, um dieses Wunder zu erreichen. Bedauerlicherweise hat meine geehrte Mutter eine Sucht nach modernen Luxusartikeln und versteht wenig von unseren alten, schlichten Handfertigkeiten und Künsten. So kaufte sie trotz meiner Warnung vor meiner Abreise nach Venedig eine neue, röhrenförmige Weißglutlampe von einer führenden elektrischen Firma in Tokyo. Natürlich konnte sie damit nicht umgehen und verbrannte sich in jeder Beziehung die Finger. Jetzt büßt sie ihre Sucht nach modernen Scheußlichkeiten – die Lampe hat einen langen, dünnen Zylinder und kann sich nicht mit der einfachsten Laterne messen. Jetzt liegt meine Mutter mit Brandwunden im Krankenhaus. Im übrigen ist sie so modern, daß sie kürzlich einen Fischkopf zur Vertreibung böser Geister im Teehaus im Garten aufhängte. Es stank bis Nara. Nur Fräulein Koko, der Katze des Hauses, gefiel es im Teehaus. Sie verbrachte dort viele Stunden im Gespräch mit dem Fischkopf. Meine geehrte Mutter liebt Fräulein Koko über alles und liest ihr jeden Wunsch von den Augen ab. Ich hätte es einmal so gut bei ihr haben mögen! Ich habe meiner jungen Frau geraten, sich gut mit Fräulein Koko zu stellen. Oruko lachte arglos. Ich kann es gar nicht abwarten, Ihnen und Ihrer verehrten Gattin meine kleine Frau vorzustellen. Bitte, denken Sie an Ihre werte Gesundheit, Ono-san, damit Sie

nächstes Jahr mit uns in den Alpen wandern können! Ein Pilger zum Berg Ontake war achtzig Jahre und schaffte die ganze Wanderung von Fukushima bis zum Gipfel. Ja.

Auf Wiedersehen in Tokyo!
Ihr dankbarer und treuer
Yanaga Kozo

PS: Mittlerweile wird die dreiste und berechnende Osome einen alten, reichen Gönner eingefangen haben, der ihr ihre Lügen glaubt und ihre Rechnungen bezahlt. Kein Narr ist so närrisch wie ein alter Narr. Vor diesem Schicksal haben Sie mich bewahrt! Ich schätze mich glücklich, einen so weisen Freund und Berater zu haben, der sich in Venedig mit meinen unwichtigen, miserablen Angelegenheiten beschäftigte.

Y. K.

Herr Ono las diesen Brief kurz vor seiner Verabredung mit Osome zum Abendessen in einem Lokal mittlerer Güte und Preise. Sein Gesichtsausdruck spottete jeder Beschreibung.

ATSUMI OSOME an HERRN ONO

Venedig, September 1976

Hochverehrter Ono-san,
in Ihrem Hotel sagte man mir, Sie seien ganz plötzlich abgereist. Ich wartete den ganzen Abend in dem von Ihnen vorgeschlagenen Restaurant und kann mir nicht erklären, warum Sie keine Botschaft für mich hinterließen. Was ist geschehen? Sind Sie erkrankt oder hat man Sie dringend nach Tokyo zurückgerufen? Ist Ihre ehrenwerte Gattin gestorben? Haben Ihre Söhne Unfug angestiftet? Rauschgift? Diebstahl? Man muß auf alles gefaßt sein. Leider war ich nicht darauf vorbereitet, allein im Restaurant einen traurigen Abend zu verbringen. Ich war sehr hungrig und aß schließlich Reis und einen Fisch. Sehr mäßig zubereitet – kein Vergleich mit dem Essen im Restaurant »Quadri« (Piazza San Marco), das der verschollene Yanaga-san bevorzugte. Die Rechnung in dem zweitklassigen Lokal trieb mir Tränen der Entrüstung in die Augen. Ich hoffe, Sie werden in Ihrer gro-

ßen Güte ein Einsehen in meine Lage und in die Rechnung haben, wenn ich in absehbarer Zeit nach Tokyo zurückfliegen kann. Die Brücken in Venedig nehmen kein Ende, und ich muß sie beschreiben. Dabei ist eine wie die andere, und das Wasser unter den Brücken ist auch immer dasselbe.
Mit ergebener Begrüßung, auf eine Nachricht von Ihnen hoffend, baue ich auf Ihr geehrtes Wohlwollen und Ihre allgemein bekannte Milde und Großmut.

Stets zu Ihren Diensten,
Atsumi Osome

VIOLET ROSS in Venedig an eine Freundin in New York

Liebe gute Susan,
bist Du sehr böse, daß ich Deine Briefe nach Venedig nicht beantwortet habe? Ich hätte es längst getan, wenn ich etwas Erfreuliches berichten könnte. Aber erst mußte ich mich an das venezianische Klima gewöhnen und zu meinem Erstaunen erleben, wie Alexander von Tag zu Tag italienischer wurde. Darüber mehr mündlich in New York. Dann bekam ich ein unangenehmes Fieber und war eine Zeitlang im Krankenhaus. Alexander benutzte diese Zeit, um intime Beziehungen zu der englischen Ärztin, bei der wir wohnen, anzuknüpfen. Du kennst ihn ja! Aber nun will er sie heiraten und ihren ererbten Palazzo kaufen. Er will die alte Bude kaufen, seitdem wir in Venedig landeten, hat sich aber noch nicht ganz dazu entschlossen. Auch das wird Dich nicht erstaunen. Eindeutig hat er sich nur zu einem entschlossen: mich loszuwerden.
Ich sitze hier allein in diesem Palazzo und schreibe Dir nun am Vorabend meiner Abreise, von der Alex nichts ahnt. Nachdem ich jahrelang seine Überraschungen ertragen mußte – immer neue Frauen und immer dasselbe, alte Lied –, will ich ihn auch einmal überraschen. Er ist mit seiner Liebe aus London in Chioggia oder am Lido; jedenfalls ist er nicht hier. Über Hilary Stafford mündlich mehr. Alex muß verrückt geworden sein. Du weißt ja, wie ungefällig er ist. Aber in diesen letzten Wochen tat er mir nicht einmal den Gefallen, sich wenigstens nach außen hin wie ein Ehemann zu benehmen.
Liebe Susan, wir beide sind lebenslängliche Freundinnen, und so

wirst Du verstehen, daß ich ihm lange Zeit die Scheidung in seinem eigenen Interesse verweigerte. Er weiß nie genau, was er will, aber ich weiß es. Und einer muß es doch in einer Ehe wissen. Was meinst Du? Bitte, sag Deinem Schwager Paul, daß er die Scheidung für mich einreichen möchte. Ich habe es Alexander brieflich mitgeteilt. Der Brief wartet in der großen Halle des Palazzo. Ich habe ihn einem Bronzelöwen, der dort den Portier ersetzt, ins Maul gesteckt. Alex kann den Löwen nicht so übersehen, wie er mich in diesen Wochen übersehen hat. Nicht etwa aus Grausamkeit, er ist nicht grausam, sondern aus schlechtem Gewissen. Er benimmt sich wie ein Schuljunge beim Äpfelstehlen. In seinem Alter! Ich bitte Dich.
Was den verwahrlosten Palast anbelangt, so will Alex ihn nun für seine neue Ehefrau und seine entsetzliche Mutter kaufen. Mich geht das glücklicherweise nichts mehr an. Bitte, sag unserer Haushälterin, daß sie mir Yoghurt, Äpfel und mein Diätbrot besorgen möchte, denn ich beabsichtige nicht, aus Kummer mehrere Kilo, die ich nie wieder loswerde, zuzunehmen. Es geht mich nichts an – aber Alexanders Zukünftige hat breite Hüften, aber nur die Andeutung eines Busens, sie kann sich weder kleiden noch frisieren. Entweder sieht er das alles nicht, oder es gefällt ihm in seiner lasterhaften Sucht nach Abwechslung. Weißt Du noch, wie stolz er viele Jahre auf meine »Eleganz« war, wie er das richtige Gefühl für Mode und Persönlichkeit nannte? Ehrlich, Susan, ich bin erstaunt über ihn!
Es war ja lange nicht mehr in Ordnung mit uns, Du weißt es genausogut wie ich. Daher will ich uns nicht mit einer Untersuchung unserer gegenseitigen Fehlleistungen langweilen. Herr im Himmel, ich las ihm manchmal die Zeitung vor, die er selbst lesen wollte, und ich ließ ihn gelegentlich allein zu Haus, weil ich klassische Musik nur in vorsichtiger Dosierung vertrage. Aber ich half ihm und ermutigte ihn in einer ihm fremden Welt, tröstete ihn und schalt ihn aus. Ich war ja soviel älter. Und in New York geboren und aufgewachsen.
Bitte, sag nicht, was Du so gern und oft zu mir gesagt hast und was natürlich stimmt, nämlich: ›Ich warnte Dich vor dieser Ehe! Und überhaupt Italiener!‹ Sag nicht: ›Ich hab es immer gewußt, daß das nicht gutgehen kann.‹ Es ging viele Jahre gut.
Aber jetzt ist Alex ein alternder junger Mann mit Launen, Gefallsucht und erhöhtem Durst nach dem großen Abenteuer. Und ich sage wie Du: Das kann nicht gutgehen. Soweit ich ihn verstanden habe,

will er jedes Jahr einige Zeit in Venedig verbringen und den Rest des Jahres seinen Unternehmungen in New York widmen. Von seinem ursprünglichen Plan, den Rest seines Lebens mit seiner Mutter (und mir) in der Lagunenstadt zu vertrödeln, ist er längst abgekommen. Das war ja auch ziemlich komisch. Ein dringender Brief von seinen Geschäftspartnern in New York und die tägliche Gesellschaft seiner Mutter haben offenbar diese Änderung seiner Pläne bewirkt. Übrigens besichtigte Signora Rossi den Palazzo und sprach sich eindeutig gegen ein Dauerasyl in dieser verfallenen Opernkulisse aus. Sie hat immer noch mehr Verstand als ihr angebeteter Sohn, von dessen Eskapade mit Hilary Stafford sie bestimmt nichts ahnt. Dazu ist Alex denn doch zu schlau und zu feige. Aber nun wird er Farbe bekennen müssen, und ich kann ihm zum ersten Mal nicht helfend zur Seite stehen.
Ich bin jetzt ganz ruhig wie immer, wenn man endlich eine Entscheidung getroffen hat. Ich war immer stolz darauf, nie in eine Panik zu geraten. Was ich hier in der letzten Zeit spürte, war aber Panik in eisgekühlter Form. Ich fühlte mich in eine Ecke gedrängt und dachte: Nur fort. Nur Venedig und ihn und diese Person nicht mehr sehen! Es sollte mir eigentlich eine Befriedigung sein, daß die Engländerin bald herausfinden wird, wie schwer Italiener den Übergang vom Liebhaber zum Ehemann schaffen, aber es ist mir alles gleichgültig geworden. Außerdem hatte Hilary Stafford bereits einen venezianischen Ehemann, den Grafen Cesano, den sie aus freien Stücken verließ. Glaub nicht, liebe Susan, daß ich in Venedig abwarten würde, bis sie Alex aus freien Stücken verlassen wird! Bis jetzt besteht alles aus Gondeln, Mondlicht und zuckersüßem Geschwätz. Ich gebe zu, daß diese Stadt bei Mondlicht nicht ohne Reiz ist; aber für mich hätte sie genausogut die Wüste Sahara sein können. Nichts ist lausiger als eine für Verliebte so abgestempelte Stadt, wenn man dort allein herumläuft! Ich fühlte eine solche Leere wie damals bei unserm Schultreffen nach fünfundzwanzig Jahren. Weißt Du noch, wie abseits von allen und allem wir beide uns fühlten? Wie die gute Laune unserer ehemaligen Klassenkameradinnen uns in stille Wut versetzte? Und wie ich dann beim Abschiedskaffee die arme Muriel Davenport so gründlich verabscheute wie vor Jahrzehnten? Diese Leere, diesen Ärger, diesen uneingestandenen Abscheu vor Alexander und seiner Zukünftigen empfand ich hier, bis ich mich entschloß, nicht mehr mit-

zuspielen. Warum wartet man immer so lange, warum quält man sich weiter, wenn man doch weiß, daß etwas zu Ende gegangen ist? Wie konnte ich so einfältig sein und an die Stabilität einer Ehe in unserer Zeit glauben? Wo ringsum alles verfällt – Familienleben, Gefühle und der einfachste Anstand. Den hatte Alexander bis jetzt immer noch gewahrt. Aber natürlich glaubte er stets, man könne Porzellan zerschlagen, ohne daß Scherben entstehen. Vielleicht glaubt er es noch in dieser Minute.

Einmal sagte er, ich sei ihm beständig auf den Fersen. Das hätte mir zu denken geben sollen. Vielleicht war ich nur hinter dem Glück her – wie der Fuchs hinter seiner Beute. Weißt Du, was ich jetzt glaube? Bei uns zu Haus wachsen wir mit zu großen Glückserwartungen und Ansprüchen auf. Bis jetzt dachte ich, man habe ein Recht auf Erfolg, Glück und vielleicht auch auf den Ehemann. Die besten Gedanken kommen einem immer zu spät.

Natürlich ist dieses Ende noch lange nicht das Ende der Welt oder sagen wir, meiner Welt, und ich werde weiter den Silberstreifen am Horizont suchen, den Alexander so verabscheute. Aber das ist etwas, was ihn nichts mehr angeht.

Alles Liebe und auf Wiedersehen in New York!
Stets Deine Violet

Mrs. Stafford in London an Hilary Stafford in Venedig

Liebe Hilary,

was treibst Du eigentlich in Venedig? Dein letzter Brief berichtet ausschließlich von den Spitzen von Burano, was mich nicht im geringsten interessiert. Ich war immer gegen Luxusartikel, und ganz besonders, wenn sie mit der Hand hergestellt werden müssen. Welche Zeitverschwendung! Bitte kaufe mir keine Spitzendecke! Ich möchte nicht erleben, wie Maggie, mit Hilfe von Sniffles, venezianische Spitzen wäscht. Da ich gerade bei Sniffles bin, der Hund benimmt sich skandalös. Wundern kann man sich nicht, denn James, Maggie und Du, ihr verwöhnt ihn sinnlos, und das verträgt kein Hund. Er verträgt es schon gar nicht, wenn er so eigensinnig und gefallsüchtig wie Sniffles ist. Wenn er mit Maggie zu mir zum Aufräumen kommt, hockt er in der Küche, anstatt mich zu begrüßen. Wenn er denkt, daß

ich mich darüber ärgere, hat er sich geirrt. Ich kann ihn gut entbehren und habe genug Sorgen mit Deinem Garten. Ich kann Dir nur sagen, wenn ich mich nicht, soweit meine Kräfte es erlauben, um Deinen Garten kümmern würde, wäre er eine Wildnis. Mr. Manning hat augenblicklich Rheuma und hat zum dritten Mal geheiratet, oder beides zusammen. In jedem Fall gehört er zu den Gärtnern, die andern die Arbeit überlassen. Gewiß, seine Rosen sind sehr ordentlich; aber er hat was gegen Tomaten. Er ist genauso eigensinnig wie Sniffles.
Du schreibst kein Wort über die alte Contessa Cesano. Ist sie inzwischen gestorben? Schließlich war sie Deine Schwiegermutter. Ich nehme an, sie lebt noch, denn ihren Tod hättest Du mir doch mitgeteilt? Aber bei Dir weiß man nie. Besuchst Du sie so selten, wie Du mich besuchst? Manchmal vergesse ich, daß ich eine Tochter habe. Aber da eine Mutter heutzutage überall steinerne Gleichgültigkeit erfährt, kümmere ich mich trotzdem um Deine Tomaten.
Maggie heult in der Küche, statt ihre Arbeit zu machen, nur weil ihre Schwester Verity im Sterben liegt. Die hat einen komischen Namen, denn niemand ist so verlogen wie Verity. Du lieber Himmel, wir müssen alle sterben! Was gibt es da zu wimmern? Als ich vorhin zu Maggie in die Küche ging, bellte Sniffles mich empört an. Ist es mein oder sein Haus? Maggie erzählte immer Romane über diese Schwester, die das schwarze Schaf der Familie war, bis sie plötzlich eine Menge Geld machte. Ich vermute, der Rest der Familie wird sich beglückwünschen, wenn Verity endlich das Feld räumt. Schließlich war sie eine Zeitlang in Holloway. Die Brüder wandten sich danach von ihr ab, und Maggie wird alles erben. Hoffentlich kommt sie dann trotzdem noch zum Aufräumen. Ich glaube schon, denn sie ist ja trotz ihrer spitzen Zunge und sauren Miene die beste von Euch allen. Entschuldige, es rutschte mir nur heraus! Sie sagt, sie will das Bankkonto ihrer Schwester nicht haben. Sie und Sniffles hätten genug. Das beweist, wie James und Du sie überzahlen. Bei mir bekommt Maggie den Stundentarif, wahrhaftig hoch genug, Fahrgeld (steigt auch jede Minute) und natürlich ihren Tee. Wenn Ihr für sie und Sniffles Lekkerbissen kauft, bitte sehr! Dein Vater verwöhnte seine Angestellten auf der Plantage in Malaya genauso sinnlos. Was war das Resultat? Deine *Babu* hatte einen Nachschlüssel zu Vaters Getränkeschrank, und der erste Aufseher lief Amok. Na, mich ging's nichts an. Deine letzte Babu, die durchaus mit uns ins japanische Lager transportiert

werden wollte, war so einfältig und anständig wie Maggie.
Deine Tomaten waren in einem unbeschreiblichen Zustand, aber das schien Mr. Manning nicht zu stören. Ich könnte Dir jederzeit den Gärtner von Lady Hooper verschaffen. Mir ist der Herr zu teuer, aber da Du Dein Geld verstreust, würdest Du es wenigstens bei Mr. Tippet auf vernünftige Weise ausgeben. Er ist ziemlich taub, aber im Garten stört es ja nicht. Barbara Hooper schwört auf ihn. Witwer und kein Unsinn nebenbei. Barbara würde ein gutes Wort für Dich einlegen, weil Du sie vor zwei Jahren so gut behandelt hast. Mr. Tippet ist sehr wählerisch und hat auch ein Recht dazu.
Deine Tomaten bestanden aus Dickicht. Mr. Manning schnitt eifrig die Hecke, um mir den Rücken zukehren zu können. Er hat die Büsche seit dem Frühsommer vernachlässigt. Wer in den Dschungel hineinfällt, der kann sich gratulieren. Ich fragte ihn sehr höflich, ob er vorigen Herbst zu viel Dünger gebraucht habe. Das wird man vielleicht noch fragen dürfen, nicht wahr? Er brummte, alles sei in Ordnung. Wie Du Mr. Manning in Deinem Garten ertragen kannst, ist mir ein Rätsel. Glücklicherweise geht es mich nichts an. Gestern fuhr er mit Ehefrau Nummer Drei nach Blackpool auf Ferien, und so kann ich mich in Ruhe um Dein Obst kümmern. Er haßt Besucher und ist ein ganz unverschämter Patron. Dein Obst kriege ich in Ordnung, mach Dir keine Sorgen! Wir wollen doch wieder einkochen.
Gestern versteckte Sniffles meine Gartenhandschuhe. Maggie suchte eine Viertelstunde danach. Die Handschuhe waren im Eimer in der Besenkammer. Sniffles bellte fröhlich. Wenn Hunde lachen könnten, hätte er gelacht.
Aus den billigen Beeren mache ich wieder Wein. Der schmeckt beinahe wie Schaumwein, auch wenn James sich krank lacht. Ihr trinkt natürlich Hock! Mich geht es nichts an. Eigentlich wollte ich Mr. Manning fragen, ob er die Stachelbeerbüsche im Mai gegen Mehltau und Ungeziefer genügend gespritzt hätte. Sie sehen mir nicht so aus, aber ich hütete mich, ihn zu fragen. Hinter seiner schläfrigen Ruhe ist der Mann ein Wüterich. Höchste Zeit, das er verschwindet! Leider hängst Du ganz unbegreiflich an unangenehmen Leuten. Ich denke da an James und Miss Lydia. Gewiß, sie führt Dir Dein Haus tadellos, aber sie könnte ruhig etwas entgegenkommender mir gegenüber sein. Wie ist James eigentlich mit Miss Lydia verwandt? Aber was geht es mich an?

Lady Hooper hat mich wieder nach Brighton eingeladen. Ihr Haus ist sehr bequem und nicht zu weit von der See entfernt. Das Gehen macht mir ja jetzt Schwierigkeiten. Barbara ist sehr gastfreundlich. Jeder kann natürlich machen, was er will, und essen, wann er will. Sie redet etwas zuviel. Ich komme nicht zu Wort. Gewiß, Barbara hat Geschichte studiert, und warum nicht? Aber deswegen braucht sie mir doch nicht die ganze Sache von den Prinzregenten und Mrs. Fitzherbert in Brighton zu erzählen. Heutzutage gibt es genug Skandale. Mrs. Fitzherberts Liebesnest ist heut ein Y.M.C.A.-Heim. Das hörte ich gern. Wenigstens hat später Königin Victoria etwas Anstand nach Brighton gebracht.

Endlich stieg Barbara Hooper von ihrem hohen Roß runter und überließ Brightons Geschichte sich selbst. Ich sage immer, man kann das alles nachlesen, wenn man will. Endlich sprachen wir vertraulich über einen aktuellen Skandal, der Barbaras Cousine Louisa betrifft. Erinnerst Du Dich an sie? Du brachtest ihre Gürtelrose weg. Sie schwört auf Dich. Ich sagte natürlich, Du hättest nur Deine verdammte Pflicht getan, war aber heimlich sehr stolz auf Dich, weil sie Dich alle so loben. Miss Lydia sagt, Deine Patienten fragen beständig, wann Du endlich nach London zurückkommst. Ich frage schon gar nicht mehr. Was wollte ich noch sagen? Richtig, die Sache mit Louisa. Sie war ja immer leicht verdreht, und ich fand sie arrogant. Stell Dir vor, sie ist jetzt religiös geworden! Ging jahrelang nicht in die Kirche. Hast Du Worte? Daheim mußte ich mit meinen Eltern zur Kirche gehen, ob ich wollte oder nicht. Ich wollte auch nicht immer, aber ich wußte schon als Kind, was sich in Yorkshire abspielt, wenn man aus der Reihe tanzt. Außerdem war Deine Großmutter erfinderisch, wenn es sich um Bestrafungen handelte. Kurz und gut, Louisas Mann hat sich nun endlich ein Mädchen angelächelt. Was sollte Sir Jonathan schließlich machen, wenn seine Frau beständig zur Kirche ging und sich plötzlich nur guten Taten widmete. Louisa war immer gleichgültig gegen andere Leute gewesen. Die Wandlung war direkt erschreckend, sagte Barbara. Louisa war das wildeste Mädchen weit und breit gewesen – so eine alte vornehme Familie! Nun will Sir Jonathan seine junge Person heiraten, und er hat gesagt, Louisa solle fortan ihre guten Taten ohne ihn verrichten. Männer! Dies streng vertraulich.

Deine Katze Belinda hat sich an meinem Goldfisch den Magen ver-

dorben. Belinda ist ja so süß, daß ich sie neulich nach Haus nahm. Sniffles stieß das Glas mit den Goldfischen um, und Belinda stürzte sich auf meinen Liebling Nelson. Es tat mir leid um ihn. Sniffles freut sich. Einmal im Leben war Maggie böse auf ihn und drohte ihm Strafen an, die er niemals erleben wird. Er kennt Maggie. Sie wollte das Geld für Nelson II. bezahlen, was ich natürlich nicht erlaubte. Aber es zeigte mir wieder einmal, daß Ihr Maggie zuviel Geld gebt. Mich geht es nichts an.
Vielen Dank für das Gruppenbild aus Venedig! Mr. und Mrs. Ross wirken recht vergnügt. Endlich mal ein zufriedenes Ehepaar! Er muß viel jünger sein als sie, er erinnerte mich komischerweise an Deinen verstorbenen Mann. An Deiner Jacke fehlt ein Knopf. Auf dem Foto scheint Deine deutsche Patientin im Stehen zu schlafen. Feines Gesicht, aber ziemlich ausdruckslos. Der Japaner sieht recht annehmbar aus. Ziemlich groß, nicht wahr? Tadellose Haltung. Ist er noch in Venedig? Du hast ja einen ganzen Klub in Deinem Haus versammelt. Ich würde sagen: gemischtes Gemüse! Zahlen Deine Logiergäste regelmäßig? Mich geht es nichts an, aber ich hoffe es in Deinem Interesse. Persönlich bin ich prinzipiell gegen Freundschaften mit Untermietern. Und vergiß nicht, die Deutschen bombten im Krieg St. Paul's. Und was wir mit den Japanern erlebten, war auch ganz nett für bescheidene Ansprüche. Es war doch wohl nicht unmöglich, die Zimmer an Engländer zu vermieten. Aber Du mußt ja wissen, was Du tust.
James besuchte mich mehrere Male, was ich ihm hoch anrechne, weil wir beide nicht wissen, was wir miteinander reden sollen. Übermorgen fliegt er nach Hongkong. Wahrscheinlich wird er wieder gräßliche Bilder mit Schlangen und Schildkröten mitbringen. Er hat ja nun einmal eine Vorliebe für das chinesische Zeug, und Du weintest als Kind, wenn er Dir so etwas zeigte. Da Du immer sagst, man müsse mit James vorsichtig sein, fragte ich ihn nicht, wann er Dich endlich heiraten werde. Weiter angenehme Tage in Venedig.

Viele Grüße,
Mutter

PS: Es muß an Dir liegen, daß James sich nicht entschließt. Jeder Mann braucht ein Heim und geordnete Verhältnisse. Sonst verkommt er. Habe Deine Schränke aufgeräumt.

Albert Petersen in Hamburg an Charlotte Petersen in Venedig

Warum höre ich nichts von Dir? Ißt Du genügend? Schläfst Du jetzt besser? Bitte um kurze Nachricht, da sehr besorgt über Dein Schweigen.
Vielen Dank für das Gruppenbild aus Venedig, aber es ersetzt keinen Brief. Ist Herr Tiedemann noch in Venedig? Benimmt er sich? Sobald ich Zeit finde, hole ich Dich ab. Fräulein Pinkernelle dibbert schon dauernd, wann Du endlich nach Haus kommst. Sie schreibt Dir mit gesonderter Post.
Das Foto aus Venedig steht auf meinem Schreibtisch. Besser als gar nichts. Frau Dr. Stafford sieht sehr sympathisch aus. Fräulein Stillhorn fand ihre Füße zu groß. Mir soll's recht sein. Der Japaner muß ein guter Reiter sein. Tadellose Haltung – gelockert und elegant. Fräulein Stillhorn fand ihn reichlich japanisch. Hat er zufällig mit Export und Import zu tun? In dem Fall würde ich ganz gern Fühlung mit ihm aufnehmen und Namen und Adresse (in Tokyo) erfahren. Fahre ja im November wieder nach Japan. Meinst Du, daß Du nicht vergessen wirst, ihn bei passender Gelegenheit zu fragen? Aber Du wirst es wohl vergessen. Ist nicht so wichtig! Jedenfalls scheinst Du Dein Vorurteil gegen asiatische Menschen endlich überwunden zu haben. Es wurde auch Zeit, mein Lütten!
Mir geht es gut. Viel Arbeit, wie immer. Hoffentlich kommt Dr. Staffords Telefon endlich in Ordnung, damit ich Dich anrufen kann. Könntest Du vielleicht Fräulein Stillhorn eine Ansichtskarte schikken? Sie sammelt Briefmarken. Sie wundert sich, daß Du ihr nicht ein einziges Mal geschrieben hast, aber ich sagte, Du schreibst nie. Bitte, schreib Fräulein Pinkernelle zum Geburtstag! Vergiß es auf keinen Fall! Da käme sie nicht drüber weg. Schreib wenigstens eine Postkarte, wie es Dir geht.

Paß auf Dich auf! Alles Liebe
Albert

Charlotte Petersen in Venedig an Albert Petersen in Hamburg

Liebster Pummel,
mach Dir keine Sorgen um mich. Es geht mir gut. Bin augenblicklich

mit Taro Shinoda (so heißt er) noch am Lido. Wir sind sehr befreundet. Ich habe noch nie eine so alberne Bemerkung wie die von Fräulein Stillhorn gehört. Warum sollte Taro wie ein Hamburger aussehen? Er ist bildschön und ein berühmter Schauspieler. Vielleicht heirate ich ihn oder er mich. Ist noch unbestimmt. Kann mich noch nicht an den Gedanken gewöhnen, ohne Dich, Pinkernellie und Onkel Hinrichs Wandschrank in Japan zu leben. Aber Taro hat eine Villa von einem Kunstfreund geerbt. Liegt ganz bezaubernd am Hakone-See. Da kannst Du und Pinkernelle Ferien machen, so lange Ihr wollt. Falls es zur Heirat kommen sollte. Taro weiß noch nichts von seinem Glück, denn er ist noch zurückhaltender als ein Hamburger. Von Export und Import versteht er leider nichts. Er ist ein großer Künstler. Das genaue Gegenteil von Franz Otto Tiedemann, der auch noch hier ist und sich so benimmt, wie er es versteht. Sehr gut in Gesellschaft, aber privat – Schwamm drüber! Schwimmen kann er immer noch tadellos. Er schwimmt mit uns am Lido.

Habe eine Ansichtskarte an Dein Fräulein Stillhorn geschrieben. Ich hatte ihre Existenz tatsächlich vergessen. Falls ich nach Tokyo heirate, steht ja Deinem Lebensbund mit dieser Dame nichts im Wege. Da siehst Du, wie gut ich es mit Dir meine.

Natürlich hab ich Dich nicht vergessen. Oh, Pummel! Wie kannst Du so was auch nur eine Sekunde denken? Es regnete, als Dein Brief kam. Ich weinte über Deine Unfreundlichkeit. Habe mich aber inzwischen beruhigt. Wenn Du mich wirklich abholen kannst, ich meine, meistens kommen doch Deine gräßlichen Geschäfte und öffentlichen Pflichten dazwischen, kannst Du Taro gleich kennenlernen. Vielleicht ist er nicht Dein Fall, ich meine als Schwager, aber Fräulein Stillhorn ist ja auch nicht mein Fall als Schwägerin. Natürlich dachte ich an Pinkernelles Geburtstag! Sei doch nicht so albern! Ich suche gerade ihr Geschenk aus und muß aufhören. Alles macht mich müde. Wie immer. Taro hat zwei kleine Söhne. Seine Frau beging Selbstmord. Ich schreib es Dir lieber gleich, weil Du so korrekt in solchen Sachen bist. Er hatte bestimmt keine Schuld daran. Er ist Anfang vierzig und sieht wie Ende zwanzig aus, wenn er gut aufgelegt ist. Ich fürchte, ich liebe ihn oder so was Ähnliches. Aber ich kann mich ja täuschen.

Ich hoffe, Du freust Dich, daß ich endlich mal glücklich bin. Natürlich freust Du Dich! Es gibt keinen Besseren als Dich. Ich darf nicht drüber

nachdenken, daß wir uns vielleicht trennen müssen.
Schreib bald wieder. Taro ist ein sanftes Lamm. Beruhigend!

Viele Küsse,
Deine böse Schwester
Charlotte

HILARY STAFFORD in Venedig an ALBERT PETERSEN in Hamburg

Sehr geehrter Herr Senator,
vielen Dank für Ihren freundlichen Brief. Bitte, machen Sie sich keine Sorgen um Charlotte. Morgen kommt sie vom Lido zu mir zurück. Mr. Shinoda wohnt schon lange mit einigen Landsleuten in einer Pension am Rialto. Daß Charlotte und er heiraten wollen, ist mir neu und erscheint mir unwahrscheinlich. Ist das nicht einer von ihren etwas gedankenlosen Scherzen? Was Mr. Shinoda anbetrifft, so ist er nicht leicht zu durchschauen, aber er ist unbedingt ehrenhaft und tatsächlich ein großer Schauspieler. Ich habe den Eindruck, daß seine Kunst ihm bedeutend wichtiger als eine Frau ist. Warten wir es ab! Charlotte hat Vertrauen zu mir; falls der Heiratsplan ernst genommen werden muß, werde ich ihr abraten. Ich kenne kaum zwei Menschen, die weniger zusammenpassen. Ich bin sehr offen, aber Sie baten mich um Offenheit. Ich denke da lediglich an die Unverträglichkeit der Charaktere.
Sehr herzlichen Dank für Ihre liebenswürdige Einladung nach Hamburg. Ich werde meinen Besuch später im Jahr nachholen, wenn es irgendwie möglich sein wird. Jetzt bin ich noch nicht mit meinen Angelegenheiten und dem Verkauf meines Hauses fertig. Es ist möglich, daß ich den Winter in den USA verbringen werde. Meine Vertreterin in der Londoner Praxis möchte sowieso ein Jahr in London leben, bevor sie sich eine eigene Praxis in Norfolk aufbaut. Erst einmal freue ich mich, Sie hier in Venedig begrüßen zu dürfen.
Charlottes Mangel an Appetit macht mir natürlich Sorgen, das hängt mit ihren Depressionen zusammen. Organisch ist sie gesund, aber sehr zart, was ihr das verblüffend junge Aussehen verleiht. Aber sie schrieb vom Lido, sie esse jetzt besser.
In einem entscheidenden Punkt bin ich nicht Ihrer Ansicht. Charlotte braucht, glaube ich, nicht das Übermaß an Ruhe und Fürsorge, das sie

daheim genießt. Schützen und schonen Sie und Miss Pinkernelle Ihr Sorgenkind nicht allzu ängstlich? Charlotte ist kein unerfahrenes Mädchen, Sir! Sie weiß, wie man mit Männern umgehen muß, um sie zu bezaubern. Das ist ihr offenbar bei Mr. Shinoda recht gut gelungen. Aber er ist ein schwieriger, vom Publikum verwöhnter Star und, soweit ich sehe, kein »sanftes Lamm«. Eher ein Wolf im Schafspelz – wie viele bedeutende Künstler. Charlotte verwechselt ihn mit seinen Bühnenfiguren. Aber Mr. Shinoda hat ihr tatsächlich einen großen Dienst erwiesen, weil er Abwechslung und Erregung in ihr allzu sehr behütetes Leben bringt. Soviel sie mir erzählte, führte sie nach ihrer Scheidung, natürlich auf eigenen Wunsch, ein völlig zurückgezogenes Leben. Die moderne Psychologie behauptet, Abwechslung sei nicht die Würze des Lebens, sondern dessen Substanz. Und in Charlottes Fall scheint das zu stimmen. Die Reize der Außenwelt stimulieren sie, und das braucht sie von Zeit zu Zeit wie wir alle, nicht wahr?
Sie fragen nach Herrn Tiedemann aus Bremen. Ja, er ist noch hier und augenblicklich auch am Lido. Ich lernte ihn einen Abend im Theater kennen, und dann traf er Charlotte in Restaurants oder Cafés. Daß er ihr jetzt an den Lido nachgefahren ist, gefällt mir nicht besonders. Sie hat Angst vor ihm, auch wenn sie es nie zugeben würde. Je eher Sie Ihre Schwester hier abholen können, desto besser wird es für alle Teile sein. Als ich neulich Charlotte am Lido besuchte, schnitt ich das Thema ihrer Abreise an. Aber sie wollte nichts davon wissen, und das »sanfte Lamm« auch nicht. Ich habe noch nicht herausgefunden, wer von den beiden starrsinniger ist. Verzeihen Sie meine Offenheit, aber Sie baten darum.

Auf baldiges Kennenlernen in Venedig,
Ihre ergebene
Hilary Stafford

SHINODA TARO vom Lido an CHARLOTTE PETERSEN in Venedig

Wie kannst Du es wagen, ohne Abschied nach Venedig zu fahren? Das habe ich noch nicht erlebt und will es nicht wieder erleben. Wenn Du Ferien in meinem Sommerhaus am Hakone-See verbringen willst, würde ich es begrüßen, wenn Du die einfachsten Höflichkeitsregeln befolgen würdest. Dazu gehört auch, daß Du zuhörst, wenn ich mit Dir spreche. Falls Dir das unmöglich ist, müßte ich zu meinem tiefsten Bedauern auf die große Ehre Deines Besuches in Japan verzichten. Ich bete Dich an, aber das bedeutet keineswegs, daß ich ein Schaf bin, das sich alles mögliche von einer Frau bieten läßt. Falls Du Dich nicht mündlich oder schriftlich für Deine Rücksichtslosigkeit und Unaufmerksamkeit entschuldigst und mir den Respekt erweist, den ich erwarte und selbst erweise, wirst Du mich nicht wiedersehen. Übermorgen bin ich in Venedig. Du weißt, wo Du mich finden kannst. Oder bist Du bereits mit Herrn Tiedemann nach Deutschland zurückgeflogen? Bis auf Deinen Geschmack wundert mich nichts mehr bei Dir.

Shinoda Taro

LISBETH PINKERNELLE in Hamburg an CHARLOTTE PETERSEN in Venedig

Meine liebe Frau Charlotte,
herzlichen Dank für Ihre lieben Glückwünsche zu meinem 55sten und die Bluse aus Venedig mit der drolligen Spitze am Kragen und Manschetten – zu schön! Daß Sie wegen meinem Geburtstag unterwegs waren, wo Sie doch ruhen sollen – da kann ich mich gar nich genug für bedanken. Und so schön hochgeschlossen, ich mein die Bluse – genau wie ich es mag. Die alte weiße geht nun zu Bruch, und das blaue Kostüm ist noch sehr gut. Sie denken aber auch an alles, was immer Ihre Neider auch dagegen sagen. Mein' süße Deern!
Heut hab ich Herrn Senator sein »Rundstück warm« gemacht, genau wie er es haben will. Nicht direkt Diät, aber er mag es eben, und denn soll er es haben, nich? Das Brot nicht durchgeweicht, aber tüchtig Sauce auf dem Schweinebraten. Er is ja so beschäftigt, und wer sogar hier zu Haus alles ankommt – es is nich zu glauben. Und denn soll Herrn Senator noch nich mal ordentlich was essen. Das gibt es nicht. Wenn Fräulein Stillhorn nich immer wegen der Diät dibbern würde, wär es besser. Als sie neulich hier war, gabs »Rote Grütze« mit den letzten Beeren aus dem Garten und flüssiger Sahne, wie sich das gehört. Na, sie fing denn wieder an, aber er hörte nich hin und nahm sich die dritte Portion. Machen Sie sich keine Sorgen – er hört nich hin. Ein paar Früchte aus dem Treibhaus waren auch dabei. Zum Kaf-

fee gab's nur noch Blätterteig – das macht nich dick. Er aß fünf Stück. Nich zuviel für so einen großen kräftigen Mann, nich? Wir sind froh, daß Sie bei einer so netten Ärztin wohnen, und englisch können Sie ja wie Herr Senator. Aber daß Sie so wenig essen, das is nich schön. Aber das fremde Essen kann ja auch nich schmecken, sagte ich Herrn Senator. Er lachte. Er kann ja so herzlich vergnügt sein, wenn er nich zuviel Sorgen hat. Endlich lachte er mal. Er sagt ja nix, aber er wartet auf Sie, mein Deern! Ihren Brief, wenn Sie ihm schreiben, liest er beim Frühstück immer zuerst. Noch bevor er Kaffee trinkt. Ich halt schon immer die zweite Tasse heiß, wenn ein Brief von Ihnen kommt, nich? Hoffentlich schreiben Sie recht bald! Ich mein, wenn Sie nicht zu müde sind oder grade 'ne Stimmung haben. Das Foto aus Venedig is ja drollig. Sie sind schöner als alle – wie immer! Aber'n büschen dünn und blaß. Bei Farbfotos kann man es ja genau sehen. Und Herr Senator nahm noch sein Vergrößerungsglas. Er sagte: »Sie ißt nichts.« Aber dann lächelte er und sagte, er sollte sich'n Beispiel daran nehmen. Ich glaub, er lächelte für mich, mein Lütten! Er is doch so seelengut und will nich, daß ich traurig bin, wenn Sie so dünn und blaß sind. Ein Paket mit Blätterteig is unterwegs an Sie. Das mögen Sie doch, wenn ich es selbst backe! Und noch Kringel und »Hanseaten«. Alles, was Sie mögen. Ich kenn' niemand, der so gut und dabei so klug ist wie Herr Senator. Er weiß einfach alles, nich? Ich denk' da an meine Tante Minna. Die war auf ihre Weise nich dumm, aber'n richtiger Neidhammel. Nach Mutters Tod führte sie Vati das Haus. Ihr »Rundstück warm« war ihm immer zu matschig. Ich war ein Gör von fünfzehn, aber ich machte es richtig.
Danach sprach sie nich mehr mit mir. So sind die meisten, nich? Neidhammel, wollen uns was am Zeug flicken.
Daß Herr Tiedemann aus Bremen in Venedig ist, wie Herr Senator mir sagte – igitt! Ich glaub', Herr Senator wollte deswegen übermorgen nach Venedig fliegen und Sie abholen. Aber der Senat kam dazwischen, Besuch aus Asien, und in der Firma hat der Buchhalter verspätete Sommergrippe. Er kommt, sobald er sich losmachen kann. Ich mein', Herr Senator.
Mein Geburtstag war 'ne richtige Feier. Zu schön! Herr Senator machte sich abends frei – und das is ja'n Weltwunder, nich? – und lud Kapitän Cordes und Mutti Cordes und mich in die Staatsoper ein. »Der fliegende Holländer.« Herr Kapitän hat ja nu nicks mit Wagner

im Sinn, aber es spielte wenigstens auf einem Schiff. Mutti Cordes paßte tüchtig auf, daß er nich zwischendurch schnarchte, und gab ihm gelegentlich 'n Schubbs, wenn er anfangen wollte. Nachher, in der Elbchaussee, gabs meine kalten Platten, und Herr Senator stiftete Sekt dazu. Es war wunderbar, aber Sie fehlten mir doch 'n büschen! Ich hatte einen Kloß im Hals und mußte tüchtig schlucken. Zu dösig, nich? Und denn mit fünfundfünfzig! Na, der Sekt bekam dem Herrn Kapitän gut, und denn sang er: »Herr Steuermann, Herr Steuermann, das Herz tut mir so weh.« Das singt er nur, wenn er sehr zufrieden ist. Und denn sagte er Herrn Senator, er hat nie wieder son Steuermann gehabt wie meinen Vati. Und ich hatt' wieder son dösigen Kloß in der Kehle. Ihr Schlafzimmer ist frisch gestrichen. Und das Fenster im Flur ist auch repariert. Herr Senator tat es selbst, weil Herr Cohrs »unabkömmlich« war. Dem seine Ausreden kennt man ja. Das is alles nich mehr wie früher, nich?
Bitte, kommen Sie bald nach Haus! Wie gesagt, er wartet. Und ich auch. Alles Gute für Venedig und noch schönes Wetter!

Nochmals vielen Dank und viele Grüße,
stets Ihre
Lisbeth Pinkernelle

SIR JAMES ORMOND in London an HILARY STAFFORD in Venedig

Liebe Hilary,
wir haben ziemlich lange nichts voneinander gehört, und ich hoffe, Du verheiratest Dich nicht in Venedig. Das tust Du doch immer, wenn Du dort bist. Andererseits sind keine Nachrichten gute Nachrichten.
Verzeih mir, wenn dieser Brief nicht so vor Sehnsucht nach Dir trieft, wie er vielleicht sollte. Aber ich bin kein Italiener. Oh, dear me, no.
Ich stehe schon mit einem Fuß in Heathrow, und morgen verlasse ich London, um mich wieder einmal in Hongkong nach Jadetieren umzusehen. Wir hatten herrliches Wetter in London, und ich verbrachte eine Menge Zeit mit meinem Freund Algernon in seinem Hausboot in Chelsea. Das hätte Dir auch gefallen, selbst wenn Algernon Dir mißfällt. Ich weiß nicht, warum meine Freunde immer Dein Mißfallen erregen. Sie sind besonders nett. Das Hausboot ist, wie die meisten

Boote von »Chelsea Reach«, in munteren Farben dekoriert. Wenn man die Themse überblickt, könnte es, bis auf die Gesichter und Stimmen, eine italienische Szenerie sein. Denke Dir, Algernon verkaufte sein großes schönes Haus, weil er nach Afrika geht, und ich habe es gekauft. Natürlich auch sein Boot. Ich will mehr Zeit auf Booten verbringen; allein oder in passender Gesellschaft. Das wird Dir auch gut tun! Was meinst Du?
Im Juli war ich, wie immer, in Suffolk und zeigte Miss Trent, meiner neuen Sekretärin, das »Constable-Land«. Den weiten, ruhigen Himmel, die Wiesen, die Kühe, den heiteren Tag im Farmland und die leichte abendliche Schwermut, wenn große Wolken den Himmel verdunkeln. Eine grundenglische Landschaft, Constable ist ein grundenglischer Maler. Da ich mich nicht mit Reproduktionen zufriedengeben, fahre ich lieber nach Suffolk oder gehe in die Tate Gallerie. Sie stellen dort gerade Constable aus. Sehr ordentlich. Bilder, Skizzen, Briefe. Miss Trent war sehr beeindruckt, oder sie tat wenigstens so. Sie ist erst fünfundzwanzig Jahre und alles, was Du nicht bist: zuverlässig in der Beantwortung von Briefen, pünktlich auf die Minute und ein klein wenig langweilig. Aber das kann auch Schüchternheit sein. Meinst Du, daß ich Leute einschüchtere? Wenn man bedenkt, wie dreist und fröhlich Sniffles bei mir ist! Ach so, er ist ein Hund. Ich vergaß es im Augenblick, Maggie verwöhnt ihn schrecklich. Wenn ich nicht so streng mit ihm wäre! Maggie wird eine Menge Geld, sogar nach Abzug der Erbschaftssteuer, von ihrer Schwester erben. Wir können sie dann anpumpen. Sie wollte oder will das Geld nicht haben, wenn Verity diese Welt, die unfreundlich zu ihr war, verlassen wird. Aber das habe ich Maggie bereits ausgeredet. Einen Teil Deiner Papiere habe ich verkauft, um andere Anlagen für Dich zu machen. Abrechnung liegt bei. Es ist ein sehr netter Profit, und Du kannst ihn gebrauchen, da Du Maggie noch nicht anpumpen kannst. Ich weiß, Du willst nichts von Geld hören, und wer will das? Aber da Du es zum Fenster hinauswirfst, freue Dich, daß Onkel James sich den Kopf zerbricht, während Du in Venedig heiratest. Der Italiener auf dem Gruppenbild, das Du Deiner Mutter schicktest, sieht Deinem verstorbenen Mann ähnlich. Ist er aus der Familiengruft auferstanden, oder sehen alle Venezianer so dramatisch aus? Warum schicktest Du mir das Bild nicht? Never mind, dear! Wie so vieles, mußt Du es vergessen haben. Du siehst reizend auf dem Bild

aus. Tatsächlich hatte ich fast vergessen, wie erfreulich Du aussehen kannst, wenn Du willst und Dich frisierst.
Deine Vertreterin in der Praxis ist zuverlässig und tüchtig. Aber eines Tages wird sie doch wohl nach Norwich zurückgehen wollen. Was machen wir dann?
Die Ruhe in Suffolk tat mir gut, wie sie Constable gut tat. Erinnerst Du Dich an das Gespräch, was wir hinter Ipswich führten? Auf der Rückfahrt nach London. Wir fühlten beide die Harmonie zwischen Natur und Mensch, die von Constables Suffolk-Gemälden ausgeht. Das geht uns immer mehr verloren, je mehr Zeit wir in der Stadt in Büros verbringen oder fremde Gegenden flüchtig bestaunen. Ich kenne Hongkong gut und bin recht gern dort. Aber ich würde dort nicht für eine Million Dollars leben wollen – besonders bei dem Kurswert des englischen Pfunds. Du kannst auch nicht auf die Dauer in Venedig leben – laß es Dir nicht von den Ausländern einreden, Hilary! Haben die Amerikaner endlich Deinen Palazzo gekauft? Die große, elegante Frau auf dem Foto sieht unverkennbar nach New York aus. Warum ist Dein Käufer nicht im Bild? Kauft er Dir diesen weißen Marmorelefanten nun ab, oder kauft er ihn nicht? Mach bitte keine Abschlüsse, bevor Du mich befragt hast. Wenn es nicht anders gehen sollte, werde ich von Hongkong nach Venedig fliegen. Dein Anwalt scheint recht vernünftig zu sein, aber Du bist nicht vernünftig, was Geschäfte anbelangt. Ob der Bau einem gefällt oder nicht, der Palazzo, wie Mr. Moretto mir schrieb, ist im heutigen Venedig ein wertvolles Objekt. Hab nur kein Mitleid mit Mr. Ross! Wenn er einen solchen Besitz kaufen will, muß er ganz nettes Geld gemacht haben. Komisch, Ihr alle erbt immerfort Paläste oder Banknoten – nur Onkel James erbt, außer Undank, nichts von Bedeutung. Never mind! Er hat sein Hausboot und die Themse.
Ich war auch noch mit Miss Trent in Brighton, da ihr Onkel dort einen Antiquitätenladen übernommen hat. Er versteht etwas von seinem Zeug – immer eine erfreuliche Überraschung! Und wen trafen wir auf der Promenade? Deine Mutter und Lady Hooper – zwei Tory-Amazonen in unwahrscheinlichen Hüten, vernünftigen Schuhen, mit echten Perlen und strengen Kostümen. Wenn Du meinst, Deine Mutter wird jetzt alt und menschenscheu, dann hast Du Dich geirrt. Sie ist herrschsüchtiger denn je. Sie trug einen Regenschirm und Lady Hooper einen Sonnenschirm. Man weiß nie an der See.

Beide Damen erzählten eine Menge über Louisa und ihre guten Taten, die sie ihren Ehemann gekostet haben. Er hat bereits wieder geheiratet. Vorige Woche rief Louisa mich an, und ich lud sie zum Dinner ins Savoy ein. Sie sah entzückend aus und verrichtete keine guten Taten. Ich schwieg mich über den Abend im Savoy weitgehend aus. Immer das Beste, was man tun kann. Während des Tees bei Lady Hooper blickte Deine Mama verstohlen von Miss Trent zu mir und wieder zurück. Sie kniff die Lippen zusammen, als ob ich mit der Kleinen im Zustand der Sünde lebe oder sie auf der Stelle heiraten wolle. Deine alte Dame machte mir ausnahmsweise einmal Spaß.
Wann kommst Du nach Haus? Ich würde eine Nachricht begrüßen. Sniffles läuft mit Deinem alten rosa Schal herum und schleift ihn vom Wartezimmer in den Garten und wieder zurück. Sowie Maggie ihm den schmutzigen Fetzen entreißen will, winselt er. Wenn das nicht Liebe ist, dann weiß ich nicht, was man so nennt. Hab Mitleid mit Sniffles und komm zu ihm zurück!
Alles Gute und weiter schönes Wetter in Venedig! Ich plane eine grundlegende Änderung in meinem Leben. Darüber mündlich.

Dein James

Intermezzo:
Die Londoner

1

Mrs. Stafford wundert sich

»Liebe Miß Trotter. Bitte kämmen Sie mein Haar etwas vorsichtiger: Ich werde immer empfindlicher.«

»Tut mir leid, Mrs. Stafford! Man wird eben nicht jünger.«

»Was Sie nicht sagen! Von Ihnen hätte ich diese alte Kastanie nicht erwartet.«

Miß Trotter kämmte Mrs. Staffords dünnes, graublondes Haar nicht gerade sanfter, aber Mrs. Stafford schwieg ausnahmsweise. Sie machte sich Sorgen um ihre Tochter, und das dämpfte ihren Widerspruchsgeist. Unerhört, daß Hilary ihr nicht schrieb! War sie eigentlich noch in Venedig? Und hatte sie endlich den Palazzo an die Amerikaner verkauft? Was hatte sie, Mrs. Stafford, verbrochen, daß ihre Tochter sie ignorierte? Hatte sie ihr nur im japanischen Lager nicht das Leben gerettet? Mrs. Stafford redete sich ein, sie erwarte keine Dankbarkeit. Aber wundern tat sie sich doch. Sie wunderte sich auch manchmal, daß sie sich weiter von Miß Trotter mißhandeln ließ. Gab es nicht Frisiersalons mit einer liebenswürdigeren Inhaberin? Aber Mrs. Stafford kannte Miß Trotter seit unzähligen Jahren, sie konnte mit ihr über Hilary und ihre Freunde reden und traute ihr und ihren Preisen. Miß Trotter war schwierig, aber sie war von der alten Schule in dem erschreckend veränderten London der siebziger Jahre. Beide Damen hielten nichts von Personen, die ohne behördliche Genehmigung leere Wohnungen besetzten und dort überwinterten. Auch mochten sie keine Rauschgifthändler, Rock-Musik oder gelangweilte Mörder. Wieviele Zufallstote kamen durch verirrte Bomben ums Leben! Sie verabscheuten schwerbewaffnete Jugendliche, ledige Großmütter und Teenager, die alles besser wußten und sündhafte Gelder ausgeben konnten. Abends blieben die meisten Leute zu Hause, um sich in Sicherheit Verbrechen im Fernsehen anzusehen, beim Frühstück genossen sie die düsteren Schlagzeilen über Kidnapper, Bankräuber und eintönige Sadisten. Die vielen friedlichen und fleißigen Steuerzahler dieser Riesenstadt machten keine Schlagzeilen. Mrs. Stafford dachte oft, daß das heutige London alle Schrecknisse übertraf, die Touristen in ruhigeren Zeiten mit angenehmem Gruseln im »Tower« besichtigt hatten. Natürlich konnten die Fremden immer noch Tudor-Häuser und Wedgwood-Geschirr, Yorkshire-Pudding, die Tate Gallery, die Pflanzen in Kew Gardens und Westminster bewundern: Aber auch diese Spezialitäten machten keine Schlagzeilen. Mrs. Stafford und Miß Trotter wollten zwar dringend die Tate Gallery besuchen, aber es kam immer etwas dazwischen. Außerdem fand Mrs. Stafford, man sollte für Kunstgenüsse einen sorgenfreien Kopf und einen guten Schlaf haben. Sie nahm Schlaftabletten.

»Wie geht es Maggie und Sniffles?« fragte Miß Trotter während der Haarwäsche. »Süßer Hund! Und so taktvoll.«

»Sniffles geht es nach Wunsch«, erwiderte Mrs. Stafford, »aber Maggie wird immer hagerer. Im Augenblick ist sie nicht zu gebrauchen, weil ihre Schwester Verity im Sterben liegt.«

»Wir müssen alle sterben. Maggies Mann war ein großartiger Bursche. Der gute Jack ist nun auch schon lange tot. Seine Sorte stirbt langsam aus. Ich erinnere mich noch, wie sanftmütig er war.« Miß Trotter räumte dem Toten prinzipiell eine Überlegenheit den Lebenden gegenüber ein, sie dichtete ihnen Eigenschaften an, die sie in lebendem Zustand nie besessen hatten. Jack Dobbs war in der Tat großartig, aber ziemlich jähzornig gewesen.

»Ich erinnere mich noch an Jacks Wutanfälle«, sagte Mrs. Stafford. »In diesem Zustand konnte er alles kurz und klein schlagen.« Miß Trotter überhörte die Berichtigung und fragte, wann Hilary zurückkomme.

»Nächste Woche«, sagte Mrs. Stafford kühn.

»Sind die Patienten mit der Vertreterin zufrieden?«

»Sie müssen zufrieden sein, Miß Trotter. Die Ärztin aus Norfolk tut ihr Bestes. Aber natürlich gegen meine Tochter...«

»Natürlich.« Miß Trotter seifte Mrs. Staffords Haar ziemlich unsanft ein. »Möchten Sie eine zusätzliche Kopfmassage, Mrs. Stafford?«

»Nein, danke! Erinnern Sie sich noch an Verity?«

»Holloway,« sagte Miß Trotter dumpf. »Bei Gefängnis-Insassen

ziehe ich den Trennungsstrich. Verity Baker! Oh, dear me!«
»Maggie behauptet, Verity habe damals den Ring nicht gestohlen. Nur für jemanden aufbewahrt, aber sie sagt nicht, für wen. Maggies Einfalt und Treue kennen keine Grenzen. Außerdem war Verity trotz ihres wahrheitsliebenden Namens sehr verlogen.«
»Das sind die meisten heutzutage.«
»Ich kann mich auch an historische Lügner erinnern,« sagte Mrs. Stafford, deren Widerspruchsgeist durch Miß Trotter unheimlich angeregt wurde.
»Lassen Sie mich in Ruhe, Miß Trotter! Die Leute haben immer wie gedruckt gelogen. Nur meine Tochter ist blödsinnig wahrheitsliebend. Was die den Leuten ins Gesicht sagt – unfaßbar!«
»Wie gefällt es unserer Doktorin in Venedig? Ich fürchte, ihr Haar wird mittlerweile vollständig verwildert sein. Gibt es gute Frisiersalons in Venedig? Ich traue den Italienern nicht.«
»Falls es gute Frisiersalons gibt, wird meine Tochter sie nicht aufsuchen, Miß Trotter.«
»Ihr Haar wird leider immer dünner, Mrs. Stafford! Sie sollten wirklich eine Perücke kaufen. Ich mache Ihnen einen Vorzugspreis. Für Bridge im Freundeskreis.«
»Ich verabscheue Bridge und Perücken, Miß Trotter! Wem ich nicht gefalle, der braucht mich nicht anzusehen.«
»Lady Hooper sieht mit ihrer Perücke zehn Jahre jünger aus.«
»Ich besuchte sie kürzlich in Brighton. Sie sah zehn Jahre älter aus. Ich wunderte mich, daß sie das nicht selbst sieht.«
»Wie Sie meinen, Mrs. Stafford! Jeder hat ein Recht auf seine Meinung«, sagte Miß Trotter gegen ihre innerste Überzeugung. »Ich werde Ihre kahle Stelle überkämmen, so gut es eben geht.« Miß Trotter seufzte.
»Warum sind Sie so blaß, Miß Trotter? Hatten Sie Ärger?«, fragte Mrs. Stafford mit dem Recht der Stammkundin, die sich zweimal im Jahr eine persönliche Anfrage erlauben darf.
»Meine Schwester Jane, wie immer.«
»Schwestern!«, sagte Mrs. Stafford mit Nachdruck. »Bei Schwestern kann man sich über nichts wundern. Man braucht ja nur an Maggie zu denken«.
»Hängt ihr das Haar immer noch wie einem nassen Pudel ins Gesicht?«, fragte Miß Trotter mit sachverständigem Interesse.

»Darauf kommt es nicht an. Schließlich liegt ihre Schwester im Sterben.«
»Wo kämen wir hin, wenn niemand sich mehr frisieren würde, weil Angehörige im Sterben liegen? Wollen Sie einen Haarfestiger, Mrs. Stafford?«
»Wenn er nichts extra kostet, bitte!«
»Bei alten treuen Kundinnen mache ich eine Ausnahme.« Miß Trotter machte nie Ausnahmen, und die alten treuen Kundinnen wußten es. Sie sagte, soweit sie sich erinnere, liege Verity alle paar Jahre im Sterben.
»Aber diesmal ist es beinahe so weit, Miß Trotter! Maggie zittert bei jedem Telefonanruf. Sir James Ormond schenkte ihr das Telefon. Ich wundere mich, wozu. Was Verity betrifft, so war sie immer rücksichtslos. Natürlich auch jetzt. Heute geht es ihr besser, morgen wieder schlechter. Die Ärzte könnten verrückt werden. Ich meine: entweder – oder!«
»Schließlich muß eine Beerdigung vorbereitet werden. So ein Institut besteht doch auf festen Daten, Mrs. Stafford! Bei dem Andrang! Na, hoffen wir das Beste! Mavis, die Rechnung für Mrs. Stafford! Und mach nicht wieder Fehler! Du kannst an Deinen jungen Mann nach Geschäftsschluß denken.«
»Er hat mich verlassen, Miß Trotter!«
»Kein Wunder, aber mach Dir nichts draus, Mavis! Er ist es nicht wert. Tut mir leid, Mrs. Stafford, aber alles wird teurer.«
»In der Tat«, sagte Mrs. Stafford unfreundlich. »Aber man muß eben bezahlen, wenn man nicht unfrisiert zu seiner eigenen Beerdigung erscheinen will. Nein, danke, Miß Trotter! Sniffles braucht keinen Schinken. Den essen Sie bitte selbst zu Ihrem Tee.«
»Grüßen Sie ihn bitte von mir, Mrs. Stafford! Und natürlich auch Maggie, und Verity, falls sie weiter unter uns weilt. Aber lassen Sie mich bitte wissen, wenn es soweit ist. Ich komme zur Beerdigung.«
»Auch nicht das Richtige bei Ihrem Rheuma, Miß Trotter! Es wird bestimmt regnen. In London regnet es immer bei feierlichen Anlässen.«
»Es ist nun einmal mein Hobby, Mrs. Stafford. Was willst Du schon wieder, Mavis? Natürlich bekommt Mrs. Stafford ihren Tee. Viel Milch und Zucker. Bitte, setzen Sie sich, Mrs. Stafford! Man muß die Feste feiern, wie sie fallen, nicht wahr?«

»Sie ist tot, Mrs. Stafford«.
»Wer?«
»Meine Schwester Verity.« Maggie heulte.
»Wann starb sie?«
»Um drei Uhr Nachmittag.«
»Komische Zeit. Die meisten sterben doch nachts oder sehr früh am Morgen.«
»Verity war immer etwas Besonderes«, sagte Maggie stolz.
»Zu besonders für meinen Geschmack. Wirklich, Maggie! Nun ist's genug mit der Heulerei! Schließlich war Verity kein Engel.«
»Vielleicht wird sie jetzt einer, Mrs. Stafford! Sie war doch immer was Besonderes. Sagte Mum auch.«
»Glücklicherweise hat Eure Mutter nicht mehr erlebt, wohin das führte. Die Post, Maggie!«
»Oh, Mrs. Stafford! Ein Brief aus Venedig.«
»Ich wunderte mich schon lange, warum meine Tochter nicht schreibt.«
»Mum sagte immer, keine Nachrichten sind gute Nachrichten.«
»Dem kann ich nicht beistimmen. Also, Kopf hoch, Maggie! Sage Dir, Verity hat jetzt ihre Ruhe.
»Hoffentlich. Komm, Sniffles!«
Mrs. Stafford öffnete den Brief und sah, daß er an James Ormond gerichtet war. Hilary hatte ihn versehentlich in den falschen Umschlag gesteckt. Wahrscheinlich las James jetzt ihren Brief. Aber nein! James las keine fremden Briefe. Auch Mrs. Stafford las keine fremden Briefe. Sie steckte also den Brief in den Umschlag zurück, holte ihn aber nach längerem inneren Kampf wieder heraus. Das war keine Neugierde, sagte sie sich, sondern mütterliche Sorge. Außerdem war es die einzige Möglichkeit, etwas Wissenswertes über Hilary zu erfahren. Wissen macht nicht glücklich, aber es ist nützlich. Mrs. Stafford setzte nach den ersten Zeilen ihre neue, schärfere Brille auf, weil sie der alten nicht traute. Aber der Text blieb derselbe, und er machte Mrs. Stafford nicht glücklich.

Venedig, im Herbst

Lieber James!

Herzlichen Dank für Deinen Brief. Ich hoffe, Du hattest eine schöne und anregende Zeit in Deinem Hongkong. Daß Du ein Haus und ein Boot in Chelsea erworben hast, ist eine erfreuliche Überraschung. Sehr viel erfreulicher als meine Überraschung.

Was Du sonst noch in Deinem Leben ändern willst, kann ich mir nicht vorstellen. Aber sicherlich ist es das Richtige. Du machst alles richtig, weil Du besonders vorsichtig und ekelhaft vernünftig bist. Beneidenswert!

Lieber James, es wird mir nicht leicht, Dir zu schreiben, weil Du immer so gut zu mir warst und ich Dich lieb habe. Ich würde Dir meine Überraschung viel lieber schonend beibringen. Sei vorsichtig mit James, war immer meine goldene Regel, aber dieses Mal falle ich leider mit der Tür in Dein ordentliches, abgestaubtes, vornehmes Haus. Ich heirate wieder, James! Alexander Ross aus New York. Er ist ein geborener Venezianer, ganz links auf dem Foto, und emigrierte als junger Mann nach den USA. Erinnerst Du Dich noch, daß Du mir vor einiger Zeit rietest, mich wieder zu verheiraten? Du standest am Fenster, und die Gärten in Hampstead waren verregnet. Damals fragte ich mich, ob Du mich loswerden wolltest. Falls das der Fall sein sollte, wären wir ja nun alle zufrieden, nicht wahr? Du bist ohnehin zufrieden, da Du Dir nur das Erreichbare wünschst.

Alexander kam zu einer Zeit in mein Leben, in der ich trotz unserer harmonischen Beziehung (Du hast die Harmonie gegeben, was ich gab, weiß ich nicht) eine gewisse Leere spürte. Sie überfiel mich, sowie ich den letzten Patienten verabschiedet und ermutigt hatte. Alexander füllte diese Leere aus, ohne es zu wissen oder sich darum zu bemühen. Ich kam aus dem dichten Londoner Nebel in die Sonne. Falls Du das sentimental oder übertrieben finden solltest, es ist trotzdem vollkommen wahr. Übrigens erinnerte mich Alexanders Raucherhusten (ich habe ihm ein Mittel dagegen verschrieben) an meinen verstorbenen Mann. Genau wie Antonio Cesano hustet Alexander nur beim Frühstück. Wir sind wohl alle willige Opfer der Erinnerung, und vielleicht lieben wir bewußt oder unbewußt immer denselben Mann. Glaube nicht, daß ich wie ein Teenager auf Alexander flog! Ich hielt mich an meine goldenen Regeln, erst einmal die Schwächen einer Person zu entdecken und später die Tugenden. Seine Schwächen

liegen offen zutage. Seine Tugenden versteckt er.
Ich schreibe Dir das, um Dir klarzumachen, daß ich mit offenen Augen in diese Ehe gehe. Ich kann Dir immer alles schreiben, James! Daran wird sich, was mich anbelangt, nie etwas ändern. Hoffentlich verstößt Du mich nun nicht aus Deinem Herzen! Du warst nie ganz von meiner Vernunft überzeugt, aber ich glaube an Deine! Und Du gehörst zu meiner Welt. Alexander wird nie zur englischen Welt gehören. Aber wer kann alles haben?
Du hast recht, James! Äußerlich erinnert Alexander stark an Antonio, aber das ist auch alles. Du weißt, wer und wie Antonio war. Ich erzählte es Dir bereits, als Du mich auf dem Flugplatz erwartet hattest, als ich aus Venedig vor ihm geflohen war. Jetzt bin ich nicht mehr so kopflos und unerfahren. Und natürlich auch nicht mehr so jung.
In Venedig dachte ich mehr an Antonio Cesano als die ganzen Jahre in London. Der Geist der Stadt ließ ihn und mich nicht los. Warum soll man die Toten über den grünen Klee loben, bloß weil sie tot sind? Ich finde, diese Heiligsprechungen im Familien- und Freundeskreis sind eine Beleidigung der Persönlichkeit und wahrscheinlich einer der Gründe, warum die Toten ziemlich schnell vergessen werden. Dieser Gefahr ist Antonio nicht erlegen. In dem alten Palazzo Cesano ist er der Lebendigste.
Noch etwas, James. Alexanders Mutter hier in Venedig und meine Mutter wissen noch nichts. Die Hochzeit wird hier stattfinden, da Signora Rossi und der Fischmarkt darauf bestehen werden. Ich werde selbst mit meiner Mutter sprechen. Du weißt, wie schwierig sie ist. Aus unerfindlichen Gründen hat sie Italiener immer abgelehnt. Dasselbe gilt für Amerikaner. Armer Alex! Auch Signora Rossi hat Pech. Ihr einziger Sohn heiratet prinzipiell Ausländerinnen. Alexanders Frau, eine Amerikanerin, hat die Scheidung bereits eingereicht, es wird keine Schwierigkeiten von ihrer Seite geben. Sie paßten überhaupt nicht zusammen. Außerdem ist sie zu alt für ihn.
Vor der Hochzeit komme ich natürlich nach London, um Dich zu sehen, die Praxis zu verkaufen oder aufzulösen, und Mutter zu dem sonderbaren Familienfest nach Venedig mitzunehmen. *Einen* ihrer Schwiegersöhne muß sie schließlich kennenlernen.
Falls Du mir aus sicherlich guten Gründen von dieser Heirat abraten willst, es ist umsonst und zu spät. Jeder hat seine eigene Vorstellung

oder Zwangsidee von Glück, nicht wahr? Ist Alexander eine meiner Leidenschaften, wie die Medizin und mein Auto in London? Ich weiß es nicht. Aber die bezaubernde Unruhe, die er in mir hervorruft, macht mich jung und glücklich. Obgleich ich manchmal meinen alten Angsttraum habe. Plötzlich stehe ich allein in einer unbekannten Gegend an einem Fluß oder einem Meer. Die Themse, die Adria? Mein Geliebter fährt auf einem Dampfer auf und davon. Er winkt mir zu, das gibt diesem Traum eine düstere Ironie. Ich sehe genau, wie Du die Stirn runzelst, James! Der Traum ist so besonders idiotisch, weil Alexander nie davonfahren würde. Er braucht mich. Das ist so neu und beglückend für mich. Sag nichts, James! Du hast mich nie gebraucht. Nicht wirklich! Du bist Dir selbst genug – eine bewundernswerte und für eine Frau deprimierende Stärke, die Energie und ständiges Training erfordert. Ich hab Dich immer bewundert. Du willst das nicht hören, weil Du Dein Licht gern unter den Scheffel stellst. Da sind Italiener anders. Aber deswegen bleibt doch alles wahr, was ich Dir über Dich schreibe. Ich kann Dir das alles nur schreiben, weil ich bald in New York leben werde. Falls es möglich sein wird, möchte ich natürlich dort praktizieren, da ich nicht gewöhnt bin, zu Haus auf meinen Mann zu warten. Meinen Wagen nehme ich mit – er ist ein Stück von uns beiden. Du hast ihn mir geschenkt. Alexander wollte mir einen großen eleganten Wagen schenken, aber ich will das nicht. Ich sag nicht so gern »Danke«. Bei Onkel James hat es mir nie etwas ausgemacht, denn bei Deinen ersten Geschenken war ich noch ein Schulkind.
Morgen schreibe ich an meine Vertreterin in London. Sie möchte gern längere Zeit in London praktizieren, denn sie wartet auf eine bestimmte Praxis in Norfolk, die ein älterer Kollege in zwei Jahren abgeben will. Sie hat ihn schon vertreten und kennt seine Patienten. Das wäre alles. Nein, das ist nicht alles, James! Ich denke viel an Dich und an alles, was uns so viele Jahre miteinander verbunden hat. Die Zeitmaschine rast rückwärts – sehr lästig für eine glückliche »Braut« mit halb geschiedenem Ehemann. Ich sage jetzt wieder »Onkel James«. Ich mag keine englischen Schulen, und die Mädchen reden über dummes Zeug. Sie wissen kaum, was damals in Ostasien passierte. Du wischst mir die Tränen mit Deinem Taschentuch ab. Es war groß, leuchtend sauber, und aus irischem Leinen. Nie hatte ich im Gefangenenlager in Java etwas so Schönes gesehen. Ich durfte es be-

halten und legte es auf mein Kopfkissen. So schlief ich ein.
Du überredest später Mutter, daß ich Medizin studieren müsse, anstatt ihr zu Haus das Alter zu verschönen. Natürlich sagtest Du es viel höflicher und freundlicher, aber sie verstand es. Denn es ist ganz unmöglich, Dich nicht zu verstehen, wenn Du es ernst meinst. Ich fiel Dir in kindlichem Glück um den Hals, und Onkel James strich mir übers Haar, schob mich sachte von sich weg und sagte, er würde mir eine hübsche Haarbürste kaufen, damit ich auf der Universität... Ich weiß nicht mehr, was Du sagtest. Aber von da an frisierte ich mich von Zeit zu Zeit.
Du erklärtest mir chinesische Geheimnisse »Schlange und Schildkröte und »Yin und Yang«. Und als Du mir den ersten Kuß gabst, war ich im dritten Semester. Von da an warst Du einfach »James«. Aber ich sagte aus Versehen noch manchmal »Onkel«. Später im Scherz. Ein ernster Scherz.
Du hast mir allen Schmuck, den ich je besaß, geschenkt. Was noch kostbarer ist, Du hast mir Deine Zeit geschenkt, Deine Fürsorge, Deine Zuneigung. Wie kann ich Dir je danken? Du wirst mich nur räumlich loswerden, James!
Weißt Du noch, wie oft wir in Brighton in den Antiquitätenläden herumstöberten? Manchmal durfte ich Dir auch etwas schenken. Aber nur, wenn Du mit Papieren Geld für mich verdient hattest. Lieber James! Und Du nahmst mich oft nach Stratford-on-Avon mit, und seitdem gehört Shakespeare zu meinem Leben. Das erste Mal hattest Du, wie immer, zwei Zimmer für uns in einem kleinen Hotel in Stratford genommen. Aber Du verbrachtest die Nacht in meinem Zimmer, weil es angeblich die schönere Aussicht hatte. Nachts?
Wann immer ich nach London kommen werde, in den größeren Ferien, müssen wir nach Stratford fahren. Versprichst Du mir das? Oh, James! Bleib weiter mein Freund! Es geht nicht ohne Dich. Das klingt wohl komisch, stimmt aber genau. Ich lasse Dich rechtzeitig wissen, wann ich in London sein werde. Ich komme allein. Alexander will die letzten Tage in Venedig mit seiner Mutter verbringen.
Es ist alles etwas konfus und schwierig, und ich muß nun ohne Deinen Rat und Deine Hilfe mein neues Leben aufbauen. Ob ich es bei Dir zu gut gehabt habe? Sieh mich nicht so komisch an, James! Wenn einer meine albernen Fragen kennt, dann bist Du es. Hilary

Mrs. Stafford schob Hilarys Brief ordentlich in den Umschlag zurück und betrachtete ihre Topfpflanzen, ohne sie zu sehen. Eine Unbekannte hatte diesen Brief an James geschrieben. Keinesfalls ihre Tochter, wie sie sie kannte. Sie kam zwar meistens zu spät und vergaß, ihre Mutter regelmäßig zu besuchen, aber Hilary war doch sehr vernünftig, in wichtigen Dingen zuverlässig und wundervoll mit ihren Patienten, die auf ihre Rückkehr warteten. Die Schreiberin dieses Briefes war eine aus dem Gleichgewicht geratene Person auf dem Sprung nach New York und im Bett mit einem Italiener. Das ging so deutlich aus dem Brief hervor, daß nicht einmal Mrs. Stafford, die Sex-Affären ignorierte, darüber hinweglesen konnte. Mrs. Stafford mißbilligte Personen, die aus dem Gleichgewicht gerieten, und mit Italienern hatte sie sowieso nichts im Sinn. Sie konnte James zwar nicht ausstehen, aber natürlich wäre er ein äußerst wünschenswerter Ehemann für Hilary gewesen. Er kannte sie und lachte über ihre Unpünktlichkeit und ihre sonstigen Eigentümlichkeiten. Er hatte einen Titel, war großzügig, höflich, unsympathisch und durch und durch ein Gentleman. Ja, das gab's immer noch in England, was immer die Besserwisser auch schrieben, oder unfrisiert und ungeniert verkündeten.
Im Augenblick konnte Mrs. Stafford sich ein Leben ohne Hilary schwer vorstellen, weil sie so sehr an sie gewöhnt war. Sie kannte sie natürlich nur in ihrer Rolle als Tochter und hatte sich stets gegen die Tatsache gesträubt, daß Töchter, sowie sie erwachsen und im Berufsleben waren – oder heute schon lange vorher – ihre sexuellen Erfahrungen machten und sich dabei in Fremde verwandelten. Sie machten es alle wie Hilary und zeigten dem Vater oder der Mutter vorsätzlich das vertraute Gesicht aus der Kindheit. Das reifere, ausdrucksvollere, von allen möglichen Erfahrungen geprägte Gesicht übersahen die Eltern geflissentlich, weil sie nur das unschuldige kleine Mädchen oder den lieben Jungen von früher suchten. Wenn die Kinder einen besuchten, trank man Tee und tauschte Erinnerungen aus dem gemeinsamen, verlorenen Familienleben aus. Wovon sollten Vater oder Mutter sonst reden, wenn die Kinder alles vor ihnen verbargen? Hilarys Besuche waren in den letzten Jahren unregelmäßig geworden, worüber Mrs. Stafford sich sehr gewundert hatte. Ihre Beziehung zu dieser tüchtigen, kraftvollen Tochter war die gleiche geblieben, aber darauf kam es wohl nicht an. Die Kinder schafften den Abstand. Mrs.

Stafford war so viele Jahre, vor allem durch die besonderen Umstände der ostasiatischen Erfahrung, das dominierende Element in der Familie gewesen, daß sie Hilarys Loslösung von ihr und die Hinwendung zu James mit tiefer, schweigender Erbitterung zur Kenntnis genommen hatte. Sie war jetzt körperlich hilfloser als früher, aber ihre Herrschsucht war in keiner Weise der legendären Milde des Alters gewichen. Sie tat nur manchmal so, weil es weniger anstrengend war. Natürlich würde sie nicht zur Hochzeit nach Venedig fahren.
Wenn Hilary erst in New York lebte – auch eine von den Städten, die Mrs. Stafford gut entbehren konnte –, würden ihre Besuche noch seltener werden, und sie würde ihrer Mutter nichts von ihrem Leben mit Mr. Ross erzählen. Vielleicht würde Hilary zuerst alle halbe Jahre kommen, sagen wir, zu Weihnachten oder im Sommer, wenn alles grünte und blühte. Später würde sie alle zwei Jahre erscheinen, und dann überhaupt nicht mehr. Nun, es würde auch ohne Hilary gehen müssen, dachte Mrs. Stafford grimmig. Sie sah keinen Grund zum Jammern. Sie hatte ihr eigenes Heim, ihre Topfpflanzen, ihre Vorurteile, ihre alten treuen Freunde. Sie hatte den Club der Tory-Damen, wo man ihr wenigstens zuhörte, wenn sie vom Leben in Malaya und in Java erzählte. Ja, sie hatte ihre Erinnerungen an die »Kriegsgefangene Stafford«. Man hatte sie »die englische Heldin« in Java genannt. Sie besaß mehr als viele andere! Die Leihbibliothek, ihre Wortgefechte mit Miß Trotter und die gute Tasse Tee hinterher. Sie hatte Maggie, James (jawohl James), gestern hatte er wieder seinen Pflichtbesuch gemacht. Und sie hatte ihren Ärger mit Sniffles. James wußte, wo seine Pflichten lagen. Neulich hatte eine Bekannte ihn mit seiner Sekretärin in einem Lokal in der Regent's Street gesehen. Er habe gelangweilt ausgesehen, aber immerhin. Die Speisekarten in diesem Lokal mit einem exotischen Namen, den sich kein britischer Gast merken konnte oder wollte, waren arabisch und englisch. Mrs. Stafford hatte sich gewundert, daß man in London überhaupt noch englisch sprach.
Was würde James zu Hilarys Nachrichten sagen? Wie Mrs. Stafford ihn kannte, würde er schweigen.

2

Maggie am Telefon

»Hallo! Hier spricht Mrs. Dobbs. Wer ist da?«

»Oh, Mabel! Wie geht es Dir, Mabel? Ja, hier ist Maggie. Wer sollte es sonst sein? Sniffles beantwortet keine Telefonanrufe. Was machst Du in London, Mabel? Wie? Was? Bist Du nicht bei Trost oder sonstwas? Verity wurde gestern beerdigt. Ist nicht ihre Schuld, wenn Du alles verwechselst. So warst Du schon als Teenager. Mum sagte immer, Mabel hat ein Loch im Gedächtnis, da fällt alles durch. Ich sag immer, der Mensch ändert sich nicht. Nichts für ungut, Mabel! Ich meine nur so. Schon gut, Mabel! Verity hat endlich ihre Ruh. Aber wir können sie Deinetwegen nicht wieder ausbuddeln. Dad sagte das immer in solchen Fällen. Mum sagte, wem was dran liegt, der ist pünktlich zur Stelle.
Moment mal, Mabel, es klingelt.
So! Das waren nur zwei Mädels, die wieder sammeln wollten. Ich weiß: wohltätige Zwecke. Aber wo soll man das Geld herkriegen? Bei der Teuerung und allem anderen. Nein, ich les' keine Zeitung. Ich will mein Leben genießen, so lange ich's noch kann.
Nein, Mabel: Bis jetzt zahlte ich keine Steuern. Wovon denn? Aber jetzt kommt Erbschaftssteuer auf mich zu. Ich bin doch die nächste Blutsverwandte. Nein, Onkel Ted zählt nicht mit. Der ist inzwischen entmündigt worden, weil er seine Rente auf der Straße verteilt hat. Das weißt Du nicht? Das ganze East End sprach tagelang davon. Ach, Mabel! Bei Dir ist 'ne Schraube los. Wie kann man Onkel Ted mit Onkel Archie verwechseln? Nein, Onkel Archie ist nicht entmündigt. Im Gegenteil. Der verteilt nichts. Weder auf der Straße noch sonstwo. Ja. Er schwingt immer noch große Reden in seiner Gewerkschaft.

Was der bei seinen grauen Haaren reden kann! Aber es kommt wohl nicht auf die Haarfarbe an. Ich ging einmal hin, als Onkel Archie redete. Martin quatschte auch noch später. Aber da hörte keiner mehr hin. Unser Dad sagte immer, wer Martin hat, der braucht keine Schlafpillen. Gewiß, Martin war sein Neffe, aber Dad nahm nie ein Blatt vor den Mund.
Was sagst Du da, Mabel? Ob Sir James unsere Miß Hilary heiratet? Die gingen doch schon so ewig zusammen? Woher soll ich das wissen? Ruf doch Sir James an und frag ihn. Er hat mir dies Telefon geschenkt. Und Mrs. Stafford schenkte mir einen Notizblock dazu. Na ja, sie muß sparen.
Ob ich krank bin? Wie kommst Du darauf? Warum willst Du immer, daß Leute krank sind? Du bist doch keine Schwester. Nein, ich bin müde und blutarm. Ich krieg Pillen dagegen vom Gesundheitsdienst. Vitamine. Der Doktor sieht gar nicht hin, wenn er was verschreibt. Na, schaden können die Vitamine ja nicht.
Wer hier solchen Lärm macht? Sniffles, wenn Du nichts dagegen hast. Er will sein Abendessen. Das Leben geht eben weiter, besonders für Hunde. Die denken nur an ihr Futter. Beneidenswert. Was hast Du denn, Sniffles? Jetzt will er meinen Kuchen haben, ist schon auf den Stuhl gesprungen und spitzt die Ohren. Runter von Maggies Stuhl! Hörst Du! Da hast Du den Kuchen, ungezogener Hund! Maggie hat keinen Hunger nach der Beerdigung. Wie? Was? Sonst bin ich sehr streng mit ihm.
Ja, natürlich muß ich essen, Mabel! Wenn auch nicht soviel wie Du. Was? Ich bin dürr? Weißt Du, wie Du um Himmelswillen aussiehst? Wenn Du so weiter machst, Mabel, dann fällst Du eines Tages um. Tot oder'n Schlaganfall oder so was. Deswegen brauchst Du nicht gleich so beleidigt zu sein. Ich hab's gut gemeint. Schließlich bist Du die letzte überlebende Cousine. Kannst Du nicht langsamer reden?«

Mabel redete und redete, und Maggie hörte nur mit halbem Ohr hin. Mabel erzählte ihr alles Mögliche über Leute, die sie nicht kannte. Jetzt, nach der Beerdigung von Verity, hatte sie die ganze Nacht an Mum und Dad und Granny Baker denken müssen. Jetzt war Verity bei ihnen. Vielleicht tranken sie gerade Tee und sprachen auch mal ein bißchen von ihr. Nicht, daß Maggie es erwartete, aber nett wäre

es von ihnen. Maggie wußte ja, sie war nie was Besonderes wie Verity gewesen. Immer nur so ein kleiner Spatz. Aber ihr Jack war mit ihr zufrieden gewesen. Leider starb er so jung. Jack war immer viel fröhlicher als sie, Maggie, gewesen. Auch klüger. Wie lange auch er schon tot war!
Maggie dachte in diesem Augenblick, daß die Kindheit das Schönste im Leben war. Mabel redete von kranken Leuten, und Maggie dachte daran, wie nett sie alle miteinander in Bethnal Green gelebt hatten. Granny Baker hatte die ganze Familie zusammengehalten. Und Mum auch. Jedes Jahr waren sie zur Weihnachtspantomime gefahren. Auch Mabel und Onkel Ted. Der war das größte Kind von ihnen gewesen. Wie der sich gefreut hatte! Damals hatte er noch Arbeit und machte allen Kindern feine Geschenke. Na, und Dad war 'ne große Nummer in den Docks gewesen. Granny Baker sagte immer, man kenne ihn von London Bridge bis Tilbury. Sie übertrieb vielleicht ein bißchen, weil sie so stolz auf ihn war. Verity war wie er gewesen. Groß und hübsch, und alle mochten sie. Maggie war mehr wie Mum. Und das war in Ordnung.
Bei Dads Beerdigung hatte es in Strömen gegossen. Mum hatte nicht geweint. Das tat sie nicht vor anderen. Maggie hatte sie nachts gehört und sich die Bettdecke über die Ohren gezogen. Gut, daß Dad nicht mehr gelebt hatte und Mum auch nicht, als Verity nach Holloway mußte. Dabei war sie unschuldig an dem Diebstahl gewesen. Aus purer Gutmütigkeit hatte sie den Ring für Mrs. Sneaker aufbewahrt. Aber das Gesetz sagte, Verity sei mitschuldig. Mrs. Sneaker und ihre Freundin saßen bereits. Maggie hatte nicht herausbekommen, wer Verity verpfiffen hatte. Die sagte keinen Ton. Sie hatte immer Feinde gehabt. Maggie hatte keine. Dafür mußte man dankbar sein.

»Was sagst Du da, Mabel? Keiner kommt ins Kittchen, der es nicht verdient? Schämst Du Dich nicht, Mabel Brown? Dabei ist Verity noch keine zwei Tage im Grab! Alte Schnüffelnase! Wenn Du jemandem was am Zeug flicken kannst, dann freust Du Dich. Genau wie Deine Mutter. Es klingelt. Nein, entschuldige, es klingelte nebenan. Die Schwiegertochter von Mrs. Price. Ja, sie hinkt. Ich meine, Mrs. Price! Die Schwiegertochter ist gut zu Fuß, die ist ihrem Mann schon zweimal weggelaufen.
Wie? Was? Jack wollte mir auch einmal weglaufen? Wer hat sich das

ausgedacht? Alles Quatsch. Hör auf, über meinen Jack was zu sagen, Mabel! Sonst kriegst Du es mit mir zu tun. Der beste Mann auf der Welt. Er zimmerte Miß Hilary ein Puppenhaus. Als sie noch ein Kind war, Du Schaf! Was sollte sie als Ärztin jetzt mit einem Puppenhaus? Nein, sie ist nicht in London. Soweit ich Mrs. Stafford verstand, ich wischte nebenan Staub und sie telefonierte mit Lady Hooper, also demnach heiratet Miß Hilary einen Japaner in Venedig.
Du mußt 'ne Schraube loshaben, Mabel! Japaner sind keine Farbigen. Farbige sind schwarz, und die sind alle hier bei uns in London und nehmen unseren Jungens die Arbeitsplätze weg. Sagt Mrs. Price. Die muß es wissen, wo ihr Arthur schon so lange stempeln geht. Natürlich trinkt Arthur gelegentlich was im Pub. Was soll er denn tun, wenn er keine Arbeit hat? Natürlich, Mabel, es gibt auch nette Schwarze! Warum soll es die nicht geben? Gerade neulich wurde hier auf meiner Straße eine Schwarze ohnmächtig, und ich brachte sie nach Haus. Gewiß, 'ne ziemliche Schweinewirtschaft und die vielen Verwandten und der Lautsprecher und alles in einem Raum, zum Wahnsinnigwerden, aber sehr nette Leute. Aus Trinidad oder wie die Insel heißt. Sie heißt Luella mit einem langen Nachnamen. Süßes kleines Ding, alles was recht ist. Moment, Mabel! Der Wasserhahn läuft! Hatte gerade neulich 'ne kleine Überschwemmung. Man kann eben nicht an alles denken. Ich sag Dir, Verity hat's gut.«

Maggie schöpfte Luft. Sie regte sich immer über Mabel auf. Und natürlich auch über Verity. Was hatte man alles mit der durchgemacht! Lieber nicht daran denken. Aber Maggie mußte trotzdem daran denken. Was hätte Granny Baker wohl zu Verity im Gefängnis gesagt? Sie hatte strenge Grundsätze gehabt. Als Teenager hatte Verity einmal zu Granny gesagt, das East End sei 'ne wahre Sonntagsschule. Aber sie sagte es einmal und nicht wieder und mußte zur Strafe mit Granny beten.
Maggie wollte gar nicht daran denken, was Granny Baker zu Veritys reichem Freund gesagt hätte. Vielmehr zu zwei reichen Freunden. Aber der Alte war schon tot, als Verity sich Mr. Fisher anlachte. Sie hatte dem alten Herrn das Haus geführt, sie bekam alles, was sie wollte, und hatte ihn beerbt. Seine Familie focht das Testament an. Aber es nützte nichts. Doch Granny Baker hätte die Sache nicht gefallen. Man sollte sein Geld verdienen, nicht erben. Und nun hatte Verity

schon viele Jahre mit Mr. Fisher in seiner Wohnung in Kensington gelebt, und sie hatte eine Frau zum Aufräumen und sie aßen im Restaurant. Aber Mr. Fisher konnte Verity nicht heiraten. Nicht wegen Holloway, sondern wegen seiner Mutter, hatte er ihr versichert. Maggie hatte gesagt: »Wer's glaubt, wird selig.«

In diesen späteren Jahren hatten Maggie und Verity sich sehr selten gesehen. Beide waren der Ansicht, Maggie passe nicht nach Kensington. Sniffles auch nicht, obwohl Miß Hilary und Sir James viel von ihm hielten.

Mr. Fisher zahlte alles – die Miete, Veritys Garderobe, zu allen Feiertagen gab es Geschenke. Er war sehr oft ohne Verity bei seinen Freunden, aber zu alten Freunden nahm er sie mit. Alles, was recht war, Verity hatte es gut mit Maggie gemeint, auch wenn sie es nur selten zeigte. Auch wenn sie sich monatelang nicht sahen. Auch wenn Maggie nicht fein genug für Mr. Fisher war, den sie übrigens nie getroffen hatte. Jack hatte Verity nicht gemocht. Er sagte, sie sei aufgeblasen wie ein Luftballon, und eines Tages würde sie zerplatzen. In gewisser Weise hatte Jack immer recht gehabt.

Wenn sie es recht bedachte, war Maggie nur einmal in der Wohnung in Kensington gewesen, aber das war eine unglückliche Erinnerung. Nachher sahen sie sich in Kaffeestuben, wenn sie sich alle Jubeljahre einmal trafen. In Kensington sah Verity ständig auf die Uhr, weil Mr. Fisher doch gegen Abend kam, und was sollte er um Himmelswillen mit Maggie reden? Maggie las ihr diese Frage von der Nasenspitze ab. Maggie hatte kein Schulwissen, sie war nicht hübsch oder dreist oder so was. Sie war ja nur ein Spatz, aber sie hatte einen scharfen Verstand und scharfe Augen, auch wenn Mrs. Stafford sie zum Beispiel für einfältig hielt. In der Wohnung waren haufenweise Bücher gewesen, die Mr. Fisher offenbar las. Auch Verity las allerlei. Seinetwegen. Aber sie fand Fernsehen und Tanzen lustiger. Alles was Recht ist, Verity hatte für Maggie einen hochfeinen Tee gemacht, sogar Brötchen mit Räucherlachs und Schokoladentorte und Biskuits für Sniffles. Aber Maggie blieb der Bissen im Hals stecken, warum, wußte sie nicht. Verity war ihr ganz fremd in ihrem langen Kleid und ohne Schürze, mit lauter steifen Locken auf dem Kopf. Sie konnte einfach nicht mit Maggie und den anderen in Bethnal Green gelebt haben. »Ich muß nun gehen, Verity.« Verity sagte lahm und leise, Maggie solle doch noch bleiben und Jeremy kennenlernen. Und dann machte Verity

eine Pause, weil Maggie auch nichts sagte, und Verity druckste nur so rum, als ob sie die Worte nicht herausbringen konnte. Aber schließlich sagte sie, daß Maggie bitte Mr. Fisher nichts von Granny und Bethnal Green und dem Pub erzählen sollte. Und dabei sah sie Maggie ganz komisch an. Verlegen und unbehaglich. Maggie sagte: »Komm, Sniffles.«
Maggie sah Verity dann eine lange Zeit nicht, eigentlich erst richtig im Krankenhaus. Natürlich ging sie täglich hin. Schließlich war sie Veritys Schwester, und es konnte nicht mehr lange dauern. Komisch, bei Verity ging es nicht richtig vorwärts mit dem Sterben. Das war nicht ihre Schuld, aber dann war es eben doch zu Ende.

»Unterbrich mich nicht dauernd, Mabel! Bei Dir kommt keiner zu Wort. Das wußte jeder in Bethnal Green. Vor ihrem Tod sprach Verity plötzlich über Gran und alles. ›Maggie‹, sagte sie, ›es war gemein von mir, daß Mr. Fisher nichts von Bethnal Green und so weiter wissen sollte.‹ Ich sagte: ›Sei still, Verity, das Reden strengt Dich an.‹ Aber sie hatte plötzlich wieder ihren Dickkopf und schrie ›Gemein, das war hundsgemein von mir.‹ Ich sagte zu Verity, daß Granny, Gott segne sie, nun schon endlos lange tot war, und was ich nicht weiß, macht mich nicht heiß, aber Verity heulte wie ein Schloßhund und ich heulte mit. Dann gab die Schwester ihr 'ne Spritze. Weißt Du, was sie noch zu mir sagte, Mabel? ›Maggie‹, sagte Verity, ›Du bist die beste von der ganzen Bande.‹
Was willst Du nun schon wieder wissen, Mabel? Ja, natürlich war 'ne große Beteiligung bei der Beerdigung. Alle ihre Freunde. Mr. Fisher auch. Oder was dachtest Du? Er stand ganz allein, ich meine, abseits von der Familie und Veritys Jugendfreunden. Graues Haar, und 'nen feinen Anzug und traurige Augen hatte er und einen prima Regenmantel. Es goß wieder mal in Strömen.«

Maggie schwieg und ließ Mabel weiter schwatzen. Sie dachte daran, wie Mr. Fisher, nachdem alles vorbei war und auch der Pastor ausgesungen hatte, auf sie zugegangen war. »Sie sind Maggie, nicht wahr?« Also Verity hatte ihm doch von ihr erzählt! Das hatte Maggie wirklich nicht erwartet. Mum sagte immer, Blut sei dicker als Spülwasser. Das mußte es wohl gewesen sein.
»Einen Augenblick, Mabel, mein Hackfleisch brennt an. Komm mor-

gen abend zum Essen! Ich koch Dir was Gutes. Nein, nicht Hack! Was? Du fährst schon wieder weg? Ich denke, Du wolltest zur Beerdigung kommen. Wie Du willst, Mabel. Weißt Du noch, wie Du bei Granny Baker die Suppenschüssel aufs Kleid von Deiner lieben Mutter gegossen hast? Du warst immer ein Trampel, nicht? Deine Mum ist nun auch schon fünfzehn Jahre tot. Schrecklich, wie die Zeit vergeht. Aber nett, daß man mal von den guten alten Zeiten reden kann. Was? Das ist ja die Höhe, Mabel! Du kannst Verity nicht das Wasser reichen. Hör auf zu lästern! Ich red nicht mehr mit Dir. Und Du willst 'ne Cousine von uns sein? Ich muß jetzt kochen. Gleich kommt Luella. Das Hack ist angebrannt, aber ich werd es mit Curry retten. Luella tut in alles Curry rein. Sie bringt einen Haufen Verwandte mit. Ob schwarz oder grün, die haben was für ihre Familie übrig, Mabel! Da kannst Du Dir ein Beispiel dran nehmen. Vorbildlich ist das. Trotz ihrem Lärm und dem Rum, und dem Punch und der Unordnung und dem Krach vom Lautsprecher. Sniffles liebt Luella. Was sie uns alles mitbringt! Und sie schuftet den ganzen Tag in der Fabrik. Leg noch nicht auf, Mabel! Ich muß Dir noch was sagen, weil ich nach heute nie mehr mit Dir reden werde. Ich werde sagen: Mabel Brown? Wer ist das? Das werd ich sagen, Mabel! Aber jetzt sage ich; komm runter von Deinem verdammt hohen Roß, Mabel! Unsere Verity half Euch dauernd mit Geld aus. Dein verstorbener Mann, nur Gutes über die Toten natürlich, aber er war eine Nummer! Spielschulden und kein Geld für die Miete. Dafür war Verity gut. Was ich sagen wollte, sie hat Dir auch was vermacht. Wieviel? Geh zum Notar! Der hat's schriftlich. So war unsere Verity. Was sagst Du? Warum ich Dir nicht gleich gesagt habe, daß Du was geerbt hast? Bei Dir kommt doch niemand zu Wort. Bitte, Mabel, entschuldige Dich nicht, sonst muß ich kotzen. Nein, nein! Mit uns ist es aus. Vielen Dank für den Anruf!«

3

James und der tröstliche Augenblick

James las Hilarys Brief an einem schönen Herbsttag im Hyde Park. Er hatte in der Burlington Arcade, wo er so oft mit ihr herumgeschlendert war, Geschenke gekauft. Niemand wußte, was er haben wollte, aber er wußte immer, was er schenken sollte. Er wollte nichts haben. Oder dachte er mehr über andere als über sich selbst nach? Dank erwartete er nicht. Dank war in jedem Fall eine Illusion, und James hielt sich an die Realität. Manchmal war sie bitter und manchmal süß wie Hilarys Brief oder wie das Mädchen Amber Tung in Hongkong, das James ungern verlassen hatte. Er hatte für Amber eine Stola gekauft und für Hilary eine Handtasche, die einmal ein Krokodil gewesen war.

Hilary war mit ihrer uralten Handtasche nach Venedig geflogen. Das Leder war fleckig und das Futter zerrissen. James hatte es in Heathrow mit Mißfallen und resignierter Rührung bemerkt. Wie unweltlich und sorglos Hilary war! Sie würde sich nicht mehr ändern. Und wer änderte sich schon oder verbesserte sich, nur weil es ratsam war? Ob Hilary den kleinen Hund aus Jade, den er ihr im letzten Augenblick auf dem Flugplatz in die alte Handtasche gesteckt hatte, inzwischen verloren hatte? Sie war nur in ihrer Praxis peinlich ordentlich. Dort war alles auf seinem Platz – nur Hilary nicht mehr! Einfach unglaublich, was sie sich nun in Venedig geleistet hatte. Aber James würde es glauben müssen. Selbstverständlich würde er die Sache nicht so tragisch nehmen, wie sie war. James war nur auf der Bühne für Tragödien. Dort gehörten sie hin. Natürlich würden sie Freunde bleiben. James würde ihr aber nie vergeben. Aber er würde das so diskret handhaben, daß Hilary es gar nicht merken würde.

Gut, daß Mr. Ross bei seiner Mutter blieb, wenn Hilary sich bald von

London, verabschieden würde! Er würde sie zu diesem Zweck ins Restaurant einladen. Dort konnte selbst Hilary nicht Dinge äußern, die ihnen beiden wehtun würden. Von jetzt an würde James dafür sorgen, daß er das bekam, was er wollte. Er würde nach jüngeren und einfacheren Frauen Ausschau halten. Frauen ohne goldene Regeln, die sie im Ernstfall doch nicht befolgten. Er mußte nun wirklich aufhören, über Hilary nachzudenken. Chinesen übten sich darin, Verlustgeschäfte zu vergessen. Wenn James das auch tat, war alles in bester Ordnung. Treue war ein ernsthaftes Hindernis. Leider war James treu. Das mußte er sich ebenfalls abgewöhnen. Verdammt, dachte er und faltete Hilarys Brief ordentlich zusammen. Auch das Briefelesen mußte er sich abgewöhnen.

James saß still auf seiner Bank im Park. Die alten Bäume standen hoch und klar gegen den blaßblauen Himmel und rauschten leise. Das Rauschen war Musik: Harmonie und Rhythmus in Grün. Wie konnte Hilary nur den Hyde Park aufgeben?

Zwei Kinderfrauen rollten blaue elegante Kinderwagen an James vorbei. Ja, im Park gab es noch die *Nannies* einer versunkenen Epoche – scharfzüngige, pflichttreue Hüterinnen der Jugend. Auch James war von einem solchen Exemplar behütet und kritisiert worden, bis er nach Eton kam. Später hatte er Nanny Jackson jeden Weihnachten bis zu ihrem Tod besucht. Sie hielt Leckerbissen für ihn bereit, denen er längst entwachsen war und die er mühevoll herunterwürgte. Aber Nanny hatte gestrahlt. Sie wußte eben, was »Master James« schmeckte.

Auch diese Nannies trugen strenge, dunkle Mäntel und Filzhüte aus einem Filmarchiv für viktorianische Kuriositäten. Aber diese Überbleibsel aus einer sorgloseren und finanzkräftigen britischen Vergangenheit, die wie Nanny Jackson für ihre Schützlinge durchs Feuer gingen, wirkten energisch und würdevoll und ignorierten zwei geschminkte Teenager mit wirrem Haar und entsetzlichen Halsketten, die über die Mäntel und Hüte laut und ungeniert lachten. Ein demütiges Hündchen folgte den Nannies und den Kinderwagen eine Zeitlang und machte sich schließlich aus dem Staub. Die Nannies hatten so viel über ihre Familien zu reden, daß sie Hunde so ignorierten wie die bedauernswerten Teenager, denen niemand Manieren beibrachte.

James blickte ihnen nach und lächelte vor sich hin. Vielleicht hätte Hilary als Kind eine Nanny gebraucht. Mrs. Stafford hatte sie zu scharf kritisiert, und Maggie und Jack hatten sie sinnlos verwöhnt. Die liebevolle Strenge hatte gefehlt. Nun war es Jahrzehnte zu spät, und Hilary hatte sich in diese Leidenschaft gestürzt. James war nicht davon überzeugt, daß sie und Alexander Ross so großartig zusammenpaßten, wie Hilary annahm. Wie konnte eine vernünftige, beruflich in hohem Maß fähige Frau in ihren Dreißigern solchen süßen Unsinn auch nur eine Minute glauben? Hilary war eben nicht vernünftig, sobald James nicht auf sie aufpaßte. Einen Augenblick erschien ihm seine Zukunft ohne diese Närrin grau und ereignislos. Er würde noch viele unangenehme Überraschungen und vielleicht einige tröstliche Augenblicke erleben. Immerhin gab es die Freuden der Vernunft, und die wollte James auskosten, wo sie sich boten. Er war nicht für Überraschungen. Wie ansteckende Krankheiten kamen sie selten allein und zogen eine Reihe weiterer Überraschungen – alle schmerzlich oder lächerlich oder beides – hinter sich her. An diesem Nachmittag im Hyde Park ahnte James nicht, was ihm in nächster Zukunft in dieser Hinsicht blühte. Hätte er es gewußt, dann hätte er es nicht geglaubt. Wie konnte er die Überraschung ahnen, die er sich selbst bereiten würde?

Hilary! Er mußte sie tiefer geliebt haben, als er sich zugegeben hatte. Sein Pech! Was war Liebe überhaupt? Leidenschaft, Symphathie, Herrschsucht oder ein entzückender Irrtum, den die ganze Menschheit begeht? James beabsichtigte nicht, sich darüber den Kopf zu zerbrechen. Er brauchte ihn für seine Zukunftspläne. Hilary war nun Vergangenheit geworden. James würde besonders nett zu ihr sein, wie man meistens mit Leuten ist, die sich irgendwo am Rand der eigenen Existenz herumtreiben. Nicht etwa, daß er eine plötzliche Verliebtheit und den ganzen Unsinn nicht verstehen konnte!

In Hongkong hatte er sich dieses Mal in die junge Amber Tung verliebt. Aber deswegen verschleppte er sie nicht nach London, wohin sie außer ihrer Person noch einige Verwandte importiert hätte – Tanten, Vettern und Cousinen, da ihre Großmutter in Macao niemals ihren Spielklub oder ihre Flüchtlinge aus Rotchina verlassen hätte. James lächelte in der Erinnerung an die alte Mrs. Tung, die Ambers Vater wie einen Schuljungen herumkommandierte, aber ihm in allen wichtigen Angelegenheiten gehorchte. In China hatte sich alles geändert, und es änderte sich weiter, aber der starrsinnige, schwatzhafte, opferwillige Familiensinn war nicht auszurotten, welchen Machthabern Chinesen auch gehorchten.

James hatte schöne, heitere Wochen mit Amber Tung verlebt. Natürlich würde sie den jungen Herrn Ho in Hongkong heiraten, der die rechte Hand der Tungs im Kunsthandel war. Amber würde eine Menge Kinder bekommen, die viel wichtiger als James Ormond für sie sein würden. Sie waren und blieben der wahre Reichtum dieses Landes.

Auch James wollte Kinder haben. Und der große Wechsel in seinem Leben sollte mit Heirat zusammenhängen. Er hatte Hilary so vermißt, daß er ihr nach ihrer Rückkehr ein legales Zusammenleben vorschlagen wollte. Er war sich der Ironie der Situation bewußt und mußte sie akzeptieren. Ohne Hilary würde das Wochenende etwas einsam sein, aber daran würde er sich gewöhnen. Nur war Hilary seine Lieblingsgewohnheit gewesen.

Warum wollte sie diesen Mr. Ross auf der Stelle heiraten? Warum die Eile? Was Mrs. Stafford, die ihm seinen Brief gegeben hatte, wohl zu der Bescherung sagte? Er hätte es mit Leichtigkeit herausfinden können, aber es war ihm im Augenblick unmöglich, über Hilary zu sprechen. Zur Hochzeit würde er ihr die Krokodiltasche nach Venedig schicken. Die Tasche hatte ein Innenfach mit Reißverschluß, wo sie ihren Trauschein und den neuen Paß aufbewahren konnte. James lächelte bitter. Die zweite Mrs. Ross würde genau soviel verlegen und verlieren wie Hilary Stafford. Er konnte sich gratulieren, daß er endlich den Ärger über ihre Nachlässigkeit los war.

Gerade als James sich zu diesem glücklichen Umstand beglückwünschen wollte, segelte Lady Penrose mit Tochter auf ihn zu. Der schöne Tag lockte alle möglichen unerwünschten Leute in den Park. Helen war nicht nur eine Klatschbase, sondern auch noch entfernt mit James verwandt. Sie fragte, was er zu der Sensation sage, und James fragte, von welcher Sensation sie spreche.

»Hilary Stafford natürlich! Sie heiratet in Venedig. Warum hast Du mir das nicht erzählt, James? Wir dachten, Du wirst sie heiraten.«

»Man soll nicht denken, Pamela.«

»Er soll ein Millionär sein, hörte ich. Celia sah die beiden jetzt in Venedig und sagte ... egal, was sie sagte. Halte Dich grade, Biff! Du bist achtzehn und nicht achtzig.«

Carol Penrose, die aus unerfindlichen Gründen »Biff« genannt wurde, überhörte die Ermahnung und blickte finster von ihrer Mutter zu James, den sie nicht ausstehen konnte. Außerdem war er ein alter Herr, auch wenn er nicht so aussah. Biffs einzige Leidenschaft galt Kriminalfilmen. Sie zählte gewissenhaft die Leichen; fünf waren das Minimum, wenn Biff den Film zu Ende sehen wollte. Sie sah so schläfrig aus, als ob sie im Hyde Park von einer Wolke von Chloroform umgeben wäre. Aber sie war hinter dieser Maske äußerst lebhaft. Morgen würde sie mit ihrem Freund davonlaufen und endlich leben, wie sie wollte. Ohne Parties, ohne ihre Eltern, ohne Zentralheizung, heißes Wasser und Ratschläge.
»Biff sagt alle Einladungen ab. Es ist nicht auszuhalten mit ihr.«
»Was würdest Du sagen, wenn ich Euch weglaufe, Mama?«
»Dazu bist Du zu schlafmützig, nicht wahr, James?«
»Dazu ist niemand zu schlafmützig.«
James erntete den ersten freundlichen Blick von Biff. Er war gar nicht so blöd, wie er tat!
»In Venedig tat sich etwas dieses Jahr«, sagte Lady Penrose. »Celia hatte kaum Zeit für die Biennale. Weißt Du, woher sie die Affäre Hilary Ross kannte, James?«
»Keine Ahnung.«
Celia kennt Violet Ross aus New York. Die Welt ist ja blödsinnig klein. Violet ist Jahre älter als er, und Celia schloß aus ihren Bemerkungen, daß sie und Ross bald geschiedene Leute sein werden.«
»Celia muß es ja wissen«, sagte James.
»Vergiß nicht meine Party nächsten Dienstag, James! Ich hab ein fabelhaftes Mädchen für Dich.«
»Eine entsetzliche Person«, sagte Biff. »Plattfüße.«
»Halte den Mund, Biff! Denk an Deine eigenen Füße. Natürlich hat Catherine Aubry keine Plattfüße, James! Um Himmels willen! Ich muß weg. Bin zum Tee bei Ursula. Ihr neuer Ehemann wird auch da sein. Das heißt, Bill ist nicht neu. Sie haben sich wieder geheiratet. Zum Lachen, nicht?«
»Ja«, sagte James.
»Verrückt«, sagte Biff. »Mutters Freundinnen sind alle blödsinnig.«
»Man muß nicht übertreiben«, sagte James.
»Du kennst sie nicht, wie ich sie kenne«, sagte Biff düster. »Jaja,

Mama! Ich komm schon. Aber glaub nicht, daß ich zu Ursula mitkomme.«

Diese Jugend, dachte James. Voller Protest! Biff hatte es zu gut. Ob sie deswegen so überkritisch und grob gegen ihre Mutter war? Plötzlich dachte er an seine Sekretärin. Cordelia Trent war auch jung, wenn auch keine achtzehn wie Biff, aber immer gutgelaunt und höflich.

James schlenderte langsam dem Ausgang des Parks zu. Die beiden Nannies trabten wieder an ihm vorbei, und er warf einen Blick auf die Babies. Arme kleine Dinger! Was denen noch bevorstand, sobald sie ihre luxuriösen Kinderwagen verlassen würden! Nach und nach würden die Babies Vernunft annehmen. Das hatte Hilary nie gelernt. Was würde sie in der Ehe mit einem Mann erleben, der seine Frau von einer Woche zur anderen verriet und verließ? Plötzlich fühlte James dasselbe Mitleid mit Hilary, das er für das weinende Schulkind in Brighton empfunden hatte. ›Niemand mag mich hier, Onkel James! Die Mädels in der Schule lachen über mich. Weil ich in Asien war.‹

›Ich mag Dich, Hilary.‹

›Ist das wirklich wahr?‹

›Ja. Es ist wirklich wahr.‹

James betrachtete den heiteren, blaßblauen Himmel. Unter einem solchen Himmel hatte er mit Hilary in einem Farmhaus in Somerset Apfelmost getrunken. Das war Jahrhunderte her. Er hatte in Somerset dasselbe Wohlbehagen verspürt, das der Hyde Park ihm gab. Eine stille, zeitlose Atmosphäre. Dieser Park hatte nie den Ehrgeiz gehabt, mit glühender Farbenpracht und erregenden Düften zu paradieren. Er bot etwas anderes: Angenehmes in Vollendung. Er schaffte den tröstlichen Augenblick, den James in dieser Stunde brauchte. James war zu vernünftig oder zu bescheiden, um mehr als einen Augenblick zu erwarten.

Während James der tüchtigen Miss Trent Geschäftsbriefe diktierte – Miß Trent tippte lust- und fehlerlos –, bereitete Hilary sich auf ihre zweite Ehe in Venedig vor. Ich muß ihr antworten, dachte James. Nicht so schnell, daß es wirkte, als ob er sie umstimmen wolle, aber er durfte nicht so lange warten, daß Hilary ihn für beleidigt oder tief bedrückt hielt. James war selten bedrückt und nie beleidigt. Treue hat ihre Grenzen. James würde eine Woche verstreichen lassen und dann

einen besonders heiteren und maßvoll herzlichen Brief schreiben. Natürlich blieben sie Freunde. Er würde sich hinter dem Wall der Freundschaft verschanzen. Was gefiel James nicht an der Freundschaft mit der zukünftigen Mrs. Ross? Vielleicht mißfiel ihm der Umstand, daß er sich nicht mehr verantwortlich für Hilary fühlen durfte. Das einzige Positive an dieser neuen Freundschaft war der Umstand, daß sie keine Feinde sein würden. James vermied melodramatische Situationen. Vorwürfe waren Zeitverschwendung, und James hatte keine Zeit zu verschwenden. Übrigens hatten sie sich wohl beide Verschiedenes vorzuwerfen. Auch Hilary war geübt in der Kunst des schweigenden Vorwurfs. Ob zuviel Windstille zwischen ihr und ihm geherrscht hatte? Hilary heiratete von Zeit zu Zeit einen Venezianer, da konnte man nichts machen. Und sie hatte in ihrem Brief, den Mrs. Stafford bestimmt gelesen hatte, James gebeten, ihr Freund zu bleiben. *Oh, dear me, yes!*
Cordelia Trent beobachtete den Chef mit großem Interesse. Irgendeine Laus war Sir James über die Leber gelaufen. Er war zu lustig. Da Miss Trent ebenfalls lustig war, wenn sie deprimiert war, wußte sie Bescheid. Es schadete ihm nichts, daß ihm auch einmal etwas schiefging. Aber was? Miß Trent war von Natur neugierig und ein wenig schadenfroh. Ihre Neigung zur Schadenfreude entsprang ihrer Überzeugung, daß alle Leute abwechslungsreicher und glücklicher lebten als sie und Rückschläge brauchten. Miss Trent war jung und unerfahren genug, um andere Leute für Glückspilze zu halten. Übrigens hatte sie nicht die Absicht, ihr Leben an der Schreibmaschine oder im Elternhaus in Golders Green zu verbringen. Die kleine Villa der Trents hatte ein Vorgärtchen, das sie vom Straßenverkehr abtrennte. Aber der Lärm der Finchley Road drang trotzdem zu ihnen. Cordelia haßte Lärm. Trotz ihrer Jugend war sie so ruhebedürftig und konventionell, als ob sie erschöpft zur Welt gekommen wäre. Außerdem war sie mit allen Vorurteilen der Bourgeoisie zur Welt gekommen. Angst vor dem Urteil der Nachbarn, Angst vor Sex und »losen Reden«, Respekt vor Titeln, Bankkonten und »guten Adressen«, und der wohlerzogene Abscheu vor allem Unbekannten: Pakistanis, Negern, Sozialismus, Lärm im Pub, wohin Dad sich beständig verzog; dazu kam der Drang, sich durch Heirat sozial und finanziell zu verbessern. Einige ihrer Freundinnen hatten Prestige-Ehen geschlossen, und Cordelia Trent beneidete sie glühend. Sie war viel hübscher und tüchtiger

als diese Mädchen – warum schaffte sie es nicht? Jeden Abend sah ihre Mutter sie erwartungsvoll an. War Mr. Right endlich aufgetaucht? Mrs. Trent schien ein Büro für einen Heiratsmarkt zu halten; Cordelia war kürzlich fünfundzwanzig geworden. Den guten Posten bei Sir James hatte sie durch den Mann einer Freundin bekommen, die die soziale Leiter heraufgefallen war. Als James zum ersten Mal Cordelia ins Museum und dann ins Restaurant nahm, hatten ihre Eltern Hoffnung geschöpft. Aber ›Delia‹, wie sie genannt wurde, hatte berichtet, Sir James stecke beständig mit einer komischen Ärztin zusammen. Mrs. Trent hatte geseufzt, und Dad war ins Pub geflohen. Heiratsfähige, mürrische Töchter waren zuviel für ihn. Daheim war Cordelia meistens mürrisch. Kein Wunder, wenn sie ständig die Leute um ihr Glück beneidete!

Nun war Neid nicht nur unkleidsam und grub verräterische Linien in ein junges Gesicht, er beeinträchtigte die kleine Portion Lebensfreude, die Cordelia mitbekommen hatte. Dad betrachtete Neid als Sünde. Wenn er nicht im Pub war, ging er in die Kirche. Ohne seine Damen! Mrs. Trent, die auch ihre Ruhe liebte, überhörte Delias spitze Bemerkungen über ihre Freundinnen. Einen *boyfriend* hatte sie nie gehabt. Wie war das möglich? Alle drei Trents konnten sich diese Tatsache nicht erklären. Delia war besonders hübsch. Mr. Trent war zufrieden mit seiner tugendhaften Tochter. Aber Mrs. Trent glaubte, der Weg zur Ehe führe heutzutage am schnellsten über den Freund, der natürlich ein festes Einkommen, einen Wagen und einen anständigen Charakter haben mußte. Wann immer dieses Thema am Eßtisch auftauchte, verzog sich Delia in ihr Zimmer. Eigentlich war sie nie richtig jung gewesen. Sie hatte keine Fotos eines Filmstars aus Fernsehprogrammen ausgeschnitten, ihre Freundinnen, die sich ungeniert mit Jungens vergnügten, verachtete sie heimlich. Aber sie wollte immer wissen, wie weit Jack oder Harry oder wie die Idioten sonst hießen, gegangen waren. Sie wollte es so genau wissen, daß einige dieser liederlichen Mädchen ihr aus dem Weg gingen. Fanden sie diese Neugierde anstößig oder nur lästig? Aus dieser Zeit stammte die Ansicht, Cordelia Trent sei komisch oder lästig oder neidisch. Nur das letzte Attribut entsprach der Wahrheit. Sie waren damals danach alle zwischen sechzehn und achtzehn gewesen. Cordelia hatte und bekam keinen *boyfriend*.

Einige Jahre später waren fast alle Mädchen verheiratet und hatten

Kinder. Oder sie machten wirkliche Karrieren, weil sie begabter als die anderen waren. Schreibmaschine? Sie diktierten selbst. Delia nahm an, hinter jeder Karriere stecke ein Mann, mit dem Lucy oder Antonia schlafen mußte, um das zu erreichen. Sie kam nicht auf den Gedanken, daß Lucy oder Antonia oder Dr. Hilary Stafford aus eigenem Unternehmungsgeist und großem Fleiß Karrieren gemacht hatten und schliefen, mit wem sie wollten. Delia war trotz der siebziger Jahre von der alten Schule. Karrieren bedeuteten den günstigsten Ehemann und Kinder. Delia wünschte sich glühend ein Kind, das ihr gehorchen und gehören würde. Dafür hätte sie jedes sexuelle Opfer gebracht. Aber nicht ohne Heirat! Was hätten die Nachbarn gesagt? Und Dad? Das kam nicht in Frage. Manchmal wünschte sie, sie könnte sich mit ihrem Vater unterhalten. Aber an Wochentagen kam Dad müde aus dem Büro nach Haus, und sonntags arbeitete er im Garten, wusch den Wagen und las die Sonntagszeitungen.
Cordelias Leben war leer, und Sir James war freundlich aber unnahbar. Nicht etwa, daß sie in ihn verliebt war, obgleich er großartig aussah und einem Mädchen viel bieten konnte. Aber er klebte mit dieser Ärztin zusammen, die nun bald aus Venedig zurückkommen würde. Delia konnte es nicht verstehen. Dr. Stafford mußte Mitte Dreißig sein, und sie gab nichts auf ihr Aussehen. Trotzdem war sie zu beneiden. Sie hatte schönes dichtes Haar, ihren Ruf als Ärztin. Delias Stellung bei Sir James konnte jeden Tag gekündigt werden. Gewiß, zuweilen machte er langweilige Kunstfahrten, auf denen Delia glühendes Interesse heucheln mußte.
Cordelia war nicht gern allein, aber sie hatte wenig Verkehr. Keine Schulfreundschaft hatte sich gehalten. Ob die jungen Mütter hinter Cordelias Liebenswürdigkeit den Neid spürten? Eine Freundin hatte gesagt, Cordelia verfolge sie mit mißgünstigen Blicken. Natürlich erfuhr Cordelia es von einer anderen Freundin. Nach diesem Erlebnis war sie noch vorsichtiger geworden. Sie beherrschte ihren Gesichtsausdruck und lobte Ehemänner und Kinder nicht mehr so überschwenglich.
Vorige Woche hatte Sir James Delia wieder in Antiquitätenläden herumgeschleppt. Aber was lag ihr an alten Töpferwaren mit blauer Unterglasur aus Staffordshire? Die Krüge und Schalen erinnerten sie an Dr. Stafford in ihrem alten blauen Kleid.
James diktierte unentwegt, und Miss Trent unterdrückte ein Gähnen.

Es war lange über ihre Zeit, aber sie wagte nicht, ihn zu unterbrechen. Endlich sah er auf die Uhr. »Oh, das tut mir leid, es ist schon ziemlich spät! Aber könnten Sie noch etwas länger bleiben, Miss Trent? Die Briefe nach Hongkong und die Aufstellung sollten morgen früh fort.«
»Natürlich, Sir James.«
»Vielen Dank.«
James betrachtete die bildhübsche Miss Trent mit Wohlgefallen. Wirklich ein nettes Mädchen. Immer gut gelaunt, rührend bescheiden und peinlich ordentlich. Alles war auf dem Platz, wo es hingehörte: Stenogrammblock, Bleistifte, Radiergummi und die kleine Stirnlocke, die es nicht wagte, Miss Trent zu belästigen. Hilary konnte sich an dieser Ordnungsliebe ein Beispiel nehmen. Außerdem war Miss Trent geradezu neurotisch pünktlich, und sie frisierte ihr dünnes Haar so geschickt, daß es voll wirkte. Sie verbrachte gewiß lange Zeit vor dem Spiegel, und James fand das bei Frauen in Ordnung. Tatsächlich war Miss Trent das genaue Gegenteil von Hilary, und das brauchte er im Augenblick. Es war ein Naturgesetz wie Ebbe und Flut. Nicht daß die Ebbe so interessant war wie die Flut, aber sie hat etwas Beruhigendes, sogar Tröstliches. Zum ersten Mal im Leben entdeckte James die Vorzüge der Ebbe.
Miss Trent trug ihr übliches dunkelblaues Jackenkleid und eine strahlend weiße Bluse, die nach der Wäsche von selbst trocknete. Genau, was man im Beruf brauchte, wenn man einen strahlenden Eindruck machen wollte. James fand das blaue Kostüm etwas eintönig (Geldmangel oder Mangel an Fantasie?), er fragte sich aber gleich, was ihn Miss Trents Kostüm anging. Sie würde gut in Mandelgrün aussehen. Aber James erinnerte sich im letzten Augenblick, daß Hilary mit Vorliebe grün trug, und das wollte er vergessen. Also mußte er sich mit Miss Trent in Blau zufrieden geben. Da James sich nicht mit Beziehungen von Persönlichkeit und Farbenwahl befaßte, wußte er nicht, daß eine Vorliebe für Blau ein verborgenes Bedürfnis nach Sicherheit und einer störungsfreien Existenz andeutet. Und tatsächlich war es Miss Trents geheimes Ziel, einen Ehemann zu finden, der ihr zeitlebens Ruhe und finanzielle Sicherheit verschaffen konnte. Also keine plötzlichen Reisen, keine Seitensprünge, keine finanziellen Krisen und vor allem keine unvorhergesehene, männliche Leidenschaft. Manchmal dachte sie halb im Spaß, daß James ideal wäre. Ein kalter

Fisch, erfreuliche Finanzen und immer freundlich. Aber was hätte sie diesem Mann zu bieten? Außer ihrer Jugend nur berufliche Tüchtigkeit und gelegentliche Gesellschaft beim Essen. Wie viele Junggesellen, aß James nicht gerne jeden Abend allein. Wenn sie nur gewußt hätte, was sie mit ihm reden sollte! Er war furchtbar *highbrow.*

Manchmal sah Cordelia sich Schlafzimmer durchs Schaufenster an. Alle diese Zimmer hatten Doppelbetten. Eine verrückte Erfindung, aber man mußte sie wohl in Kauf nehmen. Falls sie, Delia, den passenden Mann angeln könnte, würde sie getrennte Schlafzimmer vorschlagen. Er konnte nicht mehr wie › nein‹ sagen.

James diktierte und dachte weiter an Hilary. In den letzten zehn Jahren hatte er nicht soviel an sie gedacht wie jetzt. Sah man erst ein, was einem jemand bedeutete, wenn man ihn verloren hatte? Vielleicht traf Hilarys Verlust ihn so schwer, weil er von Natur ein Gewinner war. Er warf einen verstohlenen Blick auf Miss Trent, die angenehm unkompliziert und diensteifrig war. Er würde sie bald wieder wie eine Robbe mit Fischen füttern. Ihr Eifer und ihr starker, leicht geöffneter Mund erinnerten ihn oft an eine glatte, reizende junge Robbe. Sie glänzte auch so appetitlich. Das war's. Miss Trent war gepflegt appetitlich. Hilary dagegen... ›Verdammt‹ dachte James, ich kann sie weder beschreiben, noch kann man ihr ein Etikett aufkleben. Heut war sie dies, morgen das, und augenblicklich war sie die zukünftige Mrs. Ross. Es würde schon schiefgehen. Da konnte Hilary noch so warm und entzückend lächeln.

Was James nicht besonders an Miss Trent gefiel, war ihr gekünsteltes Lächeln. Wenn sie nicht so unkompliziert gewesen wäre, hätte er sich gefragt, was hinter diesem Lächeln steckte. Schüchternheit oder Unsicherheit? Jeden Morgen besiegte sie diese Unsicherheit mit großer Energie, was James gefiel. Aber das Lächeln würde er ihr allmählich abgewöhnen müssen. Das würde schwieriger sein, als er dachte, denn Miss Trent lächelte nur, um nicht zu schreien.

James war unzufrieden mit sich, was ihm selten passierte. Wo, wann und wie hatte er bei Hilary versagt? Jahrelang war sie glücklich und zufrieden mit ihm gewesen. Glücklich? Hilary glücklich zu machen, war nicht ganz einfach. Sie war verdammt unabhängig. Aber sie hatten beide gefunden, daß jede Abhängigkeit die Achtung vorm anderen beeinträchtigte. Wenigstens war James dieser Ansicht, und Hilary hatte ihm zugestimmt. Auch hatte James wiederholt behauptet, daß die Liebe einem nicht in den Schoß falle. An einer erfolgreichen Beziehung mußte man arbeiten. Hilary hatte erwidert, es gäbe keine erfolgreiche Liebe. Nur Liebe.

James diktierte die letzten Notizen und blickte wieder auf die Uhr. Die Uhr war das letzte Weihnachtsgeschenk von Hilary. Sie hatte viel zuviel dafür ausgegeben, wie immer.

»Es tut mir leid, daß es so spät geworden ist, Miss Trent.«

»Ich mache mich gern nützlich, Sir James.«

Miss Trent legte die Papierklammern in die vorgesehene Schale, staubte ihren spiegelnden kleinen Tisch ab und setzte ihren Glasfrosch, der tagsüber in der Schublade geschlafen hatte, auf die Tischplatte. Der Frosch hieß Arthur und begleitete sie überall hin. Er bot ihr keine Überraschungen, blieb immer derselbe und erfreute sich aus diesem Grund ihrer Wertschätzung. James fand Gefallen daran, wie ordentlich Miss Trent ihren Arbeitstag beendete. Bestimmt lag ihr Hausschlüssel griffbereit in ihrer billigen Plastiktasche, neben ihren tadellosen Lederhandschuhen.

»Was machen Sie heute abend, Miss Trent?«

»Ich will Strümpfe waschen.«

Trübselig, dachte James. Miss Trent war wütend, daß sie nicht gesagt hatte, sie gehe mit ihrem *boyfriend* aus. Wozu hatte sie ihn erfunden? Er hieß auch Arthur und war reich, fröhlich und ganz verrückt nach Ehe. Wann immer befreundete Ehepaare Cordelia allein im Theater oder Kino entdeckten, sagte sie, ihr Freund sei heute abend verhindert. Wer konnte das nachprüfen? Natürlich würden sie heiraten, aber im Augenblick sei ihr ihre Freiheit noch lieber. Warum hatte sie James von ihren Strümpfen erzählt? Vielleicht hatte sie Arthur verschwiegen, weil er sich vor dem scharfen Blick des Chefs in die Luft aufgelöst hätte, die er war.

»Wollen Sie heute abend mit mir essen, Miss Trent?«

»Aber ich bin nicht angezogen, Sir James.«

Er hatte sie noch nie abends eingeladen, nur zu flüchtigen kleinen Mahlzeiten in Restaurants, wo man aß und wieder ging. Übrigens hatte Miss Trent für seinen Geschmack viel zuviel an. James sagte, er werde sie um acht Uhr abholen. In dieser Zeit könne sie sich mehrere Male umziehen.

»Oh nein, Sir James! Ich zieh mein rosa Kleid an. Es ist ganz neu, für besondere Gelegenheiten.«
Ihre etwas schläfrigen Augen begannen zu glänzen. Wie jung sie ist, dachte James. Er war beinahe gerührt über soviel naiven Eifer. Wenn sie angeregt war, sah sie tatsächlich sehr reizend aus. Großartige Figur. Guter Teint.
»Also rosa«, sagte er väterlich. »Und bitte kein Make-up, Miss Trent! Das haben Sie bei Ihrer Jugend nicht nötig.«
»Sind Sie so für Natur, Sir James?«
»Es kommt auf die Natur an, Miss Trent.«
James plante in seiner diskreten Art etwas mit Miss Trent, was Albert Petersen in Hamburg ein kleines Trallala nannte.
James verbrachte die meisten Abende allein in seinem neuen Heim in Chelsea. Dieses Haus war nicht die einzige Veränderung in seinem Leben. Er würde zwar weiter die Industrie beraten, aber sich die Klienten aussuchen und den Rest seinen beiden Partnern überlassen. Das würde ihm Zeit lassen, sich um das bekannte Antiquitätengeschäft in der Bond Street zu kümmern, in dem er neuerdings Partner geworden war. In seinen Vierzigern sollte man tun, was man wollte, denn die Zeit verging schneller, heimtückischer. Seine Partner in Bond Street schätzten seine Kennerschaft und seinen Spürsinn auf Auktionen und betrachteten James als einen Glücksfall.

James studierte ein altes chinesisches Rollbild. Der Ferne Osten hatte ihn gelehrt, die Bilder an der Wand je nach Stimmung und Jahreszeit zu wechseln. Jetzt brauchte er Wang Wai, den großen Maler-Dichter der T'ang Periode. Die Behauptung, daß jedes Bild ein Gedicht und jedes Gedicht ein Bild enthalte, stammte von Wang Wai.
James betrachtete sein Lieblingsbild: »Boote, die ins Leere gleiten«. Ein Meister der Sung-Periode hatte diese Komposition in verschiedenen Tönungen, von Tiefschwarz bis zu ätherischem Silbergrau, geschaffen. Eine klassische chinesische Landschaft, die ein ungeschriebenes Gedicht enthielt. Diese Landschaft, reine Natur, war zu Kunst gesteigert und wunderbar belebt. Welche Schattierungen brachte chinesische Tinte auf Seide und Papier hervor! Es kam natürlich auf das Können des Malers an. James hatte die Technik der Tuchmalerei einmal selbst in Hongkong probiert. Nach diesem Versuch sah er sich wieder die Malerei der Sung-Periode an. Er wußte nicht, daß der Pin-

sel senkrecht gehalten werden muß und das Handgelenk nicht die Seide oder das Papier berühren darf, wodurch die Sung-Künstler jene eigenartigen schwebenden Wirkungen erreichten.
Berge, Flüsse, Felsen, Vögel – eingehüllt in zarte Nebelschwaden, die geheimnisvolle, still dahingleitende Welt des *Tao* und *Zen*. Die Boote glitten dahin. Die Leere wartete. Die Boote waren mit Wünschen und Plänen beladen, die ebenfalls ins Leere glitten. Der Sung-Maler deutete auf seine Weise an, daß diesen Booten weitere, noch unsichtbare Boote folgten, eingehüllt in die Nebelschleier der Zeiten. Die bewegten Wasser und fliehenden Wolken verliehen dieser Illusion erhöhte Wirklichkeit. Wasser des Lebens?
Durch Jahrhunderte und Weltmeere getrennt, begriff James in seinem leeren Haus in Chelsea die tröstliche Botschaft.
Und Hilary? Gab es Gondeln, die ins Leere glitten?

III

Flucht von der Lagune

1

Mr. Ross versus Signor Rossi

Warum ich dich um etwas bitte, mein Freund?
Ich übe mich im Ertragen von Enttäuschungen.

Diogenes

VIOLET ROSS in New York an ALEXANDER ROSS in Venedig

Lieber Alex,
leider kann ich Deine beiden Briefe erst heute beantworten, aber mir fehlte einfach die Zeit. Ich suche eine Wohnung und arbeite außerdem bei Susan in der Boutique. Sie fand ja immer, daß ich etwas von Mode verstehe. Und, offengestanden, diesem Laden fehlt jemand mit sicherem Geschmack, vor allem, was Farbzusammenstellungen anbetrifft. Leider wird Susan die Sache bald aufgeben müssen, denn das Grundstück, das Du ja kennst, steht mit der Boutique zum Verkauf, und falls der kleine Laden weitergeführt wird, kommen eben andere Leute, die ihre Mitarbeiter mitbringen. Das ist immer so. Ich will mich also weiter nach etwas Passendem umsehen, als Einkäuferin und Beraterin, aber natürlich kann ich in meinem Alter keine Anweisungen von Mädchen entgegennehmen, die meine Töchter sein könnten und denen jahrelange Erfahrung in Mode-Angelegenheiten fehlt. Ich berate Susan ja seit Jahren und tippe meistens richtig und kenne den Betrieb. Aber nun muß ich es für Geld versuchen, und das wird nicht einfach sein. Übrigens muß Susan sich um ihre Söhne kümmern, sie war in letzter Zeit nur halb bei der Sache. Praktisch bin ich der Manager, und die Kunden und ich sind zufrieden.
Ich habe einige Ideen für eine wirklich erfolgreiche Boutique, wo die Leute zwangloser und preiswerter all das kaufen können, was sie in den großen, eleganten Geschäften nicht immer bekommen können. Aber ich will Dich nicht damit langweilen. Du wirst genug eigene Sorgen und Probleme haben.
Erinnerst Du Dich noch an Philip Benson? Ich war seine Privatsekretärin, bevor ich Deine wurde. Auf diese Weise entging er einer Heirat mit mir und heiratete Lorna Mitchell, die in jeder Weise besser zu

ihm paßte. Vor allem, was Familie anbelangt. Lorna starb, kurz nachdem wir nach Venedig flogen, und ich traf Philip neulich nach vielen Jahren bei Susan wieder. Wir hatten ja längst den Kontakt verloren, weil Du die Bensons für Snobs hältst. Das ist nicht gerecht, Alex! Phil und Lorna kletterten keineswegs die soziale Leiter herauf, denn sie hatten immer »oben« gelebt. Das war nicht ihre Schuld. Und Philip wollte mich gegen den Willen seiner Familie heiraten, denen ich nicht fein genug war. Es fällt mir gerade ein, weil ich jetzt öfters mit Philip abends esse. Wir hocken beide nicht gern in leeren Wohnungen herum und stellen Verlustlisten auf. Du warst immer ungerecht gegen meine Freunde, Alex! Die meisten hab ich dadurch verloren. Du wolltest auch nicht, daß ich Susan, meine beste Freundin, die nie ein Snob war, zu oft sah. Und Du bist weggegangen, wenn sie kam, weil sie Kopfschuppen hatte. Dafür konnte sie nichts, es hatte mit ihren Drüsen zu tun. Aber als sie längst davon geheilt war, bist Du weiter mit irgendeinem Mädchen ausgegangen, wenn Susan uns besuchte. Sie beklagte sich nie darüber. Dazu war sie zu gut erzogen. Sie ist wundervoll zu mir, sie war immer treu. Und Du kannst sagen, was Du willst, Alex, Treue ist nicht »Mangel an Fantasie«. Aber auch damit will ich Dich nicht länger langweilen.
Bitte laß mich möglichst bald wissen, ob Du mit Deiner Frau in unserer alten Wohnung wohnen willst. Für mich allein wäre sie zu groß und viel zu teuer. Philip Benson könnte mir, natürlich nur mit Deiner Einwilligung, vielleicht helfen. Es handelt sich um einen Wohnungstausch. Er hat zufällig Klienten, die eine größere Wohnung suchen und eventuell auch einige der riesigen Möbel kaufen würden. Er sagte es mir gestern abend beim Essen. Leider nehme ich in letzter Zeit zuviel ab. Ich kann einfach nichts 'runterbringen, und Dr. Douglas hat mir eine Mastkur vorgeschlagen. Aber das kommt nicht in Frage. Wer kümmert sich um dicke, verlassene Damen? Allmählich werde ich mich schon erholen. Ich bin ja ziemlich zäh. Aber diese Grippe in Venedig hatte es in sich. Neulich las ich hier, daß dort wieder eine Überschwemmung droht. Mach nur, daß Du nach New York zurückkommst, Alex! Vor Jahren brach in Venedig der Damm zusammen; ich glaub es ist bald zehn Jahre her, und Deine Mutter erzählte mir, daß ein Steg über den Markusplatz lief und die Leute darauf herumbalancierten. (Wie Deine Mutter das bei ihrer Körperfülle machte, bleibt mir ein Rätsel). Übrigens: bitte entschuldige mich bei Signora

Rossi, daß ich mich nur brieflich von ihr verabschiedet habe. Aber ich war nicht in der Verfassung, ihre Ansichten über unsere Ehe, die ja schon nicht mehr existierte, anzuhören.
Mein Anwalt ist komisch. Er redet mir wie einem lahmen Gaul zu einer Versöhnung zwischen uns zu. Also praktisch zur Zurückziehung des Scheidungsantrages. Er ignorierte die Tatsache, daß Du wieder heiraten willst, aber ich sagte, Du habest Dich fest dazu entschlossen. Paul kennt Dich ja eine Ewigkeit und meint, Deine Entschlüsse könnten sich schnell wieder ändern. Aber dieses Mal bin ich fest entschlossen. Das ist der Unterschied. Paul denkt wahrscheinlich daran, daß wir in absehbarer Zeit silberne Hochzeit gefeiert hätten. Er ist ziemlich sentimental. Aber Silberhochzeit kommt so wenig in Frage wie eine Mastkur. Im übrigen haben wir uns nicht gestritten, und von einer Versöhnung kann daher nicht die Rede sein. Ich bin nicht böse mit Dir, Alexander! Ich war es in Venedig, aber seitdem rechne ich wieder mit Tatsachen. Wie immer. Ich weiß, Du kannst das nicht leiden! Ich habe auch keine »Haßgefühle«, wie Du meinst, gegen Hilary Stafford. Du hast ihr die Heirat vorgeschlagen, und warum sollte sie auf mich Rücksicht nehmen? Das ist doch albern, Alex! Die Frauen fliegen eben auf Dich, und das habe ich mir lange genug mit angesehen. Was ich nicht erwartet hätte: die plötzliche Kälte und Abneigung, die Du mir in Venedig gezeigt hast. Ich habe nie jemanden erlebt, auf den seine Vaterstadt so erschreckend wirkte. Ja, Alex! Es war erschreckend! Aber lange könnte ich Dir nicht böse sein. Dazu kenne ich Dich zu genau, mein armer Alex! Geschäftlich bist Du so unheimlich tüchtig und scharfsinnig, und Dein Privatleben wird leicht chaotisch, wenn Du nicht aufpaßt. Vielleicht wäre es gut, Deine zweite Frau doch etwas auf den Wechsel Deiner Stimmungen vorzubereiten? Ich vermute, Ihr werdet in Venedig heiraten?
Ob Du es glaubst oder nicht, ich bin manchmal ganz gern allein. Entweder kommt das vom nahenden Alter, von der Arbeit in der Boutique oder von allgemeiner Abspannung, gegen die Vitaminpillen nicht helfen. Die Arbeit macht mir aber großen Spaß und das Geldverdienen auch. Das ist ein günstiger Umstand, weil ich nichts von Dir haben will, Alex! Jahrelang hast Du mich großzügig beschenkt und finanziell versorgt, und ich habe gespart, wie die Byrons in Middlesex es taten. Nun gehst Du neue Verpflichtungen ein, und Du hast keine Verpflichtungen gegen mich – weder moralisch noch finanziell.

Wenn ich vernünftig wirtschafte – das kann ich ja – und noch etwas dazu verdiene, kann ich ganz bequem auskommen. Ich habe nicht immer im Luxus gelebt und kann mich in jede Lage finden. Das weißt Du auch.

Wir haben viele gute Jahre miteinander gehabt. Du hast zwar immer erwartet, daß ich Deine Badewanne reinige und das Geschirr aufwasche und alles hinter Dir herräume, aber Du warst sehr gut und geduldig mit mir, und dafür danke ich Dir. Ich bin wohl nicht ganz einfach, und manchmal hab ich Dich als dummen Jungen behandelt, besonders in den ersten Jahren, als New York noch schwankender Boden für Dich war. Aber Du warst soviel jünger, und ich kannte das Leben in New York wirklich soviel besser. Manchmal hatte ich wohl Muttergefühle Dir gegenüber. Jetzt willst Du eine Spielgefährtin, außerdem hast Du Deine Mutter in Venedig wieder entdeckt. Ich hab Dich zu lange von ihr ferngehalten, jedenfalls kommt es mir jetzt so vor, wenn ich in Ruhe über alles nachdenke. Mit der Zeit wird man eben vernünftig, weil einem einfach nichts anderes übrigbleibt.

Lieber Alex! Trotz aller Vernunft fällt es mir nicht leicht, Dir Glück zu Deiner künftigen Ehe zu wünschen. Und ich hoffe, Du wirst verstehen, wenn ich Deine Frau nicht in New York sehen will. Man soll nicht übertreiben, nicht wahr? Aber ich hoffe aufrichtig, daß Du dieses Mal die richtige Wahl getroffen hast und glücklicher sein wirst, als ich Dich machen konnte. Nicht etwa, daß ich es nicht versuchte. Aber das Glück kümmert sich offenbar nicht um unsere Versuche. Du warfst mir manchmal vor, daß ich mit meiner schrecklichen Energie Dinge erzwingen wollte und daß so was nicht gutgehen kann. Du hattest recht. Auch wenn ich es einen Posttag zu spät einsehe.

Leb wohl! Alles Gute.
Violet

Telegramm von Alexander Ross in Venedig
an Violet Ross in New York

Verbiete Wohnungstausch. Habe Benson verständigt. Er ist ein Idiot. Bin nächste Woche in New York. Habe Grundstück mit Boutique durch Dexter, King & Hollerman gekauft. Glänzende Kapitalanlage. Boutique auf Deinen Namen. Bertie King macht das für uns. Wird

Dich anrufen wegen Daten und Unterzeichnung. Paß auf Dich auf. Du mußt essen. Sehr besorgt.

Alexander

Im November wird Venedig leer und grau. Die meisten Touristen, große, finanzkräftige Zugvögel, sind heimwärts geflogen. Von der Adria weht ein kalter Wind, und die Lieder in den Gondeln sind verstummt. Es gibt Lautsprecher-Musik hinter geschlossenen Fenstern. Die Venezianer leben unauffällig in Palästen und Hütten und vermissen die Touristen nicht. Warum sollten sie auch? Die Wasser steigen, und die Stimmung der letzten Besucher sinkt. Sie warten, wie alle Leute, auf die Abwicklung laufender Geschäfte, auf die Lösung von Problemen, auf die Abreise. Die wenigen Japaner, die noch in Venedig sind, warten geduldig, weil das ihre Art ist. Vielmehr warten sie mit verbissener, aber unendlicher Geduld auf Dinge, die nicht kommen. So wartet Herr Shinoda auf eine demütige und wortreiche Entschuldigung von seiner Desdemona aus Hamburg. Sie hat sich neuer Vergehen gegen die Gesetze der japanischen Höflichkeit schuldig gemacht. Herr Shinoda kann aber sehr lange auf diese Entschuldigung warten, und das tut er. Charlotte Petersen ist weder demütig noch gesprächig, und sie ahnt nichts von ihren Verbrechen. Dazu müßte sie Japanerin sein. Wie Osome-san. Diese junge Dame wartet auf Reisegeld von ihrem Vater aus Tokyo, da Herr Shinoda das Problem ignoriert. Ferner wartet Osome mit ihrem üblichen Eigensinn auf ein Lebenszeichen ihres verschollenen Gönners Yanaga, weil sie hofft, daß er sich als Ehemann langweilt und sein Nachtleben wieder aufnehmen wird. Aber Herr Yanaga läßt nichts von sich hören. Osome wartet auch auf Nachricht und einen Scheck von Herrn Ono, der Venedig ohne Abschied verließ. Warum er Osome einen Scheck schicken sollte, wo er jetzt jede Nacht daheim verbringt und seine Frau schikaniert, ist allerdings schwer zu begreifen. Trotzdem wartet Osome auf eine Anzahlung, den Gegenwert will sie in Tokyo abarbeiten. In diesem Sinn hat sie Herrn Ono geschrieben. Streng vertraulich und empörend privat. Glücklicherweise schläft Frau Ono morgens, anstatt Herrn Ono bei Tee und Reis Gesellschaft zu leisten, er überprüft die Morgenpost persönlich. Im grauen, regnerischen Venedig ahnt Osome nicht, daß Herr Ono ihren Brief ungelesen zerrissen hat. Außerdem wartet sie auf die Abreise von Charlotte Petersen oder auf deren Tod durch Vergiftung, damit Herr Shinoda bei ihr Trost suchen kann. Es wäre die beste Lösung. Auch Herr Tiedemann aus Bremen will noch eine weitere Woche in Venedig bleiben, da er hofft, daß Charlotte sich besinnen wird. Worauf seine ehemalige Gattin sich besinnen soll, weiß nur Herr Tiedemann. Er lauert Charlotte täglich auf der Piazza auf und forscht in ihrem blassen, leblosen, schönen Gesicht nach einem Zeichen der Besinnung. Ist es nicht skandalös, daß sie diesen obskuren, unheimlichen Japaner einem angesehenen, gutartigen Bremer vorzieht? So sieht Herr Tiedemann sich, und so hat er sich immer gesehen. In Wahrheit ist Shinoda Taro weitaus berühmter und gutartiger. Herr Tiedemann ist viel unheimlicher und außerdem durstiger. Herr Shinoda achtet streng auf seine Bühnenerscheinung, und Herr Tiedemann achtet auf nichts, wenn das Getränk ihm zusagt.

Charlotte Petersen hat Hilarys Palazzo längst verlassen. Sie wohnt augenblicklich in der leeren Pension am Rialto, um in der Nähe von Herrn Shinoda zu sein. Herr Tiedemann wohnt selbstverständlich weiter in seinem teuren Hotel, wo er auf eine Überschwemmung wartet, die seinen Rivalen in der Adria ertränken könnte. Vielleicht hat er Glück, denn Überschwemmungen in Venedig sind lebensgefährlich.

Hilary Stafford wartet auf Alexanders immer wieder hinausgeschobene Scheidung. Ferner wartet sie auf einen Interessenten aus Mestre, der durch Vermittlung des Anwaltes Moretto ihren Palazzo tatsächlich kaufen will. Mr. Ross und Signor Rossi haben sich nicht zum Kauf entschließen können. Ross wartet auf seine Geschäftsreise nach New York in der nächsten Woche. Er wohnt jetzt bei seiner Mutter und gibt ihr keine Erklärungen über seine eheliche Lage. Das wäre auch schwierig, da Signora Rossi ihn ohnedies nicht ausreden läßt und außerdem alles mißbilligt, was er ohne ihr Wissen unternimmt. Was sie zu einer Scheidung und nachfolgender Heirat mit Hilary Stafford sagen würde, möchte er nicht hören. Es ist alles sehr schwierig. Hat er sich zuviel vorgenommen? Signor Rossi betet Hilary zwar weiterhin unverdrossen an, und Mr. Ross sieht verdrossen zu. Worauf hat er sich eingelassen, und wie soll er sich da herauswinden? Mr. Ross will allein nach New York zurückfliegen – zu dem neuen Grundstück, zu Violets Boutique und zu Bertie King, seinem Freund und

Anwalt. In der nächsten Woche. Das ist eine Tatsache. Im Augenblick genießt Signor Rossi ein üppiges Mahl bei seiner grenzenlos verehrten Mutter. Wie immer wartet Signora Rossi auf Lobsprüche und Orgien der Sohnesliebe, auf Dankbarkeit von der Wiege bis zum Grab.

»Schmeckt Dir das Essen nicht?«

»Es schmeckt großartig, danke sehr.«

»Warum ißt Du dann nicht, Alessandro?«

»Ich habe keinen Hunger.«

»Bist Du krank, mein Sohn?«

»Nein«, sagte Mr. Ross nicht allzu freundlich.

»Was hörst Du von Deiner Frau?«

»Es tut ihr leid, daß sie Dir keinen Abschiedsbesuch machen konnte.«

»Ha!«

»Violet war sehr krank in Venedig. Das Klima bekam ihr nicht.«

»Es ist das beste Klima der Welt. Wann kommt Deine Frau zurück?«

»Vielleicht im Sommer. Jetzt hat sie in New York zu tun.«

»Was hat diese Faulenzerin zu tun? Es ist nicht gut, seinen Mann so lange allein zu lassen.«

»Ich fliege nächste Woche nach New York.«

»Was?« Signora Rossi starrte ihn an. Sie saß schwer und drohend auf dem kleinen Küchenstuhl, ihre Füße in den schwarzen Schuhen waren zwei unbewegliche Klötze. »Das sagst Du mir erst jetzt, Du elender Lümmel?«

»Ich habe mich erst jetzt dazu entschlossen«, sagte Mr. Ross kalt. »Und ich würde es begrüßen, wenn Du mich nicht beschimpfen würdest. Meine Anwesenheit in New York ist dringend erforderlich. Es handelt sich um ein neues Grundstück. Was verstehst Du von Geschäften?«

»Wie lange bleibst Du fort, Alessandro?«

»Das kann ich Dir beim besten Willen jetzt nicht sagen.« Signora Rossi fragte nicht weiter. Sie konnte Mr. Ross nichts fragen, aber in ihrem Sohn las sie wie in einem Buch. Er würde nicht wiederkommen oder sehr lange fortbleiben. Mr. Ross erhob sich und teilte seiner Mutter mit, er sei mit Hilary Stafford zu einem Glas Wein verabredet. Übrigens kaufe er ihren Palazzo nicht, da sie, seine Mutter, nicht

dort wohnen wolle. Daß er Hilary Stafford heiraten wollte, behielt er für sich. Wie weise war er gewesen, seiner Mutter zu verschweigen, daß Violet die Scheidung beantragt hatte!
Aber er brauchte seiner Mutter das alles nicht zu sagen. Sie fühlte mit großer Sicherheit, daß er vor ihr und Venedig die Flucht ergriff. Sie sagte mürrisch: »Hoffentlich dauert es nicht wieder Jahrzehnte, bis Du nach Venedig kommst. Ich werde dann nicht mehr da sein.«

Hilary hatte ihren Wein nicht angerührt. Aber Ross war durstig und stürzte ein Glas nach dem anderen herunter. Er mußte mit ihr reden, und seine Kehle war ebenso ausgedörrt wie sein Geist.
»Was hörst Du aus New York, Alexander?«
»Mein Sozius schrieb einen langen, langweiligen Brief. Das beste wäre, ich fliege hinüber.«
»Ich meine, was Du über die Scheidungsangelegenheit hörst.«
»Die Anwälte malen so langsam wie Gottes Mühlen. Oder noch langsamer.«
»Geht in den USA das alles nicht mit Windeseile vor sich?«
»Wer hat Dir dieses Märchen erzählt?«
»Du.«.
»Tatsächlich?«
Mr. Ross schwieg und sah sie nicht an.
»Willst Du mich überhaupt heiraten, Alexander?«
Am liebsten wäre er aufgesprungen und hätte Hilary in die Arme geschlossen, aber Violet, die ihn in Venedig nie dabei gestört hatte, war jetzt eine unsichtbare Anklägerin. Ross hielt unsichtbare Ankläger für Unsinn, aber Rossi dachte in letzter Zeit oft darüber nach. Hatte Mr. Ross eine Dummheit begangen? Hatte er die Schwierigkeiten dieser neuen Bindung unterschätzt? Bei Schwierigkeiten verflog meistens die Leidenschaft und sogar die Liebe. Nein, dachte Rossi, ich bete Hilary an. Sie ist alles, was ich mir von einer Frau gewünscht habe. Warum sagte er es nicht? War seine neue Liebe bereits der Vernunft zum Opfer gefallen? Auch das stimmte nicht. Er liebte und begehrte Hilary weiter.
»Ist Dir nicht gut, Alexander? Willst Du eine Tablette?«
»Bleib mir mit Deinen Tabletten vom Leib«, schrie Signor Rossi. Hilary starrte ihn sprachlos an, und Mr. Ross entschuldigte sich heiser.

»Du bist erkältet«, sagte Hilary trocken.
»Ich muß mit Dir reden, Hilary! Ich will ganz offen sein.«
»Das wäre eine nette Abwechslung.«
Hilary erschrak. Hatte sie wirklich so scharf und sarkastisch mit ihm gesprochen? War sie das oder eine unsympathische, bittere, nicht mehr ganz junge Frau? Violet Ross verkehrte in diesem Ton mit ihrem Mann. Hilary hatte nie so gesprochen; etwas in ihr mußte sich Luft gemacht haben. Etwas, was sie schon einige Wochen in Unruhe und Zweifel versetzt hatte. Niemand gibt eine bezaubernde Illusion kampflos auf. Auch Hilary hatte ihre Zweifel an Alexanders Versprechungen und der Stabilität seiner Gefühle immer wieder verdrängt. Er war ihren Fragen nach der gemeinsamen Zukunft mit gequälter Miene ausgewichen. Er erwähnte Violet Ross überhaupt nicht mehr – ein Zeichen für einen Sinneswechsel, der allmählich vom Unterbewußtsein an die Oberfläche dringt. Und er war dieser Tage fast so reizbar und ruhelos wie Antonio Cesano nach Abschluß der Flitterwochen. Das fing gut an!
Hilary besaß beträchtliche Geduld und ein ruhiges, auf erfolgreicher beruflicher Leistung beruhendes Selbstbewußtsein. Aber jetzt wurde sie ungeduldig und fühlte sich irgendwie zurückgestoßen. Doch ihre in langen Arbeitsjahren gewonnene Menschenkenntnis ließ sie selbst jetzt nicht im Stich. Sie verstand es, in Gesichtern zu lesen, und sie konnte hinter Alexanders Beteuerungen einen stummen, konfliktreichen Protest hören und sah in seinem Blick ein Zögern und Zaudern, das sie seit einigen Tagen mit bösen Vorahnungen erfüllte. Aber bis zu dieser Stunde hatte sie weiter um das Fortleben ihrer Illusion gekämpft, wie sie am Krankenbett um das Weiterleben eines Patienten kämpfte. Aber die Symptome des Niedergangs waren in beiden Fällen nicht mehr zu übersehen. Bei Antonio Cesano hatte sie die Vorbereitungen zum Rückzug nicht erkannt, weil sie zu jung und unerfahren gewesen war.
Sie betrachtete eine Lithographie des Venezianers Ludovico de Luigi, weil sie Ross nicht ansehen wollte oder konnte. In glasklarem Wasser spiegelten sich Visionen des Untergangs – ein Inferno der modernen Industrie.
»Was wolltest Du mir sagen, Alexander?«
Er sah sie flehend an, aber sie beachtete es nicht. Er wußte, er konnte nicht mehr ausweichen. Er mußte ihr sagen, daß er sich nun doch ent-

schlossen hatte, allein nach New York zurückzukehren. Natürlich wußte er nicht, ob Violet ihn annehmen und aufnehmen würde. Er würde in jedem Fall im Hotel wohnen, denn er fühlte, daß seine Wohnung ihm im Augenblick verschlossen war. Aber das wollte er Hilary nicht sagen. Was ging es sie an? Nur die Zeit würde ihm recht oder unrecht geben. Auch das ging Hilary nichts mehr an. Er suchte vergeblich nach Worten, die Hilary nicht verletzen würden.

Als er Violet erwähnen mußte, sagte er: »Meine Frau«, und stockte mitten im Satz. Sie war Jahrzehnte seine Frau gewesen, und die gemeinsamen Erinnerungen konnte er nicht ausradieren. Mit Hilary verband ihn nur die bezaubernde Gegenwart. Er hoffte immer noch, Hilary würde seine Liebe zu ihr in seinem Blick sehen, der brennend und melancholisch auf ihr ruhte; aber sie sah ihn nicht an. Sie blickte zu Boden, der sich unversehens vor ihr aufgetan hatte. Sie saß still und merkwürdig steif in Antonio Cesanos großem Brokatsessel mit der hohen geschnitzten Rückenlehne, den niemand zu seinen Lebzeiten benutzt hatte, und hörte höflich zu, was Ross ihr zu sagen hatte. Dachte sie, er spiele plötzlich in einem altmodischen Melodrama, während er doch zum ersten Mal einfach und offen mit ihr war? Das war das Ironische an seinem Monolog. Sein Gesicht war verzerrt. Er atmete mühsam. Er brauchte einen Whisky, aber darum konnte er in diesem Augenblick nicht bitten. Also sprach er weiter.

Hilary dachte zweimal: Das ist doch nicht wahr. Das gibt es nicht. Aber es war wahr, und das gab es jeden Tag. Es gab jeden Tag Ehemänner, die nach einem hübschen Ausflug zu ihren Frauen zurückkehrten, weil sie sie nur in der Phantasie verlassen hatten und plötzlich mit tödlicher oder lebensbejahender Sicherheit wußten, was sie zu tun hatten. Mr. Ross hatte in letzter Minute, mit Violets Brief in der Westentasche, über Signor Rossi gesiegt.

»Sag etwas, Hilary!«

Sie schwieg. Was gab es noch zu sagen? Das letzte, was sie von Ross hörte, war Antonio Cesanos Raucherhusten.

2

Der Platz der Weiden und Pferde

Kaltes Wasser tropft ins Herz.

Chinesisch

Charlotte Petersen:
»An gewissen Tagen versteckt sich die Sonne«, sagte Taro Shinoda. Das hieß auf deutsch: Deine saure Miene wächst mir zum Hals raus. Denke an Deine Manieren! Zeig mir ein Lächeln! Das gebietet die Höflichkeit. Es war erstaunlich, wie viele unangenehme Bemerkungen Herr Shinoda in einem einzigen Satz unterbrachte.
»Ich habe schlecht geträumt.«
»Das ist eine Erklärung, aber keine Entschuldigung.«
»Ich hatte nicht die Absicht, mich wegen schlechter Träume zu entschuldigen. Sei nicht lächerlich, Taro! Verwechselst Du mich wieder mit einer Geisha?«
»Das wäre unmöglich. Glaubst Du, eine Geisha würde je ihre schlechte Laune zeigen? Diese Damen haben wundervolle Manieren. Übrigens wünsche ich nur schlechte Träume. Ich sehne mich geradezu nach ihnen.«
»Wieso?«
»Kommt aus Euren Höhlen, Ihr Träume! Erschreckt mich! Foltert mich. Tötet mich!« Taro schrie so laut, daß die Wirtin erschien. Sie wollte wissen, ob Signor Shinoda jemanden umbringe. Da das nicht der Fall war, verschwand sie brummend und immer noch mißtrauisch.
»Stupide Person«, sagte Taro mit seiner Alltagsstimme. »Warum sollte ich Dich umbringen?«
»Warum nicht?«
Taro kehrte mit japanischer Beharrlichkeit zu seinem Thema zurück. Schreckträume. Eine Folterszene. Das Zerteilen eines Feindes mit zwei Samurai-Schwertern. Ströme von Blut oder Tomatensaft. Ein

gräßlicher Schrei. Alles Rohmaterial für die Bühne! »Hörst Du eigentlich zu, Charlotte?«
»Natürlich.«
»Natürlich ist es nicht. Du bist meistens geistesabwesend.«
Ich betrachtete mit großer Aufmerksamkeit das Bild einer Geisha, die gute Laune zeigte. Für meinen Geschmack hatte sie zuviel Ähnlichkeit mit Osome-san. Ja, die wohnt auch immer noch in diesem Logierhaus am Rialto und wartet wahrscheinlich auf meine Abreise. Einmal und nicht wieder fragte ich Taro Shinoda, ob er mit Osome schliefe, wenn ich meine Kopfschmerzen hatte. Er verweigerte die Aussage auf die einfachste Weise der Welt. Er verließ das Logierhaus und mich. Es goß in Strömen, und deshalb dachte ich wieder an Hamburg: Papa, Albert und ich sind in seinem Segelboot auf der Alster. Wir sind etwa seit drei Jahren aus Bangkok zurück. Die Frühlingssonne verändert beständig die Farbe des Wassers. Papa sieht mit seiner weißen Mütze und der blauen Seemannsjacke wie achtundzwanzig aus. Die Sonne ist noch kalt, und Papa hüllt mich in meinen weißen Mantel. »Erkälte Dich nicht, Pünktchen.« Pummel brummt, weil ich nie auf mich aufpasse wie jeder vernünftige Mensch. Papa sagt, gottseidank sei ich entzückend unvernünftig, und er passe auf mich auf.

Es wurde schon dunkel am Rialto. Herbst in Venedig. Taro stand am Fenster und drehte mir den Rücken zu. Wenn ich müde und deprimiert bin, sehe ich unscheinbar aus. Aber ich würde sofort zum Leben erwachen, wenn er etwas netter zu mir wäre. Er dreht sich um, starrt mich an wie eine Fremde und sagt gekränkt: »Dein Haar ist glanzlos. Du bürstest es nicht mit der nötigen Sorgfalt.« Ich kann keine Bürste aushalten, wenn ich solche Kopfschmerzen habe, ich würde mich am liebsten dafür entschuldigen, bloß damit er mich anlächelt. Aber ich besinne mich auf meine Würde und auf mein Alter und auf den Namen Petersen und auf alles, was mit diesem Namen zusammenhängt, ich sage, er soll mich in Ruhe lassen. Daraufhin zückt Taro einen Dolch, es kann auch ein Brieföffner sein, öffnet damit Briefe aus Tokyo und ignoriert mich so vollkommen, wie nur er es versteht. Auf Störungen steht Todesstrafe. Er verbringt den Abend mit Osome-san, und ich sehe in den Mond, der in Venedig viel zu romantisch ist.

Er diktiert Osome viele Briefe nach Japan, und wenn ich gut in Form bin, beachtet er die Kleine nach der Arbeit nicht weiter. Aber sie sagt nie Nein, wenn er sie ins Restaurant einlädt. Warum sollte sie? Ich sage doch auch nicht Nein. Gut, daß mein Bruder nichts von unserem Trio am Rialto weiß! Ich habe das Gefühl, es würde Albert nicht gefallen. Wenn ihm was nicht paßt, blickt er so wie Mutter. Streng, aber auch voller Mitleid mit den Unwissenden. Ich habe ihm natürlich verschwiegen, daß ich nicht mehr bei Hilary wohne und mir nur die Post im Palazzo abhole. Bei Licht besehen, paßt mir unser Trio auch nicht – aber Mutter sagt immer: »Wer A sagt, muß auch B sagen.« Sie kannte 'ne Menge Sprichwörter, und Papa lachte sich schief. Hier am Rialto deklamiere ich das Alphabet von A bis Z. Wenn ich das tue, und das tat ich auch bei Tiedemanns in Bremen, nimmt die Sache immer ein Ende mit Schrecken. Allmählich bin ich an alle möglichen Schrecken gewöhnt; vor allem, wenn sie mir so bekannt sind wie Franz Otto Tiedemann. Worauf der noch in Venedig wartet, möchte ich auch wissen. Vielmehr, ich möchte es nicht wissen.
Wenn ich heute nachmittag nicht endlich meine Post bei Hilary Stafford abhole, wird Albert noch vorher in Venedig ankommen. Wenn er Fräulein Stillhorn mitbringt, und sie schlägt es ihm bestimmt vor, dann kann sie etwas von mir erleben. Ich hoffe aber immer noch, daß Pummel mir Marianne Stillhorn in Venedig erspart. Dazu ist er doch viel zu klug und zu liebevoll.
Taro hat seine Einladung in sein Haus am Hakone-See vergessen, und ich kann ihn nicht daran erinnern. Da ziehe selbst ich den Strich. Was würde Albert zu aufdringlichen Hamburgern sagen? Ach, das gibt's doch gar nicht! Ich hab ihn so lieb wie immer, aber zum ersten Mal kann ich ihn entbehren. Das erschreckt mich. Bei seinem Talent zur Treue darf er das nie erfahren. Wenn ich Taro von Albert erzähle, geschieht vielleicht doch noch ein Wunder, und er wird sein Schwager. Aber mein Japaner unterdrückt ein Gähnen. Das empört mich so, daß ich die Tränen verbeißen muß, denn Taro verabscheut gerötete Augen und ein ruiniertes Make-up. Sind alle Schauspieler so blödsinnig ästhetisch? Oder nur Japaner? Oder nur Herr Shinoda? Wenn ich noch lange darüber nachdenke, kriege ich meine Stimmungen.
Ich wünschte, Taro würde mich endlich aus meiner Apathie aufwekken. Ich wünschte, er wäre gleichmäßiger, nicht heiß oder kalt. Ich fürchte, Osome-san macht ihn heimlich auf alle meine Schwächen

und Fehler aufmerksam. Aber wer ist schon vollkommen? Taro ist eitel, schrecklich launisch, grausam, egozentrisch, verantwortungslos, hinterlistig und viel zu schön für einen Mann. Er braucht Beweihräucherung durch sein Publikum. Aber wie gesagt, wer ist schon vollkommen? Selbst Pummel hat einen Webfehler: Fräulein Dr. Stillhorn.
Leider ist Shinoda Taro etwas gelungen, was kein Mann bis jetzt fertiggebracht hat. Endlich fühle ich mich wie eine richtige Frau. Er muß eine verborgene glühende Energie besitzen. Ohne dieses Feuer wäre er ganz kalt. Nie strahlt er wirkliche Wärme oder Güte aus. Die Sache fängt an, unbehaglich zu werden. Wenn ich mich nur von ihm trennen könnte! Warum hat er auf einmal so viel an mir auszusetzen? Ich fürchte, in seiner Überspanntheit liebt er ein Phantom: Desdemona in Venedig, und ich enttäusche ihn, weil ich aus Fleisch und Blut bin und weil ich nicht singen kann.
Es regnet sich ein. Wenn ich mich recht erinnere, war es in Onkel Hinrichs Wandschrank recht gemütlich. Ich hab direkt Sehnsucht nach Hamburg, vielmehr nach meiner Kindheit. Einmal war die Alster zugefroren, und Papa und ich gingen von der Krugkoppelbrücke bis zum Jungfernstieg, und die Möwen hatten sich häuslich auf dem Eis niedergelassen. Sogar einige Wildenten. Ich war immer noch winzig für ein Schulmädchen und hatte Angst vor dem Kreischen der Möwen, wenn sie aus der Luft auf den Fluß niederschossen. Wir fütterten sie, und sie wurden sehr zutraulich. »Man muß nur ein bißchen nett zu ihnen sein und sie anständig füttern, dann fressen sie dir aus der Hand«, sagte Papa. Ich fragte, ob er auch die Wildenten meine. Er sagte: »Diese und alle anderen Vögel. Du wirst schon dahinterkommen, mein' Lütten.«
Es ist viel schöner und besser für meinen Kopf, wenn ich an Papa anstatt an Taro denke. Aber ich kann machen, was ich will, meine Gedanken kehren immer wieder zu Taro zurück. Falls er eines Tages den Othello spielen und mich erwürgen würde – bei seinen Wutanfällen halte ich es für möglich –, würde die Polizei ihn vergeblich in Venedig suchen. Er hat eine Tarnkappe, und falls die nicht genügt, würde er mit einer Brille, einer Lockenperücke und in einem Frauenkleid nach Tokyo oder Paris oder auf den Mond fliegen. Wenn er seine Verwandlungskünste betreibt, sieht er wie eine junge Frau aus. Nur schöner, anmutiger, unnahbarer. Neulich sagte er, die Onnagata sei

nicht mehr seine Rolle. Aber das stimmt wohl nur, so lange er in Venedig ist und westliche Bühnenkunst studiert. Nie habe ich jemanden erlebt, der so viele und lange Briefe an seine Familie schreibt. Ob er mich gelegentlich erwähnt? Möglich ist alles. »Ich lerne vom Westen, was ich lernen kann, Charlotte.« Ich fragte, ob er sein neues Wissen in Japan verwenden wolle. Schweigen.

Hört der Regen nicht mehr auf? Vor den Fenstern ist es dunkelgrau – wie in Hamburg, wenn's gießt. An solchen Tagen erinnert dies Logierhaus mich an die alten Häuser an den Fleeten, engbrüstige, düstere Bauten, zwischen ehemaligen Speichern eingeklemmt. Hier brennt immer noch kein Licht im Treppenhaus – es scheint der Signora für die tote Saison nicht zu lohnen. Wir sind die letzten Gäste, und die letzten fressen die Raben. Taro fährt wahrscheinlich nächste Woche nach Haus, sagte mir Osome. Ihre Augen glitzerten. Ich bin trotz Taschenlampe zweimal in dem Treppenhaus gestolpert. Taro und Osome finden ihren Weg wie Tigerkatzen. Am besten wäre es, ich bräche mir den Hals, oder Albert käme sofort. Oder Fräulein Pinkernelle. Jemand, dem man glauben kann, was er sagt. Was hab ich hier zwischen Tigerkatzen verloren?

Einmal besuchte Fräulein Pinkernelle alte Bekannte am Nicolaifleet. Ich fotografierte die baufälligen Häuser, die altersgrauen Schuten und den Regenhimmel – alles schwarz, braun und düster. Zwischen zwei schmalen Fenstern hing Wäsche. Auf einem farblosen Fenstersims stand ein Blumentopf. Nie habe ich so einen mutlosen Blumentopf gesehen. Aber verglichen mit dieser Pension in der Nachsaison waren die Hamburger Speicherhäuser einladend. Die meisten Fleete werden jetzt übrigens zugeschüttet. Man braucht Parkplätze, Straßen, Verkehrsmöglichkeiten. Hamburg ist eine fixe Stadt. Säße ich doch sicher und trocken und ohne Osome-san in Onkel Hinrichs Wandschrank! Aber vielleicht sagt Taro plötzlich, daß wir nach Japan fliegen. Es kann doch sein. Ich sehe auch gern mal was Neues, zum Beispiel den Hakone-See.

Wenn ich die paar Tage Nachsaison überlebe und Albert kommt und Taro ihm gefällt, wird alles noch in Ordnung kommen. Wenn ich nach Haus fliege und mich wieder daheim einlebe oder einsarge, geht es ja auch. Ich muß nur den Abschied von Taro überstehen. Im Grunde weiß ich, daß er diese verdammte Desdemona und nicht mich liebt. Aber selbst wenn er manchmal so tut, als ob er mich liebt,

meine Haare bürstet und eine Flamme entzündet, ist es für meine bescheidenen Ansprüche übergenug. Vielleicht ist es nicht ganz das Passende für mich. Aber ich habe kein anderes Leben, und Unglück mit Taro Shinoda ist aufregender als ein Dauerschlaf in Onkel Hinrichs Wandschrank.
Taro nennt mich niemals mehr ›Schwan‹. Das tat er vor langer Zeit, als ich noch kühl und unnahbar zu sein schien und er mit mir schlafen wollte, aber es nicht wagte. Jetzt wagt er es, mit Osome zu schlafen und mich anzulächeln, als ob alles in Ordnung sei. Ist das japanisch oder ist es Herr Shinoda, vielmehr Kayawara Koshiro VI.? Taros Inkarnation, Kayawara Koshiro VI., ist zugleich hassenswert und bewundernswert. Auf der Bühne hatte ich ihn bewundert, jetzt haßte ich ihn. In Ermanglung seines Publikums in Japan spielte er mir manchmal eine seiner Glanzrollen vor. Er sprach und mimte sie im einfachen dunklen Kimono mit dem Familienwappen, da er seine Kostüme bereits nach Tokyo zurückgeschickt hatte. Für mich und die Nachsaison ging es auch so. Geishas, Prinzessinnen, Freudenmädchen, Dämoninnen – ich verabscheute schweigend die ganze Gesellschaft. Sie nahmen mir Taro gründlicher weg, als Osome-san es fertigbrachte. Sie wußte, daß sie eine Ersatzfigur war. Aber jede Onnagata legte es darauf an, die falsche Desdemona aus Hamburg zu besiegen. Vielleicht stellte er deswegen diese unnatürlichen, todbereiten, tränensatten und liebeshungrigen Heldinnen aus der japanischen Welt dar. Ich sagte nie meine Ansicht über die Onnagata-Rollen, die er angeblich nur zur Erinnerung für sich selbst spielte. Er beobachtete mich von der Seite, verstohlen und feindselig, und wartete auf eine Kritik, die nur mich und niemals die Onnagata verletzen könnte. Wahrscheinlich hoffte er, daß ich in mein Zimmer verschwinde, sowie er sich mit seinen Inkarnationen beschäftigte, aber ich tat ihm nicht den Gefallen. Einmal lasse ich mich nicht fortschicken, ich gehe, wann es mir paßt, und dann hoffte ich gegen jede Hoffnung, die Onnagata würde mir eines Nachts doch den Geschmack an Taro Shinoda verderben. Aber Taro und Koshiro VI. waren zwei verschiedene Erscheinungsformen einer unbegreiflichen und auf der Flucht vor Entdeckung begriffenen Persönlichkeit. Beide liebten mein Haar. Und sonst gar nichts. Auch wenn Kayawara Koshiro VI. ganz Japan zu hysterischen Beifallsorgien hinriß – und das schien nach den Kritiken, die Taro mir ins Englische übersetzte, der Fall zu sein –, ich verab-

scheute diesen Schauspieler und seine maßlose, als Bescheidenheit getarnte Arroganz. Ich strenge mich ungern an, aber in diesen Wochen am Rialto mußte ich täglich und mühselig Taro Shinoda hinter seinen Inkarnationen suchen. Oft fand ich ihn nicht. Erklären würde ich das alles nicht können. Albert würde den Kopf schütteln, Fräulein Stillhorn würde eine Zwangserholung in einem Irrenhaus vorschlagen, und Pinkernelle würde mir Rote Grütze mit Sahne bringen.
Ich saß in der Falle und konnte oder wollte nicht ins Freie. Aber vielleicht werden Taro und ich allmählich gemeinsame Gewohnheiten entwickeln. Natürlich nicht in dieser venezianischen Kulissenwelt, sondern in Japan. Nach Hamburg will er nicht kommen. Wenigstens nicht jetzt. Er müsse seinen Nachfolger auf der Kabuki-Bühne einarbeiten. Einen Cousin, unbegabt, aber was war da zu machen? Über seine eigenen Pläne schwieg er sich aus. Sein Cousin Matsuo würde es nicht leicht haben. Und wer könnte Kayawara Koshiro VI. überhaupt ersetzen, wenn er sich in aller Bescheidenheit diese furchtbare Frage vorlege? Er versank in düsteres Schweigen, bis er sagte, er habe Hunger und wo wir essen wollten. Cousin Matsuo war im Augenblick krank, mußte sich aber nun in Windeseile erholen. »Ich bin nie krank. Dazu habe ich zuviel Disziplin«, erklärte Koshiro VI. Herr Shinoda hustete zum Gotterbarmen und fragte mich, ob ich eine gute Medizin gegen die Schwindsucht kenne. Das war vorgestern. Heut geht es Taro wieder gut.
Ich empfahl ihm keine Medizin, weil er oft glaubt, man wolle ihn vergiften.
»Wer würde Dich vergiften wollen, Taro?«
»Wenn ich das wüßte, könnte ich Gegenmaßnahmen treffen.«
»Du meinst, Du würdest einfach auf einen Verdacht hin, jemanden ...«
»Meine Gegenmaßnahmen haben nichts mit Gift zu tun, wenn du das meinst. Darf ich jetzt meinen Brief an meinen Großvater beenden?«
Bis zu dieser Stunde habe ich Taros Gegenmaßnahmen zur Vernichtung von Vergiftern, Neidern und Verleumdern, die in seiner Bühnenwelt herumschwirren, nicht ergründen können. Auf meine wiederholten Fragen erklärte er gelangweilt, Osome-san könne mir die Sache erklären. Er benutzt diese ›Sekretärin‹ als Zwischenträgerin, was mir nicht paßt. Sie überbringt mir alle möglichen Botschaften

von Taro oder von der Onnagata, und erklärt mir auf Wunsch, was ich erfahren möchte. Ich möchte eine Menge über Taro und seine Lebensweise in Tokyo wissen, aber die Zwischenträgerin hat ihn erst in Venedig persönlich kennengelernt. In Tokyo kannte sie nur Kayawara Koshiro VI.
In der Zeitung hat sie gelesen, daß er ein Sommerhaus am Hakone-See von einem reichen Bewunderer geerbt hat. Sie blickte mich lauernd an, aber ich hielt den Mund. Glücklicherweise bin ich nicht gesprächig.
Was wird mein Bruder zu Taro sagen? Albert wird nichts sagen und versuchen, mich nach Haus zu lotsen. Ich muß Pummel unbedingt darauf aufmerksam machen, daß Herr Shinoda direkte Fragen überhört und keine Sache beim Namen nennt, wenn er sie umschreiben kann. Hoffentlich denkt Taro nicht, daß Pummel ihn vergiften will. Um Beweggründe kümmert Taro sich nicht. Wenn er einen Verdacht hat, reagiert er irrational – wie ich bei Fräulein Stillhorn, die mich auf medizinische Weise unschädlich machen will, um Albert zu heiraten. Ich werde ihn nochmal warnen. Ich hab sein Bestes im Sinn.
Am besten wäre es, mein Bruder und Taro träfen sich bei Hilary Stafford, damit Osome-san sich nicht ins Gespräch mischen kann. Das wäre besser als im Hotel. Hilary wird ihm gefallen. Sie wird sich wundern, daß ich so lange in der Versenkung am Rialto verschwunden war. Aber sie ist nie beleidigt. Daran könnte Taro Shinoda sich ein Beispiel nehmen. Aber Vorbilder angelsächsischer Herkunft sind nicht sein Geschmack. Sie hatten wohl nach dem Krieg zu viele amerikanische Vorbilder in Tokyo und Umgebung. Wenigstens deutete Taro das einmal an. Er selbst war damals ein Schuljunge. Aber bestimmt so leicht gekränkt wie jetzt. Ändert man sich überhaupt, wenn man älter wird? Wird man klüger?
Ich wollte mich von Taro verabschieden, weil ich nun wirklich meine Post bei Hilary Stafford abholen mußte, um zu erfahren, wann mein Bruder hier eintrifft. Er war ja kürzlich zu Wirtschaftsbesprechungen in Tokyo, und Japaner sind ihm nicht ganz fremd. Was Fräulein Stillhorn übrigens dort machte, wenn Pummel Konferenzen und Dinners hatte, entzieht sich bis jetzt meiner Kenntnis.
Albert ist doch sonst so vernünftig. Wie kann er diese junge Person nach Japan mitnehmen? Ich vermute, das hat nicht das Geringste mit Vernunft zu tun.

Während ich mich puderte – ich mache keine Besuche mit glänzender Nase –, summte Taro ein Lied, das mir spanisch oder japanisch vorkam. Seine schrille, harte Stimme tat mir weh.
»Ist es ein Liebeslied, Taro?«
»Was ist Liebe?«
»Ich habe keine Ahnung.«
Taro nickte zustimmend, als hätte ich nie ein wahreres Wort geäußert. Mir mißfiel sein Nicken. In der Aufregung zog ich meinen Regenmantel verkehrt herum an. Das Futter war außen, es sah wohl ziemlich unmöglich aus. Ich konnte es nicht sehen, denn Taros großer Spiegel ist von einem Brokatvorhang verdeckt. Er schüttelte meinen Mantel, schwenkte ihn wie einen seiner Bühnenfächer, von denen er sich nicht trennen konnte, affektiert und belustigt in der Luft. Ich entriß ihm den Mantel. »Willst Du mitkommen zu Frau Dr. Stafford, Taro?«
»Ich habe keine Einladung erhalten.«
»Ich auch nicht. Ich besuche sie auf gut Glück.«
Er war entsetzt. Zwanglosigkeit erschüttert ihn. Aber er faßte sich und schlug ein Treffen in unserer Taverne am Rialto um sechs Uhr vor. »Aber so unfrisiert kannst Du keinen Gut-Glück-Besuch machen.«
Ich war wieder zu müde zum Frisieren gewesen. Taro warf ein Handtuch über meinen Mantel und bürstete und kämmte mein Haar mit andächtiger Konzentration. Einen Augenblick begrub er sein Gesicht in meinem Haar. Eigentlich war es rührend aber gleichzeitig etwas lächerlich und sogar unheimlich. Denn seine Augen glitzerten, und seine Hände bebten.
»War Deine Frau schön?« fragte ich leise.
»Das war die allgemeine Ansicht.«
»Und Du? Was fandest Du?«
»Im Mondlicht war sie in ihrer Jugend schön. In Kyoto. Aber in der Ehe ist Schönheit entbehrlich.«
Dasselbe hatte mir Frau Konsul Tiedemann in Bremen gesagt, aber von Taro hatte ich es nicht erwartet. Ich starrte ihn mit offenem Mund an. Er bat mich den Mund zu schließen, da ich ihn an einen Kormoran in Erwartung eines Fisches erinnere. Er lachte zwar, aber es war eine Unverschämtheit, ich beschloß, mich auf der Stelle dafür zu revanchieren.

»Warum war Deine Frau so unglücklich, Taro?«
Er war so verblüfft über die indiskrete Frage, daß er sie aus Versehen beantwortete. »Meine Frau war sehr glücklich und hatte jeden Grund dazu«, behauptete er kühn. »Sie hatte zwei gesunde, kluge Söhne. Außerdem hegte sie große Bewunderung für Kayawara Koshiro VI. Aber natürlich entschied sie selbst, ob sie lieber leben oder sterben wollte.«
Er hielt meine Haarbürste wie eine Waffe in der erhobenen Hand und schien zu überlegen, ob er mich damit erschlagen sollte. Kein Zweifel, er tobte innerlich, weil ich ihn an den Selbstmord seiner Frau erinnert hatte. Einen Augenblick verharrte er, mit der silbernen Bürste in der erhobenen Hand, in jener mysteriösen Unbeweglichkeit, der im Kabuki-Drama eine Gewalttat oder eine wilde Explosion der Gefühle zu folgen pflegt. War ich zu weit gegangen?
»Komm zu Dir, Taro!« Vor Angst sprach ich noch tonloser als sonst. Ich verbarg meine zitternden Hände in den Manteltaschen. Mit einem Ruck kam er zu sich. Er vertiefte sich ohne ein weiteres Wort in seinen altjapanischen Schmöker und widmete mir keinen Blick. Keine Ahnung, warum ich mir so ein Benehmen gefallen ließ. Sex ist das finsterste Thema der Welt. Es gibt keine Gründe, nur Abgründe. Da stand ich mitten in seiner »Teehütte«, und Herr Shinoda schien meine Existenz vergessen zu haben. Da ich weder gehen, noch zu ihm zurückkommen konnte, fragte ich, was er so eifrig lese. Keine Antwort.
Zu meinem Entsetzen war ich einfach nicht imstande, den Ort meiner Niederlagen zu verlassen. Auch wenn niemand mir das glauben oder es als neurotischen Unsinn (Schule Stillhorn) erklären würde – es war trotzdem so. Vielleicht versteinerte ich langsam wie Niobe, oder wie die Person hieß. Hatte in der Schule nie richtig zugehört. Aber ich hatte begriffen, daß Mama zu Stein erstarren würde, wenn jemand mich erschlagen wollte. Deswegen heulte ich nachts. Das war wieder mal ziemlich dumm von mir, denn Martha Petersen wußte immer Rat und hätte etwas zu meiner Rettung unternommen, während der arme Papa hilflos zugesehen hätte. Aber vielleicht hatte Niobe nur einen Anfall von Katatonie gehabt (Lieblingsthema bei Stillhorns in Hamburg), und man hatte das damals nicht erkannt und die arme Person lebendig begraben. Bei alten Griechen und Japanern muß man auf alles gefaßt sein. Soweit ich das beurteilen kann, war diese Niobe auch keine fixe Deern gewesen.

Taro blickte von seiner Lektüre auf und schien maßlos erstaunt zu sein, daß ich immer noch da war. Was Hartnäckigkeit anbetrifft, kann ich es mit jedem Japaner aufnehmen. Ich fragte zum Spaß nochmal, was er so eifrig lese.
»Eine alte japanische Legende«, sagte er kalt und ungeduldig. »Es interessiert Dich nicht, Charlotte.«
»Woher weißt Du das so genau?«
»Personen, die bei Nô einschlafen, werden sich schwerlich für japanische Literatur interessieren.«
Taro Shinoda hatte ein rachsüchtiges Gedächtnis. Nô-Dramen dauern zu lange und sind mir sowieso zu hoch. Ich glaub einfach Fräulein Stillhorn nicht, daß Nô ihr in Tokyo hohen Genuß bereitet hatte. Ich weiß nur, Pummel ging nur ihr zuliebe zu der Aufführung. Aber sie kann ihm alles weismachen, weil er ein Trallala mit ihr hat. Zwar hab ich auch eins mit Herrn Taro Shinoda, aber ich kann ihm nichts weismachen. Er ist zu mißtrauisch, oder er lügt selbst zu gut. Was sollte ich ihn jetzt fragen? Ich fragte, ob Osome-san mehr von japanischer Literatur verstehe. Natürlich mußte eine Journalistin irgendwas von dem Kram verstehen, und ich wollte Taro ärgern. Ich mußte vergessen haben, daß er in solchem Fall recht unangenehm wird.
Er war offenbar in Gedanken versunken, sagte aber schließlich, Osome Atsumi sei eine Fundgrube des Wissens. »Sie weiß sogar über den Platz der Weiden und Pferde Bescheid.« Er lachte laut und unangenehm.
»Nicht einmal das weißt Du, Charlotte! Dabei hast Du eine Vorliebe für solche Etablissements. Wann wirst du es endlich lernen?«
»Erkläre mir bitte...«
»Frage Osome-san!«
Sein Lachen verfolgte mich im Treppenhaus, wo ich Osome-san traf. Sie paßte immer die Zeit genau ab, wenn ich Besuche oder Besorgungen machte. Der »Platz der Weiden und Pferde« war die alte, poetische Bezeichnung für ein Kaufhaus sexueller Freuden. Genau das hatte ich vermutet. Ausgerechnet ich sollte eine Vorliebe für private Bordelle haben! Das meinte der Mann, den ich bei allen seinen Schwächen und unberechenbaren Launen liebte und respektierte. Osome lächelte versteckt. Ihre Augen leuchteten. Sie fragte unschuldig, wo ich diese Anspielung gehört hätte. Sie sei etwas für Kenner. Ich sagte, ich habe das in einem japanischen Gedichtband in engli-

scher Übersetzung bei Hilary Stafford gelesen. Sie hätte eine große Bibliothek.
»Ah, so«, sagte Osome enttäuscht. Oder tat sie nur so? Ich hörte Taros Stimme: »Wann wirst du endlich lernen?« Der poetische Vergleich hinkte, selbst wenn er das Logierhaus am Rialto mit einem Bordell verglich. Bis jetzt hatte ich noch kein Geld von ihm genommen.

Hilary war allein zu Haus. Sie begrüßte mich mit ruhiger Freundlichkeit. Ich fand sie verändert. Teilnehmend wie immer, aber sie erinnerte mich an Fräulein Ida, meine Lieblingspuppe, aus der eines Tages die Sägespäne herausrieselten. Außerdem hatte Hilary sich frisiert. Vielleicht sah sie deswegen älter und strenger aus? Ihr schönes, goldrotes Haar war beinah glanzlos. Ich frage nie, wie Leute sich fühlen, weil sie einem immer versichern, es gehe ihnen gut. Statt dessen fragte ich nach Mr. and Mrs. Ross. Machten sie Einkäufe?
»Sie sind nach New York zurückgeflogen.«
Ich starrte Hilary an. Sie hatte doch das große Trallala mit Mr. Ross! Die beiden waren unzertrennlich gewesen. Ross wollte doch Hilarys Palazzo kaufen. Davon war wochenlang die Rede gewesen. Ich mußte in dem »Platz der Weiden und Pferde« das Finale Ross–Stafford versäumt haben. Da ich etwas sagen mußte, um Hilarys Schweigen zu überbrücken, fragte ich, was nun mit dem Palazzo sei, und ob sie in Venedig überwintern wolle. Endlich lachte sie versuchsweise, gab es aber sofort wieder auf.
»Stell Dir vor, Charlie, Signor Moretto hat den alten Kasten an einen Industriellen in Mestre verkauft. Ein Wunder in zwölfter Stunde.«
»Glück muß der Mensch haben.«
»Ja.« Hilary sah mich nicht an. »Ich hatte großes Glück. Übrigens, hier ist ein Brief aus Hamburg für Dich.«
Ich las die drei Zeilen, die Albert als Brief bezeichnet. Er machte sich tatsächlich auf die Socken und würde nächste Woche in Venedig sein. Ich fragte Hilary, ob ich mein altes Zimmer wieder beziehen könne. Zu Taro und den »Weiden und Pferden« ging ich nicht mehr zurück. Dieser Entschluß hatte sich ohne eine besondere Anstrengung zur Überzeugung ausgewachsen. So schnell oder so langsam entstehen Entschlüsse. Hilary schien erfreut zu sein und lud mich gleich für den Abend zum Dinner ein. Wie ehrlich und herzlich sie mir entgegen-

kam! War das Leben nicht ganz einfach, wenn man der Vernunft eine Chance gab? Herr Shinoda würde sich in der ›Taverne‹ vergeblich nach mir umsehen. Gut so!
»Ich will nachher meine Sachen holen, Hilary! Nur ein Handkoffer.«
Auch mein Plan war einfach. Ich würde meinen Kram zusammenpakken, während Taro mich in der Taverne am Rialto suchen würde. Osome wollte heute ins Kino gehen. Niemand würde mich stören. Die Episode war beendet. »Aus und vorbei«, sagte ich zu dem Löwen in der Empfangshalle.
Hilary fragte nach der englischen Übersetzung. Es gehe alles zu Ende.
»Stimmt genau«, sagte Hilary. »Du bist viel weiser als du tust, meine Liebe!« Ihre Stimme klang angenehm wie immer, aber die Musik fehlte. Hilary sprach jetzt etwas monoton. Ich bat sie, mit dem Essen nicht zu warten, falls es später würde. Der Neffe der Signora, der mein Köfferchen tragen sollte, kam erst gegen Abend oder spät am Nachmittag.
»Mach Dir keine Sorgen. Wir essen kalt«, sagte Hilary gleichgültig.
Ich küßte sie zum Abschied. Ich war ihr so dankbar. Nach Taro hatte sie nicht gefragt.
Irgendwie mußte ich die Zeit bis sieben Uhr abends zubringen, denn ich konnte Hilary nicht zur Last fallen. Sie sah aus, als ob sie allein sein wollte. Sie ist gern allein. Wenn sie nicht mir Mr. Ross ausging, war sie immer allein in ihren Räumen gewesen. Sie kannte keine Angst.
Von Hilary war es ein Katzensprung bis zur Piazetta di San Marco, und ich landete als nasse Katze in einem der benachbarten, fast leeren Cafés. Ich liebte die Piazetta zwischen der Bibliothek und dem Dogenpalast; der »kleine Platz« hatte etwas Intimes, und wenn man nicht wußte, wo man hingucken sollte, waren da die beiden Säulen mit dem freundlichen alten Heiligen und dem Löwen, dem Stammvater von Hilarys Löwen in der Halle. Die Piazetta gefiel mir bedeutend besser als der Palazzo Contarini, den der Gondoliere »Desdemonas Haus« genannt hatte. Dorthin hatte Taro Shinoda mich wiederholt geschleppt. Ein Katzensprung mit dem Vaporetto. Am besten hatte mir an »Desdemonas Haus« die Salute-Kirche gegenüber gefallen. »Hier lebte die sanfte Desdemona«, flüsterte Taro in der Hoffnung,

daß ich mir ein Beispiel an seinem Idol nehmen werde. »Von diesem Balkon hielt sie nach ihrem Herrn und Gebieter Ausschau.« Die Balkongitter waren zart wie Spitze ziseliert. Es mußte ein Leichtes sein, von diesen Balkons in den Canale Grande zu fallen. Mir wäre das mühelos gelungen. Ich versprach dem Löwen auf der Säule, nicht mehr über jenen Japaner in Venedig nachzudenken und bis zu Pummels Ankunft von keinem Balkon zu stürzen. Alles ganz einfach, wenn man seinen Verstand zu Rate zieht. Das hatte ich selten im Leben getan, weil es nicht den geringsten Spaß macht.

Das Café war trübselig wie das Regenwetter draußen, einige altersschwache Glühbirnen, sonst gar nichts. Ich befragte meine Uhr und wußte, ich mußte noch lange hier sitzen. Ich schloß die Augen in der Hoffnung, daß die Zeit im Schlaf schneller verging. Aber die Zeit war noch unberechenbarer als Taro Shinoda. Manchmal raste sie mir davon, dann wieder legte sie ein Schneckentempo ein, wie an diesem Nachmittag.

Am Nebentisch zankte sich eine Venezianerin im schnellsten Italienisch der Lagunenwelt mit ihrem Ehemann. Wenigstens vermutete ich es; welcher Mann, außer dem eigenen, läßt sich solchen Ton und solche Beleidigungen bieten? Warum erwürgte der Signor diese Furie nicht – wie Othello die sanfte Desdemona? Manche Männer haben keine Ahnung, was gut für sie wäre. Er hörte sich alles an, und ich hörte auch zu. »Ich verliere alle meine Haare«, schrie sie. »Und du Schuft bist daran schuld.« Der Mann fragte warum und wieso, und sie sagte, sie fielen aus, weil sie sich vor Eifersucht die Haare raufen müsse. »Bald werde ich so ein lächerlicher und abstoßender Kahlkopf wie Du sein«, prophezeite sie mit lauter Stimme. Er trank seinen Cappucino aus – welcher Venezianer wird seinen Kaffee wegen seiner Frau ungetrunken stehen lassen? – und verließ das Lokal. Für Rachetaten im Kabuki-Stil hatte dieser Herr offenbar nichts übrig. Sie bestellte sich einen doppelten Cognac. Ich bestellte dasselbe, da ich keinen Mut hatte, einen Hamburger Grog zu fordern. Ich dachte an Grog, weil es regnete. Warum gehören bei mir Regen und Erinnerungen zusammen wie Hamburg und Altona? Stillhorns werden es wissen, aber bevor ich die Leute befrage, verharre ich lieber im Zustand der Unwissenheit. Da könnte ich mich genausogut bei Franz Otto Tiedemann nach dem Rest der Welträtsel erkundigen. Wenn ich ihn tatsächlich mal was fragte, knackte er mit seinen Gelenken, daß es

ein Wunder war, daß seine Finger nicht zerbrachen. Nach Beendigung dieser Tätigkeit fragte er: »Das weißt Du nicht?« und er verweigerte die Auskunft. Franz Otto hatte seinen Beruf verfehlt. Er wäre ein erstklassiger Nußknacker geworden. Das Zermalmen der Nüsse hätte seine tiefsten Instinkte befriedigt. Warum mußte ein Mensch aus ihm werden?
Ich puderte mich im Halbschlaf und las noch einmal Alberts Brief. Pinkernelle hatte auch einige Zeilen mitgeschickt. Die wollte ich in Ruhe bei Hilary lesen. Was schrieb sie da von Marianne Stillhorn?

»Sie ist jetzt dauernd in der Elbchaussee. Kommen Sie bloß bald nach Haus, Frau Charlotte! Gestern abend beim Essen sagt sie zu mir: ›Wenn ich Ihnen einen Rat geben darf, Fräulein Pinkernelle...‹ Ich sagte: ›Bitte sehr, Fräulein Doktoohr!‹ Na, sie sagt denn, ich soll Sie nicht so verwöhnen undsoweiter. Als ob das ihre Sache wär, nicht? Ich lauf denn auch rot an, es ist gediegen, aber man fühlt das, wenn man so anläuft, und sag zu Fräulein Stillhorn: ›Bitte sehr‹, sag ich, ›ich lerne gern was zu.‹ Herr Senator sagt: ›Na, na,‹ aber er lacht 'n büschen dabei und zwinkert mir zu. Er will ja nie, daß ich mich ärgere. Es könnt ihm doch egal sein, wo er soviel öffentliche Sachen und die Firma auch noch im Kopf hat. Aber es ist ihm nicht egal. So is er doch! Son Mann gibt's nich nochmal auf der Welt. Na, und was er von Ihnen hält, mein' süße Deern, das is doch einfach nich zu schildern. Was wollt ich Ihnen noch erzählen? Sie müssen mir glauben, ich konnt es nicht helfen, der Servierwagen war so vollgeladen, und wie ich ihn durch die Tür vom Speisezimmer durch habe und die Tür zumachen will, hör ich, wie sie sagt: ›Hier muß sich vieles ändern, Albert!‹ Ich dacht, ich fall mit dem guten Meißen-Geschirr von Ihren lieben Eltern, gestern war ich wieder draußen bei ihnen und Vati in Ohlsdorf. Ich denk, ich fall hin, wie sie noch sagt: ›Deine Schwester ruiniert Dir das Leben und Du weißt es, Albert.‹
Ich horche ja nie, prinzipiell nich, und so weiß ich nicht, was Herr Senator antwortete. Aber er muß deutlich geworden sein, denn wie ich das Roastbeef brachte, nagte sie ganz dösig und stumm wie'n Fisch an ihrem Salatblatt, und Herr Senator aß fast nichts. Dem war der Appetit vergangen. Nichmal meine ›Armen Ritter‹ hat er mit Appetit gegessen. Bloß vier statt seinen üblichen sechs oder einmal sogar acht Stück, mit Zucker und Zimt. Was sie ›Gift‹ für ihn nennt!

Ich weiß nur, es paßte ihm nich, und wo sie den Mut herkriegt, solche hanebüchenen Sachen zu sagen, das weiß ich nich. Herr Senator hatte seine tiefe Falte zwischen den Augenbrauen, und er blickte wie die ›Elbe bei Sturm‹, welches Bild er doch von Herrn Wilhelm Christian Petersen aus Bangkok erbte, und was der Herr Großonkel trotz der Palmen und dem Tropenluxus und seiner siamesischen Gräfin immer in Blickweite hatte. So blickte Herr Senator.
Und sie fragt auch noch, warum er so ärgerlich kiekt, aber das wußte sie ganz genau, nich? Das war nur, um ihn zum Reden zu bringen. Das gelang ihr nicht. Herr Senator entschuldigte sich nach dem Kaffee mit Arbeit, und sie mußte nach Haus fahren – mit 'nem angebrochenen Abend. Du meine Güte! Auch wenn sie ihren Doktortitel hat und was nich alles, und einen berühmten Vater und so weiter – sie versteht nichts von Herrn Senator, rein gar nichts. Was ich sagen wollte, Mutti Cordes hat vorgestern –«

Ich las nicht weiter, weil ich die Augen schloß. Nächste Woche war Albert in Venedig. Wer verdirbt ihm den Appetit? Stillhorn oder ich? Oh, Pummel! Pinkernellie hatte recht. Höchste Zeit, daß ich nach Hause kam. Wenn Taro nicht hier gewesen wäre, hätte ich längst meine Koffer gepackt. Aber das war ja nun zu Ende. Ich meine, falls es überhaupt Anfang und Ende bei solchen Gastspielen gibt.
Ich hörte in nächster Nähe ein knackendes Geräusch und öffnete die Augen. Vor mir stand Franz Otto Tiedemann und knackte seine unsichtbaren Nüsse.
»Was willst Du hier?« fragte ich benommen.
»Das weißt Du nicht? Darf ich zu einem Abschiedskaffee Platz nehmen? Scheußliches Wetter, nicht?«
Ich sagte, das Wetter sei nicht scheußlicher als alles andere.
Ich hätte Franz Otto Tiedemann auch im Schlaf an seinem Atem erkannt. Er produzierte ein Geräusch, als ob Blätter im Spätherbst knisternd zu Boden fallen. Nur jetzt knisterte sein Atem nicht, sondern er rasselte. Das lag nicht an einer heftigen Gemütsbewegung bei meinem Anblick, sondern an seinem hohen Blutdruck. Komisch, was das Gedächtnis aufspeichert! Warum erinnerte ich mich an seine Art zu atmen statt an seine guten Eigenschaften? Einige mußte er schließlich gehabt haben. Jeder hat irgendeinen Pluspunkt. Selbst Fräulein Stillhorn besaß ein Minimum an Einsicht, wenn auch meistens einen

Posttag zu spät. Wenn sie sich daneben benommen hatte, schickte sie Albert am nächsten Tag Blumen (anstatt er ihr, aber das nebenbei), dazu irgendeinen alten Hamburger Stich und ein Kärtchen mit knapper ›Entschuldigung‹. Da Takt nicht ihre Stärke war, besaß Pummel bereits eine ansehnliche Sammlung: das historische Gängeviertel, Hafenbilder, die Zitronenjette, den Erfinder von ›Hummel, Hummel‹ und eine Fischhändlerin mit rundem Strohhut, weiten Röcken, einer ansehnlichen Taille und zwei Körben mit frischem Schellfisch. Als mein Bruder sie vor einem Jahr aus irgendeinem Grund beinah aufgeben wollte, schickte sie einen herrlichen Stich von der alten Ellerntorbrücke von 1670. Albert mußte sich bedanken, und das Trallala ging mit Ach und Krach weiter.

Ich muß zugeben, sie ließ es sich was kosten. Albert wollte keine Geschenke, war aber zu höflich, die Stiche zurückzuschicken. Pinkernelle schnaubte wie ein Roß bei jedem neuen Bild.

Ich glaube, ich belastete unsere gute Lisbeth Pinkernelle mit dem Auftrag, mir alle Heldentaten von Stillhorn unverzüglich nach Venedig zu berichten. Sie fand es bestimmt nicht in der Ordnung, aber was sie versprochen hatte, das hielt sie. Andererseits schwieg Albert sich konsequent über Stillhorn und ihre Scherze aus, und ich mußte wissen, was daheim vorging. Ich riß meine Gedanken von Stillhorn los und öffnete die Augen.

Tiedemann hatte seine Drohung wahrgemacht und an meinem Tisch Platz genommen. Er hatte sich mit zunehmenden Jahren nicht zum Vorteil verändert. Sein abgebrochener Zahn war auch noch da, eine Ruine zwischen den unbeschädigten, großen, viereckigen Zähnen, die mich immer an Grabsteine erinnert hatten. Seine Gesichtshaut war, wie ein angebissener Apfel, mit bräunlichen Flecken und Rändern versehen, die Äderchen auf der großen herrschsüchtigen Nase waren tiefrot. Aber abgesehen von diesen kleinen Schönheitsfehlern war er frisch und munter und zu seinen üblichen Schandtaten bereit. Seine Augen blinkten, als erwache er aus tiefem Schlaf oder als blende ihn meine Schönheit. Er erklärte, eine Bindehautentzündung wäre fällig...

»Wann fährst Du ab, Franz Otto?«

»Bald. Und Du?«

»Auch bald.«

Er kratzte sich verstohlen am Bein, denn er hatte wohl Fisch geges-

sen, und sein Juckreiz plagte ihn. Aber davon abgesehen war er, wie immer, gepflegt, in seiner breitschultrigen Weise elegant, und ein Vorbild hanseatischen Patriziertums mit Hintergedanken und schlummernder Brutalität. Nein, dieser falsche Patrizier mit seinem wohlwollenden Lächeln hatte sich nicht geändert. Vielleicht hatte er irgendwo an einem »Platz der Pferde und Weiden« ein Gör, das seine Rückkehr ersehnte. Ich weiß nicht, warum er mir Angst machte. Er konnte sich schließlich vor anderen Leuten im Café nicht auf mich stürzen und mich erwürgen. Er war ganz friedlich. Der Auftritt mit Taro mußte mir den Rest gegeben haben. Das lag nun hinter mir.
Indessen hatte sich das Lokal mit den Gästen der Nachsaison gefüllt, und das beruhigte mich. Aber ich fühlte mich schwindlig. Mein Herz hämmerte, es ist schon lange nicht in Ordnung, und das versetzt Albert und Pinkernellie in Furcht und Schrecken. Mich stört es bei meinem Abenteuer, wenn ich die große Liebe zwischen Taro und mir zur Abwechslung beim richtigen Namen nennen will. In der Jugend macht man sich alles vor und glaubt es auch noch. Man ahnt auch nichts von den »Plätzen der Weiden und Pferde« und hält sie für Familienhotels an der Ostsee.
Ich sah mich verwirrt im Lokal um, weil ich Tiedemanns Blicken ausweichen wollte. Was war an mir zu sehen? Ich war in meine alte Lethargie zurückgesunken und hatte nie ein Gastspiel am Rialto gegeben.
Am Nebentisch saß ein deutsches Paar in wetterfesten Lodenmänteln. Ich zitterte in meinem Regenmantel aus Nylon, war aber zu müde, ihn auszuziehen. Das Paar redete kein Wort miteinander und schien hoffnungslos verheiratet zu sein. Die Frau wühlte in einer riesigen Einkaufstasche herum, und der Mann sah ihr angewidert zu. Er fragte laut: »Was soll das?«, erhielt keine Antwort und sank in sein Schweigen zurück. Seine Frau war offenbar in Umtauschstimmung und zeigte auf verschiedene ausgepackte Dinge, die ihr auf den zweiten Blick mißfielen.
»Siehst Du,« sagte ich, »ich bin nicht die einzige, die Sachen umtauschen will.«
»Eine ekelhafte Marotte,« sagte Herr Tiedemann. »Ich hoffte, Du hättest in der Zwischenzeit Vernunft angenommen.«
»Warum sollte ich?«
In einer Ecke kicherte ein italienisches Liebespaar – jung, bildhübsch

und so albern, wie es sein Recht ist. Daneben saß ein älterer Venezianer mit einem zugespitzten Bart, der einen Capuccino nach dem anderen hinunterstürzte. Der Spitzbart erinnerte mich an den Anwalt Moretto, den ich bei Hilary Stafford kennengelernt hatte. Richtig, ich wohnte ja seit heute nachmittag wieder bei ihr. Das durfte ich keinesfalls vergessen. Hoffentlich kam ich richtig bei ihr an. Man weiß ja nie.
»Woran denkst Du, Charlotte?«
»An nichts.«
»Unterhaltender bist Du auch nicht gerade geworden.«
»Warum sitzt Du dann bei mir? Warum verfolgst Du mich?«
»Bist Du verrückt geworden, Charlotte?«
»Vielleicht.«
Herr Tiedemann raschelte und rasselte empört, er schwoll rot an. Sein volles Genießergesicht mit der brutalen, vorgeschobenen Unterlippe wurde plötzlich grauweiß wie ein riesiger Champignon, es mußte sich so glatt und schlüpfrig-weichlich anfühlen. Was hatte ich nun wieder verbrochen?
»Nimmst Du Deine Blutdruckpillen, Franz Otto?«
Man durfte ihn nie an seinen Gesundheitszustand erinnern, denn Tiedemanns hielten Krankheit für eine Schande, die man wie uneheliche Kinder verbergen mußte. Franz Otto riß die Augen auf, er glich einem schlagflüssigen Frosch, der viel gefährdeter war als ich mit meinem Herzen und meinen Ängsten. Aber mir waren ja düstere Sachen passiert. In Bangkok hatte ich mit den Eltern und Pummel einen siamesischen Jahrmarkt besucht und wurde von Chinesen entführt und versteckt gehalten. Herr Tiedemann hatte mich erwürgen wollen, und Fräulein Stillhorn wollte mich in ein Irrenhaus stecken. Ist das etwa nichts? Soll der Mensch unter solchen Umständen einen neuen Tag, der neue Katastrophen bringen kann, mit Jubel begrüßen? Und Taro Shinoda hatte mich einer Vorliebe für Bordelle bezichtigt. Wenn Herr Tiedemann mich in diesem Augenblick für verrückt hielt, hatte er in gewisser Weise recht. Er fragte, ebenfalls mit einem gewissen Recht, seit wann ich mich für seine Gesundheit interessiere.
Ich hatte ihn nur gefragt, weil ich nicht wußte, was ich mit ihm reden sollte. Das hatte ich nie gewußt. Man kann nur mit ihm trinken oder schlafen. Nicht reden. Allerdings war meine Frage so dumm, als ob

jemand nach einer Sintflut jemanden fragt, ob ihm frühmorgens der Kaffee noch geschmeckt habe. Sintflut. Venedig konnte jetzt jeden Tag überschwemmt werden. Höchste Zeit, daß ich noch heute meinen Koffer vom Rialto holte und mich bei Hilary bis zu Pummels Ankunft verkroch.

Herr Tiedemann war, sehr zu seinem Schaden, zu Rotwein übergegangen, aber ich hütete mich, ihn mit weiteren Fragen nach seinem Blutdruck zu ärgern. In einer Viertelstunde würde Taro unsere Taverne aufsuchen, und dann konnte ich gehen. Eigentlich wollte ich jetzt schon gehen, aber das Wetter war einfach grausig. Trotzdem wollte ich mich erheben, aber Franz Ottos Blick schien mich festzunageln. Ich fragte ihn, ob er direkt nach Bremen zurückreise.

»Wohin sollte ich sonst fahren?« Er räusperte sich. Dann sagte er langsam: »Ich könnte Dich mal in Hamburg besuchen. Was meinst Du?«

»Das ist keine gute Idee.«

»Es ist eine ausgezeichnete Idee, liebe Charlotte! Ich habe sie seit unserem Wiedersehen auf ihre Qualität hin geprüft und zufriedenstellend gefunden.«

Es klang, als ob er eine Heizanlage auf ihre Qualität hin geprüft und zufriedenstellend gefunden habe. Er war stets von seinen Ideen begeistert gewesen. Ich mußte es vergessen haben. Er hing mir allmählich zum Hals heraus, aber ich nahm mich zusammen. Er hatte bereits gezahlt und mußte nun das Lokal räumen. Wie wenig kannte ich ihn!

Der weibliche Lodenmantel wollte eine Porzellanfigur wieder im Einkaufsnetz verstauen. Die Figur, ein Gondoliere, fiel zu Boden und zerbrach in zwei Stücke.

»Den kann man kitten. Für Lieschen ist er noch lange gut genug.« Der Mann hatte die Sprache wiedergefunden.

»Den können wir nicht verschenken, Werner! Man wird immer die Bruchstelle sehen.«

»Nicht, wenn ich kitte.«

»Sein Hut ist auch angestoßen.«

»Sehr naturgetreu. Es kann ja ein alter Hut sein.«

»Ach, du!« Hundert Ehejahre lagen in diesem Ausruf. Trotzdem beneidete ich die Dame um ihren Werner. Er war kein Gegenstand des Entzückens, aber er wollte mich nicht in Hamburg besuchen. Bevor sie im Regen verschwanden, hatte er ihr seinen Wollschal um den

Hals gewickelt. Er schien verlegen zu sein, sich bei einer Tat der Liebe zu ertappen. Werner war in Ordnung.
Mein Ehemaliger sprach auf mich ein, aber ich hörte seine Reden so undeutlich, als ob er unter einer Wolldecke Ansprachen hielte. Seine spitzen Worte stachen nicht so schmerzhaft wie sonst. Er schien mir durch die Wolldecke eine Versöhnung mit ganz großem »V« vorzuschlagen.
»Ich muß jetzt gehen, Franz Otto.«
Er packte meinen Arm mit dem gewohnten brutalen Griff. »Noch nicht!« Wer bestimmte die Stunde der Hinrichtung? Er oder ich oder Taro Shinoda?
»Laß meinen Arm sofort los! Du tust mir weh.«
Er stand hoch aufgerichtet neben mir und lächelte für die Gäste und den Zahlkellner. Er lächelte zufrieden, weil er sich endlich bei mir bemerkbar gemacht hatte. »Nur noch fünf Minuten, Charlotte.«
Da ich zu schwindlig und schockiert war, um ihn zurückzustoßen, setzte ich mich wieder hin. Es waren die letzten fünf Minuten, die ich ihm in diesem Leben zuhören würde. Ich betrachtete ihn entsetzt. Wenn ich entsetzt bin, dann bemerke ich alle Einzelheiten, die mir sonst entgehen. Er sah erbittert, nervös und gesetzwidrig einsam aus, und es tat mir leid, daß ich nicht einmal mehr Bedauern fühlte. Nur Abneigung und Langeweile. Er schien eine Art Heiratsantrag zu säuseln. Wir seien doch beide vernünftige Leute, und es gäbe keinen ernsthaften Grund, warum wir unser Alter nicht miteinander verbringen sollten. Mit oder ohne Trauschein, wie ich wolle. In Bremen. Das Gör sei ja inzwischen verheiratet. Und seine Mutter würde sich nicht mehr einmischen. Also: alles sei in Ordnung.
Er hatte tatsächlich etwas von »Alters-Ehe« gefaselt. Aber als ich ihn wie ein hypnotisiertes Kaninchen anstarrte, fiel mir auf, daß er ziemlich alt aussah. Nicht seine Jahre und schon gar nicht seine Haltung, aber sein hoher Blutdruck und sein Mangel an echtem Gefühl hatten ihn verwüstet. Vielleicht hatte er jetzt manchmal alkoholische Schreckträume? An seinem massiven Kinn klebten die Überreste eines Wattebausches. Er mußte sich wieder mal beim Rasieren geschnitten haben – der alte Elefant im Porzellanladen!
Sein Atem rasselte. Wenn er noch seine Aktenmappe in einem Arm und das Gör im anderen gehabt hätte, wären wir in Bremen gewesen.

Er stand wie ein Denkmal, vielmehr, er saß wie ein Staatsmann massig und unbeugsam in seinem Sessel: Warum war er wohl immer noch in Venedig? Was würde jede normale Frau daraus schließen? Seit wann hielt er mich für normal? Vor einigen Minuten hatte er angefragt, ob ich verrückt sei. Immer noch nicht so verrückt wie er! Wie konnte ich ihn loswerden? Mein Arm schmerzte immer noch. Gleich würde er versuchen, mich zu erwürgen. Wie damals – in seinem Schlafzimmer in Bremen.

»Höre, Franz Otto! Du kannst jede Frau bekommen! Du bist ansehnlich und in guten Verhältnissen.«

Er hatte immer die gröbsten Schmeicheleien wie Honig geschluckt, aber jetzt sagte er, nur ich käme in Frage. Unsere kleinen Unstimmigkeiten seien längst vergessen. Ich hatte nie gehört, daß ein Mordversuch als kleine Unstimmigkeit bezeichnet wird, und jeder Richter hätte sich wohl auch gewundert.

»Es ist unmöglich, Franz Otto!«

»So kommst Du mir nicht davon, Du kleine Hure!«

»Ich verbitte mir das.«

Ich konnte nicht weitersprechen, denn Herr Tiedemann war in ein norddeutsches Kabu-Gelächter ausgebrochen. Er verschluckte sich und war in Gefahr zu ersticken. »Meinst Du, ich weiß nicht, daß Du mit diesem verdammten Japaner am Rialto – eine Schande! Ein Skandal. Aber ich will das alles übersehen.« Ein Hustenanfall machte der Moralpredigt ein unrühmliches Ende. Als er wieder Luft bekam, murmelte er: »Wenn ich diesen Japs in die Finger bekomme, der wird sein blaues Wunder erleben.«

»Da ist er«, sagte ich. Taro Shinoda hatte mich offenbar überall gesucht. Er triefte vor Regen und bebte vor Erregung. Er sagte heiser: »Da bist Du also!« Herrn Tiedemann übersah er, obwohl das schwer möglich war. Wenn Taro ein Zwiegespräch plante, konnten keine zehn Pferde ihn dabei stören. Er mußte den »Platz der Weiden und Pferde« in ungewohnter Hast verlassen haben, denn er hatte seinen Hut vergessen. Der Regen glänzte in seinen dichten dunklen Haaren. Sie waren wie feuchtes Schilfrohr. Ich wäre nicht erstaunter gewesen, wenn der Erlkönig plötzlich aufgetaucht wäre.

»Komm, Charlotte!« Nach einigem Nachdenken fügte Taro das Wort »bitte« hinzu. Wenn er alle Höflichkeitsregeln vergaß, mußte er in der Tat außer sich sein. Aber auch ihn sah ich in gewissem Abstand –

wie durch ein kleines Fernrohr. Herr Tiedemann befand sich augenblicklich auf der zerbrochenen Mattscheibe eines Fotoapparats. Er war nicht mehr in meinem Blickfeld. Ich hatte vergessen, wie neugierig er war.
Eine hagere, ältere Italienerin verließ das Café. Wir hatten es nun für uns. Am liebsten wäre ich mit ihr weggegangen, aber mit Flucht schien es heute nichts zu werden. Die Unbekannte war schwarz gekleidet, was in Venedig nicht unüblich ist. Aber sie sah düster wie meine Zukunft aus. Auf ihrem schwarzen Mantel lagen Aschehäufchen oder Staubwolken; sie sah aus, als ob eine Hausfrau aus einem Fenster einen kleinen Abfalleimer auf ihre Schultern ausgeschüttet hätte.
Taro Shinoda ging mich nichts mehr an. Ging er mich nichts mehr an? Suse, liebe Suse, was raschelt im Stroh?
Ich bin nicht nachtragend – das ist mir zu anstrengend. Natürlich gab ich Taro nicht wegen der »Weiden und Pferde« auf; er hatte mich oft genug auf poetische Weise gekränkt, und ich hatte es geschluckt, weil ich mit ihm leben wollte. Glücklicherweise leide ich nicht unter den japanischen Zwangsvorstellungen von Ehre. Aber heute hatte Taro mich in dem kritischen Augenblick verletzt, in dem die siedende Milch überkocht. Es hatte nichts mit Tiedemann oder Stillhorn oder anderen Störenfrieden zu tun. Ich mochte nicht mehr.
Langsam erholte Taro sich von dem Schock, eine Frau um etwas gebeten zu haben, anstatt ihr einen Befehl zu erteilen. Er zog ein seidenes Tuch aus der Manteltasche und trocknete sich seine Haare so sorgfältig, als ob er sich in einer Theatergarderobe in die Onnagata verwandeln wolle. Herr Tiedemann sah der Vorstellung sprachlos zu und bestellte sich weiteren Rotwein. Im Rausch ähnelte er dem niederträchtigen Protokollchef einer feindlichen Nation, der sich im Lokal geirrt hat. »Du hast genug getrunken«, murmelte ich. Er ignorierte die Warnung.
Taro haschte nach weiteren Tautropfen im Schilf, und ich wette Onkel Hinrichs Wandschrank gegen Stillhorns »Zitronenjette«, daß er sich trotz seines Schmerzes verstohlen nach einem Spiegel umsah. Ich betrachtete ihn, als ob ich ihn zum ersten Male sähe, aber es war zufällig das letzte Mal. Die Kehle wurde mir eng, und ich schluckte krampfhaft. Gäbe es japanisches Rokoko, dann wäre Kayawara Koshiro VI. ein Fragonard. Er glich der »Sultanin« aufs Haar, denn sie

trug auf dem Gemälde dieselbe hochgetürmte Perücke wie die Onnagata. Auch ihr Antlitz war genau so schön, hochmütig und dabei verträumt. Und dasselbe schwache, schwermütige Lächeln! Kayawara Koshiro VI. trug mit seiner angeborenen anmutigen Eleganz seinen wasserglänzenden Regenmantel wie einen kostbaren Bühnen-Kimono. Vielleicht begriff ich in dieser trüben Abschiedsstunde, daß er ein kultureller Wertgegenstand war, weil die Onnagata, unbekümmert um heutige Bühnenströmungen, ihre Kunst zwischen Vergangenheit und Zukunft ausübt. Und ich hatte versucht, dieses Phänomen an den häuslichen Herd zu verpflanzen! War das nicht zum Lachen? Diese Onnagata war längst in mythisches Schweigen entflohen. So gut oder schlecht ich es verstand, hatte ich mit einem gewissen Herrn Shinoda in den »Plätzen der Weiden und Pferde« geschlafen. Ich hatte viele Wochen gebraucht, um zu begreifen, daß Kayawara Koshiro VI., den ich immer lieben und bewundern werde, Herrn Shinodas Luxusausgabe war. Tatsächlich hatten die beiden wenig miteinander zu tun.
Auf einmal wußte ich auch, warum ich sogar Herrn Shinoda, der viel, gern und sachkundig mit allen möglichen Damen schläft, verloren hatte. Bei meinem ersten Besuch mit Hilary hatte Taro darum gebeten, mich aus der Entfernung anbeten zu dürfen. Anstatt ihm dieses Vergnügen zu lassen, hatte ich ihn zum Näherkommen aufgefordert. Er wollte nur von Desdemona träumen und mußte sich mit mir begnügen. Vielleicht sollte ich vorsichtiger mit Liebhabern umgehen? Rücksicht nehmen auf ihre verstiegenen Träume? Taro hatte mich oft irgendwie kummervoll betrachtet und sich dann abgewandt. Was er mühelos haben konnte, wollte er nicht haben.
Diese verfahrene Karre konnte ich nun auch nicht mehr aus dem Morast ziehen! Wenn man eine zweite Chance in diesem heimtückischen Leben haben könnte! Wenn man alte Irrtümer revidieren könnte, gäbe es viele zufriedene Paare mit oder ohne Ehering. Aber man kann nichts ändern. Nur den Kopf schütteln.
Ich hatte in den Apfel der Erkenntnis gebissen, nachdem das Festessen abserviert war, und jetzt war mir sterbensübel. »Bimmel, bammel, beier! De Köster mag kein' Eier.« Wieder schüttelte ich den Kopf sehr sachte, damit ich ihn nicht etwa in zwölfter Stunde verlor.
Taro hatte begriffen. Er lächelte eisern und schickte sich an, sein »Gesicht«, seine Ehre, und den anderen Kram, *made in Japan*, zu wahren. Er sagte, er werde in unserer Taverne auf mich warten, und er

sagte es mit der Überzeugungskraft eines erstklassigen Schauspielers. Er verbeugte sich tief vor mir, übersah Herrn Tiedemann, und ging.
Die Pferde wieherten, und die Weiden trauerten!
»Den wären wir los« sagte Herr Tiedemann zu seinem Rotwein, dem er während Taros Auftritt unerbittlich zugesprochen hatte. Ich begann mein Gesicht zu restaurieren.
»Laß das, Charlotte! Man malt sich nicht in der Öffentlichkeit an.« Die Öffentlichkeit bestand aus dem Kellner, der mit Recht auf unser Verschwinden wartete. Herr Tiedemann hatte seine Unterlippe verächtlich vorgeschoben, da er von seinen Damen makellose Manieren erwartet. Seine schweren, gewölbten Lider fielen wie Sargdeckel über seine kalten Augen. Sein Atem lärmte jetzt wie eine Eisenkette, die jemand über Bahnschienen schleift. Warum konnte ich ihn nicht so übersehen, wie Taro es getan hatte? Vielleicht fällt das schwer, wenn man einmal ein Ehepaar gewesen ist. Vor Schwierigkeiten schrecke ich zurück. Hatte Franz Otto wirklich im Rausch gesagt, wir seien Taro los? Er schreckte vor keiner noch so verfehlten Äußerung zurück. Vielleicht glaubte er sogar an unsere Gemeinsamkeit.
Das war so komisch, daß ich plötzlich lachen mußte. Leider lache ich meistens bei unpassenden Gelegenheiten, zum Beispiel bei Beerdigungen, und dies war eine. Es fehlten nur die Kränze und die Lobrede des Pastors.
Ich hätte nicht lachen sollen. Ich mußte vergessen haben, daß man unter keinen Umständen über Franz Otto Tiedemann lachen darf. Schon gar nicht, wenn er betrunken ist. Er weiß dann nicht, was er tut oder läßt. Warum sagte ich ihm nicht freundlich aber bestimmt, meine Angelegenheiten gingen ihn nichts an. Fräulein Dr. Stillhorn zum Beispiel hätte bei dieser Gelegenheit ein rhetorisches Meisterstück geliefert. Aber, idiotisch wie ich bin, lachte ich weiter. Der Anfall schüttelte mich so heftig, daß mir die Lachtränen über mein renoviertes Gesicht liefen.
»Beherrsche Dich zum Donnerwetter, Charlotte.« Es klang wie ›Berrsche Dich, Schlotte‹, Eine interessante Beschimpfung. Besonders ›Schlotte‹ gefiel mir über alle Maßen; es war eine Abart von ›Schlampe‹, aber viel lustiger. Also lachte ich weiter und sagte glucksend: »Schlotte, Schlotte.« Man sollte Betrunkenen viel sorgfältiger zuhören. Wer findet in nüchternem Zustand so schöne neue Worte?

Aber plötzlich hörte ich mit dem Gelächter auf, denn ich hatte Franz Ottos Blick und seine schweren geballten Fäuste gesehen. Suse, liebe Suse, was raschelt im Stroh? Ein Gelegenheitsmörder raschelt im Stroh, liebe Suse!
Ohne mich zu verabschieden, rannte ich aus dem Lokal. Jetzt mußte ich am Kai ein Motorboot erwischen, um am Rialto meine Sachen zu holen.
Obgleich ich rannte, kam ich merkwürdig langsam vorwärts, oder die Anlegestelle entfernte sich immer weiter. Vom Meer her wehte feuchte neblige Luft. Bei Hilary würden wir nachher kalt zu Abend essen.
Mehrere Male sah ich mich flüchtig um. Franz Otto Tiedemann kam hinter mir her, verschwand wieder, und tauchte wieder auf. In dem strömenden Regen ähnelte er dem Klabautermann – dem Schrecken meiner Kindheit: Er klopft plötzlich gegen Schiffswände und verkündet den Tod. Die Seeleute gehen ihm aus dem Weg. Einmal, im Roten Meer, auf der Rückfahrt nach Hamburg, hatte der Klabautermann an die Kabine geklopft. Aber Pummel sagte, es wäre nur ein böser Traum, und ich sollte nicht weinen und die Eltern in der Nebenkabine wecken. Als ich nachts nochmal aufwachte, saß jemand auf dem niedrigen Hocker an meinem Bett. Pummel! Dann schlief ich weiter.
Warum wußte ich zu spät, daß Franz Otto der neue Klabautermann war? Wer würde mit diesem gefährlichen Kerl Kaffee trinken oder ihm ins Gesicht lachen? Nur ich leistete mir so etwas. Schlotte konnte sich nicht wundern, wenn's ihr an den Kragen ging.
Der Klabautermann aus Bremen torkelte schwer und unheilverkündend hinter mir her, aber er kam nur langsam voran. Wenn ich sofort ein Vaporetto nach dem Rialto finden würde, wäre alles in Ordnung. Das Boot würde nur kurz halten, denn in der Nachsaison warteten sie nicht auf Gäste. Ich würde wohl der einzige Gast unter den Venezianern sein. Alle anderen Touristen saßen bereits zu Haus am Kamin oder Kochherd. Ich hätte mehr Verstand haben und nicht mehr bei Herrn Shinoda und seinen verflixten »Weiden und Pferden« herumhocken sollen! Aber Verstand war nie meine Sache gewesen.
Endlich war ich an der Anlegestelle für den Rialto angelangt, nachdem ich zuerst in meiner Panik ein verkehrtes Billett gelöst hatte. Ich wollte doch nicht nach Torcello oder auf eine der anderen Inseln. Die Lagune ist verwirrend. Mein Herz hüpfte hin und her. Manchmal

schien es stillzustehen, dann wieder raste es wie verrückt. Der Regen peitschte auf das Dach des Wartepavillons, und Tiedemann kam näher. Aber immer noch war er ziemlich weit von der Anlegestelle entfernt. Er schwankte wie ein Seemann, der drei Flaschen zuviel hinter die Binde gegossen hat.
Die Kirche an der Riva degli Schiavoni war kaum mehr zu sehen. Triefendes Barock! Ich erinnerte mich, wie düster es in dieser Kirche war. Ich dachte an das Skelett vor der nördlichen Tür und an das gräßliche Gemälde »Die Schlangenplage«. Aber jetzt hätte ich dem Skelett und den Schlangen gern Gesellschaft geleistet. Denn Herr Tiedemann wälzte sich langsam heran.
Kein Vaporetto weit und breit.

3

Tod in der Nachsaison

Wenn die Sonne untergeht, werden die Schatten länger.

Sotoba Komachi (Nô-Drama)

Charlotte Petersen hatte sich wieder einmal geirrt. Ein Vaporetto kämpfte sich in Sturm und Regen zum Anlegeplatz durch. Sie sah es nicht, weil sie ihre Brille im Logierhaus vergessen hatte. Sie war sehr kurzsichtig, trug aber die Brille nur selten, weil sie eitel war. Ihr Vater hatte freundlich lächelnd von Brillenschlangen gesprochen, aber Marthas Brille hatte ihn nie gestört. Aber seine schöne Tochter sollte keine tragen.

Die Hotels und Paläste am Ufer waren in trübe Schleier gehüllt. Auch das Wasser war eine graue Masse. Charlotte hörte die Geräusche des Vaporettos, sie dachte an Sturmvögel, die durch schwarze Wolken segelten. Übrigens hatte sie ihre Brille im Treppenhaus aus ihrer geöffneten Handtasche verloren, und Osome-san hatte sie gewissenhaft in Sicherheit gebracht. Osome-san verlor nie etwas, weil Anschaffungen Geld kosten.

Das Boot kam näher, Charlottes Verfolger näherte sich ebenfalls. Sie zitterte vor Angst, Kälte und Verlorenheit. Was sollte sie tun? Sekundenlang erhellte ein Blitz die dunkle bewegte Wasserlandschaft. Wie unfreundlich war Venedig im Spätherbst! Und wie gefährlich konnte das Wasser sein! Ehe man es sich versah, war man ertrunken. Charlotte hatte zeitlebens den Tod durch Ertrinken gefürchtet. Das Boot kam immer näher, und sie winkte und schrie, aber ihre Hand verschwand im feuchten Nebel, ihre zarte Stimme drang nicht durch. Gerade als Herr Tiedemann am Billettschalter anlangte, rannte Charlotte den hölzernen Steg zum Vaporetto herunter. Beinahe wäre sie hingefallen. Das Boot schaukelte bei dem starken Wellenschlag, aber Charlotte konnte es mit Hilfe des Beamten, der die Passagiere ins Boot ließ, einsteigen. Er hielt Charlotte zwischen Landungssteg und

Boot am Arm fest. »Langsam, Signora!« Sie wankte in die Kabine, die sich allmählich füllte. Das Boot setzte sich in Bewegung. Charlotte sah nicht, wie Herr Tiedemann schrie und winkte, sie hielt die Augen geschlossen. Als sie sie wieder öffnete, sah sie nur noch einen massiven Schatten am Landungssteg. Sie unterdrückte ein Kichern. Was sollten die ernsten Venezianer um sie herum von ihr denken? Sie hatten wohl Besseres zu tun, als über eine Ausländerin nachzudenken. Wie alle Leute, widmeten sie ihre Aufmerksamkeit ihren eigenen Angelegenheiten. Oder sie lasen Zeitung, schwatzten miteinander und beobachteten durch die beschlagenen Kajütenfenster die Wellen mit ihren gewaltigen Schaum-Mähnen, die wie rasende Raubtiere an der Bordwand empor sprangen. Oder sie dachten an die dicke, heiße Bohnensuppe mit Zwiebeln, Speck und Tomaten, die sie daheim erwartete.

Ein heftiger Windzug wehte durch die halbgeöffnete Kajütentür, Charlotte wollte ihr Kopftuch fester binden. Aber sie hatte es irgendwo auf der Flucht verloren. Ihre langen nassen Haare fielen ihr über Schultern und Rücken. Sie sah wie ein verfrorenes, verängstigtes Schulmädchen mit einem reifen Mund und einigen Krähenfüßen aus. In diesem Augenblick glich sie eher einer nassen Katze als Herrn Shinodas Desdemona. Aber auch das war ihr gleichgültig geworden. Sie sah die Welt undeutlich, verschwommen, bedrohlich wie in einem bösartigen Traum. Ihr war klar, daß die Wirklichkeit bösartiger als jeder Traum sein konnte. Träume zerstieben am Morgen, die Wirklichkeit bleibt. Sie betrachtete die Fahrgäste, die blinden Fensterscheiben, die übermüdeten, zeternden Säuglinge auf den Armen ihrer Mütter, ohne sie richtig zu sehen. Ein kräftiger Säugling schrie wie am Spieß, bis sein Vater ihn auf den Arm nahm und ihm laut und ungeniert ein Schlummerlied vorsang. Alles hörte andächtig und anerkennend zu. Nur Charlotte lächelte nicht. Sie hörte auch nie genau zu. Herr Shinoda hatte es oft genug bemängelt. Wer war noch Herr Shinoda? Irgendein Japaner in Venedig.

Zwei junge Männer in triefenden Lederjacken aßen einen mit Knoblauch und Zimt gerösteten Stockfisch aus der Tüte. Der eine junge Mann hatte ein tragisch-byzantinisches Gesicht, das dunkle, erotische Leidenschaft verriet. Dieser Eindruck wurde aber abgeschwächt, weil der junge Mann wiederholt in der Nase bohrte. In Wahrheit interessierte er sich nicht für schöne Mädchen, sondern für geröstete

Stockfische und für das Kartenspiel. Sein Begleiter war stämmig, solide und vertrauenerweckend, er wirkte wie die Verläßlichkeit in Person, war jedoch Gelegenheitsarbeiter und Heiratsschwindler. Sein Aussehen war sein Kapital. Selbst Charlotte traute ihm oder hätte ihm getraut, wenn sie ihre scharfe Brille bei sich gehabt hätte. Der Geruch von Zimt und Knoblauch stieg ihr in die Nase, aber sie wagte nicht, sich ihr Taschentuch vorzuhalten. Sie war jetzt in den Zustand eines Kindes zurückgesunken, das weiß, daß es niemanden etwas recht machen kann. Sie wünschte, sie wäre wieder zu Hause, in ihrem Zimmer mit dem Blick auf die Elbe, und Pinkernellie würde mit heißem Kaffee ankommen. Sie wünschte, Albert, groß, breitschultrig und unendlich beruhigend, stünde wie das Bismarckdenkmal am Hafen an ihrem Bett und sagte: »Du bleibst jetzt bei uns zu Haus, nicht? Trink Deinen Kaffee, mein Lütten.«

Warum war sie überhaupt in Venedig? Sie merkte nicht, daß ihr Tränen über ihr weißes, erschöpftes Gesicht liefen. Eine ältere Venezianerin mit einem verkniffenen Mund schüttelte mißbilligend den Kopf. Man weinte zu Haus. Charlotte suchte nervös nach einem aufgeweichten Papiertaschentuch, aber heut war der Tag, an dem sich alle Gegenstände vor ihr versteckten.

»Prego, Signora!« Ihr Nachbar bot ihr zwei Papiertaschentücher an, und sie murmelte erstickt: »*Grazie!*« Es gab überall auf der Welt gute Menschen! Aber warum waren sie meistens so häßlich? Der Herr mit den Taschentüchern glich einem dicken, dunkelbraunen Fischotter, er sah zugleich wild und mitfühlend aus. Seine kleinen, kohlschwarzen Augen glänzten besorgt. Diese Ausländerin mußte krank sein! Wie blaß sie war. Treuherzig bot er ihr Rotwein aus einer Flasche an, die er aus seinem beschmutzten, braunen Mantel gezogen hatte. »Vino rosso, Signora! Bene, bene!« Charlotte lehnte ab, und die Verbindung war zerstört. Wie seine Brüder, die Fischottern, hielt der unbekannte Wohltäter minutenlang vor Staunen den Atem an. Wie konnte man seinen guten Rotwein so unfreundlich verschmähen? Sollte die Fremde in ihrer trocknen Hölle verrecken! Er hatte es doch nur gut gemeint. Dann dachte er an das heiße Risi-Bisi, das seine Frau jetzt zubereiten würde. Sie war eine gute Frau und Mutter und am Rialto für ihre Reisspeisen bekannt. Dort wohnte der Herr mit dem Rotwein, ein geachteter, mittlerer Beamter, und dort stieg er logischerweise aus.

Mußte Charlotte nicht auch am Rialto aussteigen? Sie wollte doch ihre Brille vom »Platz der Weiden und Pferde« abholen. Und ihren Koffer. Und ihre Erinnerungen. Aber sie hatte die Augen geschlossen, um keine der durstigen Fischottern sehen zu müssen. Als sie die Augen öffnete, war sie längst am Rialto vorbeigefahren. Entsetzt und verwirrt, stieg sie am Piazzale Roma, der Endstation der Autostraße, aus. Daß Charlotte auf den Gedanken kam, von Piazzale Roma zu Fuß zu Rialto zu wandern, war nur durch ihren Angstzustand zu erklären. Sie wollte kein Vaporetto mehr besteigen, um Herrn Tiedemann, dem sie durch ein Wunder entronnen war, nicht noch einmal zu begegnen. Denn natürlich fuhr er ihr nach! Herr Tiedemann ließ niemals eine Fahrkarte verfallen. Auf keinen Fall durfte sie hier noch lange herumstehen. Der Bursche in der Ecke starrte sie bereits an, so kam es ihr wenigstens vor. Sie war doch nicht einer wohlbekannten Gefahr entronnen, um einer unbekannten, noch entsetzlicheren in die Arme zu laufen! Ihre schlechten Erfahrungen hatten sie Vorsicht gelehrt. Aus welchem Grund hätte sie sich sonst vor Jahren auf der Hamburger Mönckebergstraße oder auf dem Rathausmarkt nach Verfolgern umgesehen? Suse, liebe Suse, was raschelt...?
Sie ahnte die Pläne ihrer Verfolger nicht, sie wußte nicht, was Herr Tiedemann an diesem Abend vorhatte. Seine Reaktion auf ihre Flucht aus dem Café hätte sie vielleicht erstaunt, falls man das Erstaunen wie das Gruseln lernen konnte. Üblicherweise wunderte sie sich über nichts mehr. Das hatte sie sich bei Herrn Shinoda abgewöhnt.
Falls Herr Tiedemann überhaupt Schuld an der Katastrophe hatte, die vom Piazzale Roma in ein Labyrinth dunkler, unbekannter Gassen und Gäßchen führte, dann höchstens indirekt. Er war selbst ein Opfer seiner zerschlissenen Nerven und gefährlicher Blutdruckbeschwerden, und er hatte Charlotte in diesen Angstzustand versetzt, weil sie über ihn gelacht hatte, während er ihr die Hand zur Versöhnung reichen wollte. Außerdem gehörte er zu den Unwissenden, denen Albert Petersens stummes Mitleid galt. Franz Otto Tiedemann hielt jede Katastrophe für halb so schlimm, wie sie war.
Warum lief Charlotte Petersen im Regen in finsteren Gegenden herum? Sie wußte doch, daß im Dunkeln viele Feinde lauern. Regenratten kriechen aus ihren Verstecken, Gewittermäuse huschen in finsteren Gängen und Treppenhäusern herum. Diebe, Sadisten, Erpresser, Klabautermänner – alle lauerten einer Frau auf der Flucht auf. Einer

schleicht jetzt hinter Charlotte her! Jedesmal, wenn sie stehenbleibt, um Atem zu schöpfen, bleibt er stehen. Wenn sie weiterläuft, läuft er mit. Wenn ihr langes, blondes Haar im Wind weht, lächelt er. Er darf sie nicht aus den Augen verlieren. Er ruft, und er hält einen Gegenstand in der Hand. Er schwenkt den Gegenstand hin und her und rennt ihr weiter nach. Unter einer trüben Laterne blitzt der Gegenstand sekundenlang auf. Ein Messer? Ein antiker Dolch? Oder etwas, was Charlotte verloren hat? Sie verliert viel, und jetzt hat sie ihren Kopf verloren. Ist der Verfolger der Klabautermann aus Bremen? Oder ein Tourist? Ein Venezianer? Der Fischotter-Herr ißt längst sein Risi-Bisi am Rialto. Er würde Charlotte nichts davon anbieten, da sie seinen Rotwein und seinen guten Willen verschmähte. Sie macht so viel falsch. Wieviele Leute gibt es, die guten Willens sind oder waren? Wenige Leute, liebe Suse!

Wer läuft hinter Charlotte Petersen her? Ein Polizist? Ein Gelegenheitsmörder? Oder ist es »Lütt Matten, de Haas«? Den kennt Charlotte aus ihrer Kinderzeit, als sie noch »Pünktchen« hieß und Papa ihr vorsang. Vor dem Häschen brauchte sie nicht zu fliehen. »Lütt Matten de Haas, de maakt sick en Spaaß.« Aber dies ist ein furchtbarer Spaß, und niemand singt.

Was immer Franz Otto Tiedemann in dieser Stunde tat oder unterließ, Charlotte Petersen erreichte das Logierhaus am Rialto nicht mehr. Wo war sie geblieben? In einer Sackgasse, wo ihr Verfolger einen blitzenden Gegenstand hin und her schwenkte? So etwas passiert überall. Zu jeder Tag- und Nachtstunde. »Lott is dood, Lott is dood, Jule liegt im Graben.« Aber Jule krabbelt aus dem Graben und läuft weiter. Und Lott? Und Schlotte? Und Charlotte? Dood? Aber wer wird gleich das Schlimmste denken? Ist das Schlimme nicht schlimm genug? Selbst wenn der Verfolger nicht Franz Otto Tiedemann hieße? Selbst wenn Charlotte mit ihrem bißchen Leben davonkäme und vielleicht genauso gern oder lieber sterben würde?

Charlotte war mehrere Male in Venedig gewesen, sie glaubte die Stadt zu kennen. Am Rialto hatte sie mehrere Wochen verbracht. Die Brücke ist unverwechselbar, aber Charlotte verwechselte sie trotzdem mit einer anderen Brücke, die direkt ins Labyrinth führte. Gassen, Gäßchen, Sackgassen, aus denen man wieder herausjagte. Treppen, Treppchen, Wohnhöhlen, Tavernen, Kanäle – wo um Himmels willen war sie? Sie hätte in einer Taverne nach dem Rialto fragen können, und vielleicht hätte ein mitleidiger Gast sie dorthin gebracht. Aber im Augenblick hatte sie ihr Italienisch und die Station Rialto vergessen, und niemand konnte ihr sagen, wohin sie wollte, wenn sie es selbst nicht wußte. Sie hielt nach einem Hotel oder einer Herberge Ausschau, aber in der Dunkelheit konnte sie die Hotels nicht von den venezianischen »Plätzen der Weiden und Pferde« unterscheiden, und die Herbergen waren genauso dunkel und unheimlich wie die anderen Häuser. Sie lief durch eine enge Gasse, ein Betrunkener hielt sie kichernd am Regenmantel fest und wollte sie ins Haus ziehen. Sie war zu entsetzt, um nach Hilfe zu rufen. Wie heißt Hilfe auf italienisch? Sie riß sich so heftig los, daß ein Teil des Mantels in den Händen des betrunkenen Spaßmachers zurückblieb. Nylon reißt leicht. Sie rannte aus der Gasse in eine andere. War es zu fassen, daß sie das Wort »Rialto« vergessen hatte? Auch Hilarys Nachnamen und den Namen der Seitenstraßen, die zu Hilarys Palazzo führte. Sie stolperte über eine Stufe, die sie nicht gesehen hatte und hielt sich an einem Bronze-Engel an einer Haustür fest. Wie kalt der Engel war, und er lächelte nicht. Die Haustür war verschlossen. Waren die Bewohner des Hauses schon schlafen gegangen? Wie spät war es? In einer Häuserschlucht hing nasse Wäsche aus den Fenstern. Eine Leine war zwischen zwei gegenüberliegenden Gebäuden gespannt, ein nasses Handtuch peitschte Charlottes Gesicht. In diesen Gassen schien die Sonne nie. Charlotte war eiskalt. Was Albert und Pinkernellie wohl zu diesen Irrwegen gesagt hätten, dachte sie, bei ihrem Anblick mit dem halben Mantel und den wehenden Haaren! Einen Augenblick hielt sie die Situation für einen ihrer Angstträume, die sie seit ihrer Zeit in Bangkok verfolgten. Aber die Chinesen, die sie geraubt hatten, waren ganz freundlich gewesen, und das Mädchen »Brokat« hatte sogar zu ihrer Rettung beigetragen.

Sie blieb stehen und sah sich um. Sie kannte die Gegend nicht, wußte aber, daß ein Schritt in der richtigen Richtung sie ins Venedig der Touristen zurückbringen konnte. War es zu fassen? Der breitschultrige Verfolger war ihr bis hierher gefolgt. Zum mindesten sah sie seinen Schatten an der letzten Brücke, die sie heruntergestolpert war. Er schwenkte immer noch einen blitzenden Gegenstand durch die naßkalte Abenddämmerung. Ein Verrückter? Ein Mörder? Das mußte Herr Tiedemann sein. War er etwa kein Mörder, wenn die Gelegenheit sich bot? Die Gasse war menschenleer. Herr Tiedemann lief die Brücke herunter. Aber es war nicht Herr Tiedemann, dem der hatte sich eines Besseren besonnen und war nach der Kaffeestunde schnurstracks in sein Hotel zurückgekehrt. Dort packte er seinen Koffer und rüstete sich zur Abreise im Morgengrauen. Er war unvermutet zu kühler, hanseatischer Vernunft zurückgekehrt und dachte nicht daran, seine ehemalige Frau in dem Lausewetter zu verfolgen. Er hatte genug von ihr. Sie war es nicht wert, daß er ihretwegen nasser wurde, als es unbedingt nötig war. Fortan wollte er daheim seinen Kaffee trinken. Dort gab's wenigstens Taxen.

Wer war Charlottes Verfolger?

Sie wollte in ihre Handtasche greifen, um den Schattenmenschen, den sie ohne Brille nicht erkennen konnte, mit Geld zu bestechen. Vielleicht nahm Franz Otto Geld? Charlotte suchte ihre Handtasche mit dem großen Silberbügel an ihrem Arm. Dann merkte sie, daß sie die Tasche verloren hatte. Sie hatte weder Geld noch die Adresse am Rialto, die sie zwar ohne Brille nicht lesen, aber jemandem zeigen konnte. Charlotte dachte klar und deutlich: Hier komme ich nicht mehr raus. Gleich ist er da und dreht mir dieses Mal im Ernst den Hals um. Ich bin verloren!

Hatte sie nicht seit Jahren gefürchtet, eines gräßlichen Todes zu sterben? Der Mann stand vor ihr, und etwas blitzte in seiner Hand. Sie schrie und stürzte in einen offenen Hausflur. Sie hörte Stimmen. Im Keller? Sie sah die uralten Steinstufen nicht, die in die Gaststube hinunterführten. Sie fiel die Treppe hinunter. Sie war sofort tot. Sie hatte sich nicht einmal das Genick gebrochen. Ihr Herz war vor Schreck stehen geblieben. Ihr Verfolger, ein gewissenhafter Polizist im Regencape, schwenkte ratlos ihre Handtasche mit dem schweren Silberbügel durch die Luft. Dann öffnete er die Handtasche und fand Namen, Briefe und Adressen. Der Tag war zu Ende. Walle, Regen, walle nieder!.

4
Ein Hamburger in Venedig

> Nicht das Leid, sondern das Glück, das den Menschen entgeht, ist die wahre Tragödie im Leben.
>
> *Carlyle*

»Hier bei Senator Petersen.«
»Marianne Stillhorn. Ich möchte Herrn Senator sprechen.«
»Herr Senator ist nicht da.«
»Sind sie es, Fräulein Pinkernelle?«
»Ja.«
»Sie sprechen so komisch, daß ich Sie nicht erkannte. Sind Sie erkältet?«
»Ich bin nie erkältet.«
»Das gibt es nicht. Schon gar nicht in Hamburg. Und im November. Wann kommt Herr Senator nach Hause?«
»Er ist in Venedig.«
»Wie bitte?«
»Er ist nach Venedig geflogen.«
»Wann?«
»Gestern.«
»Aber – ich habe ihn seit ... seitdem überhaupt nicht mehr gesprochen.«
»Ich bin keine Bekannte, Fräulein Pinkernelle.«
»Herr Senator wollte niemand sehen.«
»Das gilt doch nicht für mich.«
»Wie Sie meinen, Fräulein Doktor.«
»Ich werde nach Venedig fliegen. Er soll jetzt nicht allein sein.«
»Herr Senator ist bei Frau Dr. Stafford. Bitte noch einen Augenblick, Fräulein Doktor!«
»Es gibt nichts mehr zu besprechen. Ich fliege morgen.«
»Herr Senator will keine Bekannten in Venedig treffen. Er hat's mir ausdrücklich gesagt. Ist zu verstehen, nich?«
»Ich bin keine Bekannte, Fräulein Pinkernelle.«

»Das geht mich nix an, Fräulein Doktor. Herr Senator sagte, er wird Ihnen schreiben. Er will keinen Besuch aus Hamburg.«
»Ich vermute, Sie haben ihn mißverstanden.«
»Herr Senator drückte sich trotz seines Kummers unmißverständlich aus. Und was er sagt, da is nich an zu rütteln.«
»Wie geht es ihm jetzt, Fräulein Pinkernelle?«
»Rein äußerlich merkt man ihm nix an. Wie immer. Aber er hat sein Essen nich angerührt. Nich mal seinen Spickaal.«
»So traurig der Anlaß auch ist, das kann ihm nur guttun.«
»Wenn der Mensch nich ißt, dann kommt er von Kräften. Herr Senator lief die ganze Nacht im Haus rum. Ich kenn' ja seinen festen Tritt. Ich klönte noch mit Kapitän Cordes am Telefon. Er wollte kommen, aber, wie gesagt, Herr Senator wollte niemanden sehen. Nich nach der Nachricht. Ich bin selbst noch ganz tüdelig.«
»Was ist überhaupt passiert?«
»Sie fiel die Treppe runter und stand nich mehr auf. Das ist passiert.«
»Schrecklich! Leider paßte Charlotte nie auf den Weg auf. Wie hat Herr Senator es erfahren?«
»Frau Dr. Stafford telegrafierte ihm. Und noch'n Eilbrief. Die Polizei kam denn bei ihr an. Entschuldigen Sie, ich kann da nich drüber reden.«
»Sie müssen sich beruhigen, Fräulein Pinkernelle.«
»Ich bin ruhig. Ich kann nur das Reden nich ab.«
»Das nützt nun alles nichts. Wird Charlotte, wird sie...? Ich meine, ist die Beerdigung in Venedig? Ich frage nicht aus Neugier. Ich hab ein Recht zu wissen, was bei Petersens vorgeht. Ich will Sie auch nicht weiter stören. Ich muß aber wissen, wo und wann...«
»Herr Senator bringt sie nach Haus. Sie soll in Ohlsdorf... bei Herrn Johannes Petersen und seiner lieben Frau. Wo sie hingehört. Ich... ich...«
»Machen Sie sich gleich mal heiße Milch mit Honig, Fräulein Pinkernelle! Immer noch das Beste gegen Heiserkeit. In welchem Hotel ist Herr Senator abgestiegen?«
»Es klingelt. Ich muß runter.«

SHINODA TARO an HILARY STAFFORD in Venedig

Im Flugzeug nach Tokyo.

Hochverehrte Frau Dr. Stafford, zu meinem tiefsten Bedauern hatte ich keine Zeit, mich persönlich von Ihnen zu verabschieden und Ihnen ein Wort des Trostes zum Verlust Ihrer Freundin zu sagen. Aber ich möchte Ihnen für das gütige Verständnis danken, das Sie Charlotte und mir trotz aller Verleumdungen, die unsere Feinde in Venedig verbreiteten, bewiesen haben. Ich werde zeitlebens dankbaren Herzens Ihrer Toleranz und gütigen Hilfsbereitschaft gedenken. Miss Osome Atsumi wird Ihnen mein unwürdiges Abschiedsgeschenk überreichen. Auch diese elende Gabe aus Kyoto kommt von Herzen, und ich würde es als unverdiente Ehre betrachten, wenn Sie das kleine Schmuckstück, das ich von meiner verehrten Großmutter erbte, ins ferne England mitnehmen würden. Möge es Sie an die glücklichen Stunden erinnern, als Sie und Charlotte meine geehrten Teegäste waren.

Wann immer Sie Tokyo oder mein Sommerhaus in Hakone besuchen wollen, meine Familie und ich werden Sie mit der größten Freude und Dankbarkeit in Japan willkommen heißen. Mein Land besitzt erlesene Schönheiten, auch wenn sie nicht so augenfällig sind wie die Paläste der Lagunenstadt.

Ich kann die Tragödie immer noch nicht fassen und würde Ihnen ausführlicher schreiben, wenn ich nicht so müde wäre. Charlotte und das venezianische Barock haben mich völlig erschöpft. Ich muß schlafen, und die lange Flugreise bietet mir Gelegenheit dazu.

Ist Charlotte nicht glücklich zu preisen, daß sie, wie die liebliche Desdemona, hier in Venedig in makelloser Schönheit sterben durfte, bevor Alter und Krankheit sie zerstören konnten? Vergessen wir keinen Augenblick, daß diese Welt mit ihren Reizen und Schrecknissen eine vergängliche Herberge ist! Und die Liebe, die uns erhöht und gleichzeitig erniedrigt, ist nur ein Zwischenspiel, träumerische Erwartung, lähmende Erfüllung, törichte Sinnestäuschung! Diese Erkenntnis hilft mir, Charlottes Tod in der richtigen Perspektive zu sehen. Vielmehr, sie sollte mir helfen. Im Augenblick ist der Schmerz mächtiger als die Weisheit der Jahrtausende. Wahrscheinlich wollte Charlotte aus unbekannten Gründen sterben, sie unternahm daher nichts gegen die täglichen Bedrohungen und hinterlistigen Fallen des Schicksals. Wie Sie sich wohl erinnern, scheute die teure Verstorbene jede Art von Anstrengung. Zu meinem Erstaunen erwartete sie, daß ich ihr jedes Hindernis aus dem Weg räumen würde. Für wen hielt sie mich?

Die Art ihres Todes ist etwas, was wir alle, die sie bewunderten, so gründlich wie möglich vergessen müssen. Wie beneide ich die Gefühllosen, die Leute mit dem dicken Fell, die Liebhaber, denen es gleich ist, ob sie die Göttin der Schönheit oder eine Mißgeburt umarmen! Charlotte hatte bei ihrem Fall die Hüfte gebrochen und hätte wahrscheinlich zeitlebens gehinkt! Dieser Gedanke jagt mir Schauer des Entsetzens über den Rücken! Sie war für die Liebe geschaffen, und wer, ich bitte Sie, liebt einen hinkenden Schmetterling? Übrigens wäre die arme Charlotte nie so unglücklich gefallen, wenn sie bei ihrem Spaziergang im Regen ihre Brille aufgesetzt hätte. Leider hatte sie sie in meiner Hotelpension im Treppenhaus verloren. Ich flehte sie wiederholt an, besser auf ihr Eigentum zu achten. Wäre sie lernbegieriger gewesen, dann hätte sie von mir lernen können, wie man mit Anmut und Eleganz in einen Abgrund stürzt. (Ich denke da, sekundenlang, an meinen Fächertanz im »Spiegellöwen.« Lila Kimono mit weißen Chrysanthemen.) Bedauerlicherweise rührte die teure Verstorbene nie einen Finger, um es diesem Vorbild gleichzutun. Sie war ohne Ehrgeiz geboren. Miss Osome Atsumi wird Ihnen Charlottes Brille als Andenken überreichen. Ebenfalls Abzüge der bemerkenswerten Farbfotos, die Charlotte von meiner Onnagata gemacht hat. Ich nehme diese Fotos als teuerstes Andenken in meine Heimat mit.

Zu meinem unendlichen Bedauern fügte ich Charlotte Schmerz und Kränkungen zu. Allerdings hatte ich dabei ihr Bestes im Auge. Als ich nach reiflicher und schmerzhafter Überlegung meine Einladung in mein Haus am Hakone-See nicht wiederholte, war sie tief verletzt. Da sie aus einer vornehmen Familie stammte, fragte sie mich nicht, wann ich ihren Besuch erwarte. Aber ich fühlte, daß sie enttäuscht und gekränkt war. Ich hatte die Einladung spontan ausgesprochen; aber nichts will so reiflich überlegt sein, wie Einladungen in ein unbekanntes Land, nicht wahr? Ich erwähne die kleine Mißhelligkeit, weil ich vermute, Charlotte berichtete Ihnen darüber und setzt mich womöglich Ihnen gegenüber in ein ungünstiges Licht, was meiner Ehre abträglich wäre. Und gerade Ihnen gegenüber, einer Vertreterin des

in England erfundenen »*Fair-Play*«, wäre mir der Verlust Ihrer Achtung unerträglich. Darf ich daher wiederholen, daß ich Charlotte trübe Erfahrungen und Demütigungen ersparen wollte? Sie wäre in Japan sehr unglücklich gewesen. Sie hätte sich nie dort eingelebt und mich vermutlich in den Wahnsinn getrieben. Schöne, bezaubernde, unaufmerksame Charlotte! Sie hörte nie richtig zu, und das hätte meinem Vater, der gespannteste Aufmerksamkeit erwartet, nicht gut gefallen. Und mein hochverehrter, bejahrter Großvater hätte vergeblich auf die vielen Respektbeweise gewartet, die jüngere Personen ihm zu erweisen haben. Kurzum: Charlotte verstand nichts von mir und meinen Landsleuten, und es lag ihr fern, sich um das nötige Verständnis zu bemühen. Natürlich konnte ich sie nicht heiraten! Daß sie es allen Ernstes annahm, übersteigt mein armseliges Begriffsvermögen. Ich ließ sie in der Annahme. In meinem Land ist es nicht Sitte, jemandem ein glattes »Nein« zu sagen, wenn Abwarten und Schweigen bedeutend bessere Resultate zeitigen. Wenn ich mich nicht sehr irre, ist man in Großbritannien ähnlicher Ansicht? Charlotte erwähnte einmal die deutsche Offenheit – sicherlich eine bewundernswerte Eigenschaft, vor allem in Deutschland.
Wenn die teure Verstorbene die Kunst des Zuhörens gemeistert hätte, dann hätte sie gewußt, daß ich nicht heiraten will. Ich sagte zweimal, daß man in der Regel heiratet, um glücklicher zu werden, als man als Einzelmensch sei, und ich sei recht zufrieden in meinem Familienkreis. Sie lag auf dem wackligen Ruhebett mit der entsetzlichen geblümten Decke und hatte die Augen geschlossen. Keine Antwort. War sie so gekränkt, daß sie mir nicht antwortete, so tief getroffen, daß sie die einfachsten Höflichkeiten unterließ? Ich erwähne nebenbei, daß sie sich nie entschuldigte, ihre Mißachtung der Etikette verwundete mich. Aber wie gesagt: Ich verzieh ihr immer wieder. Übrigens war sie an jenem Nachmittag keineswegs tödlich gekränkt; sie schlief, während ich ihr eine wichtige Mitteilung machte. Als ihre geehrte Ärztin wissen Sie ja, daß die Arme oft so erschöpft war, daß ihr mitten im Gespräch die Augen zufielen. Natürlich hätte jede Japanerin eher Selbstmord verübt, als während einer Diskussion über das menschliche Glück ohne Entschuldigung einzunicken. Aber die bezaubernde Charlotte war eben keine Japanerin, und ich suchte und fand immer wieder Entschuldigungen für ihr skandalöses Benehmen. Wie dem auch sei, ich hatte meine Pflicht getan und ihr klaren Wein

über eine Heirat eingeschenkt, die unsagbar unpassend und katastrophal für mich gewesen wäre. Es war nicht meine Schuld, wenn sie diesen wichtigen Moment verschlief. Im übrigen bin ich mit meiner Onnagata verheiratet. Darf ich in aller Bescheidenheit sagen, daß Kayawara Koshiro VI. und seine Inkarnationen stets eine besonders erfolgreiche Ehe führten, gegen die meine bürgerliche Ehe nicht ankam? Obwohl meine geehrte Gattin über nichts klagen konnte, verließ sie plötzlich diese Welt, meine Söhne und mich. Selbst Charlotte, die wenig Gedanken an ihre Mitmenschen verschwendete, fand die Handlungsweise meiner verstorbenen Gattin unbegreiflich.
Diese Überlegungen, die sich mir ungebeten aufgedrängt haben, haben nichts mit meinem Schmerz um Charlotte zu tun. Nie wieder werde ich so vollkommene Schönheit aus der Nähe sehen dürfen! Wenn sie schwieg – glücklicherweise war sie nicht gesprächig –, war sie ein Bild. In ihrer zarten, kühlen Vollkommenheit glich sie unseren Schönheiten in Holzschnitt und Elfenbein. Sie neigte den Kopf mit dem unvergleichlichen Haar in derselben stolzen und demutsvollen Weise, als ob sie, dem ekelhaften Straßenlärm entrückt, unhörbarer Musik lausche. Leider war sie ganz unmusikalisch. Die Tonschöpfungen des Herrn Johann Sebastian Bach, ihres ruhmreichen Landsmanns, entlockten ihr ein Gähnen. Um so mehr bewunderte ich diese Haltung einer hingerissen Lauschenden – ein Triumph der Ästhetik!
Ich war in einem Rausch, trunken vor Glück! Daß dieses Glück nicht von Dauer sein konnte, war mir von Anfang an klar. Ich glaube, Charlottes geehrter Bruder, ein Mann der Tatsachen, aber sehr musikalisch, wie sie mir sagte, wußte es auch. Wenn er gelegentlich von ihr hörte, hat er es meinen ständigen Ermahnungen zu danken. Sie vergaß ihm zu schreiben. Dies unter uns.
Falls Sie, verehrte Freundin, mit Herrn Petersen in Verbindung stehen, versichern Sie ihn bitte meiner respektvollen Anteilnahme. Seine Adresse in Hamburg ist mir nicht bekannt. Entweder Charlotte verschwieg sie mir, um eine Korrespondenz zwischen dem Herrn Bruder und mir zu verhindern – allerdings lag dieser Gedanke mir fern –, oder sie vergaß, sie mir zu geben. Sie wollte mich erst in Venedig mit dem Senator bekanntmachen. Ich wäre aber auf jeden Fall vor seinem Eintreffen abgereist. Wenn ich auch ein unwissender Narr bin, der den Gebräuchen des Westens hilflos gegenübersteht, so

weiß ich dennoch recht genau, wann, wo und bei wem meine Anwesenheit unerwünscht ist. Das ging aus einem Brief des geehrten Bruders an Charlotte hervor. Sie verlor den Brief in meinem Zimmer. Ich ließ heimlich eine Übersetzung anfertigen, da ich nicht beabsichtigte, wegen eines einzigen Briefes das Studium der deutschen Sprache auf mich zu nehmen. Die Übersetzung war in beleidigend schlechtem Englisch. Aber sie bewies mir, daß meine Vorahnungen stimmten. Mr. Petersen konnte einer Heirat zwischen seiner Schwester und mir nicht abgeneigter sein als ich selbst. Woraus man wieder sieht, daß männliche Vernunft überall auf der Welt über weibliche Träume siegt. Ich darf das wohl sagen, da Sie, verehrte Frau Dr. Stafford, bedeutend vernünftiger als andere Frauen sind.
Bitte, denken Sie nicht, daß Japaner grundsätzlich fremde Briefe lesen; aber dieser Brief lag auf meiner Bambusmatte und störte die Harmonie des Raumes. Ich wollte Tee trinken.
Mit den besten Wünschen für Ihr Wohlergehen und eine ruhmvolle medizinische Tätigkeit, verbleibe ich, in respektvoller Zuneigung und in der kühnen Hoffnung, Ihnen eines Tages Kabuki in Japan vorführen zu dürfen,

Ihr treu ergebener
Kayawara Koshiro VI.
(Shinoda Taro)

Hilary erwartete Albert Petersen in Antonio Cesanos Sessel mit der hohen, geschnitzten Rückenlehne. Zu Antonios Lebzeiten hatte sie nicht geahnt, wie bequem der Sessel war, da nur er ihn benutzte und ihn leer vorzufinden wünschte. Taro Shinodas Brief hatte sie im Schreibtisch eingeschlossen, da sie nicht annahm, daß er dem Senator Freude bereiten würde. Außerdem konnte er sich wahrscheinlich vor Beileidsbriefen nicht retten: gutgemeinte Trostworte, die die Wunde immer wieder aufrissen. Der sonderbarste Beileidsbrief, den Petersen erhielt, war von Franz Otto Tiedemann aus Bremen. Er sprach seinem Ex-Schwager nicht nur Trost zu, sondern erwähnte ein angenehmes Plauderstündchen mit der teuren Verstorbenen, das leider an ihrem Todestag stattgefunden hatte. Charlotte sei ungewöhnlich vergnügt und liebenswürdig gewesen und habe seinen gelegentlichen Besuch in Hamburg angeregt. Wie gesagt; tiefstes Mitgefühl.

Zu ihrem Erstaunen hatte Hilary einen ähnlichen Brief von Herrn Tiedemann erhalten, da sie sich, wenn auch flüchtig, an einem Theaterabend in Venedig kennengelernt hatten. Er wisse, daß Charlotte an ihr eine seltene Freundin gehabt hatte. Leider konnte er Charlotte nach ihrem Plauderstündchen nicht zum Palazzo Cesano begleiten, da sein Flugzeug wartete. Aber, wenn er geahnt hätte, was ihr auf dem Weg zum Palazzo... Und so weiter. Hilary schüttelte den Kopf. Warum log der Herr aus Bremen? Das letzte, was Charlotte gewollt hätte, wäre ein Plauderstündchen mit Herrn Tiedemann gewesen. Warum wollten die Männer, die Charlotte in Venedig getroffen hatte, sich rechtfertigen? Auch Shinoda litt unter den Schuldgefühlen der Überlebenden. Haben die Toten Macht über die Lebenden? Sind sie im Recht, nur weil sie tot sind?
Hilary saß reglos in Antonio Cesanos Sessel. Alexander Ross war auch tot, wenigstens für sie, aber er hatte weiter Unrecht. In dieser Stadt schien man die Toten nicht genügend zu beachten, zu schätzen oder zu lieben. Auch die Marchesa Vivarini, die nun bald nach Venedig heimkehren würde, erwähnte in ihrem gestrigen Brief eine Tote, die zu ihren Lebzeiten unter Vernachlässigung gelitten hatte: Lucia Cesano! Sie war erst einige Wochen tot, und sie, Hilary, hatte ihre Schwägerin beinahe vergessen. Nicht so die Marchesa! Sie hatte mit venezianischem Elan einen ganzen Katalog von Lucias Tugenden verfaßt. Sie waren Hilary nie aufgefallen. Die Ärztin fröstelte. Würde Venedig auch eines Tages von allen beklagt werden, die diese Stadt in Schönheit verrotten und versinken sahen und nicht genug zu ihrer Rettung taten? Hilary wehrte diesen Gedanken ab. Sie mußte versuchen, Herrn Petersen, der um fünf Uhr kommen wollte, ein wenig aufzuheitern. Sein Brief hatte sie erschüttert. Briefe! Warum ließ James nichts von sich hören? War er so sehr mit seinem neuen Haus und seinen Antiquitäten beschäftigt? Oder war er krank? James war nie krank. Nun, bald würde sie wieder in London sein. Dieses Mal wollte sie James nicht Tag und Stunde ihrer Ankunft mitteilen. Sie wollte ihn nach der langen Trennung überraschen. Es war ihr entfallen, daß James unangemeldeten Besuch verabscheute und als Einbruch in seine Privatsphäre betrachtete.
Dann dachte Hilary wieder an Charlotte, die an jenem Regenabend nicht zurückgekommen war. In diesem Sessel hatte Hilary auf sie gewartet. Sie wollten kalt essen. Der Besuch des Hamburger Senators

würde Nerven kosten. Mr. Petersen mußte in seiner Vaterstadt großes Ansehen genießen. Wenigstens hatte Hilary das Charlottes Andeutungen entnommen. Er mußte fähig und geistvoll sein. Aber Hilary hatte seine Beziehung zu seiner Schwester von Anfang an als neurotisch oder zum mindesten als irrational betrachtet. Auch seine seltenen Briefe vor dem Unglück erstaunten sie immer wieder. Diese übertriebene Besorgnis! Seine verhaltene Bitte, seiner Schwester Geduld und Verständnis zu zeigen! Seine mühsam beherrschte Angst um diese körperlich zarte, aber rücksichtslose und egozentrische Schwester, die tat, was ihr gerade in den Sinn kam und große Anforderungen an ihren Bruder stellte. Sicher hatte Charlotte ihn auf ihre Weise geliebt – aber war es auch seine Weise? Hilary machte sich auf einen erregten, durch Schock und Schmerz tief verstörten Patienten gefaßt. Er würde Beruhigungsmittel brauchen. Sie hielt sie mit dem Teegeschirr in dem von einem Brokatvorhang verdeckten Erker bereit. Antonio Cesano wollte keinen gedeckten Tisch sehen, bevor er sich zu einem Imbiß dort niederließ. In seinem Empfangsraum war nichts verändert worden. Der schöne Raum war fast leer wie der Markusplatz im Winter. Zu Antonios Lebzeiten hatte die junge Hilary erwartet, daß einige unerschrockene Tauben über den Marmorboden zum Erker hüpfen und um Futter betteln würden. Aber es kamen nur Lucia und die alte Contessa zum Tee. Sie unterhielten sich ungeniert mit Antonio in dem schnellsten Italienisch der Welt, und Hilary hatte das Bücherbord mit Aretinos prunkvoll gebundene Briefen und Casanovas Memoiren angestarrt. Die Bücher würden nun verpackt und zum Teil verauktioniert werden. Antonio war ein leidenschaftlicher Leser gewesen, er hatte Hilary über Casanovas fünfbändigem Roman und seinen mathematischen Abhandlungen vergessen. War es zu glauben, daß sie bei diesen Gedanken immer noch ein Echo der Entrüstung spürte? Vergaß man keine Demütigung von Seiten des Ehemannes, selbst wenn man sie längst verziehen hatte? Übrigens hatte Hilary erst aus Shinodas Brief erfahren, daß Charlotte im Ernst an eine Heirat mit ihm gedacht hatte. Machte der Wunsch nach Ehe alle Frauen unzurechnungsfähig? Sie brauchte nur an ihre Heiratspläne mit Ross zu denken.

Punkt fünf Uhr betrat ein hochgewachsener breitschultriger Mann, der eine strenge Diät gebrauchen konnte, den leeren Empfangsraum

mit den kostbaren, verschlissenen Wandteppichen. Sein dichtes, blondes, an den Schläfen ergrauendes Haar war leicht verwirrt, er glättete es energisch mit seiner großen Klavierhand. Abgesehen von seinem rebellischen Haar zeigte der Besucher kein Zeichen von Verwirrung. Sein volles blasses Gesicht war ruhig. Seine hellen Augen hinter der starken Hornbrille hätten etwas Erstauntes, fast Unschuldiges gehabt, wenn der Blick nicht so scharfsinnig und dabei freundlich-überlegen gewesen wäre. Übrigens sah er viel jünger aus, als Hilary ihn sich vorgestellt hatte, aber um ihn war eine undefinierbare Aura von Autorität. Einen Augenblick betrachtete er die englische Ärztin so intensiv, wie er alle Menschen und Vögel studierte. Also, das war Charlottes Freundin, die sich so ehrlich und feinfühlend um sie bemüht hatte! Wieder fühlte er den stechenden Schmerz am Herzen, der ihn bei jedem Gedanken an sein »Pünktchen« überfiel. Aber sein Gesicht war vollkommen ruhig. Er trat auf Hilary zu, verbeugte sich, und sagte mit einer leisen Stimme, die nicht zu seiner riesigen Statur paßte:
»Albert Petersen. Aus Hamburg.«
Er sprach nicht vor ersticktem Schmerz so leise; er sprach immer so. Wenn er gelegentlich die Stimme erhob – bei öffentlichen Anlässen, oder wenn ihm etwas nicht paßte –, erschraken seine Zuhörer vor der unvermuteten Stärke. Marianne Stillhorn fürchtete diesen Ton und sah sich nach Sühnegeschenken um. Hilary hörte diese Stimme nie – weder jetzt in Venedig noch später zwischen London und Hamburg. Sie machten sich Besuche und Gegenbesuche. Auch Charlotte hatte leise gesprochen, aber das war ihre einzige Ähnlichkeit mit ihrem Bruder. Nie hatte Hilary Geschwister gesehen, die sich äußerlich und innerlich so wenig glichen. Charlotte hatte allen Menschen, die sich mit ihr einließen, naiv und gedankenlos ihre Kräfte geraubt. Albert Petersen war freigebig mit seinen Kräften. Das fand Hilary nach wenigen Tagen heraus. Er besaß einen Vorrat an Kraft, der sich geheimnisvoll von selbst erneuerte. Was für ein merkwürdiges Leben mußte dieser Mann in dem großen, leeren Haus an der Elbe geführt haben! Mit seiner Schwester, die unberechenbare Wege und Abwege ging und dem guten Fräulein Pinkernelle, die dem Hausherrn zuviel und zu gut zu essen gab. Würde er jetzt das »Fräulein« heiraten, dem Charlottes glühende Abneigung gegolten hatte? Wie hieß sie noch? Stillhorn! Und sie hatte es mit der Psychiatrie.

Petersen selbst schien nichts Absonderliches an dem Leben in der Elbchaussee zu finden und hielt es offenbar für selbstverständlich, daß seine eigenen Wünsche hinter denen seiner Schwester zurücktraten. Aber er war ein vitaler Mann in den Vierzigern und hatte bestimmt Talent zum Familienvater. Hilary wurde nicht aus ihm klug, und Petersen schien es darauf anzulegen, nach Hamburger Sitte sein Seelenleben zu verbergen. Nur ein einziges Mal gab es einen leichten Riß im Wall seiner Zurückhaltung, natürlich hatte es mit Charlotte zu tun. Ein einziges Mal sah Hilary eine solche Qual in diesem ruhigen, klugen Gesicht, daß sie den Blick von ihm abwandte. Er fand auch nichts Besonderes daran, daß er in seiner knappen Freizeit Freunde und Bekannte besuchte, die nicht allein mit ihrem Leben fertig wurden, die Rat und Hilfe und ein bißchen Herzlichkeit brauchten und dabei so »unwissend« waren, daß Petersen sich ihrer erbarmte. Aber darüber sprach er nicht. Hilary ahnte es nur, sie zog ihre Schlüsse aus seinen Bemerkungen über seine Freunde und Bekannten. Einmal sagte er tonlos: »Fräulein Stillhorn versuchte ihr Bestes, um mit Charlotte gut zu stehen. Aber ihr Bestes war nicht gut genug. Armes kleines Ding.« Er fügte hinzu: »Marianne ist noch zu jung. Und das ist eine Tatsache.«
Er war ein Mann der Tatsachen und schien mit ihnen zu rechnen. Wie konnte Fräulein Stillhorn gleichzeitig eine »Giftschlange« und ein »armes, kleines Ding« sein? Petersen schien extreme Jugend für eine bedauerliche Tatsache zu halten. Zu seiner Entspannung spielte er Klavier. Spät am Abend oder in der Nacht, sonst hätte er Charlotte gestört. Sie gähnte bei Bach. »Alles strengte sie an«, entschuldigte er sie bei Hilary. »Sie war so zart.«
Hilary schwieg. Die Feststellung, daß eine zarte Konstitution klassische Musik nicht aushalten kann, war der Intelligenz Albert Petersens unwürdig. Er mußte es wissen, denn er lächelte schuldbewußt, wollte etwas erklären, zog aber nach einem Augenblick der Überlegung Schweigen vor. Hilary konnte dieses schattenhafte und wissende Lächeln nicht vergessen. Hatte er Charlotte wirklich so geliebt, wie es den Anschein hatte? Hätte er es nicht erschreckend finden müssen, wie ihre Launen und Ansprüche an ihn seine kritische Intelligenz lahmlegten? Wer war dieser Albert Petersen? Und wer war Charlotte gewesen? Bevor sie mit Shinoda nach Tokyo reisen wollte, hatte sie Albert mit Selbstmord gedroht, wenn er Marianne Stillhorn

heiraten würde. Weinkrämpfe. Küsse. »Oh, Pummel! Ich meinte es nicht so. Bist Du mir böse? Du mußt mich hassen.« Zweiter Weinkrampf. »Liebst Du mich noch ein bißchen?« »Du mußt jetzt schlafen, mein Lütten. Natürlich lieb ich Dich.« Von diesem Dialog wußten nur Albert Petersen und die Tote.
Ja, er hatte sie geliebt, aber er konnte sie nicht ertragen. Er hatte jedesmal aufgeatmet, wenn sie Hamburg verließ. Gütig und pflichttreu wie er war, litt er unter Schuldgefühlen. War es möglich, daß man jemanden, den man liebte, weit weg wünschte? War dann nicht der nächste Schritt, diesem Menschen den Tod zu wünschen? Natürlich im Unterbewußtsein, aber dicht an der Oberfläche des empfindlichen Gewissens. Er hatte das Telegramm über Charlottes Untergang sprachlos angestarrt. Aber er hatte sich gefaßt, weil man sich fassen mußte. Hatte er nicht sein Leben lang alles getan, was er für sie tun konnte? Er hatte es als Selbstverständlichkeit betrachtet. Daran konnte auch das Unterbewußtsein nichts verdrehen. Aber er quälte sich weiter und die Bemühung um seine gewohnte eiserne Fassung glich den Bemühungen des Sisyphus. Liebe hat so viele Erscheinungsformen, auch der Haß war ihr nicht fremd. Das mußte Petersen, dem Klarheit über alles ging, ebenfalls stumm akzeptieren. Dennoch – je schuldbewußter er sich fühlte und je gereizter er gegen Stillhorn, das arme kleine Ding wurde, desto befremdlicher äußerten sich seine Fürsorge und seine Opfer für Charlotte. Er wußte es selbst; so wie er wußte, daß jede Ehe für sie ein Fehlschlag werden würde – nicht nur mit Bremern oder Japanern. Wenn er, der sie immer geliebt hatte, es nicht mit ihr aushalten konnte, wer dann? Dank hatte er nie von Charlotte erwartet. Mit Recht, wie er fand. Sollte die Arme sich bedanken, daß er sie heimlich meilenweit von Hamburg wegwünschte? Wäre sie für jeden Bruder zuviel gewesen? Er war nicht »jeder« Bruder, er war Albert Petersen, Marthas unerschrockener, kraftvoller Sohn. Er fand es bedenklich, daß er sich in den letzten Jahren beständig daran erinnern mußte, um Frieden im Haus zu haben. Wunderte er sich über Mariannes Beharrlichkeit angesichts seiner brüderlichen Ergebenheit? Nicht wirklich. Die kleine Stillhorn war jung. So jung, daß sie seine Tochter hätte sein können. Und die Jugend hofft weiter, selbst wenn alles hoffnungslos erscheint. Warum war jetzt, nach Charlottes Tod, alles hoffnungsloser denn je? Er wußte es nicht genau, aber er konnte sich den Grund vorstellen. Marianne war un-

lösbar mit der »Situation« verbunden, wie er den Zustand und seinen inneren Konflikt bezeichnete – eine äußerst zurückhaltende Bezeichnung. Er mußte sich langsam und vorsichtig von allem, was mit der Situation zusammenhing, befreien. Endlich wollte er sein eigenes Leben führen, und er hatte schon lange geargwöhnt, daß die junge Marianne nicht dazu gehörte. Er hatte sich von ihr lieben lassen, weil es einfacher war, als sich von ihr zu lösen. Sie hatte kein Verständnis für ihn und seine Einzelgängerei, für seine Ideen, und seine Gefühle. Wie war das möglich, wenn er hinter seiner Mauer lebte? So ein nettes, tüchtiges, taktloses und anhängliches Mädchen! Gewiß, sie war gegen Charlotte voreingenommen gewesen und hatte den Fehler begangen, es zu zeigen. So etwas tat man nicht. Nicht in Hamburg. Nicht in Albert Petersens Hamburg. Sie war eben jung, sie glaubte ihn zu lieben – das arme kleine Ding! Er mußte sich endlich ihrer Ahnungslosigkeit erbarmen und würde sehr diplomatisch die Beziehung lösen. Er wußte auch schon, wie man das am besten bewerkstelligen konnte. Er würde in aller Ruhe einen passenden jungen Ehemann für sie suchen, da Marianne durchaus heiraten wollte. Jemanden, der nicht so beschwert und müde war, wie er nach Charlottes Tod. Man muß selbst mit einem großen Vorrat an Kraft gelegentlich haushalten.

Während er über die Situation nachdachte, erzählte er Hilary harmlose Hamburger Anekdoten und Kuriositäten, die wirklich recht unterhaltend waren. Aber wenn zufällig die Rede auf Charlotte kam, und das war unvermeidlich, wenn man von einer Hamburger Jugend sprach, veränderte sich sein Gesichtsausdruck merkwürdig, und seine Stimme wurde noch tonloser. Es konnte Hilary nicht entgehen. War dieser großzügige und bescheidene Mann ein von Besorgnis und Ängsten um seine Schwester besessener Neurotiker? Das schien angesichts seiner ruhigen Autorität unwahrscheinlich, aber was wußte sie von diesem Fremden? Sie erzählte ihm von ihrem Leben in London; er kannte die Stadt recht genau.

»Sie müssen mich in London besuchen, Mr. Petersen!«

»Wollten Sie nicht längere Zeit nach New York gehen?«

»Ich habe meine Pläne geändert. Meine Praxis ... wissen Sie.«

»Ja, natürlich! Aber später müssen Sie mich in Hamburg besuchen, Frau Doktor!« Er lächelte herzlich. »Absagen nehme ich nicht entgegen, wissen Sie.«

»Ich werde mit Vergnügen kommen. Ich muß doch Onkel Hinrichs Wandschrank sehen, nicht wahr?«
Er lachte. »Und auf meine Diät müssen Sie auch achten. Das meinen Sie doch, nicht wahr?«
Wenn er lachte, wirkte er unglaublich jung für einen Vierziger. Wieder bemerkte Hilary den erstaunten Ausdruck in seinen Augen. War er erstaunt, daß er noch lachen konnte?
Dann sprachen sie über Charlotte. Er war jetzt entspannter und hörte aufmerksam an, was die Ärztin ihm über sie berichtete. Ihre Verwicklungen in unmögliche Situationen und Konfrontationen mußten ihm bekannt sein. Mehrmals nickte er, als ob er das alles, vor anderen Kulissen, schon einmal oder mehrere Male erlebt hätte. »Sie war nie frei von Angst«, murmelte er. Im Geiste sah er sie sprechen – mit fast geschlossenen Lippen, als ob sie den Mund voller Stecknadeln hätte. Dann hatte sie ihrem Alter entsprechend ausgesehen – erschreckend farblos, müde und angstvoll. In solchen Augenblicken hatte er sie in die Arme genommen und ihr Trost zugesprochen, alle Verabredungen, die ihm Freude machten, abgesagt: einen Abend in der Oper, ein Gespräch mit guten Freunden im Ratskeller, ein kleines Trallala – nicht immer mit »Stillhorn.« Zu seinem Erstaunen liefen die Deerns ihm nach. Aber er hätte sich gern zur Abwechslung einmal selbst um sie bemüht. Er hätte gern geliebt, wenn er die Passende gefunden hätte. Er hätte mit vollen Händen gegeben.
In diesem Augenblick sagte Hilary: »Charlotte war manchmal wie ein Kind, das man in die Arme nehmen und trösten mußte. Aber das hätte sie mir nicht erlaubt.«
»Woher sind Sie so weise? Sie wissen mehr über meine Schwester als Leute, die jahrelang mit ihr zusammen lebten?«
»Zu große Nähe trübt den Blick.«
»Sind Sie nicht zu weise für Ihre Jugend?«
»Ich bin schon Mitte dreißig.« Hilary lachte. »Wissen Sie, man ist für andere immer klüger als in eigenen Angelegenheiten.«
»Das ist eine Tatsache«, sagte Petersen trocken. Er erzählte ihr auf ihre Frage knapp und anschaulich, was Charlotte als Kind in Bangkok erlebt hatte. Ob sich aus dieser Affäre ihre Angst entwickelt hatte? Sie war wochenlang von Chinesen versteckt und wie durch ein Wunder gerettet worden. Petersen wischte sich den Schweiß von der hohen, gewölbten Stirn.

»Morgen sprechen wir weiter darüber«, sagte Hilary behutsam, aber bestimmt. »Sie hatten in den letzten Tagen genug Aufregungen.«
»Darf ich weitersprechen?«
Er sprach weiter. Er mußte dieser jungen, verständnisvollen Ärztin alles klarmachen, was unverständlich und unangenehm an Charlotte gewesen war. Aber natürlich erzählte er es sich selbst, weil er sie rechtfertigen und sich tadeln mußte. Allein die Art, wie Hilary zuhörte und Fragen stellte, erwärmten sein erstarrtes Herz. Sie mußte eine famose Ärztin sein. Alle Petersens bezeichneten als »famos«, was sie bewunderungswürdig fanden. »Bloß keine großen Worte, mein Jung«, hatte Wilhelm Christian Petersen, Alberts sagenhafter Großonkel in Bangkok, gesagt. Als ob Albert jemals dazu geneigt hätte! Bangkok ...
Hilary erzählte ihm von ihrer Kindheit in einem japanischen Gefangenenlager. Wollte sie ihn darauf hinweisen, daß auch andere Kinder beunruhigende Erlebnisse in Ostasien gehabt hatten? Er erfaßte es sofort und wies daraufhin, daß sie, Hilary, mit ihrer Mutter zusammen im Lager gewesen war. »Was kann einem Kind passieren, wenn die Mutter aufpaßt?«
»Sind Sie öfter in Ostasien, Mr. Petersen?«
»Unsere Firma hat Verbindungen in Hongkong und Tokyo. Im Frühjahr werde ich wieder in Japan sein.« Dann fragte er abrupt: »Kannten Sie Herrn Shinoda näher?«
»Soweit man Japaner kennenlernen kann, war er mir nicht unbekannt. Er wohnte ja längere Zeit bei mir. Ein großer Schauspieler. Als Privatmann krankhaft empfindlich, aber er hatte etwas ... einen Zauber der Persönlichkeit. Vielleicht, weil er in einer anderen Welt lebte. Kabuki.«
»Charlotte wäre nicht imstande gewesen, selbst an der Peripherie einer anderen Welt zu leben«, sagte Petersen langsam. »Nicht etwa, daß ich sie tadeln möchte – im Gegenteil. Sie war und blieb Hamburgerin, und dort gehörte sie hin. Und dahin werde ich sie mitnehmen.«
»Ich verstehe«, sagte Hilary sanft und besorgt. Petersen hatte seine großen bebenden Hände zu Fäusten geballt. Er atmete mühsam, und sein blasses Gesicht hatte sich gerötet. Niemand hatte Charlotte wirklich geliebt, dachte er. Nicht einmal er. Das war eine schlimme Tatsache.

»Man tut immer zu wenig«, murmelte er. »Ich meine, wenn man nur seine Pflicht erfüllt.«
»Nur?« Hilary sprach absichtlich so scharf. »Sie haben mehr für Charlotte getan, als man sich überhaupt vorstellen kann.«
»Ich hätte mehr tun müssen.«
»Wenn ich das sagen darf, Sie haben meiner Meinung nach oft zuviel für Charlotte getan. Sie war eine erwachsene Frau mit erwachsenen Leidenschaften. Ich schrieb Ihnen darüber. Sind Sie mir böse, daß ich so offen bin?«
»Ihnen könnte ich nicht böse sein. Natürlich haben Sie in mancher Beziehung recht. Aber die Situationen sind immer verwickelter, als es den Anschein hat.«
»Ich stimme Ihnen bei.« Sie verscheuchte den Gedanken an Ross.
»Ihre Patienten sind zu beneiden, Frau Doktor! Sie können einen Tiger beruhigen!«
»Sind Sie einer, Mr. Petersen?«
Endlich lachte er wieder. »Es wird schon alles in Ordnung kommen«, sagte er erstickt. »Es war zu plötzlich. Ich hab nicht genug auf sie aufgepaßt. Sie hatte doch nur mich.«
Nur? dachte Hilary.
»Wie kann ich Ihnen danken, was Sie für Charlotte getan haben?« Er blickte sie voll an. »Und jetzt zeigen Sie auch noch Geduld und Nachsicht mit mir.«
»Ich freue mich, daß Sie zu mir gekommen sind. Jetzt gibt's Tee.«
Wie einfach und ehrlich sie war! Sie schien immer das Richtige im richtigen Augenblick vorzuschlagen. Zum ersten Mal lockerte sich der eiserne Ring um Petersens Brust. Er trank drei Tassen Tee und aß den ganzen Kuchen auf.
»Morgen gibt's Knäckebrot«, sagte Hilary trocken.
Es war schon dunkel, als er sich verabschiedete. Hilarys goldrotes Haar glänzte unter den alten Laternen am Tor des Palastes. Sie sagte ihm erst jetzt, daß sie ihm bereits die meisten traurigen Formalitäten mit den Behörden abgenommen habe und daß sie morgen den Rest zusammen erledigen könnten.
»Sprechen Sie überhaupt italienisch?«
»Ich spreche nur siamesisch, japanisch und zwei chinesische Dialekte.«
»Nachher essen wir zu Mittag bei mir, Mr. Petersen.«

»Ich möchte Sie zum Lunch einladen, Frau Dr. Stafford.«
»Dann kommen Sie bitte zum Tee. Übrigens hat sich eine junge Japanerin morgen nachmittag bei mir angemeldet. Ist Ihnen das recht?«
»Mir ist alles recht.«
»Das kommt mir unglaubhaft vor.«
»Mir auch. Übrigens: ich fresse keine jungen Japanerinnen. Selbst wenn sie sehr süß sein sollten. Das verbietet mir meine Diät.«
Der Nachtwind wehte Hilary eine Locke in die Stirn, und er strich sie behutsam zurück. Dann sagte er förmlich ›Gute Nacht‹. Sehr förmlich, weil sie ihm in den wenigen Stunden vertraut geworden war. Sie drückte ihm ein Päckchen in die Hand.
»Schlaftabletten, Herr Petersen.«
»Ich nehme niemals Pillen. Aber schönen Dank für Ihre Freundlichkeit.«
»Zwei Tabletten mit etwas Wasser. Verordnung des Arztes.«
»Diesem Patienten ist aufgefallen, daß Sie eine Frau sind. Und zwar eine entzückende!«
Weder hob er die Stimme noch blickte er sie begeistert oder sehnsüchtig an. Senator Petersen hatte nur eine seiner sachlichen Feststellungen gemacht, an denen nicht zu rütteln war.
Nachts las er Lao-tse. Er beschäftigte sich seit Jahren mit dem Taoismus und hatte Ähnlichkeiten zwischen dem chinesischen Weisen und Sokrates entdeckt. Beide behaupteten, daß sie nur wüßten, daß sie nichts wüßten.

»War Charlotte nicht normal?«
Petersen sah Hilary Stafford nicht an. Er hatte mit sich gekämpft, ob er diese Frage stellen sollte.
»Was heißt ›normal‹, Mr. Petersen? Darüber gibt es soviel Ansichten wie über Liebe und Haß. C. G. Jung sagte: ›Zeigt mir einen normalen Mann und ich werde ihn heilen.‹«
»Was denken Sie über Charlotte?«
»Sie war hochgradig nervös und litt gelegentlich an Angstvorstellungen, die mit dem erschreckenden Erlebnis ihrer Kinderzeit zusammenhingen. Das ist nichts Außergewöhnliches, Mr. Petersen! Bitte, beruhigen Sie sich!«
»War Charlotte verrückt?«

»Sie war keineswegs paranoid im klinischen Sinn. Doktor Ciardo, ein italienischer Kollege, war dieser Ansicht. Ich nahm sie aus seinem Sanatorium zu mir, weil Anstaltsleben schlecht für sie war. Entschuldigen Sie, hören Sie eigentlich zu?«
»Sagen Sie mir diese tröstlichen Dinge, weil man das Gegenteil nicht mehr beweisen kann? Oder weil Sie in Ihrer Güte denken, Aussprüche mit Baldrianzusatz tun mir gut?«
»Das meinen Sie doch nicht im Ernst? Oder haben Sie eine so armselige Meinung von Ärzten?« Sie blickte ihn scharf an und sah einen Augenblick die nackte Qual in diesem klugen, verschlossenen Gesicht.
»Glauben Sie mir, Mr. Petersen, niemand und nichts hätten Ciardo und mich daran gehindert, Charlotte in eine Heilanstalt zu überweisen, wenn wir es für nötig gehalten hätten. Selbstverständlich hätten wir alles mit Ihnen besprochen, aber Ciardo hätte Ihren Rat nicht abgewartet. Genügt Ihnen das, lieber Freund?«
»Ich bitte sehr um Verzeihung! Ich werde Ihnen nie danken können, was Sie für Charlotte taten. Sie war glücklich bei Ihnen.«
»Zum mindesten war sie nicht unglücklich.«
»Ist das eine englische Untertreibung?«
»Es ist die Wahrheit, Mr. Petersen! Zum Glücklichsein hatte Ihre Schwester wenig Talent. Aber wenn sie ihre guten Stunden hatte, konnte ihr niemand widerstehen. Sie lebte nicht in der Wirklichkeit. Nicht, weil sie nicht anders konnte, sondern weil sie nicht anders wollte. Und Kayawara Koshiro VI. war die Brücke zu einer Welt der Kunst und Künstlichkeit. Er dagegen machte einen Trennungsstrich zwischen Kabuki und der Realität.«
»Charlotte verabscheute Trennungsstriche. Das war die Schwierigkeit. Man muß ja mit den Tatsachen rechnen, nicht? Dieser Kuchen ist ausgezeichnet. Sehen Sie, Professor Stillhorn, ein bekannter Psychiater in Hamburg und ein Freund unserer Familie, riet mir, Charlotte zur Beobachtung in seine Klinik zu überführen. Natürlich war ich sehr bestürzt und sagte ihm ...«
In diesem Augenblick wurde Hilary Besuch gemeldet, und sie erfuhr nicht mehr, was der Freund der Familie von Albert Petersen zu hören bekommen hatte. Stillhorn? Das mußte der Vater des Mädchens sein, das Petersen nun wohl heiraten würde. Endlich war er frei.
Eine hübsche, zierliche Japanerin trippelte herein und verbeugte sich

tief vor der Gastgeberin. Osome Atsumi trug einen zu großen und weiten Wollmantel und eine Pudelmütze gegen den adriatischen Herbstwind. Sie sah wie ein Kind in den Sachen ihrer Mutter aus. Oder wie ein kleiner Vogel, der sich verflogen hat. Petersen fand, sie brauche Schutz, er fand die Vorstellung nett, den kleinen Vogel zu wärmen und zu schützen. Osome sah mit einem Seitenblick, daß sie auf den fremden Riesen den beabsichtigten Eindruck gemacht hatte und lächelte ihn an ...

»Senator Petersen aus Hamburg.
Miss Atsumi, eine junge Journalistin aus Tokyo.«

Osome verbeugte sich tief vor Petersen, murmelte die korrekte japanische Begrüßungsformel und ließ ihre zarten kleinen Hände auf den Knien ruhen. Dann richtete sie sich auf und kicherte hinter ihrer vorgehaltenen Hand, sie hätte auf einen Stuhl klettern müssen, um sich stehend mit dem freundlichen Riesen zu unterhalten. Wieder musterte sie ihn aus glänzenden, neugierigen Augen und kicherte noch einmal. Es klang wie Vogelgezwitscher in einem venezianischen Museum.

Das ist 'ne drollige, kleine Deern, dachte Petersen wohlwollend. Wenn die Situation anders gewesen wäre, hätte er ein ganz kleines Trallala mit Fräulein Atsumi in Betracht gezogen. Nach seinen Beobachtungen in Tokyo gehörte die Kleine eher in einen Nachtbetrieb auf der Ginza als an eine Schreibmaschine. Vielleicht arbeitete sie tagsüber für eine Zeitung. In Ostasien übten eine Menge Leute zu gleicher Zeit eine erstaunliche Anzahl von Tätigkeiten aus, die nichts miteinander zu tun hatten, und so schnell wieder aufgegeben wurden, wie sie ergriffen worden waren.

Osome trug einige Päckchen in einem kleinen Netz. Die Päckchen waren in feines weißes Papier gehüllt und vorschriftsmäßig »für unglückliche Gelegenheiten« verpackt und verschnürt. Nie hätte Osome sich so weit vergessen, die Päckchen in Papier zu hüllen, das für »glückliche Gelegenheiten« knitterfrei gefaltet wurde. Dies war eine recht schmerzliche Gelegenheit: Die Überbringung von Gegenständen, die einer Toten gehört hatten, und eines Abschiedsgeschenkes von Kayawara Koshiro VI., der Osome in Venedig zurückgelassen hatte, ohne ihr zu verraten, wohin in Japan er sich zurückziehen wollte.

Osome überreichte Hilary mit weiteren Verbeugungen das Abschiedsgeschenk des Schauspielers und Charlottes Brille, die ihr als »Andenken« zugedacht worden war. Hilary legte beide Päckchen sofort unausgepackt beiseite. Die japanische Etikette verbot das Auspacken von Gaben in Gegenwart des Gebers, worüber Hilary froh war. Charlottes Brille wäre kein erfreulicher Anblick für Petersen gewesen.

Vielleicht fand er, daß er ein Recht auf einen besonders erfreulichen Anblick habe, denn er ließ kein Auge von Osome-san. Ein merkwürdiger Ausdruck war in seinen Augen, als er das Mädchen beim Teetrinken beobachtete. Kannte er sie aus einem von Tokyos Nachtlokalen? Das war kaum möglich, denn er hatte diese Lokale in Begleitung von »Stillhorn« besucht.

Tatsächlich sah Petersen dieses Mädchen zum ersten Mal, aber Osome war ihm trotzdem nicht fremd. Er erkannte sie blitzartig wieder, obwohl sie vor Jahren anders geheißen und in Bangkok gelebt hatte. Aber es war dieselbe zarte, biegsame kleine Gestalt mit denselben tiefen, mandelförmigen Augen, den zierlichen Elfenbeinhänden, dem vieldeutigen, wissenden Lächeln. Eine Tochter Ostasiens! Und er würde sie wiedererkennen, wo immer sie auftauchte. Was er in diesem offiziellen, venezianischen Raum, den Hilary so tröstlich belebte, wiederfand, war seine fernöstliche *anima*, der er als Schuljunge aus Hamburg zum ersten Mal beim Mondfest im elterlichen Garten in Bangkok begegnet war. Dieses Mädchenbild hatte sich in seiner zurückhaltenden Seele eingenistet – mit seiner Grazie und seinem verstohlenen, halb triumphierenden, halb demütigen Lächeln. Die ostasiatische *anima* triumphiert durch Demut, sie erweckte in Petersen eine Leidenschaft, die er als Junge nicht verstanden hatte und als reifer Mann nicht überwunden hatte. Keine Europäerin konnte Albert Petersen wirklich bezaubern, das war ein Geheimnis, das er mit seinen anderen Privatproblemen hütete. Hilary merkte nichts von dieser Reaktion, denn sein volles, blasses Gesicht war vollkommen ruhig, und seine scharfen, hellen Augen hinter der Hornbrille blickten weder erstaunt noch begeistert. Er sah jenen Tropengarten vor sich, wo Wilhelm Christian Petersen, sein legendärer Großonkel, mit seiner siamesischen Ehefrau die erste asiatische Wunschfigur in die Familie gebracht hatte. Eine alte und wahre Geschichte, die mit dem Hamburger Fernweh, tropischen Häfen, magischen Urbildern und den Petersens selbst zu tun hatte. Die Petersens bezeichneten ihre *anima* als

drollige kleine Deern, um den Export und Import nicht zu gefährden. Wie alle Männer, die mit dem Meer zu tun haben, kannten sie die Gefahrensignale.
Indessen zog Osome ein drittes, flaches Päckchen aus ihrer westlichen Ledertasche, einem Geschenk von Herrn Yanaga. Nie hätte Herr Ono, der verdammte Augenzeuge, einem Mädchen so eine teure Tasche gekauft! Er hatte Osome nichts geschenkt, außer seiner Zeit an einem einzigen Nachmittag.
»Bitte öffnen, Frau Doktor! Weiß nicht, wem Fotobild gehört. Zu schade zum Wegwerfen. Ja? Nein?«
Hilary betrachtete stumm eine vergrößerte Farbfotografie, die Charlotte gemacht und signiert hatte. Sie zeigte einen verhangenen Himmel mit jagenden Wolken und einen bewegten, nein, entfesselten Fluß. Sie reichte Petersen das Bild und murmelte: »Ich glaube, das sollten Sie haben.«
Er nickte und betrachtete die Fotografie, die Charlotte nach Venedig mitgenommen hatte. »Die Elbe bei Sturm.« Das Original des Gemäldes hatte bei Wilhelm Christian Petersen in seinem unordentlichen Tropenpalast in Bangkok gehangen, war dann ins Familienhaus in die Elbchaussee gekommen, und Albert Petersen hatte es von seinem Onkel Hinrich geerbt. Also hatte Charlotte doch an dem Familienerbe gehangen! An Hamburg, an der Elbe und auch ein bißchen an ihm?
Er zeigte Osome das Bild und sagte: »Ein japanischer Maler hat das nach einem Foto gemacht. Und meine Schwester fotografierte das Gemälde.«
»Wie merkwürdig.« Hilary studierte Casanovas Memoiren in Goldleder.
»Aber kein japanischer Fluß«, sagte Osome.
»Die Elbe bei Sturm«, erklärte der freundliche Riese. »Unser Fluß.«
Osome überlegte, ob er so reich und gutmütig wie Herr Yanaga sei und auch dessen Wutanfälle bekommen könne. Aber Yanagas Wut war immer schnell verflogen, und er wäre weiter ihr Gönner geblieben, wenn Herr Ono ihm nicht eine schreckliche Wahrheit über Osomes Mutter enthüllt hätte. Sie studierte Petersen unauffällig und genau. Eine tiefe Falte stand zwischen seinen Augenbrauen. Zorn? Irgendwie konnte sie sich keinen Zornesausbruch von ihm vorstellen.

Er war zu milde und langweilig. Osome fand alle Männer, die sie nicht laut bewunderten, langweilig. Und Petersen tat nichts dergleichen. Er hätte sich eher die Zunge abgebissen. Er lächelte sie gelassen und freundlich an und sprach sein langsames, korrektes Japanisch mit norddeutschem Tonfall und merkwürdigen, grammatikalisch fehlerlosen Redewendungen, die er sich selbst zusammen gestellt haben mußte. Osome kicherte und zwitscherte, während Petersen höflich und geduldig den sonderbaren Dialog für Hilary übersetzte. Das heißt, er übersetzte nur das, was er passend fand, denn die kleine Deern wollte mit ihm zu Abend essen, was überhaupt nicht in Frage kam. Er aß mit Hilary. Er hob seine Stimme nicht, was asiatische Damen erschreckt, und er blieb bei der taktvollen Absage: leider keine Zeit in Venedig, aber im Frühjahr in Tokyo? Er war freundlich und respektvoll, und Respekt war Osome von ihren Männern nicht gewöhnt. Er wußte eben nichts von ihr. Auf seine Frage berichtete sie ihm, daß sie an einer großen Zeitung arbeite und gab als Privatadresse die Wohnung einer Freundin aus dem Nachtbetrieb in Tokyo an. Sie senkte bescheiden die Augen, um den blitzenden Triumph zu verbergen. Also dann in Tokyo! Sein Respekt war wärmend wie ein heißes Bad, und Osome würde Petersen-san einen wunderbaren Tee bereiten – Sandwiches in Form von Sternen, mit Gurkenscheiben und Blüten dekoriert. In die Mitte der Kuchenschale würde sie ihm zu Ehren eine winzige Flagge in den Farben der Bundesrepublik, wo es immer regnete, stecken. Blumen. Dekorationen aus farbigem Papier. Diese Kunst hatte sie von ihrer verachteten Mutter gelernt. Petersen-san war ein guter Gönner, der sie nur schlagen und wegstoßen würde, wenn sie ihn ärgern oder ungeschickt betrügen würde. Und dann würde sie langsam den Riesen dazu bekommen, daß er sie mit nach Europa nahm, denn in Tokyo war das Pflaster zu heiß, und die Augenzeugen waren zu grausam.

Osome trank die dritte Tasse Tee im Schneckentempo. Die englische Ärztin, die ihr Petersen-san sicher wegnehmen wollte, aber nicht konnte, wartete auf ihr Fortgehen, und sie fühlte es. Leider fragte der Riese gerade nach ihrer Familie in Tokyo – natürlich eine reine Höflichkeitsfrage, die für gewöhnlich geschätzt und als Ehre betrachtet wird. Also legte Osome mit ihrem Vater, dem hohen Beamten, Ehre ein. Und die Mutter? Leider tot. War große Schönheit. Aus aristokratischen Kreisen. Osome stotterte und zog den Atem rasselnd ein.

»Ähneln Sie Ihrer geehrten Mutter, Osome-san?«
»Nein.« Sie sagte es mit unerwarteter Heftigkeit.
»Das heißt: ja.«
Petersen witterte Lügen, das Vögelchen zitterte und versteckte die Händchen in den Ärmeln des Wollkleides, als ob es ein Kimono wäre. Was war mit der Mutter des Mädchens? Es ging ihn nichts an.
Hilary fragte, ob Petersen viele Bekannte in Tokyo habe, und er studierte sein Notizbuch. Er hatte bei seinem letzten Besuch auf einem offiziellen Empfang einen Herrn Ono kennengelernt, der außerordentlich freundlich und hilfreich gewesen war. Hatte mit dem Verkehrsministerium zu tun und wollte ihn das nächste Mal mit einem Herrn Yanaga zusammenbringen. Elektronische Industrie. Eine wichtige Verbindung.
»Wie angenehm«, sagte Hilary.
»Sehr angenehm«, sagte Osome. Sie blickte Petersen plötzlich verängstigt an – wie ein Eichhörnchen, das man beim Nüssestehlen ertappt. Dann erhob sie sich und murmelte höflich: »Es ist große und unverdiente Ehre, Ihnen in Tokyo behilflich sein zu dürfen, Sir. Aber meine elenden Dienste leider sehr unzulänglich.«
»Ich bin davon überzeugt, daß Sie mir Tokyo sehr erfreulich zeigen werden, kleine Dame!«
»Werde Ihnen zeitlebens für große, unverdiente Güte dankbar sein, Sir.«
Petersen sah in den Augen der Kleinen, die fließendes, artikelloses Englisch sprach, eine Flamme fanatischer Dankbarkeit, die ihn unbestimmt beschämte. Er war es doch, der zu danken hatte. Aber Osome wußte es besser. Es war alles aus. Denn der gute Riese kannte Herrn Ono, und wenn die Rede auf Venedig und sie kommen würde ... Einen Augenblick schloß Osome vor Entsetzen die Augen. Sie ahnte nicht, daß Albert Petersen ihr eigenes und Herrn Onos Entsetzen über ihre Mutter nicht teilen würde. Einmal hatte die unbarmherzige, japanische Rangordnung keine praktische Geltung für ihn, und dann vertrug seine Nächstenliebe sich nicht mit sozialen Vorurteilen. Niemand konnte sich aussuchen, wo er zur Welt kam, von welchen Eltern er seine Erziehung erhalten, und in welchem sozialen Milieu diese stattfinden würde. Petersen sah also keinen Grund, jemanden wegen einer Reihe von Faktoren, die niemand ändern konnte, zu ehren oder zu verachten. Daß man in Japan in diesen Punkten grund-

sätzlich gegenteiliger Ansicht war, wußte Osome sehr viel genauer als er. Die Last der öffentlichen Verachtung, die die Familie ihrer Mutter in Osaka trug und die einen Schatten auf ihr eigenes Leben warf, trübte Osomes Urteil. Mit manischer Besessenheit war sie davon überzeugt, daß Petersen in Tokyo ›alles‹ über sie von Herrn Ono hören würde. Tatsächlich war es unwahrscheinlich, daß Herr Ono bei einem offiziellen Essen mit Petersen, einem geehrten *Gaijin* eine so unbedeutende und anrüchige kleine Person wie Osome erwähnen würde. Und es war ebenso unwahrscheinlich, daß Petersen bei einem geschäftlichen Mahl den drolligen kleinen Vogel in die Diskussion bringen würde. Er sprach nie über Privatsachen.

Er lächelte das Vögelchen an und sagte auf Englisch:

»Also auf Wiedersehen in Tokyo, Miss Atsumi! Wenn Sie mich bis dahin nicht längst vergessen haben.«

»Atsumi Osome wird Sie nie, nie vergessen, Sir.« Nach dieser Erklärung verließ Osome mit Trauer im Herzen den Palazzo, sie verschwand aus Petersens Leben; sie würde unauffindbar sein, wenn er im Frühjahr nach Japan kommen würde. Sie kannte die Schlupfwinkel der Verdammten – jene trostlosen Siedlungen abseits der japanischen Normalwelt, wo schuldlose, durch ihre Geburt verfemte »Verlierer des öffentlichen Respekts« geboren wurden, lebten und starben. Für die Normalwelt waren sie bereits bei ihrer Geburt gestorben. Im Fernen Osten erfahren die Pechvögel des Schicksals wenig Mitgefühl. Man bringt ihnen entweder Gleichgültigkeit oder Verachtung entgegen. Osomes Mutter in Osaka gehörte zu einer Gruppe von Japanern, die niemals sagen sollten, wer sie waren und in welchem Bezirk der großen Städte sie lebten. Aber Osomes geehrter Vater hatte es nach Jahren glücklicher Ehegemeinschaft durch einen Zufall erfahren und schickte seine Frau dorthin zurück, von wo sie gekommen war. Zu den Verdammten, zu den totgeschwiegenen Opfern der japanischen Gesellschaft, zu den *Eta*, zu den Schmutzfinken, die heut *Burakumin* genannt werden. Aber die Verachtung des Volkes blieb, wo immer diese Parias in ihren abgeschiedenen Siedlungen Arbeiten verrichteten, die den anderen Japanern zu »schmutzig« waren. Äußerlich unterschieden sie sich in keiner Weise von ihren Landsleuten. Daher brachen manche junge Menschen aus dem Bannkreis der Verachtung aus und mischten sich unter die Glückspilze der Gesellschaft. Sie sagten niemals, wer sie waren. Und manchmal ging es gut. Auch

Osomes Mutter hatte das entehrende Geheimnis gewahrt, einen anderen Namen angenommen und niemandem gesagt, wer sie war. Am wenigsten Herrn Atsumi, einem jungen Beamten in Tokyo, der es weit bringen würde. Sie hatte eben Pech gehabt. Das war das schwerste Verbrechen. Osome verachtete ihre Mutter.

5

Sage niemals, wer Du bist!

Denn wie man sich bettet, so liegt man.
Es deckt einen keiner da zu.
Und wenn einer tritt, dann bin ich es.
Und wird einer getreten, dann bist's Du.

Bertolt Brecht: Aufstieg und Fall der Stadt Mahagonny

Osome war fünfzehn Jahre alt gewesen, eine gute Schülerin und Musikstudentin, als ihre Mutter eines Tages aus dem elterlichen Heim in Tokyo verschwand. Es war mitten im Winter, sehr kalt, und das Haus war ohne sie noch etwas kälter.

»Deine Mutter ist krank und muß viele Wochen fortbleiben«, sagte der Vater.

»Darf ich sie bald besuchen?«

»Das geht nicht. Sie hat eine ansteckende Krankheit.«

In gewissem Sinn hatte Herr Atsumi recht. Öffentliche Schande ist genauso ansteckend wie Cholera, und man weiß nie, was da zurückbleibt.

»Aber ich will sie besuchen, bitte«, sagte die junge Osome zitternd. Sie hatte immer Angst vor ihrem Vater gehabt, und sie liebte ihre sanfte schöne Mutter.

»Gibt es in diesem Haus Personen, die meine Befehle mißachten?« Herr Atsumi liebte solche Fragen. Osome begann zu weinen. Ihr Vater sagte scharf:

»Laß das, dummes Ding! Ein großes Mädchen wie Du muß sich beherrschen. Marsch, zur Musikstunde!«

Die Dienerin Miki, die der Familie seit zwanzig Jahren treu ergeben war, brachte das schluchzende Mädchen zur Musikschule, denn junge Damen aus den besten Kreisen liefen nicht unbegleitet in dieser großen Stadt herum.

»Oh, Miki-san! Was fehlt meiner Mama? Wann kommt sie zurück?«

»Weiß ich nicht.«

»Warum hast Du rote Augen? Hast Du geweint, Miki-san?«

»Staubkorn ist ins Auge geflogen. Fragen Sie nicht soviel, Osome-san! Ihr geehrter Herr Vater hat es verboten.«
»Wo ist meine Mutter?«
»In Osaka.«
»Hast Du die Adresse?«
»Nein.«
Osome fühlte, daß die Dienerin log. Sie war die Vertraute ihrer Mutter gewesen und hatte sie bedient und geliebt. Wie viele alte Dienerinnen in konservativen Familien, wußte Miki-san alles. Aber Osome fragte nicht weiter, weil sie wußte, man konnte von Miki-san, wenn sie schweigen wollte, nichts erfahren. Osome war zum ersten Mal mit ihren fünfzehn Jahren ganz allein. Ihr älterer Bruder war mit Freunden in die Berge gefahren. Sie schrieb ihm am selben Abend und flehte ihn kindlich an, die Mutter in Osaka zu suchen. Shinjiro war bereits Student und klug und findig. Er antwortete nur aus Pflichtgefühl, weil die kleine Schwester ihn langweilte. Er schrieb, sie sei noch einfältiger als andere Mädchen, und man müsse warten, bis die geehrte Mutter nach Haus käme. Shinjiro, der trotz seiner Jugend ein so strenger Moralist wie sein Vater war, fügte hinzu, Geduld sei eine Tugend, die man so eifrig üben müsse wie ein Musikinstrument. Er schrieb, es sei schön, kalt und still in den Alpen. Shinjiro war gerade zum Leiter des Alpen-Clubs seiner Universität gewählt worden und hatte seinem Vater die große, unverdiente Ehrung telegrafisch mitgeteilt. Shinjiro war außerordentlich ehrgeizig und humorlos und trainierte verbissen, damit er eines Tages mit anderen jungen Helden den Himalaya besteigen könnte.
Mit dem Telegramm seines Sohnes in der Hand, blickte Herr Atsumi seiner schönen, intelligenten Tochter nach, wie sie mit der Dienerin zum Gartentor schritt. Osome sah ihrer Mutter leider sehr ähnlich, aber sie war bei aller Schüchternheit kritisch und rebellisch, was ihre Mutter nie gewesen war. Tomiko war Wachs in seinen harten Händen gewesen. Und jetzt, wo er sie aus dem Haus gejagt hatte, wußte er endlich, warum. Er dachte, man solle keine Sekretärinnen aus unbekannten Städten und Familien heiraten. Dann fuhr er finster blikkend ins Amt. Seine Mitarbeiter hatten genau so viel Angst vor ihm wie seine Familie. Das gefiel ihm. Einer mußte die Oberhand in einem Betrieb haben, und Herr Atsumi hatte immer gefunden, er sei der Richtige. Als junger Beamter hatte er sich so heftig in Tomiko

(Familienname: Onada) aus Kobe verliebt, daß er, unbegreiflicherweise, keine Nachforschungen nach ihrer Herkunft anstellte. So eine schöne, pflichttreue und überströmend dankbare Sekretärin hatte er noch nicht erlebt. Auch im Bett gefiel sie ihm so ausnehmend gut, daß er nicht darüber nachdachte, woher ein so junges Mädchen soviel über Männer wußte. Jetzt, an diesem kalten grauen Wintertag mit dem Telegramm seines Sohnes in der Hand, erfuhr er, warum Tomiko so erfahren und so überströmend dankbar gewesen war. Er hatte alle Informationen ohne Anwendung von Gewalt aus ihr herausgelockt, bevor er sie auf die Straße setzte. Nach Jahren glücklicher Ehe! Jetzt hatte er auch erfahren, daß Tomiko aus Osaka stammte, und daß Kobe nur eine Zwischenstation gewesen war. Diese elende Lügnerin und Betrügerin, dieser Abschaum der Gesellschaft, hatte die Spuren zwischen Osaka und Tokyo raffiniert verwischt. Sie stammte aus dem historischen Ghetto von Osaka. Sie war eine *Eta*, eine »Drecksperson«. Obwohl die Behörden den Ausdruck Eta verboten hatten, gebrauchte Herr Atsumi diese aus dem Mittelalter stammende Beschimpfung, wenn er an seine masochistische Frau dachte. Diese Unglücklichen waren und blieben die »Unberührbaren« der japanischen Welt, vergleichbar der niedrigsten, ostindischen Kaste. Und wie diese, lebten sie zum größten Teil in Armut und Verwahrlosung, weil sie sich nicht unter die Bewohner der normalen Welt mischen durften. Ihre Siedlungen waren abgegrenzte Ghettos in Vororten oder an Flußufern des Landes. Man wollte nichts mit diesen Opfern eines alten, abergläubischen Vorurteils zu tun haben, man schwieg sie tot. Und das war es, was Herr Atsumi beabsichtigte. Nur er und die alte Dienerin wußten die Wahrheit, und auf Miki konnte er sich auch ohne Drohungen verlassen. Sie hatte es nicht glauben wollen, aber wenn die Herrin es sagte, dann stimmte es. Miki hatte stumm einen kleinen Koffer für ihre entrechtete Herrin gepackt. Herr Atsumi hatte sie von seinem Chauffeur zum Bahnhof fahren lassen und ihr verboten, in seiner Gegenwart zu weinen. Er hatte dem Chauffeur nur gesagt, die Herrin sei sehr krank. Er solle sie auf den Bahnsteig begleiten und darauf achten, daß sie den richtigen Zug nach Osaka nahm. Er wünsche einen Bericht, ob alles glatt gegangen sei. Er hatte gehofft, sie würde sich unter den Zug werfen, sagte sich aber sofort, man könne von einer *Eta* keine ehrenvolle Handlung erwarten. Selbstverständlich kam Tomiko fahrplanmäßig in Osaka an.

Er hatte ihr befohlen, ihm ihre Ankunft mitzuteilen und dann nie wieder etwas von sich hören zu lassen. Sie sollte den Brief auf einem von der Siedlung entfernten Postamt aufgeben. Sie erfuhr nie, auf welche Weise und durch wen Herr Atsumi die Wahrheit über sie erfahren hatte, und es war auch gleichgültig. Es gibt immer Familienangehörige, die Geheimnisse herausfinden. Atsumis Bruder würde genau so schweigen wie er selbst und die Dienerin, denn wie gesagt, Schande steckt an wie Cholera. Natürlich würde Herr Atsumi die Kinder, seine Kinder, behalten. Sein Sohn war äußerlich und innerlich sein Ebenbild, sehr intelligent und sehr häßlich; und Osome würde er mit eiserner Strenge erziehen müssen. Da eiserne Strenge nicht nach ihrem Geschmack war, verließ sie das Vaterhaus längere Zeit vor ihrer Reise nach Venedig und stürzte sich ins Nachtleben von Tokyo. Sie hatte immer noch das Zimmer bei der Bardame, deren Adresse sie Albert Petersen gegeben hatte.
Zur Zeit der Katastrophe war sie fünfzehn Jahre und vermißte die Mutter Tag und Nacht. Aus diesem ersten Jahr ihrer Verlassenheit stammte der Haß gegen den Vater und der vergebliche Versuch, ihrem Bruder näherzukommen. Aber Shinjiro war ja nur ein jüngerer Vater, genauso streng, pedantisch und unausstehlich. Sie änderte ihre Meinung über ihn sehr viel später, als er seinen Vater nicht mehr imitierte, sondern seine eigene Persönlichkeit entwickelte, was auch heute japanischen Söhnen nicht leicht fällt. Individuelle Entwicklung ist kein japanisches Erziehungsideal.
Niemand hätte behaupten können, daß Herr Atsumi nach dem Verschwinden seiner Ehefrau ein leichtes oder erfreuliches Leben führte. So glücklich er viele Jahre mit ihr gewesen war, weil nur ein Narr glücklich sein kann, so sehr war er jetzt von Mißtrauen und Ängsten geplagt, als er nun das Leben allein bewältigen und seine Kinder schützen mußte. Er hatte vorsichtig verbreitet, seine Frau sei unheilbar krank, was stimmte. Einzelheiten verriet er nicht. Niemand fragte danach, denn man wußte, daß er taktlose Fragen überhörte. Das hatte er im Amt gelernt. Tomiko war geisteskrank, lautete seine letzte Behauptung. Er überhörte das Zischeln und Flüstern seiner Freunde und Bekannten. Er wußte, daß es von selbst aufhören würde. Sein Sohn war schweigsam wie er, und Osome hatte nichts im Haus zu sagen. Aber beide Kinder sahen ein, daß eine geisteskranke Mutter keine Gesellschaft für sie war.

Herr Atsumi Kunio versuchte sein Bestes, die Angelegenheit mit der Zeit zu vergessen und seine Gattin als Tote zu betrauern. In gewisser Weise stimmte das ja auch. Seine Beziehungen zu leichten Mädchen brachten ihm zwar keinen Trost, aber die physische Entspannung, die ein gesunder Mann braucht. Wenn Tomiko müde gewesen war, hatte er schon früher diesen Ausweg ergriffen, Tomiko! Wenn sie endlich sterben würde, könnte er sie offiziell begraben und beweinen. Sein Unglück traf ihn um so härter, weil er ein überzeugter Shintoist war. Reinheit im religiösen und körperlichen Sinn ging ihm über alles. Manchmal träumte er von solchen Siedlungen, die er nie betreten hatte. Sieben Höllen waren nichts gegen diese Visionen. Oder er beweinte nachts sein unverdientes Mißgeschick und schrieb zur Beruhigung ein Gedicht von mittlerer Güte.
In einer schwachen Stunde, denn auch Atsumi Kunio war nur ein Mann und einsam dazu, wünschte er, sein älterer Bruder, der die Wahrheit über Tomiko herausgeschnüffelt hatte, hätte ihn nicht aufgeklärt und sein glückliches Familienleben zerstört. Herr Atsumi Kio, ebenfalls ein hoher Beamter, schnüffelte zum Vergnügen herum und hatte in einer Nachtbar in Kobe interessante Dinge über eine gewisse Komiko aus Osaka gehört, die glänzend nach Tokyo geheiratet hatte. Herr Kio hatte Tomikos Behauptung, als Waise in Kobe aufgewachsen zu sein, nie recht geglaubt, da er für alle Behauptungen Beweise verlangte. Diese Komiko habe in Kobe »den Frühling« verkauft, um sich zur Sekretärin ausbilden zu lassen. Herrn Kios Ahnungen verdichteten sich. Übrigens wurden die *burakumin* in speziellen Registern bei den Behörden geführt, und irgendwie, mit Geduld, Bosheit und Diskretion fand Herr Kio durch befreundete Beamte Bestätigung für seinen schwarzen Verdacht. Sein Bruder Kunio brauchte sich nur seine Frau vorzunehmen, und das verstand Osomes Vater wie kein anderer. Das Verhör hatte vor sieben Jahren das Glück der Familie zerstört. Die Brüder Atsumi bewunderten nie den Aufwand an Mut und Entschlossenheit, der die junge Tomiko nach Kobe gebracht hatte. Sie verfluchten den Tag, wo Kunio die bildschöne und tüchtige junge Dame als Sekretärin anstellte. Gegen diese Ausgestoßenen galten selbst Koreaner, die sich ebenfalls unberechtigter Geringschätzung in Japan aussetzten, als wahre Aristokraten. Warum und wieso Völker und Menschengruppen bestimmte Teile der Bevölkerung verachten, ist ein Geheimnis, dessen Lösung die Herren

Atsumi nicht anstrebten. Sie waren sich nur über eins klar: wäre Tomiko dort geblieben, wo sie durch Geburt hingehörte, dann hätte sie die Familie nicht infiziert. Herr Atsumi war der Ansicht, daß jahrelanges Eheglück mit einer schönen und fügsamen Frau keine Entschädigung für seinen Verlust an Ehre war. Vielleicht hätte er ein Heiliger oder ein Philosoph sein müssen, um sich über jahrhundertealte Vorurteile gegen die Eta-Leute hinwegzusetzen. Oder ein unheilbarer Romantiker. Aber Herr Atsumi war ein korrekter, höherer Beamter, er belächelte Romantiker. Wenn er hemmungslose Liebe oder Treue sehen wollte, ging er ins Theater und bewunderte einen Samurai und die Onnagata. Seine Ehetragödie war ein Spiel, das Herr Atsumi gern auf der Bühne gesehen hätte. Wenn die Sache nicht ihm selbst passiert wäre, hätte er sie ins Reich der Fabel verwiesen. Er lebte als Fremder mit seinem Sohn und seiner Tochter Osome, die ihm schließlich davonlief und im Nachtleben von Tokyo untertauchte, bis ihr Gönner Yanaga sie zur Journalistin ausbilden ließ. Den scharfen Verstand und die Beobachtungsgabe hatte Osome von ihrem Vater. Sein Sohn Shinjiro blieb bei ihm, aber sie sprachen nur das Notwendigste miteinander, denn beide fühlten die Kluft, die sie trennte. So sah Shinjiro keinen Grund, seinem Vater mitzuteilen, daß sein Onkel ihm vor einigen Jahren die Wahrheit über die Mutter anvertraut hatte. Das hätte der älteste Herr Atsumi niemals getan, wenn er nicht im Sterben gelegen hätte. Plötzlich spürte er Gewissensbisse, daß er mit seinen Mitteilungen das Leben seines Bruders und der beiden Kinder zerstört hatte.

Shinjiro hatte Konsequenzen aus dieser Information gezogen, die sein Vater nicht voraussehen konnte. Er suchte seine Mutter auf und begann in Osaka für die Rehabilitierung der Ausgestoßenen zu arbeiten. Niemals nannte er den Namen seiner in der Verborgenheit lebenden Mutter, die sich nach der Scheidung von Herrn Atsumi wieder mit ihrem eigenen Familiennamen bezeichnen mußte. Aber er besuchte und tröstete sie in ihrer baufälligen Hütte und lernte den Rest der Familie kennen. Sie lebten so eng mit den Nachbarn Haus an Haus, daß die Siedlung Shinjiro an einen Kaninchenstall erinnerte. Aber die geheimnisvolle Bindung zwischen Sohn und Mutter sprengte sein verhärtetes Gemüt. Was diese Mutter ihn in ihrer Verbannung lehrte, war etwas, das den japanischen Mann nicht von selbst anfliegt: Mitleid mit dem Unglücklichen. Als Shinjiro schließ-

lich seinem Vater sagte, daß er aktiv in der »Buraku Emanzipations-Liga« arbeite, erübrigte sich jede weitere Erklärung. Herr Atsumi nahm die Mitteilung in tiefem Schweigen entgegen. Da er prinzipiell seine Frau nicht erwähnte, brachte er sie auch jetzt nicht in diesen urjapanischen Dialog. Es kam eben immer anders, als man plante. Und da sein Sohn ihm versichert hatte, die Mutter werde niemals öffentlich erwähnt werden, gab er sich achselzuckend, aber innerlich aufgewühlt damit zufrieden. Die Liga war 1955 gegründet worden und machte langsam, sehr langsam Fortschritte. Shinjiro wußte, daß seine kranke, von seinem Vater vernichtete Mutter, die nie ihre armselige Wohnstätte verließ, nie wieder ein normales Leben erwarten konnte. Aber seine Liebe und Fürsorge bewahrten sie vor dem Selbstmord. Sie lebte für seine Besuche. Shinjiros Kummer um seine Mutter war tief und echt, aber sein Respekt vor dem Vater war unerschütterlich, und die Bürde seiner Sohnespflicht war schwer und bedrohlich. Und Shinjiro war jung und ehrgeizig und wartete zitternd, daß sich der Vorhang über seinem eigenen Drama hebe. Er hatte sich stets in der Rolle des Siegers gesehen. Die Liga warf einen schwarzen Schatten auf alles, was er planen und tun würde. Würde man sich nicht wundern, daß Shinjiro, aus der vornehmen Beamtenfamilie Atsumi, zur untersten Stufe der Gesellschaft herabstieg, um etwas zu ändern, worüber man in seinen Kreisen am besten schwieg?
Shinjiro hielt seine Mutter im wörtlichen Sinn mit seinen starken, jungen Armen über Wasser. Er stützte ihren schwankenden Schritt, er sorgte dafür, daß die zum Skelett abgemagerte Frau regelmäßig aß, und er beklagte nie mit ihr ihr hartes und unverdientes Geschick, sondern riß sie, so gut er es verstand, aus ihrer von Verzweiflung und Lebensmüdigkeit diktierten Lethargie. So erinnerte er sie an die Kunstfertigkeit ihrer Hände. Tomiko konnte aus farbigem Papier kleine Kunstwerke schneiden und falten, wie man sie in Japan seit dem 9. Jahrhundert verfertigte. Ein bescheidener Triumph der stillen, häuslichen Talente stiller, häuslicher Frauen. Diese meisterhaft verfertigten Figurinen aus Papier besaßen in Tomikos Fall die Qualität von Skulpuren aus Metall und Stein. Das hatte Herr Atsumi in glücklichen Zeiten behauptet; und er gehörte nicht zu denen, die leicht lobten. Ihre »Dame Yaegakihime«, die große Heldin der klassischen japanischen Liebesgeschichte, hatte in der Wandnische über dem Lacktisch mit den Blumen gehangen. Diese Figur im weißen, mit

blaßblauen Blüten gemusterten Kimono, aus einer Papiersorte, die er aus Kyoto bestellte, war mit der Schöpferin des kleinen Kunstwerks aus der Nische verschwunden. Niemand wußte, wohin Herr Atsumi das zarte Gebilde getan hatte. Ob er es weggeworfen hatte? Das war ausgeschlossen, denn kein Japaner wirft ein Kunstwerk weg. Er mußte es in einer Truhe vergraben haben.

Früher hatte Tomiko ihre erlesenen Schöpfungen als Geschenke für die Verwandten und Freunde ihres Mannes verfertigt. Das war ein für immer verlorenes Leben, aber es gewann nun in der Verbannung eine neue Wirklichkeit. Tomikos hungernde Phantasie entzündete sich in der trostlosen Umgebung an dem schimmernden Material, und ihre Prinzessinnen, Hofdamen, Geishas und Meikos gewannen spirituelle Schönheit. Die schwebende Eleganz der Kimonos und das stille, feierliche Leben in den Gesichtern der Figurinen gemahnten an die Gebrechlichkeit und Zerbrechlichkeit des Glücks. Wer wußte es besser als Tomiko?

Nach und nach entstand eine ganze Theatergruppe, denn Tomiko war eine leidenschaftliche Besucherin des Kabuki-Theaters gewesen und hatte bei den Tänzen und Gesängen der Onnagata Tränen vergossen. Sie hatte Kayawara Koshiro VI. nie von Angesicht zu Angesicht gesprochen, dazu wäre sie zu scheu gewesen, selbst wenn die Gelegenheit sich geboten hätte. Daß ihre Tochter Osome dieses unwahrscheinliche Glück in Venedig erlebte, war ihr nicht bekannt. Osome schrieb ihrer Mutter niemals. Tomiko erwartete es auch nicht. Sie hatte Angst vor ihrer dreisten und kritischen Tochter und zitterte vor deren seltenen Besuchen, auf denen Shinjiro aus Gründen der Pflicht bestand. Alle Onnagata-Figurinen, die Tomiko aus der Erinnerung schuf, trugen Kayawara Koshiros edle Züge. Er bekam diese Puppen nie zu Gesicht – wie sollte er? Aber er hätte gestaunt. Tomiko glich einer Damasttrommel, auf der die Schläge tonlos verhallen.

Shinjiro brachte seiner Mutter erlesenes, handgemachtes von Maulbeerbäumen gewonnenes Papier, von der Qualität eines zarten Kleiderstoffes, den man beliebig falten, glätten oder kräuseln kann, bis das Material weich ist und wie Seide glänzt. Und der Weg von der primitiven, gesichtslosen *ane-sama*, der alten armlosen Kimono-Puppe der Vergangenheit, zu Tomikos Figurinen war so weit wie ihr Weg von Tokyo ins Buraku von Osaka.

Shinjiro brachte alles, was sie brauchte – Papier aus Kyoto mit herrli-

chen, eingedruckten Mustern, Pinsel, Farben, Watte zum Ausfüllen der Kimonos, und gepuderte Austernschalen als Untergrund für die Gesichter. Er brachte auch Geld, denn angeblich ließ er die Puppen an Sammler in Tokyo verkaufen. In Wirklichkeit bewahrte er sie in einer großen Truhe auf. Er hatte ein Kunstschloß an der Truhe anbringen lassen, und wenn er in der Stille seines Zimmers die Puppen betrachtete und wieder verschloß, war ihm, als ob er die Seele seiner Mutter vor Staub und Verfall in den Seidenhüllen bewahre. Shinjiro schrieb bessere Gedichte als sein Vater, aber seine Verse bekam niemand zu sehen. Er schrieb nur im Herbst Gedichte, wenn das Gras verwelkte und die Einsamkeit wuchs. Für den Rest des Jahres verfolgte er seine juristische Karriere und hielt seine Mutter in Ehren. Unter den Augen des nichtsahnenden Herrn Atsumi und der gedankenlosen Osome spielt sich zwischen Tokyo und dem *buraku* ein Drama japanischer Sohnesliebe ab, das zeitlos und herzzerreißend war wie die federleichte Schönheit von Tomikos Puppen.
Osome war vor der Abreise von Venedig nicht ganz so gedankenlos wie daheim gewesen, wo Herr Ono, der verdammte Augenzeuge, sie ohne ihr Wissen in Osaka aus dem Buraku kommen sah und in seiner unbezwinglichen Neugierde Nachforschungen angestellt haben mußte. Herr Yanaga und sein Augenzeuge hatten Osome zum ersten Mal in ihrem Leben einen Begriff davon gegeben, wie Abweisung und Verachtung schmerzen. Aber anstatt mehr Mitgefühl mit ihrer unglücklichen Mutter zu haben, hatte die Erfahrung in Venedig Osomes Haß gegen Tomiko nur noch verstärkt. Nie wieder würde sie das Buraku betreten! Sie war jetzt mündig, verdiente ihr Geld ohne Hilfe von Vater und Bruder auf verschiedene Art und Weise und mußte versuchen, wieder auf die Beine zu kommen, nachdem Shinoda Taro sie ebenfalls verlassen hatte. Sie wußte nicht, wo er sich aufhielt, und würde es nicht herausbekommen. Die Gegenwart war so schrecklich wie die Vergangenheit.

Petersen-san und die Sphäre des Respekts! Osome stand einen Augenblick vor Hilarys Palazzo. Sie ging langsam und müde in das leere »Haus der Weiden und Pferde«. Sie mußte ihre Sachen packen, denn sie wollte bald nach Tokyo zurückfliegen. Sie mußte versuchen, entweder in einer Redaktion oder in einer Nachtbar unterzukommen und einen neuen Gönner zu finden. Das war unausweichlich. Es gab

harte und weiche Tatsachen, und reiche Gönner waren hart.
Viel hatte sie nicht zu packen. Das Samtcape, das Herr Yanaga ihr geschenkt hatte, würde sie in Tokyo verkaufen. Auch den Schmuck. Und sich dazu. Sie starrte das luxuriöse Cape an. Wie war es möglich, daß jemand, der jung, schön und schlau war, so gründlich auf dem Trockenen saß? Warum waren alle ihre Erwartungen in Venedig mißglückt? Was hatte sie, Atsumi Osome, falsch gemacht? Sie war vorsichtig gewesen und hatte niemandem gesagt, wer sie war. Und trotzdem.
Osome gab einen leisen Schrei von sich, ihr Festkimono glitt aus den Seidenhüllen zu Boden. Sie hob ihn auf und hielt ihn einen Augenblick auf flachen Händen in die Höhe, so daß die eingestickten Schmetterlinge zu schweben schienen. Dann tat sie das gute Stück stirnrunzelnd in die Truhe zurück.
Einen Augenblick stand Osome regungslos in der Mitte des Mietzimmers am Rialto. Sie weinte nicht mehr, sondern machte Bilanz. Sie tat das mit Hilfe jener alten, sanft ironischen Logik Ostasiens, die dem Westen paradox wenn nicht sinnlos vorkommt. Aber Osome wußte plötzlich, warum sie gescheitert war. Auf ihre Jugend, Schönheit und Schläue vertrauend, hatte sie die Spiele der Gewinner gespielt und verloren. Aber wenn sie fortan die komplizierten Spiele der Verlierer versuchen würde, dann mußte sie eines Tages gewinnen.
In dem Bewußtsein, ein Körnchen nützliche Weisheit gefunden zu haben, trank Osome ruhig ihren Abendtee und versank in den beneidenswerten Schlaf der Verlierer. Sie lächelte im Schlaf.

6

Alte Damen in Palästen

Alte Damen in Palästen
tanzten auf Venedigs Festen.
Und sie scherzten beim Bankett.
Und sie schliefen nachts im Bett
mit den allerbesten
Gästen.

Alte Damen in Palästen
leben von den schönen Resten
in verschlissenen, edlen Seiden
Und verbergen ihre Leiden
in den kalten
Marmorkästen.

Alte Damen in Palästen
sind verbannt von allen Festen.
Doch sie scherzen im Terzett –
und sie schlafen nachts im Bett
mit devoten, toten
Gästen.

Alte Damen in Palästen
sterben mit den schönen Resten.
Sie belächeln ihre Not.
Und sie tanzen mit dem Tod
in den leeren
Marmorkästen.

Alice Ekert-Rotholz

ALBERT PETERSEN in Hamburg an HILARY STAFFORD in Venedig

Im November

Liebe Hilary,
Da Sie vor der Abreise stehen müssen, will ich mich kurz fassen: Ich danke Ihnen!
Sie haben mir mit soviel Güte und Verständnis über das Schwerste hinweggeholfen, als ob es das Selbstverständlichste auf der Welt wäre, einem fremden Mann in einer Krise beizustehen. Tatsächlich

ist solche Hilfsbereitschaft in unserer Zeit steinerner Gleichgültigkeit das große Wunder.
Vielleicht war ich so verwundert über Ihre spontane Güte, weil ich in der Regel nicht das bekomme, was ich haben möchte, sondern was ich eben bekomme. Das geht uns allen wohl so.
Ich werde nie vergessen, was Sie für Charlotte und mich getan haben. Und, bitte, schieben Sie es nicht wieder auf Ihre ärztliche Pflicht! Das wäre zu wenig für das, was Sie tun, obwohl Pflichterfüllung an sich auch allmählich ein Fremdwort in unserm sozialen Wörterbuch wird.
Kurzum: ich werde mich stets in Ihrer Schuld fühlen! Das ist zwar ein ziemlich ungewohntes Gefühl für mich, aber es gefällt mir in diesem besonderen Fall.
Die Tage, die ich mit Ihnen in Venedig verleben durfte, kommen mir wie ein Andante zwischen zwei Paukenschlägen vor. Und ich liebe die Stille.
Liebe Hilary! Ich möchte Sie nicht mit Wiederholungen langweilen, aber Ihre Patienten sind beneidenswert.
Mit vielen guten Wünschen, und in der Hoffnung auf ein Wiedersehen in London oder Hamburg (Onkel Hinrichs Wandschrank!),

Ihr ergebener
Albert Petersen.

P.S.:
Fräulein Pinkernelle studiert kopfschüttelnd meinen Diätzettel.
Trotz meines Versprechens habe ich mich immer noch nicht ans Klavier gesetzt. Und dabei könnte ich jetzt spielen und würde niemanden stören.

A.P.

Kurz vor ihrer Abreise machte Hilary einen Abschiedsbesuch bei der alten Contessa Cesano. Sie durfte immer kommen, denn sie beruhigte die alte Dame, die jetzt an Erregungszuständen litt. Hilary war erleichtert, Venedig verlassen zu können; in den wenigen Monaten war zu viel auf sie eingestürmt und auch sie liebte ein Andante zwischen zwei Paukenschlägen. Sie fühlte, daß wieder ein stürmischer Abschnitt in ihrem Leben zu Ende gegangen war, und sie freute sich auf ihr gleichmäßiges Arbeitsleben in London. Auch auf James freute sie sich auch, obwohl er nicht mehr geschrieben hatte. Aber nun würde sie ihn bald sehen. Und eines Tages würde sie Albert Petersen besuchen. Sie konnte ihn nicht vergessen. Trotz der traurigen Umstände hatte sie die Freude empfunden, die starke Persönlichkeiten ihr gaben. Daß jemand über eine persönliche Tragödie hinwegkam, fand Hilary erleichternd. Auch James wurde in derselben Weise mit allem fertig; aber warum schrieb er nicht? War etwas passiert? Unsinn! James achtete darauf, daß ihm nichts Unerwünschtes passierte.

Hilary ging langsam an den großen Palästen vorbei, die sie vor zehn Jahren so überwältigt hatten wie Antonio Cesano und seine Familie. Nur noch die alte Contessa war am Leben, und ohne Antonio und Lucia mußte der Palazzo gespenstisch leer sein. Charlottes Tod und Albert Petersens Besuch hatten Hilary abgehalten, die Contessa zu besuchen. Aber im Palazzo Cesano würde sich nichts geändert haben. Dort stand die Zeit nicht still, sondern ging zurück.

Hilary betrachtete zum letzten Mal die stolzen Paläste am dämmrigen Kanal. Sie schienen sich für den Winterschlaf vorzubereiten, denn sie wirkten grauer und verschlossener als in der sonnigen und lukrativen Touristen-Saison. Jetzt gab es nur noch Venezianer in Venedig, und jene Ausländer, die hier ihr Heim aufgebaut hatten. Häusliche Museen.

Wie so oft dachte Hilary wieder, daß es in der Lagunenstadt keinen Kampf der Natur gegen Kunst und Stein gab. In London hörte dieser Kampf nie auf. Hilary sah die weiten Parks, die Gärten, Hampstead Heath und Highgate Village, wo man im Wechsel der Jahreszeiten die große Stadt vergessen konnte. Venedigs Paläste, Kirchen und Museen waren statisch wie die alte Contessa Cesano. Ihr Beharrungsvermögen auf sinkendem Boden gab ihnen einen heroischen Zug.

Die alte Contessa begrüßte Hilary mit ihrer üblichen, hochmütigen Gleichgültigkeit, aber sie hielt ihre Hände fest. »Ich dachte, Du wärst schon abgereist,« sagte sie grollend. Sie sprach jetzt wie durch ein Megaphon, wie zu einer Volksversammlung. Das machte ihre wachsende Schwerhörigkeit; die Trompetentöne sollten ihre Besucher wohl zu ähnlichen Leistungen ermuntern. Hilary fand die Contessa verändert. Ihr edles Gesicht mit den tiefen Furchen und Höhlungen war erschreckend mager, und die herrlichen Augen brannten in einem krankhaften Feuer.

»Ich habe es sehr schwer mit ihr«, sagte Schwester Francesca. »Sie

hört immer weniger und verliert den Faden oder sie spricht stundenlang mit ihrem toten Sohn. Ich kann es kaum aushalten.«
Sicherlich hatte die Krankenschwester es nicht leicht, und Hilary gehörte nicht zu den Ärzten, die solche Dienste unterschätzten. Es gab keine gewissenhaftere Pflegerin als die dicke, neugierige Schwester Francesca. Aber Hilary war erstaunt, daß sie ihre ehemalige Demut verloren und ihre Anbetung der Contessa aufgegeben hatte.
»Was sagen Sie, Schwester?« schrie die Contessa.
»Daß wir Kaffee trinken wollen, Contessa.«
Die Schwester verschwand, und die alte Contessa zog ihre dunklen Augenbrauen finster zusammen.
»Sie will mich vergiften.« Sie blickte Hilary starr an. »Wer sind Sie? Was wollen Sie von mir?«
»Ich bin Hilary. Ich will mich von Ihnen verabschieden, Contessa.«
»Ach so, Hilary! Neulich besuchte mich jemand, der Dich nachmachte. Aber ich warf sie 'raus. Wann war das noch?«
»Darüber brauchen wir nicht nachzudenken,« sagte Hilary beruhigend. »Jetzt bin ich hier. Ich will mich von Ihnen verabschieden, meine Liebe.«
»Du sollst nicht immer verreisen. Du bist nicht amüsant, aber ... Ich freu mich mit Dir. Du mußt diese Reise aufgeben, Hilary! Ich wünsche es.«
Hilary streichelte die langen zitternden Hände und sagte laut: »Liebe Contessa, ich sage Ihnen immer die Wahrheit. Stimmt das?«
Die Contessa nickte heftig und bemerkte, daß Lucia und selbst Antonio sie dieser Tage immer belogen. Sie sagten, sie kämen morgen wieder, und dann kamen sie nicht. Ja, Hilary, sei ehrlich! Dann fragte die Contessa, welche ekelhafte Wahrheit Hilary ihr sagen wolle. In diesem Augenblick war sie wieder klaren Geistes.
»Ich muß nach London zurückgehen. Meine Mutter wartet. Und die Praxis braucht mich auch.«
»Die Schiffe verlassen die sinkenden Ratten.« In der Erregung lachte die Contessa so schrill, wie Lucia gelacht hatte. »Wir sind Ratten, die im Schlamm versinken.«
Aber die Contessa versank nicht im Schlamm, sondern im Nebel ihrer Erinnerungen und Halluzinationen. Sie sprach mit Personen, die Hilary nie in Venedig getroffen hatte. Sie mußten Jahrzehnte oder Jahrhunderte tot sein.

»Da kommt der Kaffee, Contessa!«
Diese Ankündigung versetzte die Kranke in freudige Erregung. Sie richtete sich in ihrem Sessel auf – wie eine Statue, die sich aus dem Schlamm der Vergangenheit erhebt.
»Her mit dem Kuchen! Ich will viel Kuchen.«
»Bitte, langsam essen«, sagte die Schwester sehr laut. Dann wandte sie sich an Hilary: »Die Contessa ißt jetzt so gierig, daß sie sich beständig verschluckt. Neulich erstickte sie beinah. Ich hatte Herzklopfen vor Schreck.«
Die Schwester sprach, als ob die Contessa nicht da wäre. Das gefiel Hilary nicht besonders. Die Contessa fragte, wie immer, was Schwester Francesca gesagt habe.
»Ich sagte, Gina hat schönen Mandelkuchen gebacken. Immer langsam, Contessa! Ein Stück Kuchen zur Zeit, wie sich das gehört.«
Die Contessa legte ein Stück Kuchen auf die Platte zurück. Sie gehorchte der groben Pflegerin wie ein gescholtenes Kind. Es schnitt Hilary ins Herz. Die Demütigungen des hohen Alters! Konnte man sich wundern, daß die Contessa sich mit letzten Kräften in ihre glänzende Vergangenheit flüchtete?
»Ich liebte immer die Abwechslung«, sagte sie mit vollem Mund. Kuchenkrümel rieselten in ihren Schoß. »Warum gibt es keine Feste mehr, Hilary? Oder lädt man mich nicht ein? Warum lacht diese dicke kleine Person? Wie heißt sie noch?«
»Ich heiße Francesca. Haben Sie es wieder vergessen?«
»Ich habe es nie gewußt.«
»Das war das letzte Stück.« Schwester Francesca zog ihrer Patientin ärgerlich und respektlos die Kuchenplatte weg.
»Gleich kommen die Marchesa Vivarini und Signor Moretto. Sollen Ihre Gäste nichts zu essen bekommen?«
»Halten Sie den Mund!«

In diesem Augenblick betraten diese täglichen Besucher den Empfangsraum und begrüßten die Contessa und Hilary mit großer Herzlichkeit. Die Marchesa wankte auf ihren kleinen zierlichen Füßen in den herrlichen Schuhen zu ihrem Sessel. Sie pustete wie eine ächzende Lokomotive. Die Contessa starrte Elvira Vivarini unverwandt an und fragte, wer sie sei.
»Ich bin die älteste Freundin der Familie«, sagte die Marchesa mali-

ziös. Hilary fragte die älteste Freundin der Familie, ob sie die Süßigkeiten aufgegeben habe.
»Bei Mandelkuchen mache ich eine Ausnahme, Hilary. Ah!«
»Frauen sind unverbesserlich.« Signor Moretto seufzte. »Du kannst nicht nein sagen, Elvira! Du machst Dich zur Sklavin Deiner Gelüste. Deine Figur hast Du längst verloren, meine Gute! Wenn Du weiter Mandelkuchen ißt, wirst Du auch noch Deinen Charakter verlieren!«
»Hauptsache, ich bewahre mir meinen Verstand, mein Lieber. Sieh Dir die arme Livia an! Sie macht mir schlaflose Nächte vor Kummer«, sagte die Marchesa heiter.
»Was hat sie über mich gesagt?« schrie die Contessa.
»Daß Du heut besonders schön bist.«
»Ich war einmal schön«, sagte die Contessa düster. »Du mußt ihr kein Wort glauben, mein Freund! Sie war immer eine widerliche Lügnerin. Wie meine Lucia. Gott sei ihrer armen Seele gnädig.«
»Laß Lucia aus dem Spiel!« Die Marchesa sprach jetzt ebenfalls durch ein unsichtbares Megaphon. »Du hast Dich nie um sie gekümmert. Das hat sie in den Tod getrieben.«
Die alte Contessa lachte. Dann wandte sie sich mit der alten, siegreichen Arroganz von der besten Freundin der Familie ab. Jetzt sprach sie ausschließlich zu Signor Moretto: »Du mußt Antonio sagen, daß er mich nicht zum Lachen bringen soll. Gestern war er wieder so amüsant. Aber es ermüdet mich zu sehr.«
»Antonio hat seinen ewigen Frieden, meine Liebe. Freuen wir uns für ihn.«
»Sie ist total verrückt«, sagte die Marchesa hart. »Oh, meine arme Lucia!«
»Die Marchesa ißt den ganzen Kuchen auf, Schwester«, sagte die Contessa in einem Klageton, den Hilary nie von ihr gehört hatte. Es klang wie das langgezogene, eigensinnige Wimmern eines Kindes. »Ich will noch Mandelkuchen haben.«
»Dann können wir wieder nicht schlafen«, sagte Schwester Francesca mürrisch. »Es gibt nichts mehr.«
Die Augen der Contessa füllten sich mit Tränen. Sie bewegte ihre Lippen, als ob sie etwas sagen wollte, brachte aber nur erstickte, unverständliche Töne hervor. Hilary gab ihr ein Stück Kuchen, und Schwester Francesca, zu Respekt vor Ärzten erzogen, wagte keinen

Widerspruch. Elvira Vivarini betrachtete die unglückliche Contessa, die vor Glück schluchzte, mit einem merkwürdigen Ausdruck. Hilary blickte stumm von ihr zu der alten Contessa. Die Marchesa Vivarini lächelte in unterdrücktem Triumph. Sie schien den Verfall ihrer besten Feindin schweigend zu genießen. Plötzlich erinnerte sich Hilary, daß sie als junge ahnungslose Ehefrau gedacht hatte, die Marchesa genieße Schauspiele der Erniedrigung. Später hatte Hilary diesen ersten Eindruck beschämt berichtigt. Und doch hatte es gestimmt. Auch Hilarys Ehe war ein Schauspiel der Erniedrigung gewesen, das die Marchesa genossen hatte. Aber was sich heute Nachmittag in diesem Palazzo abspielte, war düsterer als die venezianische Nacht. So geht es nicht weiter, dachte Hilary. Sie mußte mit Signor Moretto sprechen, an dessen Ergebenheit kein Zweifel bestand. Die Marchesa und die Pflegerin quälten und demütigten die stolzeste Dame von Venedig, deren hohes Alter ihr täglich den Stolz entriß.

»Kommen Sie, Contessa!« sagte Hilary sanft und trocknete mit ihrem Taschentuch die Tränen auf dem immer noch wunderbaren Gesicht der Kranken.

Weinte sie um den Kuchen? Um ihre toten Kinder? Um ihr geliebtes Venedig? Die Tränen der Alten fließen aus vielen Quellen.

Mit Hilfe der Schwester brachte Hilary die Contessa zu Bett und gab ihr Beruhigungspillen.

»Ich tue mein Bestes, Frau Doktor!« murmelte Schwester Francesca entschuldigend. Ihr graues Schultertuch umhüllte sie wie eine düstere Wolke.

»Natürlich, Schwester! Ich weiß, Sie haben es nicht leicht mit dieser Pflege. Aber wissen Sie, die sehr alten Patienten hören und registrieren mehr, als man denkt. Man kann nicht vorsichtig genug sein.«

»Ich bin für meine Vorsicht bekannt.«

»Bitte, Schwester, geben Sie der Patientin noch ein bis zwei Kissen in den Rücken. Die Contessa liegt zu niedrig. Das ist schlecht für die Atmung.«

»Aber sie wirft die Kissen aus dem Bett.«

»Dann legen Sie sie eben wieder zurück, Schwester! Das ist doch ganz einfach, nicht wahr?«

Hilary hatte freundlich aber sehr bestimmt gesprochen. Ein Arzt ohne Autorität ist wie ein Bergmann ohne Laterne. Die Schwester kannte den Ton und gehorchte.

Unten fand Hilary nur Signor Moretto vor. Sie war froh darüber. Welch ein Freund war dieser ernste Mann, der alles wußte und hörte! Er hatte die Contessa Cesano sein ganzes Leben bewundert, erst mit der Glut des viel jüngeren Mannes, dann mit kühlerer aber beständiger Treue. Seine Bewunderung hielt dem Verfall der Contessa stand, weil sie keiner Gewohnheit, sondern der Überzeugung entsprang. Moretto hatte stets eine Vorliebe für Ruinen gehabt.
»Ich bin nicht sehr glücklich über den Zustand in diesem Haus, Signor Moretto.«
»Es ist schon alles arrangiert.« Der Anwalt flüsterte wie ein Intrigant in einer venezianischen *Commedia.* Mit seiner wächsernen Blässe, seinem schwarzen Spitzbart, den riesigen Ohren und den Seitenblikken, die seine dunklen Augen wie Blitze verschossen, paßte er allerdings besser in eine Tragödie. Jetzt blickte er über Hilary, die für ihn »die junge Contessa Cesano« blieb, hinweg. »Dr. Ciardo und ich suchen ein passendes Altersheim mit ärztlicher Betreuung, wo die Contessa unter Altersgenossen aus ihren Kreisen sein wird. Wir haben das Passende im Auge, und wenn alles klappt, wird die Übersiedlung im Februar des nächsten Jahres erfolgen.«
»Und der Palazzo?«
»Er wird ein Museum werden – die Fresken, die Gobelins, das Schnitzwerk des Treppenhauses – ja, ein Museum! Der Verkauf einiger Kunstwerke wird der Contessa einen sorglosen Lebensabend am Lido sichern.«
»Weiß Schwester Francesca davon?«
»Ich werde sie informieren, wenn es soweit sein wird. Das heißt rechtzeitig, damit sie sich andere Pflegen verschaffen kann.«
»Aber wird die Contessa gehen?«
Der Anwalt sah Hilary einen Augenblick voll an. »Wenn Sie kommen und uns helfen würden, dann wird es gehen. Sie beruhigen die Contessa ganz wunderbar. Werden Sie kommen?«
»Ich werde kommen.« Es klang nicht begeistert, aber Moretto hatte keine Begeisterung erwartet.
»Vielen Dank, Contessa! Ich wußte immer, daß Sie ein Herz für die Unglücklichen haben. Vielleicht darf man selbst nicht allzu zufrieden sein, wenn man anderen ...« Er hüstelte. »Glück macht gedankenlos.«
»Das mag schon sein, Signor Moretto.«

»Ich begleite Sie natürlich übermorgen zum Flugplatz, Contessa. Also es geht unwiderruflich nach London?«
»Es gibt Schlimmeres, lieber Freund! Aber Sie können mich doch nicht jedesmal zum Flugplatz bringen, wenn ich Venedig verlasse.«
»Das letzte Mal war vor zehn Jahren.« Ein schwaches Lächeln erhellte sein Gesicht mit den Furchen der Enttäuschung und des Kummers um die Contessa. Dann murmelte er, in Venedig nähme man nur Abschied, um wieder zu kommen.
»Und man kommt zurück, um Abschied zu nehmen, Signor Moretto!«
»So lange Sie wiederkommen, will ich mich gedulden, Contessa! Übrigens, ich hatte einen Brief von Mr. Ross aus New York. Er fragt, ob Sie noch in Venedig seien. Und er bittet mich, gelegentlich nach seiner Mutter zu sehen. Er will sie jetzt jedes Jahr besuchen.
»Das letzte Mal wartete er dreißig Jahre.«
»Das macht das Leben in New York«, sagte Moretto düster. »Wie kann ein Venezianer dort leben?«
»Wie geht es Signora Rossi?«
»Sie ist frisch wie ihre Fische. Offenbar halten sich alte Damen auf dem Rialto-Markt besser als in Palästen.«
»Das macht die frische Luft, Signor Moretto.«
Er betrachtete Hilary in tiefem Schweigen. Diese Engländer! Sie waren dafür bekannt, daß sie im Winter die Fenster aufrissen und die Zugluft liebten. Seltsame Leute!
»Nochmals tausend Dank, Contessa! Möge der Himmel Ihnen lohnen, was Sie für unsere unglückliche –« Einen Augenblick versagte seine Stimme. Dann sagte er hart: »Der Tod ist das einzige Heilmittel gegen das Leben.«
Hatte er recht?
Später wußte Hilary nicht mehr, warum sie noch einmal in die Galerie gegangen war, wo Antonio Cesanos Bildnis seinen Vorfahren Gesellschaft leistete und selbst im Tod dieses Haus beherrschte. Hilary betrachtete im Schein des Kristalleuchters die hohe Gestalt im schwarzseidenen Maskenmantel. Die weiße Maske hing immer noch lose in seiner Hand mit dem Siegelring. Hilary hielt den Atem an. Antonio war so lebendig, daß sie nur die Hand auszustrecken brauchte, um ihn zu berühren. Wie hatte sie denken können, daß Alexander

Ross, Antonios Stellvertreter in Venedig, ihm geglichen hatte? Aber hatte sie Alexander nicht leidenschaftlich geliebt, weil er innerlich so anders gewesen war? Zum letzten Mal betrachtete sie ihren toten Mann mit angespannter Aufmerksamkeit. Nein, es gab keine Ähnlichkeit bis auf äußere Merkmale! Antonio war und blieb ein brillanter, nutzloser, grausamer Edelmann – ein Anachronismus im Zeitalter der Industrie. Und Mr. Ross war ein tüchtiger, gutherziger Venezianer vom Rialto, der in New York Geld gemacht hatte. Ein Repräsentant der Verbrauchergesellschaft, ein prominenter Steuerzahler und treuer Ehemann, der ihr, hier im alten Palazzo Cesano eingeredet hatte, er könne ohne sie nicht leben. Wie zu erwarten, war er nach Heilung seiner romantischen Masern zu seiner Ehefrau zurückgekehrt. Hilary fragte sich, wen von den beiden sie tiefer verabscheute. Daß sie Haß gegen Antonio Cesano und Ross, seinen Stellvertreter auf Erden, fühlen konnte, überraschte sie. Sie mißbilligte Übertreibungen wie alle Staffords. Albert Petersen hielt Hilary für beherrscht, gütig und hilfsbereit, so war sie auch im Umgang mit Menschen aller Art. Auf jeden Fall hatte Petersen einen guten Einfluß auf sie. Sie hatte ihm die besten Seiten ihres Wesens gezeigt. Sie hatte nie darüber nachgedacht, aus wie vielen Personen eine einzige Frau und ein einziger Mann bestehen. Wie unbequem, da man doch mit sich leben muß – Tag und Nacht, Sommer und Winter, hier und dort und überall. Mit James war sie wieder eine andere Person. James! Wann immer sie in Venedig geheiratet hatte oder heiraten wollte – es konnte ihm nicht gefallen haben. Aber er hielt zu ihr. Er war der ruhende Pol. Sie würde ihn nicht mehr verlassen.
Ein schwacher Glanz, wie von einem bewölkten Mond, ging von Antonios Porträt aus. Sie starrte ihn an. In der ersten Verliebtheit war er unwiderstehlich gewesen, und sie hatte ihn für rührend einfach gehalten, weil er seine Gefühle offen zeigte. Er war so einfach wie die Atomtheorie und so rührend wie ein Tiger gewesen. Sie mußte einfältiger als andere Frauen sein, obwohl Kayawara Koshiro VI. sie für so vernünftig hielt. Auch Mr. Ross hatte sie alles geglaubt, was er ihr zugeflüstert hatte. Ihre goldenen Regeln hatten sich nicht bewährt.
Signor Moretto, der bestimmt bedeutend schlauer und skeptischer war, behauptete, die Vorfreude sei das Beste an jeder Freude. Aber Hilary wußte, oder glaubte zu wissen, daß das Wiedersehen mit James, Maggie, Sniffles und allen ihren Londoner Freunden ihre

Vorfreude noch übertreffen würde. Dennoch hatte Signor Moretto, die Kassandra von Venedig, nie ein wahreres Wort gesprochen.
In London war alles anders, als Hilary in Venedig angenommen hatte. Auch James war verändert. Kaum zu glauben, aber Hilary mußte es glauben.

7

Es kam alles ganz anders

If you sing before breakfast, you'll cry before night.

Englisches Sprichwort

HILARY STAFFORD:

Entweder sollte man nicht monatelang verreisen, oder man darf nicht mehr zurückkommen. Vielleicht stimmt das nicht in jedem Fall, aber in meinem Fall scheint es so zu sein. Unglaublich, wie sich alles in wenigen Monaten alles verändert! Jetzt weiß ich wenigstens Bescheid, aber wie immer ist es zu spät.

Im Flugzeug nach London war ich glänzender Stimmung, weil ich mich freute. Ich summte sogar ein altes, fröhliches Lied, das die Heimkehr zweier Mädchen in rosigen Farben schildert. Sie heißen Jean und Louisa und sind auf dem Weg nach Haus, wo sie in dem schönen Garten herumspazieren werden. Leider verschweigt das Lied die Adresse der jungen Damen, sonst könnte ich Jean und Louisa etwas erzählen. Schwamm drüber!

Wenn alles in Venedig glattgegangen wäre, dann hieße ich jetzt Mrs. Alexander Ross und wäre in New York. Stattdessen landete ich auf unserem alten *Airport Heathrow* und sah mich einen Augenblick nach dem lieben James um. Er war nicht da. Er konnte nicht da sein, weil ich ihn dieses Mal überraschen wollte. So lange ich lebe und bei normalem Verstand bin, werde ich keine Überraschungen mehr inszenieren. Ich dachte, James würde angenehm überrascht sein, obwohl er unangemeldeten Besuch nicht ausstehen kann. Ich dachte, James, der mir seit meiner Schulzeit alles verziehen hatte und immer für mich da war, würde die Angelegenheit Ross ignorieren und für mich da sein. Es ist zu komisch! James erwähnt Mr. Ross weder im Scherz noch im Ernst, und er ist auch gewissermaßen für mich da, aber es ist nicht, wie es sonst gewesen war. In der Zwischenzeit hat James Bilanz gemacht. Zeit genug habe ich ihm ja gelassen.

Jetzt ist's Mitternacht, und ich bin allein in meinem Haus. Ich überlege, wer leichter ohne mich auskommt, Mr. Ross oder James. Nicht, daß diese Überlegung irgendwelchen praktischen Wert hätte; nicht einmal eine goldene Regel für meine Sammlung läßt sich daraus ableiten. Ich denke eben darüber nach. Nur so. Zu meinem Vergnügen. Bilden viele Leute sich ein, sie seien unentbehrlich? Für solche Optimisten hab ich nette Meldungen. Wie für Jean und Louisa in ihrem Garten.

Immer der Reihe nach. Vom Flughafen fuhr ich nach Hause, um mein Gepäck abzuliefern. Es war Sonnabend, und Maggie, Sniffles und Miss Lydia, denen ich ebenfalls meine Ankunft verschwiegen hatte, waren nicht zu Hause. In meinem Arbeitszimmer lagen Briefe und ein Wollball, den Sniffles wohl vergessen hatte. Er spielte damit, wenn ich Tee trank. So weit war alles in Ordnung.

Schade, daß ich nie böse Vorahnungen habe. Das muß das Leben gleichzeitig leichter und trübseliger machen. In Heathrow ahnte ich nicht, daß mich etwas Unangenehmes bei James in Chelsea erwartete. Hätte ich die geringste Ahnung gehabt, dann wäre es besser gewesen. Für ihn und für mich. Aber ich summte zwischen Paßkontrolle und Gepäckabfertigung das blödsinnige Lied von Jean und Louisa. Es blieb mir nicht in der Kehle stecken.

Meine gute Miss Lydia hatte gespenstische Ordnung in meinen Räumen geschaffen, die nur durch den dreckigen Wollball, den Sniffles unter einem Kissen versteckt hatte, auf ein Normalmaß reduziert wurde. Meine Kollegin aus Norfolk mußte bei Freunden sein – Wochenende! In Venedig erschien mir die Idee, niemandem meine Ankunft mitzuteilen, ganz großartig; jetzt, in dem leeren Haus, nicht ganz so gut. Im Eisschrank lag ein Käserest und ein Schinkenzipfel und auf dem Bord sah ich Haferflocken und Knäckebrot. Milch war natürlich da. Aber ich würde mit James essen – entweder in seinem neuen Haus in Chelsea oder in einem Restaurant. Außerdem glaubte James an einen gefüllten Eisschrank und Konserven. Was konnte mir passieren?

Auf der Fahrt zu James faßte ich Entschlüsse. Ich würde mich bei ihm weder wegen meiner verrauchten Leidenschaft für Ross entschuldigen, noch würde ich ihm erklären, warum ich, vielmehr Ross, sich eines Besseren besonnen hatte. Ich war eben wieder in London und wollte mich nicht mehr von James trennen.

Gibt es kein Telefon? Wozu sollte ich ihn anrufen? Sonnabends war er immer daheim und wartete auf mich, ob ich in Venedig wieder einmal geheiratet hatte oder nicht. James lehnte private Dramen sowieso ab, und da war auch nichts, was Albert Petersen eine »Situation« nennt. Falls James indessen ein kleines Trallala mit seiner jungen Sekretärin angefangen hatte – Mutter schrieb mir empört, sie machten Ausflüge zusammen – nun, ich hatte mein ›Trallala‹ mit Ross gehabt. Cordelia Trent war wirklich keine Konkurrenz. Dieses Mädchen war so unterhaltend wie ein Dauerregen.
Als die Taxe vor James Ormonds Haus hielt, hatte ich ein flaues Gefühl in der Magengegend. Wahrscheinlich Hunger.

Das Haus war alt und solide gebaut und hatte Stil. Wenn jemand Stil beschreiben kann, ist er klüger als ich. Auch James hat Stil. Irgendwo im ersten Stock brannte Licht. Wahrscheinlich studierte James eine chinesische Statue oder ein Bild. Er war ja nun aktiv im Kunsthandel tätig. Lieber James!
Er öffnete seine stilvolle Haustür mit dem antiken Klopfer und starrte mich an, als ob er mich niemals im Leben gesehen hätte.
»Du bist es?«
»Ja.«
»Warum hast Du nicht geschrieben?«
»Ich wollte Dich überraschen.«
James vermittelte mir wortlos den Eindruck, daß ihm eine Sintflut lieber gewesen wäre als meine Überraschung. Er braucht nur die Augenbrauen hochzuziehen, und man weiß Bescheid. Da ich keine achtzehn, sondern Mitte dreißig bin, fragte ich ihn nicht, ob er sich nicht wenigstens ein kleines bißchen freue.
»Das ist wirklich eine Überraschung,« sagte er schließlich. Er gab mir keinen Kuß und stand vor mir wie ein Zollbeamter, der Rauschgift im Gepäck wittert. »Ich hätte Dich vom Flugplatz abgeholt, Hilary! Ich hätte Dich vorbereiten können, oh, verdammt! Tritt bitte näher.«
»Worauf wolltest Du mich vorbereiten? Sind Deine gräßlichen Freunde da? Dann fahre ich gleich wieder nach Hause.«
»Unsinn! Ich habe keine Freunde da, und Du bleibst!« Er unterdrückte den Nachsatz: »Wo Du nun schon hier bist.« Ich fragte noch einmal, worauf er mich hatte vorbereiten wollen.
James examinierte seinen alten Schirmständer, den er überall mitge-

schleppt hätte, ob er nach Chelsea paßte oder nicht, und murmelte: »Die Sache ist die, hm, ich habe geheiratet.«

»Du hast was getan?«

»Ich bin frisch verheiratet,« sagte James mit leicht erhobener Stimme und so langsam, als ob er mit einer Schwachsinnigen oder Schwerhörigen redete. »Bitte, Hilary, starre mich nicht so an! Du weißt doch, ich mag das nicht.«

»Ich weiß nicht, was ich dazu sagen soll, James.«

»Nichts, meine Liebe! Das ist immer richtig.« Er nahm mir den triefenden Regenmantel und die Kappe ab und bemerkte, daß alle Leute früher oder später heiraten.

»Seit wann bist Du alle Leute?«

»Ich war nie etwas Besonderes,« sagte James zufrieden. »Es ist nicht meine Schuld, daß Du es Dir eingeredet hast.«

»Warum hast Du mir nichts über deine Heirat geschrieben?«

»Das macht man besser mündlich, mein Kind.« Er war wieder Onkel James und blickte mitleidig von der Höhe seiner Weisheit auf mich herab.

»Findest Du? Mein lieber James, nichts für ungut, aber ganz unter uns ...«

»Husch,« sagte James wie vor Jahren, wenn ich explodieren wollte, »da ist meine Frau.«

Ich warf einen Blick auf diese Dame und sagte: »Ich glaube es nicht.«

»Warum nicht?«

Man tut alles im Leben zum ersten oder zum letzten Mal, und ich dachte plötzlich zum ersten Mal, ob James mir meine Niederlage in Venedig gewünscht hatte und sie mir von Herzen gönnte. Das hätten die meisten Männer getan, und James hatte eben behauptet, er unterscheide sich in nichts von ihnen. Falls er sich freute, wäre es nur menschlich gewesen. Aber war James wirklich so menschlich? Ich wußte es nicht mehr. Der Ehemann James Ormond war mir unbekannt. Vielleicht war er wie andere Ehemänner, vielleicht war er trotzdem James geblieben.

Oben auf der Treppe stand eine junge, sorgfältig frisierte Person in einem mandelgrünen Hauskleid. Ich kannte sie noch, als sie bei James an der Schreibmaschine gesessen hatte: Miss Trent.

»Hilary ist gerade aus Venedig gekommen,« sagte James munter.

»Oh.«
»Komm nicht herunter, Cordelia! Wir kommen nach oben.«
Lady Ormond reichte mir ihre dünne, schlaffe Hand mit den rotlakkierten Fingernägeln. James haßte rote Nägel, aber das war nicht meine Sorge. Cordelia war zehn Jahre jünger als ich. In der Vergangenheit hatte ich sie nie besonders beachtet. Sie war so farblos gewesen, daß ich sie weder mochte noch ablehnte. Sie war untrennbar von ihrer Schreibmaschine. Ich wußte nur noch, daß sie hysterische Angst vor Spinnen hatte und James sie deswegen neckte. Sie hatte bei seinen Scherzen keine Miene verzogen. Ich dachte damals, wie humorlos sie sei.
Jetzt wirkte sie so erschöpft wie die unglückliche Charlotte Petersen, aber ohne deren Charme. Cordelias blasses dünnes Gesicht wirkte abgespannt – sie hatte die zarte Haut, die zum Verblühen neigt. Ihre hellen Augen waren dunkel umrändert, und um ihren Mund mit den schmalen, frigiden Lippen war immer noch derselbe scharfe, unangenehme Zug. Damals dachte ich, Miss Trent beneide mich um James, um meinen Beruf und um mein volles Haar. Jetzt trug sie ein kunstvolles Haarteil, das ihr dünnes blondes Haar modisch auftürmte. Sie war niemals jung gewesen. Was James an ihr fand, war mir unbegreiflich. Aber ich sagte mir sofort, daß keine Frau jemals versteht, was ein Mann an anderen Frauen findet.
Im Büro hatte Miss Trent so künstlich wie eine elektrische Höhensonne gestrahlt. Das hatte sie nicht mehr nötig. Jetzt sah sie trotz ihrer Jugend verdrossen aus. Hatte ich die beiden vielleicht in einer intimen Stunde überrascht?
Wir waren in der Bibliothek gestrandet, und James rettete sich in die Teeküche, um Tee zu machen. Cordelia hatte sich zwar angeboten, blieb aber im Sessel sitzen und unterhielt mich über Spinnen.
»Es ist wirklich nicht zum Lachen, Frau Dr. Stafford.«
»Versuchen Sie, an Angenehmeres zu denken.«
»Ihr Ärzte habt gut reden! James schickte mich schon zu einem berühmten Arzt. Er sagt, es sei eine Phobie.«
»Hat die Behandlung geholfen, Lady Ormond?«
»Natürlich nicht. Sie hat nur eine Menge Geld gekostet. Das Schlimme ist, ich sehe Spinnen, wo gar keine sind. Niemand kann mir helfen.«
»Vielleicht können Sie sich helfen mit etwas Willenskraft...«

James rollte den Teewagen herein, und ich lächelte ihn mit etwas Willenskraft an. Warum hatte er mich so lange mit seiner Frau allein gelassen? Ich bemühte mich, sie nicht anzustarren. Miss Trent war immer gefällig und strahlender Laune gewesen, selbst wenn es sie Anstrengung gekostet hatte. Lady Ormond zeigte keinen Eifer in irgendeiner Richtung und strahlte nicht einmal künstlich. Hoffte James, daß wir, zwei Frauen unter sich, die nur ihn gemeinsam hatten, ohne ihn schneller miteinander warm werden würden? Nun, Cordelia wußte alles über James und mich und war vermutlich entschlossen, diese Beziehung so schnell wie möglich zu zerstören. Nicht etwa, daß ich ihr das übelnahm! Es war rein weiblich, vielmehr rein menschlich. James war nämlich treu. Es konnte durchaus sein, daß er allen Ernstes eine nette Freundschaft zu dreien im Auge hatte. Ich fragte mich, wie diese überstürzte Heirat zu erklären war. Vielleicht war Cordelia in anderen Umständen, ganz am Anfang natürlich, und sie sah deshalb die verdoppelte Anzahl von Spinnen? Sie und er paßten nicht besonders gut zusammen, das konnte ich beurteilen, weil ich James seit Jahrhunderten kannte. Als Junggeselle war er einmal bei Cordelias Eltern in Golden Green gewesen. Er hatte mir dann nachsichtig von den seltsamen »Riten der Bourgeoisie« berichtet. Sie machten »Umstände«. Sie hatten ihm trotz seiner Weigerung immer wieder Kuchen und Sandwiches angeboten. Cordelias Mutter war so aufgeregt gewesen, daß James ein Erbarmen gefühlt hatte, das er nicht zeigen durfte. Ihr Vater war ein vernünftiger, schweigsamer Mann, der viel von Blumenzucht verstand. Was hatten die Eltern wohl zu dieser Glanzheirat gesagt?
Auf einem Wandbord stand neben einer kostbaren, altchinesischen Statue ein grüner Frosch aus glasiertem Steingut, den ich auf Cordelias Schreibtisch im Büro gesehen hatte.
»Das ist mein Arthur«, erklärte Lady Ormond. »Wo ich bin, da ist er auch.«
Jetzt hielt Arthur neben dem chinesischen Weisen Wache, und James ließ sich das gefallen! In diesem Augenblick begriff ich zum ersten Mal, daß er sich in der Tat in einen Ehemann verwandelt hatte. Aber natürlich war Arthur immer noch den Spinnen vorzuziehen. Übrigens sah James großartig aus – jung, straff und belebt. Ihm schien die Ehe mit Cordelia und Arthur zu bekommen. Das hielt ich ebenfalls für unglaubhaft. Ich sah mich wieder bei Alexanders Abschiedsbe-

such in Venedig, wo ich ihm auch nicht glauben wollte, daß er mich blutenden Herzens aufgab. Der Arme hatte diesen Entschluß erklären und entschuldigen wollen. Das war bei James keinesfalls zu befürchten.

Ich blickte mich nach bekannten und vertrauten Gegenständen um und entdeckte unser Lieblingsbild aus der Sung-Periode. »Boote, die ins Leere gleiten.« Ich wandte mich ab.

James erzählte uns komische Erfahrungen aus dem Kunsthandel, die das Schweigen zwischen uns unterbrechen sollten. Lady Ormond kannte die Anekdoten wohl, oder weswegen unterdrückte sie sonst einen Gähnkrampf? Auch Arthur schien wenig für Kunst übrig zu haben. Hielt er die Augen angewidert geschlossen, oder bildete ich es mir ein? Wann würde ich auch Spinnen sehen?

James war mit seinem Kunstladen in der Bond Street sehr zufrieden. Was er machte, das machte er gut. Bald wollte er geschäftlich nach Hongkong fliegen. Ich fragte ihn, ob er die Beratung der Industrie ganz aufgegeben habe, und er verneinte. Er suchte sich jetzt die Kunden aus und überließ den Rest seinen sehr tüchtigen Partnern. »Man muß sich nicht für unentbehrlich halten, Hilary! Immer ein Irrtum.«

Nach dieser moralischen Lektion verfiel auch James in Schweigen.

Cordelia preßte die Lippen zusammen, und James runzelte leicht die Stirn. Man konnte nicht mehr sagen, daß sie das Gähnen erfolgreich unterdrückte. Wenn sie sich in Gegenwart von Gästen so weiter verhielt, und die meisten Gäste dieses Hausherrn verstanden eine Menge von asiatischer Kunst, dann prophezeite ich James ein Magengeschwür, wie es sich aus unterdrücktem Ärger, gelegentlichen Verdauungsstörungen und einem leichten Überschuß an Magensäure entwickelt. Schließlich war James in seinen Vierzigern, und da nimmt der Körper zuviel Belastung übel. Ich hatte noch etwas Zeit damit, wußte aber leider, daß diese Störungen mit dem zusammenhängen, was Albert Petersen als »Situation« bezeichnet. Hatte ich nicht bereits eine Mischung von Brot, Sand und Speichel im Mund?

Cordelia hatte gegähnt, um der »Situation« ein Ende zu bereiten, und dafür konnte ich sie nicht tadeln. Ihr Gähnen gefiel mir besser als ihr schweigender Mißmut. Sie mochte nicht viel von James oder chinesischer Kunst verstehen, aber sie wußte genau, was sie wollte. Sie hatte

auch James bekommen. Im Augenblick wollte sie, daß ich mich endlich verabschiedete, und ich tat es. Ich warf einen letzten Blick auf die kleine Schale aus Majolika – mein letztes Weihnachtsgeschenk, stürzte meinen Tee hinunter und erhob mich. Um jedem Mißverständnis vorzubeugen, sagte ich auch noch, daß ich leider gehen müsse.
»Unsinn,« sagte James so ärgerlich, wie ich ihn nur gesehen hatte, als Sniffles mit einer Elfenbeinfigur Ball spielte. »Du bleibst natürlich zum Essen, Hilary.«
»Ja, bitte«, sagte Lady Ormond nach einer langen Pause. »Es macht gar keine Umstände.« Ihr Lächeln war so künstlich wie ein Schneesturm aus Puderzucker.
»Vielen Dank, Lady Ormond.«
»Was machst Du heute Abend, Hilary?«
»Meine Mutter erwartet mich zum Essen. Ich kann sie nicht enttäuschen.«
James hörte sich diesen Beweis töchterlicher Liebe mit hochgezogenen Augenbrauen an, weil er es besser wußte. Ich hatte mit ihm essen wollen und war deswegen sofort nach meiner Ankunft zu ihm gestürzt. Eigentlich wollte ich Mutter morgen früh anrufen, würde es aber in Anbetracht der Situation noch heute Abend tun.
»Sie müssen uns oft besuchen, Frau Dr. Stafford.« Lady Ormond lächelte zum ersten Mal ganz natürlich; so froh war sie, daß ich nach dem Tee das Feld räumte. Die Zeit raste vorwärts. Etwa zwanzig Jahre, und ich hörte James sagen: »Hör mal, wir müssen nun wirklich Hilary einladen. Sie war ewig nicht da.« Seine Frau schlug Sonnabend nachmittag zum Tee vor. »Wir gehen dann abends ins Theater, James! Dann kann sie nicht ewig bleiben.«
Ich sah mich mit den beiden beim Tee in der Bibliothek. Arthur blickte höhnisch auf mich herab, er hatte alles überlebt. James war nun grauhaarig, aber straff und schlank, er kämpfte gegen sein Magengeschwür. Lady Ormond, jetzt fünfundvierzig, ziemlich verblüht, hager, noch ordnungsliebender und von Kindern und Spinnen umgeben. Kein Spielzeug von den Kindern lag herum. Ich war die liebe Familientante, die Cordelia zur Raserei bringen würde. Ich würde unerwünschten Rat erteilen, da ich noch praktizierte, unerwünschte Fragen stellen, die widerspenstigen Kinder umarmen und das schlechte Essen loben. Auch würde ich ordentlich frisiert sein;

nicht wie in meinen fröhlichen Jahren mit James. Seine Pfeife liegt immer noch auf dem Rauchtisch, aber seine Bücher und Zeitschriften sind nicht mehr anheimelnd auf Sesseln und dem Teppich verstreut. Dafür sorgt Lady Ormond in alle Ewigkeit.

Die Zeit raste wieder zurück, und James fragte, ob mein Wagen draußen sei.

»Ich kam mit einer Taxe.«

»Ich bringe Dich natürlich nach Hause, Hilary! Es macht gar keine Umstände.«

Wir ließen Lady Ormond und Arthur in der Bibliothek. Ich hatte das Gefühl, daß sie uns nachblickten.

Es gibt Trinker, die nie betrunken wirken, und es gibt Frauen, die nie trostlos aussehen. Auf der Fahrt von Chelsea nach Hampstead konnte James mir nicht anmerken, daß mir mehrere Läuse über die Leber gelaufen waren. Auch sollte er nicht wissen, wie sehr seine Frau mir mißfiel. Er würde sich wohl denken, daß ich nicht hingerissen war, aber das Ausmaß meiner Abneigung war meine Privatangelegenheit. Vielleicht hatte Lady Ormond mir etwas zu deutlich gezeigt, wie großartig sie und James mich entbehren konnten. Aber vielleicht hätte mir jedes Mädchen mißfallen, das James geheiratet hatte, während ich das Beste aus den überschätzten venezianischen Nächten machte. Warum sollte ich meine kostbare Zeit an solche Spekulationen verschwenden? Alles ist immer ganz anders, als man denkt.

Ich dachte daran, welche Situation ich für Violet Ross in Venedig geschaffen hatte. Sie konnte mich nicht geliebt haben. Aber im Endresultat hatte Violet gesiegt – wie die langweilige Cordelia Trent. Worüber unterhielt James sich mit dieser hysterischen und mißgelaunten Person? Was ging es mich an? Wahrscheinlich war sie mit James allein anders. Ein kleiner Punkt, den man leicht übersieht.

Ich beschloß, die Ormonds unauffällig zu meiden. Mein Beruf würde mir Absagen erleichtern. James würde sagen: »Wir müssen endlich Hilary,« und so weiter. Er hielt zu seinen Freunden, und er hatte zu lange getan, was er für richtig hielt, um sich von seiner Frau beraten zu lassen. Ganz leicht würde Cordelia es nicht mit ihm haben. Wer hatte es schon leicht? Hatte James es leicht mit mir gehabt? Im Rückblick hatten meine Heiratspläne in Venedig einen Anflug von Komik. Aber natürlich wußte ich nicht, wie James auf die Sache reagiert hatte. Selbst wenn er die Komik erkannt hatte – und James sah sogar

Komisches, wo andere ein Drama vermuteten –, die Sache mit Ross konnte ihm nicht gefallen haben. Natürlich würden wir uns, wie wir es immer getan hatten, an dritten Orten treffen. Nicht regelmäßig, aber von Zeit zu Zeit. Einmal, weil James eben doch James blieb, und dann weil er mein finanzieller Berater war. Jetzt würde er das Geld, das der Verkauf meines Hauses in Venedig gebracht hatte, für mich anlegen, damit ich etwas für den fernen Regentag haben würde. Da ich selten Buch führte, wußte ich nie recht, wo mein Geld geblieben war. Ich wußte nur, ich hatte es ausgegeben. Cordelia führte bestimmt Buch über ihre Ausgaben. Sie war grauenhaft ordentlich. Sie hatte eben nichts anderes, um ihre Gedanken zu beschäftigen. Irrtum! Sie hatte James.

Ich hatte ihn für den geborenen Junggesellen gehalten. Wie konnte ich mich so täuschen? Ich mußte ihn mit jemand, der ihm ähnlich sah, verwechselt haben. Warum fand ich das nicht zum Lachen?

Wir fuhren stumm durch den Regen. Natürlich goß es in Strömen, wie meistens Ende November. Natürlich war James nicht plötzlich ein Fremder für mich, wie es in Romanen heißt, er war mir nur nicht mehr so vertraut.

Zum ersten Mal seit meiner fernen Schulzeit wußte ich nicht genau, was ich mit ihm reden sollte. Das erschütterte mich mehr als seine Heirat. Das ging mich etwas an...

Dann fragte ich mich, nicht James: Was mach' ich nächstes Wochenende? Oder Weihnachten? Ich werde doch nicht plötzlich mit Mutter und Lady Hooper in Brighton feiern? Seit Beginn der Neuzeit hatten James und ich sämtliche Feiertage miteinander verbracht. Mutter war deswegen immer nach Brighton gefahren. Mir würde schon etwas einfallen. Von jetzt ab mußte ich sorgfältig planen, was ich an Feiertagen anfangen würde. Es gab Schlimmeres, aber natürlich gab es auch Besseres.

»Du bist nicht sehr unterhaltend, James.«

»Du auch nicht.«

»Ich denke nach, mein Lieber!«

»Ich auch.«

James fand immer, daß Probleme an Problematik gewinnen, wenn man sie beredet. Und er konnte nicht gut mit mir besprechen, wie ich mich in Chelsea auf nette Art unsichtbar machen könnte. Darüber dachten wir wohl in diesem Augenblick beide nach.

»Dein neues Haus ist entzückend, James.«
»Es ist nicht übel.«
Das Haus war mir nicht unbekannt, denn James hatte außer seinem geliebten Schirmständer die ganze Inneneinrichtung mitgeschleppt. In der Bibliothek hatte ich die ausgestopften Tiere begrüßt – Jagdtrophäen der alten Generation. Da war der Kopf eines Hirsches mit glänzenden Augen und einem prachtvollen Geweih; der junge Fuchskopf hatte mich immer an den jungen Antonio Cesano erinnert. Da waren andere Geweihe, alle von älteren Ormonds geliefert. James ging nicht auf die Jagd. Und die exotischen Vögel aus Afrika und Asien! Sie waren das Entzücken meiner jungen Jahre gewesen, und James hatte seine Kindheit mit ihnen in dem großen Herrenhaus in Buckinghamshire verbracht. Würde ich den privaten Zoo jetzt nur gegen Eintrittskarte besichtigen dürfen? Aber ich hatte mich vergeblich nach dem japanischen Dachs umgesehen, eine kleine Holzfigur, die James in Ostasien entdeckt hatte. Ein drolliges, von buddhistischem Legendenglanz umgebenes Produkt fernöstlicher Magie.
»Wo ist der *Tanuki*, James?«
»In meiner Bude neben der Bibliothek. Meine Frau findet ihn unheimlich.«
Mit Arthur, dem Laubfrosch, verglichen, dessen platte Gewöhnlichkeit nicht zu übertreffen war, besaß der magische Glücksbringer tatsächlich etwas vom Geheimnis des Ostens. Shinoda Taro hatte auch einen solchen Dachs nach Venedig importiert und hatte ihn mir geschenkt, als er mein Entzücken sah. Auch ein Zwergdachs aus Holz mit großen Augen, spitzen Zähnen und dem weiß angemalten runden Bauch, den die Tanuki bei Tempelfesten als Trommel benutzten. Ich wollte die Figur James schenken, aber die Gelegenheit hatte sich nicht ergeben. Weihnachten? Ich würde ihm den Tanuki im Advent oder im Neuen Jahr geben. Die beiden Dachse sollten zusammen trommeln. James würde sich freuen. Ich hatte ihm nicht allzuviel Freude in letzter Zeit gemacht. Herr Shinoda hatte mir die Legende der magischen Dachse von *Shojoji*-Tempel aufgeschrieben. An seine Geschenke verschwendete er mehr Zeit und Freundlichkeit, als er den Beschenkten gab. Charlotte hatte sich oft beklagt, wie »abwesend« er sei. Wie gleichgültig, wie lieblos er sich ihr gegenüber benähme. Vielleicht hatte er eine andere Art seine Liebe zu zeigen? Haben wir nicht alle unsere eigene Methode?

Swiss Cottage war entweder versunken, oder der Regen hatte eine graue Wüste aus London gemacht. Ein Wolkenbruch prasselte auf den »Jaguar« herunter. Das Schweigen war so undurchdringlich geworden, daß ich James nach seiner jetzigen Sekretärin fragte. Man glaubt einfach nicht, wie schwer man ein unverfängliches Thema zu fassen bekommt, wenn man alles verschlucken muß, was man sagen möchte.
»Norma ist wieder da. Ich kann von Glück sagen.«

Ich kannte Norma Stone seit Ewigkeiten. Sie gehörte zu meinen ältesten und anspruchlosesten Patienten. James konnte sich wirklich gratulieren. Norma war eine tüchtige und unermüdliche Hilfskraft, die James in resignierter Scheu anbetete. Wegen ihrer kranken Eltern hatte sie ihren Stammplatz im Büro der jungen Cordelia Trent überlassen müssen. Norma gehörte zu der halben Million unverheirateter Frauen in Großbritannien, die der Wirtschaft täglich vierzig bis fünzig Pfund einsparen – den Preis für einen Platz im Altersheim. Vor meiner Reise nach Venedig hatte ich diese Ziffern von der Leiterin des »National Council for Single Women« erfahren. Sie war meine Patientin und kannte Norma und ihre Eltern. Tatsächlich hatte sie Norma zu mir mit der Bitte geschickt, etwas Ordnung in deren inneren Haushalt zu schaffen. Norma litt an Depressionen. Kein Zweifel, James hatte Cordelia Trent vor einem ähnlichen Schicksal bewahrt.
Einmal hatten James und ich auf Normas Bitte ihre Eltern zum Tee besucht. Mr. und Mrs. Stone genossen ihr Invalidentum und jagten Norma unaufhörlich herum. Mrs. Stone thronte in ihrem Rollstuhl, und Normas Vater, ein bebrillter Elefant mit Herzbeschwerden, saß zufrieden in seinem Sessel und berichtete seine Symptome, die der öffentliche Gesundheitsdienst ignorierte. Mit vollem Recht, wie es mir vorkam. Mrs. Stone wirkte wie ein pensionierter Spatz – grau, dürftig. Norma war so gespannt gewesen wie eine Violinsaite vorm Zerspringen, hatte aber mein Angebot, ihr mit dem Aufwaschen zu helfen, streng abgelehnt und mich erregt auf meinen Platz im Wohnzimmer verwiesen. Ob Cordelia in späteren Jahren auch wie ein Spatz im Ruhestand aussehen würde? Sie war wirklich zu dünn. Was fand James an ihr? Manchmal hatte ich mich bekümmert gefragt, ob Norma Stone nicht wußte, daß sie Rechte und nicht nur die Pflichten einer Tochter hatte. Die Freiheitsbewegung der Frauen schien vor

unverheirateten Töchtern halt zu machen. Man konnte nichts tun, wenn sie nicht selbst etwas unternahmen.

»Ich muß etwas mit Dir besprechen, Hilary.«

Ich wartete. Was würde jetzt kommen?

»Cordelia ist im dritten Monat«, sagte James abrupt. »Ich mache mir Sorgen.«

»Warum?«

»Schrecklich, wie das kleine Mädchen leidet! Jeden Morgen diese Übelkeiten. Und andere Beschwerden. Cordelia ist so zart.«

»Aber James! Das ist alles ganz natürlich und geht vorüber.«

»Sie ißt fast nichts«, sagte James so ängstlich, wie ich ihn nie erlebt hatte. »Sie ist direkt durchsichtig. Was ist da zu machen?«

»Maggie muß ihr kleine schmackhafte Gerichte kochen. Weißt Du. Maggie hat viel von Verity gelernt. Die sündige Dame war eine glänzende Köchin. Und Maggie kann einfach alles, wenn sie will.«

»Sie will aber nicht«, sagte James trocken. »Maggie und Sniffles haben vorige Woche gekündigt.«

»Das glaube ich nicht.«

»Meine liebe Hilary! Ich kann mühelos dreißig bis fünfzig Tatsachen anführen, die Du alle nicht glaubst.«

»Muß das gleich sein?«

»Nein«, sagte James freundlich. »Es eilt nicht.« Er hüstelte. »Es ist wegen Sniffles, weißt Du? Er macht meine Frau schrecklich nervös. Das wirst Du wieder nicht glauben, aber das ist der Tatbestand.«

»Sniffles ist süß. Das weiß jeder.«

»Du bist manchmal auch süß, Hilary! Und trotzdem... Kurz und gut: Sniffles hat wiederholt versucht, Cordelias Laubfrosch vom Wandbord zu fegen. Zu diesem Zweck sprang er auf einen Stuhl. Cordelia war außer sich. Sie ist ja noch so jung.«

Er liebt sie, dachte ich erstaunt. Er liebt diese Person tatsächlich. War das auch eine der Tatsachen, die James meinte? Die ich nicht glauben wollte, und wenn es Katzen und Hunde und Laubfrösche regnete? Sonst ist man nicht so besorgt und so albern wie James mit Cordelia. Du lieber Himmel, sie war fünfundzwanzig! Schließlich kein Teenager. Aber ich hielt den Mund. Selbst ich wußte, daß abfällige, durchaus gerechte Kritik an einer jungen Ehefrau verboten ist. Der kluge James, der das Gras wachsen hörte, würde allmählich herausfinden, wen er geheiratet hatte. Ich ahnte es bereits an diesem Nach-

mittag. Ich hatte mich noch nicht von dem Schock, den Maggies Kündigung mir versetzt hatte, erholt.
»Du kennst Maggie«, bemerkte James, der offenbar immer noch meine Gedanken schnell und korrekt las. »Wo Sniffles unerwünscht ist, da geht sie nicht hin.«
Mir schien es so, als ob Maggie der neuen Lady Ormond unerwünscht war – wie alle Personen, die James mochte und zum Teil großzügig versorgte. Nun hatte Magie zwar allerhand von ihrer Schwester Verity geerbt – aber bei den Erbschaftssteuern und der Teuerung würde James es so angelegt haben, daß sie etwas für ihre alten Tage haben würde.
»Ich habe Maggies Geld in Baugenossenschaften angelegt«, sagte James. »Sie will jetzt noch arbeiten, und das ist ganz richtig. Außerdem hängt sie ja an uns allen. Sie heulte zum Steinerweichen in meinem Büro.«
»Und Sniffles?«
»Der Schlingel versteht's«, sagte James wohlwollend. »Norma fütterte ihn auf ihrem Schoß mit Keksen von ›Fortnum und Masons‹. Ich bitte Dich! Schau nicht so bekümmert drein, Hilary! Maggie und Sniffles räumen jetzt bei mir im Büro auf. Unsere alte Mrs. Price hat so schwere Arthritis. Sie schleppte sich nur noch herum. Weißt Du?«
»Ich weiß.«
»Ich hatte Mrs. Price längst in einem netten Altersheim in ihrer Gegend eingekauft. Jetzt will sie endlich dorthin gehen. Würdest Du sie gelegentlich besuchen?«
»Natürlich. Sowie ich Zeit habe.«
»Die treue Seele schwört auf Dich, Hilary! Die schlimmsten Beschwerden hast du ihr ja weggezaubert oder ausgeredet.« James lächelte. »Du kannst sehr überzeugend sein. Kürzlich habe ich lange über Dich nachgedacht.«
»Hattest du nichts Besseres zu tun?«
»Oh doch! Aber ich tat es trotzdem. Du bestehst aus lauter Widersprüchen.«
»Wie wir alle.«
»Einer mehr, der andere weniger, nicht wahr? Ich meine, Du bist eine so großartige Ärztin, weil du in der Praxis Menschenkenntnis entwickelt hast. Aber Dein Privatleben ist chaotisch.«

»Findest Du?«
»Sowie Du einen Venezianer triffst, verlierst Du den Kopf, den kühlen klugen Kopf, und rüstest Dich zur Heirat. Ich kann es einfach nicht verstehen.«
»Man kann nie verstehen, warum jemand eine bestimmte Person heiratet.«
»Das mag stimmen.«
»Es stimmt, James! Verlaß Dich drauf.«
»Deswegen brauchst Du mich nicht so wütend anzusehen, Du Furie!«
James lachte laut auf, und ich fand es klüger, mitzulachen. Er sagte ruhig, Cordelia würde mir besser gefallen, wenn ich sie näher kennenlernte. Er hinderte mich, ein Drama aus etwas zu machen, was nicht zu ändern war, und ich war ihm dankbar. Vielleicht würde Lady Ormond mir mit der Zeit besser gefallen. Auf dieser Welt war alles möglich. Bitterkeit oder Traurigkeit stieg wie schädlicher Nebel in mir auf, und ich zündete mir eine Zigarette an, um den Nebel zu verjagen. Wenn ich James nicht ganz verlieren wollte, mußte ich mir künftig genau überlegen, was ich nicht sagen durfte. Die alten sorglosen Zeiten, wo ich alles sagen konnte und er mir alles verzieh, waren vorbei.
»Kannst Du nächsten Donnerstag im Savoy mit mir essen?«
»Aber gehst Du zum Lunch nicht nach Haus, James?«
»Seit Beginn der Neuzeit esse ich mittags im Savoy. Dort treffe ich meine Freunde und bespreche alles mögliche.«
»Ich weiß.«
»Warum fragst Du dann so komische Sachen? Übrigens, Cordelia will mittags ihre Ruhe haben.«
Es klang, als ob eine Mahlzeit mit James, noch dazu im Savoy, anstrengender als eine Bergbesteigung wäre, aber ich freute mich schweigend. James sagte, er habe die Papiere vom Verkauf des Palazzo studiert und Signor Moretto habe es glänzend gemacht.
»Ich will Anlagen mit dir besprechen, Hilary.«
James hatte mir nie gesagt, was er beim Lunch mit mir besprechen wolle. Aber jetzt schien er zu befürchten, daß ich denken könnte, er wolle meinetwegen allein mit mir essen...
»Cordelia ist ungewöhnlich müde, Hilary! Selbst Spazierengehen strengt sie an. Ist das immer so in den ersten Monaten?«

»Höre, James! Allzuviel Schonung ist nicht richtig. Deine Frau muß sich Bewegung machen. Schon im Hinblick auf die Geburt.«
Ich spürte, James wollte mir etwas ganz anderes über Cordelia sagen und hatte deswegen das Gespräch auf sie gelenkt. Mein alter, ehrlicher James! Er hatte mir nie etwas Wichtiges verschwiegen.
»Mach Dir keine Sorgen, James! Deine Frau ist jung und macht keinen kranken Eindruck. Aber ich kann sie untersuchen, wenn Du es wünscht.«
»Vielen Dank! Aber Cordelia ist bei ihrem alten Familienarzt.«
»Ich meinte nur, falls du eine zweite Meinung einholen willst,« sagte ich schnell.
James hielt in einer Seitenstraße und wischte sich trotz der Novemberkälte Schweißtropfen von der Stirn. »Die Sache ist die... Cordelia will durchaus Alfred Moore in der Harley Street haben. Der alte Nußknacker! Hilary, es ist mir unbegreiflich, warum sie... Ich versteh es nicht. Ich meine – Du bist doch...«
James brach ab. Ich hatte ihn niemals verlegen und hilflos erlebt. Es berührte mich links, wo das Herz sitzt. In seiner unwandelbaren Treue konnte er tatsächlich nicht verstehen, daß seine Frau mich als Ärztin ablehnte. Ich studierte sein feines, verschlossenes Profil. Wie gut war er immer zu mir gewesen! Ohne ihn hätte ich nicht Medizin studiert, sondern Mutter ihr Alter in Highgate verschönt. Ich streichelte seinen Handschuh und flüsterte: »Jamie.« Es war die erste Liebeserklärung, die ich ihm gemacht hatte, und wie ich selbst immer zu spät kam, so kam auch die Liebeserklärung zu spät. Ich sagte fest: »Das ist ganz in Ordnung. Selbstverständlich kann Deine Frau sich ihre Ärzte aussuchen. Sir Alfred hat einen großen Ruf.«
»Gutes Mädchen.« Er drückte mich leicht an sich. »Ich bleibe Dein Patient. Das heißt, wenn Du mich noch behandeln willst.«
James sprach wieder mit seiner trockenen Alltagsstimme, und wir lachten. Immer noch besser als weinen! James würde mein Freund bleiben, und wir würden uns von Zeit zu Zeit sehen. Man kann nicht alles haben. Vor allem nicht dann, wenn man es dringend braucht. James hatte mir oft genug gesagt, man dürfe sich nur das Erreichbare wünschen. Wahrscheinlich hatte ich es ihm wieder einmal nicht geglaubt. Ahnte er, wie sehr ich ihn jetzt brauchte? Ich hoffe, er ahnte es nicht. Es war auch ziemlich lachhaft – nach allem, was ich ihm aus Venedig geschrieben hatte.

James sagte zögernd und keineswegs freundlich: »Ein Teil von mir wird Dir immer gehören.«
»Nett von Dir!«
»Es ist nicht nett, es ist die Wahrheit«, sagte James ärgerlich.
»Ich meinte, es ist nett, daß Du es meinst.«
»Da sind wir.«
Wir liefen durch den verregneten Garten, und James schloß mir die Haustür auf, da ich meine Schlüssel nicht finden konnte. Nur der kleine Jadehund hockte in dem zerrissenen Futter meiner Handtasche. James hatte ihn mir nach Venedig mitgegeben. Er hatte natürlich noch seine Schlüssel zu meinem Witwensitz, er gab sie mir in diesem Augenblick nicht zurück. Dazu hatte er zuviel Takt. Er wünschte mir einen gesunden Schlaf nach diesem anstrengenden Tag, und ich wünschte ihm angenehme Träume, woraufhin er die Augenbrauen in die Höhe zog. Er hätte nun gehen können, aber er stand noch in der offenen Haustür. Wollte er noch etwas sagen? Wollte er vielleicht fragen, ob es sehr schlimm in Venedig gewesen war? Er hatte Alexander Ross mit keiner Silbe erwähnt. Wollte er fragen, wie ich mir die Zukunft ohne ihn vorstellte? Schließlich verkaufte ich nicht alle Tage einen Palazzo in Venedig. Weitere Gelder würde er kaum anlegen können, da ich mein Geld ausgab und nie wußte, wo es blieb.
Was immer James sagen wollte, er verschluckte es und ging durch den dunklen Garten zu seinem Wagen zurück.

Für gewöhnlich bin ich gern allein. Das heißt: ich finde meine eigene Gesellschaft nicht schlechter als die Unterhaltungskünste meiner Bekannten, manchmal sogar etwas besser.
Aber nachdem James davongefahren war, fand ich mein Heim nicht friedlich, sondern verödet, und mich fand ich nicht allein, sondern verlassen. Nicht etwa von allen guten Geistern, sondern von James. Zum ersten Mal seit Jahren war er nicht mit mir nach oben gekommen. Ich war wirklich ziemlich vergeßlich. Ich hatte vergessen, daß Lady Ormond auf ihn wartete. Natürlich hatte James das nicht vergessen.
Ich machte mir einen starken Whisky und setzte mich in den großen Armsessel, den James vor Jahren für sich angeschafft hatte. Wie wäre es, wenn ich den Sessel mit Dank zurückschicken würde? Es wäre wohl keine Glanzidee.

Warum versuchte ich es nicht mit fernöstlicher Meditation? Der Jadehund könnte mir vielleicht assistieren, da Taro Shinoda unerreichbar war. Herr Shinoda hatte überall meditieren können – in meinem Palazzo, am Rialto – im Ernst, im Scherz und im Bett. Aber die Lotosposition hätte mich nach dem Zwiegespräch mit James zu sehr angestrengt. So trank ich den zweiten Whisky, was jeder indische Guru und jeder *Zen*-Mönch mitleidig und arrogant belächelt hätte. Nach der zweiten Seelenstärkung war mir bedeutend besser zumute. Ich fragte mich nicht mehr, warum ich auf die Dauer keinen Mann halten konnte. Wenigstens nicht für den Hausgebrauch. Was taten andere Frauen! Fesselten sie ihre Liebhaber an Händen und Füßen? Leimten sie sie am häuslichen Klubsessel fest? Oder machten sie ihnen solche Szenen, daß die armen Teufel nur noch ihre Ruhe haben wollten? Ich konnte mir Lady Ormond in tobendem Zustand vorstellen und konnte mir auch ausmalen, wie gut es James gefallen würde.

Draußen klingelte es Sturm. James? War ich so betrunken, daß ich tatsächlich annahm, er würde... Ich war überhaupt nicht betrunken. Ich dachte viel klarer, als ich wollte. James war bei seiner Frau.
Es war mein Kollege aus Belsize-Indien. Dr. Lal besuchte mich regelmäßig, um sich in diesem unbegreiflichen England Rat bei mir zu holen. Natürlich weiß man immer genau, was andere tun und lassen sollen. Ich hatte Dr. Lal recht gern, nur nicht heute abend. Aber es war kaum acht Uhr. Keineswegs zu spät, um Dr. Lal zu raten, wie er in London auf schnellstem, mühelosesten Weg reich, beliebt und beneidet werden könne. Er ließ sich nicht ausreden, daß ich es wußte. Den Ost-Inder, der sich etwas ausreden läßt, mußte ich erst noch treffen.
Dr. Lal stammte aus Delhi und verteilte an seine Patienten rosa Visitenkarten, die sie über alle Ehrungen orientierten, die er daheim empfangen hatte. Es war ihm und mir unbegreiflich, daß ein Teil seiner Landsleute in der Belsize-Gegend meine Dienste vorzogen. Aber er nahm es nicht übel, dazu war er zu gutartig. Er deutete höchstens an, daß ich – in London reich, beliebt und beneidet – in New Delhi so gering geschätzt werden würde, wie er im ›undankbaren‹ England. Wofür wir ihm danken sollten, habe ich nie herausgefunden. Übrigens beschworen mich meine indischen Patienten, Dr. Lal in Belsize keine Berichte über ihre Besuche und Krankheiten zu senden, da sie

seinen Zorn fürchteten. Sie hatten nie etwas von unserem Arztgeheimnis gehört.
Meine Mutter hatte Dr. Lal einmal bei mir getroffen und ihn zu redelustig gefunden. Er war ein großes, heftig liebendes und heftig hassendes Kind, und ich konnte ihm nicht böse sein, auch wenn er die unglaublichsten Fragen stellte. Dann starrte er mich mit seinen großen feurigen Augen flehend und maßlos wißbegierig an, und sein üppiger Patriarchenbart, der nicht zu seinem runden, kindlichen Gesicht paßte, geriet ins Zittern. Dr. Lal war fünfunddreißig. Wenn er eine seiner endlosen, verwickelten, mit indischen Weisheiten gewürzten Erzählungen begann, schwenkte er seine langen Arme wie Windmühlenflügel. Kurz vor meiner Reise nach Venedig war seine Frau mit den Kindern nach Delhi zurückgekehrt, weil sie daheim Dienerschaft hatte, wie eine Tochter aus einer Brahmanen-Familie es erwarten durfte. Nun war dieses große, heftige Kind ganz verlassen – abgesehen von den Vettern und Onkeln, die Dr. Lal in seiner Wohnung beherbergte. Alle aus Delhi und alle geehrt und daheim schmerzlich vermißt. Wozu waren sie in London?
Dr. Lal bat mich um die Adresse eines Anwalts, da Mr. Morgan, sein englischer Hauswirt, ihn mit den unerwünschten Verwandten, die keine Miete zahlten, an die Luft setzen wollte. Mr. Morgan hatte das Geld für die Miete nicht angenommen. Dr. Lal sagte, er kenne niemanden in Delhi und Umgebung, der die Annahme einer Geldsumme verweigern würde.
»Wollen Sie Ihrem glücklosen Freund zur Seite stehen, Hilary? Dem Anwalt erklären, daß niemand in Delhi einen hochgeehrten, mit einem Blasenleiden geschlagenen Großonkel auf die Straße setzen würde? Daß unschuldige bescheidene Jünglinge ihres Behelfsheims beraubt werden, müßte man doch verhindern können? Oder nicht?«
Dr. Lal trank meine Milch so heftig, wie er alles tat. Wozu sollte er Miete für seine Verwandten zahlen? Sie nahmen Mr. Morgan keinen Platz weg und erwarteten keinen Reis an seinem Tisch.
Ich war nun wieder daheim. Im alten, vielmehr im neuen London der vielen Völker, die aus den ehemaligen Kolonien hierher zusammengeströmt waren. Dr. Lal war nicht der einzige, der von mir erwartete, daß ich ihn beriet, ihm billige Einkaufsquellen verschaffte, ihn tröstete und seinen Großonkel beerdigen würde, wenn es an der Zeit war. Er sprach immer mit erhobener Stimme, als ob er auf einer Sei-

fenkiste im Hyde Park eine Versammlung anredete. Ich gab ihm die Adresse meines Anwalts, aber Dr. Lal flehte mich um ›telefonische Fürsprache‹ bei diesem Herrn an. In Delhi kenne er sich aus, und alle Anwälte rissen sich um seine Kundschaft. Aber in diesem England sei alles ganz anders. Ich versprach, den Anwalt gleich am Montag anzurufen.
Dr. Lal rüstete sich zum zeremoniellen Abschied. Was wollte er noch? Er hatte die ganze Milch ausgetrunken.
»Kann ich noch irgend etwas für Sie tun?«
»Es handelt sich um eine delikate Angelegenheit, Dr. Hilary.«
Dr. Lal starrte düster vor sich hin. Endlich murmelte er, daß es sich um eine Frau handele. »Nach der Flucht meiner Gattin bedarf ich dringend einer weiblichen Tröstung, Dr. Hilary!« Nach weiteren Vorreden erkundigte er sich, ob ich ihm eine ›ehrenhafte, moralisch einwandfreie, preiswerte und gesunde‹ Hure empfehlen könne. Seinen Neffen, den unschuldigen und bescheidenen Jünglingen, sei das mühelos, durch Vermittlung englischer Freunde, gelungen.
Nun, ich riet Dr. Lal, die Angelegenheit mit seinen Neffen zu besprechen. Er bedankte sich wortreich, aber ich hatte den Eindruck, daß diese Jünglinge nicht so gefällig waren, wie sie zu ihrem Wohltäter – so bezeichnete sich Dr. Lal – sein müßten. In diesem London benahmen sie sich ganz anders. Endlich empfahl mein Besucher sich mit strahlendem Lächeln. Er hatte auf dem Tisch, mit rosa Visitenkarte, ein Päckchen hinterlassen. Zwei schöne Keramikschalen mit Curry und Reis. Er hatte »den dreisten Wunsch«, daß das von ihm zubereitete Gericht Gnade vor meinen Augen finden möge.
Es war genau das, was ich brauchte. Ich aß alles auf. Plötzlich hatte ich wilden Hunger. Guter, heftiger Dr. Lal! Es war eigentlich ganz nett, wenn man noch gebraucht wurde. Gleich Montag früh wollte ich den Anwalt anrufen und auch mit Mr. Morgan sprechen. Er war seit Jahren mein Patient. Keineswegs ein englischer Dschingis Khan, wie Dr. Lal ihn nannte. Dr. Lal las mit seiner gewohnten glühenden Anteilnahme Berichte und Geschichten über Gewaltmenschen, Tyrannen und Eroberer. Je mehr Blut in diesen Berichten floß, desto begeisterter trank er seine Milch. Er hatte mich großartig aufgeheitert.

Spät in der Nacht las ich meine Privatpost. Am Montag morgen würde ich bereits Patienten haben und Miss Lydia, Maggie und Sniffles begrüßen. Außerdem meine Kollegin aus Norfolk, mit der ich abrechnen mußte und die noch, so lange sie wollte, mein Gast sein würde. Ich war in mein altes Leben wie in einen alten Regenmantel geschlüpft – es gab schlechtere Existenzen. Natürlich gab's auch noch was Besseres. Das gibt es immer und überall, und ich wollte es nicht in Betracht ziehen. Höchstens zum Spaß.

Den Luftpostbrief von Alexander Ross – wer war das noch? – zerriß ich ungelesen. Für diesen Abend hatte ich von Ehemännern genug. Den Brief von Albert Petersen las ich zum Vergnügen zweimal. Es war, als ob er mir gegenüber säße und mit mir spräche. Leise, klug, warmherzig. Albert lud mich über die Weihnachtszeit nach Hamburg ein. Das kam mir sehr gelegen. Es rettete mich vor einem Fest mit Lady Hooper und Mutter in Brighton. Um diese Zeit waren alle netten Leute mit ihren Familien zusammen, oder sie jagten Spinnen in Chelsea.

Wahrscheinlich tat James eine Menge, um die Mutter seines Kindes zu beruhigen. Das verstand er. Vielleicht war er glücklich mit ihr, selbst wenn ich es nicht glauben konnte. Als ob es darauf ankäme! Überzeugt war ich von einer einzigen Sache! Cordelia Ormond würde besser als ich wissen, was sie an James hatte. Sie besaß die Schläue und Besitzgier der Nüchternen. Sie würde immer wissen, wo ihr Geld oder ihr Mann geblieben war.

Albert Petersens Brief tat mir wohl wie ein wärmender Mantel. Ich konnte zufällig etwas Wärme und Wertschätzung gebrauchen. Aber etwas an seinem Brief berührte mich merkwürdig. Er erwähnte Charlotte mit keinem Wort. Wollte er sie vergessen und konnte es nicht? Oder konnte er sie vergessen und machte sich stumme Vorwürfe? Hatte er sie wirklich so vergöttert, wie es den Anschein gehabt hatte? Seine Geheimnisse lagen auf Eis – wie meine. Er hatte ein Foto des Hauses am Fluß mitgeschickt. Ich hatte es mir nicht ganz so imposant vorgestellt. Das Haus lag weit zurück von der Chaussee an der Elbe – hinter Bäumen und weiten Rasenflächen. Mehr ein Palais als eine Familienvilla. Wie bescheiden war er! Ich sollte ein Zimmer mit Blick auf die Elbe bewohnen. Charlottes Zimmer? Hatte sie dort auf Flucht gesonnen? Wenn Albert zuviel Klavier spielte oder jenes Fräulein zu oft zu Besuch kam? Wie hieß sie noch? Stillhorn! Sie mußte mit dem Professor verwandt sein, der Charlotte in ein kostspieliges Heim für Geisteskranke stecken wollte. Wie düster war das alles gegen Corde-

lias Spinnen! Aber Albert war nicht düster: Er besaß offenbar große Seelenkraft. Etwas davon hatte ich in Venedig, wo er sicher nicht ganz er selbst gewesen war, gespürt. Oder war er dort mehr er selbst gewesen als in Hamburg, wo er sich weitgehend mit etwas beschäftigte, was Charlotte »das Gemeinwohl« genannt hatte? Was immer das war, sie hatte es verabscheut. Arme, liebe Charlotte! Ich dachte viel an sie. Es machte mich sehr traurig und nachdenklich. Albert schrieb sozusagen in einem Epilog, daß Fräulein Stillhorn demnächst einen jungen Kollegen heiraten würde, und er begrüßte ihren Entschluß mit aufrichtiger Freude. Alte Freunde der Familie! Charlotte hatte fest geglaubt, ihr Bruder wolle dieses Fräulein heiraten. Aber es schien alles ganz anders zu sein. In Venedig hatte er Fräulein Stillhorn totgeschwiegen. Warum dachte ich in diesem Augenblick an Osome Atsumi? Vielleicht weil Albert sie, als sie das Foto »Die Elbe bei Sturm« brachte, angestarrt hatte, was nicht seine Gewohnheit war. Es war mir aufgefallen. Trotz seiner äußeren Ruhe war ein seltsames Licht in seinen scharfen, klugen Augen aufgeblitzt und wieder erloschen. Ich kannte ihn noch nicht sehr gut. In seiner eigenen Weise bestand er, wie James, darauf, nichts Besonderes zu sein. Frauen sind viel ehrgeiziger; oder eine bestimmte Sorte Frauen. Wie Mutter oder Lady Ormond oder Osome Atsumi. Die war jetzt auch längst wieder in Tokyo. Ich mochte sie nicht. Aber vielleicht hatte Charlotte mich da beeinflußt.
Der letzte, lange Luftpostbrief, vielmehr zwei Briefe, ordentlich mit A und B bezeichnet, waren von unserem Japaner in Venedig. Den ersten Brief hatte Taro Shinoda geschrieben. Brief B war unmißverständlich von Kayawara Koshiro VI. Und dieser Brief sprach dafür, daß Shinoda Taro, der sich in Venedig als »Touristen, den jeder mit Recht übersieht« bezeichnete, auch in Tokyo völlig hinter der Onnagata zurücktrat. Wie ein Schatten, der selbst um seine Farblosigkeit wußte. Mit wem hatte Charlotte am Rialto gelebt?
Kayawara Koshiro VI. lud mich zum Frühjahr nach Tokyo ein, da er in einer Galavorstellung einiger Kabuki-Dramen auftreten werde. Ich würde sein Gast in einem Hotel in Tokyo sein, das die Ehre meines Besuches zu schätzen wisse und sich bemühen werde, meinen Ansprüchen mit Eifer und Pflichtbewußtsein nachzukommen. Ich mußte lächeln. Schade, daß er mich nicht hier zu Hause sehen konnte, mit einem Schinkenzipfel im Kühlschrank und Dr. Lals Curryreis

auf dem Schreibtisch. Alles war so anders, als der große Schauspieler es sich vorstellte. Meinte er, ich bewohne einen Palazzo in London Nord-West? Wahrscheinlich. Vielleicht konnte er die Londoner Wirklichkeit der siebziger Jahre nicht erfassen, da er nie in England gewesen war, und überdies selbst in Japan in einer Welt für sich lebte. Aber seine Einladung rührte mich. Ich hatte nicht im Traum angenommen, er würde noch einen Gedanken an mich verschwenden, sowie er Venedig den Rücken gekehrt hatte. Vielleicht waren auch Japaner anders, als ich angenommen hatte?

Shinoda Taro schrieb den Brief aus einem Dorf Kurokawa, hatte ihn aber in Tokyo aufgeben lassen. Kurokawa, das Dorf seiner geehrten Mutter, sei ein Nô-Dorf, wo die Reisbauern klassisches Drama spielen. Er selbst wolle sich hier von Venedig erholen. Er gebe zu, Touristen könnten falsche Eindrücke einer Stadt bekommen. Herr Shinoda sei das erste und letzte Mal im Leben ein Tourist gewesen. Aus diesem Grund könne er zu seinem unendlichen Bedauern London nicht besuchen. Obwohl Shakespeare, das Palmenhaus in Kew, marinierte Walnüsse und ich machtvolle Attraktionen seien.

Brief B war der seltsamste, nein, unheimlichste Brief, den ich je bekommen hatte. Kayawara Koshiro VI. grübelte im Nô-Dorf über Leben und Tod nach, und zwar in einer dunklen und dabei unbarmherzig grellen Art. Er entschuldigte sich allerdings, daß er über ein im Westen so unbeliebtes Thema wie den Tod nachdenke, aber es sei für ihn ein strikt berufliches Thema. Der Titel des Kabuki-Dramas, dem er im Frühjahr mit seinen schwachen Talenten zum Triumph verhelfen wolle, laute: »Aus Narayama kommt niemand zurück.« Es sei ein »Schneedrama« – ein »eisiger Hauch.« Er habe diese uralte Legende für die Bühne eingerichtet. Ein elender Versuch – aber, wie gesagt, ein Schneedrama.

Ich ließ den Brief auf den Teppich fallen. Was für ein Drama war das? Der Titel des Stückes klang düster, bedrohlich, unerbittlich. So wie der Schauspieler selbst in bestimmten Situationen in Venedig auf mich gewirkt hatte. Was hatte Charlotte mit ihm erlebt? Was erlebte er selbst in dem Dorf in der *Shonan*-Ebene? Meilenweit von Tokyo entfernt, wie er zweimal betonte. Charlotte war für ihn offenbar im Schnee seiner Gefühle versunken. Hatte sie es geahnt? Hatte sie vielleicht Selbstmord begangen? Das war ein so unbehagliches Rätsel wie die Ehe von James und Miss Trent.

James! Plötzlich dachte ich, es würde mir unauffällig das Herz brechen, wenn seine Frau ihn verletzen und unglücklich machen würde. Das könnte ich nicht ertragen – ich meine, daß er das alles in tiefem Schweigen mit sich abmachen würde. Aber Herzen brechen leichter auf der Kabuki-Bühne als in London N.W.3. James wünschte sich Kinder. Und wenn seine Frau das Gewünschte liefern würde, dann hätte er, was er wollte. Was ich über Lady Ormond dachte, interessierte ihn nicht.

Ich mußte mir ein neues Leben aufbauen, ein neues Privatleben, meine ich. Beruflich ging es mir nach Wunsch, selbst wenn Lady Ormond meinen Rat verschmähte. Komisch war nur, daß James nicht ahnte, wie froh ich darüber war. Vergaß er, daß das Leben uns allen eine Menge Möglichkeiten bietet, wenn man nicht wie gebannt in ein Haus in Chelsea hineinstarrt? Es war ganz einfach, neue Möglichkeiten zu ergreifen, wenn man sich damit abfindet, daß Wechsel und Wandlung menschlicher Beziehungen Gesetze waren – wie Frühling und Herbst der Gefühle, Jugend und Reife, Liebe und Freundschaft. Was hatte Albert Petersen geschrieben: »Man bekommt, was man bekommt.« War er schon über Wunschträume hinaus?

Ich konnte mit meinen Freunden zufrieden sein. Sie waren erfreulich über den Erdball verteilt, wie wir Londoner es gewöhnt sind. Albert, Signor Moretto, Kayawara Koshiro VI., der gute heftige Dr. Lal mit seinem Curry, seiner Hindu-Seele, mit seiner unschuldigen und feurigen Lust am Jenseits und an moralisch einwandfreien Huren. Und James! Er blieb mit mir verbunden, ob er wollte oder nicht. Ich glaube nicht, daß er wollte; aber er konnte nicht anders.

Ich verschloß die Briefe in meinem Schreibtisch. Maggie und Sniffles brauchten sie am Montag nicht zu lesen. Ich war ruhiger und zufriedener als all die Monate in Venedig. London hat immer diese Wirkung auf Heimkehrer. Man fühlte sich vertraut mit dieser arm gewordenen, schäbigen, großartigen und unverwüstlichen Stadt, die meistens grau, verregnet, lärmend und verschlampt ist an allen Ecken und Enden. Aber zugleich ist diese Stadt lebendig, überraschend altmodisch und hochmodern. Und dann hat London den lieblichsten Frühling auf der Welt, und die Heide von Hampstead beginnt um die Ecke von meinem Haus.

Ich war ziemlich glücklich. Ich hatte mein London und meine Freunde. Alle wollten mich wiedersehen. Ich muß netter sein, als ich denke.

Epilog:
Fernöstliches Gastspiel

1

Sitz still. Tu nichts.

»Leere Dein Boot, oh Mönch, von Haß und Gier!
Dein leeres Boot wird Dich mit Eile
dem Nirvana entgegen treiben.

Der »Achtfache Weg« des Buddha

SHINODA TARO:
Als ich in Tokyo ankam, lag mein Großvater im Sterben. Als großer Kabuki-Spieler war er mein Lehrmeister gewesen. Er verließ diese Welt zufrieden und müde. Seit meiner Kindheit hatte ich an seinen Lippen gehangen. Er erkannte mich noch und sprach die Hoffnung aus, ich möge mich schnell vom Westen erholen.
Mein Vater ist nun das Haupt der Familie. Er ist heftig, aber nicht unbeugsam wie der Großvater, und er hat keinen Einfluß auf meine Entschlüsse. Ich habe meinen Mentor verloren und meine Freiheit gewonnen. Meine Pflichten und Verpflichtungen bleiben eine schwere Last.
Ich erklärte meinem Vater, der nun unsere Truppe regieren wird, daß ich nach meinem Ausflug in den Westen einer Periode der inneren Sammlung bedürfe. Er wünschte mir verdrossen eine förderliche Fahrt in die Stille. Ihn selbst hat es nie nach Seelenruhe gelüstet. Nach seiner Hochzeit hat er Kurokawa, das Heimatdorf meiner Mutter, nie mehr besucht. Die Nô-Spiele der Reisfarmer fanden nicht seinen Beifall: zu mystisch oder zu langsam.
Ich fuhr nicht sofort nach Kurokawa. Erst einmal mußte ich Charlottes Tod und das Barock überwinden. Wo konnte ich das besser tun als in Nara, der alten Tempelstadt? Ich war oft mit meinem Großvater aus Tokyo in Nara gewesen und wohnte immer in seinem bescheidenen Gasthof. Meine Wirtin vom Rialto hätte sich an der Leere und Sauberkeit meines Zimmers ein Beispiel nehmen können. Nichts erinnert mich hier an Venedig – bis auf das kleine Prisma, das ich dort kaufte. Es reflektiert Licht und Zwielicht in allen möglichen Farben: silbrig, goldgelb, violett wie die Herbstnacht, farblos wie die Luft,

dunkelblau wie das Meer, rot wie die Abendsonne über dem See von Hakone. Eine kleine Drehung, und Licht verwandelt sich in Schatten. Das erinnert mich an Charlotte.

Das Prisma auf meiner Bambusmatte ist plötzlich so dunkel wie meine Zukunft, die ich nur mit mir selbst bespreche. Ich drehe die Kugel, und ein Lichtschimmer blitzt auf. Aber er verlöscht wieder.
Nacht in Nara! Die alte Stadt schläft unter einem kalten Herbstmond. Ich versuche zu meditieren. Der Pagodenstrauch auf meinem Vorhang wiegt sich im Nachtwind. Mein Zen-Meister befahl mir: »Sitz still. Tu nichts.« Es gelang mir nicht, und er traktierte mich mit Stockschlägen. Der Schmerz war so heftig, daß ich still saß und nichts tat. Später sagte der Meister, die Welt sei nur ein Tautropfen.
Langsam werde ich ruhiger. Das macht Nara – die vertrauten Steine, die Weihrauchluft, die Stille im Gasthaus. Charlotte entfernt sich widerwillig aus meiner Sicht. Das Geheimnis ihres Todes lastet auf mir und drückt mich wie ein Zentner Steine. Sie stürzte sich in ihren Tod, weil sie nichts mehr hatte, was sie am Leben halten konnte. Ich riet ihr zu ihrem eigenen Besten zu diesem Ausweg aus ihrer leeren und sinnlosen Existenz. Warum fragte sie mich? Zuerst war sie erstaunt und entsetzt, aber dann sah sie die Vorteile dieses japanischen Ausweichmanövers ein. So muß die Absicht, ihrem Leben ein Ende zu machen, in ihr gekeimt sein und sich weiter entwickelt haben. Ich konnte ihr kein Heiratsversprechen geben, um sie an einem Leben zu halten, an dem ihr mit mir und ohne mich nicht viel lag. Ich brauchte keine Hammerschläge auf den Schädel, um das zu erfassen. Aber es besteht die Möglichkeit, daß sie mir auch in diesem Fall nicht richtig zuhörte. Ich erinnere mich nur noch, daß sie gähnte.
Zwei Tage später sagte sie, daß sie über meinen Rat nachgedacht habe. »Vergiß es«, sagte ich mürrisch. »Von welchem Rat sprichst Du?«
»Vergiß es.« Charlotte lachte leise.
Ich habe nicht die Absicht, mich als Charlottes Mörder zu betrachten. Man gibt allen möglichen Leuten alle möglichen Ratschläge, und es ist ihre Sache, ob sie sie befolgen oder nicht. Ich hatte Charlottes Bestes im Auge. Daheim hätte ich natürlich eine lästige Geliebte mit einem Geldgeschenk aufgeheitert und ihr keine Ratschläge gegeben. Japanerinnen wissen genau, was sie tun sollen. Aber einmal hatte

Charlotte viel mehr Geld als ich, und sie wußte trotzdem nie, was sie tun sollte.
Wenn ich mich nicht von Venedig erholen kann, dann bin ich so verloren wie die schöne Charlotte. Aber Japan wird mich heilen. Zum mindesten werden meine Pflichten und Aufgaben gegen die Familie und die Öffentlichkeit meine Gedanken ablenken. Soll sich der Westen ruhig über etwas lustig machen, was man dort den »Käfig der Pflichten« nennt! In diesem Käfig sind wir freier als die Menschen des Westens.
Endlich schlafe ich wieder auf meinem harten, mit Gras gefüllten Kissen. Auf den Daunenkissen des Westens lag ich in einem Brei von Federn. Trotz der Stille fahre ich mit einem Schrei in die Höhe. Ich träumte, daß ich Charlotte mit einem Daunenkissen erstickte. Ich preßte immer stärker. Sie kämpfte um Luft. Ich bestrafte sie dafür, daß sie nicht so geduldig und gehorsam wie meine geliebte Desdemona war. Mein Schrei klang wie das Geheul eines tollwütigen Hundes. Mir graute vor mir selbst. Es ist durchaus möglich, daß meine mörderischen Gedanken mich in der nächsten Existenz in einen Hund verwandeln. Ich muß mein *Karma* aufbessern. Welche Arbeit! Meine Onnagata kann mir nicht helfen. Wird Kayawara Koshiro VI. die Onnagata mit der alten Wirksamkeit spielen können? Die Tränen stürzen ihm aus den Augen. Er unterdrückt einen zweiten Aufschrei, um die geehrten Wirte nicht zu wecken. Er ist am Ende. Soll er seine eigene Medizin schlucken? Er starrt ins Dunkel. In ihm ist Spätherbst. Der Wind heult um das Gasthaus. Er schreit: »Mörder!« Kayawara Koshiro VI. wünscht wie ein Insekt, daß es nach dieser Saison keinen Winter gäbe, er erstarrt schon jetzt langsam. Aber der Winter wird kommen. Die Wünsche eines Insekts sind unwichtig.
Am nächsten Morgen, nach einem einfachen kräftigen Frühstück in meinem Raum, machte ich mich auf den Weg zu den Tempeln. Endlich konnte ich wieder das »Reine Land« betreten. Oh, Japan! Meine letzte Hoffnung war die Lotushalle von Todai-ji. Nur dort konnte ich Europa von mir abschütteln, wenn es dem Buddha gefiel. Warum fuhr ich nach Venedig? Warum wurde ich ein Tourist, der Shakespeare studierte, sich in Desdemona verliebte und täglich das Barock vor Augen hatte? Herr Shakespeare ist an allem schuld.
Mit Kummer im Herzen machte ich mich auf den Weg zu Amida Nyorei, dem Seelenretter im »Großen Östlichen Tempel«. Wie still

war es in Todai-ji! Hätte ich diese Stille doch greifen und an mein Herz drücken können – meine letzte Geliebte! Auf dem Weg zur Lotushalle traf ich keine Pilger und keine Touristen. Oh, wunderbare, wortkarge Architektur! In Gedanken wanderte ich ins achte Jahrhundert zurück, als buddhistischer Geist den Tempel erbaute, um uns elenden Menschen eine Vorahnung des »Reinen Landes« zu geben.
Wie lange ich vor dem »Stehenden Amida Nyorei« verweilte, weiß ich nicht mehr. Zuerst hatte ich die Statue als Kind an der Hand des geehrten Großvaters mit tiefen Verbeugungen gegrüßt. Ich glaubte, die Eindrücke aus der Kindheit sind stärker und wahrer als alles, was man später in der vergänglichen Herberge dieser Welt erlebt. Auch jetzt, nach Jahrzehnten, blickte der große Tröster ruhig auf mich herab, und seine erhobene Hand, deren Daumen und Zeigefinger einen magischen Zirkel bilden, gebot dem Sturm in meinem Innern Einhalt. Nach Monaten erlebte ich buddhistische Windstille, und ich erinnerte mich, daß der Amida Nyorei uns achtundvierzig Versprechungen gemacht hat. Ich halte mich an das achte Versprechen: »Der, der den Amida mit Namen anruft, wird in der Stunde seines Todes von ihm in das ›Reine Land‹ geleitet werden, um dort die Suche nach der Vollkommenheit zu vollenden.«
Ich sah mich verstohlen nach Besuchern um, aber ich war allein. So machte ich die Anrufung, wie der geehrte Großvater es mich im *Todai-ji* gelehrt hatte. Wäre es doch schon soweit! Aber meine Pflichten als Sohn, Bruder, Vetter und als sechste Onnagata halten mich immer noch von dieser Seligkeit zurück. Doch ich werde ernsthafter als bisher versuchen, meinem Cousin, diesen jungen begeisterten Tölpel, zur künftigen Onnagata auszubilden, da man nicht weiß, wann man diese vergängliche Herberge verlassen wird.
Vor meiner Abreise von Nara besuchte ich aus alter Gewohnheit den heiligen Eison in Saidai-ji. Dieser Mönch aus Kyoto, der den Buddhismus im dreizehnten Jahrhundert erneuerte, war mir nicht sofort so lieb und vertraut gewesen wie der »große Tröster« Amida. Die Morallehre ist so streng, daß man zuerst davor zurückschreckt. Aber für Eison war die Lehre seiner Sekte noch nicht streng genug. »Nimm Dir ein Beispiel an diesem Mönch«, sagte mein geehrter Großvater. »Verzichte auf alle vergänglichen Genüsse.« Mit diesen Worten entriß er mir den süßen Bohnenkuchen. Ich war ein sechsjähriger Genießer und schrie wie am Spieß, bis der Großvater mich mit Stock-

schlägen zu Vernunft und Gesittung zurückbrachte. Ein kleines Kabuki-Drama! Jahrelang verbanden sich in meinen ungenießbaren Träumen der strenge Eison und süßer Bohnenkuchen.
Jetzt, als alternder Mann in den Vierzigern, stand ich lange vor diesem Wohltäter der Armen und Kranken. Der heilige Eison war immer noch sehr heilig, sehr streng und sehr häßlich. Das dunkle Holz der Statue machte seine Züge noch derber, aber noch eindringlicher. Ich kenne kein Land, außer China, wo die Seele des Holzes so lebt wie in meinem Land. Von dem Holz ging dieselbe unbeugsame Kraft aus wie von jenem Mönch der *Shingo*-Sekte.
»Also hier trifft man sich wieder.« Ich fuhr herum und sah Herrn Yanaga, jenen groben, vierschrötigen Touristen aus Venedig, der Osome-san herumkommandiert hatte. Jetzt war Herr Yanaga, wie ich, ein Japaner in Japan. Er sagte mir, daß er sich in Nara von der Renaissance erhole. Übrigens erwähnte er mit einem gewissen Stolz, daß er, so oft es ginge, zu den Tempeln nach Nara fahre, um sich von der elektronischen Industrie in Tokyo zu erholen. Auch hatte er indessen geheiratet, aber seine Frau war nicht mit ihm in Nara. »Was verstehen Frauen?« fragte er. »Sie sollen das Haus sauber halten und Söhne zur Welt bringen.« Ich sagte, Herr Yanaga sei nicht gerade vom modernen Geist angekränkelt. Er faßte die Bemerkung als Kompliment auf.
Später, beim Saké in seinem Hotel, fragte ich Herrn Yanaga wie zufällig nach Osome. Nach einigem Zögern gab er mir ihre Adresse im Ginza-Distrikt, in der Nähe eines Nachtclubs, wo er sie vor einigen Jahren kennengelernt hatte. Ich bewunderte sein Gedächtnis. Herr Yanaga versicherte mir sofort, er habe seit seiner Schulzeit an Darmverstopfung und einem guten Gedächtnis gelitten. Aber leider behalte er vorwiegend unwichtige Dinge.
»Haben Sie deswegen einmal einen Psychiater befragt?«
»Ha!« Herr Yanaga glich einem Vulkan kurz vorm Ausbruch. »Ich habe keine Verwendung für diese Herren. Sie lassen sich Unsummen dafür bezahlen, daß man ihnen alles über sich selbst erzählt. Sie sitzen still und tun nichts.«
»Im buddhistischen Sinn eine lobenswerte Position, Yanaga-san.«
»Mein Geld wächst nicht auf Kirschbäumen. Haben Sie eine Ahnung, was unnütze Ehefrauen kosten?«
»Ich bin nicht verheiratet, Yanaga-san.«

Was ging es diesen Grobian an, daß alle Frauen, die ich entweder geheiratet hatte oder die mich heiraten wollten, ein trübes Ende nahmen? Herr Yanaga fragte respektvoll nach meinen Bühnenplänen in Tokyo, und ich stellte ihm mein Auftreten im Frühjahr in Aussicht. Aus Höflichkeit fragte ich ihn nach dem kleinen Herrn Ono, seinem unzertrennlichen Freund in Venedig, und erfuhr, daß dieser neuerdings immer häufiger mit Ministern speise.

»Man muß ihn mit Vorsicht genießen,« schloß Herr Yanaga finster. »Natürlich ist Ono-san mein bester Freund, aber ich sage, daß Vorsicht nicht schaden kann. Das ist meine Meinung. Ja.«

Wir verabschiedeten uns mit tiefen Verbeugungen. Ich blickte ihm nachdenklich nach. Mir machte dieser große Bär nicht den Eindruck eines glücklichen Ehemannes. Wenn jemand von »nutzlosen« Frauen sprach, dann war kein Sohn in Aussicht. Auch hatte ich ihm keine Sekunde geglaubt, daß er Atsumi Osome in der Zwischenzeit nicht wiedergesehen hatte. In Venedig hatte sie mir nicht verraten, warum ihr Gönner Yanaga sich plötzlich so brüsk von ihr abgewandt hatte. Was ging es mich an? Nichts.

Am nächsten Morgen fuhr ich nach Kurokawa. Ich muß mein Boot leeren.

Zwei Monate lebe ich jetzt in diesem Dorf mit der Familie meiner Mutter. Tagsüber helfe ich bei der Reinigung und Ausbesserung der Nô-Masken und Kostüme für das große Fest im Februar. Die Nacht verbringe ich in meinem kleinen Gasthof. Ich muß allein sein. Ich entwerfe nun im Ernst das Szenarium für eine alte Legende aus den Bergen, die im Frühjahr auf der Kabuki-Bühne gezeigt werden soll. Ich beschäftigte mich schon in Venedig damit, wurde aber beständig von Charlotte abgelenkt und gestört. Wieso nahm sie an, daß niemand gern nachdenkt, weil sie es verabscheute? Könnte man doch Erinnerungen wie Würmer zertreten! Wie soll ich mein Boot leeren, wenn sie darin herumkriechen?

Auch diese Legende ist ein Nô-Spiel. Mein Großvater in Kurokawa hinterließ sie mir. Jahrelang lag das Stück in meiner Truhe; dann nahm ich es nach Venedig mit. Kabuki hat viele umgearbeitete Nô-Dramen. Denn sie sind die Quelle der Künste. Jetzt kommen mir Ideen für das Kabuki-Szenarium. Ein junger Autor in Kyoto, den ich als Mishimas Nachfolger betrachte, schreibt Gesänge und Dialoge.

Ich habe die Notizen aus Venedig zerrissen. Ich war dort in Gefahr, dem Drama ein glückliches Ende im westlichen Geschmack anzuhängen. Tiefer konnte ich nicht sinken.
Im Januar ließ ich Atsumi Osome aus Tokyo kommen, um ihr das neue Szenarium zu diktieren. Meine Rolle wird alles von mir verlangen, was ich geben kann. Ich fragte Osome, ob sie die Zeit aufbringen könne. Sie antwortete sofort, daß Kayawara Koshiros Wünsche allem vorangestellt werden müßten. Das bedeutete natürlich, daß die Zeitung, die damals die Artikel über Venedig bei ihr bestellte, sie nicht mehr als Reisejournalistin beschäftigt. Schade um das begabte Mädchen! So lange sie noch jung und hübsch wie jetzt ist, wird ihr nur ein Nachtclub auf der Ginza übrigbleiben. Ihre Adresse spricht dafür.
Ich habe mich nicht getäuscht. Osome ist in einem Nachtclub beschäftigt. Sie ist sehr verändert. Nicht mehr dreist und etwas aufdringlich wie in Venedig, sondern bescheiden. Sie trägt im Augenblick die Maske der Verliererin. Vielleicht hat sie alle Spiele verloren und ist selbst verloren. Auf jeden Fall hat sie daheim ihre Manieren wiedergefunden. Sie brachte mir eine Gabe mit, die ›Freude und Erholung von Krankheit‹ bedeutet. Wie die Etikette es vorschreibt, war ihr Geschenk in rote und weiße Seide gehüllt. Zum Abschied werde ich ihr einen Kimono in heiteren Farben schenken. Was ist mit ihr geschehen? Ich werde sie nicht fragen, denn sie wird es mir nicht sagen. Hat Herr Yanaga sie wiedergesehen und erneut verlassen? Sie spricht nicht über Venedig. Wir sind in Japan.
In ihrer freien Zeit hilft Osome unserer Wirtin beim Bereiten und Anrichten meiner Mahlzeiten. Früh am Morgen bereitet Osome aus Sojabohnen *Tofu*, mein Lieblingsgericht. Das Bohnenmus hat immer die richtige Konsistenz – nicht zu hart und nicht zu flüssig. Ein bescheidenes Gericht, aber es muß mit Kunst und Sorgfalt bereitet werden. Osome sagt, sie habe die Zubereitung von ihrer verstorbenen Mutter gelernt. In Venedig sagte sie, ihre Mutter, eine Aristokratin, sei in einem Sanatorium. Jetzt sagt sie, ihre Mutter stamme aus einer Gelehrtenfamilie und sei schon lange tot. Was geht es mich an? Nichts.
»Ihr Tofu ist hervorragend, Osome-san!«
Sie verbeugte sich schweigend und sichtlich geehrt.
»Sie sollten eine Gaststätte eröffnen. Würde Ihnen das Spaß machen?«

»Ich kann alle acht Sorten von Tofu zubereiten. Ja, ein kleines Restaurant wäre wunderbar. Aber ich habe kein Geld.« Sie sah mich lauernd an.
»Wie schade, Osome-san!«
Ich habe nicht mit ihr geschlafen. Wozu? Ich habe mit den Genüssen der Sinne abgeschlossen. Sie haben weniger Aroma als süßer Bohnenkuchen, den ich mir aber auch abgewöhnen muß.

Der Februar ist da. Wir feiern das *Ohgi*-Fest. Die langen, mühseligen Vorbereitungen sind beendet. Die kostbaren Kostüme und Masken warten auf die Nô-Spieler. Das ganze Dorf spielt Nô. Als Darsteller, Chor oder Zuschauer. Die Tradition und die Lust am Spiel verbindet alle Einwohner von Kurokawa. Meine Familie spielt, und die zweite Nô-Gruppe des Dorfes stellt den Chor. Die Felder liegen unter einer Schneedecke. Von den Bäumen hängen Eiskristalle in bizarren Formen. Um Bambuskörbe und Eimer liegen Schneerollen wie glänzende Teppiche. Die Häuser und Hütten verschwinden halb im Schnee. So war's in meiner Kindheit. So ist es heute.
Wir wandern durch Eis und Schnee zum Schrein von Kasuga, wo die Nô-Spiele mehrmals im Jahr stattfinden. Wir sind ein dunkler Pilgerzug, beladen mit Kostümen und Requisiten. Seit Jahrhunderten sind es dieselben Spiele, Gesänge und Tänze. Spieler und Zuschauer erwarten sie mit derselben Freude und Aufmerksamkeit, weil das Bekannte immer neue Schönheit offenbart. Das Alte ist neu, und das Neue ist alt. Wie tief sind diese Quellen! In Kurokawa rauschen sie ständig und eindringlich. Was ich in Venedig erlebte, versinkt im Schnee. Und wie in meinen Kinderjahren, erschüttert mich der Einklang von Nô und Schnee. An der Hand des Großvaters wanderte ich an der Spitze der Truppe zum Schrein von Kasuga. Die brennende Laterne, die der geehrte Großvater unserer Truppe vorantrug, war fast so groß wie ich. Ihr Schein erleuchtete den Schnee und Großvaters von Sonne und Wind gegerbtes Gesicht. Ich weinte bitterlich, als er nach dem Ohgi-Fest in ein Kloster in den Bergen verschwand. Damals dachte ich, er sollte Abschied von mir nehmen. Heute weiß ich es besser. Man kommt allein, und man geht allein. Man leert sein Boot in tiefem Schweigen.
Jetzt führt der Bruder meiner Mutter die Truppe zum Dorfschrein, und ich schreite als letzter im Zug – eine Null, ein Außenseiter aus

Tokyo. Ich bin unter diesen Reisfarmern so namenlos wie der Schnee, der kommt und geht. Welche Befreiung!
Bald muß ich Kurokawa verlassen. Aber jetzt sitze ich noch still und tue nichts. In der Stille reift mein Entschluß, und ich weiß jetzt, daß er unwiderruflich ist. Die glitzernde, laute, romantische Welt des Kabuki ist nicht mehr meine Welt. Ich stehe auf der falschen Bühne. Ich spiele die falsche Rolle. Ich ahnte es zum ersten Mal in Venedig, als ich mich, ein Othello aus Tokyo, in Desdemona verliebte. Meine Onnagata wurde bleich wie der Tod. In Kurokawa ist sie nun gestorben. Ohne Gesang und Tanz. Der Schnee bedeckt ihr Antlitz. Kayawara Koshiro VI. weint um dich und sich. Oh, Onnagata!
Im Frühjahr werde ich meine Abschiedsvorstellung geben. Ich wappne mich schon jetzt gegen die Bitten, Befehle, Beschwörungen von Familie, Presse und Publikum, meine »Depression« zu überwinden. Es ist keine Depression, noch weniger die Laune eines Bühnenstars. In mir lebt eine Gewißheit, die den anderen entgeht. Ich weiß in meinem Herzen:
Aus Narayama kommt niemand zurück.

2

Aus Narayama kommt niemand zurück

Der Traum erfriert ...
Ich kenne das Geheimnis
im Gefängnis
meines Herzens.

Miyoshi Toyoichiro

Kayawara Koshiros Abschiedsvorstellung im Nationaltheater in Tokyo wurde der Triumph, den er in der Stille von Kurokawa in allen Einzelheiten vorbereitet hatte. Das Fernsehen zeichnete die Aufführung im Theater auf, damit die Bewunderer des scheidenden Stars seine Leistungen in ganz Japan genießen konnten.

Das theatralische Feuerwerk begann mit einer Matinee. Ausgewählte Szenen des klassischen Repertoires, in denen die Onnagata zum letzten Mal ihre Glanzrollen vor einem glanzvollen Publikum spielte. Die berühmte Kabuki-Familie unterstützte ihren Star vor und hinter der Bühne mit eiserner Fassung, da man in Japan nicht versucht, das Unabänderliche zu ändern. Nur der alte Garderobenmeister, der Kayawara Koshiro VI. für alle Stationen seiner Karriere angekleidet hatte, verlor einen Augenblick die Fassung. Tränen rannen über sein verwittertes Gesicht, als er den Schauspieler in eine strahlend schöne Kabuki-Prinzessin verwandelte. Die mit echten Juwelen verzierte Perücke zitterte in seinen Händen. Kayawara Koshiro VI. nahm sie dem alten Freund aus den Händen und umarmte ihn stumm. Dann vollendete er ruhig sein kunstvolles Make-up mit weißem flüssigen Puder, Schminke, Pinsel und dem Stift für die künstlichen Augenbrauen. Seit der Kindheit hatte er sein Gesicht selbst ›gemalt‹. Wie ein bezauberndes Phantom schritt die Prinzessin über die *hana michi,* die Blumenbrücke oder ›zweite Bühne‹ des Kabuki-Theaters, zur Hauptbühne. Kurze Zeit war der Star auf der Blumenbrücke seinem Publikum zum Greifen nahe. Nach altem Brauch zog er mehrere, mit dem Familienwappen bestickte Seidentücher aus dem Brokatärmel und warf sie mit sicherer Anmut einigen geladenen Gästen als Andenken zu; darunter Atsumi Osome, Herrn Yanaga und Hilary Stafford aus

London, die neben dem Arzt der Theaterfamilie saß und bereits am Vortage Kontakt zu ihm aufgenommen hatte. Dr. Tobato hatte sie vom Flughafen abgeholt, in ihr Hotel geleitet und den Abend mit ihr verbracht. Auch das hatte Kayawara Koshiro VI. arrangiert, da er vor einer Aufführung nicht zu sprechen war. Osome war außer sich über die unverhoffte Ehrung. Sie senkte den Kopf und verschluckte ihre Tränen. Der Aufenthalt im Dorf Kurokawa war ein Höhepunkt in ihrem trüben jungen Leben gewesen. Ein großer Künstler hatte ihre Arbeit gelobt.

Die sechste Onnagata hatte inzwischen die Hauptbühne erreicht. Sie war die gültige und endgültige Illusion einer Frau, die in den Träumen japanischer Männer lebt, dem Alltag entrückt.

Zum Abschluß der Matinee vollführte die Onnagata ihren berühmten Fächertanz, wobei sie sich aus einer fahrenden Sängerin in eine Schlange verwandelt, die den flüchtenden Liebhaber bis in den *Dojo*-Tempel verfolgt. »Musume Dojoji« ist eine Nô-Legende, die die Kabuki-Bühne mit sinnlichem Glanz und aufreizender Musik in ein Schaustück für eine große Onnagata verwandelt hat. Dieses sogenannte Kiefernstück, das die mythische Kiefer-Dekoration der Nô-Bühne übernimmt, bildete den Übergang zu dem zweiten Kiefernstück des Festabends: Aus Narayama kommt niemand zurück.

Das Programmheft brachte die Inhaltsangabe der düsteren Legende in japanischer und englischer Sprache. O'Rin, eine alte Bäuerin aus einem Hungerdorf im japanischen Norden, wird von ihrem ältesten Sohn zu dem verschneiten Berg von Narayama gebracht. Sie kann nicht mehr arbeiten und soll nach altem Brauch auf dem Berg sterben.

Auf der Blumenbrücke erschien ein Sänger, der mit unbewegter Miene vor dem geschlossenen, dreifarbigen Vorhang der Kabuki-Bühne die Legende vom Leben und Sterben der O'Rin vortrug. Dann klapperten die traditionellen Holzstäbe, die den Anfang eines Kabuki-Spiels verkünden. Der Vorhang hob sich über einer bezaubernden Frühlingslandschaft in einem Gebirgsdorf. O'Rins Hochzeit mit einem jungen Farmer soll in diesem besonnten Tal gefeiert werden. Kirschblüten schmückten das auf erhöhter Bühne aufgebaute Farmhaus. Die hinter einem Gitter sitzenden Musikanten spielen freudige Volksweisen. Dann wird die Blumenbrücke von Lichtern angeleuchtet, und die Braut schreitet über diesen schimmernden Steg – eine so

junge, schöne, rührende Onnagata, wie nur Kayawara Koshiro VI. sie in unseren Tagen verkörperte. In die Hochzeitsmusik mischen sich die Begeisterungsrufe des Publikums. Die Onnagata gleitet auf die Hauptbühne, und nun verstummt alles. Die Tragödie, die so poetisch und freudig beginnt, wird ihren japanischen Lauf nehmen.
Die Drehbühne, ursprünglich eine japanische Erfindung, zeigt jetzt mit Tanz, Gesang und Musik die einzelnen Stationen eines einfachen Lebens. Schließlich ist O'Rin eine alte gebeugte Witwe im geflickten Baumwollkimono. Der Hunger kommt näher. Die Freuden sind längst entflohen. Die Söhne können eine nutzlose Esserin nicht ernähren. Der Winter des Lebens ist gekommen.
Die letzten Stationen. Das Abschiedsfest für Familie und Freunde beginnt mit Saké, Gesängen und Tänzen. O'Rin hat lange für dieses Fest gespart. Die Familie beglückwünscht sie zu dem »guten Schneewetter«. Sie ist alt und schwach, aber in ihren Augen brennt bereits das Feuer der Befreiung von diesem elenden Dasein, als sie auf dem Rükken ihres Sohnes zum Berg gebracht wird, um dort zu erfrieren.

Die Drehbühnen-Wanderung der alten Onnagata auf dem Rücken ihres Sohnes war ein unvergeßlicher Höhepunkt des Dramas. Die todbereite Mutter im dunklen Kimono und Kopftuch treibt den Sohn zur Eile an. Sie scherzt mit ihm mit rauher, zittriger Stimme. Mit letzter Kraft singt sie ihr »Schneelied«, während die Flocken herabrieseln. Sieben Täler hat das Paar hinter sich gelassen. Sieben Drehungen der Bühne, die immer dunkler und unheimlicher wird. Aus der Falltür am Ende der Blumenbrücke flattern große Raben zur Hauptbühne. O'Rin und ihr Sohn drehen sich mit ihnen in einem sonderbaren, von heiseren Schreien begleiteten Tanz. Schwefelgelbe Lichter huschen über die verschneite Bühne. O'Rins Sohn kniet erschöpft im Schnee und stöhnt in rhythmischen Abständen. O'Rin lacht.
Sie steigen in Begleitung der Raben zum Gipfel des Berges auf. Sie sitzen auf einer Holzlatte, die der Sohn mitgeschleppt hat. Sie haben ihre Reiskugeln in Essig verzehrt, und nun muß der Sohn Abschied von der Mutter nehmen. O'Rin hat eine steinerne Miene. Entweder ist sie vor Schmerz schon ein wenig erstarrt, oder sie zeigt ihm ihre Gefühle nicht. In plötzlicher Schwäche fleht der Sohn die zarte alte Frau an, mit ihm ins Tal zurückzukehren. Er will für immer seinen Reis und den Tee mit ihr teilen. Er schluchzt rauh auf. Mit dem Rük-

ken zur Mutter steht er am Rand des Gipfels, zu dem kunstvoll verschneite Stufen führen.
Schließlich erhebt O'Rin sich aus ihrer hockenden Stellung, und das Publikum atmet auf. Natürlich wird sie mit ihrem treuen Sohn ins Tal zurückkehren, und das uralte grausame Gesetz, das alte Leute zum Erfrierungstod verdammt, brechen. Einen Augenblick verharrt O'Rin in einer vollkommen reglosen Pose, die als künstlerischer Höhepunkt der Kabuki-Spieler gilt. Dann gibt die sechste Onnagata ihrem Bühnensohn mit männlicher Kraft einen solchen Stoß in den Rücken, daß er mit akrobatischem Geschick vom Berggipfel auf die untere Bühne herabrollt und in Begleitung der Raben in die Kulissen tanzt.
Das Finale. Schneewände rollen heran und schließen O'Rin von drei Seiten von der Welt im Tal ab. Von der Blumenbrücke eilt der Dämon von Narayama zum Berggipfel und tanzt einen geisterhaften Tanz, den die Onnagata mit Händeklatschen und Gelächter begleitet. Die Bühne ist von roten Flammen erhellt. Dann verschwindet der Berggeist tanzend hinter der Falltür an der Blumenbrücke, und sein schauerliches Gelächter mischt sich in die düstere Sterbemusik des Orchesters.
Endlich ist Kayawara Koshiro VI. allein auf der erhöhten Bühne und stellt mit geheimnisvollem Lächeln den Prozeß des Erfrierens dar. In einer letzten grandiosen *mie* starren die wunderbaren Augen ins Leere oder vielleicht ins ›Reine Land‹. Der Schnee fällt unaufhaltsam und bedeckt allmählich die dunkle erstarrte Gestalt, während der Vorhang fällt.
Aus Narayama kommt niemand zurück.

Kayawara Koshiro VI. konnte die Beifallsstürme des Publikums nicht entgegen nehmen, da er ohnmächtig von der Bühne getragen wurde. Er starb in einem Koma in seiner Garderobe mit dem großen Spiegel, vor dem er sich in die Onnagata verwandelt hatte. Mit dem unbeirrbaren Instinkt des großen Schauspielers hatte er das schnellwirkende Gift im richtigen Augenblick genommen. Dr. Tobato und Hilary Stafford waren auf einen Wink des alten Garderobenmeisters hinter die Bühne geeilt, um der Familie beizustehen. Der Vater des Künstlers bekam vor Schmerz einen Wutanfall, der ihm als Samurai auf der Bühne alle Ehre gemacht hätte. Er hatte nicht daran geglaubt, daß dieser berühmte Sohn auf die Dauer der Bühne entsagen würde. Daß er das Leben von sich geworfen hatte, war zwar glaubhafter, aber welcher Vater konnte es glauben?

Gewissenhaft bis zum Ende, hatte Kayawara Koshiro VI. in seiner Garderobe einen verschlossenen Brief für seinen »Bühnensohn« im Schneedrama hinterlassen. Er sollte dem Publikum mitteilen, daß der Schauspieler zu erschöpft sei, um sich noch einmal zu zeigen. Aber er danke allen Freunden aus tiefstem Herzen für ihre Liebe zur Kunst und ihre unverdiente, jahrelange Bewunderung seiner Onnagata.

Kayawara Koshiros letzter Wunsch betraf die reibungslose Fortführung des Programms. Das Spiel von Narayama vermachte er seiner Familie mit exklusivem Aufführungsrecht. Sofort nach seiner Rückkehr aus Kurokawa, wo er unermüdlich alte Bäuerinnen studiert hatte, hatte er seinen Cousin Matsuo für die Rolle der O'Rin ausgebildet. Matsuo war nicht so hölzern, wie der große Schauspieler ihn fand, aber natürlich konnte er die sechste Onnagata nicht erreichen. Doch gab es die ausführlichen Bühnennotizen und Anweisungen, die Kayawara Koshiro VI. seit Jahren notiert hatte, er vererbte sie seinem jüngsten Sohn zusammen mit seinen kostbaren Kostümen, Perücken und Fächern. Der Kleine hatte mit drei Jahren zum ersten Mal auf der Bühne gestanden und Bewunderung erregt. Bis die Familie seine große Onnagata in ihm erleben würde, durfte Matsuo das geistige Erbe in zehn Notizbüchern benutzen. »Die Spieler kommen und gehen. Nô und Kabuki bleiben.«

Ein Absatz im Testament erregte das Erstaunen der Familie. »Ich vermache mein Sommerhaus am Hakone-See Atsumi Osome-san. Sie hat mir in den letzten Monaten meines Lebens bemerkenswerten Diensteifer, Verständnis und Treue bewiesen. Sie kann in dem Haus eine Tofu-Stube einrichten und einige Touristen beherbergen. Auf jeden Fall soll sie ein Dach über dem Kopf und Reis und Tee für ihr Alter haben.«

Die Botschaft an seine beiden Söhne lautete: »Ich rate meinen Söhnen, Europa aus sicherer Entfernung zu bewundern.«

Kayawara Koshiros alter Zen-Meister schrieb der Familie: »Er brannte und verlöschte wie eine Flamme. Niemand hat ihn gekannt.«